KB154524

1판 1쇄 찍음 2021년 9월 9일
1판 1쇄 펴냄 2021년 9월 17일

지은이 | 윤이영
펴낸이 | 정 필
펴낸곳 | (주)뿔미디어

기획·편집 | 이영은, 김선희

출판등록 | 2002년 9월 11일 (제1081-1-132호)
주소 | 경기도 부천시 소향로17, 303(두성프라자)
전화 | 032)651-6513 팩스 | 032)651-6094
E-mail | dahyangs@naver.com
블로그 | http://blog.naver.com/dahyangs
비북스 | http://b-books.co.kr

값 13,000원

ISBN 979-11-6713-547-6 03810

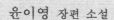

윤이영 장편 소설

DAHYANG
ROMANCE STORY

본 드라마는 픽션이며 특정 인물이나 사건, 단체 및 조직, 배경 등은
실제와 아무런 관련이 없음을 밝힙니다.

나는 재벌 2세예요. 아, 아니구나. 미안해요. 정정할게요. 재벌 3세예요. 드라마 주인공들이 너 나 할 것 없이 재벌 2세여서 나도 재벌 2세인 줄 알았어요.

이선그룹이라고 들어 봤어요? 우리 할아버지가 이선그룹의 전신인 이선전자를 세우셨어요. 할아버지의 딸인 우리 엄마가 지금의 이선그룹 회장이고요. 그래서 난 3세예요. 내가 자식을 낳으면 걔는 재벌 4세라고 불리겠네요.

근데 그럴 일은 딱히 없을 것 같아요. 난 비혼주의자고 2세를 만들 생각은 죽어도 없거든요. 내가 보기보다 겁이 많아요. 아무튼. 이건 중요한 게 아니에요.

나는 재벌 3세예요. 아시아의 뷰티를 책임지고 있는 이선뷰티의 대표 이사이자 최근엔 이선호텔 대표직도 먹었어요. 할아버지가 이래저래 뜸을 들이면서 애를 태우시긴 했지만 뭐, 이제는 명실공히 내 거예요.

아, 내가 여자라고 해서 뷰티 사업을 맡고 있는 건 아니에요. 지금이 조선 시대도 아니고 아들한테만 굵직굵직한 사업 물려주고 그러는 건 좀 촌스럽잖아요. 물론 나한테 형제가 없기는 해요. 오빠나 남동생은 물론이고 언니나 여동생도 없어요.

뜬금없는 질문인 거 아는데 조선 시대 왕 중 제일 좋아하는 사람이 누구예요? 세종 대왕? 이방원 쪽인가? 아, 정조 좋아해요? 개혁 군주 스타일이구나.

난 숙종이 제일 좋아요. 장희빈과 인현왕후 할 때 그 숙종이요. 숙종이 왕위에 오른 나이가 몇 살인지 알아요? 무려 열네 살이에요. 이제 막 초등학교 졸업하고 중학교 교복 입기 시작한 어린애가 조선을 다스렸다는 소리죠. 믿어져요? 심지어 수렴청정도 안 했어요. 엄마 말을 더럽게 안 들었다는 방증이죠. 에이, 눈살 찌푸리지 말아요. 왕도 다 사람인데 단점 하나씩은 갖고 있는 게 뭐가 어때서요. 그리고 엄마 말 안 듣는 게 뭐 나쁜 건가요? 그 나이에 자기 주관이 뚜렷했다는 건 멋진 거예요.

아무튼 나는 숙종을 좋아해요. 이유를 대라면 여러 가지가 있지만 그중 제일로 치는 건 절대 권력을 가진 군주였다는 점이에요. 툭하면 '아니 되옵니다.'를 연발하는 신하들 사이에서 환국을 세 번씩이나 했다는 건 어마어마한 힘을 가졌단 소리죠.

드라마에선 장희빈과 인현왕후 사이를 갈팡질팡하는 우유부단 끝판왕으로 나오지만 실은 그 정치 끝판왕이 숙종이었어요. 공자, 맹자 다음은 송자라고 칭송받던 송시열도 죽인 게 숙종이라니까요?

숙종이 그만큼의 힘을 휘두를 수 있었던 건 뭐 때문이라고 생각해요? 타고난 카리스마? 비상한 머리? 뭐, 틀린 말은 아니에요.

하지만 제일 중요한 건 숙종이 외아들이었다는 사실이에요. 3대째 적통이라는 프리미엄까지 붙은 외동. 할아버지였던 효종도 적통이었고 아빠인 현종도 적통이었거든요. 그 와중에 유일무이 외아들이라니. 명분이 절대적이던 조선 시대에 이보다 더한 권력이 어디 있겠어요?

그래서 나는 숙종이 좋아요. 나랑 닮았거든요. 원래 사람은 자기랑 닮은 사람에게 호감을 느낀다잖아요. 나도 그래요. 3대째 적통이고 유일한 후계자. 무소불위의 권력. 아, 엄마 말 안 듣는 것도 좀 닮은 것 같아요. 고양이 좋아하는 것도 그렇고. 성격도 비슷한 것 같아요. 음……, 좋단 소리는 아니에요. 나도 양심이라는 게 있으니까 그냥 비슷하다, 라고만 할게요.

자, 지금까진 그냥 서론이에요. 이제 내 이름을 알려 줄게요. 아, 적을 필요는 없어요. 한 번 들으면 까먹을 리 없으니까. 내 이름은 '김별'이에요. 재벌 3세치고는 좀 유치하죠? 그래도 난 내 이름 마음에 들어요. 남들과 다르게 살라고 할 아버지께서 친히 다를 별別 자를 써서 지으신 이름이에요. '특별하다' 할 때의 별도 이 별이죠. '이별하다' 할 때 쓰는 별도 이 별이고요.

이런 나로 살아 보고 싶다고요? 이해해요. 모두가 부러워하는 삶이죠. 조금 지루하긴 하지만 어쩌겠어요. 무서울 게 없는 삶을 사는 대가이니 감수해야죠. 근데 비밀 하나 알려 줄까요? 나도 사람이라 무서운 게 아주 없진 않아요.

'서윤기'라는 남자 알아요? 맞아요, 그 아이돌 출신 배우. 날 무서워하기는 커녕 개무시하는 아주 이상한 남자예요. 그래서 내가 무서워하고 있어요. 처음 엔 이 남자가 이렇게 무서운 존재가 될 줄 몰랐어요. 그냥 예쁜 연예인이라고만 생각했거든요. 물론, 그냥 예쁘기만 한 건 아니었어요. 욕 나오게 예뻤죠. 이 세 상 사람이 아닌 줄 알았다니까요? 양귀비가 남자로 태어나면 아마 서윤기 같을 거예요. 가만히 눈만 깜빡여도 어디선가 붉은색이 번지는 것 같아요. 뭔가 묘하 고 어딘가 슬픈데 괜히 또 차갑고 조금은 야한 게 사람을 홀려요. 결국엔 사랑하 게 만들죠.

그러니까 내 말은, 내가 그를 사랑한다는 거예요.

아니, 무서워한다는 거예요.

| 1. 재벌 3세 김 이사 |

"그러니까 감독님 말씀은, 저보고 돈 좀 끌어오라는 소리인 거죠?"

서윤기가 말했다. 언뜻 보면 여자인지 남자인지 구분이 잘 되지 않는 그는 아름다운 미모의 소유자였지만 시종일관 짜증스러운 모습이었다.

"윤기야."

남자가 울먹이며 말했다. 무릎만 안 꿇었지 거의 애원하는 모양새를 한 그는 서윤기가 출연하는 드라마의 감독이었다. 제아무리 배우가 왕인 요즘이라도 감독씩이나 되는 그가 이토록 비굴하게 구는 데에는 이유가 있었다.

"너도 드라마가 엎어지길 바라는 건 아니잖아."

"하……."

드라마의 존폐 문제가 서윤기 손에 달려 있었다. 서윤기에게 문제가 있단 소리는 아니다. 연예인 공화국이나 다름없는 대한민국에서 데뷔 이후 단 한 번의 실패나 구설 없이 날아오르기만 한 그에게 문제가 있을 리 없다.

문제는 서윤기와 투 톱 체제를 맡은 다른 배우였다. 모범적인 이미지에 나쁘지 않은 연기 실력을 갖춘 그는 서윤기의 동생 역할로 활약할 예정이었지만 현재는 마약 스캔들에 휘말려 구치소에 있다.

전무후무한 스캔들이었다. 처음엔 연말 연초에 등장하는 그저 그런 스캔들인 듯했지만 하나를 낚고 나니 정재계 인사들은 물론이고 미성년자와 일반인, 유명 기획사 대표까지 줄줄이 엮여 수갑을 찼다.

대중들은 기득권 세력의 비윤리적 행태에 분노했고 사전 제작으로 촬영 중이던 드라마는 당연히 발이 묶였다. 이미 반이나 촬영된 상태였다. 투 톱 체제인 만큼 비중이 높았던 그는 매 장면에 거머리처럼 붙어 있었고 일일이 편집하여 수정하는 게 결코 쉽지 않았다.

그의 역할을 대신할 배우를 새로 캐스팅하는 것도 난항이었다. 그와 조금이라도 친분이 있던 연예인은 모두 대중들의 의심을 받는 상황이었다. 있던 인연도 끊어 내야 할 판에 그가 맡았던 역할을 하겠다 나서는 배우가 있을 리 만무했다.

무엇보다 돈이 문제였다. 문제가 된 배우의 촬영 분량을 전부 폐기하고 새로 찍어야 했다. 그 어느 때보다 시간과 돈이 필요한 상황이었다. 그러나 투자자들이 몸을 사리기 시작했다. 무사히 촬영을 마치고 방영을 한다고 해도 미운털이 박힌 터라 좋은 반응을 얻기가 쉽지 않은데 돈까지 더 보탤 호구는 존재하지 않았다.

"윤기 씨……."

제작사 대표는 윤기의 손을 동아줄처럼 붙들고 눈을 맞췄다. 있는 돈 없는 돈 모두 끌어다 제작을 결정한 그의 입장에선 손해를 최소화하기 위해 무조건 촬영을 끝내야 했다. 그래야 DVD든 블루레이든 만들어 해외 시장이라도 노려볼 수 있으니.

"그냥 같이 가서 얼굴만 비치면 돼."

그가 믿을 건 서윤기 하나였다. 한류 스타 서윤기가 주연으로 있는 한 솟아날 구멍은 있을 것이다.

"그 정도는 할 수 있잖아. 어려운 말은 우리가 다 할게. 윤기 씨는 그냥 옆에만 있어. 응?"

마침 이선그룹에서 연락이 왔다. 서두에는 이선재단에서 드라마 투자에 관심을 보이고 있다 말했지만 말미엔 이선그룹의 김 이사가 서윤기 배우의 열렬한 팬이라는 말이 따라붙었다.

"하……."

윤기는 결 좋은 머리카락을 거칠게 헝클였다. 애절하게 붙어 오는 제작사 대표를 밀어내지 못하는 데에는 그 역시 드라마가 소중한 탓이 컸다. 캐릭터에 애정을 갖고 연기를 한 게 벌써 몇 달인데 자존심 하나 지키겠다고 모른 척할 수는 없었다.

"……얼굴만 비치면 되는 거죠."

그게 문제의 발단이었다.

○ ◎ ●

"부탁하는 사람치고 말투가 공손하지 못하네요."

별이 말했다.

"제 말투가 중요한 것 같진 않아서요."

무심히 눈썹을 들어 올린 서윤기가 답했다. 눈앞에 있는 김 이사의 기분이 언짢아지면 좋지 않은 상황이 벌어질 수 있다는 걸 알면서도 딱히 비위를 맞추려는 모습은 보이지 않는다.

별은 그게 좀 같잖기도, 귀엽기도 했다. 누군가 저를 만나고자 할 때는 다 이유가 있었다. 사업차 만나는 사람은 물론이고 친구랍시고 있는 사람들도 마찬가지였다. 특히나 서윤기 같은 연예인들은 보다 노골적이고 적나라한 부류라 아닌 척 가식을 떨지도 않았다.

그들은 늘 부탁을 했다. 이래저래 모양은 다 달랐지만 알맹이는 오직 돈이었다. 돈을 많이 달라는 부탁이거나, 돈을 많이 벌게 도와 달라는 부탁이거나.

다들 어찌나 간절한지. 그 절실한 눈을 보고 있자면 가끔은 신이 된 기분이 들기도 했다.

그러나 서윤기는 조금 다르다. 며칠 전 드라마 제작에 투자 좀 해 달라고 찾아왔을 때도 마찬가지였다. 제작사 임원들로 보이는 사람들과 그 드라마의 감독까지 굽신거리며 제 눈치를 보고 있을 때, 서윤기는 고개 한 번을 숙이지 않고 저를 똑바로 쳐다보았다.

그래서 괜히 어깃장을 놓고 시간을 끄는 중이다. 그까짓 투자, 애걸하지 않아도 해 줄 수 있었지만 뭔가 뻗대는 태도가 보기 좋고, 또 보기 싫어서.

"내가 확답을 안 줘서 그런가."

별은 아무것도 모르겠다는 듯 고개를 기울였다.

"너무 비싸게 구네."

"저기요."

일부러 준 모욕을 견디지 못한 그가 미간을 구겼다. 처음 본 그날, 바로 알아보았다. 양아치같이 꾸며 놓은 외관에 비해 속에 든 영혼은 고상하기 그지없다는 걸.

"저기요, 아니고 이사님."

그게 참 묘하다.

"이사님이 싫으면 그냥 이름 불러요. 내 이름 알잖아."

보통은 고상한 척하는 양아치가 많지 않다.

저도 모르게 웃음이 나온 별은 와인 잔의 베이스를 잡고 흔들었다. 찰랑이던 와인을 빤히 보다 한 모금 들이켜자 풍미 가득한 단내가 입속을 채운다.

"실물 미쳤다, 진짜……."

혀끝에 감도는 미감을 음미할 새도 없이 앞에 앉은 '작품'을 감상했다.

"진짜 성형 안 한 거 맞아요?"

그는 그림처럼 아름다웠다. 연예인이라는 직업적 특성을 고려한다 하더라도 서윤기는 화려한 과에 속했다.

"속눈썹은 붙인 건가? 연장?"

그런 그의 얼굴에서 가장 걸작을 고르라면 단연코, 눈이라 말할 것이다. 쌍꺼풀이 없음에도 크고 긴 서윤기의 눈은 순수한 듯, 천박한 듯 이해할 수 없는 아이러니를 품고 있었다. 그리고 그 사이에 도는 한기가 특히 아름답다. 어려 보이는 얼굴을 하고도 의사니 변호사니 같은 전문직 역할을 자주 맡는 것도 그 눈이 가진 냉혹함과 냉담한 정서 때문일 것이다.

그렇다고 차갑기만 한 것은 아니었다. 반항기 넘치는 풍운아나 사랑에 목매는 순정파 역할도 어렵지 않게 소화할 만큼 불꽃을 뿜기도 했으니까.

덕분에 그는 천의 얼굴을 가진 배우 혹은 신이 빚은 얼굴이란 소리를 자주 들었다. 지금이야 가수 생활에서 은퇴했지만 K—POP 아이돌로서 무대를 호령할 당시엔 천 년에 한 번 나올 법한 아이돌이란 소리도 지겹게 듣던 그다.

"서윤기 씨는 말이 없구나."

별은 영 실망이라는 듯 고개를 저었다. 마음껏 보라고 하면 하루 종일도 볼 수 있는 얼굴은 재미있었지만 뭘 물어도 대답이 없는 서윤기는 재미가 없었다.

"저번에 같이 왔던 제작사 대표한테 전화 좀 걸어 볼래요?"

별이 테이블 위에 얌전히 놓인 핸드폰을 가리키며 말했다. 그의 눈썹이 삐딱하게 치솟는다.

"에이, 뭘 또 그렇게 화를 내요. 내가 무슨 말을 할 줄 알고."

"……."

"내가 투자한다고 전해요."

"……."

"안 기뻐요?"

이상하다는 듯 물은 별이 서윤기의 눈을 빤히 쳐다보았다. 안 그래도 예쁜 눈에 기쁨이 깃들면 어떨까 궁금했는데, 기쁘지 않은 건지 읽히는 감정이 없다. 배우라 그런가. 감정을 숨기는 솜씨가 예사롭지 않다.

"이제 밥 좀 먹어도 돼요?"

입가에 미소를 띤 채 물었다. 무뚝뚝한 표정을 짓고 있긴 해도 속으로는 투자 여부에 대해 걱정이 많았을 테니 이제 좀 마음을 놓지 않을까 싶었는데 어쩐지 더 경계하는 기색을 보이고 있으니 허탈하다.

"밥 먹기 싫어요?"

"밥만 먹으면 돼요?"

한참이나 말이 없던 그는 많은 뜻이 내포된 질문을 던졌다.

"밥 말고 다른 것도 돼요?"

그래서 자신도 똑같이 물었다. 많은 뜻을 내포한 물음으로.

"하……."

깊게 한숨을 뱉은 그는 고운 미간을 구겼다가 펴는 것을 여러 번 반복하며 가만히 침묵을 지켰다. 눈동자엔 불꽃이, 숨소리엔 분노가 실려 있다. 드디어 감정을 드러내는 건가 싶을 즘, 그는 평온한 얼굴로 돌아와 말했다.

"저 스폰 안 받습니다."

와인 잔의 다리를 매만지던 별이 푸흡, 웃음을 터트렸다. 스폰이라니. 스폰 같은 걸 제의할 거라고 생각했다니. 웃음이 나와 견딜 수가 없었다. 아무리 그래도 제가 이선그룹의 후계잔데 그런 질 떨어지는 짓을 할까.

그러고 보니,

"아—"

별이 대단한 걸 깨달은 것처럼 눈을 반짝였다.

"그래서 내내 삐딱선 탄 거구나?"

무슨 말만 하면 날을 세우고, 뭐만 물어보면 무시하기에 더럽게도 비싸게 군다 생각했는데 그냥 겁을 먹은 모양이었다.

"어쩐지……."

느릿하게 시선을 끌어 올렸다. 그제야 의자 등받이에 기댄 상체도, 경계하느라 어떤 표정도 짓지 못한 얼굴도 이해가 되었다.

"근데 왜 안 받아요?"

"네?"

"스폰 왜 안 받냐고요."

순전히 호기심에 물었는데 그게 또 마음에 들지 않았는지 서윤기는 대놓고 기분 나쁜 티를 냈다. 놀리는 재미가 좋기는 한데 더 몰아붙였다간 쌍욕이라도 할 것 같은 얼굴이다. 저 얼굴로 욕을 하면 섹시할 것 같기는 하지만……. 여기서 더 겁을 먹었다간 아예 사라질지도 모르겠단 생각이 든다.

"그래요, 그럼."

별이 고개를 끄덕였다.

"뭐가 그렇다는 거예요."

"하지 말라고요, 스폰. 하기 싫은 건 안 해야지."

"……."

서윤기가 말없이 눈을 맞췄다. 긴 속눈썹을 드리운 채 느릿느릿 움직이는 눈동자가 꽤 집요하다. 반은 안심하는 마음, 나머지 반은 떨치지 못한 의심.

"표정 좀 풀어요. 그딴 거 안 한다고 투자 철회 안 할 테니까."

"그럼 원하는 게 뭐예요."

"없는데, 그런 거."

"없어요?"

"네."

조금 남은 와인을 목 꺾어 삼킨 별이 답했다.

"이상하다는 눈빛이네?"

"이상하니까요."

"내가 협박이라도 했으면 좋겠어요?"

별이 웃으며 말하자 서윤기의 표정이 일그러졌다.

"마지못해 하는 게 원하는 그림인가? 그럼 그렇게 해 줄 수도 있는데."

"씨발, 진짜⋯⋯."

날카롭게 날아드는 비속어. 별은 테이블 아래에서 주먹을 쥐었다가 펴기를 반복했다. 귀걸이를 걸어 놓은 귓가에 쾌감이 닿는다. 무릎 위에 손가락을 올리고 피아노를 치듯 리듬을 탔다. 집에 있는 피아노에는 먼지가 앉았을 테지만 지금 당장 피아노를 치고 싶은 기분이 든다. 그만큼, 딱 그만큼 피가 끓는다. 제 앞에 앉은 남자가 자꾸만 불을 지핀다. 얼굴만 예쁜 줄 알았는데 하는 짓 전부가 재밌어 죽을 것 같다.

○ ◎ ●

서윤기가 촬영장 구석에서 대본을 읽었다. 아직 해결해야 할 과제가 산더미였지만 가장 중요한 돈 문제가 해결된 상태였다. 물론 이선그룹의 김 이사 덕분이었다. 제가 보기엔 사회성 결여에 시달리는 소시오패스 그 이상도 이하도 아닌 것 같았지만 스태프들은 물론이고 감독님까지 모두 그 여자를 찬양했다.

"윤기 씨, 무슨 생각을 그렇게 해요?"

누군가 윤기의 어깨를 두드리며 물었다. 소리 없이 다가온 조연출이었다.

"아, 대본 좀 읽느라⋯⋯. 세팅 끝났어요?"

"끝난 게 언젠데요. 저기서부터 몇 번을 불렀는지 알아요?"

"미안해요."

귓바퀴를 매만지며 사과하는 윤기에 조연출은 괜찮아요, 하며 사람 좋은 미소를 지었다. 얼굴만 보면 정말 개의치 않는 것 같다. 그 정도는 아무것도 아니라는 듯. 그 정도는 이해한다는 듯. 하지만 서윤기는 안다. 제가 이 장소를 벗어나는 순간, 인자한 미소를 짓고 있던 그는 순식간에 상처받은 사람이 되어 무수한 사람들에게 토로할 것이다. 싸가지 없는 서윤기가 스태프의 말은 귓등으로도 듣지 않는다고.

"바로 준비할게요."

윤기가 자리에서 일어났다. 조연출은 그런 윤기의 곁을 떠나지 않고 늦장을 부렸다. 안 그래도 작은 눈을 뱁새처럼 만들고 힐끔거리는 게 꼭 탐정이라도 된 것 같은 몸짓이다.

"뭐 찾으세요?"

아무것도 모르는 척 묻자 조연출은 나쁜 짓을 하다 들킨 사람처럼 얼른 고개를 저었다. 서윤기는 속니를 씹으며 웃었다. 겉과 속이 다른 연예계에서 이 정도 가증은 쉬웠다.

윤기가 모니터 화면을 보고 있던 감독 앞에 서자 그가 눈에 띄게 반겼다.

"이야, 우리 주인공."

어제 김 이사가 서윤기를 따로 부른 뒤로 투자가 결정되었으니 반기는 건 당연했다. 심지어 처음 제안했던 금액보다 더한 금액을 제시하기까지 했으니 얼마나 신이 날까. 어제까지만 해도 곧 죽는 거 아닌가 싶은 얼굴이었는데 금세 회복한 듯 보이는 게 어쩐지 부럽다.

"일정 브리핑 받았지? 오늘은 13신이랑 17신만 찍으면 돼. 금방 끝날 거야."

"두 신밖에 안 찍어요?"

"오늘 공개 오디션 있잖아. 까먹었어?"

그제야 기억을 상기한 윤기는 고개를 끄덕였다. 저와 드라마를 함께 이끌 주연 배우이자 저의 동생 역할을 할 배우를 도무지 구할 수 없어 내린 결정이었다. 인지도가 있는 배우들에게는 독이 든 성배 같겠지만 신인들에게는 어마어마한 기회일 것이다. 큼직큼직한 배우들이 주, 조연으로 포진해 있는 상황인 데다 사전 제작 비용까지 넉넉하게 확보된 작품이었으니.

○ ◎ ●

"하······."

벌써 스무 명 넘는 배우들을 본 감독이 한숨을 쉬었다. 제작사 대표와 감독, 주연 배우인 서윤기와 작가까지 참석한 오디션장은 수많은 신인 배우들로 정신이 없었지만 눈에 띄는 원석을 찾기란 쉽지 않았다.

"연기를 잘하면 외모가 모자라고, 외모가 된다 싶으면 연기를 못하니 원······."

작가는 책상 위에 쌓인 지원 서류를 뒤적이며 중얼거렸다.

"27번 배우님 들어오세요."

지루함과 짜증이 섞인 외침이 오디션장을 울렸다. 꽤 준수하게 생긴 남자가 들어와 꾸벅 인사를 하고 제 이름을 소개한다. 신인 특유의 뻣뻣함이 없는 건 아니었지만 서윤기를 향해 팬이라는 둥 호들갑을 떨며 엄지를 치켜드는 여유와 재기 발랄함이 돋보이는 남자였다.

"자, 사전에 대사 받으셨죠?"

적당히 웃어 준 서윤기가 묻자 남자가 세차게 고개를 끄덕였다.

"준비되면 바로 시작하세요."

감독의 말에 남자가 목을 다듬으며 눈빛을 바꾼다. 바짝 마른 입술에 혀를 올리며 뜸을 들이긴 했지만 곧 나쁘지 않은 발성과 급하지 않은 시선 처리를 선보였다.

"형 같은 사이코는 죽어야 돼. 형이 죽지 않으면 내가 죽고 말 거야."

자칫 잘못하면 과하게 번질 수 있는 대사임에도 불구하고 오버하지 않는 몸짓이 꽤 괜찮은 인상을 남겼다. 이 이상 실수하지 않는다면 캐스팅이 유력할 수도 있겠다는 생각이 들 정도였다. 하지만 그때,

"형은······."

남자가 대사를 더듬기 시작했다.

"형은······."

여유롭게 미소를 짓던 얼굴은 급속도로 굳었고 뻐끔거리는 입술에선 다음 대사가 나오지 않았다. 앞선 퍼포먼스가 나쁘지 않았던 탓에 바로 끊어 내지 않고

기다려 주었지만 상황은 나아지지 않았다.

"형은, 괴물이야."

그때 윤기가 다음 대사를 읊었다.

"형은 날 보호하는 게 아니야. 형이 있는 한 나는 한평생 햇빛 한 자락 보지 못할 거라고!"

서윤기는 마치 자신의 대사라도 되는 것처럼 대본 한번 보지 않고 어미 하나하나를 씹어 가며 연기했다. 무심한 얼굴과 무심한 몸짓. 그러나 목소리만큼은 절절하게.

"이주원 씨."

대사를 마친 윤기가 얼이 빠진 듯 보이는 27번 신인 배우의 이름을 불렀다.

"네? 아, 네⋯⋯."

"연습 얼마나 했어요?"

"아⋯⋯, 공고 나고 바로 당일부터⋯⋯."

남자는 민망한 얼굴로 얼버무렸다. 공고 난 날부터 매일 연습했음에도 불구하고 대사를 잊었다는 게 창피한 탓일 거다. 아마 쥐구멍이 있었다면 커다란 몸짓을 구겨서라도 들어가지 않았을까.

윤기는 그런 남자를 지그시 쳐다보다 질문을 수정했다.

"아니, 날짜 말고. 시간이요."

"어⋯⋯."

남자가 하루에 연습한 시간을 헤아리듯 눈알을 굴리며 손가락을 움직이자 윤기는 미간을 찌푸렸다.

"해석은 틀릴 수 있어요. 연기가 좀 부족할 수도 있고요."

언뜻 보면 신인 배우를 위로하는 듯 보였지만,

"근데 대사를 잊어버리는 건⋯⋯."

"⋯⋯."

"이해가 안 되네요."

예의상의 미소도 짓지 않고 일갈하는 윤기에 남자는 당황한 얼굴로 사죄했다. 생각보다 경직된 분위기에 누군가 나서서 말릴 법도 했지만 감독이나 작가 모두 서윤기를 말리지 않았다. 실제로 그는 대사를 틀리는 법이 없었다. 한국의 드라마 제작 사정상 쪽대본이 나올 때가 많았음에도 불구하고 대사는 그에게 절대적이었다.

"기억하세요."

윤기는 잔뜩 얼어 있는 남자를 보며 말했다.

"대사는 기본이에요. 표정이랑 발성은 그다음이고요."

"네, 명심하겠습니다……."

곧 울 것 같은 목소리로 대답하는 남자에 윤기는 한숨과 함께 표정을 풀었다. 화를 내기 위해 한 말이 아니었다.

"기분 나쁘게 듣지 않으셨으면 좋겠어요."

"아, 아닙니다. 선배님한테 듣는 조언인데 영광이죠."

"저도…… 들었던 말이에요."

제 선배님한테. 어렵게 덧붙인 그 말에 풀 죽어 있던 남자가 금세 감격스러운 얼굴을 했다. 기분 좋아지는 천진함이었다.

"다음엔 더 준비해서 봐요."

윤기가 남자에게 손을 흔들었다. 누군가에겐 틀에 박힌 말이라 여겨질 수 있지만 누군가에겐 다음을 기약하게 하는 힘이 될 수도 있다는 걸 알았다.

"28번 들어오세요."

남자가 문밖을 나서자마자 다음 번호가 호명되었다.

"어휴, 차선우 역할 찾기 더럽게 힘드네요."

감독이 가라앉은 분위기를 끌어올리듯 너스레를 떨었다.

"안녕하세요, 28번 정은호입니다."

그때 정은호가 나타났다. 환하게 웃는 얼굴이 예쁘고 시원하게 트인 눈매가 매력적인, 그러니까 서윤기를 꽤 닮은 느낌이었다. 이목구비도 이목구비였지만 습관이나 취향도 같은 건지 입고 있는 옷이나 서 있는 자세 등이 서윤기를 복사해 놓은 것 같다.

서윤기 본인조차도 잠시 멈칫할 정도의 비슷함이었다.

"준비되면 시작하세요."

감독의 말에 정은호가 잠시 눈을 감았다. 모두가 그에게 묘한 기대감을 품었다. 차연우 역할을 맡은 서윤기의 동생, 차선우. 외모로는 이보다 더한 베스트가 없었다.

"형 같은 사이코는 죽어야 돼. 형이 죽지 않으면 내가 죽고 말 거야."

다듬어지지 않은 느낌이 있긴 했지만 나쁘지 않은 실력이었다. 게다가,

"형은, 괴물이야."

은근한 기시감을 풍겼다.

"형은 나를 보호하는 게 아니야."

대사와 대사 사이에 숨을 쉬는 구간과,

"형이 있는 한 나는 한평생 햇빛 한 자락 보지 못할 거라고!"

대사 중간 표정을 바꾸는 지점이 좀 전에 연기했던 서윤기와 정확하게 일치했다. 서윤기는 애초에 차선우 역할이 아닌 차연우 캐릭터를 맡은 배우였고 드라마는 사전 제작이라 아직 방영조차 하지 않았다. 그러니 서윤기가 이 드라마에서 연기하는 스타일에 대해 정은호가 알 수 있는 방법은 없었다.

"참고한 캐릭터가 뭐예요?"

감독이 다그치듯 물었다. 목소리에 밴 흥분감이 숨겨지지 않은 상태였다.

"그……."

대사를 칠 때까지만 해도 막힘없이 말하던 그가 뒷머리를 긁적이며 뜸을 들였다.

"서윤기 선배님……."

정은호는 얼굴을 붉힌 채 양손을 들어 서윤기를 가리켰다. 서윤기의 눈매가 날카롭게 좁혀지고 감독의 입매가 한없이 치솟았지만 고개를 푹 숙이고 있던 그는 정작 알지 못했다.

"왜 서윤기를 참고했어요?"

작가가 끼어들어 물었다. 꼬장꼬장하기로 유명한 그녀 역시 정은호라는 신예가 흥미로운 듯 보였다. 직전까지만 해도 의자 등받이에 몸을 기댄 채였는데 지금은 정은호가 선 쪽을 향해 바짝 상체를 기울이고 있었다.

"어……."

정은호가 눈을 바닥으로 내린 채 말했다.

"아무래도 선배님과 형제 역할이니까 습관이나 외형 같은 게 닮으면 좋을 것 같다고 생각했습니다."

"그래요? 차선우는 형인 차연우를 증오하는 캐릭턴데 자신이 형과 닮은 걸 좋아할까요?"

작가가 쓰고 있던 안경을 벗으며 말했다.

"음……."

고민하듯 말을 늘인 은호가 고개를 왼쪽으로 기울이며 입술을 씹었다. 질문을 던진 작가보다도 정은호의 대답이 궁금했던 서윤기는 날 세운 시선을 들어 정은호의 몸짓 하나하나를 응시했다.

"강렬한 증오는……."

그리 오래 걸리지 않아 입을 열기 시작한 그는,

"거대한 동경의 다른 말 아닐까요."

차분히 제 생각을 전했다.

새로운 차선우의 탄생. 그 시작의 순간이었다.

"관종도 이런 관종이 없다 진짜."

새하얀 슈트를 입고 새하얀 힐을 신은 별이 미간을 찌푸렸다.

"아니, 요즘 같은 시대에 돌잔치를 이렇게 크게 하는 사람이 어디 있어?"

"이사님, 좀 조용히……."

"왜, 들으라고 하는 소린데."

별은 임 비서의 간언에도 아랑곳하지 않았다. 대체 어떤 정신 나간 새끼가 이 선호텔의 메인 홀을 통째로 빌려 돌잔치를 여나 했더니 그게 제 사촌 오빠란다.

"이야, 김별!"

아니나 다를까. 듣기만 해도 짜증이 도는 목소리가 들려온다.

"안 올 줄 알았는데 왔네?"

누가 들어도 비아냥거리는 투의 그는 아이 아빠라고 하기엔 어딘가 껄렁한

24

느낌이 있었다. 빳빳한 셔츠의 단추를 목 끝까지 채워 입고 검은색 슈트 재킷을 걸치면 뭐 하나. 태가 안 나는데.

쯧, 혀를 찬 별이 사촌 오빠의 몰골을 느릿하게 훑어보며 웃었다.

"정확히 말하면 오빠가 온 거지."

"뭐?"

"여기 내 호텔이잖아. 잊었어?"

천장을 가득 채운 꽃 장식을 여유롭게 둘러보며 대꾸하자 그는 금세 얼굴을 굳혔다. 고작 말 몇 마디에 무너질 거면서 왜 자꾸 덤비는지 모르겠다.

"아, 미안."

성의 없는 손짓으로 그의 어깨를 툭, 툭, 털어 주었다.

"이 호텔 오빠가 갖고 싶어 했지?"

꺼졌으면 좋겠다는 마음을 가득 실어서.

이선그룹의 회장인 별의 엄마에게는 오빠가 두 명 있었다. 딱히 모자란 인재들은 아니었지만 그렇다고 제법 봐 줄 만한 사람들도 아니었다. 똑똑하고 냉철하며 감각적인 그들의 여동생을 생각하면 유전자의 신비가 느껴지는 어긋남이었다.

자연스럽게 그들은 여동생의 적수가 되지 못했다. 장남이 모든 걸 물려받아야 한다고 여기던 첫째도, 장남보다 공부를 더 잘했던 둘째도 치열하게 싸웠지만 여동생을 상대로 이긴 적은 단 한 번도 없었다.

문제는 그 싸움이 세습되고 있다는 것이었다. 자기 대에서 이기지 못한 싸움을 자식을 통해 복수하고 싶은 건지 삼촌들은 모자란 자식들의 귓가에 끊임없이 야망을 불어넣었다.

"야, 김별."

그 결과가 지금 별의 앞에 선 사촌 오빠라는 인간이었다.

"그래도 조카 돌잔친데 나한테 미리 언질 좀 해 주지."

별이 서운하다는 듯 눈살을 찌푸렸다.

"웃기고 있네."

남자가 혀를 차며 웃었다.

"내가 너한테 말했으면 네가 대관을 허락했겠냐?"

"와우."

걸려들었다는 듯 배를 잡으며 웃은 별이 걸음을 당겨 사이를 좁혔다.

"우리 오빠 안 본 사이에 똑똑해졌네? 그걸 뻔히 알면서 예약한 거야? 나 모르게?"

확 낮춘 목소리로 신경을 건드리자 남자는 욱하는 성질을 이기지 못하고 손을 들었다. 보다 못한 임 비서가 보는 눈이 많다며 두 사람 사이에 끼어들었다. 순식간에 여자 둘을 때리려는 모양새가 된 주형은 분하다는 듯 손을 내렸다. 실제로 많은 사람들이 흥미롭다는 듯 바라보고 있었다.

"넌, 씨……."

남자는 난감한 표정을 지은 채 주변을 살폈다. 구겨져 있던 얼굴을 억지로 펴낸 그가 다정스러운 척 별의 어깨를 감쌌다. 언젠가는 짓밟을 적이었지만 대외적으로는 사이좋은 사촌 남매로 보여야 했다. 할아버지께서 살아 계신 한, 그의 딸인 윤 회장이 살아 있는 한, 이선의 공식적인 후계자는 김별이니까.

"사내새끼가 쪽팔리게."

별이 웃으며 중얼거렸다.

"칼을 뽑았으면 뭐라도 베든가."

"야."

"왜."

별은 형형한 눈으로 쏟아 내고 싶은 여러 가지 비속어를 대신했다. 마음 같아선 어깨 위에 있는 팔도 꺾어서 어디 전시라도 하고 싶은데 좋은 날 피를 볼 수는 없으니 인내심을 발휘하기로 한다.

강한 자와 약한 자 중 누구를 좋아하냐 묻는다면 별은 당연 강한 자를 선택할 것이다. 약한 것은 쓸모도 없을뿐더러 지켜야 한다는 불필요한 책임감까지 부여하는 존재였다. 하지만 약한 것을 싫어하냐 묻는다면 그건 또 아니었다. 스스로가 타고나길 강하듯 누군가는 타고나길 약할 수 있다는 걸 모르지 않았다.

그러나 비겁하고 멍청한 사람은 혐오스러웠다. 앞에서 하지 못할 말, 뒤에서도 하지 말라 했듯이 앞에서 하지 못할 공격, 뒤에서도 하지 말아야 한다는 걸 모르는 인간이 바로 그런 부류다.

"너 진짜 한 대 맞아야 정신 차리지?"

그리고 제 오빠는 전형적인 그런 부류의 인간이었다.

"칠 수 있으면 쳐 보든가."

속삭인 별이 어깨에 둘러진 그의 손목을 힘주어 잡았다.

"오빠가 내 머리카락 한 올이라도 건드리는 날에는—"

"……."

"그날로 오빠 자식새끼부터 죽일 거니까 그렇게 알아."

"이 미친년이 자기 조카한테……!"

잡힌 손을 내치며 씩씩거리는 걸 보고 있자니 이렇게 기분 좋을 수가 없다.

"아이고, 쫄았어?"

어깨를 으쓱인 별이 바지 주머니에서 지갑을 꺼냈다. 한가득 들어 있는 수표를 몇 장 골라내다 이내 그것마저 귀찮은 듯 뭉치로 집어내 그대로 건넸다.

"받아. 금반지 살 시간 없어."

○　◎　●

윤기가 수많은 인파를 헤치고 혼자 있을 공간을 찾아 나섰다. 배우로 데뷔한 지 얼마 되지 않았을 때, 옆에서 이런저런 도움을 주었던 누나가 돌잔치를 한다기에 왔는데 이건 뭐 그냥 사교 파티.

누나의 남편이 재계에서 꽤 굵직한 사람이라고는 들었던 것 같은데 이렇게 요란스러운 사람인 줄은 몰랐다. 고작해야 태어난 지 1년 남짓한 아이의 생일을 축하하겠다고 이선호텔의 홀을 빌린다는 게 말이 되는 일인지.

"어머, 서윤기 씨 아니에요?"

웬만한 시상식에서나 볼 법한 이브닝드레스를 입은 여자가 말을 걸어왔다.

"저번 달에 개봉한 영화 아주 잘 봤어요."

"아, 감사합니다."

"그나저나 괜찮아요? 마음고생 심했죠?"

여자는 필요 이상으로 붙임성이 좋았다.

"그 사람이 마약을 했을 거라고 누가 상상이나 했겠어요."

적당히 미소만 짓다 자리를 뜨려던 계획이 쉽지 않을 것 같다는 예감이 든다.

"근데 어느 쪽 손님으로 온 거예요?"

"네?"

여자의 수다가 길어질수록 딴생각을 하고 있던 윤기가 서둘러 '심정은'이라 적힌 글자를 가리켰다.

"아, 심정은 씨랑 친해요?"

"뭐…… 같이 연기한 적이 있어서요. 남매 역할로."

그제야 생각이 났다는 듯 그때 그 드라마 얘기를 꺼내는 여자는 정말이지 수다스러운 사람이었다.

"근데 서윤기 씨는 여길 혼자 왔어요?"

"아, 매니저 형은 홀 밖에 있어요. 초대장을 못 받아서 입장이 안 되더라고요."

윤기가 어색한 미소를 지으며 대답하자 여자는 깔깔 웃음을 터트렸다.

"우리 서윤기 씨, 드라마에선 연기 잘하더니 실전엔 약한가 봐."

"네?"

"내가 누군지 모르죠?"

본 적이 없는데 어떻게 알지, 싶다가 알아야 하는 건가, 싶어진 윤기가 앞에 선 여자의 얼굴을 티 나지 않게 들여다보았다. 기억 속 어딘가에 정보가 있길 바랐지만 나오는 답은 없었다. 이름은커녕 직업도 가늠이 되지 않는다. 분명 처음 보는 사람이 맞는데—

"선미식품 정 대표님 아니세요?"

한 하객이 여자에게 말을 걸었다. 간단한 근황을 나누던 둘은 1분도 되지 않아 대화를 종료했다. 그제야 여자가 수다스러운 게 아니라 저에게 관심이 많은 사람이라는 걸 깨달았다. 선미식품이라는 말에 적당한 정보 몇 개도 떠올랐다.

아이돌로 활동하던 시절이었다. 광고 한번 진행한 적 없던 기업 하나가 콘서트 후원사로 나서겠다 의견을 전한 적이 있었다. 제 기억이 맞는다면 그녀의 딸은 저의 열렬한 팬이다.

"아, 죄송해요. 이제야 기억이 나네요."

"기억나는 거 맞아요?"

"그럼요. 저희 콘서트할 때마다 스태프들 식사 서포트해 주셨잖아요."

"와, 조금만 더 늦게 알아봤으면 나 서운할 뻔했어요."

너스레를 떤 여자는 다행히 뒤늦은 알아챔을 언짢아하지 않는 듯 보였다.

"요즘은 이선그룹 김 이사가 뒤를 봐준다죠?"

윤기의 눈이 단박에 굳었다. 이선그룹에서 드라마에 투자하기로 결정이 난 직후 보도 자료가 나간 건 맞지만 이런 식으로 물어 오는 이는 없었다.

"걱정이 돼서요."

여자는 퍽 다정한 목소리로 속삭였다.

"그 여자, 무자비한 사람이거든."

○　◎　●

시끄러운 홀 구석에서 몇 분을 버티던 윤기는 끝내 야외 테라스로 걸음을 옮겼다. 귓가를 울리는 금속성의 이명이 그칠 줄을 모르고 있었다. 스트레스가 심하면 종종 나타났던 증상이라 놀라지는 않았지만 이렇게 있다가 누군가 말이라도 걸면 큰일이었다.

아무도 없는 줄 알았던 테라스에,

"어?"

무자비한 사람, 김 이사가 있었다.

"여기서 다 보네요?"

김 이사는 제가 반가운 듯 환하게 웃었다.

윤기는 여자의 키가 이렇게 컸던가, 생각했다. 처음 감독님과 함께 만났을 때도, 두 번째 만남에서 둘이서만 보았을 때도 죄다 앉아서 마주한 게 전부라 서 있는 모습을 처음 보았다. 족히 170cm는 될 것 같은 키에 뾰족한 하이힐까지 신고 있으니 아우라가 상당하다.

"여긴 무슨 일이에요?"

별이 물었다.

윤기는 대답 대신 테라스의 문을 닫으며 최대한 멀찍이 섰다. 테라스의 문을 닫은 건 김 이사의 말을 조금이라도 정확히 듣기 위해서였고, 최대한 멀찍이 선 건 말 섞고 싶지 않다는 무언의 의사 표현이었다.

김 이사의 말이 아예 들리지 않을 정도는 아니었지만 대화라는 걸 하기엔 오른쪽 귓가를 점령한 먹먹한 기운이 채 가시지 않고 있었다.

"오늘도 말이 없네."

별은 그런 윤기를 보며 가볍게 웃었다. 다른 사람 같았으면 멱살을 잡고 흔들어서라도 말을 하게 했을 것이다. 감히 저를 무시하는 거냐고 화를 내면서. 그런데 그러고 싶지 않았다. 방금 전까지만 해도 뭣 같은 사촌 때문에 뭣 같은 기분이었는데 느닷없이 등장한 서윤기를 보고 있자니 언제 그랬냐는 듯 기분이 나아진다.

"예뻐 가지고."

중얼거린 별이 안주머니에서 담배를 꺼냈다. 어차피 오늘은 저도 말할 컨디션이 아니니 과묵한 서윤기를 이해해 주기로 했다.

담배를 물고 새빨간 불을 붙이자 밤바람과 함께 독한 냄새가 피어오른다. 아, 이런. 뒤늦게 서윤기가 걱정이다.

"담배 괜찮아요?"

원하면 꺼 줄 의향이 있었다.

"……."

서윤기는 답을 하지 않는다.

"응?"

"……."

눈은 저를 보고 있는데 왜 대답은 안 할까.

"끌까요?"

다시 물으니 서윤기가 당황한 낯빛을 했다. 그러다 미간을 찌푸리고는 말한다.

"뭐라고 했어요?"

그는 아무것도 들리지 않는 사람처럼 물었다. 방해하는 소음 하나 없는 이 테라스에서.

"딴생각 좀 했어요."

재빨리 덧붙이는 것이 영 못 미덥긴 했지만 별은 고개를 끄덕이며 다시 물었다.

"담배 싫어하냐고 물었어요. 싫으면 끄려고."

"아."

서윤기가 짧게 반응하며 고개를 저었다.

"근데 여기 금연 구역 아니에요?"

"그래요?"

"네."

"몰랐네."

별은 제 얼굴을 빤히 보고 있는 윤기를 보며 웃었다.

"아무도 말을 안 해서."

별이 닫힌 테라스의 문을 가리키며 말했다. 가리키는 손가락 사이에 끼워진 담배가 하얀 연기를 동반하며 타들어 간다.

"평소 인간관계가 좋지 못하신가 보네요."

부러 말을 꼰 윤기는 그럴 만하다는 표정을 짓고 있었다.

"그런 거 같아요?"

"그러니까 아무도 말을 안 하죠."

별은 재미있다는 듯 웃었다.

"말을 안 하는 게 아니라—"

"……."

"못 하는 거예요. 감히."

저번에 만났을 때 세상에서 가장 똑 부러진 척을 하더니 생각보다 순진한 모양이다. 이 짧은 시간 안에 빈틈을 몇 개나 보이는 건지.

"귀는 왜 그래요?"

아픈 걸 드러내다니. 약하기 그지없다.

| 2. 슈퍼스타 서윤기 |

윤기가 본능적으로 물러섰다. 혹시라도 말을 놓칠까 빤히 보고 있던 얼굴이 무섭게 느껴졌다. 웃고 있는 것도 아니고 그렇다고 심술궂은 표정도 아닌데 아무렇지 않은 얼굴에 밴 확신이 깊다.

"누가 보면 내가 잡아먹는 줄 알겠네."

별은 혼잣말 같은 타박을 하며 걸음을 당겼다. 겁먹은 토끼처럼 물러난 서윤기의 얼굴이 건물 그림자에 가려 보이지 않았다.

"아무것도 안 할게요."

별이 살살 달래듯 다정하게 말했다. 그 말이 진심인지 아닌지 가늠하느라 바쁜 서윤기는 별이 조금씩 저와 가까워지고 있음을 눈치채지 못했다. 새까만 하늘을 등지고 새하얀 슈트를 입은 별이 코앞까지 왔을 땐,

"……."

차가운 손가락이 귀에 닿았다.

"뭐 하는……."

뒤늦게 미간을 찌푸린 윤기는 고개를 돌리려 했지만 별이 더 빨랐다. 돌아가는 뺨을 그대로 쥐고 다시 자신에게 향하도록 고정하는 손. 밤바람의 공기가 여

자의 살가죽을 얼리기라도 한 것인지 얼굴에 살얼음이 돋을 것 같다.

"아픈 거면 병원을 가."

"……."

"혼자 낑낑거리지 말고."

○　◎　●

"우리 고객님들은 분홍색 말고 좋아하는 색이 없답니까?"

별이 마케팅팀이 제안한 새로운 시안을 노려보며 물었다.

"하늘 아래 같은 색은 없다고 온갖 색조를 다 만들 땐 언제고 왜 광고만 했다 하면 다 핑크색투성이일까."

무능하기 짝이 없는 직원들의 머리통을 보고 있자니 속이 뒤틀렸다.

이선그룹의 굵은 뿌리 중 하나인 화장품 사업은 자신이 대표로 있는 만큼 애정을 쏟는 사업이었다. 처음 지분을 갖게 되었을 때야 여자라고 화장품 사업이나 시키는 거냐며 성질을 냈지만 지금의 이선뷰티는 명실공히 김별의 마스터피스라 불리고 있었다.

"이사님, 그건 아무래도 10대, 20대 여성들이 선호하는 컬러가 핑크색이다 보니……."

용기 있는 누군가가 얼어붙은 분위기를 풀어 보려 입을 뗐지만,

"아―"

말을 끊은 별의 얼굴은 좀 전보다 더 굳은 채였다. 자리에서 일어난 별이 팔짱을 꼈다.

"선호도 조사를 하셨나 보네?"

"예?"

"방금 말했잖아요. 10대, 20대 여자들이 선호하는 컬러가 핑크색이라고."

"아, 그건……."

남자가 뒷말을 흐렸다. 팀장 자리에 앉은 지 얼마 되지 않은 이라 그런가. 그는 빤하게 보이는 김별의 살욕을 알아차리지 못했다.

이선그룹 임직원들에겐 살아남기 위한 몇 가지 수칙이 있었다. 그중 대부분은 성질머리가 더러운 별을 상대하기 위한 팁이었는데 '자리에서 일어난 별을 피하라'는 내용은 가장 상위에 기록된 절대적 수칙이었다. 기분이 하강선을 그릴 때면 시선을 내리까는 김 이사의 버릇 때문이었다.

"팀장님."

별이 심상치 않은 표정으로 그를 불렀다. 뒤늦게 분위기 파악을 한 남자가 주변 직원들을 쳐다보며 무언의 구조 요청 사인을 보냈지만 소용은 없었다. 모두 약속이라도 한 것처럼 바닥에 시선을 고정한 채 산은 산이요, 물은 물이로다 하고 있었기 때문이었다.

"묻는 말에 대답하셔야죠. 가는귀가 먹은 것도 아니실 텐데."

"……."

"귀가 아니라 입이 막히셨나."

"……저, 이사님."

별이 저를 부르는 남자를 한심하다는 듯 쳐다보았다.

"설마 팀장님의 머릿속 편견을 근거로 했다는 건 아니죠?"

"……."

아니라고 항변할 수 있다면 좋으련만. 정곡을 찔린 중년의 남자는 입을 다물고 고개를 숙였다. 여성을 타깃으로 하는 사업에서 핑크만큼 만만한 컬러는 없었다. 유니크한 매력은 없어도 실패할 확률이 적으니 모험하기 싫었던 그로서는 최선의 선택이었다.

다만, 간과한 것은 그의 상사인 김 이사가 현재에 안주하는 걸 극도로 싫어하는 사람이라는 점이었다.

"올해의 컬러가 무슨 색인지 아세요?"

입고 있던 노란색 슈트 재킷을 부러 휘날린 별이 물었다.

"예?"

"박 팀장님 이쪽으로 넘어오기 전에 이선의류에서 근무하지 않았나?"

"예……, 맞습니다."

별은 께름칙한 표정으로 고개를 끄덕인 남자를 향해 서늘한 미소를 지었다.

"이상하네요. 패션 사업에서도 컬러가 상당히 중요할 텐데⋯⋯. 당장 핸드폰으로 검색만 해도 나오는 걸 왜 모를까?"

"⋯⋯죄송합니다, 이사님."

딱히 기대를 한 건 아니었다. 이선의류의 대표가 그 망할 놈의 사촌 오라비인 윤주형이었으니 그 밑의 인사들이 제대로 일을 해 왔을 리 없다. 그렇다고 어영부영 봐줄 생각도 없었다. 대놓고 스파이 노릇을 하러 온 것 같은 인간을 멀쩡한 몸으로 돌려보내지는 않을 거다.

게다가, 스파이든 아니든 제 밑에서 일하는 한 '잘' 해야 한다. 윤주형 밑에서야 게을러빠진 머리를 굴리고 굴려 허접한 아이디어로 목숨 줄을 연명하는 게 가능했겠지만 제 밑에선 어림도 없으니까.

그때 노크 소리가 들렸다. 별이 형형한 눈으로 회의실의 문을 노려보았다. 미팅 중에는 지구 멸망에 비하는 일이 터지지 않는 한 방해하지 말라고 했던 것 같은데.

"죄송합니다. 이사님."

그걸 누구보다 잘 알고 있을 임 비서가 태블릿을 들고 나타났다.

"무슨 일입니까."

별이 차갑게 말했다. 들어 보고 보잘것없는 일이면 가만두지 않겠다는 의미가 역력한 얼굴이었다.

임 비서가 호기심 가득한 직원들의 눈초리를 가만히 보다 크게 숨을 들이켰다. 말로 해 봤자 좋을 것 같지가 않다.

"일단 보세요, 이사님."

임 비서가 기사를 띄운 태블릿을 내밀었다. 짜증스러운 표정으로 받아 낸 별이,

"아이, 쌍."

욕을 했다.

"어떤 개새끼가 내 새끼를 건들지?"

그러고는 또 욕을 했다.

"이사님⋯⋯."

그럴 줄 알았다는 듯 울 것 같은 표정을 지은 임 비서가 직원들의 눈치를 살폈다.

"우선 미팅 중단하시고 대책을 세우시는 게……."

"후……."

별이 생각을 정리하는 듯 허공을 응시하다 내내 털리고 있던 남자와 눈을 맞췄다.

"이번 주 안으로 시안 수정해서 다시 보고 올리세요."

흐르는 공기마저 베어 낼 것처럼 날 선 눈초리였다.

"네, 이사님."

일사불란하게 대답하며 일어나는 직원들을 보다 쯧, 혀를 찬 별이 분홍색으로 점철된 태블릿 화면을 까맣게 바꾸었다.

"웬만하면 야근하세요."

덧붙이는 것도 잊지 않았다.

○ ◎ ●

"홍보팀에 연락 넣었어?"

개인 집무실로 돌아온 별이 임 비서에게 물었다. 손에는 여전히 임 비서가 건넨 태블릿이 들려 있었고 그 안엔 별과 서윤기의 다정스러운 사진이 띄워져 있었다. 그 위에 적힌 '신데렐라 보이'라는 말이 참 우습다. 이왕이면 '연인'이나 '커플' 같은 예쁜 단어도 많은데.

"언론사 전체에 압력 넣고 있습니다. 법무팀에서도 움직이고 있고 포털 사이트 기사는 전부 내려갔습니다."

"첫 기사 배포한 언론사 어디야."

"찾기는 했는데 만들어진 지 얼마 되지 않은 신생 언론인 데다 인터넷 기사만 다루는 회사라 거의 찌라시입니다. 소속되어 있는 기자도 없는 것 같고요."

하하, 허탈하게 웃은 별이 답답하게 채워진 단추 몇 개를 풀었다.

"페이퍼 컴퍼니나 다름없는 언론사가 재계 인사들이 모인 파티장의 사진을 구했다?"

"윤 대표님 의심하십니까?"

눈치 좋은 임 비서가 물었다. 우스꽝스럽기 그지없던 돌잔치 당일에도 윤 대표와 김별은 서로 으르렁거리기 바빴다. 틈만 나면 별의 약점을 잡기 위해 혈안인 그가 용의선상에 오르는 건 이상한 일이 아니다.

"이 개새끼를 어떻게 족치지."

별이 책상 위에 있던 라이터를 당겨 불을 피웠다. 당장이라도 누군가의 멱을 딸 것 같은 기세에 한숨을 쉰 임 비서가 라이터를 빼앗았다.

"방화는 안 됩니다, 이사님."

라이터가 뿜어내는 불씨가 아무리 뜨겁다 한들 김 이사 눈에 박힌 분노에 비하면 따뜻할 것이다. 라이터를 빼앗긴 별은 책상 위로 눈을 돌렸다. 그 속셈을 모를 리 없는 임 비서가 흉기가 될 법한 가위나 칼 등을 재빨리 집어 들었다.

"찌르는 것도 안 돼요, 이사님."

한두 번 해 본 솜씨가 아니다.

○ ◎ ●

"엇, 선배님!"

눈을 감은 채 메이크업을 받고 있던 윤기가 익숙한 목소리에 눈을 떴다.

"안녕하세요, 선배님."

은호였다.

그는 오디션 당일 캐스팅이 확정되었다. 외모로 보나 연기력으로 보나 모자랄 것 없이 균형을 이루고 있던 그였으니 당연한 일이었다. 윤기 역시 그것에 이견이 있지는 않았다.

"선배님 옆에 앉아서 받아도 되죠?"

은호가 비어 있던 옆자리를 가리키며 말했다. 신인이라 인지도가 없어 그런지 숍의 직원들은 윤기의 눈치를 살폈다. 한눈에 보아도 연예인이라는 느낌이 드는 은호였지만 이렇다 할 신원도 없고 동행한 매니저도 없이 예약만 덜렁 한 고객일 뿐이었다.

"그래요."

윤기가 직원들을 향해 괜찮다는 듯 고개를 끄덕이며 말했다. 대놓고 눈치를 주는 직원들의 눈초리에도 기가 죽지 않던 은호는 기쁜 표정으로 옆자리에 앉았다.

"누구예요? 신인?"

내내 윤기를 담당하던 숍의 원장이 속삭이듯 물었다. 메이크업을 받는 동안 말하는 법이 별로 없는 윤기라는 걸 모르지 않았지만 은호의 인상적인 등장이 호기심을 자극했다.

"이번에 저랑 드라마 찍는 신인이에요."

"아, 그래요? 어쩐지. 일반인이라기엔 튀더라."

윤기가 말없이 웃으며 다시 눈을 감았다.

"근데 자기랑 좀 닮았다?"

"그런가."

"이목구비도 이목구빈데 분위기가 엄청 닮았네."

윤기는 부러 눈을 뜨지 않았다. 거울에 비친 정은호의 모습을 보면 어딘가 소름이 끼칠 것 같았다. 오디션장에서 그랬던 것처럼.

저를 롤 모델로 삼는 신인 배우나 아이돌이 없었던 것은 아니다. 아이돌로서도, 배우로서도 유례없는 성공을 거둔 저를 흉내 내는 사람들이 있는 건 기분 좋은 일이었다. 그만큼 제가 괜찮은 본보기를 보이고 있다는 뜻이니까.

그런데 정은호는 왠지 모를 불쾌함을 자아낸다. 거울 속에 비친 제가 저의 의지와 상관없이 움직이는 모습을 보는 느낌.

"저, 선배님."

그때 은호가 윤기를 불렀다.

"그 기사 진짜예요?"

"기사요?"

"어제 인터넷에 떴던 기사요. 못 보셨어요?"

악의 없는 표정의 은호는 혹시 모르시는 거냐며 친절히 기사 내용을 읊어 주었다. 당연히 윤기도 기사에 대해 알고 있었다. 포털 사이트에 사진이 올라오자마자 매니저는 물론이고 소속사 전체가 발칵 뒤집혔으니까. 어지간히 큰일이 아니면 저에게 따로 연락을 하지 않는 소속사 대표까지 몇 번이고 전화를 해 사실이냐 물었었다.

"봤어요."

윤기가 대답했다.

"근데 신경 쓸 필요 있나?"

"네?"

"사진이야 그냥 찰나에 찍힌 거고 기사 타이틀은 원래 자극적이니까."

은호는 아— 하고 순하게 고개를 끄덕였다.

"저는 두 분이 워낙 다정해 보여서 연인인 줄 알았어요."

순전히 호기심에 물은 것 같았다. 썩 기분 좋은 질문은 아니었지만 아직 이 바닥 생리를 모르는 후배에게 이 정도 일로 불쾌감을 드러낼 수도 없다.

"친하긴 하죠."

아무렇지 않은 표정으로 대답한 윤기가 어깨를 으쓱였다. 이 정도 대답이 가장 적합했다. 사람들의 물음에 어떻게 대응할지 그쪽과 입을 맞춘 것은 없지만 아마 비슷하게 움직일 것이다. 누가 봐도 불순한 의도가 깔려 있는 '신데렐라 보이'라는 타이틀을 부정하기 위해서라도 김 이사와 저는 친한 척할 필요가 있으니까.

"저도 친해지고 싶어요."

은호가 말했다.

"그분이랑."

윤기의 눈살이 일순간 찌푸려졌다. 오디션장에서 느꼈던 소름이 또 한 번 온몸을 관통한다. 저를 빤히 보고 있는 눈이 순하고, 뜨겁다.

○　◎　●

「서윤기, 13년 의리 대신 돈 택하나」

「트러블 메이커 서윤기, 현 소속사와 계약 파기」
「서윤기 소속사 대표, 당혹감과 배신감 느껴」

윤기는 온종일 시끄러운 하루를 보냈다. 매스컴에 이름을 올리며 가십거리 노릇을 하는 게 하루 이틀 일도 아니고 불과 며칠 전까지만 해도 김 이사와 스캔들이 나기도 했었지만 오늘은 평소와 결이 다르다.

데뷔 이후 단 한 번도 소속사를 옮기지 않은 그가 소속사와 법정 다툼에 휘말린 탓이었다. 예전에는 소속사를 옮기는 것에 대해 부정적인 여론이 많았지만 요즘엔 계약 기간도 짧고 딱히 나쁘게 생각하는 사람은 많지 않았다.

하지만 키워드가 심상치 않았다. 의리, 돈, 계약 파기, 배신감 같은 부정적 단어들이 아젠다로 세팅되었다. 성 대표의 발 빠른 여론 몰이였다.

○ ◎ ●

"이렇게까지 해야겠어?"

소속사 건물로 들이닥친 윤기가 성 대표를 노려보았다.

"너야말로 이렇게까지 해야겠냐? 계약 파기? 우리 사이가 이 정도밖에 안 돼?"

"우리 사이?"

윤기가 배신감에 치를 떨며 물었다. 소파에 앉지도 못하고 연거푸 마른세수를 하는 그는 평소 지나치게 침착해 보이던 여유마저 잃은 듯 보였다.

벌어 온 돈의 대부분을 신인 양성과 부가적인 사업에 쏟을 때도, 제 컨디션은 고려하지 않고 스케줄을 채울 때도 못 이기는 척 따랐지만 이번만큼은 용납할 수가 없었다.

"뭐가 그렇게 당당해?"

적당히를 모르는 성 대표의 욕심이 지긋지긋할 때가 한두 번이 아니었지만 어디까지나 생각일 뿐이었다. 무정하고 차가워 보이는 서윤기도 결국 사람인지라 아무것도 아니던 자신을 발굴해 스타로 키워 낸 성 대표를 외면하기는 쉽지

않았다. 하지만,

"형이 날 스토킹했잖아."

모든 것에는 정도라는 게 있다.

"야, 그건⋯⋯."

"위치 추적도 모자라 핸드폰 도청까지 했으면서 뭐가 이렇게 당당해."

간혹 이런 경우가 있었다. 계약 만기가 얼마 남지 않은 시점에 소속 연예인이 타 소속사와 접촉하지 못하도록 '관리' 하는 것. 물론 20년 전쯤에나 만연하던 구시대적 방식이었다. 연예인의 인권이 옆집 개만도 못하던 시절. 그러나 지금은 2021년이었다.

"고소 대신 계약 파기 정도로 끝내는 걸 고맙게 생각해야지. 내가 변호사한테 도청 증거 넘기길 원해?"

"야, 인마. 그건 그냥 관리 차원에서 한 거라고 몇 번을 말하냐. 별거 아니라니까? 네가 지금 너무 예민하게 반응하는 거야."

"그걸 지금 말이라고⋯⋯! 사람들이 상품, 상품 하니까 내가 진짜 물건 같아?"

울컥하고 올라오는 분노를 간신히 갈무리한 윤기의 호흡이 불규칙하게 들썩였다.

"그래, 그래. 너 화난 거 알겠어. 앞으로 안 그럴게. 일일이 관리하기 힘들어서 그런 건데 네가 싫으면 안 할게. 안 한다니까?"

"내가 형을 어떻게 믿어."

윤기가 피로가 역력하게 묻은 눈을 깜빡이며 말했다.

"15년을 알고 지낸 형이 내 일거수일투족을 감시해 왔다는데 내가 뭘 어떻게 믿느냐고."

"윤기야."

"더 말할 필요 없어. 그냥 깔끔하게 계약 해지해. 그럼 나도 더 말 안 해."

마음을 굳힌 그에게 설득은 무의미했다. 애초에 설득이 가능한 종류의 사안도 아니었고.

덕분에 성 대표는 조급해졌다. 황금알을 낳는 거위나 마찬가지인 그를 잃을 수도 있는 상황이었다. 최근 계약 만기가 다가오면서 감시의 폭을 무리하게 넓혔더니 꼬리가 잡히고 말았다. 들키지 않을 수 있었는데. 자신의 잘못이라고는 생각하지 않았다. 열다섯의 서윤기를 지금의 위치에 올려놓은 장본인이 자신이라 믿어 의심치 않았으니까. 그러니 그의 상식에선 그가 서윤기를 통제하고 소유하는 게 당연했다.

"법대로 해."

성 대표가 어쩔 수 없다는 듯 말했다. 안타까운 척 가식을 떨고 있기는 했지만 그의 눈엔 탐욕의 바다가 흐르고 있었다.

"법?"

윤기가 헛웃음을 뱉었다. 죄를 지은 사람이 법대로 하라고 하니 돌연 미친 것인가 싶었다.

"말했잖아. 관리 차원이었다고."

"도대체 무슨 관리 때문에 그런 짓을 했다고 할 건데."

"지금까지 너한테 붙었던 스토커가 한두 명이야? 혼인 신고서만 몇백 장씩 써서 편지 부치는 애, 홀딱 벗고 알몸으로 들이대는 애, 숙소 문 따고 들어가서 먹고 자고 씻는 애까지 내가 아는 것만 나열해도 하루 종일이야. 그런 애들 때문에 보호 차원에서 한 조치라고 하면 돼."

"형."

"내가 너 위치 추적하고 도청해서 부당 이익을 얻은 것도 아니잖아. 안 그래?"

본래 가진 것보다 더한 걸 원하는 사람이기는 했지만 이토록 역겨운 이는 아니었는데. 윤기는 제 앞에 앉은 이가 본인이 알던 성 대표가 맞는지 의심스러웠다.

"법대로 하면 너도 떳떳할 건 없어. 우리 계약 기간 1년 남은 거 잊었어?"

○ ◎ ●

내막이 어떻든 사람들은 자극적인 타이틀에 집중했다. 성 대표는 제가 갖지 못할 바에야 아무도 갖지 못하게 만들고 싶은 모양인지 흠집 내기에 최선을 다했다. 불쾌한 단어를 나열하고 말을 아끼는 척 많은 말을 했다. 피해자인 척 씁쓸함 가득한 그의 가면은 대중들의 측은지심, 무엇보다도 엔터테인먼트 업계 자체의 동정을 얻었다.

그와 달리 윤기는 침묵을 택했다. 어차피 법정 싸움을 피할 수 없다면 말을 아끼는 편이 좋았으니까. 문제는 그 선택이 법정 싸움에서만 유리했다는 것이었다.

"야, 서윤기 스폰 생긴 거라며?"

"스폰?"

"저번에 이선그룹 대편가 이산가 하는 사람이랑 스캔들도 났었잖아. 중국 재벌한테 스폰받은 거라던 소리도 있던데?"

"야, 서윤기가 뭐가 아쉬워서? 지금까지 번 돈이 얼만데."

"그러니까 사람 욕심에 끝이 없다는 거야. 그런 게 아니면 그 소속사에 가만히 잘 있다가 왜 나오는데."

사람들 사이에 알음알음 더러운 루머가 돌았다.

"아니야, 내 친구가 그 소속사 연습생인데 서윤기 요즘 유부녀 만난대."

"유부녀?"

"응, 만난 지 꽤 오래된 것 같다고 하더라고. 그 바닥에선 유명해서 비밀도 아니래."

"미친. 진짜?"

"그렇다니까? 소속사에서 못 만나게 하니까 나오는 거래."

디테일한 부분은 이래저래 다양했지만 맥락은 하나였다. 서윤기가 사사로운 욕심에 눈이 멀어 13년간 자신에게 헌신한 소속사를 버린다는 것. 여론이 좋지 않았다. 안티들은 이때다 싶어 그를 돈에 미친 자로 만들었고 대중들은 쉽게 믿었으며 팬들은 말하지 않는 그를 불안해했다.

그에 비해 성 대표는 능수능란했다. 연예계 바닥을 10년 넘게 버텨 온 그의 내공은 제법 견고했다. 그는 윤기를 향한 여론 악화를 강화하기 위해 공식 입장을 발표했다. '큰손'이라 불리는 재벌들과 친목을 쌓은 이후로 서윤기의 태도가 변했다는 내용이 주된 것이었다.

성 대표가 큰손이라 칭하는 이들은 실제로 아무런 문제가 없는 일반적인 투자자들이었지만 기사에는 '스폰서'라는 단어가 쓰였다. 그것 역시 문자 그대로 읽으면 문제 될 것이 없었지만 한국 사회에서, 그것도 연예계에서 스폰서라는 단어는 부정적인 의미를 내포하고 있었다.

그저 돈 때문이라고 해도 타격이 클 판에 스폰서라는 단어까지 집어넣어 명예를 훼손하니 윤기로서도 한계가 올 수밖에 없었다. 결국 윤기 역시 변호사를 통한 공식 입장을 발표했다.

하지만 지루한 진실보다 흥미로운 거짓이 더 강한 법이었다. 모든 것은 악의적인 헛소문일 뿐이며 소속사 측의 명백한 실책으로 계약을 파기하는 것이라는 윤기 측 변호사의 주장은 그리 매혹적이지 않았다.

"야, 소속사 사장이 서윤기 도청했다는데? 미친 거 아냐?"

"그거 서윤기 스토커 때문이라던데. 증거 수집 때문에 어쩔 수 없었대."

"아무리 그래도 요즘 같은 세상에 도청이 뭐냐."

"서윤기도 알고 있었다는데 뭐가 문제야."

"그런가."

"스폰서 얘기 나오고 그러니까 괜히 이상한 트집 잡는 거 아니야?"

위치 추적과 도청을 통해 사생활 침해를 겪었다는 사실까지 언론에 공개했지만 여론은 크게 바뀌지 않았다.

○　◎　●

윤기가 멀리 보이는 사람들 모습에 한숨을 쉬었다. 정신없는 촬영장에 제작사 측 사람들이 와 있다는 건 열에 아홉은 좋지 않은 일이었다. 벌써 몇 년 전 일처럼 느껴지는 마약 스캔들 때에도 느닷없이 나타나 살려 달라며 바짓가랑이를 붙잡던 이들이었다.

"하……."

작게 한숨을 쉬기 무섭게 팔짱을 끼고 있던 이들이 우르르 몰려온다.

"윤기 씨! 아, 왜 이렇게 연락이 안 돼."

제작사 대표가 다그치듯 말했다. 주변에 사람들이 있든 말든 높이는 목소리에 배려라고는 없었다. 윤기가 눈살을 찌푸리며 매니저를 향해 눈짓했다. 매니저가 눈치껏 자리를 피하며 현장 스태프들에게 인사를 건네기 시작하자 무리들도 목소리를 낮추기 시작한다.

"굿이라도 해야 안 되겠어."

두어 번 헛기침을 한 제작사 대표가 윤기의 등을 두드리며 말했다.

"뭐 하나 수습하면 또 다른 게 터지니 말이야."

나름 걱정하는 투를 흉내 내는 것 같기는 한데 등에 닿는 감촉이 꼭 뱀이 지나가는 듯해 윤기는 눈살을 찌푸렸다.

"일단 들어가서 얘기하자."

등을 감싸던 손을 자연스레 어깨 위로 올리던 그는 부족한 키에 까치발을 들다 이내 포기했다.

"우리 윤기 생각보다 키가 크구나?"

대기실로 걸음을 옮기려던 그는 덕분에 발이 꼬일 수밖에 없었다.

많은 이들이 서윤기의 얼굴만 보고 그의 덩치가 크고 단단하다는 걸 자주 잊었다. 키는 185cm를 웃도는 장신에 운동 중독 수준으로 관리하는 그의 몸은 웬만한 모델보다도 훌륭한 자태를 자랑했다.

"기다리세요."

걸음을 멈추고 선 윤기가 그에게 말했다.

"응?"

"기다리시라고요. 약속 안 하고 오셨잖아요."

그러면서 멀리 카메라를 세팅하고 있는 스태프들을 가리켰다.

"아니, 그래도 지금 사안이 너무……."

"저녁 8시쯤이면 끝날 거니까 기다리세요. 급한 일 있으시면 다녀오셔도 되고요."

"……."

당황한 제작사 대표가 아무 말도 못 하는 사이, 윤기는 벌써 멀찍이 걸어가고 있었다. 긴 다리로 성큼성큼 나아가는 등판을 바라보던 대표는,

"싸가지 없는 새끼."

조용히 중얼거렸다.

결국 윤기는 당일 촬영 분량을 모두 끝내고 나서야 대기실에 들었다. 대기실 소파에 비스듬히 누워 시간을 때우고 있던 제작사 대표는 헛기침을 하며 느릿느릿 몸을 일으켰다.

"말씀하세요."

윤기가 말했다. 함께 왔던 다른 이들은 늦어지는 촬영에 먼저 퇴근이라도 한 건지 그는 혼자뿐이었다.

그가 갑자기 헛웃음을 터트렸다. 저를 이렇게나 기다리게 한 콧대 높은 서윤기가 신기했다. 제아무리 난다 긴다 하는 연예인이라도 제작사 대표라는 직함 앞에선 적당히 고개를 숙이기 마련인데 서윤기는 짜증스러울 정도로 뻣뻣하다. 아쉬울 거 없다는 건가.

그가 소파 등받이에 한쪽 팔을 올리고 다리를 꼬았다.

"지금 상황 안 좋은 거 알지?"

"죄송하게 생각하고 있습니다."

윤기는 무심하게 대답했다. 말도 안 되는 루머들이 하루에도 몇 번씩 만들어지는 게 제 잘못은 아니었지만 책임이 없다고는 할 수 없었다.

"그래……."

생각보다 고분고분하게 나오는 그에 잠시 할 말이 없어진 대표는 헛기침과 함께 목소리를 가다듬었다.

"일단 나한테 상황을 좀 알려 줘. 지금 소속사랑 계약 해지하는 건 맞는 거야?"

"네."

"하……. 그럼 그 성 대표가 말하는 것들도 다 맞고?"

"아니요."

잠시 눈살을 찌푸린 그가 아니야? 하고 확인하듯 다시 물었다.

"아닙니다. 대표님께서 걱정하실 일, 없을 겁니다."

"아니, 어떻게 걱정을 안 해. 주연 배우가 중국 스폰서니 유부녀를 만난다느니 별소리를 다 듣고 있는데……!"

"……"

가리지 않고 말을 쏟아 내던 그가 뒤늦게 윤기의 눈치를 살폈다.

"그러니까 내 말은……."

윤기는 아무렇지도 않았다. 하지만 좀 웃기기는 했다. 다른 배우의 마약 스캔들이 났을 땐 저를 유일한 구세주인 양 치켜세우더니 이제 와 문제아 취급 하는 게 우스웠다.

"그냥 루머일 뿐이니까 걱정하지 마세요."

"정말 다 루머야? 전부?"

"네."

대표가 후, 안도의 한숨을 쉬었다. 정이 가는 타입은 아니었지만 일말의 망설임도 없이 대답하는 서윤기를 믿어 보기로 했다. 설사 문제가 생긴다 하더라도 서윤기 정도면 위약금을 요구하기도 쉬울 것이다.

"근데 말이야."

하지만 한 가지는 궁금했다.

"그 김 이사님이랑…… 정말 아무 사이 아니야?"

분명 투자금 유치를 위해 식사 자리에 함께 가자고 할 때까지만 해도 학을 떼고 싫어하던 서윤기였다. 어르고 달래 식사 자리까지 동행하기는 했지만 그 자리에서도 못마땅한 기색을 숨기지 않았던 그가 김 이사와 함께 파티장에 있었다는 게 믿어지지 않는다.

생각해 보면 이선그룹의 김 이사도 이상했다. 제아무리 서윤기의 팬이라고 해도 사사건건 언짢아 보이는 그의 태도에 기분이 상할 법도 한데 화를 내기는 커녕 서운하단 말 한마디도 하지 않았었다.

물론 그날 이후 김 이사가 확답을 주지 않고 시간을 끌기에 이런 식으로 복수를 하는구나 생각했다. 하지만 서윤기와 독대를 한 날 바로 계약은 체결되었고 먼저 제안했던 금액보다 더한 금액이 제작사 측으로 들어왔다.

과연 그 일련의 사건들 사이에 서윤기가 아무 영향도 주지 않은 게 맞을까.

"무슨 말이 듣고 싶으세요."

눈을 매섭게 다듬은 윤기가 물었다.

"아니, 나는 그냥 궁금해서 그러지. 궁금해서……."

"아무 사이 아닙니다."

"그래?"

"네."

칼같은 부정이었다.

○　◎　●

"지금 시간에 어쩐 일이세요?"

평소보다 이른 시간에 출근한 별을 보며 임 비서가 물었다. 검은색 슈트를 빼입고 볼드한 액세서리로 멋을 낸 별은 대답 대신 미간을 찌푸렸다.

"마케팅팀 사람들 다 출근했죠?"

"네? 아, 네. 그럼요."

잘됐네, 하고 대답한 별이 손목을 들어 시간을 확인했다.

"30분 뒤에 회의 소집하세요."

"갑자기요?"

"어차피 오늘 오후에 하반기 광고 미팅 있지 않나?"

뭐가 문제냐는 듯 별이 어깨를 으쓱였다.

"그거야 오후에……."

"그거 좀 몇 시간 당긴다고 누가 죽어요?"

그제야 별의 불편한 심기를 알아차린 임 비서가 깍듯이 고개를 숙였다.

"아닙니다, 이사님. 준비하겠습니다."

임 비서의 충성스러운 대답에 대충 고개를 끄덕여 대답한 별이 쓰고 있던 선글라스를 신경질적으로 벗었다. 불규칙한 숨소리와 보폭이 넓은 걸음걸이, 언뜻 보이는 하얀 안광까지. 임 비서는 30분 뒤 벌어질 회의가 벌써부터 살벌하게 느껴졌다. 조심성 없는 손짓으로 사무실 문을 열어 재끼는 뒷모습을 보면 추측이라기보단 확신이었다.

○ ◎ ●

"윤기야, 너 진짜 괜찮겠어?"

윤기의 매니저가 거의 울다시피 물었다.

"너 물 좋아하지도 않잖아."

그의 무릎은 바다에 거의 닿을 듯 내려가 있었다. 사전에 협의되지 않은 수중 촬영을 제안한 감독 때문에 그는 거의 미칠 지경이었다. 안 그래도 소속사와 윤기 사이에 생긴 갈등이 점차 몸집을 불려 회사에선 차량을 회수하고 개인 스태프들에게까지 철수 명령을 내린 상태였다.

미동조차 없던 서윤기가 거울에 비친 매니저를 보았다.

"형."

피곤과 예민함이 적절히 섞인 목소리.

"시끄럽게 할 거면 퇴근해."

윤기 역시 회사 측의 철수 명령을 알고 있었다. 제아무리 저의 스태프라고 하더라도 엄연히 회사의 직원이었으니 제 옆에 있는 게 좋을 리 없었다. 그런데도 개인 차량을 이용해 일을 돕고 있는 매니저 형과 스타일리스트 누나들을 보고 있으면 미안한 마음이 들 수밖에 없었다. 그러니 못된 말이라도 해야 한다. 좋은 말로 하면 떠날 사람들이 아니니.

"네가 물귀신이 되게 생겼는데 퇴근은 무슨!"

매니저가 답답하다는 듯 가슴을 쳤다. 능구렁이 같은 감독이 제안한 수중 촬영은 그저 그런 수중 촬영이 아니었다. 실제 절벽에서 바다로 추락해 꽤 오랫동안 물속에서 발악을 해야 하는 고난이도의 촬영이었다.

사실 서윤기 정도의 경력 있고 위치 있는 배우라면 적당히 거절해도 문제가되지 않았다. 감독의 성향이 배우의 리얼함을 추구하는 쪽이라고 해도 이 정도의 난이도는 스턴트 배우의 도움을 받는 게 상식적이었다.

그러나 요즘 촬영장의 분위기가 심상치 않았다. 소속사와의 갈등이 생각보다 오래 지속되자 동료 배우들이나 스태프들이 여론의 눈치를 보기 시작한 것이었다. 언제는 서윤기 때문에 대박이 날 거라더니, 이제는 서윤기 때문에 망할 거라며 원망 어린 눈을 하는 꼴이었다.

"아, 진짜! 다른 건 좋다, 싫다 말만 잘하면서 이럴 땐 왜 갑자기 착한 척이야!"

울화통이 터진 매니저가 목소리를 높였다.

"척?"

"아, 아니……."

매니저가 다급히 고개를 젓는다.

"내 말은……. 어차피 사전 협약에 없던 장면이라 거부하면 그만이라는 거지. 그런데 왜 그런 위험한 장면을 직접 하려고 해. 응?"

글쎄— 말을 늘인 윤기가 눈매를 가늘게 다듬었다.

"필요한 장면이니까?"

"뭐?"

"처음 대본 봤을 때부터 이 장면은 편집점 없이 한 번에 찍으면 좋겠다고 생각했어. 그러려면 내가 처음부터 끝까지 촬영하는 게 맞아. 중간에 스턴트 배우 쓰면 맛이 안 산다고, 맛이."

"이 미친놈……."

매니저는 등골이 서늘해짐을 느꼈다. 태평하게 맛 타령이나 하고 있는 걸 보니 진심인 게 분명했다. 촬영장 스태프들의 눈치를 보는 것도 아니고, 감독에게 인정받기 위함도 아니고, 그저 진심으로 그 장면을 소화하고 싶은 거였다.

그렇다면 서윤기는 웬만한 것이 아닌 이상 고집을 꺾지 않을 것이다.

"윤기야."

매니저가 한껏 과장된 미소를 지었다.

"네가 뛰겠다는 그 절벽이 몇 미터 높이인지는 알아?"

"모르지."

"아니……."

매니저는 가만히 이마를 짚었다.

"지금 밖에 되게 추워."

"알아, 아직 봄이잖아."

"아는데 왜 뛰려고 그러지? 물속은 더 추운데? 너 감기 걸리면 한 달은 고생하잖아. 그럼 다음 촬영에도 민폐야."

"감기 안 걸리면 되지."

"네가 무슨 철인도 아니고 감기에 어떻게 안 걸려. 그게 마음대로 되는 거야? 감기 안 걸려야지, 하면 안 걸리게?"

"나 여름에만 감기 걸리는 거 알잖아."

퉁명스러운 대꾸에 매니저는 순간 말문이 막혔다. 실제로 서윤기는 여름에만 감기에 걸리는 이상한 인간이었다. 매년 여름이 되면 통과 의례처럼 한 달 내내 앓다가 그 한 번을 넘기면 다음 해 여름이 올 때까지 감기에 절대 걸리지 않는 식이었다.

"하……."

• 매니저가 속으로 이너 피스를 되뇌었다.

"윤기야, 그 높이에서 물로 떨어지는 건 쉬운 일이 아니야. 그냥 뛰면 끝인 거 같지? 사뿐하게 풍덩? 뭐 그런 거 같지?"

매니저는 직접 뛰는 시늉까지 보이며 열정적인 설득을 시작했다.

"떨어진 다음은 또 어떻고! 떨어져서 한 30초 정도 숨 참으면 끝날 거 같지? 밑에 있는 다이버분들이 1초 만에 낚아서 수면 위로 올려 줄 것 같지? 수온은 차갑고 숨은 막히고 어디 잡을 데는 없고……."

"아."

인상을 찌푸린 윤기가 다리를 꼬았다.

"짧게 말해, 짧게."

"후, 그래. 짧게 말하자, 짧게."

매니저는 조금 지친 듯한 목소리로 말했다.

"얼굴부터 떨어지면 어쩔래."

"얼굴?"

"그래, 네 얼굴. 수면에 네 얼굴부터 닿으면 어떡할 거야. 네 그 잘난 얼굴 갈려도 돼? 배우 인생 그날로 끝일 텐데 그래도 되는 거야?"

"아, 그건 좀……."

그제야 윤기는 심각한 표정을 지었다. 창과 방패의 싸움 같았던 언쟁 내내 무심한 표정이던 그가 미간을 찌푸리기까지 했다. 모공도 보이지 않을 만큼 결점 없는 피부 덕에 눈만 감으면 조각상인가 싶던 그에게 생기라는 게 부여되는 순간이었다.

"보험 들어 놨지?"

꽤 긴 침묵을 지키던 윤기가 물었다.

"보험?"

"얼굴 보험 안 들어 놨어?"

긴 손가락으로 제 얼굴을 가리키는 윤기에 공기처럼 존재하던 스타일리스트가 픕, 웃음을 터트렸다.

"안 들어 놨으면 지금이라도 들어 놔. 형 말대로 얼굴 갈리면 은퇴해야 되는데 돈이라도 있어야지."

애초에 이기지 못할 싸움이었다.

| 3. 무소불위의 권력자 |

서윤기가 절벽에서 떨어졌다. 흔한 와이어도 없었고 대역도 없었다. 감독이 원한 대로, 또 본인이 원한 대로 서윤기는 절벽에서 떨어져 제주도의 차가운 바닷물을 몇 번이나 삼켜 댔다.

"괜찮아? 춥지?"

오전부터 시작한 촬영은 해가 떨어지는 저녁이 되어서야 끝이 났다. 서윤기의 매니저는 다이버들의 부축을 받으며 뭍으로 나오는 윤기에게 두터운 담요를 둘러 주었다. 다 젖은 머리카락에선 소금기 가득한 물방울이 계속해서 떨어졌고 붉었던 입술이 파랗게 질려 있는 꼴은 애간장을 녹인다.

"비켜. 모니터링하게."

얼어 버린 입을 한 주제에 서윤기는 고고했다. 매니저가 한숨과 함께 주변을 노려보았다. 한껏 집중한 눈으로 모니터 화면을 보던 감독은 서슬 퍼런 매니저의 기세에 어깨를 움츠렸다.

"서윤기! 명장면 나왔어! 아주 좋아."

일부러 박수를 치며 유난을 떤 감독이 엄지를 치켜들었다. 사전 리허설을 여러 번 했음에도 불구하고 몇 번씩이나 촬영을 반복하게 한 장본인이 바로 그라는 걸 생각하면 뻔뻔하기 짝이 없는 행동이었다. 처음엔 카메라 워크와 조명의 각도 따위를 따지면서 횟수를 늘리더니 막판에는 태양이 걸리는 위치에도 딴지를 걸었다.

물론 서윤기의 표정과 대사에도 말을 얹었다. 대본 리딩과 리허설을 진행할 때 협의를 본 사항이면서 끝없이 수정하는 꼴을 보다 못한 매니저가 항의하려고 했지만 당사자인 서윤기가 제지하는 바람에 잠자코 있는 수밖에 없었다.

그래 놓고 이제 와 박수를 치며 공치사라니. 매니저의 속이 뒤집히는 건 당연한 일이었다.

"윤기 씨, 고생했어요."

뒤늦게 현장 스태프들이 다가와 격려의 말을 더했다. 모든 상황이 부조리하게 흘러가는 와중에도 무심한 표정을 지은 윤기는 모니터 앞으로 유유히 걸어갔다. 그가 걸음을 옮길 때마다 만들어지는 바닥의 발자국은 아무리 닦아도 마르지 않는 바닷물의 흔적이었다.

"……."

커다란 눈이 매섭게 다듬어진다. 모니터 속 자신의 모습을 조금도 놓치지 않으려는 게 꼭 매 같다. 사냥감을 눈앞에 둔 매.

집중한 입술이 스리슬쩍 벌어지는 동안 평평한 미간은 느릿느릿 구겨졌다. 그렇게 한참을 보던 윤기가 됐다는 듯 고개를 끄덕인다.

"고생한 보람이 있지?"

마음에 든다는 뜻이라는 걸 눈치챈 감독이 말했다.

"잘 나왔네요."

"거봐, 잘 나올 거라고 했잖아."

감독의 너스레에 이어 연출부 스태프들의 칭찬이 이어졌다.

"감독님!"

분위기 좋던 그 사이로 연출부 막내가 헐레벌떡 뛰어왔다.

"어휴, 넌 왜 소리를 지르고 난리냐!"

감독 옆에 착 붙어 있던 조연출이 타박을 주었다. 감독에게 받는 구박을 막내한테 고스란히 물려주는 재미로 사는 그였다. 이쯤이면 냉큼 죄송하다, 허리를 숙일 법한데 이상하게 막내의 얼굴이 굳어 있다.

"너 뭐 사고 쳤냐?"

조연출이 물었다.

"아니, 그게 아니고……."

"그럼 왜."

"아니……."

"아, 왜!"

쭈뼛거리며 말을 더듬는 막내와 조연출의 실랑이가 벌어지는 동안, F1 경기장에서나 날 법한 타이어 마찰음이 울려 퍼졌다. 여전히 모니터 화면만 보고 있던 윤기도 고개를 들어 상황을 확인할 정도의 큰 소리였다.

"기, 김 이사님이 오셨어요……."

덜덜거리는 막내의 뒤로 별이 보인다. 봄이라고 해 봤자 저녁이 되면 쌀쌀해지는 제주도에서 하드톱을 열고 운전하는 사람은 김별이 유일할 것이다.

"미친 건가, 진짜."

윤기가 중얼거렸다. 새까만 오픈카 뒤로 케이터링 트럭도 보인다. 몇 대를 부른 건지 이선호텔의 로고가 박힌 트럭의 수가 한눈에 세어지지 않는다.

운전석에서 내린 별은,

"못 올 데 온 건가?"

천연덕스럽게 물었다. 웬만한 투자자들도 현장을 방문할 때는 조용히 와서 조용히 가는 게 보통이었다. 하지만 김 이사는 평범함을 거부하는 게 취미인 모양이다. 아주 작정하고 온 사람처럼 허리 장식이 독특한 슈트 차림을 한 것도 모자라 어깨까지 내려오는 귀걸이를 하고 나타났다.

"이, 이사님!"

뒤늦게 정신을 차린 감독과 연출부 사람들이 뛰쳐나갔다.

"제주도까지 어떻게 오셨어요?"

"우리 호텔 제주도 지점 관련해서 일하러 왔다가 잠깐 들렀어요. 방해한 건아니죠?"

감독은 방금 막 촬영이 끝났다며 손사래를 쳤다. 설사 방해되었다고 한들 방해라고 말할 강심장이 어디 있을까. 바지 주머니에 손을 꽂고 고개를 기울이는 모양새가 살벌하기 그지없는데.

"다행이네요."

웃어 보인 별이 감독 뒤에 선 윤기를 쳐다보았다. 커다란 타월과 담요로 무장하고 있긴 했지만 한눈에 봐도 좋지 않은 꼴이었다.

"무슨 촬영 하셨어요?"

별이 윤기에게 시선을 고정한 채 물었다.

"누가 보면 물고문이라도 한 줄 알겠네."

농담처럼 중얼거리는 별에 감독은 물론이고 촬영장에 있던 모든 스태프들의 얼굴이 하얗게 질렸다. 덧붙여 의외라는 듯 눈알을 굴리기도 했다. 안 그래도 좋지 않은 구설수에 휘말린 두 사람이라 겉으로는 알은척도 안 할 줄 알았는데 오자마자 서윤기부터 챙기고 있으니.

"수중 촬영이 있어서……."

그때 윤기가 한 걸음 나와 말했다.

"괜찮습니다."

"그래요?"

별이 물었다. 아니라고 대답하길 기다리는 사람처럼 묻는 얼굴에 감독과 스태프들은 윤기의 눈치를 살폈다.

"네, 신경 안 쓰셔도 됩니다."

윤기는 그들이 원하는 답을 해 줬다.

"어떻게 신경을 안 써요."

하지만 별은 그들이 원하는 말을 할 생각이 없었다.

"서윤기 씨 고생하지 말라고 투자란 투자는 다 한 것 같은데……. 모자랐나?"

농담 같은 말이었지만 그 속에 담긴 진짜 의미를 못 알아듣는 이는 없을 것이다. 서윤기를 고생시켰다간 가만있지 않겠다는 확고한 의지 표현이었으니까.

"아, 다들 밥 안 먹었죠?"

주변을 천천히 돌아본 별이 물었다. 딱딱하게 굳어 있던 스태프들의 얼굴이

삽시간에 우울해졌다. 해가 지면 철수해야 하는 야외 촬영 특성상 제때 밥을 먹기란 불가능에 가까운 일이었다.

"이선호텔에서 케이터링 준비했으니까 식사들 해요."

줄지어 서 있던 트럭들이 식욕 돋우는 내음을 풍기며 착착 세팅되기 시작했다. 당장 입안에 무엇이라도 넣고 싶어 안달이 난 스태프들이 발을 동동 굴릴 즘, 한마디 더.

"식사 다 하고 나면 짐 챙기세요. 호텔에 숙소도 준비해 놨으니까."

"네?"

감독이 놀란 표정으로 물었다.

"로케이션 촬영 이틀 더 진행하지 않아요?"

"네, 그건 그런데……."

"제작비 때문에 스태프들 숙소는 외진 곳에 잡아 놨더라고요. 다 같이 고생하는데 그러면 안 되지."

숨죽인 채 감독과 김 이사의 대화를 듣고 있던 스태프들이 감동으로 물들기 시작하는 순간이었다.

"너무 감사하긴 한데, 갑자기 왜……."

감독은 갑작스러운 호의를 어떻게 받아들여야 하는지 가늠이 되지 않았다. 제작사 측에서 연락이 없었던 걸 보면 그쪽에서도 모르고 있는 모양인데 이렇게 대뜸 협찬을 받아도 되는 건지 알 수 없었다. 호의인 척해 놓고 뒤늦게 PPL이었다며 광고 노출을 강요할 수도 있는 일이었다.

"뭘 왜예요."

별이 귀찮다는 듯 눈살을 찌푸렸다.

"서윤기 씨 고생하는 거 싫다니까?"

"미안해요, 나 때문에."

스태프들이 식사하는 동안 서윤기와 함께 간이 대기실로 들어온 별이 말했다.

윤기는 뭐가요, 하고 물었다. 제 옆에 찰싹 붙어 따라 들어오려고 했던 매니저까지 쫓아내기에 대단한 비밀 이야기라도 할 줄 알았는데 한다는 말이 미안하다는 소리이니 조금 맥이 빠졌다.

"나 때문에 그런 사진 찍혔잖아요."

"……괜찮아요."

"안 괜찮아 보이는데."

별이 어깨를 으쓱였다. 꼭 저와의 스캔들이 아니더라도 온갖 추문으로 고통받고 있는 걸 뻔히 아는데 어쭙잖게 의연함을 가장하고 있으니 외려 가엾다는 생각이 들었다. 괜찮지 않은 걸 들키는 게 싫은 건지, 괜찮다고 스스로를 세뇌하고 있는 건지.

"그냥 한번 울어요."

하얀 손에 턱을 받친 별이 천연덕스럽게 말했다.

"이 타이밍에 그 얼굴로 눈물 한 방울 딱 떨어트려 주면 뭐든 할 수 있을 것 같은데."

얼마나 예쁠까.

별은 가만히 있어도 사연 있어 보이는 서윤기의 얼굴을 가만히 쳐다보았다. 서윤기가 출연했던 드라마나 영화는 놓친 게 없으니 우는 얼굴을 모르는 것도 아닌데 왜 이렇게 보고 싶은 건지.

"변태세요?"

서윤기가 질색을 하며 물었다.

"우는 거 좋아하면 변태예요?"

"남이 우는 거 좋아하면 변태죠."

진득하게 닿아 오는 시선을 피하지 않은 윤기가 말했다.

"남은 필요 없는데."

똑같이 시선을 고정한 별이 말한다.

"난 당신이 우는 게 좋아요."

"……변태 맞네."

더 이상 시선을 마주하기 어렵다고 생각한 윤기가 고개를 돌렸다.

그리고 그 순간, 대기실의 문이 열렸다.

"선배님."

양손에 접시를 든 은호였다. 최대한 모든 종류의 음식을 담으려고 애썼는지 한가득 쌓인 게 꼭 케이크 같았다.

"선배님도 식사하셔야 할 것 같아서요."

은호는 테이블 위에 곧 쓰러질 것 같은 음식 더미의 접시를 조심조심 내려놓았다.

"아, 내가 해도 되는데……. 고마워요."

"고맙긴요, 선배님."

짧은 침묵이 흘렀다. 인사가 다 끝났는데도 나가지 않는 은호 때문이었다. 줄곧 서윤기만 쳐다보고 있던 별이 오도카니 서 있는 은호에게로 시선을 돌렸다.

"안녕하세요."

그러자 꾸벅, 허리를 숙인 은호가 인사를 한다. 스태프라고 하기엔 튀는 외모를 가졌는데 배우라고 하기엔 기억나는 인상이 없어 별은 고개를 기울였다.

"누구……?"

"아, 이쪽은……."

윤기가 뒤늦게 소개를 하려는데,

"신인 배우 정은호라고 합니다. 감독님께 말씀 많이 들었어요."

"아—"

무심히 답한 별이 고생한다며 몇 마디 얹자 은호의 얼굴에 화색이 돈다.

텃세라는 게 없을 리 없는 촬영장 분위기에도 순식간에 적응한 그였다. 아무리 그래도 김 이사는 감독님마저 어려워하는 사람인데 살가운 목소리로 말을 거는 걸 보면 낯가림이라곤 없는 게 분명하다.

"어제는 비가 와서 난리였는데 오늘은 바람이 심해서 선배님이 고생 엄청 하셨어요."

"그래요?"

귀찮아할 줄 알았던 김 이사도 생각보다 싫은 기색 없이 대화하는 걸 보면 분명, 이런 쪽으로 재능이 있었다.

"은호 씨도 서윤기 팬이구나."

별이 말했다. 그러자 은호가 수줍은 얼굴로 고개를 끄덕였다.

말없이 두 사람의 대화를 지켜보던 윤기가 미세하게 미간을 구겼다. 그 말이 거짓이라고는 생각하지 않았다. 실제 정은호는 '서윤기 껌딱지'라는 별명이 있을 정도로 저를 졸졸 따라다니길 좋아했다. 밥을 먹을 때도, 촬영 중간에 쉴 때도, 심지어는 퇴근길에도 붙어 다니려는 통에 일부러 피한 적도 몇 번이었다.

"나도 서윤기 팬이에요."

씨익 웃은 김 이사가 정은호에게 손을 내밀었다. 소년처럼 웃은 은호가 양손으로 맞잡는다. 팔랑팔랑 손을 흔들며 악수를 하는 꼴이 꼭 소꿉장난이라도 하는 것 같다. 이상할 정도로 훈훈하게 조성되는 분위기에 윤기는 작게 미간을 구겼다.

그리고 그와 동시에,

"이제 가 줄래요?"

별이 말했다.

"우리 어디까지 얘기했었죠?"

별이 모르겠다는 듯 인상을 찌푸리며 말했다. 종알종알 이야기의 꼬리를 물던 은호가 멋쩍은 표정을 지으며 나간 건 딱히 신경도 쓰지 않는 눈치였다.

"아, 우는 거 좋단 얘기 하고 있었구나."

"안 울 거니까 기대하지 마세요."

윤기가 어깨에 두른 담요를 당기며 말했다. 물기는 대충 말라 가고 있는 것 같은데 바닷물의 소금기는 부스러기처럼 남아 찝찝한 기분을 자아냈다.

"거두절미하고 얘기할게요."

별이 하얗게 질린 손가락을 쳐다보며 말했다. 제 앞에선 뭣도 먹지 않을 것 같으니 얼른 얘기하고 나가야 될 것 같다.

"정면 승부 합시다."

"네?"

"정면 승부 하자고요. 내가 당신 뒷배 할게."

애초에 진실이니 진심이니 같은 건 힘이 없었다. 대중들의 사랑을 먹고 자란 서윤기가 호소를 하는데도 사람들이 믿어 주지 않는 건 힘이 없어서다. 제아무리 한류 스타라 해도, 제아무리 돈을 많이 벌었다 해도 인기는 인기에 불과하고 돈은 돈 이상의 가치를 갖지 않는다.

그것들은 딱 그만큼의 힘만 있을 뿐.

"당신이 내 사람이란 게 알려지면……."

권력이란,

"누구도 건드리지 못할 거예요."

오직 공포로부터 잉태되는 힘이다.

○　◎　●

"윤기야."

"……."

"서윤기!"

"……어?"

조수석에 앉은 윤기가 넋 나간 사람처럼 느리게 대답했다.

"뭔 생각을 그렇게 열심히 해."

매니저는 걱정스러운 얼굴로 물었다. 종일 수중 촬영을 한 탓인지 아니면 그 김 이사라는 사람의 방문이 영향을 준 것인지 새파랗게 물든 안색이 척 보기에도 좋지 않아 보였다.

"어디 아파?"

"아니, 괜찮아."

습관적으로 귓바퀴를 주무른 윤기가 고개를 저었다.

"그…… 김 이사님이 뭐라고 했어?"

"……아니."

잠시 뜸을 들이는가 싶더니 이번에도 윤기는 고개를 저었다.

'아무도 믿지 말아요.'

뒷배가 되어 준다고 하더니, 아무도 믿지 말라던 목소리가 선연하다.

○ ◎ ●

"오늘도 비싸게 굴 거예요?"

별은 말없이 자신을 응시하는 윤기에게 물었다.

"저 스폰 안 받는다고 말씀드렸는데요."

예쁜 얼굴을 구태여 험악하게 만든 서윤기가 싸늘하게 답한다. 딱히 강요를 한 적도 없고 협박을 한 적도 없는데 매번 똑같은 소리를 하며 날을 세우는 게 참 고집스러운 고양이 같다.

"왜 맨날 말을 그따위로 들어요?"

"……."

"난 한 번도 당신한테 스폰이란 소리를 해 본 적이 없는데."

후, 한숨을 뱉은 윤기가 버석하게 마른 머리카락을 헤집었다.

"그럼 말해 봐요. 뒷배가 돼 준다는 게 뭐 하자는 건지."

윤기는 피곤한 눈가를 꾹꾹 누르며 말했다. 아무렇지 않게 반응하려고 해도 자꾸만 저를 물건 취급 하는 주변이 짜증스러웠다.

비싸게 주고 산 물건에 하자라도 있을까 봐 전전긍긍하고 있는 제작사 대표도 그랬고, 저의 조물주라도 된 양 마음대로 주무르고 싶어 하는 성 대표도 그랬다. 감독님이나 여타 다른 스태프들도 다를 건 없었다.

그들에게 저는 비싸고 예쁜, 그러나 때가 되면 버려야 하는 물건일 뿐이다.

"도와주겠다는 거예요. 내가, 당신을."

김 이사가 말했다. 입술을 비집고 웃음이 흘러나온다. 대놓고 하는 물건 취급은 하도 익숙해서 참을 수 있는데 이렇게 아닌 척 가증을 떨면 참을 수가 없다.

"당신이 왜요?"

웃음기 묻은 얼굴로 물었다.

"돈이 너무 많아서 감당이 안 되시나?"

여자의 입술이 일직선을 그리며 다물렸다.

"아님, 내가 불쌍해요? 적선이라도 하고 싶은 건가?"

"기부 같은 걸 말하는 거면 이미 충분히 하고 있어요."

"그럼 뭔데요. 나 좋아해요?"

"예뻐하죠."

역시나.

윤기는 괴로운 듯 눈을 감았다. 당당하다 못해 오만하기 그지없는 여자의 얼굴이 거짓 같지 않아서 심기가 뒤틀렸다. 이런 말을 하는 사람들에게 속은 게 몇 번이었더라. 이런 표정을 하는 사람들에게 당한 건 또 몇 번이었더라.

"언제부터 예뻐했는데요."

"한 8년 전부터?"

기다렸다는 듯 대답하는 여자에 윤기는 속으로 혀를 씹었다. 저의 오랜 팬이라는 소리를 하고 싶은 건지, 저를 많이 좋아한단 소리를 하고 싶은 건지 알 수 없었다. 둘 다 맞을 수도 있고 둘 다 아닐 수도 있다.

"그걸 내가 믿을 것 같아요?"

"믿든 말든 알아서 해요."

별은 경계심을 늦추지 않는 그를 굳이 달랠 생각이 없었다. 이미 믿지 않고자 하는 마음이 뚜렷한 사람에게 믿어 달라 외치는 건 미련한 일이었다. 성가시거나 서운하지도 않았다. 근래 그에게 일어난 일들이 죄다 주변인들의 짓이니 회의적으로 구는 건 당연한 일이었다.

"믿는 건 다음에 해도 되니까—"

믿음을 얻는 것보다 급한 건,

"지금은 그냥 내 손 잡아요."

서윤기의 명예 회복이었다.

"내가 쓰레기 짓이라도 할까 봐 불안한 거면 각서 써 줄게요. 그러니까 지금은 그냥……."

"싫어요."

신경전 같은 침묵이 시작되었다. 왜인지 모르겠지만 김 이사와 대화를 할 때면 항상 이런 식의 침묵이 생겨났다. 투자 계약을 확정할 때도, 테라스에서 만났을 때도.

"힘들지 않아요?"

먼저 침묵을 깬 건 김 이사였다.

"힘들어요."

부정하지 않고 대답했더니 고요하던 얼굴에 파장이 인다.

"그게 이유예요."

"뭐가요."

"당신이 힘든 게 이유라고."

"……."

또다시 침묵.

"알았어요."

윤기가 대답했다. 제가 또 거절할 줄 알았던 건지 놀란 표정을 짓고 있는 김 이사에게 그저 어깨를 한 번 으쓱이고 말았다.

많은 생각을 하고 한 대답은 아니었다. 그저, 한 걸음도 물러나지 않으려는 여자와 더 이상 입씨름하기 싫었을 뿐이다. 아니, 밀려드는 오한에 머리가 깨질 것처럼 아파 대화를 끝내고 싶었던 것뿐이다. 아니, 귓가를 울리는 이명에 충동적으로 대답한 것이다. 아니, 아니다. 이명은 들리지 않았다.

김별의 말이 제가 하루 종일 듣고 싶었던 유일한 말이었다는 게 이유다. 절벽 끝에서 추락해 땅으로 올라올 때마다 '힘들지 않아요?'라는 물음이 듣고 싶었다. 그 온기 묻은 말을 아무렇지 않게 넘기기엔 종일 잠겨 있던 바다가 너무 추웠다.

"……일단 헤드라인부터 바꿀게요."

별은 이상하단 얼굴을 하긴 했지만 이내 계획을 설명했다. 언론을 타고 흐르는 질 낮은 기사들부터 잡아야 한다며. 여론이 소송 과정에도 영향을 미칠 테니 당연한 말이기는 했지만,

"쉽지 않을 거예요."

윤기는 딱히 기대가 되지 않았다.

"연예부 기자들이나 방송국은 돈이 아니라 가십으로 먹고살거든요."

오랜 시간 연예계에 몸담았는데 친한 기자 한 명이 없었을까. 저 역시 시도하지 않은 게 아니었다. 말도 안 되는 루머들이 퍼져 나갈 때, 성 대표에게 유리한 방향으로 전개되는 기사들이 인터넷을 도배할 때 자존심을 다 구기고 연락을 했었다.

그들도 저의 부탁을 딱히 거절하지는 않았다. 대신 이런저런 대가를 요구했다. 반박 기사를 내자고. 기사를 내려 줄 테니 단독 인터뷰 하나 하자고. 말이 인터뷰지 또 다른 가십을 만들어 내고자 판을 벌이려는 행동이라는 걸 모르지 않았다. 대중들의 관음증이 밥줄인 이들다운 대답이었다.

"걱정하지 말아요."

그런 저를 안쓰럽다는 듯 쳐다보던 여자는,

"내 말은 들을 거예요."

말하며 이내 다정한 미소를 지었다.

"이 나라 언론사 중 이선그룹의 돈에서 자유로운 곳은 없거든요. 방송국도 마찬가지고."

"그래도……."

"뭐 영 말을 안 듣는다 싶으면 더 윗선을 찌르면 돼요."

별이 기다란 손가락을 펼쳐 천장을 가리켰다.

"더 윗선이면……."

"정치하는 사람들이요. 그쪽 사람들이야말로 이선의 돈이 필요하고 또 이미 많이 먹은 사람들이라 내 부탁을 거절하기엔 찔리는 게 많을 거예요."

서윤기를 손안에 넣고 놀 수 있는 언론사와 방송국을 상대하려면 그런 언론사나 방송국쯤은 손안에 넣고 놀 수 있는 사람들이 필요했다. 그리고 그런 사람들은 대개 '이선'의 손안에서 놀았다.

"시끄러운 기사들이랑 끓어오르는 여론들 조금 정리되면 다음 스텝으로 소송 진행할 거예요. 법적으로도 깔끔해야 뒤탈이 없을 테니까. 마음 같아서는 내 개인 변호사를 붙여 주고 싶은데 그럼 또 괜한 말 나올 수 있으니까 뒤에서 서포트할게요. 윤기 씨가 고용한 변호사가 누군지는 이미 알고 있으니 따로 알려 주지 않아도 괜찮아요."

다음은 윤기가 묻지 않아도 되었다.

"그쪽 대표가 도청도 했다면서요?"

새 핸드폰을 건네며 말한 별이 그 안에 '리스트'를 전송해 받아 주었다. 앞으로 진행할 고소 건과 제가 해야 하는 일들이 적힌 목록이었다. 그 리스트에는 성 대표의 자필 사과문과 악플러들 고소 같은 사소한 것들도 포함되어 있었다. 방법에 대해선 일부러 자세히 얘기하지 않는 느낌이 들기는 했지만 걱정이 되지는 않았다.

"자신 있어요?"

묻는 말에,

"난 져 본 적 없어요."

하고 웃었으니까. 딱히 그 말이 아니더라도 김 이사는 그런 사람 같았다. 애초에 질 경우는 생각도 하지 않는지 오직 이기고 난 후의 상황만을 이야기하는 것만 봐도 그랬다. 언론사를 누르고, 방송국을 뒤집고, 소송에서 이기는 것 따위는 아주 당연한 것처럼.

"뭐 하나만 부탁해도 돼요?"

"더 지랄하고 싶은 상대라도 있어요?"

별은 서윤기의 입에서 '부탁'이라는 말이 나왔다는 것만으로도 신이 났다. 마주한 몇 번의 순간마다 뻣뻣하게 굴기만 했던 그가 뭐라도 원한다는 게 즐거웠다. 냉랭하게 생긴 주제에 속은 말랑하기 그지없는 인간이니 잔인한 부탁 쪽은 아닐 거라고 짐작했지만,

"악플러들 고소는 안 해도 돼요."

이 정도의 선의는 예상하지 못한 것이었다.

"이유는요?"

"예전에 몇 번 해 본 적 있는데 대면 조사 하는 게 고역이더라고요. 생각보다 어린애들이 대부분이기도 하고."

"그래서 봐주자고?"

곤란한 표정을 지은 별이 물었다.

"봐준다기보다는 그냥 안 내켜서요. 선처하기도, 처벌하기도."

"안 돼요."

별은 단호하게 거절했다. 웬만하면 첫 부탁이라 다 들어주고 싶었지만 말 같지도 않은 소리라 듣지 않은 셈 쳤다.

"왜요?"

"걔네도 세상 무서운 줄은 알아야죠."

천진한 것 같기도 하고 활활 타오르는 불 같기도 한 별의 눈이 제법 사납다는 걸 윤기는 그제야 알아봤다.

○ ◎ ●

반격은 먼 곳에서부터 시작되었다. 성 대표가 '큰손'라 일컫은 중국의 투자자들이 대놓고 불쾌감을 드러낸 것이었다. 합법적인 절차를 통해 투자와 컨설팅을 한 자신들이 왜 이러한 불명예를 져야 하는지 모르겠다며 성을 내는 그들은 꽤 섬세한 방식으로 성 대표의 입장을 반박했다.

"하나둘 발 빼는 회사들이 보이네요."

임 비서가 태블릿을 건네며 말했다. 거스러미 하나 없이 매끈한 별의 손가락이 화면 속 기사 몇 개를 훑었다.

"버텨서 좋을 게 없으니까."

힘 좀 쓴다는 대형 소속사와 방송국이라 해도 요즘 같은 시대에 중국 쪽 투자자와 서먹해지는 건 좋은 일이 아니었다. 그리 중요하지도 않은 성 대표의 편을 들다가 막대한 자본을 잃을 수도 있다는 생각이 그들을 두렵게 하는 것이다.

아직 시작도 하지 않았는데 벌써부터 몸을 사리는 꼴이라니. 대단하지 않을 거라 예상은 했지만 생각보다도 더 하찮은 그들의 태도에 별은 비웃음을 숨길 수 없었다.

"자존심 상해."

읊조린 별이 책상 위에 올려 둔 서윤기의 소속사 계약서를 쳐다보았다. 주제도 모르는 것들이 귀하디귀한 꽃을 꺾으려 했다는 사실이 불쾌해 죽을 지경이었다. 그 꽃이 누구 꽃인 줄도 모르고.

그들이 밟으려 했던 서윤기는 K—POP의 중심에서 한류를 이끌던 시간이 적지 않은 스타. 배우로 전향한 지금도 아이돌의 살아 있는 전설이라 불렸고 출연한 영화와 드라마도 흥행에 실패한 적이 없는 그야말로 무패 행진의 아이콘. 그런 서윤기가 성 대표의 눈물겨운 인터뷰 하나로 바람 앞의 등불 신세가 된 이유는 무엇일까.

별이 기사마다 적힌 소속사 대표들의 이름을 뚫어져라 쳐다보았다.

"카르텔 좋아하네."

성 대표는 결코 혼자가 아니었다. 성 대표가 서윤기의 일방적인 계약 해지를 주장하는 순간부터 서윤기는 모든 엔터 업계와 척을 진 것이나 마찬가지였다. 실제로 그들은 기다렸다는 듯 칼을 빼 들었다. 기획사와 방송국은 물론이고 언론사와 업계 연합까지 모두 서윤기로부터 등을 돌렸다. 그들의 표현을 빌리자면 키우던 개가 주인을 문 격이었다. 그들은 서윤기로 대표되는 몸집 큰 개새끼의 이빨을 뽑고 싶었을 테다.

치사하긴 했지만 엔터 업계는 원래 그런 곳이었다. 돈은 많이 벌지만 혼자서는 아무것도 못 하는 연예인들을 광대처럼 부려 이익을 얻는 곳. 모르는 이들이 보면 연예인이 대단한 벼슬이나 하는 것처럼 보이겠지만 그 벼슬을 내려 주는 임금은 성벽 위에 있었다.

방송국 PD나 작가가 임금일 때도 있고 광고주나 언론사의 기자들이 임금일 때도 있었다. 한낱 예능 하나에 출연하려고 해도 임금의 허락이 필요했으니, 그들이 믿고 선 성벽은 영원히 무너지지 않을 것처럼 단단하게 느껴졌을 것이다.

하지만 그들도 무적은 아니다.

"성 대표가 좀 외로워지겠네."

별이 뒷목을 주무르며 말했다. 돈줄이 곧 생명 줄이나 마찬가지인 인간들이 눈치를 보기 시작했으니 언론은 자연스레 조용해질 것이다. 서윤기를 상대로 하는 성 대표의 편을 들어 주는 거야 어렵지 않은 일이었겠지만, 자본으로부터 멀어진 성 대표의 편을 들어 주는 건 아주 불편한 일일 테니. 박쥐 같은 인간들에게 의리라는 게 있을 리 없다.

"이사님 관련한 소문은 어떻게 할까요."

임 비서가 물었다. 별이 음, 하고 뜸을 들인다. 빙글빙글 돌아가는 의자에 몸을 기댄 별은 자신과 서윤기의 사진을 떠올렸다.

그렇게 바로 묻어 버리기엔 예쁜 사진이긴 했는데. 아쉬운 마음이 든다. 별이 보일 정도로 까맣던 하늘과 적당히 빛나던 달, 그리고 서윤기. 모든 게 완벽한 구도였다.

"그냥 둬."

별이 웃으며 말했다.

임 비서는 이해할 수 없다는 표정을 지었다. 지금껏 별을 상사로 모시면서 이해할 수 없는 지시를 하달받은 게 한두 번이 아니었지만 이번 지시는 유독 헤아리기 어려운 것이었다. 처음 스캔들이 났을 때 지체 없이 움직인 덕에 크게 번지지도, 화젯거리가 되지도 않은 채 마무리되긴 했지만 작은 의구심이나 헛소문 같은 건 암암리에 돌아다니는 중이었다.

"이사님께도 피해가 있을 수 있습니다."

넌지시 속에 있던 걱정을 꺼내 보았지만,

"임 비서, 체스 해 본 적 있어?"

별은 딴소리만 했다.

"응? 체스 해 본 적 있냐니까?"

"아뇨, 없습니다."

임 비서가 재촉에 못 이겨 대답하자 별은 그럴 줄 알았다는 듯 미소를 지었다.

"체스에서 이기려면 말을 아끼면 안 돼. 내 팔 한쪽 내주고 저쪽 심장 도려내는 게 체스거든."

별이 처음 체스를 배운 건 초등학교에 입학할 무렵이었다. 그 무렵에 할아버지는 틈만 나면 엄마를 불러 체스를 두었던 터라 호기심이 생기기 좋은 환경이었다. 그런 저에게 할아버지는 기물의 이름을 하나씩 가르쳐 주었다. 이건 폰, 이건 룩, 이건 나이트.

엄마가 가르쳐 준 건 딱 하나였다. 적의 심장을 도려낼 수 있다면 팔 한짝 정도는 내어 줄 수 있어야 한다고.

"그러니까 그냥 뒤."

누구의 가르침이 더 훌륭했는지는 말하지 않겠다.

"적당히 은은하게, 알지?"

어차피 지금은 체스에 관심도 없으니까.

"알겠습니다, 이사님."

할아버지도, 엄마도 상대가 되질 않으니 재미가 없다.

○ ◎ ●

윤기가 별의 손을 잡기로 한 날, 별에게 끝까지 싫다고 한 일이 있었다. 악플러들을 고소하고 또 대면 조사에 입회하는 일이 그것이었다.

방송국이나 소속사와 같은 덩어리들에 비해 악플러들은 처리하기가 귀찮은 편이었다. 대대적인 살상을 벌이기에는 하찮은 미물이고 내버려 두기에는 혐오스러운 바퀴벌레쯤이라.

하지만 어쩔 수 없는 케이스라는 게 있었다. 바퀴벌레 중에서도 유독 질긴 애들이 있기 마련이니까.

윤기의 악플러 중에도 그런 종류가 있었다. 악질이라 불리는 것들. 대부분의 악플러들은 본인들의 댓글이 고소장을 날아들게 할 만큼의 고통이 될 수 있다는 걸 잘 몰랐다. 그냥 놀이라고 생각하니까. 그런 애들은 고소장 하나만 날려도 겁을 먹고 납작 엎드리는 것이 보통이었다. 주저리주저리 반성문을 쓰고 선처를 호소하는 뭐, 그런 뻔한 루트.

그런데 악질이라 불리는 것들은 달랐다. 본인들이 무슨 정의 구현 같은 대단한 일이라도 하는 줄 안다.

'윤기 씨가 사람 패는 걸 봤대요. 언제 어디서 어떻게 팼는지도 상세하게 기억한다고 우기고 있는 모양인데, 어떻게 할래요?'

별이 말하는 그는 윤기도 익히 들어 아는 사람이었다. 데뷔 때부터 줄곧 저를 괴롭혀 성 대표도 지긋지긋하다며 성가셔할 정도였다.

허위 사실 유포죄로 고소를 한 적도 있었다. 하지만 겨우 징역 10개월 정도의 실형을 살았을 뿐이다. 쉽게 풀려난 그는 또 쉽게 글을 썼고 저는 그가 아니어도 피곤한 일이 산더미였던 터라 신경을 꺼 버리는 것이 최선이었다.

가끔 궁금하기는 했다. 도대체 무슨 이유로 그렇게까지 루머를 퍼트리는 건지. 도대체 왜 적지 않은 시간과 정성을 들여 가면서까지 저를 미워하는 건지.

쉽사리 답하지 못하는 윤기에게 별은 꼭 대질할 필요는 없다고 강조했다.

'만나기 싫으면 안 만나도 괜찮아요. 변호사가 그래도 된다고 했으니까. 하고 싶은 대로 해요. 윤기 씨 마음대로.'

'만날게요.'

'괜찮겠어요?'

'만나게 해 줘요.'

대답하는 서윤기의 얼굴에 두려움이나 걱정 같은 건 보이지 않았다. 그래서 알겠다고 한 건데—

"네, 김별입니다."

대면 조사를 하기로 한 전날 밤, 그에게 전화가 왔다.

"서윤기 씨?"

전화를 해 놓고 한참이나 말이 없는 그에 별은 몇 번이나 그의 이름을 불렀다.

"무슨 일 있어요?"

대뜸 걱정이 들었다. 그가 먼저 전화를 해 온 것도 처음인데 침묵을 지키는 게 영 신경 쓰여서.

서재에서 남은 업무를 보던 별이 결국 자리를 박차고 일어났다. 의자에 걸쳐 놓은 코트를 어깨에 걸치고 자동차 키를 챙기는 동안 숨소리처럼 작은 목소리가 들려왔다.

— 내일 말이에요.

"네?"

— 내일이요. 내일 대면 조사잖아요.

서윤기의 목소리가 곧 꺼질 촛불처럼 가느다란 느낌을 자아냈다. 화가 나거나 짜증이 나는 순간에도 높낮이 없는 목소리를 구사하던 그가 무엇 때문에 이렇게 움츠러든 것인지 별로 못 견디게 궁금해졌다.

"마음 바뀌어서 그래요?"

처음부터 악플 고소는 하지 말아 달라고 했던 그였다. 그런 그에게 대면 조사가 아무렇지 않을 리 없다.

"가기 싫은 거면 안 가도 돼요."

일반적인 사람들도 자신과 좋지 않은 관계의 사람과는 한 공간에 있는 걸 부담스러워하기 마련이었다. 그런데 서윤기는 자신에게 적나라한 적대감을 품고 있는 사람을 만나야 한다. 그걸 달가워할 사람이 어디 있을까.

— 그런 말이 아니라.

윤기가 떨리는 목소리를 조금 높이며 말했다.

— 갈 거예요. 보고 싶어요. 어떤 사람인지.

화가 난 건지 단호해진 목소리에 불안정한 감정이 미세하게 섞여 있다. 갑자기 내일 있는 일정에 대한 원망이 피어오른다. 마음 같아선 조사실 안까지 같이 가고 싶은데 하필이면 중요한 미팅이 있었다.

제 시간이 괜찮을 때로 미루려면 미룰 수 있었다. 저 역시 그 쓰레기의 상판이 궁금하긴 했으니까. 하지만 하루라도 빨리 처리하는 게 서윤기에게 좋을 것 같았다. 그런데,

"무서워요?"

서윤기가 겁을 먹은 것 같다. 질문에 답이 없자 애꿎은 아랫입술만 세게 짓이겼다.

"윤기 씨, 애쓸 필요 없⋯⋯."

— 예전에 해 본 적 있어요.

"네?"

— 대면 조사요.

그가 아이돌 활동 당시의 이야기를 해 주었다. 활동 초창기였던 당시에는 성 대표도 악플러 고소에 열을 올렸다고 했다. 무능력하고 욕심 많은 이이긴 하지만 누구보다 서윤기의 성공을 바란 사람이었으니 온갖 곳에서 어깃장을 놓는 악플러들이 눈엣가시였을 테다. 그때의 서윤기 또한 지금보다 어리고 불같아서 대면 조사를 두려워하지 않았다고 했다.

— 안 무서웠어요. 신나게 욕해 놓고 내 앞에선 제발 선처해 달라고 비는 꼴이 보기 좋았거든요. 통쾌하기도 하고. 그런데…….

조사실에서 그는 자신의 친구를 본 적이 있다고 했다.

— 나름 되게 친했던 친구였어요. 종종 고민 상담도 할 정도로.

"윤기 씨."

— 그때 기분이 아직도 생생해요. 문 열린 방 안에 내 친구가…….

차마 말을 끝내지도 못하고 흐려지는 목소리가 전투력을 상승시킨다.

"윤기 씨, 내가 뭘 어떻게 할까요."

무엇이든 하고 싶었다. 제가 스폰서인 줄 오해할 때도 흔들리지 않던 고운 목소리가 떨리는 걸 듣고 있자니 정말이지 무엇이든 하고 싶었다. 서윤기의 불안과 두려움을 잠재울 수만 있다면 그게 무엇이든.

— 같이 가 줘요.

"……."

— 조사받으러 갈 때, 같이 가요.

"어……."

윤기가 김 이사를 보고 얼빠진 얼굴을 했다. 이게 과연 경찰서에서 볼 수 있는 차림인가 싶어 몇 번이고 눈을 깜빡이며 제 시력에 문제가 없는지 확인해야 할 지경이었다.

새빨간 색의 슈트 차림을 찰떡같이 소화하는 것도 놀라운데 푸른빛이 도는 틴트 선글라스까지 끼고 있으니 제가 연예인인지 그녀가 연예인인지 알 수가 없다.

"놀랐어요?"

넘실거리는 긴 머리를 휙 넘긴 별이 물었다.

"네, 놀랍네요. 아주."

"뭐 이런 걸로 놀래요. 기선 제압이 중요한 건데."

"아, 기선 제압…… 기선 제압이구나……."

어쩐지 신나 보이는 얼굴에 핀잔을 주기도 어려워 윤기는 그냥 고개를 끄덕였다.

"김 변은 처음 보죠?"

별이 옆에 선 훤칠한 남자를 가리키며 물었다.

"김의준입니다."

부드러운 중저음의 목소리로 제 이름을 소개한 남자는 '로펌 윤'이라는 글자가 새겨진 검은색 명함을 건넸다. 대한민국에서 '로펌 윤'을 모르면 그 이유는 딱 두 가지였다. 법보다 부모님이 더 무서운 미취학 아동이거나 법이 없어도 살 선인이거나.

악플러 관련 변호사는 특별히 개인 변호사를 붙여 주겠다고 하더니 그 사람인 듯했다.

"서윤기입니다."

명함과 함께 내밀어진 손을 맞잡는 순간 향수 냄새가 밀려들었다. 향수를 뿌리지 않는 서윤기에게는 조금 독한 느낌이 드는 향이었다. 베이스에는 묵직한 머스크, 미들 노트엔 강한 장미 향.

"향이 참, 잘 어울리시네요."

클래식하지만 노골적이었다.

"그렇죠?"

의준이 답하며 웃는다. 스치듯 부딪친 시선에 새까만 눈동자는 바쁘게 움직였다. 배우가 된 이후로 생긴 버릇이었다. 참고할 만한 이미지를 가진 사람을 보면 샅샅이 살펴보는 습관. 고치려고 해도 고쳐지지가 않는 나쁜 버릇 중 하나였다.

그에게는 보조개가 있었다. 단정하게 넘긴 헤어스타일과 잘생긴 이마에서 풍기는 딱딱함이 그 보조개 때문에 무너지는 걸 보면 묘한 기분이 들었다. 그렇다고 호락호락하게 느껴지는 건 아니었다. 도드라진 눈썹 뼈와 긴 눈매에 새겨진 고집이 제법 사나워 보였다.

탄탄한 어깨를 감싼 회색 슈트가 예사 각이 아니었으므로 정리벽이든 수집벽이든 강박 같은 게 있을 것이라고 추측했다. 전체적으로 서글서글한 느낌을 주기는 하지만 빈틈은 없어 보였다. 단정하게 열린 어깨와 꼿꼿하게 선 척추, 숙이지 않는 고개까지.

김별과 같은 과다. 져 본 적이 없는 사람.

조사실 안은 드라마나 영화에서 보던 것과 달리 환하고 평범했다. 그 평범함이 서윤기를 긴장하게 했다. 예전에도 이토록 평범한 공간 안에서 그는 친구를 만난 적이 있었다.

"괜찮아요?"

별이 타이밍 좋게 앞을 가로막고 물었다. 괜히 웃음이 나왔다. 자외선 차단 기능이라곤 하나도 없어 보이는 틴트 선글라스가 너무 웃겼다.

"그 선글라스 참……."

"그렇게 별로예요?"

"적응이 안 돼서요."

"버릴까요? 이번 시즌에 나온 것 중 제일 핫한 거라고 해서 샀는데."

낭패라는 듯 미간을 찡그린 별은 이곳이 조사실이라는 것도, 조사실 안에 악플 가해자가 있다는 것도 딱히 신경 쓰지 않는 태도였다.

"김 이사님?"

보다 못한 의준이 입을 열었다. 부드럽게 팔을 잡아끌며 시선을 돌리고 집중하라는 듯 눈짓하는 모양새가 전에도 여러 번 해 본 듯 보였다.

그때 책상 구석에 자리를 잡고 앉아 있던 남자가 소리를 냈다.

"놀고 있네."

별과 의준, 윤기의 고개가 동시에 돌아갔다. 왜소한 몸집에 인기척도 없어 말하기 전까지만 해도 있는 줄 몰랐는데 얼굴을 목도하니 단박에 알 수 있었다. 그가 피의자라는 걸.

관찰하는 게 버릇인 서윤기는 의준을 보았던 그대로 눈앞의 남자를 쳐다보았다. 나이는 40대 중반 정도 되는 것 같고 피부엔 탄력이 없었다. 건조하게 마른 입술에선 하얀 각질이 일어나고 있고 차림새는 일반적이고 평범해 보였다.

그러나 그의 눈빛만큼은 평범함을 넘어 기괴한 인상을 주었다. 과도할 정도로 반짝이는 안광과 집요하게 따라붙는 시선, 끈적거리는 느낌까지 전부.

그 소름 끼치는 분위기에 저도 모르게 인상을 찌푸리자 의준과 별이 의식적으로 앞을 가리고 섰다. 과잉보호를 받는 느낌에 민망해지려는 찰나, 별이 등을 돌려 시선을 마주했다.

"눈 괜찮아요?"

"눈이요?"

"네. 저 사람 너무 못생겨서요."

지금 상황과 전혀 어울리지 않는 말이었다.

"김 이사님?"

의준도 그렇게 생각하는지 곤란한 듯 별을 불렀지만 정작 당사자는 아랑곳하지 않았다.

"눈 좀 가리고 있을래요?"

그러더니 쓰고 있던 선글라스를 빼 건넨다.

"쓰고 있어요. 예쁜 눈인데 예쁜 것만 보는 게 좋잖아."

"아니, 그게 무슨……."

윤기가 낯간지러워 죽겠다는 얼굴로 선글라스를 받았다. 지금껏 팬들의 수많은 주접과 찬양을 들어 왔지만 김 이사처럼 말하는 사람은 처음 보았다. 팬들의 표정은 보통 수줍게 웃거나 민망해하거나 그랬던 것 같은데 이 별난 인간은 무뚝뚝한 얼굴로 무뚝뚝하게 말한다. 어젯밤 무섭다는 소리를 에둘러 했더니 어디서 이상한 거라도 배워 온 모양이었다.

피식피식 새어 나오려는 웃음기를 정리하고 얼굴을 바로 하자 특별할 것 없는 표정의 의준과 눈이 마주쳤다. 죄송해요, 속삭이자 그가 괜찮아요, 하고 대답한다.

윤기는 피의자를 앞에 두고 맞은편에 앉았다. 오른쪽엔 김 이사가, 왼쪽엔 김 변이 자리를 잡았다. 테이블 아래로는 별이 준 선글라스를 쥐고 있었다. 쓸 생각은 없었다. 그렇다고 놓고 싶지도 않았다. 왜인지 그 우스운 호의를 거절하고 싶지 않단 생각이 들었다.

"무섭긴 한가 보네."

피의자의 첫마디는 과시적이었다.

"거봐, 내 말이 맞지다니까?"

신이 난 듯 깔깔거리며 웃은 남자는 의자 등받이에 등을 깊게 기댔다.

"당신이 그날 거기서 사람 팬 거 맞지?"

악의적인 거짓말이라고는 생각되지 않을 만큼 맹목적인 믿음이 엿보이는 순간이었다.

형사는 몇 가지 질문을 했고 대답은 전부 의준이 대신했다. 당사자의 출석이 필요하다고 해서 나온 자리기는 했지만 너무 하는 일이 없어 무색한 기분이 들었다.

그것이 영 못마땅한 듯 남자는 저를 비뚤어진 시선으로 줄곧 쏘아보았다. 물론 타격은 없었다. 애초에 제가 무서웠던 건 제 사람인 줄 알았던 사람의 배신이었으니까. 그래서 저도 같이 쳐다봐 주었다. 곧은 시선으로 줄곧.

"더 하고 싶은 말씀 없으시면 이쯤에서 마쳐도 될 것 같은데."

내내 건조하던 형사가 조사의 끝을 알렸다. 그 말에 붉으락푸르락하던 남자가 자리에서 벌떡 일어났다.

"이 새끼는 한마디도 안 했는데 왜 끝내?"

삿대질을 하며 바락바락 소리를 지르는 게 퍽 억울한 듯 보였다.

"안민석 씨, 앉으세요!"

귀찮아 죽겠다는 표정의 형사가 말리기 위해 일어났음에도 불구하고,

"아니, 이 새끼는 아무 말을 안 하잖아!"

남자는 여전히 흥분 상태를 유지했다. 종국엔,

"당신네들 다 한통속 아니야?"

책상을 내려치며 별과 의준을 위협하는 모션까지 취하는 지경에 이르렀다.

소란스럽고 번잡하기 이를 데 없는 상황을 정리한 건 다름 아닌,

"이 새끼?"

별이었다. 위압적이기는커녕 제법 상냥하기까지 한 목소리가 어쩐지 소름이 돋는다. 심드렁한 태도로 일관하던 형사의 눈이 크게 뜨이고 씩씩거리던 남자의 호흡이 고르게 가라앉을 만큼의 싸늘함이었다.

얼떨떨한 표정을 짓고 있던 남자가 다시 인상을 찌푸렸다. 여자의 한마디로 분위기가 달라진 것이 자존심 상하는 듯 보였다.

"야."

그러거나 말거나 별이 남자를 불렀다.

"야아?"

"그래, 야."

"네가 뭔데 야라고……!"

"그럼 뭐라고 불러. 하도 하찮아서 이름이 뭔지도 모르는데."

친절한 음성으로 남자의 말을 자른 별은 다리를 길게 꼬았다.

"뭐?"

남자가 흥분한 듯 보이자 별은 피식 웃으며 제 귓바퀴를 어루만졌다. 빨간색 슈트와 컬러 매치라도 한 건지 금빛의 화려한 귀걸이가 눈이 부시게 반짝였다.

"들었잖아. 하찮다고."

"이, 이 미친년이……!"

남자가 씩씩거릴수록 별은 즐거운 듯 보였다.

"들었지, 김 변? 방금 그 말 때문에 모욕죄 추가야."

"그건 네년이 나한테 하찮다고……!"

"그래 그럼. 우리 맞고소하자."

별일 아니라는 듯 가볍게 말한 별이 의준에게 손을 뻗었다. 의준이 그 하얀 손 위로 윤기에게 주었던 것과 같은 명함을 올렸다.

"나를 고소하든 서윤기를 고소하든 여기로 연락해."

의준의 명함을 남자에게 전달하는 일련의 과정이 무서울 정도로 깔끔하고 정확하다.

"내가 이딴 게 무서울 것 같아?"

남자는 의준의 명함을 박박 찢어 갈기며 말했다.

"무서울걸?"

별이 웃었다.

"그동안은 어땠는지 몰라도 지금 이 순간부터는 좀 다를 거야."

조사가 진행되는 내내 곁에 앉은 서윤기의 손을 쳐다보았다. 제가 준 선글라스를 쥐고 있던 붉은 손끝. 쓰지도 않을 거면서 쥐고 있는 손등에는 약간의 분노와 허탈감, 그리고 슬픔이 섞여 있었다.

"한 1년쯤 들어갔다 나오면 되겠지, 생각 같은 건 버려. 너한테 붙일 수 있는 죄목은 전부 붙여서 썩을 대로 썩게 만들 거니까."

"내가 뭘 잘못했다고 들어가! 내가 뭘!"

남자는 답답하다는 듯 소리를 높였다.

"야, 서윤기! 당신이 말해 봐. 당신 나 봤잖아. 계속 그렇게 거짓말할 거야?"

일어나 윤기에게로 향하려는 남자에 형사는 물론이고 의준까지 자리에서 일어났다. 그리고 별이 그대로 일어나 피의자의 빰을 내리쳤다.

"김별!"

의준이 놀라 소리를 지르고 윤기 역시 일어나 별을 자신의 뒤로 숨겼다. 가장 적극적으로 나서야 할 형사는 오히려 아무 말도 못 하고 있었다.

별은 제 앞을 가로막은 서윤기의 등을 잠시간 쳐다보았다. 보호받아야 할 사람이 누군데 보호하겠다고 앞에 섰는지 모르겠다. 그래도 그 마음은 기특하니 넓은 등판에 손을 올려 토닥토닥 두드려 주었다. 괜찮다는 뜻으로.

앞으로 나온 별은 얼굴이 두 배로 부어오르고 있는 남자를 재미있다는 듯 쳐다보았다.

"네가 본 게 뭐든 아무도 관심 없어."

쯧쯧, 혀를 차며 약을 올리는 별에 남자의 얼굴이 시뻘겋게 달아올랐다.

"너도 그걸 아니까 인터넷 같은 데나 올린 거잖아."

안 그대로 부어오르고 있는 빰이 벌에 쏘인 듯 통통 붓고 있는데 혈색까지 오르고 있으니 못생긴 고구마처럼 추하기 그지없다.

"감옥에서 썩는 걸 감사하게 생각해."

별이 웃음기 실린 눈으로 남자의 전신을 훑었다.

"나오는 즉시 죽여 버릴 거니까."

뒷골목에서도 살아 봤고 시궁창에서도 살아 봤다 자부하는 남자는 눈앞의 여자가 지금껏 만난 그 어떤 사람보다 무섭다고 느꼈다. 단순히 살인 예고를 해서도 아니고 어마어마한 지위와 재산을 가진 사람이어서도 아니었다.

저의 외침과 저의 발악과 저의 위협이 조금도 통하지 않는 것 같은 얼굴이 사람 같지 않았다. 지금 당장 칼로 찌른다 해도 여자의 몸에선 피 한 방울 나오지 않을 것 같다.

의준은 한숨을 쉬며 남자에게 바짝 붙은 별을 끌어냈다. 앞에 있는 사람이 형사든 대통령이든 하고 싶은 대로 움직이는 김별이 망나니 같아서 머리가 아팠다.

"방금 전 피의자는 저희 의뢰인을 위협했고 또한 모욕했습니다."

의준이 형사와 눈을 맞추면 말했다.

"저희는 의뢰인을 보호할 의무가 있고 따라서 조금 전 일어난 일은 정당방위입니다."

별의 폭력은 이 조사실 밖으로 새어 나가선 안 됐다.

"그럴 일은 없겠지만—"

의준은 무시무시한 눈으로 형사와 그 옆에 있던 보호사를 쳐다보았다. 피의자가 자리에서 일어나 서윤기를 위협하는 동안 아무것도 하지 않은 두 사람을 질책하는 모양새였다.

"혹시나 조사가 필요하다고 여겨지시면 이쪽으로 연락 주십시오. 서면으로 답하겠습니다."

의준이 그렇게 고생을 하는 동안, 별은 고개를 돌려 윤기를 쳐다보았다.

"얼굴 다 봤어요?"

피의자에게 으름장을 놓던 것과는 달리 나긋한 목소리,

"보고 싶다고 했잖아요. 어떤 사람인지."

나긋한 표정이었다.

윤기는 고개를 끄덕였다. 별을 처음 만났을 때가 떠올랐다. 거만하게 잡힌 자세와 장난기 섞인 말투, 그럼에도 날이 선 눈동자가 소시오패스 같았다. 오늘도 김 이사는 거만한 자세를 한 채 능글거리는 어투를 썼다. 뒷모습밖에 보지 못하긴 했지만 피의자를 보던 눈 역시 형형했을 것이다.

모든 것이 처음과 같은데 오늘은 소시오패스 같지 않다. 그냥 좀 성격 나쁜 히어로 정도로 보인다.

피의자와의 대면은 조금 허무할 뿐이었다. 악플에 대한 대면 조사는 늘 이런 식이었지만 매번 이렇게 허무했다. 악의가 있든 없든 그들의 동기는 특별할 것이 없었고 저는 사과를 받거나 억지 부리는 모습을 보거나 둘 중 하나였다.

"이사님 말 들을 걸 그랬어요."

"괜히 온 것 같아요?"

제 말에 김 이사가 걱정스러운 얼굴을 한다.

"선글라스 쓸 걸 그랬어요."

여전히 쥐고 있던 선글라스를 흔들며 말했다.

"눈이 좀, 불편해서요."

그녀가 그제야 웃는다. 이내 눈 마사지라도 받아야 하는 거 아니냐며 호들갑을 떠는 모습을 보고 있자니 허무한 마음이 조금은 채워지는 기분이 들었다.

○　◎　●

경찰서를 완전히 나서기 전 별이 의준에게 물었다.

"기사 언제 풀면 돼?"

"당장도 괜찮아. 악플 관련 조치를 시작했다는 뉘앙스 정도로. 아, 선처 없음 강조하는 거 잊지 말고."

의준이 긴 손가락으로 목을 그으며 말했다. 별이 이해했다는 듯 그의 넓은 어깨를 팡팡 두드렸다.

"시간 괜찮으면 같이 저녁 먹을래?"

"난 들어가야지. 네 덕에 할 일이 태산인데."

손목에 채워진 시계를 쳐다보던 그가 윤기에게 손을 뻗었다.

"오늘 고생 많으셨어요."

"고생은요."

단단하게 감겨 오는 손을 잠시 쥐고 있던 윤기가 '든든했습니다.' 하고 덧붙였다.

"제가 뭐 한 게 있나요."

"곁에 계신 것만으로도 충분했어요."

그 말에 의준이 입꼬리를 말며 웃었다. 미적 취향이 까다로운 김별이 전전긍긍하는 이유를 알 것도 같다.

"그럼 다음에 보죠. 아직 싸울 일이 많으니까 오늘은 맛있는 거 먹으면서 쉬세요. 아, 김별한테 맛있는 거 사 달라고 하면 되겠네요. 방금 저한테 까였으니까."

별의 머리꼭지를 콕 집어 말하는 모양이 장난스럽다.

○ ◎ ●

별이 윤기를 데리고 간 곳은 복어 요리가 유명한 식당이었다.

"생선 요리 좋아한다고 했던 말이 생각나서요."

조용한 내부 복도를 따라 사방이 막힌 프라이빗 룸으로 들어간 둘은 주문도 하지 않고 상차림을 받았다. 예약하는 동시에 메뉴라도 고른 것인지 식탁 위를 차려 내는 직원 역시 어떠한 질문도 하지 않고 묵묵히 제 할 일만 했다.

덕분에 별과 단둘이 밥을 먹어도 되는 것인가에 대한 걱정은 조금 덜 수 있었다. 딱히 묻지 않아도 알 수 있었다. 오늘 저의 동선은 그 누구의 입으로도 옮겨 다니지 않을 거라는 걸.

"고마워요."

모든 게 제 앞에 앉은 별의 배려 덕이라는 걸 모르지 않았다.

"오늘 대면 조사 같이 가 준 것도, 편하게 밥 먹을 수 있게 신경 써 준 것도 전부 고맙게 생각하고 있어요."

"매번 고맙다고 할 필요 없어요."

"고마운 건 고맙다고 해야죠. 매번."

여전히 제 앞의 여자를 신뢰하는 건 아니었다. 자신은 생각도 못 한 방식으로 힘을 발휘하는 여자를 보고 있자면 오히려 불안하고 또 두려웠다.

이렇게 내내 호의를 보이다가 순식간에 무언가를 요구하고 괴물이 되면 어떡하지. 저를 손바닥 위에 올려놓고 마음대로 부리려고 하면 어떡하지. 그런 마음이 하루에도 몇 번씩 들었다.

하지만 불안과 별개로 고마운 건 고마운 거였다. 방송국과 기자들의 입심이 두려워 저를 모른 척하던 수많은 사람들을 생각하면 특히나.

"다른 건 몰라도 당신이 내 편이라는 건 알아요."

"아직 다 믿을 순 없나 보네."

여자가 미소를 띤 채 말했다.

"다른 건 몰라도, 라는 조건이 붙었잖아요."

"……."

부정할 수 없어 입을 다물었다. 돌려 말하는 법도, 돌려 공격하는 법도 없는 여자는 무심한 듯 날카로웠다. 제 귀의 문제를 알아차렸던 순간처럼.

"괜찮아요."

별이 부드럽게 웃어 보였다.

"사람 믿기 어려운 세상이잖아요."

별은 서윤기에게 서운하지 않았다. 열 일을 제치고 도운 것치고 신뢰받지 못한다는 건 좀 씁쓸하긴 했지만 믿음을 얻자고 한 일이 아니니 상관없었다.

"이해해요."

이해한다는 말에도 미안한 표정을 짓고 있는 그가 가여울 뿐이었다. 딱딱한 태도와 무심한 목소리로 무장하고 있기는 하지만 속에 들어찬 외로움과 두려움은 꽤 커다랗게 보였다.

저의 할아버지는 사람이 갖는 감정 중 가장 재미있는 것이 두려움이라고 했다. 그 어떤 힘을 쥔 사람이든 두려움이 있는 한 공격 한번 못 해 본 채 질 수 있고, 그 어떤 약체라 할지라도 두려움이 없는 한 누구든 이길 수 있다고.

그래서 저의 할아버지는 사랑받으려 애쓰지 말고 두려움의 대상이 되라고 했다.

"그래도 내가 윤기 씨 편인 걸 알아주니 좋네요."

두려움은 한계가 없으니 사람을 다루는 데 가장 좋은 재료라고. 하지만—

"마음껏 써요."

서윤기에게는 두려움의 대상이 되고 싶지 않다.

"나를 더 이용해도 된다는 소리예요. 서윤기 씨는 그래도 돼요."

그를 다루거나 지배하고 싶은 생각 같은 건 하나도 없다.

윤기는 그런 별을 가만히 쳐다보았다. 마음껏 쓰라는 게 대체 무슨 마음일까, 생각하며.

"칼이라고 생각하면 될까요."

당신이 내 칼이라고. 그렇게.

윤기의 말에 별이 미소를 지었다. 서윤기다운 비유라 생각했다.

"나는 칼이 아니에요. 사자지."

덧붙인 별이 윤기 앞에 놓인 잔에 따끈한 찻물을 채웠다.

"칼처럼 휘두를 필요 없단 소리예요. 그냥 풀어 두기만 해요."

"어렵네요."

"그래요?"

"칼은 내가 잡고 있을 수 있는데 사자는 내가 통제할 수 없잖아요."

별이 눈썹을 들어 올리며 고개를 끄덕였다. 진지하게 받아들이지 않을 거라고 생각했는데 꽤 구체적으로 고민하는 모습이 흥미로웠다. 하여튼 겉만 날카롭지 속은 순진한 인간이다.

"통제할 필요 없어요."

마땅한 설명 방법을 떠올리지 못한 별이 말했다.

"난 그냥 당신 장애물만 물어뜯을 거니까."

약육강식이라곤 알지도, 이해하지도 못하는 서윤기에게 자세히 설명해 봤자 무엇 할까 싶었다.

윤기는 와아, 감탄을 뱉으며 허탈하게 웃었다. 쥘 수 있는 칼도 아니고 통제할 수 있는 사자도 아니면 그냥 시한폭탄이나 다름없다고 생각했다. 제 손을 타지 않는 칼은 언젠가 저를 찌를 수도 있을 테고, 목줄 없는 사자는 언젠가 저를 물 수도 있으니까.

하지만 김 이사는 좀 이상한 사자인 것 같다.

"그만 봐요. 나 설레요."

좀 쳐다봤다고 저런 말이나 하고 있으니 말이다.

"뭘 이런 걸로 설레요."

"난 원래 서윤기 씨 숨 쉬는 것만으로도 설레요."

"어휴……"

윤기가 어지럽다는 듯 얼굴을 흔들었다. 그 모습에 미소를 지은 별이 말했다.

"곧 하이에나들이 몰려들 거예요."

"하이에나요?"

"대중들이요. 세상일에 관심 많은."

"아."

"중립적인 심판인 척 가증을 떨지만……, 윤기 씨도 알잖아요. 그 사람들 진실에 관심 없는 거."

내리깔고 있던 속눈썹을 뜬 윤기가 고개를 끄덕였다. 별의 목소리 사이로 식어 가는 음식들이 보였다. 떠오르는 악몽 같은 메아리. 제아무리 해명을 해도, 제아무리 진실을 외쳐도 들리지 않는 것처럼 외면하던 사람들.

"사람들은 싸움판에 낄 생각도, 누굴 도울 생각도 없어요. 누구 하나가 죽을 때까지 기다릴 거예요. 다 끝나고 나서야 기웃거리겠죠. 자기들이 씹고 뜯고 즐길 거리가 남았는지 확인해야 하니까."

씹고, 뜯고, 즐길 거리.

느릿하게 눈을 깜빡인 윤기가 별과 시선을 맞췄다. 본인을 사자라 지칭하는 여자는 실로 그만큼 강한 게 분명하지만 저에게는 이빨을 드러낸 적이 없었다. 오히려 제 앞을 가로막는 것들을 다 물어뜯겠다고 선포한다.

"그럼 나는 뭐예요."

"윤기 씨요?"

"네, 저요."

고개를 끄덕이니 사자가 웃는다.

"윤기 씨는 인간이죠."

"왜 난 인간이에요. 당신은 사자고 사람들은 하이에나라면서."

물으니 또 사자가 웃는다.

"상처받았잖아요. 믿었던 회사 대표한테도 상처받고 진실에 관심 없는 대중들한테도 상처받고."

아무렇지 않게 저의 상처를 말하는 사자는 위험한 짐승인지 다정한 보호자인지 알 수가 없다.

"짐승은 상처 안 받아요. 굶주릴 뿐이지."

별은 입을 다문 윤기를 채근하지 않고 말했다. 살면서 선하다 할 만한 사람을 많이 만났던 건 아니지만 만났던 소수의 착한 사람들은 전부 서윤기와 같았다.

그런 사람들을 저는 솜사탕이라 불렀다. 있는 힘껏 몸집을 부풀려 놓았지만 불면 날아가고 입안에 넣으면 씹을 새도 없이 녹아 버리는, 그런.

"당신도—"

긴 침묵을 깬 윤기가 물었다.

"당신도 굶주려요?"

꽤 간절한 표정이었다. 아니라고 해 주길 바라는 모양이었다. 착한 사람들은 이게 문제였다. 다 믿지도 못하면서 또 다 믿을 준비를 한다. 아니라고 하면 철석같이 믿을 요량으로.

"그럼요."

그 예쁜 얼굴 앞에 거짓말을 늘어놓고 싶지는 않았다.

"매일매일."

부정 한번 없는 시인에 할 말을 잃은 그는 대꾸하는 대신 서서히 얼굴을 굳혔다. 굳은 그 얼굴이 좋지 않은 신호라는 걸 모르지 않지만 그마저도 아름다워 턱을 괴고 쳐다보았다.

근래 일이 많아 부쩍 수척해진 얼굴은 처연한 느낌을 자아내고 가라앉은 눈동자와 창백한 안색은 기묘한 분위기마저 풍기고 있으니 이건 뭐 저세상 미모라 말해도 부족하다.

"당신 정말 예쁜 거 알아요?"

결국 속에 있는 말을 꺼내고 말았다. 고요하던 그의 눈썹이 구겨졌지만 아직 할 말이 끝난 것은 아니었다.

"걱정하지 말아요."

솜사탕 같은 서윤기는 짐승들의 싸움을 알 필요 없다.

"당신을 물어뜯을 바엔 굶어 죽을 테니까."

고개를 절레절레 흔든 별이 복어회 한 점을 집어 입안으로 가져갔다.

"와, 이거 진짜 맛있어요!"

그 호들갑에 윤기도 젓가락을 들었다. 살벌한 소리를 뱉어 놓고 이내 천진한 척 구는 건 자신을 위한 배려일 게 분명했다. 못 이기는 척 속아 주는 건 자신의 역할이다.

| 4. 변호사 김의준 |

"아, 김 변호사님 말이에요."

"김 변호사? 아, 의준이요?"

별이 젓가락을 내려놓고 반응했다. 사자 얘기 좀 했다고 묵묵히 밥만 먹던 서윤기가 다시 입을 연 이유가 의준이라는 게 흥미로웠다.

"네. 그분 어떤 사람이에요?"

"왜요?"

"뭔가 좀…… 독특해서요."

"의준이가요?"

별의 입장에선 김의준만큼 뻔하고 지루한 사람이 없었다. 어릴 때도 그랬고 다 자란 지금도 그렇고 김의준은 매번 정석의 길을 걸었다. 조금이라도 삐뚤게 걸으면 안 되는 사람처럼. 그래서 가끔은 친구 된 도리로다가 삐뚤게 걷기 이벤트를 제공하고는 했다.

서윤기의 고소 건을 맡긴다든가, 제가 친 사고를 수습해 달라며 생떼를 쓴다든가. 그렇게라도 안 하면 저의 친구 김의준이 너무너무 심심한 인생을 살 것 같아서. 물론 김의준은 원하지 않는 듯했지만 그것은 제 알 바 아니다.

"예전에 변호사 역할 맡은 적이 있었는데……."

"'정의로운 사람들'이요?"

"그 영화 알아요?"

윤기가 놀란 듯 물었다.

"당연하죠. 나 당신 팬이라니까?"

서윤기는 김 이사가 저에 대한 공부를 하고 있는 게 분명하다고 생각했다. '정의로운 사람들'은 특별 출연처럼 단역으로 출연했던 작품인 데다 무겁고 어려운 내용 탓에 '120분 내내 서윤기가 나오기만을 기다린 영화'란 평을 듣는 작품이었다.

"진짜 봤어요? 나 나오는 장면만 편집해 놓은 거 본 거 아니고?"

커다란 눈을 게슴츠레하게 바꾸고 묻는 서윤기에 별이 깔깔 웃음을 터트렸다.

"나 그거 한 일곱 번 봤을걸요? 윤기 씨가 선배 변호사한테 혼나는 장면 제일 좋아해요."

"하필 좋아해도, 왜 그 장면이 좋아요?"

윤기가 어이없어하는 표정으로 물었다. 지난번에는 우는 게 보고 싶다고 하더니 이번엔 또 혼나는 게 좋다고 하고, 진짜 변태가 맞는 모양이다.

"귀엽던데?"

"취향 독특하시네요."

고개를 절레절레 흔든 윤기가 말했다.

"아무튼 그때 로펌 같은 데 다니면서 변호사분들 많이 봤거든요? 습관이나 이런 거 공부하기엔 현장 조사만큼 좋은 게 없거든요. 근데 김 변호사님 같은 사람은 처음이에요."

잠시 말을 멈춘 윤기가 의준을 떠올렸다. 무엇 하나 흐트러짐 없는 차림새와 그에 걸맞은 태도. 변호사라는 타이틀이 갖고 있는 익숙한 이미지와 그리 다를 것도 없는데 어딘가가 특별했다.

"엄청 서글서글한데…… 무시무시한 느낌?"

모순적이라는 걸 알지만 그보다 적당한 표현이 떠오르지 않는다.

"그런가."

"그분이랑은 어떻게 알게 됐어요?"

이선그룹의 이사씩이나 되는 별이 대형 로펌의 변호사와 친하다는 게 이상할 일은 아니었다. 하지만 어딘가 부자연스러운 조합이었다. 천적이어야 할 두 마리 맹수가 친하게 지내는 느낌이라고 해야 하나.

그럼에도 그들은 서로를 신뢰하고 있었다. 딱히 무슨 말을 한 것은 아니었지만 서로를 바라보던 눈을 기억한다. 절대적으로 믿고 있을 때만 보일 수 있는 편안한 눈.

그래서 궁금했다. 둘 사이의 신뢰는 무엇을 바탕으로 하고 있을까. 사람이 사람을 그렇게까지 믿을 수 있는 이유는 무엇일까. 어린 나이에 데뷔해 세상을 빨리 안 저는 사람 믿는 게 세상에서 제일 어렵고 무서운 일이었다.

"음……."

별이 묘한 미소를 지었다.

"전남편이에요."

○ ◎ ●

"오랜만이야, 전남편."

별은 불과 며칠 전, 의준의 로펌 사무실을 찾았다.

"넌 꼭 내 사무실만 오면 그렇게 부르더라."

"의준아, 하긴 좀 그렇잖아."

"전남편보단 그게 더 나아."

의준이 지겹다는 눈으로 별을 쳐다보았다. 무슨 일인지 만나자는 연락만 덜렁 보내 놓고 로펌까지 찾아온 걸 보면 별로 좋은 일 때문일 것 같진 않았다.

"사고 쳤어?"

나름 합리적인 물음이었는데 기분이 나빴는지 별이 인상을 구겼다.

"사고는 무슨. 내가 사춘기 청소년이냐."

"그게 아니면 네가 여기까지 올 이유가 없잖아."

온갖 파일이 각 맞춰 자리한 책상에서 일어난 의준이 어깨를 으쓱였다. 권하지 않아도 제집 소파처럼 기대앉은 별을 보고 있자니 웃음이 새어 나왔다. 평소의 별은 로펌 오피스의 분위기를 좋아하지 않았다. 딱딱하다나 뭐라나.

의준이 데스크 호출 버튼을 눌렀다.

"아메리카노랑 얼음물 한 잔 부탁해요."

"너 커피 마신 거 아니야?"

아메리카노란 말에 미간을 찡그린 별이 물었다. 책상 위에 놓인 테이크아웃 잔이 벌써 두 잔이었다.

"하루에 네 잔도 마시는데 뭐."

"단명이 꿈이야?"

"짧고 행복하게 사는 게 꿈이야."

버릇 같은 그 말은 의준의 슬로건이나 다름없는 것이었다.

"그럼 좀 대충 살아. 오래 살 것도 아니면서 일은 뭐 하러 열심히 해."

이해가 안 간다는 듯 말했지만 별은 알고 있었다. 의준에게 일은 삶의 원동력이나 마찬가지라는 것을. 재미없게 느껴질 수도 있지만 김의준은 그런 사람이었다. 태어났을 때부터 함께했다고 해도 과언이 아닐 만큼 오랜 친구이지만 이해할 수 없고,

"나 좀 도와줘."

필요할 때 가장 먼저 찾게 되는.

역시나 도와 달라는 말 한마디에 너그럽던 눈매가 날을 세운다.

"사고 친 거 아니라며."

"내가 친 건 아니야."

"회사 일이야?"

"아니."

좀처럼 감이 잡히지 않는지 그는 형형해진 눈매를 더욱 시퍼렇게 다듬었다. 변호사가 되기 전, 잠시였지만 검사였던 그는 습관처럼 주머니 속 녹음기를 꺼냈다.

"말해."

진위 여부를 파악하기 위한 그의 질문이 쏟아지기 직전, 노크 소리가 들렸다. 의준이 짜증스러운 표정과 함께 녹음 종료 버튼을 누르자 별이 키득키득 웃음을 터트렸다. 아무것도 모르는 그의 비서가 조심스러운 몸짓으로 들어와 커피와 얼음물을 내려놓았다.

단걸 즐기지 않는 의준이 좋아할 리 없는 케이크와 마카롱은 별의 앞에만 놓인다.

"와, 이거 내가 좋아하는 건데. 고마워요."

별이 상냥한 미소를 걸친 비서와 눈을 맞추며 말했다. 의준의 사무실을 한두 번 드나든 게 아닌지라 안면이 있는 사이였다. 커피를 마시지도 그렇다고 음료 같은 걸 즐기지도 않아 매번 얼음물을 달라고 했는데 그게 신경 쓰였는지 어느 날부터인가 달달한 종류의 간식을 함께 내놓기 시작한, 친절한 사람이었다.

"나가 봐요."

그런 사람이 인정머리 없는 김의준의 밑에서 일한다니. 확 그냥 스카우트해 버릴까 싶을 때가 한두 번이 아니다.

비서가 문밖으로 완전히 나가자 별은 눈을 가늘게 뜨고 말했다.

"인사 좀 하는 것도 못 기다려?"

"여기 들어오면서도 했을 거잖아. 설명이나 해. 무슨 일인데."

남들은 의준의 겉모습만 보고 느긋하고 여유로운 성격이라 착각하지만 별은 그가 어느 누구보다 급하고 거친 성격의 소유자인 걸 알았다. 모르는 건 알아야 하고, 해야 할 일은 끝내야 하고, 만나야 할 사람은 가시밭길 위에서라도 만나야 하는 사람.

별이 가방 안에서 서류 봉투 하나를 꺼내 건넸다.

"서윤기라고 알지?"

건네받는 즉시 봉투 안에 담긴 자료들을 꺼내던 손이 멈췄다.

"서윤기?"

"응, 서윤기."

"내가 아는 그 서윤기?"

"응, 네가 아는 그 서윤기."

의준이 설마 하는 눈으로 자료를 살폈다. 윤기가 성 대표와 매니지먼트 계약을 맺었던 계약서를 비롯해 스토킹을 당했던 정황과 증거 목록, 악의적으로 편집된 기사와 협회의 불합리한 처사들이 일목요연하게 정리되어 있었다.

"이걸 나보고 하라고?"

"메인 변호사는 따로 있어. 네가 그래도 명색이 이선그룹 고문인데 이런 일에 직접 나서는 건 좀 그렇지."

태평하게 말하는 별과 달리 황당한 표정을 지은 의준은 쉽사리 말을 잇지 못했다.

"보기 안 좋은 일이란 건 알아?"

"뭐……."

"말도 안 되는 소리라는 것도 알지?"

별이 서윤기라는 연예인에게 호감인지 집착인지 알 수 없는 감정을 갖고 있다는 건 잘 알고 있었다. 하지만 이 정도로 무모하게 들이받을 줄은 예상하지 못한 일이었다.

"말이 되게 할 수 있잖아."

"별아."

"나도 웬만하면 나서기 싫어. 근데 이러다가 서윤기 매장당할 것 같단 말이야. 그럼 난 무슨 낙으로 살아."

"들켜도 매장이야. 대기업 이사씩이나 되는 네가 뒤를 봐주고 있다고 소문나면 지금보다 배로 욕먹을걸."

"조용히 하면 되지. 대기업 이사씩이나 되는 내가 대기업 고문 변호사씩이나 되는 너한테 부탁을 하는데 들킬 리가 있어?"

애초에 거절은 거절할 생각이었는지 별의 태도는 완고했다. 웬만하면 들어주고 싶은데 찝찝한 구석이 있어 쉽사리 답이 나오지 않는다.

"뭐가 걱정이야."

얼음을 아작아작 씹은 별이 물었다.

"들킬 걱정 때문에 고민하는 거 아니잖아."

들키면 매장이라는 의준의 말이 아예 틀린 말은 아니었지만 이토록 침묵을 길게 유지할 만큼 커다란 리스크는 아니었다. 일 처리 깔끔하기로 유명한 의준이 실수할 리도 없고 재벌이라면 일단 무릎부터 꿇고 보는 엔터 업계 사람들을 생각하면 어려울 것도 없었다.

무엇보다 적당히 소문나는 거야말로 원하는 바였다. 서윤기 뒤에 누가 있는지 알아야 다시는 이런 일이 일어나지 않을 테니까. 이런 제 성격을 알고도 남을 의준이 망설이는 데에는 다른 이유가 있을 것이다.

역시나 몇 가지만 확인하고 결정하겠단 소리를 한다.

"그 사람이 부탁한 거야? 직접?"

"서윤기가? 아니?"

"그럼?"

그냥 내 마음이라고 가볍게 대답하고 싶은데 마주 앉은 상대가 다른 누구도 아닌 의준이라 별이 한숨을 내쉬었다. 시시콜콜 다 털어놓는 수밖에 없었다.

그렇게 다 내려놓지 않으면 무엇도 도와주지 않을 위인이라 스폰서로 오해받은 일부터 제주도까지 찾아가 도울 수 있게 해 달라고 구질구질하게 굴었던 일까지 모든 걸 말했다.

나름 진지한 표정으로 듣던 의준이 점차 입꼬리를 씰룩거리더니 참을 수 없었는지 배를 잡고 허리까지 숙여 가며 웃음을 터트렸다.

"김별 진짜 제대로 굴욕당했네."

"굴욕이라니. 작은 오해일 뿐이야."

"작은 오해 두 번 받았다가는 석고대죄라도 하겠다?"

의준이 어깨를 으쓱였다. 누구의 앞이건 어떤 상황이건 스스로를 굽히는 법이 없는 별이 돈지랄이나 하는 쓰레기 취급을 당했다는 것도 재미있어 죽겠는데 그런 취급을 한 사람을 돕고 싶어 안달을 내고 있다는 게 웃겨 죽을 것 같았다.

"할게."

"정말?"

급격히 밝아지는 별을 보며 의준이 흔쾌히 고개를 끄덕였다.

"대신 조건이 있어."

"뭘데?"

"나도 서윤기 얼굴 한번 보자."

매번 궁금하다는 생각만 했었는데 이제야 한번 보겠네 싶었다. 김별이 좋아
하는 것 중 유일하게 '살아 숨 쉬는 존재'인 서윤기를.

| 5. 촬영장의 꽃 |

별을 태운 차가 평창동의 고요한 골목 앞에 멈추었다. 본가에 도착했다는 걸 알면서도 내리기 싫은 별은 시간을 조금이라도 벌어 보고자 가방에서 거울을 꺼내 들었다.

"나 전생에 너구리였던 거 아니야?"

중얼거린 별이 거울을 아무렇게나 던져 놓았다. 요 며칠 새로운 자회사를 설립하는 문제로 골머리를 앓느라 잠을 제대로 자지 못했더니 몰골이 말이 아니다.

서윤기를 물밑에서 지원하는 것도 생각보다 까다로웠다. 대놓고 하라면 차라리 쉬울 텐데 너무 티가 나서도 안 되고 그렇다고 너무 티가 안 나서도 안 되니 신경 쓸 것들이 많았다.

"아, 들어가기 싫다."

"시간 그만 죽이고 들어가세요. 그러다 한 대 맞을 거 열 대 맞아요."

조수석에 앉아 있던 임 비서가 퉁명스럽게 말했다.

"임 비서는 내가 맞는 게 아주 좋은가 봐?"

별이 주먹을 꽉 쥐고 조수석을 쾅, 쾅 쳐 댔다. 재킷이고 셔츠고 몸에 두른 건 전부 검은색으로 맞춘 별이 죽어라 주먹질을 하고 있으니 나이 지긋한 기사님은 몸 둘 바를 몰라 하며 연신 식은땀을 흘렸다.

그에 비해 임 비서는 아주 평온하다.

"이왕 두드리실 거면 차라리 발로 차세요. 지금은 그냥 고장 난 안마 의자 같아서 별로예요."

결국 견디지 못한 별이 으아악, 소리를 질렀다.

"아니, 이렇게 무서워하실 거면서 사고는 왜 치세요?"

"사고? 내가 무슨 사고를 쳤다고 그래?"

"그렇게 당당하신 분이 왜 집 앞에서 이러고 계세요. 지금 회장님 뵙기 무서워서 안 들어가시는 거잖아요."

정곡을 찌르는 임 비서에게 아니라고 으름장을 놓긴 했지만 사실 그녀의 말이 맞았다. 근래 '서윤기 지키기' 프로젝트에 너무 심취한 나머지 엄마인 윤 회장의 심기가 매우 불편해져 있었다.

회사 핫라인을 통해 언론사 몇몇을 압박한 날에는 핸드폰에 불이 날 정도였다. 뭔 놈의 부재중 전화가 30통씩이나 찍혀 있는지. 무음으로 바꿔 놓고 모른 척으로 일관했더니 쏟아지는 문자가 아주 살벌하기 그지없었다.

아무리 그래도 그렇지 하나뿐인 딸을 죽여 버리겠다고 하는 건 좀 아니지 않나.

"임 비서."

"네, 말씀하세요. 참고로 같이 안 들어갑니다."

"아니, 뭘 사람이 말을 하기도 전에……. 요즘 무슨 독심술 배워?"

"제가 독심술을 하는 게 아니라 이사님께서 투명하신 거예요."

무심히 답한 임 비서가 어쩔 수 없다는 듯 차에서 내렸다. 그러고는 별이 앉아 있는 뒷좌석의 문을 연다.

"자, 이제 내리세요."

"아, 10분만 있다가 내릴게."

"구질구질합니다. 이사님. 회장님은 그렇다 치더라도 아버님께서 기다리실 거 아닙니까. 1년에 한 번 있는 아버님 기일에 늦으면 돼요?"

"아, 알았어!"

더 이상 댈 핑계가 없음을 깨달은 별이 차에서 내렸다. 엄마한테 맞아 죽는 한이 있더라도 아빠 기일에 늦을 수는 없었다.

"나 괜찮아?"

검은색 슈트에 검은색 뮬, 거기에 새하얀 진주 귀걸이를 매치한 별이 물었다. 곧 죽어도 스타일을 포기하기는 싫었는지 언밸런스한 디자인의 귀걸이가 튄다. 귀찮아하는 기색 없이 세심하게 살피던 임 비서가 가방에서 머리 끈을 꺼냈다.

"머리 묶고 들어가세요."

"왜?"

"회장님이 머리채 잡으실 수도 있잖아요. 조금이라도 덜 잡히시려면 긴 머리보단 묶은 머리가 나아요."

"뭐라는 거야."

별이 황당하다는 표정으로 대꾸했다.

"그리고 그런 이유라면 더더욱 묶지 말아야지. 머리 묶으면 손잡이 만들어서 들이미는 거랑 다를 바가 없어. 경험상 푸는 게 더 나아."

"어휴, 정말 쓸모 있는 지식이네요."

"당연하지."

윙크까지 날린 별이 긴 머리카락을 과장되게 넘겼다. 숱 많고 결 좋은 머리카락이 검은색 폭포처럼 넘실거린다.

"다녀올게."

"부디 무사하세요."

"걱정 마."

방금 전까지만 해도 차에서 내리지도 못했으면서 이내 자신감을 회복한 건지 허세가 작렬한다. 참 투명하긴 한데 감정 폭이 꼭 롤러코스터를 탄 사람처럼 다이내믹하니 대하기가 쉽지 않은 상사다.

하지만 그런 저의 상사도 엄마인 윤 회장만큼은 무서워했다. 별의 불같은 성질과 대쪽 같은 자존심은 다 그녀로부터 받은 것이었다. 그러다 보니 둘은 웬만하면 서로를 마주하지 않으려고 했다. 만나 봤자 허구한 날 싸우는 것밖에 하지 않으니 떨어져 있는 게 본인들에게도, 주변인들에게도 나은 일이었다.

"아, 임 비서!"

다시 별의 목소리가 들린다. 네? 하고 답하니,

"그래도 앰뷸런스는 대기시켜 놔."

란다. 좀 크게 싸우실 계획인가 보다.

○ ◎ ●

아빠의 기일이라고 해서 특별한 건 없었다. 본가에서 아빠 사진을 보며 식사나 한 끼 하는 정도. 조금 심심한 느낌이 들긴 했지만 그래도 이날이 되면 아빠가 좋아하는 것들로 집 안이 가득해졌다.

아빠가 좋아하던 음식과 아빠가 좋아하던 꽃, 그리고 아빠가 좋아하던 음악이나 장식들이 원래 있던 것들을 밀어내고 당당하게 자리를 차지하는 식이었다. 독립한 이후로 본가에는 잘 들르지 않는 제가 꼬박꼬박 참석하는 것도 다 그 때문이었다.

아빠가 제일 좋아하는 건 저였으니까.

"김별."

별다른 잔소리 없이 식사를 계속하던 윤 회장이 입을 열었다. 그냥 넘어가는 줄 알고 쾌재를 부르고 있었는데 그럼 그렇지.

"할아버지, 오늘 나 뭐 했게?"

별이 재빨리 할아버지를 향해 시선을 돌렸다. 일선에서 물러난 지 벌써 몇 년이나 흘렀지만 여전히 정정한 그는 자신의 딸보다도 손녀인 별을 아끼고 사랑했다.

"우리 별이 표정을 보니 또 한 건 한 모양이구나."

별의 가장 큰 방패막이는 엄마가 아닌 할아버지다.

"내가 뭘 했냐면—"

"김별."

딸의 속내를 훤히 들여다본 윤 회장이 조용히 말을 끊었다. 망했음을 깨달은 별이 있는 힘껏 서러운 표정을 지으며 할아버지를 쳐다보았다.

"할아버지, 엄마가 자꾸 나 혼내."

그 가증스러운 작태에 어이가 없어진 윤 회장은 젓가락을 내려놓고 눈에 불을 켰다. 본격적으로 시작을 해 보겠다는 뜻이었다. 하지만,

"희원아."

그녀의 아버지가 브레이크를 건다.

"밥 먹을 땐 개도 안 건드린다는데 그만해라."

"개는 말이라도 잘 듣지."

"어허."

"어허는 무슨 놈의 어허! 아버지가 자꾸 애를 감싸고도니까 애가 천지 분간을 못 하고 날뛰는 거잖아요. 얘가 요즘 뭐 하고 다니는 줄 아세요?"

말하면서 화가 더 증폭되는 건지 윤 회장의 얼굴은 분홍빛을 띠다가 이내 빨간색이 되었다.

"연예인 하나에 미쳐서 언론사고 방송국이고 이리저리 다 쑤시고 다닌다고요!"

"쑤시진 않았어. 그냥 좀 제안을 한 거지……."

할아버지의 오른손을 붙들고 하소연 아닌 하소연을 하는 엄마를 힐끗 쳐다본 별이 중얼거렸다.

"내가 요즘 쪽팔려서 얼굴을 들고 다닐 수가 없어. 그게 지금 나이 서른넷이나 먹은 인간이 할 일이야?"

그 말에 핀트가 나간 별이 포크를 내려놓았다.

"뭔 말을 그렇게 서운하게 해? 누굴 좋아하는 데 나이가 어디 있다고."

"그래서 지금 네가 잘했다는 거야?"

"못했다는 건 아니란 거지."

별이 얄미울 정도로 당당하게 고개를 끄덕였다. 한껏 사랑스러운 표정을 지은 채 할아버지에게 동의를 구하는 것도 잊지 않았다.

"김별!"

윤 회장이 식탁을 내리쳤다.

"아, 뭐 틀린 말 한 것도 아니잖아. 내가 뭐 도박을 했어, 약을 빨았어. 왜 이렇게 오버를 해?"

"하……."

윤 회장이 이마를 짚으며 한숨을 쉬었다. 세월의 흔적이라고는 조금도 보이지 않는 손가락에 화려한 반지가 여러 개 끼워져 있다.

막말로 연예인 좀 쫓아다니는 게 문제는 아니었다. 까짓것 비싼 취미 생활이라고 생각하면 그뿐이었다. 하지만 제 딸은 평범한 사람이 아니라는 게 문제였다.

"나중에 어떻게 책임지려고 그래."

"뭘? 서윤기?"

천진하게 묻는 딸에 윤 회장이 다시 한번 심호흡을 했다.

"서윤기인지 뭔지는 모르겠고 지금 네가 하는 일, 다 책임질 수 있어?"

"못 할 거 없지."

딱히 오래 생각하지도 않은 채 대답하는 딸을 보며 윤 회장은 눈꺼풀을 떨었다. 도대체 누굴 닮아서 저렇게 막무가내인지 모르겠다.

"언론사고 방송국이고 네 눈치 살살 보니까 네가 걔네 주인이라도 된 것 같아?"

윤 회장은 세상이 호락호락하지 않은 곳이라는 걸 누구보다 잘 아는 사람이었다.

"너 걔네한테 약점 잡힌 거야. 너한테 받은 치욕, 너한테 짓눌린 자존심, 전부 다 기억하고 있을 거라고."

기세가 등등했던 오빠들의 등을 짓밟고 이선그룹의 주인이 되기까지 겪었던 수모를 생각하면 지금 제 딸이 걷고 있는 길은 꽃길이라 해도 무방했다.

"지금이야 너한테 약점이 없으니 망정이지. 네가 조금이라도 약해지면 넌 걔네 공격부터 막아야 될 거야. 알아?"

자신이 고생하며 이 자리까지 왔으니 이 자리를 이어 갈 제 딸도 고생해라, 하는 건 아니었다. 오히려 그 반대로 저와 같은 길을 걷지 않길 바라는 마음이었다. 어떠한 약점도 없이 견고하게.

"엄마."

별이 아빠가 좋아하던 알리오 올리오를 뒤적이다 말했다.

"엄마도 아빠라는 약점이 있었잖아."

"……."

"그 커다란 약점을 갖고도 다 이겨 놓고선 왜 겁을 먹고 그래."

"너……."

"내가 엄마처럼 못 할 것 같아서 그래?"

말문이 막힌 엄마를 빤히 보던 별이 그대로 고개를 돌려 아빠의 사진을 쳐다보았다. 제가 갓 중학생이 되었을 즘 돌아가신 아빠는 엄마의 유일하고도 숭고한 약점이었다. 불같은 엄마에 비하면 물 같았던, 그것도 아주 깊은 산속 웅달샘 같았던 아빠는 세상 청초한 미인이었다.

그런 저의 아빠는 잊을 만하면 한 번씩 엄마의 비밀을 말해 주었다. 엄마가 아빠의 마음을 얻기 위해 얼마나 끈질기게 굴었는지. 그걸 생각하니 문득 억울함이 치솟는다.

"아니, 엄마도 아빠 같은 꽃돌이 만났으면서 왜 난 안 된대?"

난데없는 공격에 윤 회장은 못 하는 소리가 없다며 냉수를 들이켰다.

"안 그래, 할아버지?"

딸과 손녀가 바락바락 언성을 높이는 동안에도 아랑곳하지 않던 그가 파스타 면을 돌돌 말며 허허, 웃었다.

궁지에 몰린 윤 회장이 팔짱을 꼈다.

"너 네 아빠가 어떻게 살았는지 몰라서 그래?"

"알지 왜 몰라."

별이 가뿐히 대답했다.

"근데 그게 나랑 무슨 상관이야. 난 아빠같이 잘생긴 사람을 좋아하는 거지 아빠처럼 옹졸한 사람을 좋아하는 게 아니에요."

"뭐, 옹졸?"

"아니, 그리고 내가 지금 서윤기랑 결혼을 한다 그랬어, 연애를 한다 그랬어?"

아직 친구도 못 된 마당에 말도 안 되는 잔소리를 듣고 있으려니 짜증이 난다.

"그냥 좀 예뻐하다가 말 거니까 자극하지 마. 하지 말라고 하면 더 하고 싶은 거 몰라?"

말하면서도 서러운 마음이 든다. 뭔 놈의 인생이 뭘 좀 좋아하려고 하면 사방에서 훼방을 놓는지. 아주 환멸이 난다.

○ ◎ ●

"오, 은호 씨 웬일이야?"

매번 홀로 촬영장에 오던 은호가 밴을 타고 온 것을 보고 놀란 스태프가 말했다.

"지하철 타고 다니더니 이젠 막 연예인 차 타고 다니네?"

"연예인 차라뇨. 놀리지 마세요. 저도 아직 어색해요."

수줍게 웃은 은호가 너스레를 떨었다.

은호를 태우고 온 밴의 운전석에 있던 남자가 곧바로 달려와 명함을 내민다.

"은호 매니저 송태원입니다. 앞으로 잘 부탁드립니다."

"아, 은호 씨 매니저시구나. 드디어 소속사 찾은 거야?"

호들갑을 떤 스태프가 박수를 치며 확성기 노릇을 했다. 케어해 주는 사람 한 명 없이 혈혈단신으로 다니는 게 신경 쓰였는지 주위 스태프들이 너도 나도 축하한다며 말을 얹었다.

"자, 보자……."

그런데 매니저가 건넨 명함을 살피던 스태프의 표정이 순간 굳는다.

"여기 서윤기 씨 소속사 아니야?"

"아, 맞아요. 왜요?"

속없이 웃은 은호가 크게 고개를 끄덕였다. 그 표정이 꼭 뭣 모르는 어린애 같아 스태프는 작게 한숨을 쉬었다. 이걸 구해 줘야 하나, 말아야 하나. 고민이 된다.

"주차만 하고 올 테니까 잠깐만 혼자 있어. 괜찮지?"

마침 매니저가 자리를 비운다. 기회를 놓칠 수 없다고 판단한 스태프가 냉큼 은호의 팔을 붙들었다.

"은호 씨 벌써 계약서에 사인한 거야?"

"네? 네⋯⋯. 다 했죠."

선선히 웃은 은호가 고개를 끄덕였다. 매니저가 사라지자마자 팔짱부터 낀 스태프의 스킨십이 당황스러울 법도 한데 눈썹 한번 찡그리지 않고 웃는 게 여간 살가운 성격이 아니다.

"하⋯⋯."

스태프 역시 그런 은호를 예뻐하던 터라 암담한 기분을 느꼈다.

"서윤기 씨 지금 소속사랑 분쟁 중인 거 몰라?"

"알죠. 대한민국에 그거 모르는 사람이 어디 있어요."

"그걸 아는 애가 거기랑 계약을 해? 아무리 세상 무서운 줄 모른다지만 은호 씨 너무 겁 없는 거 아니야?"

아직 이렇다 할 결과가 나오지 않았지만 어찌 됐든 진흙탕 싸움이었다. 중국 투자자들의 반발이 있기 전까지만 해도 소속사에선 서윤기가 중국 스폰서들과 어울린다는 소문을 내며 이미지에 타격을 입혔고, 서윤기는 소속사가 자신을 도청하고 있다는 말까지 한 상황이었다.

"에이, 저 겁 많아요."

은호가 부러 울상을 지으며 말했다.

"근데 연락 오는 곳이 여기밖에 없는데 어떡해요."

"아니, 그래도 그렇지⋯⋯."

"저 같은 신인이 무슨 힘이 있다고 소속사를 골라요. 아시면서."

책망하듯 휘어지는 눈꼬리에 스태프는 할 말을 잃었다. 눈물을 지은 것도 아니고 절절하게 서러움을 토로하는 것도 아닌데 죄책감이 피어났다. 본인이 얘기하려던 건 업계 선배에 대한 예의와 상도덕 따위였으니 생존에 대한 문제를 토로하는 정은호에게 상대가 될 리 없다.

"에휴, 그래. 네가 뭘 할 수 있겠냐. 미안."

그저 알아주지 못해 미안하다는 뜻을 담아 등을 토닥이는 게 할 수 있는 전부였다.

"뭘 또 그렇게까지 반성을 하세요. 괜찮아요."

은호는 그런 스태프의 마음을 적당히 어루만져 주었다.

"은호 씨는 너무 착해서 탈이야."

"저 별로 안 착해요."

"원래 착한 사람들은 자기 안 착하다고 해."

스태프가 겸손 떨지 말라며 한 소리 했다. 예민하기로는 하늘을 찌르는 사람만 골라 뭉쳐 놓은 연예계에서 정은호 같은 사람은 흔치 않았다. 모나지 않은 성격에 웃음이 헤픈 그는 살얼음판 같은 현장에서 유일하게 피어난 꽃 한 송이였다.

이제는 소속사가 생겼으니 덜하긴 하겠지만 지금까지는 케어해 주는 사람이 없어 그가 본 손해가 만만치 않았다. 배우들 중 가장 빠른 콜을 받는 건 당연했고 가장 마지막 촬영도 언제나 정은호의 몫이었다.

제아무리 신인이라 해도 일이 힘들면 신경질을 낼 법도 한데 그런 적도 없다. 그러다 보니 촬영장의 모든 이가 그를 좋아할 수밖에.

"어, 선배님 오시네요!"

은호가 검은색 밴이 도착하는 걸 보고 말했다. 촬영 준비로 분주하던 스태프들이 일순간 멈칫하는 게 느껴진다. 정은호와 닮았지만 정은호와 다른,

"안녕하세요."

친절하지도, 불친절하지도 않은 목소리의 서윤기였다.

제주도 로케이션이 있던 날 이후로 서윤기는 주변의 모든 것을 바꾸었다. 타고 다니던 차도 바뀌었고 매니저나 스타일리스트도 바뀌었다. 소속사와의 싸움이 끝나지 않은 그가 그리할 수 있는 건 '누군가'의 힘 때문일 것이다. 그리고 그 '누군가'가 이선그룹의 김 이사라는 건 촬영장에 있던 모두가 아는 사실이었다.

○　◎　●

오늘은 현장에 액션 감독이 자리했다. 서윤기가 정은호에게 칼 쓰는 법을 가

르치는 장면을 연출하기 위해서였다. 덕분에 현장에는 조금 살벌한 기운이 감돌았다. 현대물에선 잘 쓰지 않는 장검과 사슬 따위가 바닥에 널브러져 있는 데다가 특수 분장을 맡고 있는 스태프들도 연신 예민한 눈초리를 하고 있었다.

"자, 오늘 무슨 장면 촬영인지 알지?"

감독이 메이크업을 받고 있는 윤기와 은호에게 말했다. 지금이야 매끈한 얼굴을 하고 있지만 촬영이 시작되면 하나둘 상처 분장이 늘 거고 딱 그만큼 피를 뒤집어써야 할 것이다.

"21신부터 시작하는 거 맞죠?"

은호가 보고 있던 대본을 펄럭이며 말했다.

"어, 시작은 21신부터 할 건데 중간중간 상황 보면서 조절할 거야. 둘 다 연습 많이 했지?"

"당연하죠, 감독님. 저 어제도 액션 스쿨에서 합 맞추고 왔어요."

은호가 세차게 고개를 주억거리며 말했다. 감독은 그런 은호가 예뻐 죽겠다는 듯 아빠 미소를 지었다.

"어제 늦게 끝났는데 스쿨까지 다녀왔어?"

"액션 연기는 처음이라 불안해서요."

"에이, 상대가 윤긴데 뭐가 걱정이야."

감독은 아무 말 없이 대본만 보고 있는 윤기를 부러 언급했다. 원체 말이 없는 타입이기도 했지만 근래 불미스러운 사건들이 많아서 그런지 더욱 말수가 줄어든 그가 연기에도 열의를 잃을까 걱정이었다. 주연 배우들의 컨디션은 현장 분위기에 직접적인 영향을 끼칠 때가 많으니 억지로라도 텐션을 올려놓아야 한다.

"하긴 그건 그래요."

은호가 적당히 웃으며 장단을 맞추었다.

"그래도 선배님이랑 같이 연습할 시간이 있었으면 더 좋았을 텐데……."

"그런 거 하라고 있는 게 리허설인데 뭐."

의연한 척 허세를 부리긴 했지만 감독 역시 둘의 합을 걱정하고 있었다. 액션 연기에서 부상을 입지 않으려면 연습만이 살길이었다. 서윤기나 정은호나 연습

량 자체는 많은 편이었지만 두 사람이 함께 연습할 시간은 없었다. 각자의 역할을 대신해 주는 스턴트 배우와 합을 맞추긴 했지만 그것으로 충분할지는 아직 미지수다.

"아무튼 조심들 하자! 너희 둘 중 한 명이라도 다치면 이 드라마 망하는 거나 마찬가지야. 내 말 무슨 말인지 알지?"

"자, 다들 집중!"

조연출이 외쳤다.

평소보다 어둡고 고요한 세트장에 흰색 셔츠를 입은 윤기가 선다. 얼마나 연습을 한 건지 소품용 장검을 쥔 손에는 굳은살이 여기저기 박혀 있다. 마찬가지로 흰색 셔츠를 입은 은호가 그 맞은편에 섰다. 윤기의 장검보다는 조금 짧은 길이의 검을 쥐고 어정쩡하게 서 있는 모습이 영락없는 초보다.

"액션!"

감독의 신호와 함께 촬영이 시작되었다.

무심해 보이던 서윤기의 눈에 차연우라는 캐릭터의 살기가 더해진다. 윤기가 맡은 차연우는 냉정하고 잔인한 인물이었다. 어릴 적 사고 때문에 뇌를 다치게 되면서 감정을 느끼지 못하는 장애를 겪고 있을뿐더러 살육에 대한 망설임이나 두려움도 없는 살인 청부업자였다. 느와르 장르에서 흔하게 등장하는 캐릭터라고 생각할 수도 있지만 다른 매력이 하나 있었다.

차연우는 동생 차선우를 보호해야 한다는 형제애와 애정을 몸으로 '기억' 하는 인물이었다. 감정이 없는 탓에 누군가를 보호하거나 아껴 주고자 하는 마음도 없는 인물이었지만 어릴 적에 갖고 있던 동생에 대한 사랑과 연민을 기계처럼 기억하고 학습한 인물이란 것이다.

그래서 지금의 장면이 중요했다. 차연우가 차선우를 위해 스스로 연습 대상이 되어 준다는 것 자체가 희생이고 애정으로 비칠 것이니.

"아악!"

은호가 눈에 핏발을 세운 채 윤기에게 돌진했다. 칼날이 허공을 가르는 소리가 나기 무섭게 윤기는 가볍게 몸을 비틀어 피했다. 검술이 서투른 차선우 캐릭터의 특성상 은호는 계속해서 막무가내로 칼을 휘둘렀고 윤기는 침착하고 유연하게 방어하며 너무 많이 움직이지 않도록 호흡을 가다듬었다.

"컷!"

컷 소리와 함께 스태프들의 한숨 소리가 연이어 터졌다. 정해진 동선이 있기는 했지만 혹여나 배우들이 다칠까 숨조차 쉬기 어려운 그들이었다.

"자, 방금 좋았는데 은호 씨 얼굴이 잘 안 보이거든요? 카메라 위치 신경 써서 다시 갈게요."

조연출이 고래고래 소리를 지르며 감독의 디렉팅을 전달했다. 가쁜 숨을 몰아쉬던 은호가 알겠다며 큰 소리로 대답한다.

"액션!"

타다닥, 발소리를 내며 달리는 순간,

"컷!"

감독이 소리쳤다.

"은호야, 조명을 등지면 어떡하니."

"죄송합니다!"

바짝 긴장한 은호가 또 한 번 큰 소리로 대답했다. 메마른 입술을 깨문 채 조명의 위치를 살피는 것도 잊지 않았다.

"자, 집중 잘하고— 액션!"

그러나 한번 깨진 집중은 쉽게 회복되지 않았고 그 뒤로 몇 번이나 NG가 반복되었다. 안 그래도 당황한 기색이었던 은호는 감독과 조연출의 표정이 어두워지기 시작하자 초조한 얼굴을 했다.

"은호야, 어려워?"

보다 못한 액션 감독이 다가와 물었다.

"연습할 땐 잘하더니 왜 그래. 무슨 문제 있어?"

"아뇨, 문제는 없는데…… 좀 긴장했나 봐요. 죄송합니다."

"뭘 긴장을 하고 그래. 다시 갈 테니까 이번엔 집중 잘하자. 알았지?"

은호가 네, 하고 대답했다. 큰 소리로 죄송합니다, 외치던 것과는 확연히 줄어든 자신감이었다. 집중하고 있던 정신을 깨기 싫어 아무 말도 않고 있던 윤기는 그게 좀 안쓰러웠다.

"정은호."

그래서 하는 수 없이 은호를 불렀다.

"네? 아, 네. 선배님."

멍하니 바닥만 보고 있던 은호가 퍼뜩 정신을 차린다.

"동선 그만 생각해."

"네?"

"너 연습 많이 했으니까 그만 생각하라고. 숏 들어가면 몸이 알아서 움직일 거야."

"……"

"그러니까 나 봐."

윤기가 칼끝으로 은호의 칼을 툭 건드렸다. 알루미늄으로 만든 날에서 진검에서나 날 것 같은 청명한 소리가 난다.

"나만 보고 해."

날 보고 연기하라는 건 집중하라는 뜻이었지 울라는 뜻이 아니었는데. 마주 본 정은호의 눈이 물기로 가득해졌다.

결국 손을 들어 촬영을 중단한 윤기가 은호의 어깨를 눌러 바닥에 앉혔다. 감독이 무슨 일이냐는 듯 다가왔지만 윤기는 단호하게 고개를 저었다. 한쪽 무릎을 꿇고 앉아 두려움에 가득 찬 정은호와 눈을 맞췄다.

"울지 마."

"죄, 죄송해요. 저 때문에 괜히……."

"쓸데없는 감상 하지 마. 눈 부으면 답 없으니까 울지 말라는 거야."

은호가 네에, 말꼬리를 길게 빼며 대답했다. 촬영장 구석에 구비되어 있던 생수 하나를 까서 건넨 윤기는 집중할 수 있을 때까지 충분히 시간을 쓰라고 조언했다.

"집중 못 한 채로 계속 찍는 것보단 그게 더 나아."

고개를 끄덕인 은호가 500ml 생수 한 병을 한 번에 비워 냈다. 그러더니 무릎 사이에 얼굴을 집어넣고 심호흡을 시작한다. 긴장한 탓에 크게 들썩이고 있던 등이 차츰 규칙적인 리듬을 타며 안정을 찾는다. 집중력이 훌륭하다.

윤기는 멀찍이 서서 대기하고 있는 제 매니저를 쳐다보았다. 함께 일한 지 얼마 되지 않은 사람인데도 눈치가 좋고 빠릿빠릿해 호흡이 좋은 편이었다. 역시나 눈이 마주치자마자 무엇이 필요한지 묻는다. 손목을 가리키니 즉각 핸드폰 화면을 띄워 시간을 보여 준다.

"……."

시간이 많이 흐른 상태였다. 어딘가에 쫓기는 사람처럼 전전긍긍하고 있는 정은호에게는 충분히 시간을 쓰라고 했지만 촬영장에서의 시간은 돈보다 귀했다. 이대로 더 지체했다가는 감독님의 불호령이 떨어질 것이다. 거기에 움츠러드는 건 또 이 미숙한 신인일 테고.

"하……."

한숨을 쉰 윤기가 정은호, 하고 불렀다.

"너 연극했었다고 했지."

"네? 네……."

은호가 뻣뻣하게 고개를 끄덕였다. 지나가다 한 소리를 기억하고 있는 윤기에게 놀란 얼굴이었다.

윤기가 은호 옆에 몸을 붙이고 앉았다. 그러고는 촬영할 장면의 직전 대사를 읊었다. 딱히 크지도, 그렇다고 작지도 않은 목소리로 대사를 하는 윤기를 은호가 빤히 쳐다보았다.

"들어. 듣고 몰입해."

영화나 드라마 같은 영상 장르는 연극과 달라서 촬영 순서가 대본의 순서와 같지 않았다. 사건의 순서가 뒤섞이기도 하고 가끔은 엔딩을 먼저 찍고 다시 앞의 장면을 촬영할 때도 많았다.

그러다 보니 연극만 해 왔던 배우에게는 카메라 연기가 조금 폭력적으로 느껴질 수도 있다. 장면의 순서도, 감정의 순서도 난도질하는 것처럼 느껴질 테니.

"세상에 나 같은 괴물은 널리고 널렸어."

촬영할 장면의 직전 대사를 읊어 준 것도 다 그런 이유 때문이었다.

"그런 세상에서 죽지 않으려면 너도 괴물이 되어야 해."

정은호가 기댈 수 있는 감정을 만들어 주기 위해서.

"차선우."

어리둥절 구르고 있던 눈이 배역 이름을 부름과 동시에 바뀐다.

"……형."

두려움과 슬픔이 섞인 눈으로.

"내가 가르쳐 줄게. 네가 괴물이 될 수 있도록."

○ ◎ ●

"오케이, 컷!"

감독이 기다렸다는 듯 외쳤다. 몇 번이고 계속된 촬영에 지쳐 있던 스태프들이 환호성을 내질렀다.

"우리 은호 이제야 정신 차렸구나!"

조마조마한 마음으로 모니터 화면을 지켜보던 액션 감독도 마찬가지였다. 신이 난 스태프들이 이 기세를 이어 바로 다음 장면으로 넘어가자 말했다. 모두들 큰 고비를 넘겼다 생각해서인지 한결 가벼운 얼굴이었다.

"윤기야, 잘할 수 있지?"

액션 감독이 윤기에게 말했다. 컷 소리가 난 뒤에도 손에서 칼을 내려놓지 않고 있던 윤기는 무심히 고개를 끄덕였다.

"하여튼 애교라고는 없어요."

그가 타박과 동시에 껄껄 웃음을 터트렸다. 저 무심한 성격은 10년 전에 보았을 때나 지금이나 달라진 것이 없다.

"자, 집중하고─ 액션!"

감독의 지시와 함께 서윤기가 땅을 박찼다. 은호의 칼을 피해 사뿐사뿐 움직이던 것과는 달리 날카롭고 빠른 스텝을 밟는 게 한눈에도 공격적이고 거침이 없다. 이전에 찍은 장면은 선우가 연우에게 덤비는 내용이었지만 지금부터는 연우가 선우에게 선을 보여야 하기 때문이다.

조명을 받은 장검이 번뜩이는 동시에 화려한 동선을 그린다. 카메라가 배치

된 자리를 따라 검의 방향을 바꾼 윤기는 유연하게 손가락을 움직이며 무용수 같은 태를 자랑했다.

"저 새끼 저럴 줄 알았지."

액션 감독이 흐뭇한 얼굴로 중얼거렸다. 액션에 일가견이 있는 서윤기보다는 초보인 정은호를 신경 쓰느라 많이 봐주지도 못했는데 역시나 완벽하다.

사람을 죽일 때조차 감정의 동요를 느끼지 않는 차연우를, 서윤기는 호흡마저 죽여 가며 표현하고 있었다. 그게 아니라면 숨소리 한 자락 들리지 않는 이 현장을 설명할 방법이 없다.

"칼 들어."

윤기가 은호에게 말했다. 아니, 차연우가 차선우에게 말했다.

"이딴 거 배우기 싫어."

"배우기 싫어도 배워."

차가운 목소리로 일갈한 연우가 선우의 가슴팍을 발로 찬다. 사전에 맞춘 동선을 따라 바닥을 구른 은호가 땅에 떨어진 칼을 겨우 쥐고 일어선다.

윤기의 액션은 그때부터 다시 시작이었다.

○ ◎ ●

장장 다섯 시간의 촬영을 끝낸 윤기와 은호가 대기실로 향했다. 대기실 문을 열자마자 쓰러지듯 의자에 앉은 둘은 가쁜 숨을 내쉬며 천장을 쳐다보았다. 특수 분장을 해야 해서 따로 쓰던 대기실까지 합치게 되었지만 그런 것은 아무래도 상관없었다.

"선배님, 저 진짜 죽을 것 같아요."

말 그대로 죽을 것 같은 상황이라 대기실이 어떻고 특수 분장이 어떻고 따위는 안중에도 없었다.

"하……."

체력이라면 자신 있던 윤기도 이번엔 좀 벅찬 기분이 들었다. 자연스럽게 호흡할 수 있으면 좀 나을 텐데 차분한 느낌을 내느라 숨을 참았더니 죽을 맛이다.

"특수 분장팀 들어오세요!"

쉴 틈 없이 조연출의 외침이 들렸다. 대기실 안으로 분장팀 사람들과 의상팀 사람들이 빽빽하게 들어찬다.

"일단 두 분 다 셔츠 좀 벗을게요."

의상팀 스태프가 말했다. 땀으로 젖은 옷을 갈아입고 상처 분장을 몸 이곳저곳에 해야 했다. 무림 고수나 다름없는 차연우 역할의 윤기는 뺨에 작은 흉터 하나만 내면 되었지만 은호는 몸통이고 얼굴이고 이래저래 낼 상처가 많았다.

"……."

"두 분 눈 뜨고 기절하신 거 아니죠?"

스태프가 닦달을 했지만 윤기나 은호나 조금도 움직이질 못했다. 촬영장에서 굼뜨게 구는 것만큼 최악이 없다는 걸 알면서도 어쩔 수 없는 일이었다. 과장 하나 보태지 않고 손가락 하나 움직일 힘도 없었다.

"좀비가 되셨네."

스태프가 안타깝다는 듯 중얼거렸다. 평소엔 말하지 않아도 알아서 움직이던 두 배우가 이 정도로 반응을 하지 않는 건 그만큼 촬영의 강도가 높았다는 뜻이었다. 뜨거운 조명 아래 칼을 휘두르느라 정신이 없던 두 배우의 모습을 못 본 것도 아닌지라 안쓰러운 마음이 들었다. 하지만 뒤에 남은 촬영이 아직 한가득이다.

"두 분, 두 분께서 벗지 않으면 저희가 벗깁니다. 그걸 원해요?"

"잠시만요……."

그제야 은호가 달팽이처럼 움직이기 시작했다.

"금방 갈아입을게요……."

곧 죽을 것 같은 표정을 한 채 기어코 단추에 손을 올린다. 윤기는 그런 은호를 무심한 눈으로 쳐다보았다. 땀에 젖은 손가락이 단추를 제대로 잡지도 못하는데 느릿느릿 최선을 다하는 꼴이 우스워 죽겠다.

"물 풀로 만든 건데 좀 따가울 수도 있어요."

분장팀 스태프 중 하나가 특수 분장용 피를 휘휘 저으며 말했다.

"네에, 편하게 하세요……."

여전히 단추를 풀지 못하고 있는 은호가 답했다. 결국 윤기가 헛웃음을 터트렸다. 똑똑한 줄 알았는데 헛똑똑이가 따로 없다.

"실장님."

"네, 윤기 씨. 뭐 필요하세요? 물이라도 드릴까요?"

"아뇨, 감독님 좀 불러 주세요."

착하게 굴면 일찍 죽는다는 걸 알려 줘야 할 때다.

○ ◎ ●

"선배님 덕분에 쉬네요."

은호가 천장으로 향한 고개를 돌리지도 못한 채 말했다. 고작해야 20분짜리 휴식이기는 했지만 서윤기가 아니었다면 그것조차 없었을 것이다. 대역도 없이 다섯 시간을 내리 촬영했는데 숨 돌릴 틈은 줘야 하는 거 아니냐 말하는 서윤기에 안 된다 말하지 못한 감독 덕분이었다.

윤기가 생수 한 병을 한입에 털어 넣었다. 수분이란 수분을 다 빼고 난 뒤에 마시는 물이라 그런지 달다. 그제야 조금씩 정신이 돌아오는 기분이 든다.

"너 소속사 생겼더라."

"……네."

축 늘어져 있던 은호가 표정을 굳혔다. 올 것이 왔다고 생각했다.

"그럼 다 괜찮다고 하는 버릇 고쳐도 되지 않나."

"네?"

"너 툭하면 괜찮다고 하잖아. 촬영 순서에 문제가 있어도 괜찮다고 그러고 스태프들이 실수를 해도 괜찮다고 그러고."

새 생수병을 뜯는 윤기의 미간이 예민하게 구겨진다.

"아, 전 정말 괜찮아서……."

은호는 제 예상과 다른 이야기를 늘어놓는 윤기에 어색한 미소를 지었다.

"또 그런다."

"……"

윤기가 엄한 표정으로 지적했다.

"촬영장에서 꽃같이 굴고 싶은 마음은 알겠는데 네가 그럴수록 다른 사람들은 더 힘들어."

"그게 무슨……."

"너 주연이잖아. 네가 괜찮다고 하면 '주연인 정은호도 괜찮다는데 왜 단역인 네들이 불만을 가져.' 뭐 그딴 소리 나온다고."

서윤기는 업계 최고로 사는 게 무얼 뜻하는지 정확히 알고 있었다. 최고의 대우를 받는 만큼 최고의 결과를 내야 하는 건 물론이고 가장 높은 기준으로 존재하는 것. 그게 서윤기의 일이고 의무였다.

자신이 기준을 낮추는 순간, 자신보다 좋지 않은 대우를 받는 사람들은 몇 계단인지도 모를 하락을 경험해야 한다.

"그런 식으로는 생각해 본 적 없어서……. 죄송해요."

"죄송할 거 없어. 그냥 알고만 있으라고 하는 소리야. 어떻게 살든 네 마음인데 뭐."

진심이었다. 정은호가 그렇게 사는 게 편하다면 그렇게 살면 되는 거였다. 다만, 본인이 그렇게 행동할 때 누군가는 반드시 영향을 받는다는 걸 알고 있기를 바랐다.

"사람들한테 친절하게 대하는 게…… 나쁜 건 아니잖아요."

은호가 억울하단 표정으로 말했다.

"아니지."

윤기도 그 말에 동의했다. 착한 게 나쁜 건 아니니까. 하지만 세상은 나쁜 곳이었다. 착하게 굴면 착하다 생각하는 게 아니라 만만하게 여기니까.

"넌 사람들이 널 편하게 대하는 게 좋아?"

"좋죠. 어려워하는 것보단……. 선배님은 싫으세요?"

"응."

대답한 윤기가 비워 낸 생수병 두 개를 착실히 찌그러트렸다.

"왜요?"

"실수하는 게 싫어서."

115

"……."

"억울하잖아. 나는 실수하지 않으려고 별 긴장을 다 하는데 사람들은 내가 편해서 실수한다는 게."

서윤기가 원하는 건 단 하나였다. 주어진 일을 잘하는 것. 그 외에 착하고 상냥한 것에는 관심이 없었다.

○　◎　●

"윤기 씨, 고생했어요."

매니저가 피 분장을 씻고 나온 윤기에게 말했다.

"형도 수고 많았어요."

윤기가 웃으며 고개를 끄덕였다. 너무 힘들어서 그런지 자꾸만 웃음이 나왔다. 더는 못 한다 싶을 때까지 견디고 견디다 결국 해냈을 때 느끼는 쾌감이 온몸을 지배하고 있었다. 시간만 해도 벌써 새벽 2시였다. 오전부터 시작한 촬영이었는데 장소도 옮기지 않고 지독하게 촬영했다.

"이번 드라마 진짜 잘됐으면 좋겠다."

그래서 그런지 평소 잘 하지 않던 말도 나왔다. 모두의 고생을 모두가 알아줬으면 좋겠다. 그만큼 자부할 수 있었다. 10년이 넘는 연기 경력 중 단연코 가장 힘든 촬영이었다고.

차라리 바다에 빠지는 촬영을 하라면 열 번이고 백 번이고 다시 할 수 있었다. 저 혼자 잘하면 되는 거니까. 하지만 이미 다른 사람과 촬영을 마친 장면을 새로운 사람과 새롭게 다시 찍는 건 더없이 까다롭고 힘 빠지는 작업이었다.

그럼에도 군소리 없이 촬영에 임할 수 있었던 건 모두가 제자리에서 고군분투하고 있었기 때문이다. 배우들뿐만 아니라 촬영팀과 편집팀, 스타일팀과 연출부 스태프들까지 전부 싫은 소리 한번 없이 집중한 하루였다.

단 하나, 좋은 그림을 완성하기 위해.

"얼른 차에 타요. 조금이라도 자야 내일 또 촬영하죠."

매니저가 따뜻하게 데워 놓은 꿀물을 건네며 말했다.

"아, 그리고 여기 핸드폰."

"고마워요, 형."

촬영 중 맡겨 놓았던 핸드폰을 받자마자 전화가 온다. 김 이사님, 이라고 저장해 둔 글자가 어쩐지 낯설다. 서로의 번호를 알고 있기는 하지만, 또 그만큼 많은 일을 맡겨 놓은 상태이긴 하지만, 전화를 하는 일은 많지 않았다. 김 변호사님과 하면 했지.

"네."

그래서 목소리가 무겁게 나갔다. 제가 촬영하는 사이, 무슨 일이 생긴 줄 알고.

― 아직 촬영 중이에요?

그러나 들려오는 목소리는 가볍다.

"지금 막 끝났어요. 무슨 일 있어요?"

그 말에 뜸 들이는 정적이 이어진다. 그러다,

― 있어야 돼요?

뻔뻔하게 묻는다. 긴장하고 있던 제가 우스워지는 순간이었다.

"그럼 왜 전화했어요?"

― 그냥요.

"놀랐잖아요."

― 왜요?

"왜라뇨. 툭하면 스캔들 터지고 툭하면 고소장 날아오는 게 일상인데 안 놀라는 게 이상하죠."

전화기 너머로 웃음소리가 들린다.

― 괜찮아요.

"뭐가 괜찮아요."

― 괜찮다니까? 내가 다 처리하잖아요.

이번엔 제가 웃음이 터졌다. 무슨 말을 하든 자신감이 넘치는 별의 화법에 익숙해졌다고 생각했는데 딱히 그렇지도 않은 모양이었다. 아무렇지도 않게 무력감을 선사하는 여자가 여전히 이상하다.

"진짜 그냥 전화했어요?"

— 아주 그냥은 아니고⋯⋯. 오늘따라 좀 많이 예쁜 것 같아서요.

"뭐가요?"

— 별이요.

"별이요?"

못 들을 걸 들었다는 듯 인상을 찌푸린 윤기가 물었다. 저 역시 아이돌의 미덕은 애교라 말하는 대한민국의 자랑스러운 K—POP 스타였지만 제 이름을 삼인칭으로 지칭해 본 적은 없었다. 며칠 안 본 사이에 공주병에라도 걸린 건지. 그렇다면 어느 병원을 소개해 줘야 하는 건지.

— 혹시 거기도 별 보여요?

"네?"

— 하늘 안 보여요?

"아⋯⋯."

그 순간 별이 제 앞에 없음을 감사하게 여겼다. 민망함에 고개를 꺾으니 까만 하늘이 보인다. 서울에서 멀리 벗어나지 않은 세트장임에도 하늘에는 별들이 가득했다.

"와⋯⋯."

— 보고 있어요?

네, 하고 대답한 윤기가 저도 모르게 손을 뻗었다. 반짝거리는 것들이 쏟아질 것처럼 촘촘하다.

— 예쁘죠.

"네."

— 그래서 생각났어요. 서윤기 씨도 예쁘니까.

"아, 정말."

또 헛웃음이 나온다. 꽤 낭만적이라고 생각했던 기분이 순식간에 코미디로 바뀌었다는 걸 여자는 알까.

"그런 말은 대체 어디서 배우는 거예요."

— 배우긴 뭘 배워요. 그냥 하는 거지.

"타고났네요."

— 내가 원래 뭘 안 배우고도 잘해요.

"어휴……."

말끝을 흐리며 입을 틀어막았다. 새벽이라 그런지 자꾸만 나사 하나 빠진 사람처럼 말하는 김 이사가 웃겨 헛웃음이 나왔다.

— 밥은 먹었어요?

묻는 별에 윤기가 웃지 않으려고 연신 심호흡을 했다. 옆에서 이상한 눈으로 쳐다보는 매니저를 보니 별이 아니라 제가 문제인 것 같기도 하다.

"아직이요."

— 같이 먹을래요?

"이 시간에요?"

— 시간이 뭔 상관이에요. 먹고 싶으면 먹는 거지.

어차피 말로는 못 이길 위인이다.

"사 줄 거예요?"

— 당연하죠. 나 돈 많아요.

○　◎　●

별이 친히 윤기를 데리러 촬영장까지 왔다. 어차피 서울로 갈 건데 뭣 하러 그렇게 하냐고 했지만 이미 별은 근처에 와 있는 상태였다.

"나 여기 있는지 어떻게 알았어요?"

10분 만에 도착한 별을 보고 눈을 깜빡이던 윤기가 이내 의심스러운 얼굴을 했다.

"당신 매니저가 내 사람인 거 잊었어요?"

애초에 숨길 생각 없던 별은 아무렇지 않게 대답했다. 덕분에 매니저는 노려보는 서윤기를 피해 슬금슬금 뒷걸음질을 쳤다.

"내 일정 다 보고받아요?"

"당연한 거 아니에요?"

"난 사생활이 없어요?"

"당신 일정이 사생활이에요?"

어깨를 으쓱인 별이 물었다. 애초에 사생활 같은 거 무시했으면 집에다 카메라부터 설치했을 것이다. 가족 관계와 자주 만나는 친구 목록은 물론이고 무엇을 먹는지, 무엇을 보는지, 또 무엇을 구입하는지까지 알려고 하면 다 알 수 있었단 소리다.

하지만 서윤기는 물건이 아니라 사람이니까 참고 있는 중이었다. 그런 건 아무것도 모르면서 열 내는 서윤기가 웃기다.

"앙탈 그만 부리고 차에 타요. 밥 먹어야지."

운전석에 비스듬히 기댄 별이 말했다. 얼른 태우고 어디든 가고 싶었다.

오늘은 뭘 해도 안 되는 날이었다. 홍보팀에서 올린 다음 분기 기획서도 마음에 안 들었고 사고 싶어서 벼르고 있던 그림은 사촌 오빠가 선수 치는 바람에 놓치게 되었다.

그러던 와중에 서윤기 매니저가 보낸 일정표를 보았고 장소가 서울 근교라는 걸 확인했다. 처음엔 드라이브나 하자는 생각이었는데 근처에 있다고 생각하니 전화를 안 할 수가 있나.

한숨을 푹 내쉰 윤기가 죄 없는 매니저를 퇴근시키고 조수석에 올라탔다. 그제야 찾아오는 현실 자각 타임. 저는 왜 멀쩡한 매니저와 멀쩡한 밴을 두고 왜 이 차에 타서 이러고 있는가. 오랜만에 올려다본 하늘에 취하기라도 한 건가. 그런 게 아니라면 이 새벽에 김 이사와 밥을 먹겠다고 하진 않았을 텐데.

"뭐 먹을래요?"

콧노래를 부르던 별이 물었다. 운전석에 앉은 별이 영 어색하다. 재벌들은 다 뒷좌석에 앉는 줄 알았는데 모두가 그런 건 아닌 모양이다.

"어?"

김 이사가 갑자기 심각한 표정을 지었다.

"왜요."

방금 전까지만 해도 신나서 메뉴를 묻던 사람이 미간을 찡그리자 윤기도 덩달아 심각한 표정이 되었다.

"얼굴에 뭐, 했어요?"

"네?"

"아니, 저번에 본 것보다 더 예쁜데? 뭐지?"

"하……."

지치지도 않는 모양이었다.

"나 지금 되게 진지하거든요?"

한숨을 쉬며 고개를 돌린 서윤기에게 별이 짜증을 냈다.

"나 좀 봐 봐요."

"싫어요."

"아, 거 되게 튕기네."

별이 윤기의 턱을 잡고 제 쪽으로 당겼다. 턱 한번 잡았다고 온갖 짜증을 다 내는 서윤기는 말 안 듣는 고양이보다 더 지랄 맞았다. 경국지색 수준으로 예쁘지만 않았어도 머리통 한 대 세게 때려 줬을 텐데.

"아, 좀!"

결국 소리를 빽 지르며 서윤기의 양 볼을 잡았다. 한숨을 푹 내쉬며 얼굴을 내준 그는 될 대로 되라는 표정을 짓고 있었다. 하지만 정말이지 뭔가가 달라진 듯 보였다. 뭐지. 뭐가 바뀐 거지.

"왜 이렇게 청순하지……."

서윤기만 알고 있는 궁극의 비밀이라도 있는 건가 싶었다. 그게 뭐든 알아내고 싶다. 먹기만 하면 청순해지는 과일이 있을 수도 있고, 바르기만 하면 피부에 윤이 나는 민간요법이 존재할 수도 있는 일이니까. 제 뷰티 브랜드에 접목시키면 대박을 칠 게 분명하다.

"저기요, 김 이사님."

심드렁한 표정의 윤기가 말했다.

"혹시 저 메이크업 지운 것 때문에 그래요?"

"아, 메이크업 지운 거예요?"

"네."

그 대답에 김 이사가 허, 참, 허, 말도 안 돼, 같은 말을 반복했다. 그래 놓고 빈틈을 찾으려는 탐정처럼 커다란 눈을 깜빡이며 얼굴의 이곳저곳을 뜯어본다.

"진짜 짜증 나."

패배를 인정한 별이 탄식과 함께 핸들에 얼굴을 묻었다. 아시아 뷰티 브랜드의 선두 주자로서 상대적 박탈감이 심각하게 찾아온 순간이었다. 메이크업은 그저 예뻐지기 위한 행위가 아니라 얼굴의 결점을 가리거나 강점을 돋보이게 하기 위한 기술이라고 주장했던 과거가 전부 헛짓 같다는 생각이 든다.

"왜 또 갑자기 짜증이 나요."

"잠시만 조용히 해 봐요. 사업을 접어야 하나 고민 중이니까."

별이 처박은 고개를 들지 않은 채 말했다. '메이크업은 무엇이든 가능하게 한다'는 명제를 몇 년 동안 앵무새처럼 말해 왔는데…….

"일단 출발부터 하면 안 될까요."

윤기는 답 없는 등을 가만히 쳐다보며 말했다. 여전히 답이 없다.

"뭐 언제까지 생각하게요."

다시 물어봤는데 또 말이 없다. 보통 말을 씹는 쪽은 저였는데 반대로 씹혀 보니 반성이 좀 된다.

"나 아사 직전이에요."

"뭘 또 그렇게까지……."

그제야 늘어져 있던 몸이 느릿느릿 올라온다.

"먹고 싶은 거 있어요?"

풀 죽은 얼굴을 하고도 물을 건 또 묻는 게 참 착실하다.

"아무거나 말해도 돼요?"

"당연하죠. 양식, 중식, 한식, 말만 해요. 할랄푸드 같은 것도 괜찮아요."

"그냥 막 뱉지 말고 생각을 좀 하고 말해요. 제한이 있을 거 아니에요."

"그런 거 없어요."

그 말에 윤기가 눈썹을 치켜올렸다. 정말 다 가능해서 그렇게 대답하는 건지 아니면 그냥 습관처럼 말하는 건지 알 수가 없다.

"내가 샥스핀 먹고 싶다고 하면 샥스핀 가져다줄 거예요?"

"못 할 것 같아요?"

또다시 침묵이 흐른다. 이상한 승부욕이 타오른다.

보통 김 이사와 저 사이에 침묵이 흐를 땐 한쪽이 말도 안 되는 질문을 해서 다른 한쪽이 대답하기 싫을 때였다. 늦은 시간에 여기까지 와 준 것도 그렇고 뭐든 먹이고 싶어 하는 것도 그렇고, 고마운 건 고마운 거니까 쉽게 가려고 했는데 안 되겠다.

"갓 만든 약과요."

가능하지 않을 것이다.

"약과?"

"네, 약과요. 단건 별로 안 좋아하니까 생강 맛 많이 나는 걸로 부탁드려요."

조금 치사하다고 생각할 수 있지만 이건 심술이 아니고 호기심이다. 매 순간 불가능이란 없다는 식으로 말하는 김 이사가 과연 어디까지 가능하게 할 수 있는지에 대한 호기심.

"살얼음 띄운 수정과도 곁들이면 좋고요."

"진심이에요?"

별이 느긋하게 쳐다보았다.

"왜요. 어려워요?"

어렵다고 하면 바로 햄버거 먹자고 할 예정이었다. 그런데,

"그걸로 밥이 돼요?"

묻는다.

"약과랑 수정과는 그냥 디저트잖아요. 아사 직전이라더니 위가 그 정도밖에 안 돼요? 진짜 요정인가?"

진짜 가능한가 보다.

| 6. 잠자는 숲속의 공주 |

윤기는 별의 눈치를 살폈다. 당황스러운 기색은커녕 세상 편안하게 운전하고 있는 별의 옆태가 조금 무서울 지경이었다.

"가는 동안 자요. 도착하면 깨워 줄게요."

"안 졸려요. 안 잘 거예요."

그러다 보니 별것도 아닌 말에 예민하게 반응했다. 코웃음 치는 소리가 들린다. 대체 어디로 가는 건지 감도 안 잡혔다. 이 새벽에 갓 만든 약과와 살얼음 띄운 수정과를 내어 줄 수 있는 곳이 대체 있긴 한 건지.

그 순간, 등줄기에 서늘한 감각이 꽂혔다. 김별과 제가 처음 만난 곳. 그리고 그다음에도 만난 곳.

"혹시 이선호텔로 가는 거예요?"

그곳이라면 궁중 요리 전문가가 있을 법하다. 제아무리 새벽이라도 일품요리가 나올 수 있는 곳이기도 했다. 그러니—

"아니요."

"아니에요?"

"네, 아니에요."

단호한 부정에 서윤기는 다시금 심각해지기 시작했다. 직업이 연예인이라는 것을 제외하고는 평범하게 살아왔다고 자부할 수 있는 그가 예상할 수 있는 범위를 벗어난 고민이었다.

"내려요."

차에 시동을 끈 별이 말했다.

"진심이에요?"

윤기가 물었다. 약과와 수정과가 먹고 싶다고 했을 때 별도 진심이냐 물었던 것 같은데 이 소리를 이제는 제가 하고 있다는 게 웃기다.

"왜요?"

"여기 이사님 집 아니에요?"

윤기가 황당하단 표정으로 물었다. 도착한 곳은 고급 주택 단지가 모여 있는 한남동이었다. 제아무리 눈치가 없어도 이 커다란 철문 뒤에 레스토랑 따위가 없는 건 확실히 알 수 있었다.

"집이면 안 돼요?"

"되겠어요?"

어쩐지 이상하다 싶었다. 누가 봐도 말이 안 되는 요구였는데 그걸 아무렇지 않게 받아들인 데에는 다 이유가 있었던 것이다. 아니, 집이라니. 이 새벽에 집이라니.

"왜 안 돼?"

별이 어깨를 으쓱이며 물었다. 표정만 보면 정말이지 모르겠단 얼굴이었다. 하지만 저 뻔뻔한 얼굴도 연기일 확률이 높다.

"아니……."

윤기는 이마를 짚고 말했다. 속에 능구렁이를 키우는 건지 일부러 눈치 없는 척을 하는 건지 영문을 모르겠단 표정을 짓고 있는 별에겐 설명이 필요한 듯 보였다.

"제가 이사님 집을 왜 가요."

"약과 먹고 싶다면서요."

"그거랑 집이랑 무슨 상관인데요. 뭐 직접 만들어 주기라도 하려고요? 한식

조리사 자격증 있으세요?"

억지를 부려도 정도껏 부려야지, 라는 표정으로 떽떽거리고 있던 윤기가 말을 멈추었다. 굳게 닫혀 있던 철문이 끼이익 소리를 내며 열리고 사용인으로 보이는 중년의 여자분이 고개를 숙이며 다가온 탓이었다.

별이 고개를 절레절레 흔들며 차에서 내렸다.

"임 비서한테 연락받았죠?"

"네, 이사님. 바로 드실 수 있게 준비해 두었습니다."

"새벽에 고생 많았어요."

별은 미안함과 고마움, 뿌듯함과 민망함을 담아 웃어 보였다. 제가 생각해도 무리가 있는 부탁이었다. 그럼에도 훌륭하게 수행해 냈으니 뿌듯할 수밖에.

동시에 임 비서에게도 심심한 사과의 문자를 보냈다. 제 문자 한 통에 호텔에 있던 조리사들을 불러 모았을 임 비서를 생각하면 꽤 미안한 일이었다.

"내 손님이 좀 지랄 맞아야지."

부러 큰 목소리로 얘기한 별이 서윤기를 가리켰다.

"손님—"

조수석의 창문을 똑똑 두드린 별이 말했다.

"내리세요."

과장된 친절함에 밴 장난기를 모르지 않는 윤기는 어안이 벙벙한 표정을 지었다. 생각해 보니 저 커다란 집에 아무도 없을 거라고 짐작한 게 더 이상하다.

"안 내려요? 우리 직원들이 서윤기 씨 약과 먹이겠다고 이 새벽에 난리를……."

"아, 내려요. 내려!"

윤기가 빠르게 차에서 내렸다. 엄한 표정을 지은 채 잔소리를 할 때는 언제고 하얀 얼굴을 빨갛게 물들인 게 웃겨 죽겠다. 배우들은 원래 다 상상력이 풍부한 건지. 과자 하나 먹는 데에도 어르고 달래야 하는 절차가 많다. 그래도 쭈뼛거리며 곁에 서는 꼴은 귀엽다. 낯선 이 옆에 서는 건 싫은 건지 여사님 쪽으로는 눈길도 주지 않는다.

"내가 덮치기라도 할까 봐 무서웠어요?"

괜히 더 놀리고 싶은 마음에 속삭이자,

"아니거든요."

서윤기가 발끈하며 부정했다.

"아니긴. 안전벨트도 못 풀고 있었잖아."

"못 푼 게 아니고 안 푼 거예요."

"에이, 부끄러워할 필요 없어요. 사람이 좀 보수적일 수도 있지, 뭐."

"아, 진짜!"

결국 폭발한 윤기가 짜증을 냈다.

"알았어요, 알았어."

배를 잡고 웃던 별이 더는 놀리지 않겠단 뜻으로 제 입을 막았다. 그것조차 놀리는 것이라 생각한 윤기는 자포자기의 심정으로 고개를 흔들었다. 대체 어쩌자고 그런 생각을 해서 저 미친 김 이사에게 이런 수모를 당하는지 모르겠다.

"그래도 단둘이 있고 싶으면 언제든 말해요. 사람들 쫓아내는 데 10초도 안 걸리니까."

"하……."

몇 분 전의 저를 세게 치고 싶다.

○　◎　●

"얼른 안 먹고 뭐 해요."

"이사님 눈에는 이게 약과로 보여요?"

윤기가 눈앞에 펼쳐진 신선놀음을 가리키며 말했다. 커다란 철문을 넘어 커다란 정원을 지나 또 커다란 현관, 커다란 복도, 커다란 거실을 연달아 통과하고서야 도착한 커다란 식탁은 온갖 음식으로 가득 차려져 있었다.

"약과니 수정과니 진심 아니었잖아요. 그냥 나 엿 먹으라고 객기 부린 거지."

별이 웃는다. 맞는 말이라 할 말도 없다.

"뭘 좋아하는지 몰라서 다 차려 봤어요."

이럴 줄 알았으면 그냥 햄버거 좋아한다고 말했을 텐데.

식탁 정중앙에는 신선로가 있었다. 몇 년 전에 출연했던 요리 예능 프로그램

이 아니었다면 그게 신선로였는지도 몰랐을 테지만 어쨌든 신선로였다. 그 옆에는 구절판이 보였고 또 그 옆에는 한우떡갈비가 보인다.

"꼭 왕이 된 기분이네요."

"마음에 든다니 다행이에요."

"마음에 든다고는 안 했어요."

"마음에도 없는 소리 하지 말아요."

피식 웃은 별이 고갯짓을 하며 분주하게 움직이고 있는 직원들을 가리켰다.

"서윤기 씨 지랄에 고생한 사람이 몇인데 마음에 안 든다니."

"그건 이사님이……."

"난 최선을 다한 거예요. 서윤기 씨가 굳이 '갓 만든' 약과랑 '살얼음 띄운' 수정과를 먹고 싶다고 하는데 어떡해."

"아니, 그러니까……!"

윤기가 머리를 쥐어뜯으며 괴로워했다. '갓 만든'과 '살얼음'에 악센트를 주는 별에 할 말이 없었다.

마침 직원 한 분이 다가와 작은 접시를 내려놓았다.

"말씀하신 약과입니다."

정갈하게 놓인 약과에서 알싸한 생강 내음이 풍겼다. 감사하다 말하기도 전에 또 다른 직원분이 나타나 유리잔을 세팅한다. 살얼음을 동동 띄운 수정과다.

"늦은 시간에 저 때문에 죄송합니다……."

윤기가 기어 들어가는 목소리로 중얼거렸다. 한눈에 보아도 갓 만든 게 분명한 약과와 수정과가 그들의 고생을 훤하게 보여 주고 있었다.

"잘 먹을게요."

눈썹을 축 늘어트린 윤기가 말했다.

"즐거운 식사 되십시오."

나긋하게 대답한 직원이 떠나자 윤기는 눈을 꼭 감고 두 손을 모았다.

"뭐 해요?"

"기도 중이니까 방해하지 마세요."

"종교 있어요?"

"아뇨, 없어요. 직원분들 복 많이 받으시라고 비는 거예요."

진지한 얼굴에서 나오는 엉뚱한 말에 별이 깔깔 웃음을 터트렸다. 어지간히 미안한 모양이었다. 하긴 이 새벽에 조리사들을 불러 모아 궁중 요리 한 상을 차리게 했으니 발이 저릴 만도 하다.

하지만 서윤기가 모르고 있는 게 하나 있었다. 그는 매우 잘생겼고 매우 인기가 많으며 매우 핫한 스타라는 거다.

주방을 등지고 있는 서윤기의 눈에는 보이지 않겠지만 별은 직원들의 핑크빛 분위기가 적나라하게 보였다. 평소엔 제 눈치를 보는 탓에 소란스러운 모습을 보인 적 없는 사람들인데 낯설 정도로 시끌시끌하다.

서윤기와 잠깐 말을 섞었던 직원은 얼굴이 빨갛게 달아오른 채 입을 막고 있었고, 조리사들은 앞치마를 두른 채 조리대를 나와 이곳을 힐끔거리고 있었다. 누구는 눈으로, 누구는 손으로 아주 각양각색의 방법으로 하트를 날린다.

"기도는 나한테 해요. 직원분들 야근 수당이랑 출장비, 보너스까지 넉넉하게 챙겨 드릴 테니까."

그러니 그 고운 손으로 하는 기도 좀 그만했으면 좋겠다. 감고 있는 예쁜 눈도 좀 뜨고.

"그럼 저도……."

"서윤기 씨는 나갈 때 사인 몇 장 해 드려요."

직원들은 제가 주는 돈보다 그걸 더 좋아할지도 모른다.

"맛있어요?"

젓가락을 내려놓은 별이 물었다. 웬만하면 안 놀리려고 했는데 생각보다 너무 잘 먹으니 자꾸만 장난기가 솟는다. 떡갈비를 크게 한 입 베어 먹고 있던 그는 다 씹을 때까지 눈만 깜빡이다 네, 무심히 답했다.

"서윤기 씨 매니저 바꿔야겠네요."

"멀쩡한 매니저 형을 왜요."

윤기가 황당하단 표정으로 물었다.

"나한테 거짓말한 것 같아서요."

"갑자기요? 몇 시간 전까지만 해도 내 위치 보고받아 놓고?"

"나한테는 서윤기 씨가 입이 너무 짧아서 고생이라고 했거든요. 좋아하는 것도 별로 없고 먹어도 많이 안 먹는다고."

별은 꽤 심각한 표정을 지었다.

"근데 지금 내 앞에 있는 당신은 너무 잘 먹잖아요."

제아무리 서윤기의 매니저라 할지라도 고용주는 엄연히 저인데 저에게 거짓말을 하다니. 거짓말은 무능력한 것보다 더한 죄였다.

"난 또 뭐라고."

윤기가 선선히 웃었다.

"형 거짓말한 거 아니에요."

"됐어요. 감싸 줄 필요 없어요."

"감싸는 게 아니라 사실이 그렇다는 거예요."

별은 감흥 없는 표정으로 들었다. 조기구이를 열심히 바르며 매니저를 변호하는 서윤기가 귀엽기는 한데 딱히 믿음직하진 않았다. 누가 봐도 믿지 않을 것이다. 날렵하던 하관이 볼록해지도록 양껏 씹고 있는 주제에 입이 짧다니. 거짓말을 하려면 좀 그럴듯하게 했으면 좋겠다.

"밖에선 잘 안 먹어서 그래요."

"밖에선?"

윤기가 고개를 끄덕이자 별은 더 설명해 보라는 듯 턱을 괴었다.

"촬영장에서 밥 먹으면 대부분 플라스틱 도시락이거나 나무젓가락 쓰잖아요. 그 냄새를 못 견디겠어요. 따뜻했던 게 식으면서 나는 냄새도 역하고, 스프레이나 화장품 냄새랑 섞인 음식 냄새도 역해요."

"냄새에 예민해요?"

"그런 편이에요. 남들은 아무 냄새 안 난다고 하는데 혼자 코 막고 끙끙거릴 때도 많으니까."

"예를 들어 봐요."

"뭐, 그냥 일상적인 것들이요. 정수기 물 냄새도 그렇고 드라이어 바람에서 나는 냄새도 그렇고 가끔은 그냥 공기에서 나는 냄새도 싫을 때 있어요."

중얼중얼 말을 잇던 윤기가 입을 다물었다. 무슨 이해를 받겠다고 이렇게까지 말하나 싶었다. 지금껏 입이 짧다고 둘러댄 건 이해받지 못하는 서러움을 느끼고 싶지 않아서였다. 설명해 봤자 대부분은 이해하지 못할뿐더러 저를 이상한 사람 취급하기 바빴다.

"······신선로 맛있어요?"

가만히 듣고 있던 별이 물었다.

"맛있어요."

대답하자 흠, 하고 고개를 끄덕인다.

"떡갈비는요?"

"떡갈비도요."

"수정과는 어때요? 살얼음 동동 잘 띄워져 있어요?"

"취조해요?"

아무래도 제 말이 김 이사 귀에는 굵고 다닌단 소리로 들린 모양이었다. 그렇게까지 생각할 필요는 없는데. 냄새에 예민한 거지 식욕이 없는 건 아니라서 아예 안 먹는 일은 많지 않았다. 급할 땐 초코바같이 열량 높은 간식으로 때울 수밖에 없지만 여유가 있을 땐 단백질 셰이크나 과일 같은 걸 챙겨 먹는 식이라.

"묻는 말에나 대답해요."

하지만 짜증 내는 별은 좀 재미있었다.

"맛있어요."

걱정해 주는 것도 좋고.

"제가 먹은 수정과 중 최고."

안심하라고 엄지도 들어 줬다.

별은 배고픈 것도 잊고 서윤기를 쳐다보았다. 무언가를 먹고 있는 서윤기를 감상하는 건 생각보다 재미있는 일이었다.

임 비서가 평소 먹방을 즐겨 보는 걸 이해하지 못했었다. 생판 모르는 남의 식사 시간을 왜 들여다보고 있는지 알 수도 없을뿐더러 쩝쩝거리는 소리도 싫었다.

하지만 그 생각은 오늘부로 철회다. 신선로의 국물이 뜨거울까 호— 부는 입술이나 떡갈비를 조각내기 위해 집중한 눈, 젓가락을 쥐고 있는 손가락이나 신이 난 듯한 흥얼거림까지 무엇 하나 흥미롭지 않은 게 없다.

"근데 이젠 노래 안 해요?"

흥얼거림조차 감미롭다 느낄 즘 물었다. 노래하던 시절의 그는 연기하는 지금보다 더 자주 웃었던 것 같은데.

"내 노래 좋아했어요?"

윤기가 의외라는 듯 물었다.

"당연하죠. 지금도 내 모닝콜인데?"

허탈하게 웃은 별이 되물었다.

"아이돌 음악 같은 건 안 들을 줄 알았죠."

"음악이면 음악이지 아이돌 음악은 또 뭐야."

"……."

"또 안 믿는 눈치네. 응원봉이라도 보여 줄까요?"

"응원봉도 있어요?"

윤기가 질색을 하며 물었다. 응원봉 자체는 당연히 싫지 않았다. 자신의 빛나던 아이돌 시절을 떠올리게 하는 아이템인데 싫을 리가. 하지만 그걸 별이 갖고 있다고 생각하면 어딘가 간지럽고 끔찍한 기분이 들었다.

별이 어깨를 으쓱이며 웃는다.

"버전별로 다 갖고 있다고 하면 아주 놀라서 쓰러지겠네요."

"버전별로 다 있다고요?"

"네."

"……지금 나 놀리는 거죠."

"내가 서윤기 씨를 왜 놀려."

별이 말도 안 된다는 듯 눈을 동그랗게 뜨고 말했다. 안 믿는 건 서윤기 마음이지만 말할 때마다 안 믿으니 뭔가 오기가 생긴다.

"내 방으로 올라갈래요?"

"제가요?"

"응원봉 보여 줄게요. 보여 주기 전엔 안 믿을 거잖아."

"……"

윤기가 께름칙한 표정을 지었다. 뭔가 보고 싶기도 하고 안 보고 싶기도 하다. 만약 김 이사가 하는 말이 전부 진짜면 어떤 반응을 보여야 할지 모르겠다. 사사건건 의심해 놓고 오랫동안 좋아해 줘서 고맙다 하는 것도 웃기고 고급진 취향을 갖고 계시네요, 하며 뻔뻔하게 굴기도 뭐한데.

"쫄려요?"

묘하게 미소를 지은 별이 물었다. 자리에서 천천히 일어나 높이의 우위를 점한 그녀는 저를 다 안다는 눈으로 내려 본다.

"쫄리면 뒈지시든가."

그러고는 자극한다.

"보여 줘요."

나는 객기를 부리고,

"보여 주면 믿을게요."

또 부리고.

"따라와요."

김별은 불쏘시개 같다.

"들어와요."

세 걸음 뒤에 서윤기를 두고 2층 계단을 오른 별은 방문 손잡이를 끌어 내리며 말했다. 임 비서조차도 들어오는 일이 없는 공간에 서윤기가 들어선 순간이었다.

긴장한 듯 뻣뻣하게 구는 서윤기를 의자에 앉힌 별이 침대 밑에 숨겨 둔 파란색 상자를 꺼냈다. 척 보기에도 무거워 보이는 상자에 서윤기가 몸을 일으켰지만 별이 고개를 저었다. 좋아하는 것들만 넣어 둔 '보물' 상자에 손을 댈 수 있는 건 주인인 자신뿐이었다.

별이 상자 뚜껑을 열고 더스트 백에 포장되어 있는 응원봉 다섯 개를 하나씩 꺼내 놓았다.

"이제 좀 믿겨요?"

"……"

패기 있게 따라올 땐 언제고 서윤기는 말을 잃었다.

"이걸 다…… 이사님이 직접 샀어요?"

"당연하죠. 심지어 1기 응원봉은 정가보다 비싸게 주고 샀어요. 한 세 배 줬나?"

다섯 개의 응원봉 중 가장 단순한 디자인의 것을 가리킨 별이 말했다.

"왜요?"

멍한 표정을 짓고 있던 윤기가 물었다.

"한정판이었잖아요. '갤럭시의 첫 은하수'라는 이름도 있었는데, 기억 안 나요?"

"아니, 그건 기억나는데……"

"물량은 적은데 사고 싶은 사람은 많으니 값이 오르는 게 당연하죠. 성 대표가 머리를 잘 쓴 거지."

관자놀이 부근을 콕, 콕 짚으며 설명하던 별이 미간을 찌푸렸다. 1기 응원봉을 제때 사지 못한 데에는 입덕 부정기와 사회적 평판 우려 등 여러 이유가 있었지만 역시 제일 큰 빌런은 성 대표였다. 아무리 생각해도 첫 응원봉의 물량을 그따위로 뽑았다는 게 이해가 안 된다.

아, 이해가 안 되는 건 아니고 이해가 되어서 짜증이 난다. 물량 많이 뽑아서 돈 많이 벌면 순간은 좋겠지만 그게 끝이었을 것이다. 하지만 물량을 적게 뽑고 품절이란 타이틀을 달면 괴물 신인이라느니, 완판 행렬이라느니 온갖 미사여구를 붙일 수 있게 되니까.

하지만 여전히 아리송한 표정을 짓고 있는 서윤기를 보자니 그는 이해가 안 되는 모양이다.

"어렵게 생각할 필요 없어요. 원래 사람 심리가 그런 거니까. 개나 소나 다 사는 물건을 누가 사고 싶겠어요. 한정판이니 라스트 피스니 프리미엄 소스를 막 붙여 줘야 '아, 안 사면 망하는구나—' 하지."

"아무리 그래도 다섯 개씩이나 가질 필요는 없지 않아요?"

윤기가 퉁명스럽게 물었다.

"어차피 응원할 손은 두 개밖에 없는데."

만지작거리던 손가락을 가만두지 못한 그가 응원봉의 전원을 눌렀다. 알록달록한 색깔의 빛이 돔 모양의 투명한 플라스틱 안을 화려하게 장식한다. 오랜만에 보는 응원봉이 반갑기도 하고 조금 무섭기도 하다.

그에게 팬은 신기루 같은 존재였다. 눈에는 보이는데 닿을 수 없고, 존재는 하는데 순식간에 사라지기도 하는. 힘들고 지칠 때마다 힘이 되어 주는 존재인 건 확실했다. 그들의 함성 소리가 아니었다면 무대에 설 이유도, 종일 연습할 이유도 없었으니까.

사무치게 외로워지거나 견딜 수 없이 고통스러운 밤을 보낼 때마다 그들이 제 옆에 있다고 되뇌었다. 하지만 그것도 잠시, 저는 그들의 이름과 나이, 하다 못해 얼굴도 알지 못하는 사람이라는 걸 느닷없이 깨닫곤 했다.

아이돌 활동 5년 차 때부터 같은 시기에 데뷔했던 동료들이 떠나는 걸 많이 보게 되었다. 떳떳하지 못한 행실로 불명예스러운 은퇴를 하는 이들도 있었고, 나이가 들면서 자연스레 무대를 떠나는 이들도 있었고, 가끔은 정말 아무 이유 없이 사라지는 이들도 있었다.

모두가 그것이 당연한 수순이라고 했다. 인기는 한순간의 거품일 뿐이니 거품이 꺼지면 수명이 다한 거라고.

하지만 저는 그걸 이해할 수가 없었다. 사랑하는데, 사랑한다고 했는데 그게 왜 변하는지. 사랑하는 이를 두고 왜 나쁜 길에 빠지는지. 사랑하는 이의 나이가 왜 중요한지. 사랑하는 이들이 남아 있는 무대를 왜 떠나는지.

그게 문제였을까. 어느 순간부터 모든 걸 부정하기 시작했다. 다 가짜라고 생각하기 시작한 것이다. 외로움의 온도가 상상 이상으로 차가웠지만 그게 차라리 속 편했다.

하지만 완전히 외면하는 건 불가능했다. 없다고 여기는 게 익숙해질 즘, 팬들은 이곳저곳에서 매번 다른 모습으로 나타났다. 편의점이나 길 한복판 같은 일상적인 공간에서 나타나 응원을 하기도 했고, 공항 터미널이나 지하철 광고판에 열렬한 고백을 싣기도 했다.

그게 저를 살게 하면서도 저를 의심하게 했다. 에로스를 의심하는 프시케처럼.

"서윤기 씨?"

박수를 짝, 짝, 친 별이 말했다.

"아, 미안해요. 딴생각 좀 하느라……."

"졸린 거 아니고?"

"괜찮아요. 별로 안 졸려요."

상념을 몰아내고자 고개를 세차게 저었다.

"그래요? 난 졸린데."

별은 불현듯 깨달은 사람처럼 하품을 했다. 내친김에 기지개도 켤 요량인지 느릿느릿 움직이며 긴 팔을 천장 높이 쭉쭉 뻗는다. 보란 듯 재킷을 벗고 얇은 블라우스 차림을 달빛에 비춘 별은 팔짱을 낀 채 창문 앞에 섰다.

밖은 아직 어스름했다. 아침이 밝아 올 시간이긴 했지만 햇빛보단 달빛이 더 선명한 시간. 별은 그 정도의 빛도 용납할 수 없는 사람처럼 커튼을 끌어당겼다. 두꺼운 암막 커튼이 창문을 가리자 그나마 조명 역할을 하던 달빛마저 사라진다.

"우리 잘래요?"

별이 물었다.

윤기는 별이 부러 느리게 움직인다고 생각했다. 그게 아니라면 응원봉에서 흘러나오는 유일한 빛으로 그림자를 만들며 걸어올 리 없다. 움츠러든 모습을 보이고 싶지 않아 다가오는 별에게서 시선을 떼지 않았다. 역시나 피하지 않고 다가온다.

테이블 앞에 도달한 별이 응원봉의 전원을 눌러 껐다. 방 안은 순식간에 암흑이다.

"싫어요?"

묻는 별의 눈동자가 선명하게 보인다.

"응?"

답을 재촉하는 눈이 번뜩인다. 맹수들은 야간 시력이 좋다던데. 그래서 그런가. 엉뚱한 생각을 하다 이내 정신을 차렸다.

"아니, 지금 무슨……!"

하마터면 정말 잡아먹힐 뻔했다.

허, 참, 어이가 없네. 중얼거린 윤기가 허리에 손을 착, 올렸다. 제법 엄격하고 근엄한 표정을 지은 채 진지한 흉내를 내고 싶어 하는 듯 보였지만 새하얀 얼굴이 빨갛게 익은 걸 보면 웃음밖에 나오지 않는다.

"안 잡아먹어요."

"됐어요."

"에이, 안 덮친다니까?"

"됐다고요. 김사자 씨."

별이 고개를 살랑살랑 흔들며 침대 위에 몸을 누였다. 움찔, 놀란 기색을 드러낸 윤기가 의자에서 벌떡 일어났다. 방문 앞에 껌딱지처럼 붙어 선 걸 보면 도망이라도 칠 생각인가 보다.

모로 누운 별이 가소롭다는 듯 웃었다.

"무서워요?"

"아니거든요?"

"근데 왜 그렇게 질색해요? 안 졸려요?"

"졸려 뒈질 것 같아도 여기선 안 자요."

"왜?"

별이 태연하게 물었다.

"왜에?"

윤기가 말을 길게 늘였다.

"잠자리 가려요? 내 침대 좋은데?"

"아니, 침대가 좋아도 그렇지. 제가 어떻게 이사님 침대에서 자요."

"왜 못 자요? 주인인 내가 자도 된다는데?"

"아니……."

결국 말을 다 잇지 못한 윤기는 얼굴을 감쌌다. 호랑이 굴에 들어온 토끼가 정신 좀 차려 보겠다고 애쓰는 꼴이었지만 호랑이 입장에선, 아니 사자 입장에선 그냥 좀 귀여웠다.

"그럼 그냥 가요. 난 잘 거니까."

한 번 더 놀리고 싶을 만큼.

"잔다고요?"

윤기가 감싸고 있던 얼굴을 번뜩 들어 올렸다.

"네."

"그래서 가라고?"

"응."

말 좀 짧게 했다고 똑같이 짧게 답하는 별에 윤기는 속이 부글부글 끓었다.

이 미친 불쏘시개.

"그만 튕기고 30분만 눈 붙여요."

별이 침대 위 매트리스를 톡톡 두드렸다.

"데려다주고 싶은데 내가 너무 졸려서 그래."

나른하게 죽죽 늘어지는 말투가 어쩐지 뇌쇄적으로 들린다. 바다의 사이렌처럼 길게 늘어트린 머리카락도, 형형하게 빛나는 눈동자도 전부 유혹적으로 느껴졌다.

"……택시 타고 가면 돼요."

약하게 일어나는 반항에 별이 묘하게 웃었다. 느리게 뱉어 낸 답에서 망설임을 읽었을 것이다.

"이 새벽에, 이 동네에서 택시를 탄다고?"

"……."

"당신 같은 슈퍼스타가?"

겁 많은 물고기에게 미끼를 던지고 '먹고 싶지?' 묻는 모양이 영락없는 낚시꾼이다.

"내가 서윤기 씨한테 손대면 이선호텔 줄게요."

몸을 일으키고 모서리에 걸터앉은 별이 말했다.

"내가 이선호텔 가져서 뭐 해요."

"갖고 있다 보면 이래저래 쓸모가 있을 거예요."

"반드시 줄 것처럼 말하네요."

"줘도 아깝지 않을 것 같아서."

"……."

윤기는 우뚝 선 두 다리를 움직이지 않고 버텼다. 별의 말대로 겁을 먹은 건 아니었다. 어두운 방에 여자와 단둘이 있다는 이유로 몸을 굳힐 만큼 순진하지 않았다. 다만 은근하게 불쾌했다. 저에 대한 순정을 절절하게 고백하는 듯하다가도 어느 순간 갑자기 가벼워지는 별의 태도가 짜증스러웠다.

그런 저를 친히 마중이라도 하려는 모양인지 코앞까지 다가온 별은 피식 웃어 보였다.

"조심성 많은 거 좋아."

사근사근 속삭인다.

"근데 자기 몸 아낄 줄도 알아야지."

눈꺼풀 근처를 어루만지는 손.

"눈이 빨개요."

지독하게 애정 어린 목소리다.

윤기는 눈이 빨갛다는 말을 마지막으로 아무것도 듣지 못했다. 귓바퀴가 떨릴 정도의 이명이 울린 탓이다. 이명이 울릴 때면 친구처럼 따라붙는 두통도 평소보다 강도가 강했다. 반사적으로 귀를 움켜쥐자 별은 토끼 눈을 한 채 저를 쳐다보았다.

"……."

"……."

무어라 말이라도 하면 입 모양을 보고서라도 대답을 할 텐데 별은 아무런 말도 하지 않았다. 그저 제 양손을 쥐고 한 걸음, 또 한 걸음 뒤로 물러날 뿐이었다. 도망치지 말라는 듯 시선을 고정한 채 침대까지.

별은 당황한 속을 들키지 않고 서윤기를 이끌었다. 마음 같아선 주치의를 부르고 온갖 소란을 다 피우고 싶었지만 자존심 강한 그가 싫어할 일이라는 걸 알았다.

침대 모서리에 어정쩡한 자세로 앉은 그를 그대로 밀어 눕혔다. 어깨를 미는 제 손을 다급히 부여잡는 손에 당황은 실려 있었지만 힘은 실리지 않았다. 그저 사색이 된 얼굴로 저를 응시할 뿐이었다.

"잘 자요."

별은 그가 알아들을 수 있는 아니, 볼 수 있는 말을 했다. 그리고 알아들은 듯 흔들리는 눈을 가만히 보다 이내 손으로 덮어 가렸다. 미약하고 아름다운 자태가 어두운 방 안에서도 눈부시게 환하다.

어릴 적 아빠가 읽어 준 동화 속에선 잠든 공주들이 있었다. '백설 공주'나 '잠자는 숲속의 공주' 같은. 그녀들이 그 어느 때보다도 약하고 그 어느 때보다 어여쁜 상태로 쓰러져 있을 때 입을 맞추는 건 왕자들이었다.

낭만적이라고 생각한 적 없다. 죽은 것이나 다름없는 여자를 앞에 두고 키스할 생각이나 한다는 게 신기할 따름이었다. 그 정도면 시체 애호가 같은 거 아닌가, 의아해하면서.

"……."

그의 눈꺼풀을 덮은 손등 아래로 벌어진 입술이 보인다. 자괴감이 치솟는다. 그 변태 쓰레기 같은 왕자가 저라니.

○　◎　●

씻고 나온 별이 로브를 걸친 채 2층 방문을 쳐다보았다. 놀란 것과 별개로 순식간에 잠든 서윤기는 벌써 다섯 시간이 넘도록 깨어나지 않고 있었다. 그의 빡빡한 일정은 몇 시간 전에 이미 정리해 두었다. 깨어나고 나면 마음대로 했다고 또 한바탕 짜증 아닌 짜증을 내겠지만 후회는 없다.

평소에는 앉을 일이 거의 없는 거실 소파에 비스듬히 누워 핸드폰을 들었다. 저의 일정을 정리할 차례였다.

— 네, 이사님.

아무것도 모르는 임 비서의 목소리가 차분하다.

"잘 잤어, 임 비서?"

— 그럴 리가요. 몇 시간 전에 약과랑 수정과 준비하라고 연락하신 거 까먹으셨어요?

"아, 그러네."

아직 마르지 않은 머리카락을 매만지며 대꾸한 별이 주요 일정을 훑어보았다.

"오늘 같은 날 나 보면 되게 짜증 나겠다."

— 오늘 아니어도 보기 싫죠. 자기 상사 보고 싶어 하는 사람이 어디 있어요.

"에이, 섭섭하게 그러지 마."

— 이사님이야말로 빙빙 돌리지 말고 말씀하세요.

역시나, 하는 생각에 웃음이 나온다.

"티 났어?"

— 부탁하실 때만 상냥하시니 모를 수가 없죠.

"오……."

언제나 느끼는 거지만 임 비서는 타이밍을 기가 막히게 아는 것 같다. 납작 엎드려야 할 때는 넙치 못지않게 엎드렸다가 오늘 같은 날에는 공격을 아끼지 않으니 말이다.

"별건 아니고. 오늘 출근 못 할 것 같아서."

— 어디 아프세요?

"아니."

— 근데 안 나오신다고요?

"응, 재택근무할 거야."

임 비서의 묵직한 한숨이 들려왔다. 아마 욕이라도 하고 싶은 심정일 텐데 초인적인 힘으로 참고 있을 것이다.

— 근데 지금 어디세요?

화를 꾹, 꾹, 누른 것 같은 목소리의 임 비서가 물었다.

"나? 집이지. 왜?"

— 전화하는데 자꾸 귓속말하는 것처럼 말하시잖아요. 징그럽게.

"아—"

— 아?

"알 거 없어."

소곤소곤 속삭인 별이 또 한 번 2층 방문을 쳐다보았다. 그 어떤 것도 그의 잠을 방해하지 않았으면 했다. 그러고는 핸드폰을 귀에서 멀찍이 떨어트렸다. 약 97%의 확률로 잔소리를 하고 있을 임 비서 때문이었다.

○ ◎ ●

"오늘 선배님 안 오세요?"

은호가 비어 있는 윤기의 체어를 보며 물었다. 흔치 않은 일이었다. 주연이다 보니 거의 모든 장면에 등장하는 윤기는 사실상 쉬는 날이 없는 배우 중 하나였다.

"아, 오늘 윤기 씨 몸이 안 좋은가 봐."

바뀐 일정을 정리하고 있던 조연출이 대답했다. 당일에 연락해 일정을 조정하는 배우는 주연이든 조연이든 짜증스러울 수밖에 없었지만 현장 스태프들의 분위기는 나쁘지 않았다.

"어제 촬영이 좀 빡세긴 했잖아."

평소의 서윤기가 워낙에 자기 관리를 잘하는 타입이기도 했고, 웬만한 일이 아니고서는 일정을 바꾸거나 약속된 무언가를 변경하는 일이 없었다. 그런 그의 매니저가 절절한 목소리로 부탁을 할 때엔 그럴 만한 이유가 있을 것이라는 게 주된 여론이었다.

"……그렇죠."

은호가 무심히 고개를 끄덕였다.

"은호야!"

멀리서 다급한 목소리가 들렸다. 최근 은호와 함께 일하기 시작한 스타일팀의 헤드였다. 평소에도 차분하지 않은 타입의 사람이었지만 오늘만큼 소란스럽지는 않았다. 직감적으로 무언가 잘못되었다는 걸 느낀 은호가 자리에서 일어났다.

"무슨 일인데 그래요."

"아니, 그게……."

촬영장 입구에서부터 이름을 부를 땐 언제고 가까이 다가온 그녀는 주변 눈치를 살피며 목소리를 낮췄다. 그러고는 다분히 의심스러운 동작으로 어깨를 감싸며 곤란한 표정을 지었다.

"협찬사에서 연락이 왔는데 갑자기 옷을 못 주겠다고 해서……."

"네?"

"아니, 분명히 대기자 명단이 없는 옷이었거든. 근데 갑자기 다른 배우 측에서 협찬 요청이 들어왔다고 밀어 버리네."

은호의 천진한 얼굴이 딱딱하게 굳었다.

"누나가 먼저 홀딩한 건 맞아요?"

"당연하지. 네 이름으로 협찬받으려면 대기자 명단 깨끗한 거 말고는 시도도 못 해."

"……."

"아, 그러니까 내 말은……."

뭣도 없는 신인이라 협찬받기 어렵다는 말을 돌려 말한 꼴이 된 그녀는 뒤늦게 손사래를 치며 변명을 시도했다.

"괜찮……."

변명을 들어 봤자 뭐 하냐는 생각으로 괜찮다는 말을 하려던 은호가 튀어나오려는 말을 꿀꺽 집어삼켰다.

'다 괜찮다고 하는 버릇 고쳐도 되지 않나.'

새벽 내내 자신을 괴롭혔던 서윤기의 목소리가 불현듯 스치고 지나간 탓이다.

"차선책은 있어요?"

"응?"

"입을 옷이 없다는 거잖아요. 오늘 촬영할 옷은 있어요?"

언성이 올라가거나 언짢은 표정을 짓지는 않았지만 평소와는 분명 다른 처신이었다.

"아, 그게……."

스타일리스트의 표정이 묘하게 굳어진다.

"지금 막내가 전화 돌리고 있으니까 남는 옷 중에 구할 수 있는 게 있긴 할 거야."

"지금 구하고 있다는 게 말이 돼요? 곧 촬영인데?"

"일단 당장 찍어야 되는 신은 캐주얼 룩이면 되니까 사복으로 대신하자."

"미쳤어요?"

말도 안 되는 상황에 당황한 은호는 속니를 세게 물었다. 와중에도 이쪽을 힐 끔힐끔 쳐다보는 조연출에 표정 관리를 하려 애썼다.

"감독님 의상에 예민하신 거 몰라요?"

목소리를 확 죽인 은호가 물었다.

"장면마다 확보 가능한 옷 리스트 뽑아서 드린 게 한참 전이잖아요. 감독님 이 다른 배우들이랑 겹치지 않게 직접 셀렉하신 건데 어떻게 사복을 입어요."

안 그래도 큰 눈을 크게 떠 번득이자 옅은 색 눈동자에 가려 튀지 않던 흰자 위가 새삼스레 드러난다.

"비슷한 디자인이라도 찾아서 가져와야 되는 거 아니에요?"

"막내가 전화 돌리고 있다니까? 오전에 찍을 장면만 어떻게 버티면 오후에 찍을 것들은 문제없이 진행될 거야."

"누나!"

결국 참지 못한 은호가 목소리를 높였다. 한 번도 현장에서 불편한 기색을 드 러낸 적이 없던 그라 모든 이들의 시선이 쏜살같이 집중되었다. 촬영 감독들에 게 음료수를 돌리고 있던 그의 매니저가 허겁지겁 달려왔다.

"무슨 일이야! 무슨 일인데 촬영장에서 소란이야?"

그의 물음에 스타일리스트는 허, 숨을 뱉으며 팔짱을 꼈다. 은호는 뒤돌아 절 망스러운 표정을 했다. 은호에게서 자초지종을 들은 매니저는 어딘가 단단히 뿔 이 난 듯한 스타일리스트를 자리에서 물러나도록 했다. 표면적으로는 시간 낭비 하지 말고 상황 해결에 힘을 쏟으라는 뜻이었지만,

"은호야, 아무리 그래도 촬영장에서 업계 선배한테 화를 내면 어떡해."

실질적으로는 은호를 나무라기 위함이었다.

"형, 이건 내가 잘못한 게 아니잖아요."

"당연히 아니지. 근데 상도덕이라는 게 있잖아."

지극히 고리타분한 이유였다.

은호는 잔뜩 힘주고 있던 눈에 힘을 풀었다. 이해가 되지 않았다. 자신이 최선을 다하는 만큼 다른 사람들도 저에게 최선을 다해 주면 좋겠는데.

'억울하잖아. 나는 실수하지 않으려고 별 긴장을 다 하는데 사람들은 내가 편해서 실수한다는 게.'

남들이 편하게 대하는 것보단 차라리 어려워하는 게 낫다던 목소리가 생각났다. 그의 말이 맞다. 언제나 그렇듯.

○　◎　●

죽은 듯 잠들어 있던 윤기가 조금씩 몸을 움직였다. 빛 한 줄기 들어오지 않는 고요한 방 안은 오직 서윤기의 숙면만을 위해 존재하고 있었지만 그의 핸드폰이 말썽이었다. 웬만하면 무시하고 넘어갔을 진동 소리가 어찌나 맹렬하게 울리는지.

"아……."

뒤척이던 서윤기의 눈꺼풀을 결국엔 들어 올리도록 만들었다.

"여보세요."

윤기가 푹 잠긴 목소리로 전화를 받았다.

— 선배님.

익숙한 상대가 아닌 것 같은 느낌에 눈살을 찌푸렸다. 몽롱한 정신으로 듣기에 선배님이라는 호칭은 조금 무거운 감이 있었다. 재빨리 확인한 핸드폰 화면에는 '정은호'라는 이름이 적혀 있다.

"정은호?"

— 아프시다고 들었는데…… 죄송해요, 선배님.

지금 시간이 몇 시인지, 도대체 얼마나 잔 건지, 아프단 소리는 또 뭔지. 도통 아무것도 모르겠다.

— 아무리 생각해도 부탁드릴 곳이 없어서…….

"부탁?"

— 저 좀 도와주세요.

울음 섞인 목소리에 윤기는 반사적으로 몸을 일으켰다.

"뭔데. 똑바로 말해."

은호와의 통화를 마친 윤기가 매니저에게 전화를 거는 동시에 방문이 열렸다. 갑작스럽게 밝아지는 시야에 눈살을 찌푸린 윤기는 눈을 깜빡였다.

"일어났어요?"

방 안의 어둠을 물리치듯 어마어마한 빛을 이끌고 나타난, 별이었다.

"아픈 건 괜찮아요?"

조명을 켜고 커튼을 열어 리본을 묶는 일련의 과정이 잠들기 전과 다르게 빠릿빠릿하다.

"어떻게 된 거예요?"

윤기는 통화 연결을 끊고 물었다. 매니저보다 별에게 묻는 것이 더 빠를 것 같았다.

"뭐가요?"

"매니저 형이 푹 쉬라고 문자 보냈던데 무슨 소리예요? 이사님이 한 거예요?"

"아, 맞아요. 너무 곤히 자는 것 같아서. 마음대로 한 건 미안해요. 근데 컨디션 안 좋았던 건 맞으니까 너무 뭐라고 하지 말아요. 그 상태로 일해 봤자 좋을 거 없잖아요."

닫아 놓았던 창문을 활짝 연 별이 말했다. 어두웠던 방 안이 오후 햇살로 가득해지자 머리카락이 이리저리 구겨져 있는 서윤기가 보인다.

그가 앉은 침대 앞에 의자를 끌어다 앉았다. 싫은 소리 정도는 들을 각오가 되어 있었다. 독단적으로 결정한 일에 대해 마음껏 항의해도 좋다는 뜻이었다.

"……"

하지만 그는 이상하리만치 조용했다. 또박또박 따지고 들 줄 알았는데 가만히 침묵만 지킨다. 그게 별의 조바심을 일으켰다. 불같은 화는 찬물을 끼얹으면 그만이지만 바다 같은 분노엔 달리 대응할 요령이 없었다.

"왜 이렇게 조용해요? 혹시 너무 빡치면 말이 없어지는 타입이에요?"

"이사님 나한테 미안해요?"

"네?"

"미안하면…… 부탁 하나만 들어줄래요?"

연신 눈치를 살피고 있던 별의 눈이 매섭게 다듬어졌다. 그가 '부탁'이라는 표현을 썼다는 것에 감흥을 느끼기도 전에 그가 곤란한 상황에 처한 것 같은 촉이 왔다.

"말해요. 무슨 부탁인진 모르겠지만, 다 들어줄게요."

"……옷이 필요해요."

"옷이요?"

"사이즈는 100, 색깔은 흰색, 소재는 레이온. 이게 제일 급해요. 최대한 심플한 디자인이면 돼요. 무늬나 자수, 단추 같은 거 없이요."

무슨 부탁을 하려고 무게를 잡나 했던 별은 빠르게 쏟아지는 주문에 고개를 세차게 저었다.

"잠깐!"

보다 명확한 임무 수행을 위해 몇 가지 짚고 넘어갈 문제가 있었다.

"그러니까 지금 이게 왜 필요한 건지, 뭘 위한 건지부터 설명해 줄래요?"

그제야 윤기가 자초지종을 털어놓았다. 성 대표 이야기도 나오고 촬영장 분위기도 나오고 심지어 감독이라는 인간의 까탈스러운 취향에 대한 이야기도 나왔지만 요지는, 정은호를 담당하는 스타일팀이 실수를 했다는 것이었다.

"오늘 촬영할 장면에 쓰일 옷이 통째로 없다는 거예요?"

"그런 것 같아요. 스타일팀에서 조치를 취한다고는 했다는데 적극적이진 않은 것 같고……."

"음……."

턱을 괴고 고민하는 모양새를 취한 별이 고개를 갸웃했다.

"어려운 건 아닌데…… 이걸 왜 서윤기 씨가 도와주려고 하는지 모르겠네?"

"……."

"안 본 사이에 엄청 친해졌나?"

"……."

"굳이 도울 이유를 모르겠어서 묻는 거예요. 정은호 씨가 소속이 없는 것도 아니고 심지어 그 소속사 대표가 서윤기 씨 엿 먹인 성 대푠데, 왜 도와요? 원수가 곤경에 처하면 좋은 일 아니에요?"

서윤기 자신을 위한 부탁이라면 하늘에 떠 있는 별을 가져다 달라고 해도 승낙했을 것이다. 하지만 남을 위한 부탁은 좀 망설여진다. 그의 속이 솜사탕처럼 무르다는 걸 아는 터라 더더욱.

"그 사람들…… 일부러 그러는 거예요. 길들이려고."

입술을 물고 버티던 윤기가 내뱉듯이 말했다. 말하면서도 짜증이 나는지 머리카락을 마구 헝클인다.

"정은호 혼자 날뛰고 있을 거예요. 당장 촬영은 해야 하는데 입을 옷은 없고, 사고 친 직원은 뻔뻔하게 굴고 있을 테니까."

"그렇게까지 하는 이유가 뭔데요? 그러다가 진짜 문제라도 생기면 소속사 입장에서도 좋을 게 없을 텐데?"

"문제가 생기도록 두지는 않을 거예요. 그냥 겁만 주는 거거든요. 딱 죽을 것 같다 싶을 즘 나서는 거죠. 구세주처럼."

성 대표는 그런 식의 영웅놀이를 좋아했다. 그래야—

"그래야 상대방이 완전히 종속되거든요. 회사가 없으면 자기는 아무것도 아니구나, 하면서."

"……왜 돕고 싶어 하는지 알겠네."

고개를 끄덕인 별이 말했다. 성 대표를 조사하면서 그가 치사한 인간이라는 건 익히 파악해 두었다. 하지만 이렇게까지 비겁하고 치졸할 줄이야.

"아까 말했던 옷 사이즈랑 필요한 목록 나한테 넘겨요."

"괜찮겠어요? 양이 꽤 많아요."

"내 능력은 더 많아요."

대답한 별이 발랄하게 윙크했다.

"윤기 씨는 후배님한테 전화해서 걱정 말고 기다리라고 해요."

힘없는 신인에게는 목숨 줄이 왔다 갔다 하는 일이겠지만 저에게는 겨우 옷 몇 벌일 뿐이다.

"멋쟁이 선배님 될 수 있는 기회를 줄게요."

겨우 이 정도의 수고로 성 대표의 뒤통수를 후려칠 수 있다면야 몇 번이고 도와줄 수 있다.

○ ◎ ●

현장 스태프가 은호의 대기실을 찾았다. 여느 때와 달리 무거운 표정을 짓고 있는 은호와 한숨을 푹푹 내쉬고 있는 그의 매니저까지 영 분위기가 좋지 않지만 어쩔 수 없었다.

"은호 씨, 퀵 왔어요."

"제 앞으로 온 거예요?"

"네, 이거요."

스태프가 복도에 늘어진 쇼핑백들을 가리켰다.

"아, 감사합니다."

윤기가 보낸 옷들이라는 걸 확인한 은호는 그제야 한시름 놓을 수 있었다. 무언가 이상하다는 걸 깨달은 매니저는 뒤늦게 이게 다 뭐냐고 호들갑을 떨었다. 불쾌하단 티를 팍팍 내며 구석에 앉아 있던 스타일리스트 역시 마찬가지였다.

"오늘 입을 옷이요."

은호가 땀에 젖은 손바닥을 청바지에 닦아 내리며 말했다.

"필요한 건 다 구했으니까 협찬사에 전화 돌릴 필요 없어요."

어차피 스타일팀은 시늉만 하고 있을 뿐, 아무것도 하지 않고 있다는 걸 알았지만 찔리라고 한 소리였다.

"옷이라고?"

매니저는 포장된 옷들을 재빨리 풀어 확인했다. 사전에 픽스한 옷들이 정확하게 배달된 것도 모자라 비슷한 분위기의 여벌 옷까지 넉넉하게 들어 있는 걸 확인한 그는 난감한 표정을 지었다.

"이거 다 어디서 난 거야?"

"아는 분한테 부탁했어요."

"아는 분? 누구?"

꼬치꼬치 캐묻는 매니저의 모습에 은호는 맥이 빠졌다. 당장 문제를 해결해야 한다고 그렇게 애원할 때는 듣는 척도 하지 않더니 이제 와 궁금하다는 듯 들썩이는 엉덩이를 발로 차 주고 싶었다.

하지만 여전히 백 없는 처지인 건 변함이 없는 터라 그저 대답하지 않는 것만이 할 수 있는 최대 반항이다.

"누구냐니까?"

묵묵히 옷을 꺼내 행거에 거는 은호를 매니저가 돌려세웠다. 마치 대단한 잘못이라도 저지른 것처럼 단단히 질책하는 모양새였다.

"너 이런 도움 함부로 받으면 안 돼. 이렇게 많은 옷을, 어? 그것도 다 명품인데! 이런 걸 이렇게 갑자기 보내 주는 사람이 어디 있어? 너 무슨 이상한 사람들이랑 어울리는 거 아니야? 이 바닥이 얼마나 무서운지 몰라?"

속으로 비웃음이 나왔다. 본인은 저에게 무해하다는 듯, 정작 도움을 준 사람을 나쁜 사람처럼 몰아가는 게 웃겼다.

"형, 이상한 사람들이랑 어울리는 게 뭐가 어때서요."

"뭐?"

"전 촬영 망치는 게 더 무서워요."

눈을 깊게 감았다 뜬 은호가 말했다.

"촬영 망치는 거 말고는 무서운 거 없다는 말이에요."

"……."

명백한 살기가 눈동자에 가득 담겨 있었다. 눈을 부라리고 있던 매니저도, 혀를 차고 있던 스타일팀의 헤드도 그 순간만큼은 두려움에 잠식될 수밖에 없었다.

"너, 너……."

삿대질을 하던 매니저의 말문이 막혔다. 제아무리 관리자의 입장이라 하더라도 그에게 나무랄 말이 남아 있지 않았다.

하지만 성 대표에게 보고할 걸 생각하면 벌써부터 머리가 아팠다. 최근 황금 알을 낳는 거위나 다름없던 서윤기를 잃은 성 대표는 소속 연예인들을 타이트하게 관리하기 시작했다. 그 일환에 정은호는 당연히 포함되어 있었다.

정은호를 '제2의 서윤기'로 만들고자 하는 그의 욕심 때문이었다. 서윤기에 비할 바는 아니었지만 제법 곱상한 외모와 나이답지 않은 분위기를 갖추었으니 대대적인 지원을 가하면 아예 가능성이 없는 이야기도 아니었다.

그러니 정식 데뷔 전에 기를 죽여 놓아야 했다. 그래야 회사 말도 잘 듣고, 뜨고 나서도 오만방자하게 굴지 않을 테니까.

"정은호, 아무리 그래도 나한테는 얘기해야지. 누가 보내 준 건데."

"……."

"어?"

성격 급한 매니저가 결국 큰 소리를 내자 은호는 후, 한숨을 뱉었다.

"서윤기 선배님이요."

"뭐? 서윤기? 너 지금 서윤기라고 했어?"

"네, 서윤기 선배님이요."

매니저는 믿을 수 없다는 듯 연신 헛웃음을 터트렸다. 몇 번이고 다시 물으며 확인을 거듭할 정도였다.

물론 은호도 그와 저의 조합이 자연스럽지 않다는 걸 알았다. 그와 성 대표 사이에 벌어진 분쟁을 차치하고서라도 그와 저 사이엔 서로를 도울 만한 접점이란 게 없었다. 끈끈한 동료애라든가 선후배 사이의 각별함 같은 그런 거.

그래서 저에게도 그는 마지막 보루였다. 별 볼 일 없는 자신의 인맥으로는 도무지 해결이 되지 않아 어쩔 수 없이 잡은 지푸라기 같은 사람이었다.

기대를 걸지도 않았다. 인심을 써 준다면 시원하게 회사 욕이나 대신 해 줄 것이라 생각했다. 하지만 예상과 달리 그는 침착하게 상황을 전달받고 5분 내로 답을 주겠다며 전화를 끊었다.

그리고 다시 전화가 왔을 땐,

― 곧 옷 도착할 거야. 걱정하지 말고 기다려.

제 마음이 한없이 초라해졌다.

'선배님이 도와주신 거라고 말 안 할게요.'

혹시나 불똥이 튈까 염려한 말에도,

― 해도 돼.

그는 두려워하지 않았다.

'선배님이 곤란해지시면 어떡해요.'
― 네가 신경 쓸 일 아니야.

그는, 저를 작아지게 만든다.

○ ◎ ●

은호에게서 의상을 받았다는 문자를 받은 윤기는 또다시 쓰러지듯 잠들었다. 일부러 신경 쓰지 말라고 배려하는 것인지 방 안에 들어오지 않는 별이 숙면에 한몫했다.

그렇게 밥도 먹지 않고 내내 잠만 자던 그는 이른 저녁 시간이 되어서야 깨어났다. 얼굴에 닿은 베갯잇의 감촉이 좋다. 늘어지게 잔 것 같은데 더 자라고 하면 더 잘 수도 있을 것 같은 느낌. 자기 침대 좋은 거라고 자랑하던 별이 떠오른다.

똑똑, 타이밍 좋게 노크 소리가 들렸다. 딱히 대답을 들으려고 한 노크는 아니었는지 소리가 작다. 느리게 열리는 문틈으로 살금살금 들어오는 몸짓도 조용하기는 마찬가지였다.

로브 차림이었던 낮 시간과 달리 캐주얼 차림을 한 별이 도둑고양이처럼 들어와 문을 닫았다. 뒤늦게 눈을 뜨고 있는 저를 발견한 얼굴이 조금 놀란 듯 굳는다. 하지만 이내 놀란 기운이 빠지고 슬슬 풀어지는 눈. 시선이, 슬프다.

"……."

문을 등지고 선 별은 저리는 손을 허리 뒤로 숨겨 주물렀다. 제 침대에 누워 눈만 깜빡이고 있는 서윤기가 숨 막히게 고혹적이다. 뭐 저렇게 예쁜 생물체가 다 있지.

"왜 그렇게 봐요."

그래 놓고 뻔뻔하게 묻는다.

"안 믿겨서요."

"내가 여기 있는 게?"

"당신이 살아 있는 게."

"……."

그가 이해할 수 없단 표정을 지었다. 이해할 필요 없으므로 설명은 덧붙이지 않았다.

"배 안 고파요?"

"……그냥 잠이나 더 자고 싶어요."

"그렇게 자 놓고 더 자고 싶어요? 피부 비결이 잠인가?"

"평소엔 한두 시간도 잘 못 자요."

"그래도 밥은 먹어요. 두 끼 연속 굶는 건 좀 그렇잖아. 먹고 다시 자요."

조금이라도 틈을 주면 다시 잠들 것 같은 그에게 속사포처럼 말했다. 다가가 끌어내는 것이 더 효과적이라는 걸 알면서도 걸음 하나를 내딛지 못했다. 새벽녘에 벌였던 대치가 뒤바뀌었다는 생각이 든다. 침대에 있던 저는 문 앞에, 문앞에 있던 그는 침대에.

"첼로도 켤 줄 알아요?"

이리저리 몸을 뒤척이던 그가 뜬금없이 물었다. 그의 나른한 시선이 침대 옆에 자리하고 있는 첼로를 부드럽게 옭아매고 있다.

"중학생 때까지 배우고 그만뒀어요."

붉은 기가 많이 돌고 윤이 나는 몸통. 몸통의 크기가 조금 작은 것도 중학생이던 제 몸에 맞춘 것이라 그렇다.

"왜요?"

"내가 첼로를 너무 좋아해서요."

윤기는 그게 무슨 말이냐고 되물었다. 좋아하지 않아서 그만둔 게 아니라 너무 좋아해서 그만두었다는 게 무슨 뜻인지 알 수 없었다.

"우리 엄만 내가 이선가家의 주인이 되길 바랐거든요. 아빠도 없는데 엄마까지 없으면 누가 널 지키겠냐면서."

"……."

"근데 웃기지 않아요? 내가 회사를 지키면 지켰지, 회사는 날 지킨 적이 없거든요."

무겁지 않은 말투로 히죽거린 별은 목을 꺾어 뒤통수를 문에 기댔다. 윤기는 입을 뻐끔거렸다. 말하는 법을 잊은 사람이 된 것 같다. 장난기 밴 얼굴과 달리 어두워지는 눈동자를 바로 보기가 어려웠다. 저의 무심한 질문이 죄처럼 느껴진다.

저의 무심함은 저의 성격이기도 했지만 제 삶을 지키는 방패이기도 했다. 앞만 보며 달리는 경주마처럼 아무것도 신경 쓰지 않고 살다 보면 주변에 휩쓸리지 않고 살 수 있을 거라 믿었다.

그런데 오늘은 그것이 죄스럽다.

"슬퍼요?"

"조금요."

이혼한 줄 모르고 김 변호사님과의 관계를 물었을 때까지만 해도 조금 민망했을 뿐이었다. 하지만 오늘은,

"……미안해요."

미안하다.

"괜찮아요."

별이 웃었다. 그의 눈에 담긴 슬픔을 보는 게 좋았다. 정확히는 저의 슬픔이 담겨 있다는 게 좋았다. 매번 저를 이해하지 못하는 것처럼 굴던 그가 저를 연민하고 있는 순간이었다.

"서윤기 씨는 내가 좋아하는 걸 다 합쳐 놓은 것 같아요."

무심결에 내뱉고 속으로 놀랐다.

"당신 목소리, 첼로 같거든."

무심결에 알아차린 속이었다. 저 역시 제가 서윤기를 왜 좋아하는지 정확히 알지 못했다. 그냥 예쁘니까 좋아한다 생각했는데 제가 좋아하는 것들이 전부, 그의 조각이었다.

"첼로요?"

그는 호기심 어린 눈으로 첼로를 응시했다. 지금 당장 손을 뻗어 그를 만지고 싶다는 충동이 든다. 다시는 첼로를 켜지 않겠단 스스로의 약속이 아니었다면 활을 그어 확인시켜 주었을 것이다. 낮고 부드러운, 바다 같은 소리를.

"또 뭐 좋아하는데요?"

서윤기가 물었다. 피부 결을 칭찬할 땐 몸을 배배 꼬면서 질색을 하더니 목소리가 첼로 소리 같단 말은 듣기 좋았던 모양이다.

"음, 물고기?"

"물고기? 아, 그래서 저기에 어항이 있는 거예요?"

그가 제 옆에 놓인 어항을 가리키며 물었다. 고개를 끄덕이자 금세 아리송한 표정을 짓는다. 그러더니 벌떡 일어나 휘적휘적 걷는다. 어항을 보기 위해 오는 것이라는 걸 알면서도 긴장이 밀려와 숨을 참았다.

"근데 왜 비어 있어요?"

어항 속을 빤히 들여다본 그가 물었다. 어항엔 물고기가 없었다. 맑은 물도 가득 채워져 있었고 산소 공급기도 팽팽 돌아가고 있었지만 그뿐이다.

"아빠가 돌아가셨을 즘 한 마리 키우기 시작했는데 금방 죽었어요."

"……왜요?"

"내가 자꾸 어항 유리를 두드렸거든요. 깜짝 놀라서 헤엄치는 모습이 예뻐서. 그게 걔를 괴롭히는 줄 알았으면 안 했을 텐데."

텅 빈 어항 속에 당장이라도 익숙한 물고기가 지느러미를 펼칠 것 같은 기분이 든다.

아빠가 돌아가셨을 즘의 저는 상실감과 공포에 미쳐 제정신이 아니었다. 엄마는 그런 저를 걱정했지만 그리 건강하지 않은 방식으로 몰아붙였다. 아마 엄마 또한 괴로워서 그랬던 것 같다.

어쨌든 그때의 엄마는 제가 아빠의 사진을 보고 있으면 그만 보라며 화내기 일쑤였고, 아빠 얘기를 꺼내면 더는 말하지 말라고 혼을 냈다.

그러다가 선심 쓰듯 선물해 준 것이 파란색 물고기였다. 말은 '아빠가 주는 선물이라고 생각해.' 라고 했지만 엄마는 어항의 위치를 아빠의 사진이 있던 자리에 두었다. 아빠를 '대신'하라는 뜻이었다.

저는 그 말을 곧이곧대로 따랐다. 더는 볼 수 없는 아빠의 존재와 더는 받을 수 없는 아빠의 애정을 그 작은 물고기에게 받겠다고 발버둥을 친 셈이었다. 거의 하루 종일 어항 앞에 있었던 것 같다. 아빠처럼 그 물고기도 죽을까 봐 무서웠다.

"그 물고기 이름이 뭐였는 줄 알아요?"

"뭔데요."

"아빠요."

순박하고 욕심이 없던, 파란색을 좋아하던, 말이 없던, 저의 아빠.

말없이 어항을 보기만 하던 별이 차가운 유리 표면을 어루만졌다. 이 자리에 있던 아빠의 사진과 이 자리에서 숨 쉬던 아빠 물고기 모두 이제는 없다는 게 잔인할 만큼 익숙해지지 않는다.

"아빠처럼 일찍 죽을 줄 알았으면 다른 이름을 지었을 텐데."

아빠 물고기가 죽자 엄마는 어항을 치우자고 했지만 저는 그 앞을 막아서고 소리를 질렀다. 눈에 보이면 더 괴로울 뿐이라고 설득하는 말이 들려왔지만 그 것 역시 듣지 않았다. 보지 않는다고 잊을 수 있을 리 없다. 아빠의 사진을 치워도 아빠가 그리운 것처럼.

그로부터 몇 년이 지나고 제가 성년이 되자 엄마는 이 집을 떠났다. 아빠와 신혼 생활을 시작한 이 집을 진작부터 떠나고 싶어 했던 엄마의 마음을 알고 있었다.

하지만 저는 여전히 이곳에 산다. 또한 어항도 여전히 제 방 한구석을 차지하고 있는 중이다. 죽어 버린 애정을 지키며.

"서윤기 씨를 보고 있으면 자꾸 그 물고기가 떠올라요."

"내가 이사님 아버지랑 닮았어요?"

"뭐…… 아빠도 잘생기긴 했죠. 근데 그것보단 놀라는 모습이 닮았어요. 내가 뭣 좀 하려고만 하면 파드득 놀라는 거."

예전엔 억울했다. 제가 좋아하는 것들은 왜 다 절 떠나는지 궁금했고, 제가 원하는 것들은 왜 가질 수 없는 건지 궁금했다. 아빠도, 물고기도, 첼로도.

"좋아하면 죽이고 싶은 기분 알아요?"

윤기가 못 들을 걸 들었단 표정을 지었다.

"그냥 표현이 그렇다는 거예요."

소리 내어 웃은 별이 말했다.

"죽이고 싶다는 표현이 좀 그러면 죽은 걸 좋아한다는 표현은 어때요?"

"둘이 별로 다른 것 같지 않은데요."

"그런가. 아무튼 죽은 걸 좋아하면 편해요. 애초에 살았던 적이 없거나, 이미 오래전에 죽었거나, 그런 거. 그런 것들은 가질 수가 없어서 잃을 일도 없거든요."

"……."

"잃는 것보단 그게 나아요."

"……."

윤기가 말없이 허리를 굽혀 어항 속 조경을 바라보았다. 얼기설기 엉켜 있는 나무줄기들과 이끼처럼 보이는 푸른색 잎사귀들. 언뜻 보면 밀림의 어느 한 곳을 축소시켜 놓은 것 같다. 생명을 모방한 죽음인지, 죽어 있는 생명인지 모르겠다.

"죽은 것들을 사랑하는 기분은 어때요."

"평화로워요."

"평화로워요?"

어항을 보고 있던 윤기가 별을 쳐다보았다.

"왜요. 우울할 것 같아요?"

예의 그 오만한 말투의 별은 스스로의 말을 증명하듯 편안하게 웃었다. 이미 다 포기한 사람의 표정, 다 포기한 사람의 말투다.

괜스레 슬퍼진 윤기가 마주하고 있던 시선을 끊었다. 다시 어항이 보인다. 고요하고 아름다운 어항 속. 그 속에 살아 있는 건 아무것도 없다.

별은 슬퍼 보이는 그의 옆모습을 흥미롭게 관찰했다. 침대에 누워 있을 때도, 첼로를 보고 있을 때도, 이렇게 어항 앞에 있을 때도 그는 묘하게 조화롭다. 타고나길 그것들과 함께한 사람처럼.

"그래서……."

별이 돌아간 윤기의 얼굴을 감싸 쥐었다. 예고 없이 닿은 손길이 당황스러운 듯 보였지만 그는 물러나지 않고 얌전히 얼굴을 내어 준다.

"서윤기 씨도 죽었으면 좋겠어요."

"……."

"그럼 이렇게 애쓰지 않아도 될 텐데."

"뭘 애쓰는데요."

손안에 놓인 예쁜 얼굴을 찡그리며 묻는다.

"이것저것."

"이것저것 뭐요."

말하면 알까. 살아 숨 쉬는 그가 죽었으면 좋겠는 마음을, 애쓰고 애써도 범람하는 이 마음을.

"아껴 주고 싶어요."

"……."

"만지고 싶을 때도 있고……."

"……."

입술이 멈추지 않았다.

"나 혼자 갖고 싶어서 화날 때도 많아요."

"……."

"부수고 싶을 때도 있고요."

토해 내지 않으려 애쓰던 것이 무색하게 전부 뱉어 냈다. 그것들이 예쁘기만 한 모양이 아니라는 걸 스스로도 잘 알아서 그가 도망이라도 가면 어쩌지 걱정했다.

하지만 생각보다 서윤기는 의연한 얼굴이었다.

"다른 건 다 그렇다 치는데 부수고 싶은 건 뭐예요."

도리어 질문을 할 정도로.

"원래 사랑의 끝은 파괴예요."

그래서 밑바닥의 것도 드러내 보여 주었다.

"……들었던 고백 중 제일 살벌하네요."

웃으며 답하는 그가 손 뻗으면 사라질 것 같은 기분이 들었다. 그의 멱살을 움켜쥐고 당겼다. 다 포기한 입술에 살아 있는 생명이 닿는다.

윤기는 여전히 별의 애정을 믿지 않았다. 지금은 절절하고 살벌하기까지 한 고백을 하고 있지만 또 언제 세상에서 가장 가벼운 사람으로 변할지 모른다.

다만, 여자가 저를 죽이고 싶어 하는 건 진심이라고 생각했다. 아껴 주고 싶다는 말에 담긴 조심스러움과 만지고 싶다는 말에 밴 열망, 갖고 싶다며 내보인 짜증과 부수고 싶다는 말에 숨겨 놓은 외로움이 믿기지 않는다기엔 분명하고 선명했다.

그래서,

"……."

맞닿은 살결을 밀어내지 않았다. 잠시 동안은 죽은 듯 가만히 있어 주고 싶었다. 잃은 것들이 아파 죽은 것들을 사랑한다는데 그 정도는 해 줄 수 있지 않을까.

"……."

푹 젖은 입술은 한참 동안 열리지 않았다. 울고 있는지 궁금했지만 얼굴을 떼어 마주 보는 대신 입술을 열었다. 스치듯 닿은 혀가 놀라 도망치는 물고기처럼 피하기 시작한다.

젖은 뺨을 감싸 쥐고 끌어 올리자 별이 까치발을 들었다. 그럼에도 여실한 키차이가 아쉬워 내리누르듯 상체를 기울였다. 키스의 성질이 다소 고압적으로 변해 간다.

"아……."

맞물린 입술이 잠시간 떨어지자 별이 뜨거운 숨을 쏟아 냈다. 제 멱살을 쥐고 있는 손을 잡아 뒷덜미에 얹었다. 두르지도 못하고 굳은 팔이 어설프다.

159

그 어설픔을 헤아리고, 도망치는 혀를 쫓다 보니 조바심이 나는 건 저였다. 가까이 붙어 있어도 먼 것 같은 기분에 허리를 당겨 안자 당황한 것 같은 몸이 바르르 떤다.

뒤통수를 붙들고 당기려는 순간,

"그, 그만……!"

밀려났다.

"……"

그제야 저의 죽은 척이 형편없었음을 깨달았다.

"내, 내가……."

"……"

"아니, 당신이……."

놀란 기색이 역력한 별이 횡설수설하기 시작했다.

"내가 잠깐 미쳤나 봐요. 서윤기 씨가 너무 예뻐서……. 아니, 그런 말이 아니라……. 미안해요."

사과를 하고,

"취, 취기가 올랐나 봐요. 아까 나 혼자 와인 한잔했거든요."

말도 안 되는 핑계도 댄다.

"아, 왜 이렇게 어지럽지……."

눈살을 찌푸리며 중얼거린 별이 하하, 어색한 웃음소리를 냈다. 그래 놓고는 뒷걸음질까지 친다. 물러나고 물러나다 창문에 등이 닿았을 땐 날이 좋다는 둥, 오랜만에 조깅을 해야겠다는 둥 이상한 소리를 했다.

"먹구름이 어마어마한데 무슨 조깅이에요."

"아…… 먹구름 싫어해요?"

별이 물었다.

"나, 나는 먹구름 낀 날씨에 조깅하는 거 좋아하는데……."

처음엔 그냥 놀란 것 같았는데 이젠 좀 걱정이 될 지경이었다.

"괜찮아요?"

"뭐가요?"

별은 아무렇지 않은 척 너스레를 떨었지만.

"어디 아파요?"

별은 얼굴이 이미 하얗게 질려 있었다. 꼭 토하기 직전의 사람 같았다. 열이라도 재 봐야 할 것 같아서 손을 뻗었더니 또 기겁을 하고 물러난다.

"오지 마요!"

뻗은 손을 향해 외친 별이 스스로에게 놀란 듯 입을 막았다.

"소리 질러서 미안해요."

속삭이듯 작은 목소리였지만 방 안을 채우기에는 부족하지 않았다.

"움직이지 마요."

"……."

윤기는 술래잡기를 하는 기분이 들었다. 가만히 있어야 하는 저는 술래나 다름이 없었고 쫓기는 사람처럼 동공 지진을 일으키고 있는 별은 숨을 곳을 찾기 위해 사투를 벌이는 듯 보였다. 뭔가 한없이 불리한 판에 낀 것 같다는 생각이 들었지만 우선은 원하는 대로 해 주었다. 가만히, 죽은 듯.

"진짜 미안한데……."

그런데도 뭔가 불만이 있는 것처럼 인상을 찌푸리고 있던 별은 넌지시 말을 꺼냈다.

"혼자 있고 싶어요. 가 줄래요?"

"네?"

"아, 말하지 말고 그냥……!"

별이 버럭 짜증을 냈다. 그래 놓고 또 당황한 얼굴로 발을 동동거린다. 도무지 무슨 생각인지 짐작도 안 간다.

"서윤기 씨 때문에 멀미 나는 것 같아요."

"아니, 왜……."

"아, 말하지 말라고 했잖아요!"

이쯤이면 정말 제가 뭘 잘못한 것 같긴 한데.

"그만하고 나가요."

대체 뭘 잘못한 건지 모르겠다.

○　◎　●

"이사님, 듣고 계세요?"

"……."

"이사님!"

"……어?"

어제는 연차를 내더니 오늘은 하루 종일 넋을 빼고 다니는 별에 임 비서가 눈살을 찌푸렸다.

"어디 아프세요?"

"아니?"

"근데 오늘따라 왜 이렇게 집중을 못 하세요."

"내가?"

네, 무심히 답한 임 비서가 한숨을 쉬었다.

"피곤하시면 일찍 퇴근하세요."

"뭘 퇴근이야. 할 일도 많은데. 안 피곤해."

그래 놓고 키보드를 타닥타닥 두드린다. 모니터도 안 켰으면서.

"진짜 괜찮으신 거 맞아요?"

"당연하지."

"알겠어요. 그럼 이거 결재하세요."

"결재? 아, 어."

결재 서류를 펼친 별이 호기롭게 만년필 뚜껑을 열었다. 자신이 멀쩡하다는 걸 증명하려는 듯, 눈을 초롱초롱 빛내는 것까지는 좋았지만 만년필을 거꾸로 든 탓에 사인은 하지 못했다. 의심스러운 눈빛을 거두지 못한 임 비서가 만년필의 위치를 바로 해 줄 때까지 잘못된 걸 알아차리지도 못한다. 머쓱해진 별이 헛기침을 했다.

"임 비서."

"네, 이사님."

162

"나 사고를 좀 친 것 같아."

별은 임 비서를 이용해 보기로 했다. 남의 조언 받기를 즐기는 타입은 아니었지만 오늘 같은 비상사태엔 저보다 연륜이 있는 사람의 생각을 빌리는 것이 좋을지도 모른다. 특히나 임 비서는 제가 인정하는 소수의 똑똑한 사람 중 한 명이었으니 제법 괜찮은 말을 해 줄 것이다.

"말씀해 보세요."

임 비서는 침착한 표정으로 고개를 끄덕였다. 놀란 티를 내기엔 이미 많은 것을 모른 척하고 있었다. 어제 새벽, 약과와 수정과를 만들어야 한다고 닦달하던 문자와 그로부터 몇 시간 뒤 연차를 내겠다는 연락 그리고 또 몇 시간 뒤 뒤죽박죽 날아오던 업무 메일까지. 모든 게 이상했다.

"내가 어제 손대면 안 되는 거에 손을 댔거든?"

"비자금 만드셨어요?"

"아니?"

"그럼 할아버님 유언장 훔치셨어요?"

혹시 모를 상황을 대비해 의준에게 전화할 준비까지 마친 임 비서는 진지한 얼굴로 물었다.

"……."

"왜 아무 말씀도 안 하세요?"

"우리 임 비서가 평소에 나를 어떻게 생각했는지 알 것 같아서."

별이 인자한 미소를 지으며 말했다.

"유언장 훔치신 거 아니에요?"

"아니야."

"그럼 혹시……."

뒤늦게 눈을 번뜩인 임 비서가 한숨을 내쉬었다.

"조카분한테 해코지하셨어요?"

"아, 진짜! 아니야!"

사무실 문이 잘 닫혀 있는지 확인까지 하며 묻는 임 비서에 소리를 바락바락 지른 별은 거칠게 담배를 꺼내 물었다. 그럴 줄 알았다는 듯 담배와 라이터를 빼앗은 임 비서는 아니면 됐지 뭘 그러냐며 어깨를 으쓱였다.

"대체 뭔데 그러세요. 비자금도 아니고 유언장도 아니고 심지어 조카 건드린 것도 아니면 해결 못 할 것도 없는 것 같은데."

"하……."

별이 손바닥에 얼굴을 묻었다. 차라리 비자금과 유언장과 조카였으면 좋겠다.

"내가 어제 서윤기랑 같이 있었는데……."

"설마 두 분 연애하신단 얘기는 아니죠?"

"아, 미쳤어?"

자리에서 벌떡 일어난 별이 아니라고 학을 뗐다. 임 비서는 일단 그 반응에 일차적인 안도를 표했다. 새벽녘에 약과 타령을 할 때부터 대충 짐작을 하긴 했지만 부디 아니길 빌고 있던 이름이었다. 꽤 오랜 시간, 제 상사가 관심을 쏟고 있는 대상이긴 했지만 쌍방향이 되는 건 곤란하다.

"덮치셨어요?"

"임 비서는 대체 나를 뭐라고 생각하는 거야? 내가 무슨 짐승이야?"

책상을 내려치며 흥분하던 별이 일순간 동작을 멈췄다.

"더, 덮친 건가……?"

"네에?"

"내가 먼저 했으니까 덮친 거 맞는 것 같은데?"

떠올리지 않으려고 애쓰던 어제의 시간을 나열하던 별은 그대로 제 머리카락을 쥐어뜯었다.

"죽어야겠다."

역시 연차까지 내면서 나댈 게 아니라 그냥 일이나 했어야 했다. 아님 처자든가.

"죽은 것들을 사랑하긴 개뿔."

꽃처럼 예쁜 것들은 타고나길 약해서 손대면 손댈수록 빨리 죽는 법이다. 그걸 누구보다 잘 아는 제가 순간의 기분을 못 이겨 손을 대다니, 자괴감이 이루 말할 수 없다.

"임 비서, 안 아프게 죽는 법 좀 알아봐."

처음엔 분명 멀리 두고 물이나 주려고 했다. 멀리 두는 것치고는 꽤 가까이 두긴 했지만 나름 절제한 것이었다. 그리고 생각보다 절제가 잘되는 것 같아 방심했다. 그냥 옆에 두고 햇빛 주고 거름 주고 뭐 그런 거나 좀 하려고 했는데, 망했다.

그러다 문득 궁금해진다.

"아니, 근데 걘 왜 혀를……?"

○ ◎ ●

"형, 김 이사님이랑 친해요?"

"네?"

운전하던 매니저가 당황스러운 표정을 지었다. 서윤기의 입에서 별에 대한 이야기가 나온 건 처음이었다.

첫 소개를 할 때부터 이선문화재단 소속 직원이라는 걸 밝혔지만 그는 별로 신경 쓰지 않는 눈치였다. 애초에 말이 없는 편이기도 했고 스케줄이 많아 사적인 대화를 나눌 시간적 여유가 없기도 했다.

게다가 저는 말 그대로 임시 매니저일 뿐인지라 서윤기의 상황이 나아지면 본래 하던 일로 복귀할 가능성이 높았다. 그래서인지 그는 적당한 거리를 두며 저를 대했다. 너무 경계하는 느낌을 주지도, 너무 편안한 느낌을 주지도 않으면서 적당히.

그런데 오늘은 평소와 다르다.

"김 이사님이랑 친하냐고요."

말하는 투도 어딘가 날카롭고 앉아 있는 자세도 뭔가 비딱하다.

"친하지는 않죠. 이사님은 제가 모시는 상사시니까……."

말끝을 흐리자 뒷좌석에서 한숨이 터져 나온다. 백미러로 서윤기의 상태를 살피던 매니저는 눈이 마주치자 얼른 전방을 주시했다.

"어제 무슨 일 있었어요?"

"없었는데요."

누가 봐도 무슨 일이 있었던 것 같은데 더 물었다간 좋지 않은 소리를 들을 것 같았다.

"아악!"

그런데 난데없이 뒷좌석에서 비명 소리가 났다.

"이게 뭐예요?"

윤기가 포장되어 있는 약과를 귀신 보듯 보고 있었다.

"아, 약과 좋아한다고 해서 사 놨어요. 그런 거라도 먹어야 촬영장에서 힘을……."

스스로의 섬세함을 자랑스러워하던 매니저는,

"이걸 제가 왜 먹어요!"

사레들린 서윤기의 외침에 어리둥절한 표정을 지었다.

"네?"

"아니, 그게 아니라……. 다이어트해야 하는데 이런 걸 왜 사 둬요. 오늘부터 약과 끊을 거예요."

담배나 술도 아니고 뭔 약과를 끊는다는 건지 모르겠다. 이사님이 윤기 씨를 때렸나. 아니다. 그럴 리가 없다. 우리 이사님은 예쁜 거라면 환장을 하는 사람이라 서윤기처럼 예쁜 사람을 때릴 리 없다. 그렇다면 이사님이 윤기 씨한테 욕했나.

"아니, 근데 자기가 먼저 해 놓고 왜 나한테……!"

뒷좌석에서 씩씩거리는 혼잣말이 들린다. 저래서 욕했나.

"이 짓도 이제 끝이네."

책상 위에 다리를 올린 별이 말했다. 차근차근 준비하던 일의 끝이 보이고 있었다.

성 대표 측에서 뿌린 찌라시들은 언론사들을 쪼아 정리했고, 방송국은 정치인들 손을 빌려 힘을 빼놓았다. 서윤기를 괴롭히던 악플러들 또한 몇몇을 본보기로 밟아 놓으니 자연스레 잠잠해진 상태였다. 이제 남은 건 하나다. 성 대표.

성 대표와의 싸움을 가장 마지막으로 미뤄 둔 건 어려워서가 아니었다. 애초에 너무 말이 안 되는 계약이라 매사 신중한 의준마저도 이길 수밖에 없는 싸움이라 단정할 정도였다. 이익 분배부터 시작해 연예 활동 전반에 대한 선택권이 터무니없을 정도로 불리하게 설정되어 있었다.

그러니 그런 성 대표를 가장 마지막까지 남겨 둔 데에는 조금 다른 이유가 있었다. 오랫동안 천천히, 가장 아프게 죽이고 싶은 마음이랄까. 아마 지금쯤 가만히 앉지도, 서지도 못한 채 머리를 쥐어뜯고 있을 것이다. 풀어놓은 루머들은 소리 소문 없이 사라지고 끈끈한 줄 알았던 매니지먼트 업계는 대놓고 등을 돌리고 있을 테니.

뒤늦게 서윤기와 협의를 보기 위해 연락을 시도하겠지만 소용없는 일이다. 서윤기는, 절대 연락을 받지 않을 테니까.

"성 대표 연락은 다 무시하고 있죠?"

대뜸 윤기에게 전화를 건 별은 '여보세요.'라는 말이 나오자마자 준비한 말을 쏟았다. 혹시나 말을 더듬는 일이 생길까 멘트까지 적어 놓고 통화를 하는 제가 지질해서 견딜 수가 없었지만 어쩔 수 없다.

별은 며칠 전, '불미스러운 일'을 저지른 후 단 한 번도 서윤기에게 연락을 하지 않았다. 서윤기로부터 괜찮으냐는 문자 두어 번과 전화 두어 번이 오긴 했지만 답장을 하는 일은 없었다. 무시하려고 한 건 아니고 정말 할 말이 없었다. 괜찮다고 하기엔 괜찮지 않았고 괜찮지 않다고 하기엔 제가 생각해도 좀 구질구질한 것 같아서.

핸드폰 너머로 잠깐의 정적이 흘렀다.

그거 물어보려고 전화했어요?

"네. 왜요……?"

— 됐어요.

그가 길게 늘어지는 말끝을 잘랐다. 그날 일에 대해선 아무런 언급 없이 넘어가길 바라고 있긴 했지만 어쩐지 불안한 기운을 감지한 별은 매끈하게 다듬은 손톱을 씹었다.

각 잡고 사과라도 해야 하나. 저번에 한 번 한 것 같긴 한데 또 해야 하나. 아니 일단 뭘 사과해야 하지?

— 성 대표 전화 안 받고 있으니까 걱정할 거 없어요. 아까 김 변호사님이랑도 통화했어요.

"자, 잘했어요. 발 빼는 인간들 많아지고 여론도 나빠지니 그쪽은 마음 급할 거예요. 우린 그냥 기다리면 돼요."

— 언제까지요.

"성 대표가 지쳐 죽기 직전까지요."

말을 마친 별은 아무 말도 들려오지 않는 핸드폰을 여러 번 들여다보며 서윤기가 전화를 끊은 건 아닌지 확인했다. 그러다 알겠어요, 하는 답이 들려온다.

팽팽하게 당겨져 있던 끈이 날카로운 가위로 잘린 것처럼 긴장이 풀어진다. 대체 왜 매번 대답을 느리게 하는 건지 모르겠다. 기다리는 내내 애간장이 녹는다는 걸 모르고 하는 짓인지, 아님 알면서 하는 짓인지.

"성 대표 만날 때 같이 볼래요?"

만나서 물어봐야지.

○ ◎ ●

경박한 사람이 늘 그렇듯 성 대표란 사람도 기다려야 할 순간을 알지 못했다. 협상을 시도해야 할 변호사도, 서윤기 본인도 연락이 닿지 않자 애가 끓은 모양이었다. 그러니 저를 찾아 연락을 했겠지.

"대놓고 깔아 놓은 힌트가 몇 갠데 이제야 연락이 오다니. 느려 터져 가지고."

별이 사악한 얼굴로 중얼거렸다. 사무실 창밖은 이제 막 해가 지고 있었다.

"시작도 전에 겁먹은 걸 수도 있죠. 정보력이 바닥인 걸 수도 있고요."

평온한 표정의 임 비서와 달리 별은 대놓고 표정을 구겼다.

"쪼다거나 멍청이란 소리네."

그 정도밖에 안 되는 수준이라면 싸우기도 민망하다.

"직접 만나실 거예요?"

"그럼 안 만나?"

"만나지 않고도 처리할 방법은 많아요."

임 비서는 별이 성 대표를 직접 만나는 것이 달갑지 않았다. 별에게 어떤 타격이 있을 거란 우려를 하는 건 아니었고 그냥 좀 자존심이 상해서.

저의 상사가 어린 나이에 재벌 이사 직함을 달고도 무시받지 않는 데에는 많은 이유가 있었다. 할아버지로부터 타고난 핏줄도 있었고, 어머니께 물려받은 명석한 두뇌도 있었지만 그중 제일이라 치는 건 어떤 판에서도 쫄지 않는 배짱과 자신에게 필요한 타이밍과 인재를 알아보는 눈썰미였다.

그런 별의 상대로 성 대표는 떨어져도 너무 떨어지는 상대다.

"의준이한테 맡기면 알아서 잘할 거 누가 모르나."

별이 빙글빙글 돌아가는 의자에 몸을 맡긴 채 웃었다.

"근데요."

"서윤기랑 같이 보기로 했어."

"서윤기 씨랑 같이요?"

"응, 고생하는 척이라도 좀 해야 실수한 거 만회할 수 있을 것 같아서."

"그게 이유예요?"

"응."

"고작 생색 좀 내고 싶어서 직접 만나신다고요?"

임 비서의 얼굴이 제멋대로 구겨졌지만 별은 가볍게 고개를 끄덕였다.

성 대표는 긴장한 티를 내지 않으려 노력했다. 모든 것이 자신의 예상과는 다르게 흘러가고 있는 걸 생각하면 쉽지 않은 일이었다.

데뷔 이후 한 번의 변심도 없이 저를 따르던 윤기에게 몹쓸 짓을 하고 있다는 건 알고 있었다. 하지만 금방 끝날 싸움인 걸 알아 그리한 것이었다. 제가 아는 서윤기는 성질이 좀 까탈스럽긴 해도 잔정이 많고 세상 물정을 몰라 이런 싸움을 오래 버틸 위인이 못 되었다.

완전히 망가지기 전 알아서 백기를 들고 나타날 줄 알았다. 그 자존심에 주변 사람들에게 아쉬운 소리 못 할 것도 알고 폐를 끼치며 버티지 못할 것도 아닐까.

그런데 자존심 센 중국 투자자들이 목소리를 내고 언론이 부채질을 하며 방송국이 눈치를 보기 시작했다. 일개 연예인 하나가 짤 수 있는 판은 절대 아니었다. 서윤기는 물론이고 저도 그 정도의 재주는 없다. 그제야 서윤기에게 막강한 아군이 생겼음을 깨달았다.

성 대표는 연신 식은땀을 닦아 내며 앞에 앉은 별을 힐끔거렸다. 혹시나 했는데. 서윤기의 뒤를 봐주는 사람이 이선그룹의 김 이사라니.

"왜 아무 말도 안 해요?"

별은 귀찮은 기색이 역력한 표정으로 말했다. 원래 계획은 성 대표를 서윤기와 함께 보는 것이었는데 갑자기 촬영 일정이 밀려 못 만날 것 같다는 연락이 왔다. 이럴 줄 알았으면 그냥 의준에게 맡기는 거였는데.

"당신이 먼저 연락했잖아. 만나서 얘기하자고. 그럼 얘기를 해요. 쓸데없이 시간 죽이지 말고."

다짜고짜 하대를 하는 별에게 불쾌감을 내비칠 새도 없이 기에 눌린 성 대표는 고개를 끄덕였다.

"원하시는 게 있을 거라고 생각합니다."

"있죠, 당연히."

"먼저 말씀하세요. 저는 맞출 준비 되어 있습니다."

"맞출 준비?"

황당하다는 듯 물은 별이 고운 손으로 입가를 가렸다. 뭐 대단히 큰 양보라도 하는 것처럼 결연한 표정을 짓고 있는 성 대표가 우스웠다.

"저도 어릴 때부터 봐 온 윤기한테 나쁘게 하고 싶은 생각 없습니다. 이사님도 사업하시는 분이니까 아시지 않습니까. 제가 회사 대표다 보니…… 윤기만 생각할 수 없어서 그런 거죠."

장황한 변명이 무색하게 별은 어깨를 으쓱였다.

"모르겠는데."

"네?"

"난 스토킹 같은 더러운 거 해 본 적 없어서."

"아니, 그건……."

빙빙 돌리지 않고 꽂히는 힐난에 성 대표는 할 말을 잃었다. 별이 손을 휘휘 젓는다.

"됐어요. 들어 봤자 내 귀만 아프지."

별은 '로펌 윤'의 로고가 적힌 서류 봉투를 건넸다. 언론이나 대중들에겐 적당히 숨길 필요가 있었지만 성 대표에겐 가진 키를 다 보여 줄 생각이었다.

아니나 다를까 로고를 확인한 성 대표의 표정이 눈에 띄게 굳었다. 나름대로

침착함을 유지한 채 서류를 확인하는 것까진 성공하는 듯했지만 내용을 확인한
뒤엔 그의 낯빛이 먹구름으로 가득해진다.

"계약 해지 관련한 내용 증명이에요. 설마 예상 못 한 건 아니죠?"

"계, 계약 해지라뇨. 갑자기 이런 법이 어디 있습니까! 아직 계약 기간도 남
아 있다고요!"

"그런 게 의미가 있을 것 같아요?"

쯧, 혀를 찬 별이 짓고 있던 미소를 지웠다. 겁을 먹고 입을 다문 남자를 한심
하단 듯 쳐다보다 느리게 입을 열었다.

"내가 언론에 계약서 안 뿌린 걸 고마워해야죠. 스태프들 식비, 교통비, 인건
비도 모자라서 연습생 때 들어간 관리비, 교육비도 수입에서 깠더라고요?"

"그건 이 업계 특성상 의례적인 겁니다. 저 말고도 다들……."

"아, 업계 특성."

혼잣말처럼 중얼거린 별이 비웃음이 역력한 웃음소리를 냈다.

"……저, 정말입니다. 김 이사님이 엔터 업계를 잘 모르셔서 그래요."

괜히 마음이 급해진 성 대표는 얼른 말을 덧붙였다.

"괜찮은 연습생 하나 발굴하면 알아서 스타 되는 줄 아시겠지만…… 케어하
는 데 드는 비용이 상상 이상입니다. 숙소 렌탈 비용이랑 교육비 같은 건 그냥
한 달에 몇천씩 깨지기 일쑤고, 그 애들 먹이고 입히는 것만 해도 장난 아니라고
요. 나중에 연예인 될 애들한테 후줄근한 것만 입힐 수도 없고 피부 관리니 뭐니
하다 보면 억 소리는 그냥 나옵니다. 거의 밑 빠진 독에 물 붓는 것과 다름없다
고요."

"저기요, 성진호 씨."

별이 지루하단 표정으로 관자놀이를 짚었다. 애초에 그의 해명이 이해 가능
한 수준일 거라 기대하지도 않았다. 그래도 그렇지 한 회사의 대표라는 사람이
징징거리며 우는소리를 하는 게 한심해 죽겠다.

"저희 업계에선 그런 걸 '투자금'이라고 합니다. 원석을 보석으로 바꾸려면
그 정도는 해야죠. 가만히 누워서 돈 벌고 싶으셨으면 그냥 로또나 긁지 뭐 하러
사업을 하겠다고 나섭니까."

"……."

"들어오는 영화나 드라마, 광고를 선택할 권리도 당신이 우선이던데 그것도 의례적인 거예요?"

"아니, 그거는 권리 의탁을……."

"정산 비율도 신인 때랑 달라진 게 거의 없다고 봐야 하는 수준이고, 계약금은 수익금에서 선지급하는 방식이네요?"

별이 흘러내린 머리카락을 짜증스러운 손짓으로 쓸어 올렸다.

"이따위 계약서를 쓰고도 서윤기가 돈깨나 만진 거 보면 아주 개처럼 일했나봐."

'개처럼'이라는 말에 부러 힘을 주어 강조한 별이 눈을 번뜩였다. 이미 알고 있던 내용인데도 불구하고 제 입으로 직접 짚어 가며 말하니 그가 당했을 불합리함이 뼈로 느껴져 화가 끓었다.

"근데 나 진짜 착하지 않아요? 맘 같아선 당신한테 내가 어떤 사람인지 뼈저리게 알려 주고 싶은데 그냥 계약 해지나 하라잖아."

"아니, 김 이사님."

"이 바닥에서 계속 일하고 싶으면 순순히 받아들여요. 내가 뭐 당신 밥줄을 끊겠대, 감옥에 처넣겠대. 여기 사인만 하면 되는 건데 그게 어려워요?"

"이사님, 제발……."

"자존심 세우지 맙시다. 봐줄 때 기어야지. 오늘 아니면 기회 없어."

웬만한 사채업자보다 더 살벌한 눈빛이었다.

"한소리 씨, 준비 다 됐어요?"

"메이크업이랑 의상 모두 완료했습니다!"

스태프들이 오랜만에 활력 넘치는 목소리를 냈다. 스릴러 드라마 특성상 어둡고 심각한 장면이 대부분인데 오늘은 러브 라인의 한 장면을 촬영하는 날이었다. 덕분에 히로인인 한소리 배우도 간만에 모습을 드러냈다.

"이야, 오늘 소리 씨 너무 예쁜데?"

흰색 원피스를 입고 등장한 소리에 감독이 감탄을 금치 못했다.

"잘 어울려요?"

"잘 어울리기만 해? 날개가 없으니 망정이지 난 아까 천사가 강림한 줄 알았어."

감독의 능청맞은 호들갑에 소리가 웃음을 터트렸다.

"다행이다. 제 스타일리스트가 이 원피스 협찬받는다고 애 좀 먹었거든요."

"어휴, 신경 많이 썼네."

"당연히 신경 써야죠. 드라마에 딱 한 번 나오는 키스 신인데."

그 말에 주변에 있던 모든 스태프들이 열렬한 환호를 보냈다. 촬영장에서 스태프들이 배우들에게 찬사를 보낼 땐 대개 두 가지 경우다. 배우가 극히 까다로운 장면을 앞두고 있을 때와 배우가 지극히 사랑스러울 때.

한소리의 경우는 후자였다. 청순한 외모와 달리 시원시원한 성격의 그녀는 아역부터 시작해 연기 경력이 도합 15년을 넘어가는 베테랑이었다. 그런 그녀가 이번 드라마에 출연하는 건 사실상 기적이나 다름없는 일이었다. 주연이긴 하지만 회상 장면에만 등장하는 역할이라 조연보다도 비중이 적은 탓이었다.

처음 캐스팅 제의를 했을 때까지만 해도 거절을 예상하고 있던 감독은 한소리의 출연 결정에 감동을 받지 않을 수 없었다.

"윤기는요?"

소리가 물었다.

"대기실에 있지. 알잖아. 촬영 전에는 대기실에서 대본만 보는 거."

감독이 못 말린다는 표정으로 대기실 방향을 가리켰다.

"리허설까지 아직 시간 있으니까 둘이서 합 좀 맞춰 봐."

그럴게요, 대답한 소리가 촬영 장비가 즐비한 바닥을 아슬아슬하게 걸었다.

"야, 넌 내가 오는데 나와 보지도 않냐?"

소리가 윤기의 대기실 문을 벌컥 열고 말했다.

"어, 갑자기 들어오시면……."

노크도 없이 들어온 소리에 당황한 매니저가 윤기의 눈치를 살폈다. 대본을 볼 때는 누구의 방해도 받지 않길 바라는 그가 역정을 낼까 불안했다. 역시나 서윤기의 눈썹이 일그러진다.

"누나는 노크할 줄도 몰라?"

"노크하면 없는 척하잖아. 모를 줄 알고?"

"알면 오지 말아야지."

"아니까 오지. 너 괴롭히는 게 얼마나 재미있는데."

소파에 파묻히듯 앉아 있던 윤기가 고개를 저으며 대본을 내려놓았다. 대본 곳곳에 형광펜으로 그어 놓은 대사가 여럿이다. 정갈한 글씨체로 쓰인 나름의 해석도 빼곡했다. 그 꼴을 한두 번 본 게 아닌 소리는 싱긋 웃으며 그 앞에 자리를 잡았다.

"괜찮으니까 너무 눈치 보지 마세요."

문 앞에 선 매니저를 배려하는 것도 잊지 않는다. 눈알을 도르륵 굴리며 눈치 보고 있는 모습의 매니저는 아직 서윤기를 다 알지 못하는 듯 보였다.

소리는 서윤기가 처음 연기를 시작할 때 호흡을 맞추었던 상대 배우이자 선배님이고 선생님이었다. 대사는 기본이라고 가르쳤던, 표정과 발성은 그다음이라 말해 주던 호랑이 선배님이 바로 그녀였다. 연기를 정석으로 배운 적이 없던 서윤기에게 대본 분석과 캐릭터 분석의 기초를 일깨워 준 것도 그녀였다.

그러니 언제 어느 때고 한소리는 서윤기를 방해할 '자격'이 있었다.

"대사는 다 외웠어?"

"내가 뭐 아직도 아마추어인 줄 알아?"

"어쭈."

소리가 재미있다는 듯 장난기 밴 미소를 지었다.

"연기의 이응도 모르는 놈 연기파 배우로 키운 게 누군데."

"누구긴. 나지."

윤기가 어깨를 으쓱이며 말했다. 그러자 어김없이 등짝을 후려치는 손바닥이 날아든다. 흡사 말 안 듣는 아들과 그 아들을 훈계하는 엄마의 모습이다.

매니저는 당연히 기겁을 했다. 서윤기의 매니저로 일한 지 얼마 되지는 않았지만 그가 몸에 손대는 걸 좋아하는 타입이 아니라는 건 모르지 않았다. 그래서 이번엔 짜증을 내지 않을까 싶었다.

하지만 예상과 달리 그는 별다른 반응이 없다.

"누나 때문에 형 놀라잖아."

윤기는 어쩔 줄 몰라 하는 매니저를 보며 말했다.

"아이고, 놀라셨구나. 죄송해요. 그냥 애정 표현인데……."

"누가 애정 표현을 그따위로 해."

"넌 좀 조용히 해. 남자애가 왜 이렇게 말이 많아?"

또다시 티격태격 2차전을 벌이려는 와중에,

"선배님, 저 은호요!"

노크와 함께 은호의 목소리가 들렸다. 들어오라는 윤기의 말과 함께 문이 열린다.

"쉬시는데 방해해서 죄송해요. 소리 선배님 여기 계신다고 들어서 인사하러 왔어요."

허리를 90도로 숙이고 인사하는 은호. 쑤욱 올라온 얼굴이 천진하고 상냥하다.

"방해는 무슨 방해야. 들어와. 나도 방금 들어왔어."

그런 은호에게 소리는 불편한 기색 없이 말했다. 은호가 차선우 캐릭터로 확정이 되었을 때 친히 축하 인사를 전한 적도 있었다. 은호가 첫 촬영에 임하는 날에는 본인 촬영분이 없음에도 불구하고 나타나 힘을 실어 주기도 했다.

그날 이후로 둘은 선배님, 은호야, 하며 친근한 분위기를 형성했다.

"그러고 보니 우리 셋이서 한 샷에 담기는 건 오늘이 처음 아니야?"

소리가 말했다.

"제 말이요. 평소엔 괜찮았는데 괜히 긴장해서 어제 한숨도 못 잤어요."

은호가 그늘진 눈 밑을 가리키며 울상을 했다. 그런 후배의 넉살이 귀엽다는 듯 소리가 웃는다.

"왜 네가 긴장해. 키스는 나랑 윤기가 하는데."

"그러니까요. 저는 그거 보고 충격받은 표정만 지으면 되는데 왜 이렇게 떨리는지 모르겠어요."

그녀의 말대로 이번 키스 신의 주인공은 윤기와 소리였다. 잠들어 있는 윤기에게 소리가 몰래 입을 맞추면 깨어난 윤기가 더 진한 키스로 이어 가는 장면이었다.

"누나."

조용히 있던 윤기가 멍하니 턱을 괴고 말했다.

"민희는 연우를 왜 밀어내는 거야?"

"왜 밀어내냐니?"

소리가 윤기의 대본을 다시금 펼치며 물었다. 키스 신이 적혀 있는 페이지에 숱한 물음표가 서윤기의 궁금증을 대신하고 있었다.

"연우가 키스하니까 민희가 밀어내잖아. 먼저 입 맞춰 놓고 밀어내는 심리가 뭔지 모르겠어."

"심리랄 게 있나? 단순하게 생각해. 놀랐잖아."

"그게 다야?"

윤기가 개운하지 않은 표정으로 물었다. 시답지 않은 질문이라고 생각했던 소리도 그제야 앉은 자세를 고쳤다.

"연우는 왜 키스하는데? 차연우는 민희 안 좋아하잖아. 애초에 감정도 없고."

펜을 든 소리가 '잠시 미간을 찌푸린 연우가 민희의 뒷머리를 끌어당긴다.' 라고 적힌 지문을 가리켰다.

"꼭 좋아해야만 키스하나. 다른 감정으로 키스할 수도 있잖아. 이를테면 연민이라든가, 위로라든가……. 그냥 감정 없는 욕구일 수도 있고."

"민희도 마찬가지야."

소리는 그런 윤기를 보며 웃었다.

"감정은 있는데 욕구는 없을 수 있지."

"감정이 있는데 욕구가 없다고?"

윤기가 눈살을 찌푸리며 물었다.

"자고 있을 때 한 거잖아. 주고받는 감정을 감당하기엔 준비가 안 된 거지. 그냥 아무 일도 일어나지 않을 거라고 생각해서 저지른 건데 연우가 깨어났으니 얼마나 놀랐겠어."

여전히 모르겠단 표정을 짓는 윤기에게 소리는 인자한 미소를 지었다.

"어렵게 생각하지 마. 그냥 놀란 거고, 무서운 거야. 좋아한다고 인정하는 순간 감당할 게 한두 가지가 아니잖아."

○ ◎ ●

"수고하셨습니다!"

예상한 시간보다 일찍 끝난 촬영에 신이 난 스태프들이 외쳤다. 서윤기와 한소리의 호흡이 빛을 발한 덕이었다.

"올해의 커플상은 따 놓은 당상이겠죠?"

스태프들이 띄워 주면 띄워 주는 대로 농담을 하는 소리의 기분도 꽤나 좋은 듯 보였다. 다른 장면에 비해 각도와 조명을 각별히 신경 써야 하는 신이었음에도 불구하고 NG 한 번 없이 끝낸 게 자랑스러웠다.

"우리 윤기, 오랜만에 촬영도 일찍 끝났는데 누나랑 밥이나 먹으러 갈까?"

잘 자란 후배인 윤기가 예뻐 죽겠다는 듯 소리는 저보다 두 뼘이나 큰 그에게 어깨동무를 하며 매달렸다.

"아, 뭔 밥이야."

짜증을 내는 와중에도 소리를 위해 몸을 낮춘 윤기는 매니저에게 맡겨 놓은 핸드폰을 받았다. 매일같이 연락하는 사람이 있는 것도 아닌데 요즘 들어 꽤 자주 핸드폰을 들여다보았다.

"오늘 같은 날 안 먹으면 달리 시간도 없잖아."

소리의 투정 섞인 목소리를 들으며 무심히 핸드폰 액정을 넘기던 윤기가 어깨를 으쓱였다.

"드라마 다 끝나면 그때 먹어."

"진짜 안 먹어?"

"응, 안 먹어. 저기 정은호 있네. 쟤랑 먹어."

윤기는 턱끝으로 은호를 가리킨 뒤 빠르게 옷을 갈아입었다.

[나 기다리고 있어요.]

별이 기다리고 있었다.

○　◎　●

윤기는 가장 후미진 곳에 주차되어 있는 별의 차를 바로 알아보았다. 조수석에 올라타자 어색하게 웃어 보이는 별이 인사한다.

"잘 지냈어요?"

"네, 뭐."

피곤한 탓에 말이 딱딱하게 나왔다. 별이 눈치 보는 게 느껴졌다. 그러고 보니,

"오늘 향수 안 뿌렸네요."

만날 때마다 났던 향수 냄새가 안 난다.

"나 때문에 안 뿌린 거예요?"

잠시 당황한 듯 멈칫하던 별이 고개를 끄덕였다.

"왜요?"

"냄새 때문에 고생한다고 했잖아요. 그걸 아는데 굳이 뿌리고 오는 것도 이상하지 않나?"

대답 대신 윤기는 입을 다물었다.

"오늘 촬영은 어땠어요?"

별은 조금 어색해 보였다. 아니, 많이 어색해 보였다. 입은 웃고 있는데 눈은 계속 힐끔거리고 있었고, 쾌활한 척하고 있는 목소리 역시 자연스럽지 않았다. 말투는 느릿느릿 기어 다니고 있는데 목소리만 밝으면 뭐 하나.

"뭐, 괜찮았어요."

대답하며 눈을 쳐다보니 또 금방 피해 버린다.

"무슨 촬영이었는데요?"

질문을 던지면서도 운전에 집중하는 척하는 얼굴이 웃기다.

"키스 신이요."

말을 뱉자마자 끼이익, 굉음이 들렸다. 급하게 밟은 브레이크와 거칠게 꺾은 핸들이 영화에서나 볼 법한 드리프트를 만들어 낸다.

"뭘 해요?"

앞으로 쏠렸던 몸을 다 일으키기도 전에 별이 물었다.

"미쳤어요?"

윤기는 환멸 가득한 표정으로 물었다. 죽고 싶다더니 진짜 죽으려는 모양이다. 그나마 세트장이 지방 한적한 곳에 위치한 것이 천운이었다. 도로 위에 다른 차가 없었으니 망정이지 도심이었다면 사고가 나도 크게 났을 것이다.

"이번 드라마 스릴러 아니었어요? 대체 왜 스릴러 드라마에 키스 신이 있어요?"

점진적으로 목소리를 높이던 별은 억울한 일을 당한 사람처럼 얼굴이 새빨개졌다.

"스릴러엔 키스 신 있으면 안 돼요?"

"당연한 거 아니에요? 누구 좋으라고 키스 신을 찍어? 내가 뭐 그러라고 제작비 댄 줄 알아요?"

"뭐라고요?"

윤기가 순식간에 얼굴을 굳혔다.

"아니, 그러니까 내 말은……."

실수했다는 걸 알아차린 별이 입술을 짓이겨 물었다.

"나 여기서 내릴게요."

거칠게 안전벨트를 푼 윤기가 말했다. 여기 더 있다가는 뭔 소리를 할지 스스로도 알 수 없었다.

"내리긴 어딜 내려요!"

당황한 기색이 역력한 별이 서윤기의 손목을 붙들었다. 바로 뿌리칠 줄 알았던 그가 빤히 시선을 던졌다. 변명이라도 해 보라는 뜻 같았지만 실망과 경멸이 뒤섞인 그를 보고 할 수 있는 말은 아무것도 없었다. 그가 미련 없이 잡힌 손목을 뺀다.

"매니저 형 멀리 안 갔을 거예요. 알아서 갈 테니까 이사님도 알아서 가든가 말든가 해요."

차에서 내린 그가 성큼성큼 걷기 시작한다.

"아, 진짜······."

급하게 따라 내린 별이 앞서 걷는 서윤기를 쫓았다. 미친 게 아니라면 여기서 서울까지 걸어갈 생각을 하는 것도 아닐 텐데 성큼성큼 걷는 걸음에 망설임 따위 없다. 야밤에 꼬리잡기를 할 줄 알았다면 하이힐이 아니라 운동화를 신었을 텐데.

"대체 어디까지 가려고 그래요!"

자동차의 전조등을 켜 놓고 내린 게 다행이라면 다행이었다. 주변에 있는 거라곤 논밭뿐인 데다 지나다니는 다른 차도 없어서 도로는 짜증스러울 정도로 어두웠다.

"매니저 부른다면서! 계속 그렇게 걸을 거예요?"

거의 뛰듯이 따라가고 있기는 한데 사이가 점점 멀어졌다. 다리가 길어서 그런가. 그의 한 걸음이 저의 두세 걸음쯤 되는 것 같다.

"위험해서 그래! 위험해서!"

널찍하게 벌어진 등판을 보며 외쳤다.

"여기 완전 외지잖아!"

그럼에도 멈출 생각이 없어 보이는 서윤기에 별은 후우, 한숨을 쉬었다. 하필 거기서 제작비 얘기는 왜 꺼냈는지 모르겠다. 제작비 얘기만 안 했어도 일이 이 지경이 되지는 않았을 텐데.

"서윤기!!"

이번에도 안 돌아보면 욕이라도 해야 하나 싶었는데,

"아, 왜!!"

서윤기가 뒤돌아보며 악을 질렀다. 안 멈추고 쭉 가는 것보단 나은 것 같긴 한데 막상 왜냐고 물으니 할 말이 없다.

"왜, 뭐."

멀찍이 서서 말하는데도 목소리가 귀에 꽂힌다.

"불렀잖아. 말해."

"아니, 그러니까 내 말은······."

고민할 새도 없이 몰아붙이는 바람에 할 말이 생각나지 않았다. 시간을 끌어야겠다고 생각하는 외중에 문득 의구심이 생긴다.

"근데 왜 말 놔요?"

"높여 드려요?"

당당하게 받아치는 서윤기에 얼른 고개를 저었다.

"아뇨, 그냥 궁금해서 물어본 거예요. 하고 싶은 대로 해요."

불만 같은 거 하나도 없단 뜻으로 웃었는데 그게 또 고까운지 예쁜 얼굴이 짜증스레 구겨진다. 도대체 뭘 어떻게 해야 그가 마음을 풀까 싶다.

망설이는 사이, 참을성 없는 그가 몸을 튼다.

"아, 진짜! 가만히 좀 있어 봐요! 지금 말하려고 하잖아요!"

조급하게 외치는 순간에도 그의 얼굴을 살폈다.

짜증스러워 죽겠단 마음을 온 얼굴에 드러내고 있는 그는 제가 좋아하고 예뻐하는 것들 중 가장 까탈스러운 존재였다. 예쁨받는 걸 즐기는 것도 아니고 그렇다고 막 다루는 걸 좋아하는 타입도 아니니 매사 신경을 곤두세우지 않으면 안 된다. 자기가 난이야, 뭐야.

물론 그런 소리를 입 밖으로 내는 멍청한 짓을 하지는 않을 거다.

"……미안해요."

계속 예뻐하고 싶으니까.

"미안하다고요."

"……"

"지금 혹시 이어폰으로 음악 듣고 있는 거 아니죠?"

별이 혹시나 하는 마음에 윤기의 얼굴을 살폈다. 사과한다고 바로 풀릴 거라 예상한 건 아니었지만 그래도 이렇게까지 반응이 없을 줄은 몰랐다.

"뭐가 미안한데요."

서윤기가 물었다.

"……제작비 얘기 한 거요. 말이 헛나갔어요."

"진심이 튀어나온 건 아니고?"

"무슨 그런 말도 안 되는 소리를! 하고 그래요……."

별은 욱하고 올라오는 감정을 억지로 누르며 말했다. 제가 실수한 건 알겠는데 그래도 딴에는 최선을 다해 사과하고 있는 중이었다. 그걸 좀 알아주면 좋겠는데.

"말도 안 되는 소리? 진짜 그렇게 생각해요?"

서윤기가 싸늘하게 식은 눈을 하고 물었다. 당장 그렇다고 대답해야 하는데 싸늘한 눈에 실린 분노가 제 생각보다 훨씬 커 보였다.

"이사님 눈에는 내가 물건 같아요?"

"서윤기 씨가 물건 같으면 내가 이러고 있겠어요?"

"그럼 내가 죽은 것 같아요?"

그래도 그렇지. 그가 제 마음을 이렇게 쓸 줄은 몰랐다.

"저기요, 서윤기 씨."

"내키는 대로 행동하는 것 좀 그만해요."

"내가 뭘 내키는 대로 했다고……."

"내키는 대로 연락하고, 내키는 대로 찾아오고, 내키는 대로 나 무시하잖아요. 내가 그날 이후로 몇 번이나 연락했는지 알아요? 그래 놓고 이렇게 불쑥 찾아오면 난 그냥 받아 주면 되는 거예요? 내 기분은 생각 안 해요?"

한숨 쉰 그가 결 좋은 머리카락을 아무렇게나 헤집었다.

"그래 놓고 이제는 뭐, 제작비?"

할 말이 없어진 별은 끙, 앓는 소리를 냈다. 예쁜 데다 똑똑하기까지 한 서윤기는 저의 비겁한 태도를 낱낱이 까발리고 있었다.

갑갑하게 차오르는 숨에 습관처럼 안주머니를 뒤졌다. 담배의 알싸함이 간절하다. 그러다 서윤기가 냄새에 민감하단 걸 상기하고는 그만두었다. 매일같이 뿌리던 향수까지 포기하고 온 마당에 담배를 피우면 꼴이 우스워진다.

그때,

"적어도 나 좋다는 사람이 할 짓은 아니지 않아요?"

서윤기가 물었다.

사춘기 소년 같은 얼굴. 어딘가 고집을 부리는 것 같기도 하고 짜증을 내는 것 같기도 한 그 얼굴에 피식, 웃음이 샌다. 상황에 맞지 않는 웃음이라는 걸 안다. 여기서 웃으면 서윤기가 빡칠 것도 알았다. 저 역시 방금 전까지만 해도 착잡하고 심각했다.

하지만 그 치기 어린 얼굴이 귀엽고 그 얼굴로 한 생각은 더 귀여워서 웃음을 멈출 수가 없다. 좋아한다, 팬이다 할 때는 믿지도 않아 놓고 이제 와 저런 소리를 하는 게 간지럽지도 않은지.

"싫은 사람한테 할 짓도 아니지 않나."

박혀 오는 시선을 피하지 않고 말했다.

"어떤 정신 나간 사람이 싫어하는 사람한테 연락하고, 만나러 오고, 돈지랄을 해요."

"그놈의 돈 얘기 좀⋯⋯!"

험악해지는 서윤기를 보며 별이 고개를 기울였다.

"너는 내가 돈지랄하는 것만 화가 나? 너한테 입 맞춘 건 화 안 나고?"

어깨를 으쓱인 별은 서윤기의 뒷조사라도 해야 하나 싶었다.

"이상하네. 둘 다 좋아서 한 건데."

스폰받는 거 싫다고 할 때까지만 해도 그런가 보다, 했는데 어딘가 찜찜한 기분이 든다. 돈 얘기만 나오면 저렇게 발끈하는 게 뭔 일이 있었던 것 같기도 하고.

"왜 아무 말도 안 해?"

물어도 대답이 없다.

"서윤기."

"⋯⋯."

"야."

하다하다 무시하기로 작정한 건가 싶을 즘,

"⋯⋯아무 말도 하지 마요."

그가 말했다.

"어차피 아무것도 안 들려요."

윤기는 귓구멍 가득 들어찬 이명에 눈살을 찌푸렸다. 삐이— 울리는 소리 사이로 김별의 목소리가 섞여 드는 걸 알았지만 명확히 들리지는 않았다. 또다. 촬영 일정이 빠듯해서 그런지 평소와 다르게 이명 현상이 잦다.

짜증이 치솟았다. 갑작스레 들리지 않는 귀도 귀였지만 별 앞에서 몇 번이나 이런 모습을 보이고 있다는 게 짜증 났다.

"……."

별은 고개를 푹 숙이고 있는 서윤기에게 걸어갔다. 멈춰 선 그에게 도달하는 건 금방이었다. 그렇다고 쉽사리 손을 뻗지는 않았다. 벌써 세 번째 보는 광경이었지만 그가 귀를 감싼 채 젖은 꼴을 하고 있는 건 매번 적응이 되지 않는다.

최대한 천천히 그의 팔을 붙들었다. 저보다 커다란 덩치의 그가 왜 그렇게 작아 보였는지는 모를 일이다. 파드득 놀라는 것도 잠시, 바닥을 보고 있던 얼굴이 올라온다. 새까만 눈동자가 한곳에 고정되지 못하고 이리저리 흩날렸다. 그러다 제 입술로 내려오는 시선.

"괜찮아요."

태어나 가장 열심히 발음한 괜찮아요, 였다. 한 음절, 한 음절, 그가 놓치지 않도록.

"차로 가요."

최선을 다해 발음했다. 대학교 졸업 연설을 할 때도, 주주 총회에서 첫인사를 할 때도 이렇게까지 노력한 적은 없었다.

제 말을 헤아리려고 애쓰던 눈이 점차 차분해진다.

갓길에 세워 둔 차 안에서 30분가량을 말도 없이 있었다. 서윤기의 귀가 완전히 회복하기까지는 거기서 30분 정도가 더 필요했다.

"이제 됐어요."

서윤기는 조금 지친 듯한 목소리로 말했다.

"병원 가 봐야 하는 거 아니에요?"

"어차피 스트레스성이라 신경 안정제 말고는 받는 것도 없어요."

고개를 저은 윤기가 말했다.

별은 가만히 눈살을 찌푸렸다. 대체 뭐 얼마나 스트레스를 받으면 멀쩡한 귀가 안 들릴 정도가 되는지 모르겠다.

"괜찮아요."

염려 섞인 시선을 느꼈는지 그가 퉁명스러운 말을 쏟아 낸다.

"괜찮긴 뭐가 괜찮아요."

"자주 있는 일 아니에요."

"내가 본 것만 해도 벌써 세 번째잖아요."

"이사님 볼 때마다 스트레스받나 보죠, 뭐."

와— 감탄을 금치 못한 별이 박수를 쳤다. 괜찮다는 말이 거짓은 아닌 모양이었다. 방금 전까지만 해도 비 맞은 고라니 같던 서윤기가 지금은 그냥 예민한 새끼 고라니 같았다.

"대체 뭐가 그렇게 화나요?"

핸들에 얼굴을 기댄 채 물었다. 서윤기가 인상을 찌푸렸지만 무섭지는 않았다. 착실하게 안전벨트를 하고 있는 그는 나갈 생각이 없어 보였다. 불같이 화를 내기엔 그에게 남은 에너지가 많지 않을 것이다.

"내가 서윤기 씨 갖고 노는 거 같아서?"

손을 뻗어 구겨진 미간 위에 얹었다. 그러고는 꾸욱, 도장을 찍는 것처럼 힘을 실었다.

"내가 진심이든 아니든 상관없잖아요. 나랑 연애할 것도 아닌데."

그는 대답 대신 손가락을 떼어 냈다. 가뿐히 떨어지는 검지를 가볍게 쥐었다가,

"이사님이 진심이면—"

손목을 잡아 밀어 낸다.

"내가 조금 더 착하게 굴겠죠."

"왜?"

별이 기대어 있던 얼굴을 들고 물었다. 흥미로운 대답이었다. 시트에 몸을 기댄 서윤기가 고개만 돌려 눈을 맞춘다.

"나 좋다는 사람한테 못되게 굴 만큼 개새끼는 아니니까요."

아, 정말.

"근데 그냥 장난치는 거면 더 지랄할 거예요. 난 살아 있으니까."

미치겠다.

| 8. 특별 대우 |

사랑스럽기는 한데 걱정스럽기도 하다. 한평생 이렇게 살아왔을까. 진심이라 말하는 이들에게 착하게 굴면서 그렇게. 앞으로도 이렇게 살까. 진심이라 말하는 이들에게 개새끼가 되지 않으려고 애쓰면서 그렇게.

"너한테 장난친 적 없어."

별이 말했다.

"앞으로도 그렇고."

서윤기의 병적인 의심과 결벽은 이해하기로 했다. 이 험난한 세상을 이따위 솜사탕 같은 마인드로 살아왔다니 진작 죽었어도 이상하지 않다.

"⋯⋯이걸 믿어, 말아."

윤기는 푹 잠긴 목소리로 중얼거렸다. 믿고 싶은 마음 반, 믿을 수 없는 마음 반. 믿기 싫은 마음은 없었다.

"내가 하는 말이 애매해?"

김 이사가 묻는다.

"아뇨, 정확해요."

"그럼 내 태도가 애매해?"

"가끔?"

별이 눈살을 찌푸렸다. 아니라고 말하고 싶은 마음이 굴뚝같았지만 어느 정도는 인정하는 바였다. 흘러넘치는 애정을 주체하기 어려워 가볍게 굴 때가 있었으니까.

윤기는 심각해진 별의 얼굴을 가만히 응시했다.

"이사님이랑 있으면 게임하는 기분이에요."

"게임?"

"러시안룰렛 같은 거요."

별은 또 한 번 눈살을 찌푸렸다. 실탄 넣은 총을 머리통에 들이밀고 방아쇠를 당기는 게임 얘기를 왜 하나 싶었다. 무엇보다도 그런 게임을 들먹이면서도 덤덤한 목소리와 평온한 얼굴을 하고 있는 서윤기가 거슬렸다.

그런 별을 보며 피식, 웃어 보인 윤기는 밀어 냈던 손을 도로 끌어와 잡았다. 얼떨결에 손을 잡힌 별은 안 하던 짓을 하는 윤기를 불안한 얼굴로 쳐다보았지만 닿아 오는 손길이 조심스러워 일단은 내버려 두었다.

커다란 손이 중지와 약지, 새끼손가락을 차례로 접고 엄지와 검지를 펼쳐 낸다. 그러고는 그게 총이라도 되는 것처럼 자신의 이마에 가져다 댄다.

"이사님이 이렇게—"

어쩌면 그 순간, 서윤기는 연기를 하고 있었는지도 모른다. 다분히 장난기가 배인 눈으로, 다분히 느린 동작을 곁들여 저에게 처참한 감정을 전달하고 싶었던 거라면 성공적이었다.

"총을 겨누고 있는 것 같아요."

고작해야 손가락으로 만든 총이었음에도 불구하고 저는 제 손에 서윤기를 해칠 무기라도 쥔 것처럼 벌벌 떨었다. 제 손을 쥐고 있던 서윤기는 그 떨림을 모르지 않았을 테지만 마지막 대사를 하듯 신중히, 말을 이었다.

"난 너 안 죽여— 하면서."

"……."

그제야 그의 끝없는 의심은 멈출 재간이 없는 종류의 것임을 깨달았다. 그는 의심하고 있는 게 아니었다. 그냥 끝내고 싶은 거다.

러시안룰렛은 죽음을 피하기 어려운 게임이었다. 첫 판에서 목숨을 건진다 해도 다음 판, 그리고 또 다음 판을 이어 가며 실탄이 발포되는 순간을 기다려야 한다.

그렇게 끝까지 버틸 바에야 서윤기는 빨리 죽고 싶은 거다. 버티고 버텨 봤자 어차피 죽을 테니까.

"그 게임—"

길게 버텨 봤자 두렵기만 할 테니.

"내가 끝내 줄게요."

별은 꽉 잠긴 목구멍을 간신히 열고 말했다.

우습게도 서윤기는 요동쳤다. 새까만 그의 동공이 끝없는 파도에 떠밀리듯 이리저리 흔들리고 있었다. 보란 듯 그 눈을 똑바로 응시했다. 그러고는 그의 이마를 조준하고 있던 저의 손을 펼쳤다.

"……."

그는 제 손바닥에 아무런 무기도 들려 있지 않음을 확인했다. 아주, 오래도록.

○ ◎ ●

별은 서윤기를 자신의 집으로 데려왔다.

"앉아요."

첼로 옆을 차지하고 있던 의자를 내어 준 별은 빳빳한 종이 두 장과 만년필 두 자루를 꺼냈다.

"원하는 걸 제시해요."

협상을 시작했다. 영문을 모르겠단 표정으로 쳐다보는 서윤기에게는,

"게임 끝내 준다고 했잖아."

한마디로 설명했다.

"계약서 써요. 서윤기 씨가 원하는 조건 잔뜩 넣어서."

"우리 사이에 계약할 게 있어요?"

윤기는 조금 허탈한 얼굴로 물었다.

"우리 사이니까 계약을 해야 하는 거예요. 어차피 내 말은 죽어도 안 믿을 거

잖아. 그러니까 계약서에 명확하게 명시해요. 내가 서윤기 당신을 좋아하는 것도, 내가 당신을 갖고 놀지 않는다는 것도, 전부."

"계약서 하나 쓴다고 없던 믿음이 생겨요?"

"속는 셈 치고 한번 써 봐요. 생각보다 개운할걸?"

사업을 할 때도 서윤기 같은 상대는 늘 있어 왔다. 무엇을 보여 주어도 의심하고, 무엇을 약속해도 의심하는 사람들. 그런 사람들은 말로 설득해 봤자 소용없다. 믿지 않기 위해 갖은 노력을 다하는 사람들이니까. 그런 사람들에겐 오직 눈에 보이는 계약서가 최고다.

"돈 걸고 해요. 돈이랑 인감은 거짓말 안 하니까."

"하······."

한숨을 쉬며 떨어지는 서윤기의 얼굴을, 별이 감싸 쥐었다.

"내 회사 걸게요."

"······."

"일단 해 보라니까? 밑져야 본전이잖아."

윤기는 속으로 자신이 미쳤다고 생각했다. 그게 아니라면 이렇게 열심히 계약서를 쓰고 있을 리 없었다. 처음엔 분명 이런 쓸모없는 짓을 왜 하냐고 짜증을 냈던 것 같은데 뭐에 홀렸는지 어느새 별이 시키는 대로 하고 있었다.

'관계 유지 계약서'라는 이름은 마음에 들었다. 연인도, 친구도 아닌 관계를 유지하기엔 우리만의 룰이 필요하다는 말이 묘하게 설득력 있었다.

처음 그 말을 들었을 땐,

'우리가 친구도 아니에요?'

물으며 섭섭함을 드러냈다. 하지만 곧,

'키스하는 친구도 있어요?'

하는 말에 수긍할 수밖에 없었다.

각자 두 개의 큰 조건을 내세우기로 했다. 별이 내건 첫 번째는,

"갑인 서윤기는 을인 김별의 감정을 의심하거나 모욕하지 않는다."

였다.

"모호하네요."

"어디가요?"

"김별의 '감정' 부분이요. 무슨 감정인지 분명하게 알려 줘요. 내가 이사님의 모든 감정을 믿을 필요는 없잖아요."

"아, 그러네. 알겠어요. '감정'을 '애정'으로 바꿀게요."

별이 감정이라는 글자 위에 사선을 죽, 죽, 그었다. 빳빳한 종이 위로 검은색 잉크가 빠르게 번진다.

윤기는 턱을 괸 채 약간의 고민을 더했다. 감정보다는 애정이 간결하고 명확한 표현이긴 했지만 애매하다는 느낌이 들었다. 하지만 곧 최선임을 깨닫고 고개를 끄덕였다. 애정보다 명확하고 분명한 감정은 우정과 사랑 말고는 없다.

"윤기 씨는요."

별이 물었다. 어색한 얼굴로 고개를 갸웃거린 윤기가 입을 연다.

"간단해요. 을인 김별은, 갑인 서윤기의 의사를 존중한다."

"모호해요. 뭘 어떻게 존중하라는 거예요."

"뭘 선물하거나, 뭘 도우려고 할 때 내가 원하는지 먼저 물어요. 날 만나고 싶을 땐 나도 만나고 싶은지 묻고, 일터에 불쑥불쑥 나타나지 말아요."

윤기는 그것이 사람 사이의 기본적인 매너라고 생각했으므로 어렵거나 까다로운 조건은 아니라고 생각했다. 하지만 별의 귀에는 그리 들리지 않았는지 눈에 불꽃이 잔뜩 이글거린다.

"너무 빡세요."

"이게?"

"제한도 적당히 해야죠. 나도 자유 의지가 있는 성인인데 일일이 허락받으면서 어떻게 살아요."

"그럼 선물은 '백만 원 이상일 때'라고 조건 붙일게요."

"장난해요? 그게 그 말이잖아요."

갑갑하다는 속내가 묻은 말투였다.

"이백이면 괜찮아요?"

"괜찮겠어요? 조금 더 써 봐요. 깔끔하게 오백 어때요."

"삼백."

"아, 진짜! 사백. 더는 안 돼요. 그리고 이거 사적인 선물일 때만 적용되는 거 맞죠? 설마 일할 때도 사백만 원만 줘라 이런 건 아니죠?"

당장이라도 광고 시세 자료를 펼칠 것 같은 모양새에 윤기는 고개를 끄덕였다. 일을 제외하면 모든 제약을 풀어 두는 거나 마찬가지라고 생각했는데 별의 생각은 달라 보였다.

이 정도 액수면 밥차 한번 보내기도 힘들다느니, 요즘 물가가 얼마나 비싼 줄 모른다느니 중얼거리는 모습이 아주 억울해 보였다.

하지만 사백만 원 안에서는 무엇이든 해도 되는 거냐며 거듭 확인하는 걸 보면 이렇게라도 제한을 둔 게 다행이란 생각이 들었다.

"이제 두 번째 갑시다. 나부터 해도 되죠?"

그러라는 의미로 고개를 끄덕이자 씨익 웃는 게 영 감이 안 좋다.

"갑인 서윤기는, 을인 김별이 질투하더라도 이해한다."

"이건 좀……."

곧이곧대로 받아들이기엔 위험한 조건이었다. 달리는 차의 속도를 줄이지도 않고 핸들을 꺾던 별이 또 무슨 미친 짓을 할지 장담할 수 없었다.

"어어? 아까처럼 뭐 키스 신을 찍었느니 뭐니 할 때 태연히 있으란 거예요? 그게 말이 돼요?"

"그럼 이것도 제한을 두는 걸로 해요."

"또, 또 뭐요. 뭐 어떤 제한 두려고."

"질투는 하되 말로만 한다, 정도면 좋겠네요."

"와……."

별이 금세 뱁새눈을 했다.

"질투를 어떻게 말로만 해요?"

"질투 두 번 했다가는 내가 죽을 것 같아서 그래요."

"에잇, 진짜!"

난생처음 을의 서러움을 느낀 별은 테이블 위를 쿵, 쿵, 두드렸다. 처음엔 계약서에 관심도 없어 보이더니 생각보다 꼼꼼한 서윤기에 심술이 났다. 원래 계약은 상대가 어리숙할수록 좋은 건데 아쉽다.

"마지막 조건이나 말해요."

"뭐, 이번에도 쉬워요."

"하나도 안 쉬운 거 아니까 밑밥 깔지 말고 까기나 해요."

심술이 잔뜩 난 얼굴로 이죽거리는 별에 윤기가 어깨를 으쓱였다.

"을인 김별은, 갑인 서윤기에게 어떤 상황에서도 거짓말하지 않는다."

"어떤 상황에서도?"

"어떤 상황에서도."

별의 물음에 윤기가 따라 하듯 답했다. '어떤 상황에서도'라는 말은 비즈니스 계약서에선 볼 수 없는 조건이었다. 상황은 변하기 마련이고 상황이 변하면 약속도 변하는 게 당연한 거라.

"선의의 거짓말도 안 돼요?"

만년필의 뚜껑을 잘근잘근 씹은 별이 물었다.

"안 돼요."

"누가 날 협박하거나 뭐 그런 피치 못할 상황일 수도 있잖아요."

"어떤 정신 나간 사람이 이사님을 협박해요."

"왜요. 나는 뭐 천하무적인가?"

별이 억울하다는 듯 물었다.

"……"

단번에 안 된다 거절할 줄 알았던 그는 생각보다 정성스러운 태도로 고민했다. 숨을 들이마실 때마다 미세하게 오르고 다시 내려가는 가슴팍이 아니었다면 조각상이 아닌가 싶을 정도로 골똘히.

"하루 줄게요."

장고 끝에 그가 입을 열었다.

"하루가 가기 전에 사실대로 말하면 용서할게요."

담백했지만 엄격한 세부 조항이었다. 더 말해 봤자 소용이 없다는 걸 깨달은 별은 알겠다 대답하며 두 장의 계약서를 나란히 두었다.

"이제 여기에 사인하면 효력 발생하는 거예요. 알겠죠?"

공증은 의준에게 맡기기로 했지만 서명은 작성한 김에 바로 하기로 했다.

"근데 나 진짜 이선호텔 줄 거예요?"

윤기가 묻자 별은 당연하다는 듯 고개를 끄덕였다.

"내가 위반하면 당연히 줘야죠. 계약이 그러라고 있는 건데."

"나한테만 너무 유리한 거 아니에요? 나도 잃는 게 있어야 열심히 지키죠."

"서윤기 씨도 있어요."

두 장의 계약서에 모두 사인을 마친 별이 말했다.

"어떤 거요?"

"내 마음."

"그게 내가 잃는 거예요?"

"내가 당신 좋아하는 거, 당신 좋아하잖아요."

발가벗겨진 기분이 든다.

○ ◎ ●

별이 데뷔 적부터 윤기의 매니저를 담당했던 남자를 만났다. 그는 현재 성 대표의 직원이었지만 조만간 저의 직원이 되어야 한다. 그래야 서윤기에게 선물할 수 있을 테니까.

현재 예술 재단 쪽 직원이 서윤기의 매니저 일을 맡아 주고 있긴 하지만 머지 않아 제자리로 돌아가야 했다. 그렇게 되면 새 사람을 구해야 하는데 서윤기가 그걸 달가워할 것 같지 않았다. 안 그래도 의심이 많아 문제인 인간인데 환경이 바뀌는 걸 좋아할 리가 없다.

"박선재라고 합니다."

남자가 꾸벅 인사를 했다.

"김별입니다. 편하게 김 이사, 라고 하세요."

그는 제 앞에 앉은 별을 신기하게 쳐다보았다. 직접 전화가 왔을 때까지만 해도 장난 전화인 줄 알았다. 이선그룹의 유일한 후계자라 불리는 여자가 저를 찾는 게 영 말이 안 돼서.

한번 물면 놓지를 않아 사냥개라 불리기도, 그 성질머리를 다룰 수 있는 사람이 없다는 뜻으로 미친개라 불리기도 한다는 그 후계자는 생각한 것보다 상냥한 편이었다. 통성명을 하자마자 사업 계획서를 들이미는 모양새가 차분함과는 거리가 멀어 보였지만 공격적이거나 무례한 느낌은 아니었다.

계획서를 다 읽기도 전에 설명을 시작한 별은 서윤기를 위한 1인 기획사를 만들겠다고 설명했다. 말이 1인 기획사지 이선그룹이라는 이름 아래 오직 서윤기만을 위한 군대를 만들겠다는 선언이나 다름없는 말이었다. 불미스러운 일이 많았던 만큼 모든 것을 처음부터 새로 시작하게 해 주겠다는 그 말이 어쩐지 무시무시하게 들릴 정도였다.

홍보나 기획 같은 사무팀은 물론이고 스타일팀과 경호팀, 로드 매니저와 헬스 트레이너까지 전부 새로운 사람들로 갈아 치울 생각인 듯했다. 벌써 밑 작업이 끝난 건지 라인업 된 리스트를 보여 주었는데 힐끗 보기만 해도 업계에서 유명한 사람들의 이름으로 가득 채워져 있었다. 제아무리 한류 스타 서윤기라도 그들을 전담으로 쓰기엔 부담스럽지 않을까 싶을 정도였다.

그런 제 눈치를 단번에 파악한 별은 가볍게 손짓했다.

"신경 쓰지 않아도 돼요. 아티스트 케어에 들어가는 비용은 투자일 뿐이니까."

"그 말씀은……."

"수익에서 까는 일 같은 건 없을 거란 소리죠."

얼음이 가득 든 컵을 기울여 한 모금 들이켠 별이 별안간 눈살을 찌푸렸다.

"박 매니저님은 서윤기 매니저로 일한 지 얼마나 되셨어요?"

"어, 연습생 때부터 시작했으니까…… 햇수로 15년 차 정도 된 것 같네요."

"음……. 앞으로도 계속 일하고 싶으시죠?"

한 템포 박자를 늘리며 묻는 얼굴엔 제법 다정한 미소가 걸려 있었다. 계속 일하고 싶으냐 묻는 것과 별개로 별의 손은 저를 대체할 수많은 사람들의 이름이 적힌 리스트 위를 유영하고 있었다. 당장에라도 저 대신 리스트 속 누군가를 끌어올릴 것처럼.

"긴장하실 필요 없어요."

제 얼굴이 점점 굳어 갈 즘, 별이 미소를 지었다.

"전 박 매니저님 좋거든요."

"제가요?"

"능력 좋은 사람은 세상에 많지만 믿을 만한 사람은 별로 없잖아요."

별은 진심이라는 걸 강조하듯 눈을 맞췄다. 무능력한 건 아니지만 그렇다고 특별히 유능한 타입도 아닌 남자를 영입하려고 하는 이유는 단순히 서윤기와 오래 일했다는 것에서 그치지 않았다. 남자는 서윤기가 성 대표와 외로운 싸움을 벌이고 있을 때 곁을 지키던 몇 안 되는 아군이었다.

"우리 제주도에서 봤었죠?"

별이 웃으며 물었다. 생생히 기억하고 있었다. 바닷물에 젖어 오들오들 떨고 있던 서윤기 옆에 있던 그를.

"그 당시면 성 대표가 업무에서 철수하라고 닦달하던 때 아닌가? 서윤기 고립시키고 싶어서 혈안이 되어 있었을 때인데."

그 압박이 결코 가볍지는 않았을 것이다. 그럼에도 회사의 연락을 무시하며 매니저 역할에 충실했던 그는 칭찬받아 마땅했다.

"협회에서도 제명당했다면서요. 서윤기 편 들다가."

"아……."

남자는 조금 불편한 얼굴로 고개를 끄덕였다. 윤기에게도 말한 적 없는 일들이 별의 입에서 줄줄 나오고 있다는 게 좀 무섭고 거북했다.

별의 말 중 틀린 것은 없었다. 제가 성 대표의 지시를 거부한 것도 사실이었고 협회에서 제명당한 것도 사실이었다.

그러나 그것들은 대단치 않은 것들이었다. 제아무리 회사와 트러블이 있다고 하더라고 계약 기간이 남아 있는 서윤기를 홀로 두라는 지시가 부당하다고 느꼈을 뿐이고, 분쟁 조정을 한답시고 끼어든 매니지먼트 협회는 없었던 일을 증언

하라고 하니 싫다고 했을 뿐이었다.

무엇보다 그에게 서윤기는 늘 안쓰럽고 안타까운 '아이'였다. 열다섯 살부터 믿고 따르던 성 대표를 외면하지 못해 스타가 된 뒤에도 집안의 장남처럼 회사의 온갖 부조리한 일들을 참고 또 참는 꼴을 보고 있자면 누구나 그런 마음이 들었을 것이다.

그런 의미에서 별의 제안은 확실히 훌륭했다. 윤기에게 불리하기는커녕 유리한 것들로만 가득한 제안이니 나쁠 리 없었다. 하지만 그래서인지 의심이 든다.

"돈이 많으셔서 그런가. 너무 후하시네요."

"그게 잘못된 건가요?"

"이런 건 익숙하지가 않아서요."

수익이 좋든 나쁘든 떨어지는 게 많지 않던 성 대표 밑에서 십여 년을 지냈더니 늘어난 건 사람에 대한 불신뿐이었다.

별이 입술 끝을 끌어 올리며 웃었다.

"익숙해지세요."

"……."

"서윤기한테는 언제나 후할 거니까."

길게 꼰 다리를 흔들며 말하는 별을 바라보며 남자는 잠시 침묵을 지켰다. 오만한 인상이기는 하나 윤기의 이름을 꺼낼 때마다 짓는 미소는 어쩐지 천진해 보였다.

"엔터테인먼트 업계가 박봉으로 유명하더라고요?"

햇살 같은 미소를 지워 낸 별이 대뜸 물었다.

"받던 연봉의 두 배 줄게요."

거칠 것 없는 태도로.

"서윤기를 위해 일해요. 내 밑에서."

말을 마친 별이 계약서 두 개를 건넸다. 하나는 매니저 본인의 고용 계약서였고 다른 하나는 서윤기가 직접 서명해야 하는 아티스트 계약서였다.

"설득할 수 있죠?"

그제야 남자는 왜 별이 윤기보다 자신을 먼저 만났는지 알아차렸다.

"윤기 고집 세요."

"괜찮아요. 나도 고집 세니까."

가차 없이 대답하는 별을 보며 매니저는 작게 한숨을 뱉었다. 잠깐의 망설임 따위는 들을 가치도 없다는 듯 고개를 돌려 버리는 태도가 딱 보기에도 인내심 같은 건 없어 보였다. 자신의 새로운 상사가 참을성이 없다는 건 좋은 징조가 아니었다.

○　◎　●

"손톱 좀 그만 깨무세요!"

임 비서가 눈살을 찌푸리며 말했다. 불과 몇 시간 전까지만 해도 하늘 높이 솟은 빌딩 꼭대기에서 주주들을 압박하고 홍보팀을 갈구며 처리해야 할 이슈를 칼같이 정리하던 별은 카리스마 넘치는 보스 그 자체였다.

하지만 지금 임 비서 앞에 있는 별은 호랑이 앞에 선 개처럼 온몸을 떨고 있다.

"이러다 죽는 거 아닐까."

식은땀으로 축축해진 손을 동그랗게 만 별이 하얗게 질린 안색으로 말했다.

"죽긴 왜 죽어요."

"너무 떨린단 말이야. 여기 와서 내 맥 좀 짚어 봐. 아무래도 나 부정맥인 것 같아."

"한 달 전에 건강 검진 받으셨잖아요."

"아, 진짜라니까? 심장이 무슨 폭주 기관차처럼 날뛰고 있단 말이야."

"어휴, 정말……."

하는 수 없다는 듯 한숨을 내쉰 임 비서가 별의 맥을 짚었다. 하얀색 가죽 시계가 채워진 손목 안쪽을 무심하게 쥐고 집중하는 모습이 프로페셔널한 한의사와 다를 바 없다.

"맥이 좀 빠르긴 하네요. 신경 안정제라도 드릴까요?"

"청심환 같은 건 없어?"

"있는지 찾아볼게요. 아니, 근데 왜 이렇게 긴장하세요? 하던 대로 하세요."

"어떻게 하는 건데."

"네?"

"하던 대로 하는 거 어떻게 하는 거냐고. 애초에 지금 일어나는 일 자체가 평소랑 다른데 어떻게 하던 대로 해."

별은 굳게 닫힌 제 사무실의 문을 힐끔거리며 말했다. 무려 서윤기가 지금 이곳으로 오고 있었다. 그의 오랜 매니저가 발 빠르게 일을 처리한 모양이었다.

제아무리 일 때문에 방문하는 것이라고 해도 심장이 가라앉질 않는다. 그의 얼굴 좀 보겠다고 촬영장을 쫓아다녔던 걸 생각하면 감지덕지한 상황이었다.

"그분도 참 재밌는 분이네요."

임 비서가 무심한 표정으로 말했다.

"뭐가?"

"처음엔 학을 떼고 싫어했잖아요. 밥 한 끼 먹는 것도 딱 질색인 것처럼. 근데 일 좀 봐줬다고 이렇게 태도를 바꾸는 게…… 저는 좀 웃기네요."

묘하게 입술을 삐죽인 임 비서는 그럴 줄 알았다는 얼굴이었다. 이선그룹의 외동딸이자 유일한 후계자인 별의 곁을 지키며 온갖 인간 군상을 다 보아 온 그녀였다. 대놓고 속물인 사람도 많았고 속물이 아닌 척 가식을 떨던 사람도 많았지만 굳이 고르자면 차라리 전자가 나았다. 적어도 솔직하니까. 그런 의미에서 서윤기는 좀—

"아, 그거."

별이 순진무구하게 웃으며 손뼉을 쳤다.

"내가 서윤기랑 계약서를 하나 썼거든."

"계약서요?"

"응. 내 순수한 애정과 열정을 무시하거나 모욕하지 말라는 계약서."

"대체 왜요?"

임 비서가 울컥, 올라오는 감정을 누르고 물었다.

"왜긴 왜야. 서윤기가 하도 의심해서 그렇지."

"그렇다고 계약서를 써요? 저한테 말씀도 안 하시고?"

"에이, 괜찮아. 의준이가 공증해 줬어."

임 비서가 소리 없는 비명을 내질렀다. 의준을 통해 공증까지 했다는 걸 보면 말하지 않은 조항과 조건이 더 많을 게 뻔했다. 당장 계약서 사본을 내놓으라고 하려다 초인적인 힘으로 고개를 끄덕였다. 저의 정신 건강을 위한다면 모르는 게 약이었다.

핸드폰 화면에 떠오른 시간을 확인했다. 서윤기가 시간 약속 어기는 걸 좋아하는 사람이 아니라면 곧 도착할 시간이었다. 그가 당도하기 전 자신은 모습을 감추어야 한다.

"누나?"

하지만 안타깝게도 타이밍은 엇나갔고 문을 여는 동시에 들어오려던 그와 마주쳤다. 까만 볼캡을 눌러썼지만 하얗게 빛나는 얼굴에 시선이 가는 남자. 제 상사의 맥박을 지배한 서윤기였다.

서윤기의 눈썰미는 꽤 좋은 편이었다.

○ ◎ ●

"아, 이게 뭐 어려운 일이라고 싫다는 거야?"

"제가 갈 이유가 없으니까요."

임 비서는 황당한 표정을 지으며 강경한 입장을 내비쳤다. 윤기가 아직 아이돌 활동을 중단하지 않았던 시기의 일이다. 별의 비서로 일하면서 이해할 수 없는 일들이야 수없이 많았지만 이건 해도 너무한 거 아닌가 싶었다.

"서윤기 팬 사인회가 얼마나 가기 어려운 곳인지 알아? 내가 이거에 당첨되겠다고 얼마를 쏟아부었는지 아냐고."

"그렇게 대단한 거면 직접 가세요."

"나야 당연히 직접 가고 싶지!"

별의 입장에서는 아주 억울한 일이었다. 보통 아이돌 팬 사인회라고 하면 앨범을 잔뜩 사거나 광고하는 물건을 왕창 사는 것 외에는 갈 수 있는 방법이 없는 곳이었다. 별은 보통 앨범을 사는 걸 선호했다. 광고주가 자사 광고 물건을 사는 건 모양새가 좀 이상하니까.

어쨌든 이번에도 별은 서윤기가 속한 그룹의 앨범을 몇 박스씩 대량으로 구매했고 결과적으로 팬 사인회에 참석할 수 있는 기회를 얻었다. 하지만 문제는 별에게 있었다.

"내가 갔다가 기사라도 떠 봐. '이선그룹의 차기 후계자 김별, 아이돌 그룹 갤럭시의 팬 사인회에서 포착' 뭐 이런 걸로."

"주주들이 언짢아하긴 하겠죠. 쓸데없는 가십거리에 오르내리는 걸 좋아하는 부류가 아니니까요. 어머니이신 회장님도 가만히 계실 리 없고요."

임 비서가 고개를 끄덕이자 별이 미간을 찌푸렸다.

"주주들 걱정을 내가 왜 해. 엄마야 뭐 좀 무섭긴 하지만 하나뿐인 외동딸을 죽이기야 하겠어?"

"그럼 뭐 때문에 안 가신다는 건데요?"

임 비서가 진정 궁금하다는 듯 묻자 별이 당연한 걸 묻는다며 말했다.

"당연히 서윤기 때문이지 누구 때문이야. 내가 갔다가 괜히 구설수에 올라서 욕먹으면 어떡해. 재벌이랑 연예인 조합이 건강해 보이는 것도 아니고."

"좀 지저분해 보이는 조합이긴 하죠."

"내 말이."

별이 이마를 짚으며 한숨을 내쉬었다. 정말 나쁜 짓을 하기라도 했으면 억울하지도 않지. 정정당당하게 제 돈으로 앨범 사서 기회를 얻었건만 이런저런 현실에 부딪혀 갈 수가 없다니.

"그러니까 임 비서가 가."

"이사님."

"일이라고 생각해."

별은 더는 물러날 수 없다는 듯 결연한 표정을 지었다.

"일이라고 생각하고 가서 하나도 빠짐없이 기억해. 그리고 나한테 와서 얘기해. 아니, 보고해. 서윤기가 얼마나 예쁜지, 목소리에 피곤함은 없는지, 팬을 보는 눈동자는 어떤지, 전부."

"하……."

"한숨 쉬지 마. 출장비 명목으로 추가 수당이랑 연차 줄게."

"한 가지만 확실히 하세요. 이건 분명히 일인 거죠?"

"그럼. 일이지. 완전 일이지."

그제야 임 비서의 고개가 움직였다.

"사인만 받으면 되는 거예요? 사인하는 동안 뭘 해야 한다거나 따로 준비할 건 없는 거죠?"

"딱히 없어. 그냥 아주 짧게 몇 마디 나누는 정도?"

"하실 말씀 없으세요? 전해 드릴게요. 이왕 일하러 가는 거 확실히 해야죠."

그 말에 고민도 없이 나온 답은 생각보다 간단했다.

"사랑한다고 해 줘. 내가 사랑하니까 반드시 행복하라고."

○　◎　●

그렇게 몇 번, 아니 꽤 여러 번 임 비서는 별을 대신해 서윤기를 만났다. 회사에 아주 중요한 일정과 겹치는 날이 아닌 이상 웬만한 행사엔 참석했다는 소리다. 그러니까,

"누나?"

서윤기가 임 비서를 알아보는 게 이상한 일은 아니었다.

"누나가 왜 여기 있어요?"

놀라 아무 말도 못 하는 임 비서를 빤히 쳐다보며 윤기가 친근하게 물었다. 별의 앞에서는 보여 주지 않았던 부드러운 표정과 상냥한 눈빛. 그것이 부러워 마음이 콩알만큼 작아진 별은 잘 다듬어진 손톱을 잘근잘근 씹었다. 원래도 팬 사랑이 지극하기로 유명한 그였다.

요즘 같은 시대에 팬 서비스가 좋지 않은 아이돌이 있을까 싶긴 하지만, 평소 모습이 냉랭하기로 유명한 그는 명백하게 드러나는 간극 때문에 더욱 특별했다. 일명, 갭 차이.

서윤기가 한창 아이돌 활동과 배우 활동을 병행하던 시절에는 피곤에 찌들어 웃는 얼굴 보기가 손에 꼽을 정도였다. 서윤기의 웃는 얼굴 한 번을 포착하기 위

해 애태우던 기자들이 향한 곳은 팬들이 모여 기다리는 음악 방송의 출근길이었다.

딱 그때, 그 순간만이 그 시절 윤기를 웃게 하는 유일한 시간이었다. 비공식적인 자리에서도 그러하니 공식적인 팬과의 만남에선 어떠했을까. 서윤기를 단 한 번이라도 만나 본 팬은 절대 탈덕할 수 없다는 말이 괜히 나온 게 아니었다.

뭐 아무튼. 임 비서도 표면적으로는 팬인 척 연기를 했고 온갖 행사에 참석할 만큼 진성 팬임을 증명하고 다녔으니 서윤기가 다정하지 않을 이유가 없었다.

"설마……."

아무 말도 못 하는 임 비서와 질투 어린 눈을 한 채 입이 댓 발 나온 별을 번갈아 쳐다본 윤기가 눈살을 찌푸렸다. 눈썰미만 좋은 줄 알았는데 눈치도 빠른 모양이었다.

"그동안 연기하느라 고생하셨어요. 임. 비. 서. 님."

자초지종을 모두 들은 윤기가 서늘하게 웃으며 말했다. 임 비서는 어색하게 웃으며 고개를 끄덕이는 것 외에 딱히 할 것이 없었다. 별의 지시로 했던 일이고 윤기의 팬도 아니었던 터라 죄책감 같은 게 있는 건 아니었지만 그래도 꽤 몇 년을 속여 먹은 것이나 다름이 없어 눈을 마주하기가 민망했다.

형형하게 빛나는 눈이 무섭기보다는 영 낯설었다. 내막을 알게 되자마자 가면 벗듯 바뀐 분위기에 혀를 내두를 정도였다. 배우라서 그런가. 무엇이 진짜 서윤기의 얼굴인지 알 수가 없다.

"임 비서, 나가 봐."

별이 어색해하는 임 비서의 등을 떠밀며 윤기가 앉은 테이블 맞은편에 앉았다.

"속인 건 진짜 미안해요. 그리고 이거 되게 옛날 일인 거 알죠? 우리 계약서 쓰기 전 일이에요……."

그러고는 또다시 사죄 타임. 면목이 없었다. 오늘만큼은 그의 의심과 분노 없이 훈훈한 대화 타임을 가질 수 있을 거라고 생각했는데 하필이면 임 비서를 들켜서 실패다. 그냥 제가 간다고 할걸, 하는 후회를 하기엔 이미 늦은 뒤였다.

"이건 나를 좀 이해해 줘야 돼요."

별이 억울한 듯 말꼬리를 늘였다.

"윤기 씨만큼은 아니지만 나도 얼굴이 알려진 사람이잖아요……."

"아이돌 좋아하는 게 창피했어요?"

"네? 아니, 그게 무슨! 절대 아니거든요?"

침울한 표정을 짓고 있던 별이 흥분해 목소리를 높였다. 창피하다니. 가당치도 않았다. 연예인은 죽어도 팬의 마음을 모른다더니 몰라도 너무 모르는 거 아닌가 싶었다.

"난 내가 서윤기 씨 팬이라는 사실이 세상에서 제일 자랑스러운 사람이에요. 물론 내가 잘난 부분이 많아서 자랑스러운 부분이 한두 가지가 아니긴 한데 그 중에서도 제일, 진짜 제일 자랑스러운 게 당신 팬이라는 사실이라고요."

"허……."

화를 내는 건지, 고백을 하는 건지. 가볍게 웃음을 흘린 윤기가 섬섬옥수 같은 손가락을 들어 세팅되어 있던 찻잔을 가볍게 어루만졌다.

"그럼 왜 대역을 썼는데요?"

"그거야 당연히 윤기 씨한테 피해가 갈까 봐 그런 거죠!"

"무슨 피해요?"

이해할 수 없다는 듯 묻자 별이 고개를 절레절레 흔들었다. 그러고는 한다는 소리가,

"당신 너무 순진해."

들으라는 말인가.

"이렇게 순진하니까 그 망할 놈의 성 대픈지 뭔지 하는 새끼한테 당하는 거예요."

혼잣말인 듯 중얼거리는 모습이긴 했지만 목소리의 크기는 딱히 작지 않아서 윤기는 별의 한탄을 곧이곧대로 들을 수밖에 없었다.

"나 같은 재벌이 윤기 씨 행사에 팬이랍시고 참석했다고 쳐요. 기사가 나겠죠? 뭐라고 날까요?"

"……글쎄요."

"글쎄는 무슨 글쎄예요. 도대체 지금까지 어떻게 살아남은 거예요?"

별안간 화가 치솟는 건지 주먹으로 테이블을 내려친 별은 금세 또 호흡을 정리했다.

"자, 겁 없는 언론사 하나가 있다고 쳐요. 걔넨 겁이 없는 게 유일한 장점이라 스폰이니 뭐니 천박한 의문부터 던지고 볼 거예요. 키워드 장사에서 자극적인 것만큼 강한 건 없으니까. 그럼 나름 눈치 좀 본다는 언론사들은 어떨까요? 이선그룹과 윤기 씨 사이가 돈독하다 정도의 가설을 세우겠죠? 뭐 우리 쪽에선 당연히 언론 방어를 할 테니까 순수한 팬심이라고 둘러대겠지만 그걸 누가 믿겠어요?"

"아니, 그건 너무 비약……."

"그래요. 세상이 윤기 씨 생각만큼 정직하고 아름다워서 그 정도쯤이야 대충 넘어간다고 칩시다. 그다음은요?"

별이 윤기를 빤히 쳐다보며 물었다. 무심한 건지, 정말 아무것도 모르는 건지. 예쁘고 고요한 얼굴을 보고 있자니 절로 흥분감이 끓었다. 걱정과 안타까움, 분노와 짜증이 제멋대로 날뛰는 기분. 지켜 주고 싶은 마음과 답답해 죽겠는 마음이 공존하는 중이었다.

"내가 윤기 씨의 순수한 팬이라는 걸 온 세상 사람들이 믿어 준다고 쳐도 사람들은 계속해서 문젯거리를 만들어 낼 거예요."

"……."

"당장 윤기 씨가 맡고 있는 이선그룹 광고부터 물고 늘어지겠죠. 아까 말했던 스폰 얘기 또 나올 거고 나랑 윤기 씨 표정도 나노 단위로 쪼개서 물고 뜯을 거예요. 눈썹 한 번 찡그리면 '이선그룹의 김 이사가 서윤기에게 불쾌감을 드러냈다.' 이딴 식으로 기사 낼 거고, 윤기 씨가 나한테 웃어 주는 순간 '이선그룹의 김 이사를 향한 서윤기의 미소, 진심인가.' 따위의 기사가 날 거라고요."

속사포같이 쏟아 내던 말을 마친 별이 작게 한숨을 쉬었다.

"나도 직접 가고 싶었어요."

"……."

"당연하잖아요. 좋아하는 사람 직접 보고 싶은 거."

윤기는 무어라 할 말을 찾지 못한 채 어색한 헛기침만 뱉었다. 토를 달기에는 별의 말에 틀린 것이 없기도 했고 맞은편에 앉은 별의 얼굴이 정말이지 서운한 듯 보였다.

"알았어요. 알았으니까 밥 먹어요. 나 배고파요."

그래서 그냥 배고프다고 했다. 그런데 그 말이 무슨 버튼이라도 되었는지 울 상이던 얼굴은 금세 사라지고 온통 집중한 얼굴이 나타난다.

"많이 먹어요. 모자라면 언제든 얘기하고요."

별과 함께하는 식사에서 장소나 메뉴판은 쓸모가 없었다. 별의 사무실은 말 그대로 사무실이라 음식을 준비할 공간이나 조리사들이 있을 법한 분위기가 아 니었다. 하지만 제 앞엔 웬만한 파인다이닝에서 제공하는 식사보다 근사해 보이 는 차림이 펼쳐졌다.

메뉴도 고민하거나 상세히 설명할 필요가 없었다. 스테이크는 소고기보다 양 고기, 가니쉬로는 다른 야채 없이 아스파라거스구이 두 개, 디저트는 생략, 음료 는 탄산 없는 그냥 물. 저의 취향을 하나부터 열까지 꿰뚫고 있는 별 때문이었 다.

"근데 우리 임 비서, 연기 잘해요?"

한참을 조용히 식사만 하던 별이 대뜸 물었다. 무슨 말인가 싶어 쳐다보았더 니 낯빛을 붉히고 눈동자를 이리저리 굴린다.

"아, 아니. 궁금해서요. 우리 임 비서 입에 발린 소리도 잘 못하는 타입이거 든요. 내가 지시, 아니 부탁을 했더라도 잘했을 거라고는 생각 못 했는데…….윤기 씨가 누나라고 부를 정도면 잘했던 것 같아서요."

윤기가 아, 하고 고개를 끄덕이며 물 한 모금을 들이켰다.

"그냥 많이 떨리는구나, 생각했어요."

"임 비서가요?"

물으면서도 그의 가느다란 손가락이 예쁘다는 감상을 떨치지 못한 별은 스스 로가 참 중증이라 생각했다.

"너무 긴장하면 오히려 차분해지는 사람들이 있거든요. 떠는 방식은 사람마 다 다 다르니까. 어떤 사람은 울기만 하기도 하고, 어떤 사람은 쉴 틈 없이 질문만 하기도 하고. 가끔은 화내시는 분들도 있어요."

"아."

별이 이해한다는 듯 고개를 끄덕였다. 눈물 나게 예쁜 사람을 보면 눈물이 날 수도 있고, 저세상 미모의 사람을 보면 궁금한 게 많을 수도 있고, 너무 예쁜 걸 보다 보면 화가 날 수도 있으니까. 백 번 천 번 이해할 수 있는 일이었다.

"그래서 누나, 아니 임 비서님도 그런 타입인가 했어요. 웬만한 행사엔 다 참석할 정도로 날 좋아하는데 긴장을 많이 해서 말을 못 하는구나, 그렇게."

얌전히 고개를 끄덕이며 듣던 별이 동그란 눈을 빛냈다.

"헐, 임 비서가 아무 말도 안 했어요?"

물음에 윤기가 태평한 얼굴을 했다. 허둥지둥 당황한 것 같은 별을 가만히 쳐다보다 포크와 나이프를 쥔 그는 스테이크를 크게 썰어 냈다. 육즙이 흐르는 양고기 조각을 입안에 밀어 넣고 또 그걸 씹고. 모든 과정이 애를 태우듯 느리다.

"하……."

착잡한 얼굴로 한숨 쉬는 별을 보던 윤기가 입을 열었다.

"사랑한다고 했어요."

덤덤한 표정과 마찬가지로 덤덤한 목소리.

"내가 사랑하니까 반드시 행복하라고."

그러나 놀라울 정도로 세심한 그는 다 안다는 듯 기억의 파편을 꺼내 보여 주었다. 별이 서윤기에게 반한 약 3,091,993번째 순간이었다.

"이러는데 어떻게 좋아하지 말라는 거야."

"누가 나 좋아하지 말래요?"

"네."

한숨을 쉰 별이 제 몫의 스테이크를 짜증스럽게 썰어 냈다.

"누가요?"

"전부 다요."

그 말에 윤기가 소년처럼 웃었다. 저는 착잡해 죽겠는데 혼자서만 해맑다. 예쁘면 단가.

"신경 쓰지 말고 계속 좋아해요."

환하게 웃던 서윤기가 말했다. 새삼스럽지 않은 이야기를 하듯 말하는 얼굴을 보다 눈만 깜빡였다.

계속 좋아하라는 말이 무슨 소리인지, 무슨 뜻을 내포하고 있는 것인지 가늠하기도 전에 그는 다시 양고기에 집중했고 예쁜 입술이 오물거리는 걸 놓치기엔 저는 그의 아름다움을 사랑했다.

결국 포크로 찍어 놓기까지 한 고기 조각을 접시 위에 올려놓고 그를 감상했다. 고운 눈썹과 사람을 흘리는 눈, 조각 같은 코와 선이 얇은 입술. 어딘가 벅차게 기쁘면서도 뼈저린 죄책감이 들었다. 그를 멀리서 좋아하던 지난 8년의 시간에서 느끼지 못했던, 최근에서야 들기 시작한 감정이었다.

브라운관 속의 그를 볼 때나, 스크린 속의 그를 볼 때나 저의 태도는 일관적이었다. 갖고 있는 집중력을 최대치로 끌어올린 후 눈을 깜빡이는 순간조차 아까워하는 마음. 어느 것 하나 놓치고 싶지 않다는 욕심이었고 어쩌면 다 알고 싶어 죽겠는 욕망이었다.

욕망은 대체로 끈적였고 가끔은 저열하기까지 했다. 동경하는 대상에게 품는 마음이라고 한정하기엔 불순물들이 섞여 있었다. 숭배하고 추종하는 것 말고 갖고 싶고 독점하고 싶은 마음. 하지만 그런 마음에 죄책감을 느끼지는 않았다.

그래 봤자 그는 닿지 않는 존재였고 머나먼 별이라 저의 저열함이 그를 더럽힐 거란 걱정이 들지 않았기 때문이었다. 하지만 문제는 요즘이었다. 요즘의 그는 손 뻗으면 닿는 곳에 있었다.

"왜 그렇게 봐요."

그가 물었다.

"예뻐서요."

당연하다는 듯 대답한 별은 아예 턱을 괴고 그를 쳐다보았다. 그 노골적인 시선이 부담스러울 법도 한데 그는 아주 조금, 미간을 찌푸렸다가 도로 평온한 얼굴을 했다.

"먹고 봐요. 음식 식어요."

"상관없어요."

어차피 식욕은 돋지 않았다. 미술관에서 작품을 감상할 때 무언가를 먹지 않는 것처럼. 무심결에 한 생각이었지만 스스로도 그런 생각을 했다는 게 놀라웠다. 살아 있는 그를 미술관의 그림 취급 하는 게 놀랍도록 비인간적이지 않은가.

"나처럼 쳐다보는 사람 많죠."

죄책감을 품고 물었다.

"대부분의 사람들이 그렇게 쳐다보죠."

그는 피식, 웃으며 대답했다.

"갑자기 그런 건 왜 물어요?"

"내가 서윤기 씨를 너무……."

"물건 취급 하는 것 같아서?"

역시나. 그는 저의 시선이 무얼 뜻하는지 모르지 않았다. 모를 것이라고, 애정을 담았으니 괜찮을 거라고 생각했던 일련의 합리화가 무의미해지는 순간이었다.

"미안……."

"괜찮아요."

사과하려는 찰나에 그가 말했다.

"괜찮다고요."

웃는 낯이었다.

"왜 괜찮아요?"

불쑥, 거친 목소리가 튀어 나갔다. 기승전결이 명확하지 않은 감정이었다. 그 역시 그렇게 느꼈는지 눈매를 가늘게 바꾸었다.

"나 좋다면서요."

그래 놓고 하는 소리는 지극히 천진하다.

"좋아하면 물건 취급 해도 돼요?"

울컥이는 감정을 다스리지 못하고 물었다.

"저번에는 막 화냈었잖아요. 자기가 물건 같냐고 소리까지 치면서. 아니에요?"

왜 그렇게까지 화가 났는지는 모르겠다. 아무래도 그가 저와의 계약을 잘못 이해한 것 같다는 생각이 들었다. 저는 저의 애정을 의심하지 말라고 했을 뿐이다. 저의 애정이 진심이라고 해서 저의 모든 욕망을, 뭇 사람들의 모든 욕망을 감내하란 소리가 아니었다.

윤기는 그 절절한 눈을 고요하게 바라보았다. 시선이 불처럼 끓는다. 꼭 오늘만이 아니라도 별은 저를 볼 때마다 끓는 눈을 했다. 보고 있으면 발가벗겨지는 기분이 들었다. 모른 척하려 해도 가끔은 그 정염에 몸이 데일 것 같았다.

그래 놓고 괜찮다는 말에 왜 저리 상처받은 눈을 하는지 모르겠다. 제가 성역이라도 되는 것처럼.

"이사님."

턱을 괸 윤기가 별을 응시했다.

"태도를 명확히 해요."

목소리는 부드러웠지만 표정은 조금 살벌했다.

"좋아하면 탐하고 싶은 게 당연한 거예요."

"당연하지 않아요."

"만지고 싶고, 갖고 싶고, 부수고 싶다면서요. 이사님도."

"……."

별은 황망한 표정과 함께 입을 다물었다. 자신의 모순을 지적하는 그에게 변명할 말이 없었다. 죽었으면 좋겠다고도 했던 주제에 대단히 성스러운 사랑을 하는 것처럼 날뛴 게 창피했다.

윤기는 말 몇 마디에 곧장 당황해 버리는 별을 냉담하게 쳐다보았다. 물론 속으로는 웃고 있었다.

저는 사람들이 저에게 갖는 모순을 누구보다 잘 이해하고 있었다. 어느 날엔 반짝이는 보석을 대하듯 귀하게 여기면서도 어느 날엔 길가에 핀 꽃처럼 아무렇게나 꺾고 싶어 할 때가 있다는 걸.

제 앞에 앉아 어쩔 줄 몰라 하고 있는 별 역시 마찬가지였다. 물건 취급이 괜찮다는 저를 다그치며 저를 위하고 있다고 생각하겠지만 그건 착각일 뿐이다. 그 마음의 심연에는 소유욕이나 독점욕 같은 감정이 질척하게 얽혀 있을 테니.

"미안해요. 내가 주제넘었어요."

별이 시인했다.

"괜찮아요."

윤기가 굳었던 낯을 부드럽게 바꾸었다.

"나는 허용 범위가 넓은 사람이에요."

"……."

"착하게 굴겠다고 했잖아요. 날 좋아하는 게 진심이면."

허용 범위가 넓은 그는 상냥하다.

다소 어색한 분위기의 식사가 끝나자 윤기는 서류 봉투를 내밀었다. 별이 긴장되는 마음을 숨긴 채 받아 들었다. 봉투 안에는 예상했던 대로 1인 기획사와 관련한 계약서가 들어 있었다. 서명이 적혀 있길 바랐지만 슬쩍 내려 본 서명란은 원망스럽게도 비어 있었다.

"거절하려고 온 거예요?"

별이 상심한 표정으로 물었다. 부담스러워할 거라고는 생각했지만 못 이기는 척 따라와 줄 거라 믿었다. 성 대표와의 계약 해지가 잘 해결되었다고 해도 온갖 잡음을 내며 자유가 된 터라 다른 소속사에서 쉽게 손을 내밀지 못할 게 뻔했기 때문이었다.

"왜 거절하는지 물어봐도 돼요?"

윤기는 훨씬 조심스러워진 태도의 별을 신기하게 쳐다보았다. 감정의 기복이 들쑥날쑥하다는 건 전부터 알고 있었지만 그 불안한 파동을 조금도 숨기려 하지 않는 게 신기했다. 소위 '강한' 사람으로 보이고 싶어 하는 사람들은 대개 평온한 척하기를 좋아했다. 기복이 심한 것보단 한결같은 면이 훨씬 더 단단해 보이니까.

하지만 별은 시시각각 바뀌는 기분과 감정의 동요, 생각의 변화까지도 가감 없이 드러내는 사람이었다. 어쩌면 강한 척할 필요가 없어서인지도 모른다. 불필요한 가면을 쓰지 않아도 별은 강한 사람이었으니까.

그런데 조금 궁금하긴 했다. 다른 이들 앞에서도 이토록 투명한지.

"조심하고 싶어서요."

윤기가 가볍게 운을 뗐다.

"지금도 이사님이랑 안 좋은 소문 많은데 이런 식으로 엮이면 좋을 거 없잖아요. 이사님이나 나나."

별은 이해한다는 듯 고개를 끄덕였다. 부담스럽다거나 조건이 마음에 안 든다는 이유가 아니어서 다행이었다. 또한 서윤기가 걱정하는 건 걱정할 필요가 없는 부분이라는 게 다행이었다.

"정면 승부 하자고 했던 말 잊었어요?"

그게 이 계약을 성사시켜야 하는 가장 큰 이유니까.

"이사님이 나 좋아하는 걸 보여 주는 게 정면 승부예요?"

서윤기가 무심히 물었다. 제 결정을 마음에 들어 하는 것 같지는 않았지만, 제가 하려는 것들이 전부 자신을 좋아해서 하는 짓이라는 건 이해한 듯 보였다.

"그거야 두고 보면 알겠죠."

그것만으로도 충분히 만족한 별은 가볍게 웃었다.

"당신이 내 사람인 걸 공표한 뒤에도 까부는 새끼들이 있을지는 모르겠지만."

"미치셨어요?"

임 비서가 붉어진 낯빛을 가라앉히지 못하고 물었다.

"내버려 두세요. 8년 묵은 한을 푸는 중인 것 같으니까."

일찌감치 소식을 듣고 놀러 와 있던 의준이 재미있다는 듯 웃었다. 제법 귀찮게 굴던 성 대표가 끝내 백기를 든 것이 시발점이었다. 자유의 몸이 된 서윤기를 낚아채듯 묶어 버린 별은 그를 위해 뭐라도 하지 않으면 죽는 병에 걸린 사람처럼 행동했다.

"아니, 변호사님까지 이사님 편을 들면 어떡해요?"

"제가 비서님 편을 든다고 해서 별이 말을 듣는 것도 아닌데요, 뭐. 전 이기는 쪽에 걸겠습니다."

"환장하겠네, 진짜……."

임 비서가 이마를 짚고 고개를 저었다.

별은 고삐 풀린 망아지와 다를 것이 없었다. 아니, 망아지란 표현도 부족하다. 철도 위를 달리는 폭주 기관차라고 하면 좀 비슷할까.

며칠 전부터 별은 이선그룹에서 진행하는 헤드 라이너 광고 건을 모두 집결시켰다. 별이 맡아 이끌고 있는 이선호텔과 이선뷰티는 물론이고 이선전자와 이선건설, 이선통신 등등 이선그룹을 이루는 모든 기업체의 광고 건을 단 하나도 빠짐없이 모두 끌어모았다는 소리다.

그중 광고 단가가 높고 서윤기 이미지에 도움이 될 만한 굵직한 것들을 추려낸 별은 손가락 하나로 간단하게 지시했다.

'모델 바꿔.'

덕분에 이선그룹은 하루아침에 '서윤기 서포터즈'라는 별명을 얻었다. 각 브랜드의 메인 광고를 서윤기가 독점하게 된 탓이다.

강남 한복판에 서 있는 본사 빌딩 광고와 서울 전역을 가로지르는 지하철과 버스 광고 역시 서윤기로 도배가 되었고 가장 핫한 TV 드라마 앞뒤에도 돈 바른 광고가 배치되었다. 영화관과 각종 SNS 배너도 마찬가지였다. 서윤기가 이선의 보호 아래 섰다는 걸 만천하에 알리는 것과 다름없는 행보였다.

"천천히 해도 되잖아요. 꼭 이렇게 미치광이처럼 진행하셔야 속이 시원하세요?"

"미치광이라니. 우리 임 비서, 말이 심하네."

그런 행보를 임 비서가 달가워하지 않는 건 당연했다. 별의 어머니이자 이선그룹의 회장인 윤 회장도 대체 무슨 일이냐며 호출을 넣은 지 일주일째였다.

"머릿속엔 더한 말도 있는데 참고 있는 거예요."

"그럼 계속 참도록 해. 말하는 즉시 해고니까."

"저 해고하시면 이사님만 손해예요."

"알아. 그러니까 참으란 거잖아."

별은 임 비서의 구박 아닌 구박을 귓등으로 들으며 매일같이 업데이트되는 서윤기의 새로운 광고 영상을 재생했다.

"서윤기 씨는 너한테 별말 안 해?"

의준이 씩씩거리는 임 비서에게 다정한 미소를 지어 보이며 별에게 물었다.

"무슨 말?"

"뭐 부담스럽다거나 작작 하라거나, 그런 말."

"안 하는데?"

별이 가볍게 어깨를 으쓱이자 의준이 알겠다는 듯 고개를 끄덕였다.

"대화가 안 통한다는 걸 빨리 깨달았구나."

"죽을래."

별이 책상 위에 있던 만년필 하나를 다트처럼 쥐고 던졌다.

"그 서윤기라는 사람, 생각보다 똑똑한 것 같아."

정확히 발밑으로 떨어진 만년필을 의준은 아무렇지 않게 지르밟았다.

"멍청할 거라고 생각했어?"

"원래 예쁘고 잘생긴 사람은 좀 그렇잖아."

"그렇다기엔 너나 나나 잘생기고 예쁘지 않냐."

눈 하나 깜짝하지 않고 스스로의 외모를 치켜올리는 별에 의준은 한숨을 쉬었다.

"한숨 쉬지 마. 복 날아가. 그리고 서윤기는 원래 똑똑했어."

"원래?"

"나랑 계약한 것만 봐도 그렇잖아."

"아, 뭐."

의준은 알았다는 듯 선선히 웃으며 고개를 저었다. 그 나이스한 미소의 의미를 아는 별은 눈매를 예리하게 다듬었다.

며칠 전 계약서의 공증을 부탁하기 위해 찾아갔을 때 그는 바닥을 구르며 웃음을 터트렸다. 천하의 김별이 사랑에 눈이 멀어 회사를 팔아먹는다는 해괴한 소리까지 했다. 물론 그 말이 아주 틀린 것은 아니었지만 저는 계약을 위반할 일이 없으니 회사를 팔아먹을 일도 없을 것이다.

그런 제 결의를 알 리 없는 의준은 이때다 싶었던 건지 아주 작정하고 놀려먹었다. 하루는 한정판 운동화를 사 달라고 하지를 않나, 또 하루는 자기 대신 경매에 다녀오라고 하지를 않나. 아주 물 만난 물고기 같았다.

잡힌 약점이 있어 대충 들어주다가 조금이라도 짜증 난 기색을 보이면 할아버지께 계약서를 오픈하겠다며 협박 아닌 협박도 자행했다.

당연히 저는 그따위 협박에 굴복할 사람이 아닌지라 방자하기 그지없는 그를 혼내 주었다. 무자비한 폭력을 선사했다는 뜻이다. 신명 나는 매타작은 비밀을 엄수하겠단 다짐을 듣고 나서야 멈추었다.

의준이 허리를 숙인 채 밟고 있던 만년필을 주워 들었다. 망가진 펜촉을 안타 깝다는 듯 바라보더니 이내 바짝 다가와 건네준다.

"조심히 다뤄."

임 비서에게도 들리지 않을 만큼 조용한 목소리.

"서윤기가 예쁘긴 한데 좀 무르잖아. 그런 계약서에 서명할 만큼. 잘못 손댔 다간 부서질걸."

"누가 들으면 내가 서윤기 부수려는 줄 알겠다?"

별이 의준을 노려보며 말했다.

"아님 말고. 혹시라도 서윤기 부서지면 전화해. 부수기 전에 전화하면 더 좋고."

"됐거든. 너한테 전화를 왜 하나? 네가 무슨 서윤기 명예 소방관이라도 돼?"

듣자 하니 서러워지는 별이었다. 핸드폰에 불이라도 낼 것처럼 전화를 해 대 는 엄마도 그렇고 내내 잔소리만 해 대는 임 비서도 그렇고, 누구 하나 응원해 주는 이가 없었다. 아니, 제가 몹쓸 짓을 하고 다니는 것도 아니고 그냥 좀 애정 표현을 과하고 스페셜하게 해 보겠다는데 그게 그렇게 잘못된 일인가.

"아, 됐어. 너 얼른 네 로펌으로 꺼져. 뭔 변호사가 이렇게 시간이 많아? 심심 해? 일 더 줘? 아주 밤새도록 서류만 읽게 해 줄까?"

영역 침범이라도 당한 고양이처럼 바짝 날을 세운 별을 보며 의준이 웃음을 터뜨렸다. 제아무리 미간을 찌푸리고 험악한 표정을 짓고 있다 하더라도 그 속 에 도사린 유치함을 모르지 않았다.

"다 너 위해서 하는 소리야."

"웃기고 있네. 그게 내 걱정이야? 서윤기 걱정이지?"

"서윤기 부서지면 네가 제일 지랄할 거잖아. 그런 일 없게 하려면 너 미친개 안 되게 내가 잘 신경 써야지. 미쳐 날뛰는 너 목줄 쥐고 끌어낼 사람 나밖에 없 는 거 알잖아."

"……."

차마 아니라고 반박하지 못한 별이 입술을 꾹 물었다.

피식, 웃어 보인 의준이 미련 없이 등을 돌렸다. 나가던 와중에 그가 임 비서를 향해 속삭인다.

"애쓰지 마세요. 하지 말라고 하면 더 하는 거 아시잖아요."

"야, 김의준!"

결국 제 성질을 이기지 못한 별이 소리를 지르자 의준이 걸음을 재촉해 사무실 문을 열었다. '미안, 미안.' 소리치며 백기를 든 건 의준이었으나 패배한 기분이 드는 건 별이었다.

○ ◎ ●

"윤기 씨, 잘 먹을게요!"

이른 아침부터 분주하던 촬영장에 맛있는 냄새가 가득 들어찼다. 보는 사람마다 감사 인사를 전하는 와중에 혼자 영문을 모르던 윤기는 매니저를 향해 목소리를 낮춰 물었다.

"뭔데?"

"뭐긴 뭐야. 케이터링이지."

박 매니저는 아무것도 모른다는 듯 사방에 펼쳐진 음식을 흐뭇하게 바라보았다. 촬영장에 세팅되는 케이터링 서비스는 바쁜 스태프들의 허기를 달래기 위해 준비되는 경우가 많아 질보단 양인 것이 보통이었다.

하지만 이번 케이터링은 양과 질 모든 부분에서 부족함이 없었다. 서윤기를 모델로 하는 이선호텔 측에서 응원차 보낸 것이라 했지만 결정권자가 누구인지는 말하지 않아도 빤한 사실이었다.

"네 음식은 따로 있으니까 대기실로 들어가."

"내 건 또 따로 있어?"

"당연하지. 너 특별 대우 하는 재미로 사시는 분이잖아."

박 매니저는 이제 통달했다는 듯 태평한 얼굴을 했다.

대기실에 들어와 테이블 위에 차려진 고급 도시락을 쓱 훑어본 윤기는 낮게 신음했다. 제가 좋아하는 생초콜릿과 딸기는 물론이고 츄러스까지 먹음직스럽게 펼쳐져 있었다.

"뭐 해, 얼른 먹어. 이선그룹 왕자님 먹이려고 이사님이 애 좀 쓰신 것 같은데 성의는 보여야지."

"아, 형까지 그렇게 부를 거야?"

"왜, 사실인데."

박 매니저가 놀리는 게 분명한 얼굴로 윤기를 자리에 앉혔다. 틀린 말은 아니었다. 최근 들어 많은 이들이 윤기를 그렇게 불렀다. 이선그룹의 모든 광고를 독점하다시피 하는 바람에 생겨난 별명인 데다 왕자님이란 칭호가 달갑지 않은 윤기는 들을 때마다 학을 뗐다.

하지만 그것과 별개로 대중들의 반응은 나쁘지 않았다. 윤기의 1인 기획사가 이선그룹의 투자를 받았다는 사실이 알려지긴 했지만 의준과 임 비서의 빈틈없는 지시하에 이루어진 일들이라 그런지 겉으로는 매우 '공적으로' 보였다.

아시아의 자존심이라 불리는 이선그룹이 아시아의 별이라 불리는 서윤기를 택하는 건 너무 당연하다는 듯.

"근데 윤기야."

"응?"

"그 이사님, 너한테 정말 바라는 거 없어?"

알맹이 없는 농담을 30분이 넘도록 던지던 박 매니저가 넌지시 물었다.

"긍정적으로 생각해 보라 한 건 형이었잖아."

"그거야 계약 조건이 워낙 좋았으니까……. 그리고 그 정도 뒷배는 있어야 너도 활동하기 편하고."

"바라는 게 아주 없는 건 아니지."

말하자마자 그럴 줄 알았다는 듯 매니저는 세상을 잃은 표정을 지었다.

"어휴, 뭔 장난도 못 치겠네. 그냥 일주일에 밥 한 번 먹자는 게 다야."

웃음을 터트린 윤기가 말했다.

"진짜?"

"응."

"밥 먹고 뭐…… 다른 거 하는 건 아니지?"

매니저가 조심스럽게 물었다. 의연하게 묻는답시고 표정을 굳히긴 했지만 파르르 떨고 있는 눈꺼풀에 좌절감이 보인다.

"우리 형, 영화 너무 많이 봤다."

"현실은 영화보다 더하니까 그렇지. 고마우신 분인 건 맞는데…… 그래도 너무 믿진 마."

"걱정 안 해도 돼."

윤기가 테이블 위에 놓인 도시락 뚜껑을 열며 말했다. 정성스레 포장된 스테이크와 아스파라거스구이 옆에 약과 몇 개가 정갈히 놓여 있다.

"그렇게 나쁜 사람 아니야."

도시락에서 새빨간 딸기를 집은 윤기가 대답했다.

마침 별에게서 전화가 온다. 김 이사님, 이라고 뜨는 글자를 보며 매니저는 눈치껏 자리를 피했다.

― 밥 먹고 있어요?

뭐가 그렇게 신이 나는지 한껏 들뜬 목소리가 들린다.

"이제 먹기 시작했어요."

― 먹을 만해요? 윤기 씨 도시락엔 향신료 조심하라고 당부해 놨는데.

"아직 딸기밖에 안 먹었어요."

― 아, 그럼 전화 끊을까요?

"왜요?"

― 전화하면서 밥 먹는 거 불편하잖아요.

윤기가 턱을 괸 채 음, 하고 뜸을 들였다. 입안에 남은 딸기 과육이 혀를 따라 향을 남기고 천천히 녹아든다.

"전화하면서 먹어도 돼요."

밥 먹는 게 뭐라고 전화까지 끊나 싶다.

| 9. 친구 |

쉬는 날의 서윤기는 집에서 잘 나오지 않았다. 타고난 성향 때문이기도 했지만 말 한마디가 구설이 되고 행동 하나가 소문을 만드는 연예계에서 살다 보니 어쩔 수 없었다. 그런 의미에서 그의 인기가 많다는 건 참 아이러니한 일이다.

그런 인기와 관심에도 서윤기는 가까운 사람이 별로 없었다. 열다섯에 연습생이 되고 열일곱이라는 나이에 데뷔를 하는 바람에 학창 시절의 추억 같은 것도 없었다. 함께 일한 동료들이 있지 않느냐고 묻는다면 할 말이 없다. 그건 더 참혹한 이야기니까.

처음에는 서윤기에게도 많은 주변인들이 있었다. 하지만 '연예인 서윤기'는 곁에 두기 좋은 사람이 아니었다. 데뷔 전부터 서윤기를 케어한 박 매니저와 성 대표를 제외하고는 그 어떤 스태프도 서윤기를 감당하지 못했다. 악질적으로 괴롭힌다거나 돈을 떼어먹는 것도 아닌데 뭐 그리 유난이냐고 할 수도 있지만 그들의 말을 들어 보면 나름 일리가 있었다.

그들은 서윤기를 '심장 있는 휴머노이드'라고 불렀다. 심장이 있기는 한데 사람 같지는 않아서 붙여진 별명이었다. 제아무리 애정을 쏟고 또 제아무리 마음을 써 주어도 곁을 내주지 않는 그에게 지치는 건 당연한 일이었다. 함께 일한

정이라고는 없는 사람처럼 실수에 관대하지 못한 것도 한몫했고 타고나길 예민해서 이래저래 까탈을 부리는 것도 이유가 되었다.

서윤기 스스로도 자신이 썩 좋은 사람이라고 생각하지 않았다. 떠나는 사람들을 붙잡지 않는 것도 그 때문이었다. 겉으로는 매정한 것처럼 보였겠지만.

물론 처음부터 그런 것은 아니었다. 그 역시 데뷔하고 얼마 되지 않았을 때는 사람을 좋아했다. TV에서만 보던 연예인들과 친구가 되는 게 신기하기도 했고 방송국 관계자들과 인맥을 형성하는 것도 뿌듯한 일이었다. 하지만 그들은 그가 생각하는 것보다 영악하고 계산적이었다. 그들에게 서윤기는 이용하기에도, 자랑하기에도 좋은 간판에 불과했다.

그러다 보니 자꾸만 공허해졌다. 기대했다가 실망하는 것이 무서워 기대하지 않는 게 자연스러워졌고, 한 번 돕는 것이 열 번 돕는 것으로 불어날까 두려워 부탁 한번 들어주지 않는 사람으로 자랐다.

그래서 지금의 서윤기는 혼자다. 정을 주었다가 상처를 받으니 그냥 무정하게 사는 것이 낫다고 판단한 그였다.

그런 그에게도 딱 한 명, 친구가 있었다.

— 오늘 올 거지?

라고 묻는 사근사근한 목소리의 주인이다.

— 너 오늘도 안 나오면 진짜 절교야. 그냥 하는 말 아니다?

곧 서른이 될 '천사랑'은 아직도 절교니 뭐니 되도 않는 말로 협박하는 걸 즐기는 유치한 인간이었다.

"나랑 절교하면 나보다 네가 더 손해 아니냐."

— 뭐라는 거야. 나는 너랑 절교해도 친구가 지천으로 널렸지만 넌 나밖에 없잖아. 정신 차려.

"그럼 뭐 해. 나랑 노는 거 제일 좋아하잖아."

윤기가 뻔뻔한 목소리로 대꾸했다. 남들이 보면 서윤기가 농담도 할 줄 아냐며 놀라겠지만 사랑의 앞에선 거의 대부분 이 정도 텐션을 유지했다.

사랑은 '천사랑'이라는 이름이 아깝지 않을 정도의 외모와 성격을 가진 사람이었다. 윤기가 속해 있던 그룹 갤럭시의 메인 댄서였던 그는 윤기와 마찬가지로 그룹 해체 이후 배우 활동을 시작했다. 톱 배우라고 하기엔 여전히 아이콘 같은 느낌이 있긴 했지만 단계적으로 자리를 잡아 가는 중이었다.

— 아, 그래서 진짜 안 온다고?

"나 요즘 조용히 지내야 되는 거 알잖아. 자숙 중인 거 몰라?"

— 자숙 좋아하네. 스캔들은 정정 기사 난 지 오래고 성 대표는 친필 사과문까지 올린 마당에 네가 뭘 잘못했다고 자숙이야.

"소란 피운 죄?"

— 뭐?

"언제는 잘못해서 자숙했냐. 사람들이 원하면 하는 거지."

— 네가 언제부터 사람들 눈치를 봤다고 그래.

"맨날 봤는데 몰랐어?"

— 아주 죽으라면 죽으시겠어요?

"못 할 거 없지."

— 죽을래 진짜?

기어코 뚜껑이 열려 버린 사랑이 바락바락 소리를 지르자 윤기가 깔깔거리며 웃음을 터트렸다. 그 웃음소리에 분하다는 듯 씩씩거리는 숨소리가 가라앉아 있던 서윤기의 기분을 한껏 끌어올렸다. 천사랑 놀리기가 세상에서 제일 재미있다던 윤기였으니 뿔난 천사랑은 자양 강장제나 다름이 없다.

— 에휴……. 그래도 다행이다.

"뭐가?"

— 혼자 땅굴 파고 있을 줄 알았는데 웃는 거 보니까 그 정도는 아닌 거 같아서.

"이런 일이 뭐 한두 번이냐. 쓸데없는 걱정 하지 마."

윤기는 별일 아니라는 걸 강조하듯 가볍게 대꾸했다. 매번 이런 식이었다. 서로가 서로의 방파제 노릇을 하며 혹독했던 연습생 시절을, 바늘구멍 같았던 데뷔의 벽을, 끔찍했던 해체의 순간을 견뎌 냈다.

— 그럼 좀 나와. 멤버들 다 모이는데 네가 빠지면 되냐.

"만나기만 하면 싸우는 애들이 멤버는 무슨. 아, 그리고 왜 하필 오늘인데."

나 이런 상황인 거 뻔히 아는 새끼들이 진짜……."

— 그야 오늘이 갤럭시 데뷔 기념일이니까 그렇지.

"……."

순간 등골이 오싹해진 윤기는 귀에 붙어 있던 핸드폰을 떼어 내고 날짜를 확인했다. 워낙에 정신이 없기도 했고 평소에도 시간 개념이 없었던 터라 오늘이 무슨 날인지, 심지어는 몇 월인지도 인지하지 못했다.

— 올 거지?

"가, 가야지……."

윤기가 얼른 대답했다. 여기서 튕겼다간 갤럭시의 추억을 모욕한 죄로 천사랑에게 사형을 선고받을 것이다.

— 진작 그럴 것이지.

핸드폰 너머로 살벌한 중얼거림이 들렸다. 생긴 것만 천사고 이름만 사랑인 천사랑. 우리 팬들은 알까. 사랑스러운 천사랑이 갤럭시의 실세였다는 걸.

"임 비서, 우리 호야 꽃 피웠다."

별이 선인장에 물을 주며 히죽거렸다. 꽃에는 관심도 없으면서 '호야'라 부르는 선인장에는 제법 애정을 갖는 별이었다. '호야'라는 이름도 직접 지어 준 것이었다. 물론 품종 이름이 '호야 선인장'이라기에 호야라고 부른 게 시작이었지만 지금은 그 어떤 이름보다 귀여운 이름이라고 자부했다.

"기특하네요. 딱히 해 주는 것도 없는데 꽃도 피울 줄 알고."

멀찍이 서 있던 임 비서가 꽃을 보기 위해 다가왔다. 임 비서는 선인장보다 꽃을 더 좋아하는 사람이었지만 사계절 내내 푸른빛을 띠는 호야도 제법 좋아했다.

"근데, 이사님."

"응."

"예쁘진 않네요."

성의 없는 손짓으로 꽃을 가리킨 임 비서가 말했다. 미학적인 관점에서 예쁘지 않은 건 사실이었다. 생긴 거로만 보면 아마존 어딘가에서 살 법한 식인 식물 축소판 같았다.

큭큭, 웃음을 터트린 별이 어깨를 으쓱였다.

"뭐 어때. 죽지 않고 살아 있다는 증건데."

최근 자신의 기분을 좋게 만드는 건 전부 살아 있는 것들이었다. 벌써 10년째 키우고 있는 호야도 요즘에서야 꽃을 피우기 시작했고, 서윤기도 마찬가지였다.

서윤기는 매번 고맙다는 인사를 했다. 제가 해 준 게 무엇이든, 작은 것이든 큰 것이든 매번 그랬다. 여기서 포인트는 고맙다가 아니라 인사다. 여유가 있으면 전화가 왔고 바쁠 땐 문자 하나가 전부이긴 했지만 그 모든 반응이 소중했다.

답신 없는 무전기를 붙들고 소리치던 삶을 살다가 핸드폰을 갖게 된 기분이랄까. 아무튼 요즘 기분이 좋았다. 애정을 쏟는 대상이 살아 있다는 사실이 이렇게나 좋을 일인지는 모르겠지만 좋은 건 좋은 거였다.

평소라면 바쁘다는 핑계로 나가지 않았을 모임에도 선뜻 나가겠다 할 만큼.

"난 대체 왜 끌고 가는 거야."

시큰둥한 얼굴을 한 의준이 백미러로 옷깃을 살피며 말했다.

"혼자 가면 내 편 들어 준답시고 네 욕을 하거나 네 욕을 하는 나를 기다리거나 둘 중 하나일 텐데, 그럴 바엔 같이 가는 게 낫잖아."

살벌하게 읊조린 별이 허공에 발길질을 했다. 생각만 해도 짜증이 치미는 모양이었다.

"욕하면 그냥 들으면 되지 그게 뭐 어때서."

이혼을 하기는 했지만 애초에 결혼부터가 사랑해서 한 것이 아니었던 터라 의준과 별 사이는 끈끈했다. 그러다 보니 위로랍시고 건네는 서로에 대한 흉을 즐겁게 들을 수 있을 리도 만무했다.

말은 신경 쓰지 않는 듯했지만 의준 역시 제 앞에서 별의 험담을 늘어놓는 사람을 그냥 두지는 않았다. 그쯤이면 대충 눈치를 채도 좋으련만 예의를 차리느라 그런다고 생각하는 건지 아니면 그냥 시비를 걸고 싶은 건지 사람들은 여전히 입을 함부로 놀리는 경우가 있었다.

"널 욕하는 건 날 욕하는 거랑 다를 게 없어."

별이 말했다.

"뭘 또 그렇게까지 비약을 해."

"비약은 무슨 비약이야. 부부 일심동체라는 말도 몰라? 그것들 전부 내 속 뒤집고 싶어서 안달 난 것들인데 진짜 내 걱정 하느라 네 욕 하겠어? 대놓고 덤비기엔 자신 없으니까 네 욕이라도 하는 거야."

그냥 평소처럼 바쁘다고 할 걸 괜히 나왔나 후회가 되기 시작했다. 꼬꼬마 시절부터 시기 어린 시선과 질투를 받아 왔던 터라 그따위 시선에 겁이 나는 건 아니었다. 하지만 간만에 고기압을 이루고 있는 기분이 상하는 게 싫었다.

무엇보다 의준에게 미안했다. 틈만 나면 제 앞에서 의준을 힐난하는 사람들의 기를 죽여 놓고자 끌고 나오긴 했는데 멍청하고 무식한 사람들과 어울리는 걸 극도로 싫어하는 의준에게는 고역일 게 뻔했다.

"미안."

별이 의준의 넥타이를 고쳐 주며 말했다. 어릴 때부터 좋아하는 일만 하며 조용히 살고 싶다던 그였다. 그런 그가 하필이면 저와 엮이는 바람에 팔자에도 없는 결혼을 하고, 또 이혼도 하며 시끄럽게 산다. 친구 하나 잘못 둔 죄라고 하기엔 치러야 할 대가가 너무 많다.

의준은 그런 별을 보며 피식 웃음을 흘렸다. 급격하게 내려앉은 눈동자를 보니 무슨 생각을 하는지 훤했다.

"나 좀 기대해도 되나?"

"뭘?"

"다 알면서도 가는 거면 작정하고 가는 거잖아. 미친개 김별이 어디 가겠어? 간만에 재밌는 꼴 볼 것 같아서 좀 신나네."

같잖은 위로 대신 승부욕을 자극하는 말이 김별을 위로하기에 적합하다는 걸 김의준은 잘 알고 있었다. 역시나 별의 얼굴이 환해진다.

"어허, 개라니."

검지를 들어 까딱까딱 흔드는 모양엔 장난기마저 서려 있다.

"난 사자야."

"뭔 사자가 이렇게 체통이 없어."

"짐승한테 체통이 어디 있어. 덤비기만 해. 그냥 뼈째로 씹어 먹을 거야."

별은 의준에게 팔짱을 낀 채 라운지 안으로 들었다. 값비싼 옷과 구두, 액세서리로 치장한 무리가 당황한 속내를 숨기지 못하고 얼굴을 굳혔다. 그 꼴을 보고 새어 나오는 웃음을 참지 못한 별이 살짝 고개를 숙였다. 의준도 웃기긴 마찬가지였는지 별에게 속삭였다.

"귀신이라도 본 얼굴이네."

보란 듯이 웃고 있는 별과 그 옆에서 마찬가지로 미소를 짓고 있는 의준은 누가 보아도 잘 어울리는 한쌍이었다. 아무리 그래도 그렇지. 이혼한 마당에 함께 나타날 거라곤 생각을 못 한 모양인지 모여 있던 모든 이들의 표정이 놀란 듯 보였다.

"늦어서 미안."

그러거나 말거나 세상 당당한 표정의 별은 일부러 의준의 어깨에 기댄 채 인사를 건넸다. 삐거덕거리던 무리들이 허둥지둥 미소를 짓는다.

"같이 올 줄은 몰랐는데……. 같이 왔네?"

그중 가장 화려한 차림새를 한 여자가 말했다. 의준이 있는 쪽은 쳐다보지도 않은 채 별에게만 묻는 꼴도 꼴이었지만,

"오랜만에 우리끼리 모이는 건데 같이 올 거면 말을 하지."

'우리끼리'라는 말로 선을 긋는 게 별의 신경을 긁었다.

"너 최근에 머리 다쳤니?"

아니나 다를까. 별이 어깨를 으쓱이며 물었다. 여자의 낯짝을 위아래로 훑는 눈길이 느릿함과 동시에 경멸의 색채가 뚜렷하다. 무슨 소리냐는 듯 눈을 동그랗게 뜬 여자를 한심하게 쳐다본 별이 해사하게 웃었다.

"너랑 내가 우리라니. 웃기잖아."

여자에게만 하는 말이 아니었다. 천천히 움직이는 별의 시선이 앉아 있는 모두에게 향했다.

"너랑 내가 우리야?"

아무렇지 않은 척 되묻는 말에 여자는 입을 열지 못하고 커다란 눈을 이리저리 굴렸다. 누군가 도와주길 바라는 눈치였지만 아무도 나서 주지 않았다.

"너랑 내가 왜 우리야."

살벌하게 되묻는 별과 싸우고 싶은 사람은 아무도 없을 테니까.

"아니, 내 말은……."

"굳이 따지자면 김의준이랑 내가 우리지. 안 그래?"

무섭게 노려보던 시선을 길게 유지한 별이 쯧, 혀를 차며 자리에 앉았다. 그게 무슨 신호라도 되는 것처럼 의준을 힐끔대던 시선들이 바닥으로 떨어진다. 은근슬쩍 의준을 이방인 취급 하던 여자만 멋쩍은 얼굴을 긁적일 뿐이었다.

"다들 표정이 왜 그래?"

별이 둘러앉은 사람들을 쭉 훑어보며 물었다.

"웃어야지. 오랜만에 모였는데."

싸늘한 분위기를 만든 장본인이 자기 자신임을 모르는 것도 아니면서 웃는 얼굴이 꽤 뻔뻔했다. 하지만 그 뻔뻔한 얼굴에 반기를 들 생각조차 할 수 없는 그들은 짠 것처럼 어색한 웃음을 터트렸다.

명령이나 다름없는 말에 자존심이 상할 법도 한데 개처럼 충성스러운 꼴이다. 제아무리 돈 많은 집 자제로 태어난 이들이라 할지언정 이선그룹의 이름 앞에선 납작 엎드려야 한다는 걸 모르지 않을 것이다.

의준은 왕 노릇이 잘 어울리는 별을 신기하다는 듯 쳐다보았다. 거의 평생을 친구라는 이름으로, 한때는 남편이란 이름으로 함께했지만 이런 모습은 여전히 낯설었다. 어디 가서 꿀릴 것 없이 살아왔을 인간들을 손바닥 뒤집듯 다루고 군림하는 모습이 제가 아는 친구 김별과는 영 다른 모습이었다.

뭣 모르는 사람들이 보기엔 자신 역시 귀족으로 보일 수 있다는 걸 안다. 3대째 집안의 모든 일원이 법조인인 것은 물론이고 그중 사업 머리까지 발달한 저의 부모님은 대한민국에서 가장 큰 로펌의 대표 변호사였으니까.

하지만 소위 지배 계급이라 불리는 재벌들 눈에 변호사란 그냥 공부 잘하는 샌님에 불과할 뿐이다. 그것도 자기들 뒤치다꺼리나 하는.

그러다 보니 별과 저의 결혼은 꽤 많은 주목을 받았다. 로펌 '윤'이 이선그 룹의 약점을 잡은 것 아니냐는 소문도 있었고, 혼전 임신을 한 게 아니냐는 말도 많았다. 그중에서 김별과 제가 '로미오와 줄리엣'에 버금가는 사랑에 빠진 것 아니냐는 소문이 가장 웃겼다.

그 무수한 소문 속에서도 저에게 직접적으로 오는 타격은 별로 없었다. 미친 개 김별이 버티고 막아 준 덕분이었다. 그럼에도 김별은 여전히 부채 의식을 갖고 있는 것 같긴 하지만.

"야, 야. 얘기는 천천히 하고 우리 일단 술부터 시키자. 위스키 콜?"

이런 모임이 있을 때마다 분위기 메이커 노릇을 하던 남자가 이번에도 운을 뗐다. 기다렸다는 듯 라운지 안이 소란스러워진다.

의준에게 무례했던 여자를 향해 도끼눈을 뜨고 있던 별도 내내 자리를 망치고 싶지는 않았던 터라 적당히 말을 얹으며 분위기를 맞췄다. 문제는 위스키가 조금 독하다는 것이었다. 사람들은 빠르게 취했고 평화는 오래 지속되지 못했다.

"근데 둘은 참 이상하다. 이 바닥에 사랑해서 하는 결혼 없다지만 그래도 한 이불 덮던 사인데 만나는 거 껄끄럽지 않아?"

질문을 한 남자는 의준도 익히 알고 있는 사람이었다. 로펌 '윤'의 고객이기도 하고 대외적으로는 연적이기도 했다.

별이 의준과 결혼하기 전, 남자는 별에게 수도 없이 프러포즈를 했었다. 형제가 많은 집안에서 태어난 탓에 별다른 존재감이 없었으니 이선그룹의 사위라는 타이틀이 필요했을 것이다.

하지만 별은 멍청한 데다 못생긴 남자와 결혼할 생각은 죽어도 없었고 그럴 바엔 똑똑하고 잘생긴 의준과 결혼하겠다고 선언했다. 그 바람에 남자는 재벌가 자제도 아닌 변호사 의준에게 밀렸다는 불명예를 얻게 되었다.

집안에서 정해 준 여자와 도망치듯 결혼한 것을 보면 어지간히 쪽팔린 모양이었다. 그래 봤자 여느 재벌가 결혼이 그렇듯 후계 순위에서 밀리자마자 이혼

열차를 탔지만 말이다.

아무튼 그런 구질구질한 사연을 가진 남자는 취한 건지 그냥 눈치가 없는 건지 말없이 웃기만 하는 별에게 몇 번을 되물으며 대답을 종용했다.

"별아."

의준이 별의 팔을 가볍게 쥐며 대꾸하지 말라는 뜻을 내비쳤지만,

"너 전 와이프랑 더럽게 헤어졌구나?"

별은 참지 않았다. 의준은 그럼 그렇지, 하는 얼굴로 고개를 저었다. 미친개 김별이 참을 리가 없다.

"뭐 얼마나 더럽게 헤어졌으면 이혼했다고 만나지도 못해?"

"야, 김별."

"아니, 그렇잖아. 네 말대로 사랑해서 한 결혼도 아닌데. 안 그래?"

얼굴은 분명 웃고 있었지만 척 보기에도 심상치 않은 기운이 넘실거렸다. 남자의 분한 숨소리 역시 제법 크게 들리고 있었다. 그런 남자를 주위 사람들이 말리는 척 애썼지만 딱히 성의가 보이지는 않았다.

그들에겐 꽤 재미있는 구경거리였을 것이다. 궁금해도 눈치가 보여 모른 척하고 있던 걸 술 취해 혀가 꼬부라진 남자가 대신 물어 주고 있으니.

"영민아."

별이 남자를 향해 퍽 다정한 목소리를 냈다.

"세상 사람들이 다 너 같지는 않아."

턱을 괴고 부러 말을 늘이는 별은 여유가 넘쳤다. 허— 답답한 숨을 뱉어 내며 허리춤에 손을 올리는 남자와는 대조적인 태도였다.

"또 무시하지. 또."

혼잣말처럼 중얼거린 남자가 눈을 치켜뜨며 별을 노려보았다.

"넌 뭐가 그렇게 다르냐? 혼자 우아 떤다고 우리가 모를 것 같아?"

"야, 손영민."

"너도 똑같아. 너는 네가 김의준 이 새끼를 아끼는 거라고 생각하지? 사람들이 뒤에서 뭐라고 하는지 알아?"

좀 더 심해지면 나서서 말릴 생각이던 의준이 나지막한 탄식을 뱉어 냈다.

"이 새끼보고 개래. 개."

남자는 선을 넘었다. 지금부터는 의준도 별을 말릴 수 없을 것이 분명하다.

의준은 자신을 가리키며 열을 올리는 남자가 한심하기도, 조금 안타깝기도 했다. 그래서 그냥 웃어 버렸다. 이래서 멍청한 것들이랑은 상종을 하지 말아야 하는데.

"너 인마, 왜 웃어. 너 김별한테 이용당하는 거야. 결혼할 땐 이선그룹 약점 이라도 잡은 줄 알았더니 이혼하고도 키링 노릇을 해? 넌 사내새끼가 배알도 없……!"

비틀거리며 삿대질을 하던 남자는 말을 다 잇지 못했다. 별이 마시던 위스키를 남자의 얼굴 위로 뿌려 버린 탓이었다. 잔을 부서져라 쥐고 있는 별의 얼굴이 무시무시하다. 위스키를 뒤집어쓴 남자가 가슴팍을 들썩이며 뭔 말을 하려는 듯 보였지만,

"……!"

쨍그랑, 쥐고 있던 잔을 바닥에 던져 깨트린 별에 일순간 정적이 흘렀다. 모든 사람이 일시 정지 저주에 걸리기라도 한 것처럼 움직임을 멈추었다. 그 자리에서 자유로이 움직일 수 있는 건 오직 별 하나였다.

별은 테이블 위에 놓인 다른 이들의 잔을 빼앗아 위스키 세례를 계속했다. 위스키를 뿌리고 나면 빈 잔은 어김없이 바닥으로 추락했다. 깨진 유리 파편이 바닥을 구르고 또 몇몇 개는 튀어 올랐지만 직원들을 포함해 그 누구도 별의 행동을 멈추지 못했다.

의준도 말릴 생각이 없는지 평온한 미소를 짓고 있을 뿐이었다. 위스키를 뿌리고, 뿌리고, 또 뿌리고. 그런 다음 또, 또, 또. 무의미한 반복을 계속한 별은 테이블 위에 남은 잔이 없자 위스키병의 입구를 손잡이처럼 쥐고 테이블 위로 내리쳤다. 그리고 나서야 열리는 입.

"누가 이 새끼야?"

날카롭게 부서진 병의 끝을 남자에게 들이민 별이 물었다.

"응? 누가 이 새끼고, 누가 개야?"

기세 좋게 목소리를 높이던 남자는 어디 가고 위스키를 뒤집어쓴 몰골이 된

남자는 술이 다 깬 얼굴로 입술을 씹었다. 스치기만 해도 피를 낼 것 같은 술병의 파편보다 늑대처럼 으르렁거리는 별을 상대하는 것이 더 두려운 듯 보였다.

"어차피 내·밑으론 다 개야."

조용한 목소리가 그보다 더 조용한 라운지 안을 채웠다. 바들바들 떨리는 남자의 얼굴을 한심하다는 듯 비웃은 별이 깨진 술병을 아무렇게나 던졌다.

"똑같은 개새끼 주제에 어디서 급을 나눠."

웃음기를 지운 별이 쯧, 혀를 찼다.

"다음부턴 사람 좀 가려서 불러."

별이 가방을 챙기며 모임의 주최자인 여자에게 말했다.

"다음에도 저 새끼 나오면 난 안 나온단 소리야. 뭔 소린지 알아들어?"

남자를 향해 정확히 겨냥한 손가락을 보고 주최자는 고개를 끄덕일 수밖에 없었다. 미련 없이 걸어 나가는 별의 뒤를 따를 수 있는 사람은 의준뿐이었다.

○ ◎ ●

사람들의 이목을 좋아하지 않는 사람들이 갈 만한 곳은 많지 않다. 각계각층의 유명한 사람들이 심심치 않게 섞이고 엮이는 이유도 다 그 비슷한 성향 때문이었다.

윤기는 사랑이 보내 준 주소가 익숙했다. 회원 전용으로 운영되는 탓에 입장할 때 키 체인을 확인하는 그곳은 연예인인 윤기와 사랑이 편하게 만나 술잔을 기울일 수 있는 몇 안 되는 장소 중 하나였다.

"무슨 일이야?"

적당히 얼굴만 비치고 일어설 생각이었던 터라 부러 늦장을 부린 윤기는 라운지 안 분위기가 싸늘하다는 걸 들어서는 순간 느낄 수 있었다.

왁자지껄할 줄 알았던 테이블 분위기는 물론이고 라운지 전체가 고요한 것이 이상해 사랑에게 물었더니 사랑은 쉿, 검지를 입술 위에 올리며 눈치를 줬다.

"조용히 해. 옆 테이블 분위기 장난 아니야."

애초에 테이블이 많지도 않은 곳인 데다 평일이라 라운지 안은 사람이 없었다.

"싸움이라도 났어?"

뭐 얼마나 큰 싸움인가 싶어 고개를 내미는데 쨍그랑, 깨지는 소리와 함께 익숙한 목소리가 들려왔다.

"누가 이 새끼야?"

최근 들어 애정 타령에 맛을 들인 여자의 목소리. 김별이었다.

"응? 누가 이 새끼고, 누가 개야?"

살벌한 말투와 얼음장처럼 차가운 표정이 괜한 이질감을 자아냈다. 제 앞에서는 오만하더라도 상냥한 말투를 쓰고 짜증을 내더라도 금세 다시 웃으니까. 아, 악플러를 대면했던 날은 지금과 비슷한 목소리를 냈던 것 같기도 하다.

시선을 돌려 별의 앞에 선 남자를 쳐다보았다. 저의 악플러만큼이나 질 나쁜 사람인가 살피기 위함이었다. 꼴이 평범하지 않았다. 썩 가까운 거리는 아니었지만 그렇다고 분별하지 못할 만큼 멀지도 않아서 젖은 머리카락과 얼룩진 셔츠 따위를 어렵지 않게 확인할 수 있었다.

"물이라도 맞은 거야?"

"물 아니고 위스키."

속삭이며 묻는 말에 사랑이 나지막한 목소리로 대답했다.

"위스키?"

"바닥에 유리 깨진 거 보여? 저 여자가 위스키 뿌릴 때마다 잔 깨서 생긴 거야."

드라마에서나 나올 법한 상황이었다. 왜인지 보면 안 될 것 같은 기분에 고개를 돌리려는데 자꾸만 시선이 갔다. 위험할 수도 있다는 생각이 들었다. 그런 생각이 들었다는 게 이상했지만 우습게도 그랬다. 어쨌든 김별이 상대하는 건 건장한 성인 남자니까.

물론 악에 받쳐 바들바들 떨고 있는 남자보다는 침착하다 못해 고요해 보이는 별이 우위에 있는 듯 보였다. 그리고 알고 있었다. 김별이란 사람은 결코 호락호락하지 않다는 걸. 본인 스스로를 사자라 칭하는 사람인데 나약할 리 만무하다. 하지만 그래도,

"……."

위험하진 않을까. 걱정하는 마음과 절대 질 리 없다는 믿음 사이에서 갈팡질
팡하던 중 시선 끝에 의준이 걸렸다. 경찰서에서 보았던 모습과 많이 다르지 않
은, 단정하고 반듯한 모습의 그는 저와 마찬가지로 시선을 별에게 놓고 있었다.
당황하거나 걱정하기보다는 제법 편안한 눈빛이라 잔뜩 긴장한 주변과는 조금
다른 느낌을 풍기고 있었다.

"어차피 내 밑으론 다 개야."

남자를 벌레보다 못한 존재처럼 취급한 별이 말했다.

"똑같은 개새끼 주제에 어디서 급을 나눠."

낮은 목소리로 무어라 몇 마디를 더 얹고 난 뒤에야 별은 바를 나섰다. 그 뒤
를 따르는 의준의 모습이 존경스러울 정도로 침착하다.

둘의 모습이 다 사라지고 난 뒤에도 문에서 시선을 떼지 못한 윤기의 귀에 친
구들의 속닥거림이 들렸다.

"저 여자, 이선그룹 김 이사 맞지?"

별을 알아본 사람이 몇 있었다.

"성질머리 진짜 장난 아니다."

"따라 나간 남자가 이혼했다는 그 사람인가? 대박."

꼭 둘 사이를 잘 아는 것 같았다.

"저 사람들 알아?"

눈썹을 치켜올리고 묻는 말에 당연하다는 듯 고개를 끄덕인 멤버 하나가 신
나게 떠들었다.

"당연하지. 요즘 핫하잖아. 이선그룹에선 거의 차기 회장 취급 한다던데?"

그러다 불현듯 떠오른 사실처럼 물었다.

"너야말로 잘 알지 않아? 너 이선그룹 왕자님이잖아."

모두의 시선이 윤기에게로 쏠렸다. 그러자 사랑이 단박에 인상을 찌푸렸다.

"우리가 언제부터 광고 찍는다고 광고주랑 친해졌냐."

"아니, 그건 그렇지만……. 진짜 아는 거 없어? 난 너 1인 기획사도 이선그룹
에서 투자했다 그래서 좀 아는 줄 알았지."

은근하게 물어 오는 말투에 호기심이 풍기는 구린 냄새가 났다. 그들도 이런

저런 루머에 시달리는 연예인이었지만 그렇다고 해서 가십에 아예 관심이 없는 건 아니었다. 오히려 자신과 자신의 주변이 주인공이 될 때가 많다 보니 일반 대중보다 더 지대한 관심을 기울이기도 했다.

"민혁아, 넌 우리 콘서트할 때 투자해 줬던 회사 기억해?"

"어?"

"그 회사 대표는? 본 적이나 있어?"

사랑이 빙글빙글 웃으며 물었다. 싱글 몰트 잔에 가득 채운 위스키가 독할 법도 한데 한 번에 털어 마시는 것도 모자라 미간 한 번을 찌푸리지 않는다. 과일 소주도 못 마시게 생겼지만 주량이 어마어마한 그였다.

그는 웃음기 밴 입가 위에 냉한 눈을 만들어 냈다. 함정 수사와 다름없는 질문이 이어지자 심기가 언짢아진 것이었다. 그의 성정을 아는 멤버들은 언제 그랬냐는 듯 입을 다물었다. 상냥한 성격에 말랑하게 생긴 외모까지 더해져 처음 보는 사람은 만만하게 볼 때도 있었지만 사랑은 자신만의 선이 정확한 사람이었다.

윤기는 그런 사랑에게 죄책감을 느꼈다. 저를 비호해 주는 모습이 고맙긴 하지만 다 틀리고 있으니 말이다. 저는 김 이사를 잘 아는 것도 모자라 그 옆에 이혼했다는 남자도 잘 안다.

"근데 같이 나간 키 큰 남자는 뭐 하는 사람이야? 연예인인 줄."

멤버들이 저 대신 다른 곳으로 호기심의 잣대를 옮겼다.

"변호사라고 했던 것 같은데. 이혼한 남자 맞을걸?"

"이혼했다면서 뭘 저렇게 싸고도냐."

"원래 그 두 사람 증권가 찌라시에서 유명해. 무늬만 이혼이라고."

몰라도 될 이야기들이 줄줄 쏟아진다.

"하긴 그러니까 남자 험담 한번 한 걸로 저 난리를 피우지."

"그럼 왜 이혼한 거야? 서로 그렇게 아끼는데."

쉽게 이해되지 않는 상황에 모두가 찰나의 침묵을 지켰다. 윤기 역시 유난히 다정하던 둘 사이를 떠올리며 생각에 잠겼다. 그때 리더였던 멤버가 명쾌한 결론을 내렸다.

"우리 같은 딴따라들이 뭘 알겠어."

우리와는 아주 다른 사람들인 것처럼 선을 그어 가며,

"자기 밑으론 다 개새끼라잖아."

그렇게.

윤기는 비 내리는 창밖을 무심히 쳐다보았다. 극소수의 사람들만 드나드는 고급 라운지 바에서 그런 모욕을 당하고도 제대로 된 저항 한번 하지 않던 남자는 별의 위치가 얼마나 높고 공고한지 설명해 주었다.

제 앞에서는 아무렇지도 않게 스스로를 낮추던 별이라 잠시 잊고 있었다. 낯설다. 그리고 뭔가, 거슬린다.

'나는 칼이 아니에요. 사자지.'

저의 사자인 줄 알았다.

'난 그냥 당신 장애물만 물어뜯을 거니까.'

저만을 위한 사자라고 생각했다.

별은 자신의 감정이나 기분을 숨기지 않는 사람이었다. 기분이 좋지 않으면 곧바로 구겨지는 표정, 낮아지는 목소리, 형형한 눈빛까지 매번 적나라하게 보여 주었다. 그중에는 다소 폭력적이거나 윤리적이지 않은 모습도 있었다.

그것들이 전부 저만을 위한 것이라고 생각했다. 제 앞을 가로막고 으르렁거리는 뒷모습을 보고 있자면 맹수 조련사들이 느끼는 기분을 얼핏 경험할 수 있었다. 다른 이들에겐 송곳니를 드러내고 살기를 뿜어낸다 할지라도 제 앞에서만큼은 온순한 모습을 보이니 특별한 존재가 된 기분이었다.

하지만,

'이혼했다면서 뭘 저렇게 싸고도냐'

그 사나운 이빨이 다른 누군가를 위해 날을 세우자 한없이 추락하는 기분이 든다.

그래서 그런가. 멤버들이 하는 우스갯소리가 하나도 즐겁지 않았다. 별과 의준을 한쌍으로 묶고, 그들과 저희들을 구분하는 말들이 전부 거슬렸다. 태양계에서 퇴출된 명왕성이 된 기분.

자리에서 일어나 주차장까지 따라나선 건 다 그 때문이었다. 같은 공간에 있고 싶었다. 확인도 하고 싶었다. 별이 지키는 수많은 것 중 하나이고 싶지 않다.

○　◎　●

"별아."

"……."

"별아, 같이 가."

"……."

"김별!"

라운지를 나와 엘리베이터를 타고 주차장까지 내려오는 내내 별의 걸음은 차분했다. 그러나 아무도 없는 주차장에 도착하고 나서부터는 달리는 것인지 쫓기는 것인지 알 수 없을 정도로 걸음이 빨라졌다.

가만히 이름이나 부르며 따르던 의준이 하이힐의 굽이 부러지겠다 싶을 즈음 손목을 부여잡았다.

"천천히 좀 가."

의준은 별의 일그러진 얼굴을 애써 모른 척했다. 생각한 것 이상으로 슬픈 얼굴이었다. 방금 전 손영민의 얼굴에 자동차 한 대 값과 맞먹는 위스키를 통째로 부어 주고 나온 사람의 것이라기엔 패자의 얼굴 같았다.

"나 괜찮아."

저 때문일 것이다.

"뭐가 괜찮아?"

별은 붉어진 눈으로 물었다.

"진짜 괜찮아. 나 멍청한 사람들 무시 잘하는 거 알잖아."

위로하기 위해 하는 말이 아니라 진심이었다. 이런 일이 한두 번 있었던 것도 아니고 멍청한 사람들의 영양가 없는 말을 일일이 마음에 담아 두는 타입도 아니었다.

"그 멍청한 새끼들이 널 무시하잖아."

"별아."

"내 앞에서도 저러는데 나 없을 땐 얼마나 더할 거야. 안 그래?"

하지만 그 말에 더 화가 나는 건지 별은 거친 숨을 뱉어 가며 어깨를 떨었다. 의준이 잘 정리된 머리를 쓸어 올리며 인상을 찌푸렸다. 이 정도도 참지 못하면서 센 척은 왜 하는지 모르겠다.

"이럴 줄 몰랐어?"

차분히 묻는 말에 말문이 막힌 별이 고개를 돌렸다.

"별것도 아닌 일에 에너지 낭비하지 마."

의준이 낮게 한숨을 뱉으며 굳어 있던 얼굴을 폈다. 그렁그렁한 눈도 그랬지만, 핸드백을 쥔 가느다란 손가락이 가여웠다. 속이 뒤틀려도 단단히 뒤틀린 모양이다. 힘을 주어 잡고 있는 손가락이 하얗게 질려 있다.

"손에 힘 좀 풀어."

기어코 핸드백을 빼앗아 든 의준이 어깨를 으쓱였다.

"도대체 저 위의 인간들은 널 왜 무서워하는 거야?"

긴 손가락으로 위를 가리킨 그가 소년처럼 웃었다.

"왈왈 짖는 거나 할 줄 알지 속은 물러 터져 가지고."

"뭐, 왈왈?"

"너 나한테 미안해서 이러는 거 아는데 여기서 울기까지 하면 진짜 실망할 거야. 개 아니고 사자라며. 사자면 사자답게 굴어."

남들은 들쑥날쑥한 별의 기분을 맞추기가 어렵다며 성화지만 그에겐 어려운 일이 아니었다. 자존심이 세서 불같긴 해도 단순했다.

촉촉해진 눈가를 가리키며 퍽 한심한 표정을 짓자 김별은 언제 그랬냐는 듯 고개를 치켜들었다.

"울긴 누가 운다 그래."

"그럼 다행이고. 우는 순간 10년 놀림감이야."

윤기는 조금 떨어진 곳에 못 박힌 듯 서서 두 사람을 쳐다보았다. 정확히는 의준에게 기댄 별의 뒷모습. 딱히 못 볼 꼴도 아니었는데 목소리를 내지도, 다가가지도 못했다. 솔직하게 말하면 충격적이긴 했다. 약점이라고는 도통 없어 보이던 별의 글썽거리는 얼굴도, 전남편에게 기대고 있는 별의 오픈 마인드도 전부.

두 사람이 무어라 말을 하는 것도 같았는데 들리지는 않았다. 음악이 흐르는 라운지 안에서는 가시 돋친 모든 말이 신기할 정도로 잘 들렸는데 이상한 일이었다.

워낙 가까이, 워낙 친밀하게 속삭이는 탓인가. 그것도 아니면, 김별 앞에서 유달리 자주 나타나는 이명 탓인가.

| 10. 두려움과 권력의 상관관계 |

집에 들어온 별이 소파에 늘어지듯 누웠다. 성질을 죽이지 못하고 깽판을 친 게 조금 후회가 됐다. 깽판 안 쳤으면 지금쯤 수많은 양주를 부어라 마셔라 하고 있었을 텐데. 아, 물론 그 멍청이들과 마셔야 한다는 건 썩 달갑지 않다.

"아, 서윤기 보고 싶다."

원래 기분이 좋지 않을 땐 예쁜 걸 보면서 힐링을 해야 하는데 서윤기는 너무 바쁘다. 제가 아는 것 중, 살아 있는 것이든 죽어 있는 것이든 세상에서 가장 예쁜 건 서윤긴데 너무 바쁜 것도 서윤기라 아쉽다.

"찾아가면 싫어하겠지."

손목에 채워진 시계를 원망스럽게 쳐다보았다. 별 볼 일 없는 것들 만나고 온 것 말고는 한 게 없는 것 같은데 벌써 자정이 넘었다. 무턱대고 연락했다간 또 내키는 대로 한다고 면박을 줄 것이다. 불과 며칠 전에 그것 때문에 바락바락 소리를 지르던 그였으니까.

"그래도 보고 싶은데……."

문자 정도는 괜찮지 않을까. 얄량한 마음이 고개를 들었다. 촬영 현장을 찾아가는 것도 아니고 그냥 막 전화하는 것도 아닌데 그 정도는 괜찮지 않을까.

핸드폰의 화면을 켰다가 껐다가 거의 수십 번을 반복한 끝에 '자요?'라는 두 글자를 완성했다.

"너무 구 남친 같지 않나? 자요가 뭐야 자요가……."

'자요?' 대신 '일해요?'라고 적은 화면을 노려보다 스스로가 한심해 집어 던졌다. 그렇지만 그거 말고는 달리 할 말도 없다는 게 문제다.

"아, 몰라. 직진해, 직진."

던져 놓은 핸드폰을 또 구질구질하게 집어 들고 전송 버튼을 눌렀다. 문자는 이미 날아갔고 이제는 그의 몫이다.

○ ◎ ●

그 시각, 윤기 역시 집에 있었다. 집을 나설 때부터 얼굴만 비칠 생각이었지만 여러모로 일찍 일어날 수밖에 없는 상황이 벌어졌다.

오랜만에 뭉친 멤버들은 찬란했던 과거를 회상하며 추억에 젖었다. 추억을 논하기만 하면 좋았을 걸, 언제나 그렇듯 과거의 실수를 들춰내기 시작한 게 문제였다. 그건 네가 잘못했고, 이건 네가 잘못했고. 그러다 보니 분위기는 금방 냉각되었다.

사실 천사랑이 아니었다면 갤럭시 멤버들의 주기적인 모임은 이루어지지 않았을 것이다. 사랑은 그때나 지금이나 모두가 함께 있을 때 가장 완벽하다고 생각했지만 다른 멤버들은 생각이 달랐다.

데뷔하자마자 성공을 누리고 인기를 맛보아서 그런가. 다들 자신감이 넘쳤고 욕심도 많았다. 그룹 활동을 유지하기 위해 필수적으로 감수해야 했던 자기 절제와 양보가 싫어질 만큼.

각자 잘하는 것이 있었고 매력도 달랐으니 그렇게 생각하는 게 이상한 것은 아니었다. 다만, 그 생각이 서로를 시기하고 질투하는 것으로 번지기 시작했을 때 더 이상 함께하는 것을 포기할 수밖에 없는 지경이 되었을 뿐이다.

결국 해체했을 때와 마찬가지로 우리는 오늘도 뿔뿔이 흩어졌다.

"이럴 줄 알았지……."

방까지 갈 힘이 없어 소파에 누워 있던 윤기는 팔목을 들어 눈을 가렸다. 매번 이렇게 끝나는 데뷔 기념일이 속상했다.

그때 핸드폰이 울렸다. 천사랑일 확률이 높았다. 위스키 바에서 나와 헤어질 때도 눈이 그렁그렁했으니까. 그렇게 같이 있어 주겠다고 할 때 그러겠다고 하면 될 걸, 꼭 이렇게 뒷북을……

[일해요?]

별이다. 저와 같은 공간에 있었지만 저와 다른 세계에 있었던.

"……"

뭔가 생각이라는 걸 하기 전에 통화 버튼을 눌렀다. 신호음이 몇 번 울리기도 전에 목소리가 들린다.

— 어? 일하는 중 아니에요?

얼굴을 보지 않아도 웃으며 말하고 있는 게 느껴졌다. 주차장에서 울고 있는 걸 보지 않았다면 그런 일을 겪은 뒤라고는 생각하지 못했을 거다.

"오늘 오프였어요."

— 그래요? 잘됐다. 전화하고 싶었는데.

"무슨 일 있었어요?"

물어 놓고 스스로가 비겁해서 속니를 씹었다. 설사 아무 일 없었다고 부정한다고 해도 이해할 수 있었다. 어떤 상황에서도 거짓말하지 말라는 약속을 하긴했지만 그건 어디까지나 저와 관련된 일에 한해서였다. 듣기고 싶지 않은 치부까지 드러내며 벌거숭이가 되라는 말은 아니었다.

— 무슨 일?

"그냥 목소리가…… 피곤한 것 같아서요."

그럼에도 모른 척 시험하는 자신이 가증스럽다. 별이 저에게 어디까지 솔직할지 함정을 파고 기다리는 꼴이다.

그리고 그 함정을,

— 있으면 달래 주려고?

김별은 가볍게 뛰어넘는다.

"원하면요."

무슨 생각으로 그렇게 대답했는지 모르겠다. 저는 위로가 될 수 없을 거라는 듯, 웃음기 섞인 목소리가 불만이었는지도 모른다.

— 이야······.

약간의 정적 뒤로 감탄사가 따라붙었다.

— 그렇게 말하니까 울고 싶네.

"울고 싶으면 울어요."

별도 언젠가 비슷한 말을 한 적이 있었다. 울어 보라고 했던가. 그때는 변태 같다고 생각했는데 이제는 제가 그 짓을 하고 있다.

— 왜 나 자극해요?

"자극 아닌데."

— 맞는데?

맞받아치는 말 뒤로 부스럭거리는 소리가 들렸다. 어딘가 소란스러운 느낌.

— 주소 불러요.

"갑자기?"

— 자극인지 아닌지 확인 좀 하게요.

함정은 저 혼자만 설치한 게 아니었다.

"자, 이건 선물."

요란하게 초인종을 누르던 별은 신발장에서부터 쇼핑백을 들이밀었다.

"사백만 원 안 넘으니까 거절하지 말아요."

"와인이에요?"

"네, 내가 제일 좋아하는 거예요."

세차게 고개를 끄덕인 별이 집 안으로 들었다. 저를 보러 온 것인지, 집을 보러 온 것인지 신기한 표정으로 집 안 구석구석을 구경한다. 딱히 인테리어에 공을 들이는 타입이 아니라 볼만한 것도 없을 텐데 예리해진 눈빛은 초롱초롱하다.

"그만 두리번거리고 와서 앉아요."

어딘가 민망한 기분이 들어 애꿎은 냉장고만 뒤적거렸다. 요리하는 걸 좋아하는 편도 아니고 먹는 걸 즐기는 편도 아니다 보니 안주로 낼 것이 과일밖에 없다. 그나마 과일은 좋아해서 종류가 제법 되었다.

품 안 가득 과일을 안고 뒤돌아본 곳에 익숙한 공간과 익숙하지 않은 사람이 보인다.

"사진이 하나도 없네요?"

눈이 마주친 별은 어깨를 으쓱이며 물었다.

"무슨 사진이요?"

"당신 사진이요. 어떻게 이렇게 하나도 없을 수가 있지?"

"있어야 돼요?"

"보통 연예인들은 다 그러고 사는 거 아니었어요? 문짝만 한 액자라든가, 꼬꼬마 시절 사진이라든가."

망연자실한 표정으로 묻는 걸 보니 뭐라도 기대한 모양이었다. 전형적인 셀럽의 집 같은 그런 거.

"실망했어요?"

"네. 그거 훔치러 온 건데 목적을 잃었네요."

웃음이 나온다.

별은 아쉽다는 듯 한숨과 함께 윤기가 있는 주방으로 걸음을 옮겼다. 터덜터덜 걷는 모양새가 어지간히도 섭섭한 모양이었다.

"뭘 그렇게 아쉬워해요."

"미공개 사진 볼 생각에 신났었단 말이에요."

"미공개가 뭐 대수라고. 실물이 눈앞에 있는데."

위로랍시고 건넨 말에 별이 미간을 잔뜩 찌푸렸다.

"그럼 뭐 해요. 실물이 내 거가 아닌데."

읊조리는 말에 헛헛함이 실린다. 아무것도 모르면서 여우 같은 소리를 해 대는 서윤기가 얄미웠다.

실제로 서윤기는 종종 아무것도 모르는 사람처럼 굴었다. 사랑이 뭔지, 사랑받는 게 뭔지 아무것도 모르는 사람처럼. 제 딴에는 연예인이라고 사랑받는 것에 익숙한 척할 때가 있었지만 그걸 아는 사람이 소유욕을 이해하지 못할 리 없다.

"아무것도 모르면서."

"……."

서윤기는 으레 그렇듯 건조한 눈으로 저를 쳐다보았다. 배우라 그런지 작정하고 속내를 숨기면 아무것도 보이지 않았다. 그럴 때마다 조바심이 든다.

은근하게 내보인 제 마음에 겁을 먹지는 않았을까. 어렴풋이 드러낸 소유욕을 저열하다 느끼진 않았을까.

제 인생에서 조바심이란 자주 느낄 수 있는 감정이 아니었다. 누구도 저를 조급하게 할 수 없었다. 할아버지의 실망도, 엄마의 분노도, 심지어 아빠의 죽음까지도 저를 조급하게 만들지는 않았다.

하지만 서윤기는 다르다. 저를 초조하고 조급하게 만든다. 그림처럼 생긴 주제에 그림이 아니라서, 단단한 척하는 주제에 나약하기 그지없어서. 무엇보다, 저를 밀어내지 않아서.

"짠이나 해요."

잔을 내밀며 투정 섞인 소리를 했다. 아주 잠깐 서운해서 한 소리였으니 그냥 넘어가 달라는 우회적 표현이었다.

"나 오늘 이사님 봤어요."

제 잔에 자신의 잔을 부딪친 윤기가 한 모금 들이켜며 말했다.

"어디서요?"

"바에서요."

"……."

윤기는 미묘하게 굳어 가는 별의 얼굴을 가만히 쳐다보았다. 전화를 할 때까지만 해도 제가 뭘 하고 싶은 건지 확실히 알지 못했다. 그런데 집까지 찾아와 사진 타령을 하는 별을 보고 있자니 알 것 같다. 제가 뭘 하고 싶었고, 제가 왜 화났는지.

"뭘 봤는데요? 어디서부터 봤어요?"

묻는 별의 얼굴은 핏기가 없었다.

"거의 처음부터요."

"근데 왜…… 왜 아까 말 안 했어요?"

물음에도, 눈동자에도 원망이 서린다.

"화나서요."

"……."

"원래 항상 그래요?"

눈동자가 붉어진다. 물기가 차오르고 이내 떨어질 것처럼 넘실거린다. 얄팍하게나마 안타깝다는 생각이 들었다. 모른 척할 수도 있었는데 괜히 알은척했다는 생각도 잠시 들었다. 하지만 속으로는 묘하게 안도했다.

"낯설었어요."

"그, 그건……."

대사를 잊어버린 배우처럼 별은 뒷말을 뱉지 못했다. 흐느끼지는 않았지만 눈물이 줄줄 흘렀다. 달래 주고 싶은 마음 조금과 그녀의 빈틈을 보고 싶다는 욕심이 마구잡이로 뒤섞였다.

어깨를 으쓱이고 자리에서 일어났다. 사이에 놓인 식탁이 거슬려 참을 수가 없었다. 별은 그런 저의 소매를 다급하게 붙잡고는 고개를 저었다. 자리를 뜨려는 줄 알았는지 잡힌 소매가 형편없이 구겨진다.

간절해 보이는 손을 겹쳐 잡고 다른 손을 뻗어 젖은 뺨을 쓸었다. 별이 제 손 위에 얼굴을 묻고 눈을 감았다. 더없이 유순한 모습에 등골이 서늘해진다. 만족감이었다.

"나한테…… 실망했어요?"

눈을 다 뜨지도 못하고 묻는 게 아슬아슬했다. 붉어진 얼굴을 느릿느릿 매만졌다. 손의 방향을 따라 움직이는 고개가, 제 대답을 기다리며 떠는 속눈썹이 자극적이다.

이 사람에게 저는 무엇일까. 무엇이기에 이렇게 속절없이 무너질까.

"안 했어요, 실망."

"화났다면서요……."

불안하게 줄어드는 목소리에 다소 벅찬 기분까지 들었다. 칭얼거리듯 나온 애원에 그토록 의심하던 애정을 증명받은 셈이었다. 그리 대단치도 않은 치부를 들켰다는 이유로 실망했느냐 묻는 것도, 화났다는 말에 이토록 동요하는 것도 전부.

"주차장에 갔었어요."

별이 밑바닥을 보여 주었으니,

"거기서 이사님이랑 변호사님이 같이 있는 걸 봤는데……."

저 또한 보여 주리라 생각했다.

"화났어요."

제가 화났던 이유.

"내가 하고 싶었거든요. 이사님 위로."

제가 하고 싶었던 것까지 전부. 그 모든 것이 독점욕 때문이었음을 인정했다. 별이 벌떡 일어나 안겨 왔다.

몇 시간 전, 사람들 위에 군림하던 포식자가 제 손안에 있다.

"놀랐잖아요……."

울음을 멈출 재간이 없던 별은 원망 어린 말을 뱉으면서도 서윤기에게서 떨어질 줄 몰랐다. 조금이라도 떨어지면 죽을 것처럼, 서윤기가 유일한 피난처인 것처럼 굴었다.

바에서 자신을 봤다고 말하는 서윤기는 생각한 것 이상의 공포를 유발했다. 그의 앞에서도 으르렁거리는 꼴을 몇 번 보여 준 적이 있긴 했지만 그를 위한 행위였을 뿐이다. 정의의 사도처럼.

하지만 그에게도 말한 적이 있듯 저는 한낱 짐승일 뿐이라 이빨을 드러내고 살점을 뜯어내는 게 일상이었다. 마음에 들지 않는 상대를 무시하고, 짓밟고, 깔아뭉개고. 가끔은 저에게 아무런 피해를 입히지 않은 사람에게도 위협을 가할 때가 있었다.

그 모습을 그가 봤다는 게 다소 충격이었다. 상상해 본 적 없는 두려움이 폭포처럼 쏟아졌다. 이제 겨우 저를 편하게 대하기 시작한 그인데 다시금 눈살을 찌푸리며 경멸할까 두려웠다.

비로소 엄마의 약점이 왜 아빠였는지 깨달았다. 그가 저를 좋아하지 않는 건 참을 수 있지만 그가 저를 미워하는 건 차원이 다른 공포였다.

"놀라게 할 생각 없었는데……."

서윤기는 허리춤을 끌어안으며 속삭였다. 나지막한 목소리가 귓바퀴를 타고 몸속 깊은 곳으로 흐른다.

놀라게 할 생각이 없었다지만 그건 터무니없는 거짓말이다. 그는 제가 놀랄 걸 모르지 않았다. 그러니 그렇게 애를 태우며 말을 빙빙 돌린 것이다. 제가 무너지길 기다리면서.

그걸 다 알면서도 저는 그의 품 안에 얼굴을 묻고 고개를 끄덕였다. 그가 저를 가여워하길 바랐다. 바라는 것은 오직 그뿐이었다.

은호와 성 대표 사이에 무거운 침묵이 흘렀다. 나름 사람 좋은 척 가면을 쓰고 있던 둘은 근래 일어났던 사건을 계기로 그것이 쓸모없는 짓이었다는 것을 깨달았다.

"은호야."

성 대표는 정은호가 순하지만은 않다는 걸 알았고,

"네, 대표님."

은호는 그가 신인인 자신에게도 칼을 들이밀 수 있는 위인이라는 걸 알았다.

"이번에 의상 때문에 문제 있었다면서."

"저보다 대표님이 더 잘 아시겠죠. 이미 보고 다 받으셨을 텐데."

성진호는 은근하게 날이 박힌 말을 재미있다는 듯 들었다. 생긴 것만 닮은 줄 알았는데 성격도 서윤기의 느낌이 난다. 상대방을 알기 전까진 무심한 척, 무해한 척 굴다가 파악을 끝내면 단숨에 우위를 차지하는 식.

"윤기한테 도움을 받았다고."

"네, 선배님께서 도와주신 덕분에 문제없이 촬영 진행했습니다."

246

"대가 없는 도움이라고 생각하는 모양이네."

"선배님은 저한테 바랄 게 없는 분이라서 괜찮습니다."

웃지도 않고 말하는 은호의 눈에 냉기가 서렸다. 하얗게 드러나는 안광이 제법 위협적이다. 하긴. 원로 배우들이 쟁쟁한 연극 판에서 구르다 단번에 기회를 잡아 드라마 주연 자리를 차지한 정은호다. 그것뿐인가. 서윤기와 함께 연기하는 처지에도 불구하고 저와 계약한 뱀 새끼 아니던가.

"윤기랑 친하니?"

"나쁘진 않아요."

"그래?"

성진호가 능글거리며 너털웃음을 지었다.

"걔가 그럴 리가 없는데."

"……"

"윤기가 주변에 사람 두는 타입이 아니거든. 어릴 때부터 데인 게 많아서."

어릴 때부터 윤기를 케어한 성진호는 거의 확신했다. 윤기가 은호를 도와준 건 일종의 측은지심이라든가, 자신에 대한 복수심 때문일 것이라고.

아무것도 모르는 은호의 입장에서야 위급할 때 도와준 사람이니 은인처럼 느껴지겠지만 윤기에게 은호는 그냥 지나가는 사람 그 이상도, 이하도 아닐 것이다.

"서윤기가 너 같은 걸 어떻게 믿겠어."

덧붙이는 말에 은호의 눈썹이 꿈틀거렸다. 사람 좋은 척 위선을 부리던 때와 달리 대놓고 '것'이라 지칭하는 진호의 얼굴이 징그럽게 느껴졌다. 회사 직원들과 소속 연예인들을 사람 취급 하지 않는다는 소문을 듣기는 했지만 이렇게 노골적으로 속내를 드러내니 언짢은 기색을 숨기기가 어렵다.

"윤기는 널 도우려고 한 게 아니라 날 짜증 나게 하고 싶었을 뿐이야."

"이유야 어떻든 도운 건 맞잖아요."

"아, 이번엔 그렇지. 근데 다음번엔?"

진호가 여유를 부리며 물었다.

"다음번에도 서윤기가 널 도울 것 같아?"

"……"

"이번 드라마만 끝나면 서윤기랑 네 인연은 끝이야."

고립은 관심을 먹고 자라는 연예인에게 가장 치명적인 형벌이었다. 그런 의미에서 정은호는 회사 안에서의 입지가 좋지 않았다. 가뜩이나 이름 없는 신인인데 담당 스태프에게 갑질을 한다는 소문까지 더해지니 좋은 말이 나올 리가 없다.

"드라마가 잘돼서 네 평판이 좋아진다고 해도 내가 밀어 주지 않으면 넌 아무것도 못 해. 캐스팅이 들어오든 광고가 들어오든 이런저런 까탈 좀 부리면서 비싸게 굴면 알아서 사라질 관심이거든."

"저 같은 신인 하나 망가트린다고 얻는 거 없으실 텐데요."

"없지. 근데 잃는 것도 없어."

진호는 가볍게 고개를 끄덕였다. 태연한 척하는 은호의 손끝이 불안하게 떨리는 걸 보았지만 모른 척 눈감아 주는 아량도 베풀었다. 배우가 아니었다면 아직 대학도 졸업 못 했을 햇병아리에 불과했다.

"내가 서윤기를 잃고 생각을 좀 해 봤거든?"

"……."

"말 안 듣는 슈퍼스타와 말 잘 듣는 강아지 중 뭐가 좋을지 말이야."

"……."

"근데 아무리 생각해도 후자가 좋더라고."

진호가 소파에 몸을 깊게 기댄 채 중얼거렸다. 오냐오냐, 해 줘 봤자 으르렁거리기만 하지 돌아오는 게 없었다. 뭣도 없던 서윤기를 열다섯 살에 데려와 한류 스타로 만들어 놨더니 감시 조금 했다고 손아귀를 벗어났으니 말이다. 그때 그 배신감이란—

"서윤기가 날 배신하고도 멀쩡히 활동하는 이유가 뭔 줄 알아?"

진호의 눈이 어둡게 가라앉았다.

"걔가 인기가 많아서? 연기를 잘해서? 외모가 출중해서?"

낄낄 웃으며 말하고 있긴 했지만 속으로는 이가 갈렸다. 마음 같아선 목줄을 더 짧게 쥐고 끌고 오거나 아예 이쪽 바닥에서 매장시키고 싶었다. 하지만,

"윤기 뒤에 나보다 더 센 사람이 있거든."

김별. 제가 감히 덤빌 수 없는 사람.

"그 사람만 아니었어도 서윤기는 벌써 끝났어."

다시 생각해도 아쉬운 마음에 쯧, 혀를 찼다.

"근데 은호야."

"……."

"넌 아무것도 없잖아."

대놓고 비아냥거리는 성 대표에 은호는 숨을 몰아쉬었다. 밀려드는 무력감에 눈앞이 아찔해진다. 할 말은 하고 싶어서, 휘둘리고 싶지 않아서 찾아온 사무실이었는데 이미 대화의 주도권은 그가 쥐고 있었다.

"자존심 세우지 마. 그런 거 지키다가 골로 가는 애들 여럿 봤어."

조언이랍시고 읊조린 성진호가 자리에서 일어났다. 흥얼흥얼 콧노래까지 나온다. 미래를 저당 잡힌 정은호의 두려움이 길게 버티지 못할 걸 알았다.

하나, 둘, 셋. 딱 3초.

"제가 뭘 하면 되는데요."

역시나.

진호는 퍽 인자한 미소를 지으며 다시 자리에 앉았다. 압박은 충분히 했으니 이제는 숨통을 내어 줄 때다.

"내가 바라는 건 그렇게 대단한 게 아니야."

다정하게 달래는 목소리를 내며,

"네가 네 성공을 바라는 만큼 나도 네 성공을 바라니까."

부드러운 목줄을 건네고,

"서윤기처럼 되고 싶지 않아?"

목을 내밀기를 기다리면 된다.

"제2의 서윤기, 되고 싶잖아."

알아서 기어 줄 테니.

○ ◎ ●

윤기는 품에 안긴 별의 머리를 조심조심 쓸었다. 처음 입을 맞추었을 때도,

바 주차장에서도, 그리고 지금 이 순간에도 별을 위로하고 싶단 마음은 동일했다. 하지만 세 번 모두 단단했던 겉면이 너덜너덜해진 상태였음을 상기하면 스스로가 가학적이란 생각도 들었다.

"이사님이 나 좋아하는 거 좋아요."

제가 좋다고, 아주 오랫동안 좋아해 왔다고 말할 땐 시큰둥하게 들어 놓고 이제 와 그 애정을 확인받은 사람처럼 구는 것도 영락없는 심술이었다.

"나만, 좋아하는 게 좋아요."

말의 뜻과는 다르게 타이르듯 다정히 말했다. 푹 젖은 얼굴이 음절 하나하나를 쫓으며 따라붙는다.

"……응."

물기 어린 목소리가 대답했다. 무서운 것 없이 살아서 그런지 깊게 생각하지 않은 대답이다. 그게 얼마나 위험한 버릇인지도 모르고. 저에게는 퍽 좋은 버릇이었으므로 구태여 지적하지는 않았다.

"이사님."

귓가에 입술을 붙이고 말했다.

"나는 인형처럼 사는 게 지겨워요."

대중들의 선택을 받기 위해, 사람들의 사랑을 받기 위해 애쓴 세월이 벌써 13년이었다. 피나는 노력과 타고난 재능을 바탕으로 선택받는 삶을 살았지만 행복하지는 않았다. 아니, 행복한 적도 있었지만 지속적으로 불행했다.

사람들에겐 각자의 삶이 있었다. 저를 선택했다 한들 저는 그들의 전부가 아니었고 그들의 삶은 제가 모르는 곳에서 역동적으로 굴러갔다. 저는 그들의 사랑을 받기 위해 온 하루를, 온 한 달을, 온 1년을 다 바쳤지만 그들은 자신의 삶을 내어 주지 않았다.

그게 늘 저를 공허하게 만들었다. 저에겐 그들밖에 없는데 그들은 저 말고도 다른 게 많아서 언제든 선택을 뒤집고 저를 버렸다. 제아무리 돈을 많이 벌어도 빈곤하게 느껴지는 건 다 그 때문이었다.

"너 인형 아니야."

별이 고개를 저으며 말했다. 처음 별을 만났을 때도 그게 끔찍이 싫었다. 저

250

를 선택하고 언제든 저를 내던질 사람처럼 우위에 있는 꼴이. 선택받는 입장 같은 건 한 번도 되어 본 적 없는 것 같은 그 얼굴이.

"적어도…… 적어도 나한테는 아니야."

그랬던 사람이 일그러진 얼굴로 매달린다. 지옥 한복판에 선 사람처럼. 저의 슬픔이 자신의 종말이라도 되는 것처럼.

그것이 애써 눌러놓은 저의 깊은 욕망을 자극했다. 오직 저만을 위해 살 것처럼, 오직 저만을 위해 죽을 것처럼 구는 맹목이 어두운 열망을 일깨웠다.

"내가 이사님한테 뭔데요."

덫을 놓고 기다렸다.

"너는 내 전부야."

사자 스스로 걸어오기를. 덫에 걸려 발이 묶이기를. 그러고는 기다리기를. 제가 손을 내밀 때까지.

"내 목줄은 네가 쥐고 있는 거 알잖아."

울먹이는 별을 더 힘주어 끌어안았다. 수동적으로 선택받기를 기다리는 삶 속에서 마음껏, 제 마음대로 쥐고 흔들 수 있는 존재가 제 앞에 있었다.

한참을 안겨 울던 별이 몽롱해진 시선을 들었다. 해일처럼 밀려들던 두려움의 원인은 서윤기의 실망과 미움이었으므로 이미 해소된 것이나 마찬가지였다. 제가 좋아해 주는 게 좋다는 말도 들었고, 실망하지 않았다는 확답도 들었으니 저는 잃은 게 없었다.

문제는 잃은 게 없다는 생각이 들자마자 빠르게 돌아온 이성이었다. 차가운 이성이 자리한 곳에서 별은 그에게 연민을 느꼈다. 자신이 좋아하지도 않는 상대에게 자기'만' 좋아해 달라고 말하는 속내가 지극히 쓸쓸하고 외롭게 느껴졌다.

어쩌면 저는 그에게 애정이라 불리는 실체 없는 감정의 실존일지도 모른다.

"이제 괜찮아요?"

그가 여상한 목소리로 물었다.

"네? 아, 네……."

쉽사리 대답하지 못할 만큼 멋쩍은 기분이 든다.

그걸 다 안다는 듯, 서윤기는 새삼스럽지 않게 행동했다. 아무 일도 없었던 것처럼 자리에 앉아 와인 잔의 다리를 쥐고 과일을 먹는 식이었다. 나열해 놓고 보면 딱히 자연스러운 흐름이 아니었음에도 불구하고 그의 타고난 연기력이 그 모든 것을 자연스럽게 만들었다.

그와 달리 저는 배우도 아니었고, 무언가를 숨기거나 가리는 것에 익숙하지 않아 조금 벅찬 기분이 들었다.

뻣뻣해진 몸을 움직여 맞은편에 앉자 그가 슬쩍 미소를 지었다. 별다른 말을 하지는 않았지만 제 눈을 똑바로 바라보며 잔을 기울이는 모습은 그 어떤 말보다 강렬한 인상을 남겼다.

"……."

그를 따라 와인을 홀짝였다. 평소 좋아하는 와인이었음에도 불구하고 무슨 맛인지, 무슨 향이 나는지 조금도 감미할 수 없었다.

그렇게 시간을 끌다 고개를 들었을 땐 여전히 그가 저를 보고 있었다. 아무래도 아까부터 죽, 보고 있었던 것 같다. 시선은 노골적이었다.

"나를—"

어렵게 입을 열었다.

"마음껏 쓰라고 했던 말, 기억해요?"

노골적인 시선이 조금 더 짙어진다.

"그거 아직 유효해요."

그가 안심하길 바랐다.

"그러니까…… 그렇게 미안한 표정 짓지 말아요."

그가 저에게 줄 수 있는 마음이 없다고 한들, 저는 아무렇지도 않았다. 그가 저를 밀어내지만 않는다면, 그가 저를 미워하지만 않는다면 그것으로 충분했다. 그러니 그가 저에게 미안해하지 않았으면 좋겠다.

그는 묘하게 미간을 찌푸렸다. 특별하지 않은 표정이었지만 처음 보는 표정 같다는 생각이 들었다.

"미안한 표정 같아요?"

윤기는 적당한 미소를 지으며 물었다. 이 와중에도 저를 생각하는 별이 신기하고 흥미로웠다. 미안한 표정이라니.

"그런 걱정 안 해도 돼요."

하잘것없는 배려에 자꾸만 웃음이 나왔다. 예전부터 느낀 거지만 별은 제가 무결하고 심지어는 고결한 줄 아는 것 같다. 겉이 예쁘다고 속까지 예쁜 건 아닌데.

"나는 지금 기대하고 있는 거예요."

마음껏 쓰라고 했던 말은 당연히 기억하고 있었다. 당시엔 제가 별을 믿지 않았을 때라 피상적으로 느껴졌지만 지금은 꽤 낭만적인 호소라고 생각했다.

"하나도 안 미안해."

기대로 부푼 마음에 미안한 감정이 침범할 틈은 없었다. 완벽해 보이는 제 인생의 내면이 사실은 어둡고 결핍으로 가득 차 있다는 걸 보여 줄 사람이 생겼다는 것에 아니, 채워 줄 사람이 생겼다는 것에 묘한 흥분까지 느끼고 있는 중이었다.

끊임없이 요구해도 되는 사람이 있다는 게. 그런 저를 아무렇지 않게 안아 줄 사람이 있다는 게. 그것이 꼭 주고받는 감정이 아니어도 된다는 게. 그저 제 존재가 애정의 이유가 될 수 있다는 게 기대가 되었다.

"……그런 거면 다행이고요."

별은 차분히 고개를 끄덕였다. 제 말을 하나도 이해하지 못한 표정 같았다.

"정말 다행이라고 생각해요?"

또 한 번 물었다.

별은 반복적으로 고개를 주억거렸다. 서윤기가 한 말을 되짚어 보는 중이었다. 평소엔 감정의 기복이 크지 않던 그였다. 그런 그가 오늘은 말 한 마디, 한 마디에 분위기를 달리하고 있었다. 거슬리거나 싫은 느낌이 들지는 않았다. 어차피 저는 그가 가진 모든 것을 좋아하므로.

"줄 수 있는 게 많아서 다행이에요."

어깨를 으쓱이며 말했다.

"그 많은 걸 내가 다 소모하면 어쩌려고요."

윤기는 자신만만해 보이는 별을 걱정하는 척, 위선을 떨었다. 덜덜 떨고 있던 모습을 걷어 내고 본래 모습이 보이는 걸 보니 조금은 안정을 찾은 모양이었다. 그 빠른 회복세가 기특하면서도 퍽 얄미워 겁을 주고 싶었는지도 모른다.

"그럴 일 없어요."

하지만 별은 우스운 이야기를 들은 사람처럼 나른한 표정을 지었다.

"내가 가진 게 좀 많아야지."

"……"

"몸도 마음도, 돈도 건물도."

"……"

"그러니까 언제든지 말해요. 원하는 건 뭐든 줄 테니까."

윤기는 그런 별을 한참 동안 응시했다.

의심을 거두고 본 애정의 형태는 폭포와 같았다.

"윤기 씨, 무슨 좋은 일 있어요?"

윤기의 의상 피팅을 돕던 스타일리스트가 물었다.

"그래 보여요?"

"아니, 그냥…… 아까부터 계속 웃고 있는 것 같아서요."

촬영장에서는 늘 예민한 상태를 유지하는 그가 선선한 미소를 짓고 있는 게 영 어색했다.

"별일 없는데."

윤기가 고개를 갸웃하며 대답했다.

"어제 쉬어서 그런가 봐요."

담백한 대답이기는 했지만 딱히 설득력이 있지는 않았다. 드라마는 이제 촬영 중반부를 겨우 넘어가고 있었다. 초반에 사건 사고가 많았던 터라 여유 부릴 상황도 전혀 아니었다. 덕분에 극악에 가까운 업무 강도가 나날이 지속되고 있었다.

비록 어제 하루, 서윤기에게 휴가가 주어지긴 했지만 한 달 내내 쉬지 않고

254

일했던 걸 생각하면 하찮은 수준이었다. 그럼에도 불구하고 서윤기는 푹 쉬고 돌아온 사람처럼 생기가 넘친다.

"어깨 좀 볼게요."

스타일리스트의 말에 윤기가 상체를 숙였다.

"불편한 곳 없는지 손 올려 볼래요?"

액션 신에 입을 슈트 재킷이라 움직임에 제약이 있어선 안 됐다. 능숙하게 팔을 들고 가동 범위를 확인한 윤기는 좋다고 대답했다.

"그럼 이제 허리선만 보고 끝낼게요."

어깨너비에 비해 허리둘레가 가는 편에 속하는 그는 매번 허리 사이즈를 줄여야 하는 수고가 필요했다. 편안한 디자인의 옷은 괜찮았지만 각이 살아 있는 옷을 입힐 땐 항상 신경을 써 주어야 했다. 그러지 않으면 애매한 핏이 되기 십상이라.

"수선이 좀 잘못된 것 같은데……."

그 애매한 핏이 하필 오늘인 모양이었다. 수선실에 의상을 맡겼던 막내가 말을 잘못 전한 건지, 수선실에서 실수가 있었던 건지 모르겠지만 사이즈에 문제가 있어 보였다. 일과 관련한 부분에서 관대함이 많지 않던 서윤기인지라 분위기가 험악해질 거라고 생각했는데,

"짧은 장면이니까 너무 눈에 띄지 않게만 잡아 주세요."

그는 태연하게 넘어가 주었다. 스타일리스트가 고개를 갸웃거리며 옷핀으로 사이즈를 조절했다.

피팅을 완료한 서윤기가 대기실을 나가자 스타일리스트는 매니저를 붙들고 호들갑을 떨었다.

"오늘 서윤기 씨 좀 이상하지 않아요?"

"경은 씨도 그렇게 느꼈어요?"

"못 느끼는 게 이상하죠. 왜 저러는 거예요? 죽을 날 받아 놨대요?"

"글쎄요. 저도 저런 모습은 처음이라……."

나름 윤기를 오래 봤다고 자부하는 박 매니저조차 고개를 저었다. 어제 한 일이라고는 갤럭시 멤버들을 만난 것뿐이라고 했는데 왜 저러는지 알 수 없었다.

"선배님!"

먼저 촬영장에 나와 있던 은호가 윤기를 발견하고는 손을 붕붕 흔들었다. 똥강아지처럼 따라붙는 것은 이제 너무도 익숙한 일이었다. 허리를 꾸벅 숙여 가며 인사했던 예전에 비하면 장족의 발전이었다.

"오늘 식사는 하셨어요?"

"아까 과일 먹었어."

"과일로 괜찮아요? 오늘 촬영 액션 신이라 빡셀 텐데 고열량으로 드셔야죠."

"됐으니까 좀 떨어져서 걸어."

몸에 손대는 걸 지극히 싫어하는 윤기가 대놓고 짜증을 냈다. 의상 문제를 해결해 준 이후로 고마움이 애착으로 변한 건지 엉겨 붙는 게 찰거머리 같았다.

"에이, 선배님이 좋아서 그러죠."

면박을 주면 기가 죽는 시늉이라도 하면 좋으련만. 뻔뻔하기가 만만치 않다.

"아, 맞다. 저 스타일팀 누나들 전부 교체됐어요."

"전부?"

"네, 저번에 그런 일 있고 대표님한테 계속 건의했거든요."

"그 형이 네 말을 들어?"

휘적휘적 걷던 윤기가 걸음을 멈추고 물었다. 눈살을 찌푸린 얼굴에 못 믿겠다는 속내가 다분히 드러났다. 아직 데뷔도 하지 않은 은호의 건의가 정당했다고 한들 꼰대 같은 성 대표가 들어줄 리 없었다.

씨익 웃어 보인 은호가 비밀 이야기를 하듯 목소리를 낮췄다.

"처음엔 당연히 안 들었죠. 네까짓 게 뭔데 스태프를 가리냐고 화도 내시고, 건방지다고 잔소리도 하시고……."

"근데?"

"맨날 전화해서 징징거렸죠, 뭐. 한 일주일 그렇게 하니까 바꿔 주시더라고요. 귀찮으셨나 봐요."

"너도 대단하다."

고개를 절레절레 저은 윤기가 말했다. 성 대표의 성격은 누구보다 제가 잘 알았다. 강한 자에게는 약하고, 약한 자에게는 강한. 그런 그에게 신인인 은호는 하잘것없는 상대였을 것이다. 그런데도 원하는 것을 얻어 내다니 그 정도 집념이면 뭘 해도 될 것 같단 생각이 든다.

"그래서 바뀐 스태프들은 잘해 줘?"

"네, 다들 엄청 친절하세요. 실력도 좋으신 것 같고요."

"다행이네."

"아, 선배님도 잘 아실 거예요."

"내가?"

윤기가 되물었다.

"선배님 담당하던 분들이거든요."

"뭐?"

"제가 그렇게 해 달라고 했어요. 솔직히 저희 회사에서 선배님 맡았던 분들이 가장 실력 좋은 분들이잖아요."

무어라 지적하지도 못하게 덧붙이는 은호에 윤기는 잠시 말문이 막혔다. 안 그래도 비슷한 이목구비와 분위기 때문에 형제 같다는 소리를 들을 때가 많았다.

지금이야 형제 역할로 연기를 하고 있으니 닮은 것이 장점으로 작용했지만 이번 드라마가 끝나면 명백한 단점이 될 것이다. 저보다는 정은호에게. 유일무이한 존재가 되어도 모자랄 판에 저의 아류 같은 느낌을 내게 될 테니까.

그런 와중에 저를 맡았던 스타일팀 사람들을 담당으로 쓴다는 게 석연치 않다.

"진호 형이 별말 안 해?"

"설마요. 신인 주제에 비싼 스태프 쓴다고 욕을 얼마나 하시던지……. 꿈에 나올까 봐 겁나요."

천진하게 웃은 은호가 말했다. 그때 연출팀을 대동하고 나타난 감독이 한마디 얹는다.

"둘이 오늘따라 쌍둥이 같네."

께름칙한 기분이 든다.

별이 임 비서를 대동하고 백화점에 들렀다. 오랜만에 방문해서 그런지 곳곳에 스치는 직원들의 눈빛이 긴장으로 가득하다. 넓은 공간과 고급스러운 마감, 적당한 조명이 명품으로 즐비한 매장들을 둘러싸고 있었다.

"쯧."

혀를 찬 별이 이글거리는 눈으로 곳곳을 살폈다. 그녀가 갖고 싶은 건 명품 가방이나 구두 따위가 아니라 이 백화점이었다. 이렇게 괜찮은 '물건'이 제 사촌 오빠의 것이라는 걸 믿을 수가 없다.

"쇼핑을 하고 싶으면 혼자 하시지……."

또각또각 소리를 내며 걷는 별의 뒤에서 임 비서가 중얼거렸다. 가뜩이나 서윤기를 위한 1인 기획사 때문에 해야 할 일이 폭증하고 있는 이때, 굳이 쇼핑을 하러 온 상사가 마음에 들 리 없다.

"임 비서."

걷던 걸음을 멈춘 별이 엄한 표정을 지으며 돌아본다.

"혼잣말이 너무 큰 거 아니야?"

임 비서가 말도 안 된다는 듯 고개를 저었다.

"혼잣말이라뇨. 들으시라고 일부러 또박또박 말했는데."

"어어? 이런 식이면 나 진짜 서운해. 안 그래도 아침부터 엄마한테 온갖 욕을 다 들어서 피곤해 죽겠는데 임 비서까지 이러기야?"

"서운하시면 해고하세요. 안 말립니다."

별이 코웃음을 쳤다.

"일 때려치운다고 나한테서 벗어날 수 있을 것 같아?"

"이사님, 대한민국엔 스토커를 처벌할 수 있는 법이라는 게 있습니다."

"그딴 게 무서울 것 같아? 내가 임 비서를 죽이지 않는 한 집행 유예 아니면 벌금으로 끝날 텐데?"

"하……."

임 비서가 착잡하단 표정으로 쏟아 낸 한숨을 패배 시인이라 생각한 별은 오만한 미소를 지었다.

"그니까 그냥 내 밑에서 열심히 일해. 돈 많이 줄게."

"이사님은 재벌가에서 태어난 걸 행운이라고 생각하세요."

"왜?"

"남들보다 윤리 기준이 빈약하시잖아요. 평범한 사람이 이사님처럼 생각하고 행동하면 사회에서 격리되는 게 보통이에요."

별은 웃음을 터트렸다. 임 비서의 말이 꽤 재미있게 들렸다.

"나 같은 사람한테는 적당히 빈틈이라는 게 필요한 거야."

"이사님 빈틈은 지금도 충분히……."

인내심이라고는 쥐뿔도 없는 승질머리와 하고 싶은 게 생기면 뒤를 생각하지 않는 무모함, 혀에 칼이라도 박은 건지 툭하면 내뱉는 막말 등을 길고 자세히 설명할 준비를 마친 임 비서에게 별은 스읍, 소리를 내며 침묵을 강요했다.

"자, 생각을 해 봐. 내가 갖고 쥐고 물고 태어난 것들을 생각해 보란 말이야."

"음……."

"집안은 빵빵하다 못해 터지기 직전이고 학벌은 뭐 티끌 하나 없이 높고 완벽하잖아. 그렇다고 뭐 미모가 빠지나? 눈이 부시잖아. 한번 보면 못 잊을 외모잖아."

"……."

임 비서는 차마 부정도 긍정도 하지 못한 채 눈을 질끈 감았다.

"거봐, 임 비서도 눈 감잖아. 내가 눈부셔서."

"하……."

"한숨 쉬지 마. 나도 속상해. 하도 위화감을 조성하고 다녔더니 주변에 사람이 없어, 사람이."

어디 한번 부정해 보라는 듯 턱을 치켜든 별에 임 비서는 기계처럼 미소를 지었다. 별이 어렸을 때까지만 해도 이런 밑도 끝도 없는 자만심에 맞장구칠 만큼의 비위가 남아 있었던 것 같은데 이젠 나이가 들었는지 빈말이 나오지 않았다.

"근데 왜 하필 여기로 오셨어요?"

이내 정신을 차린 임 비서가 물었다. 비위를 맞추는 것 대신 말을 돌리는 것에 재능이 있어 다행이라는 생각과 함께.

"여기? 왜?"

"여기 안 좋아하시잖아요. 자주 가는 편집 숍도 따로 있으시면서 굳이 왜……."

"아, 난 또 뭐라고."

한 브랜드 매장 앞에 선 별이 웃었다.

"어그로 끄는 거야."

"어그로요?"

"임 비서 말대로 나 여기 안 좋아하잖아. 근데 여기 사람들도 나 안 좋아하거든. 직원들 표정 좀 봐. 딱 봐도 불편해 죽겠단 얼굴이잖아."

"그야……."

"쇼핑하는 김에 업무 방해도 하면 좋지, 뭐. 나 왔단 소식에 우리 오라버니가 또 얼마나 긴장을 하겠어. 그 안 돌아가는 머리로 진땀 빼고 있을 생각 하니까 벌써부터 머리가 개운해. 힐링이 따로 없어, 아주."

그 새끼도 제 호텔에서 돌잔치를 하는 마당에 저라고 여기서 쇼핑을 못 할까.

산뜻하게 제 할 말을 마친 별은 걸음을 옮겨 평소 좋아하던 브랜드 매장 안으로 들어갔다. 제 상사의 사회성 결여에 대한 심도 깊은 고민을 하고 있던 임 비서는 조금 늦게 따라붙었다.

"만나 뵙게 되어서 영광입니다, 이사님. 이다혜 매니저입니다."

단전 위로 손을 모은 매니저가 지극히 공손한 태도로 인사했다. 매장 안의 다른 직원들 또한 상부에서 하달받은 내용이 있는 듯 바짝 긴장한 모양새를 하고 있었다.

"최대한 편의를 봐드리라고 지시받았으니 필요한 게 있으시면 개의치 말고 무엇이든 말씀하십시오."

그 과한 친절에 별이 싱긋 웃어 보였다. 느림보 거북이 같은 사촌 오빠가 꽤 쓸모 있는 소식통을 갖고 있는 모양이었다. 백화점에 발을 들인 지 겨우 10분

남짓이 지난 것 같은데 전 매장의 직원이 저를 대하는 매뉴얼을 하달받은 것을 보면 말이다.

"고마워요. 근데 일일이 신경 쓸 필요 없어요. 그냥 쇼핑하러 온 거니까."

"아닙니다, 이사님. VIP 전담팀에서도 대기하고 있으니 필요하시면 언제든 말씀해 주십시오. 이사님께서 좋아하실 만한 제품들을 골라 두었다고 하니 실망하실 일은 없을 겁니다."

"그래요?"

군더더기 없는 매니저의 설명에 별은 순진한 목소리로 감탄을 자아냈다. 머리카락 한 올 흐트러지지 않고 정리된 여자의 머리꼭지만큼이나 서비스도 빈틈이 없었다.

"너무 고맙긴 한데…… 이상하네요."

느린 몸짓으로 팔짱을 낀 별이 고개를 기울였다.

"난 여기 VIP가 아닐 텐데?"

"예?"

"내가 여기서 사 봤자 뭘 얼마나 샀겠어요. 주식이나 몇 개 갖고 있는 거지."

안 그래요? 되물은 별이 매니저의 얼굴을 뚫어져라 쳐다보았다. 하하, 어색하게 웃은 매니저가 당황한 것을 들키지 않기 위해 필사적으로 애쓰는 듯 보였지만 가늘게 떨리는 입술까지 숨기지는 못했다.

"괜찮아요."

별이 매니저의 어깨를 가볍게 두드렸다.

"나는 내 비서랑 둘러볼 테니 다혜 씨는 편하게 있어요."

별의 입장에서는 나름 배려한다고 한 말이었지만 매니저의 얼굴은 이미 사색이었다. 큰 실수를 했다 생각하는 게 확실했다. 임 비서는 그런 매니저를 안쓰럽다는 듯 쳐다보고는 앞서 걷는 별의 옆구리를 쿡쿡, 찔러 댔다.

"죄 없는 사람 등골 서늘하게 만들어 놓고 좋으세요?"

"좋을 건 없지. 딱히 나쁘지도 않고."

"이야, 인성 정말 훌륭하시네요."

대놓고 비꼬는 어투였지만 별은 조금의 죄책감도 느끼지 않는 듯 보였고 오히려 재미있다는 듯 미소를 지었다.

별이 임 비서의 어깨를 부드럽게 감싸 안았다. 사적인 공간이 아니면 타인과 다정한 모습을 연출하지 않는 별이기에 임 비서는 잠자코 있었다. 분명 다 이유가 있는 몸짓일 것이다.

"임 비서."

아니나 다를까. 별은 임 비서의 귓가에 조용히 속삭였다.

"우리 오빠 뒷조사 좀 하자. X파일 업데이트할 때가 온 것 같아."

"갑자기요?"

"나 오늘 여기 갑자기 온 건데 내 스타일에 맞춰 제품 추천까지 해 준다잖아. 그게 무슨 말이겠어."

얼굴색 하나 변하지 않고 말하는 별에 임 비서가 미간을 찌푸렸다. 슬쩍 돌아보려는 얼굴을 별이 도로 붙들었다.

"스파이가 있는지부터 알아봐야겠지?"

"……바로 확인하겠습니다."

임 비서가 장렬한 기운을 뿜으며 대답했다.

고개를 끄덕인 별은 역시 이곳으로 오길 잘했다는 생각을 했다. 벌집은 가끔 들쑤셔야 하는 법이다. 그래야 꿀을 빨 수 있으니까. 벌침에 맞는 것쯤이야, 아프지 않다.

별이 스킨 스카프 하나를 골랐다. 굳이 만져 보지 않아도 부드러울 것 같은 스카프를 손등 위로 올려 촉감을 확인한 별은 부채꼴로 모양을 잡은 뒤 꽤 여러 번 태를 보았다.

재벌이라면 응당 '여기서부터 여기까지 다 주세요.' 해야 할 것 같지만 별은 그 반대에 선 사람이었다. 제 몸에 두르고 또 제 몸에 바를 것들은 이리저리 재고 따져야 직성이 풀리는 성격이라 뭐 하나를 고르더라도 시간을 들이고 까탈을 부렸다.

"예쁘네."

어제 산 가방 손잡이에 둘러 놓으면 딱일 것 같다는 생각을 했다. 명품은 희소해서 가치가 있다는 말도 다 옛말이었다. 요즘엔 개나 소나 들고 다니는 게 명품이었고 명품 몇 개 걸치면 하이패션이라 떠드는 시대라 이렇게라도 차별을 두지 않으면 똑같은 패션을 하고 있는 도플갱어를 만나기 십상이었다.

별이 멀찍이 선 매니저를 불렀다. 여전히 본인 실수가 무엇인지 되짚어 보고 있었던 것인지 망부석같이 서 있던 매니저는 다소 점잖지 못한 걸음으로 다가와 고개를 숙였다.

"예, 이사님."

"이거로 할게요."

"아……."

"선물할 거 아니니까 애써 포장할 필요는 없어요."

재깍 움직여 줄 줄 알았던 매니저는 한껏 당황한 표정을 지었다.

"문제 있습니까?"

임 비서가 대신 물었다. 매니저는 잠시 뜸을 들이더니 기가 잔뜩 죽은 목소리로 말했다.

"이사님께서 고르신 상품이 딱 한 점 남은 건데…… 한 시간 전에 홀딩을 하신 고객님이 계셔서요."

"그럼 진열장에서 내려야지 그대로 두면 어떡해요. 그림의 떡도 아니고."

단박에 미간을 구긴 별이 읊조렸다. 스카프 하나 못 사는 게 뭐 대수라고 할 수도 있지만 평소보다 고민의 시간이 짧았던 만큼 마음에 들었던 것이라 심술이 돋았다.

"직구라도 해야 하나……."

귀찮게, 쯧.

혀를 차는 소리 하나에 어깨를 떤 매니저는 눈썹을 팔자로 만들었다. 그 뒤로 늘어선 다른 직원들 역시 통탄스러운 마음을 금치 못하고 저린 손을 주물렀다. 그 가상하고도 기괴한 노력을 아는지 모르는지 연신 미간을 구기고 있던 별은 어느 순간 매장 안의 분위기가 바뀌고 있음을 느꼈다.

"저, 이사님……?"

임 비서 역시 별의 팔을 슬쩍 끌어당기며 눈치를 주었다. 직원들의 시선이 한곳으로 향하고 있었다. 뭔가 싶어 시선을 따라간 별의 눈에 보인 건 누가 봐도 나 연예인, 하고 나타난 남자였다.

"천사랑?"

육성으로 이름을 뱉은 별에 사랑이 선글라스를 벗었다. 작은 얼굴에 결점 없이 뽀얀 피부가 매장 안의 조명을 받아 보석처럼 빛이 난다.

사랑은 눈앞에 있는 사람이 별인 것을 알고도 딱히 알은척을 하지 않았다. 그 입술에서 제 이름이 나왔다고 한들 알 바 아니었다. 엮이고 싶지 않았다. 소문이 안 좋기도 했고 웬 남자에게 위스키를 끼얹는 모습까지 목격한 경험이 있으니 좋게 보려야 볼 수 없었다.

"아까 전화로 홀딩했던 물건 찾으러 왔어요."

사랑이 뒤통수로 꽂히는 시선을 모른 척하며 매니저에게 말했다. 매니저가 알겠다고 대답하며 뒤에 선 직원들에게 눈치를 주자 직원 하나가 삐거덕거리는 몸짓으로 곱디고운 스카프를 포장하기 시작했다.

별이 잘됐단 표정을 지었다. 마음에 들었던 스카프의 주인이 천사랑인 모양이었다.

"그거 꼭 필요해요?"

카드를 꺼내고 있던 사랑에게 별이 대뜸 물었다.

"이사님, 스카프는 제가 내일 본사에……."

임 비서가 재빨리 상황을 정리하려 시도했지만,

"아, 그걸 언제 기다려."

성질 급한 별은 허락하지 않았다. 해외에 있는 본사에 연락해서 구한다고 해도, 그걸 가장 빠른 비행기로 운송한다고 해도 지금 당장 구입하는 것보단 느리다. 패션은 흐름이고 흐름을 주도하는 건 가장 앞에 선 사람이 하는 법이었다.

별은 찌푸리고 있던 얼굴을 상냥하게 바꾸고 사랑을 쳐다보았다.

"그거 나한테 팔면 안 돼요?"

"저한테 하는 소리예요?"

"그럼 누구한테 하는 소리 같아요?"

싱긋 웃은 별이 주변을 둘러보았다. 매장 안엔 긴장한 직원들과 이마를 짚고 있는 임 비서, 별과 사랑이 전부였다.

"양보할 생각 없어요?"

"제가 왜요?"

"지금 당장 갖고 싶은데 그게 마지막이래요."

다이아 반지가 반짝이는 손가락을 꽤 우아하게 펼쳐 낸 별이 곱게 접힌 스카프를 가리켰다. 그런 그녀를 무심하게 보던 사랑이 피식 웃으며 어깨를 으쓱인다.

"그거 참 안타깝네요."

"안타깝지 않게 만들면 되죠. 보상할게요."

"……."

사랑이 단번에 얼굴을 굳혔다. 인사도 없이 제 할 말만 하는 것도 거슬리는데 시종일관 당당한 태도가 불쾌했다. 그중에서도 가장 기분 나쁜 것은 그 새빨간 입에서 나온 '보상'이라는 말이었다.

"싫어요."

"왜 싫어요?"

여자는 물러날 줄을 몰랐다. 안 그래도 큰 눈을 더욱 크게 뜨고는 왜 싫으냐고 묻는 모양이 진정 궁금한 듯 보였다.

"제 거니까요."

"보상해 준다니까?"

뻔뻔한 데다 은근슬쩍 말까지 놓는다.

"보상을 어떻게 할 건데요."

사랑이 짜증스럽게 물었다.

"더 좋은 거 사 줄게요. 여러 개 필요하면 여러 개 사 주는 것도 괜찮고."

"필요 없어요."

"현금이 더 좋아요?"

"필요 없다고요. 더 좋은 건 이사님이나 사세요."

"오……."

별이 재미있다는 듯 웃었다.

"뭐야, 나 알아요? 나 모르는 줄 알았는데?"

정식으로 인사한 적도 없는데 '이사님' 이라는 호칭까지 붙이는 걸 보면 아는 모양이다.

"어디까지 알아요?"

"……."

"내 이름도 아나?"

"……계산해 주세요."

재빨리 고개를 돌린 사랑이 매니저를 재촉했다. 쓸데없이 기뻐 보이는 별의 표정이 잘못 건드렸다는 기분이 들게 했다. 하필이면 거기서 이사님이라고 할 게 뭐람.

"왜 자꾸 쌩까요?"

겨우 계산을 하고 도망치듯 나오는데 여자가 등 뒤에서 말했다.

"대답하는 게 어려워요? 아님, 내가 사랑 씨한테 잘못한 거라도 있나? 그럴 리가 없는데?"

그냥 무시하고 걸었어야 했는데 죽일 놈의 승질머리가 결국엔 돌아보게 했다.

"저야말로 이사님한테 뭐 잘못했습니까? 왜 자꾸 친한 척이세요? 저 아세요?"

"널 왜 몰라요. 천사 같은 천사랑인데."

"……."

사랑이 순간 헛기침을 했다. 천사 같은 천사랑이라니. 그토록 낯 뜨거운 소리를 들은 게 얼마 만인지 모르겠다.

'천사 같은 천사랑' 이란 말은 아이돌 활동을 하던 시절에도 간간이 불리던 별명이었다. 팬들이 불러 줄 때야 애정 표현이니 좋았지만 안하무인이나 다름없는 여자가 하니 놀림을 받는 듯 모욕적으로 느껴진다.

"지금 저 놀리시는 거예요?"

"아뇨."

"아닌 거 확실해요?"

"그럼요. 내가 명색이 유니버스였는데 널 놀릴 리가 없잖아요."

별이 퉁명스럽게 말했다.

"뭐라고요?"

"널 놀릴 리가 없다고요."

"아니, 그 전에요."

"아—"

별이 알겠다는 듯 말을 늘였다.

"내가 유니버스였다는 거?"

"당신이?"

"아, 나 정말 서윤기한테 했던 거 또 하기 싫은데……"

별이 대단한 결심이라도 한 사람처럼 후우, 심호흡을 했다. 뒤에 선 임 비서는 이미 많은 것을 포기한 사람처럼 착잡한 표정을 짓고 있었다.

"내가 워낙 클래식한 이미지라 대중가요 좋아하지 않게 생긴 건 아는데, 나 유니버스 맞아요. 응원봉만 해도 다섯 개나 갖고 있는 찐 팬이라고."

당황한 표정의 사랑을 쳐다보던 별은 이놈의 연예인들 단체로 의심병 걸린 거 아니냐며 성을 냈다.

"나 진짜 당신네들 팬이었다니까? 최애는 서윤기였지만 너도 되게 좋아했다고요. 네가 그 다이어튼지 뭔지 할 때마다 우리 사랑이 단 1g도 사라지면 안 된다면서 마음 아파했던 게 나라고. 옛날엔 허구한 날 유니버스 여러분 사랑해요, 하더니 왜 이렇게 믿음이 없어? 해체했다고 이러는 거야? 갤럭시와 유니버스 사이가 이 정도밖에 안 돼?"

"여기가 네 집이냐."

막 침실에서 나온 윤기가 거실 소파에 늘어져 있는 사랑을 보고 말했다.

"네 집이 내 집이고, 내 집이 네 집이지 뭐."

사랑은 그런 게 뭐 대수냐는 얼굴로 대꾸했다. 소파 옆에 쌓여 있는 쇼핑백을 보니 또 어떤 매장의 매출을 미친 듯이 올려 주고 온 모양이었다.

아이돌 활동을 하던 당시에도 옷과 액세서리에 관심이 많던 사랑이다. 저 역시 대중들에게 보이는 직업을 가진 사람인지라 패션에 신경을 쓰는 편이었지만 사랑에 비하면 귀여운 수준이었다.

컬러나 패턴에 대한 감각도 감각이었지만 매칭하는 실력이 독보적이었던 사랑은 스타일리스트가 옷을 입혀 주면 거기에 맞춰 액세서리를 직접 골랐다. 모두의 감탄과 칭찬을 불러일으키는 실력이었다. 가끔은 스타일팀에서 사랑에게 조언을 구하기도 할 정도였다.

무엇보다도 사랑은 스타일에 한해서 본능적이었다. 그날 입은 옷과 뿌린 향수, 날씨에 따라 걸음걸이와 표정, 애티튜드를 달리했다. 옆에서 지켜본바, 계산적으로 움직이는 것은 아니었다. 그냥 타고났다는 말밖엔 표현할 말이 없다.

"자, 이거."

그런 사랑이 수많은 쇼핑백 중 하나를 건넸다.

"뭐야?"

"너 독립 영화제에서 시상한다며. 그때 하라고."

애벌레처럼 늘어져 있던 몸을 일으키고 앉은 사랑은 선물 받는 당사자보다 더 설레는 표정을 지어 보였다. 윤기가 이번엔 또 뭔가 싶은 마음을 꽁꽁 숨겨 둔 채 리본을 풀었다. 선물하는 걸 즐기는 그는 쇼핑할 때마다 주변 사람들 것까지 야무지게 챙겨 오는 버릇이 있었다.

"와."

천사랑이 원하는 건,

"예쁘네."

오직 리액션이었다.

"그게 다야?"

"고마워."

"그리고?"

"음……."

"됐다, 됐어. 너한테 바란 게 잘못이지."

한껏 들떠 있던 사랑이 고개를 저었다. 천성이 애교 많고 솔직한 그는 무뚝뚝하고 건조한 윤기의 화법을 좋아하지 않았다. 윤기가 이제는 좀 익숙해지라며 핀잔을 주었다. 자신의 말투에 불만을 품었던 사람이야 수없이 많이 보았지만 꾸준히 불만을 드러내고 짜증을 내는 사람은 그가 유일했다.

"근데 이거 스킨 스카프 아니야? 이렇게 작은 걸 어디다 매라고."

윤기가 화려하고 선명한 색감의 스카프를 이리저리 뜯어보았다.

"어디 가서 그런 소리 하지 마라. 촌스럽다고 소문날라."

손에 들려 있던 스카프를 휙, 하고 가져간 사랑이 윤기의 손목을 끌어당겼다. 하얀 손목 위에 스카프를 둘러 적당히 매듭을 짓는 폼이 전문가 못지않다.

"슈트 재킷 검은색이라고 그랬지?"

"아직 픽스는 아닌데 아마 그럴걸?"

무슨 색이든 상관없다는 태도에 사랑의 눈이 살벌해졌다.

"검은색이라고 해서 이 스카프 산 거니까 검은색 입어."

"응."

괜히 덤벼 봤자 이길 리 없다는 걸 아는 윤기는 순순히 대답했다.

"이렇게 묶어 놓고 재킷 입으면 팔 움직일 때마다 슬쩍슬쩍 보일 거야."

"꼭 슬쩍슬쩍 보여야 해?"

"응, 슬쩍슬쩍. 대놓고 보여 주면 작정하고 꾸민 것 같아서 별로야."

"……알았어."

윤기가 손목에 묶인 스카프를 사진 찍어 스타일팀 스태프에게 보냈다. 어차피 저는 금방 까먹을 테니 스타일리스트에게 일임하는 것이 현명한 방법이었다.

"아, 나 오늘 백화점에서 그 사람 만났다?"

"그 사람?"

"이선그룹 김 이사."

스타일리스트에게 사랑이 했던 말을 곧이곧대로 전달 중이던 윤기는 하마터면 핸드폰을 놓칠 뻔했다.

"근데 그 사람…… 좀 이상한 것 같아."

사랑이 백화점에서 있었던 일을 상기하며 말했다.

"왜?"

269

"아니, 잠깐 실랑이가 있었거든."

"실랑이? 너랑 그 사람이랑?"

"응, 이 스카프 때문에."

사랑이 스카프가 둘러진 손목을 가리켰다.

"스카프가 하나밖에 없었는데 내가 먼저 홀딩했거든. 근데 대뜸 오더니 자기한테 팔라고 그러더라고. 보상을 해 주겠다나 뭐라나."

대충 무슨 일이 일어났던 건지 감이 왔다. 매사에 저돌적인 별이 갖고 싶은 물건이 코앞에 있을 때 어떤 태도를 취했을지는 뻔했다. 상상하니 웃음이 나온다.

"근데 그 사람이 내 팬이래."

앉아 있던 몸을 도로 소파 위에 누인 사랑이 말했다.

"그 사람이?"

"응, 웃기지?"

시선이 천장으로 향한 사랑은 보지 못했겠지만 윤기의 표정은 웃긴 사람의 것이 아니었다.

"그 사람이 너 좋대?"

"응?"

미묘하게 굳은 얼굴 뒤로 진정 궁금해하고 있던 것은,

"팬이라고 했다며. 너보고 예쁘대?"

별의 애정이 얼마나 흔한가, 였다. 가진 게 많다며 자신만만해하더니 이곳저곳에 애정을 뿌리고 다니는 모양이었다.

"예쁘다곤 안 했고—"

사랑이 잠시 말을 멈추었다. 기억을 되짚다가 재미있는 구석이라도 발견한 듯 웃음을 짓는다.

"천사 같은 천사랑이라고는 하더라."

젠장.

| 11. 제2의 서윤기 |

"와, 진짜 서윤기 맞아요?"

약 일주일 만에 서윤기와 전화하기 미션을 성공한 별은 반가운 기분을 숨기지 않았다.

— 가짜 서윤기도 있어요?

"대체 뭐 얼마나 바쁘면 전화 한 통 하기가 이렇게 어려워요?"

저에 비해 차분하기만 한 서윤기에 별은 분통을 터트렸다. 이제야 좀 대놓고 예쁘다, 예쁘다 할 수 있는 바탕이 조성됐는데 정작 서윤기가 너무 바빠 뭘 할 수가 없었다.

— 막바지라 어쩔 수 없어요.

"아, 됐어요. 그러지 말고 노동청에 신고하는 건 어때요? 김의준한테 진정서 넣으라고 할게요."

— 말이 되는 소리를 해요.

"아니, 너무하잖아요. 어떻게 하루도 안 쉬고 일만 해요?"

지레짐작으로 하는 말이 아니라 스케줄표를 확인하고 하는 소리였다. 스케줄표 하나를 받겠다고 했던 고뇌가 얼마나 치열했는지 서윤기는 모를 거다. 서윤기의 소속은 이제 명실공히 제가 세운 기획사였지만 공식적으로는 저의 회사가 아니었다.

그러다 보니 임 비서는 서윤기의 스케줄표는 물론이고 기획사에서 진행하는 여러 가지 플랜에 대해 일일이 알려고 하지 말라 조언했다. 그 말을 하는 임 비서의 태도나 말투는 언제나와 같이 공손했지만 엄연히 경고임을 모르지 않았다.

해서 망설이고 또 망설였다. 도통 연락이 닿지 않는 서윤기에 애가 타고 또 탈 즘, 무슨 일이 생긴 건 아닌가 걱정을 하고 또 할 즘이 되어서야 박 매니저에게 지시를 내렸단 소리다. 뭐 임 비서의 표현을 따르면 '지시' 보다는 '닦달' 이었다지만 상관없다.

— 쉬는 날 있어요.

서윤기가 웃음기 깃든 목소리로 말했다.

"있긴 뭐가 있어요."

— 있어요. 근데 그 쉬는 날에 이사님이 때려 박은 광고를 찍어야 되는데 어떡해.

"……일정 조정하라고 할까요?"

할 말이 없어진 별이 중얼거렸다. 좀 많이 쏟아부은 건 사실이었다. 안 그래도 그것 때문에 엄마 번호를 차단한 상태였다. 잔소리가 어찌나 살벌한지 듣고 나면 몸이 아플 지경이었다.

— 아, 사랑이 만났다면서요?

뭔가 자괴감이 들 즘, 서윤기가 물었다. 때마침 임 비서가 방 안으로 들어왔다. 무언갈 전달하기 위해 들어온 것 같았지만 입술 위에 검지를 올리며 말하지 말라는 뜻을 명확히 했다.

"헐, 사랑 씨가 내 얘기 했어요? 뭐라고 했어요?"

곁에서 조용히 대기하던 임 비서가 소리 없이 한숨을 쉬었다. 제 통화 상대가 서윤기라는 걸 알아차린 모양이었다.

— 뭐……. 백화점에서 만났다고 하던데요.

"와, 또 뭐라고 했어요?"

— 왜 이렇게 좋아해요?

"안 좋아하는 게 이상한 거 아니에요? 나 지금 되게 성덕 된 기분인데?"

별은 삐져나오는 웃음을 어쩌지 못하고 말했다. 저의 오랜 이상은 저와 통화를 하고 있고, 그 이상과 둘도 없는 친구로 유명한 천사랑은 저에 대한 이야기를 했다니. 웃음이 나올 수밖에 없는 일이었다.

— 성덕?

"성공한 덕후 몰라요?"

— 알아요. 근데 사랑이 덕후, 아니 팬이었어요?

또 시작이라는 생각에 별은 스읍, 엄한 소리를 냈다.

"나 갤럭시 팬이었다고 몇 번을 말해요."

뭐, 소리만 엄했지 마음은 아무렇지도 않았다. 서윤기에게 의심받는 게 하루 이틀 일도 아니었거니와 고작 이런 걸로 투정을 부리기엔 서윤기와의 통화가 너무 오랜만이라 시간을 낭비하고 싶지 않았다.

— 이사님이 언제 갤럭시 팬이라고 했어요. 내 팬이라고 했지.

"아……."

그냥 매번 하는 의심이라고 생각했는데 뭔가 느낌이 다르다.

"혹시 질투해요?"

— 네, 기분 나빠요.

"……."

별은 웃지 않기 위해 허벅지를 아프게 꼬집었다. 나만 좋아하라는 말을 듣기는 했지만 질투라는 말에 그렇다 대답할 줄은 몰랐다.

— 여보세요?

"내가 사랑 씨를 좋아하는 건 서윤기 씨를 좋아하는 느낌이랑 다른 거예요."

— 됐어요.

"아, 진짜예요. 좋아하는 사람이 좋아하는 걸 같이 좋아하는 느낌이라고요."

— …….

"서윤기 씨도 사랑 씨 좋아하잖아요."

의자에 몸을 기댄 별이 중얼거리듯 말했다.

"근데 좀 놀라긴 했어요. 말로만 천사, 천사 하는 줄 알았는데 천사같이 예쁘긴 하더라고요."

기억 속에 선명하게 각인된 사랑의 모습을 떠올렸다. 새까만 레더 재킷에 실버 주얼리를 주렁주렁 달고 있던 그는 천사 중에서도 검은색 날개를 달고 있는 느낌이었지만 어쨌든 천사 같은 얼굴이었던 건 사실이었다.

"윤기 씨보단 못하지만."

— ……끊어요.

"아, 왜요."

— 고작 그런 말에 좋아하는 내 자신이 너무 쪼잔해서 짜증 나요.

솔직하게 인정하는 서윤기가 귀여워 웃음이 터졌다. 눈앞에 있으면 마구 예뻐해 줄 텐데.

"보고 싶어요."

— …….

"보고 싶다고요."

— 알았으니까 그만 말해요.

"알면 뭐 해. 내 앞에 나타나 줄 것도 아닌데."

목소리를 끈적하게 늘인 별이 책상 위에 머리를 박았다. 목소리라도 들으면 좀 나아질 거라 생각했는데 오히려 갈증만 느는 기분이었다.

— 다음 주에 시간 돼요?

"다음 주에 쉬어요?"

— 아뇨, 나 부산에서 스케줄 있어요.

"부산?"

되물은 별이 모니터에 띄워 놓은 서윤기의 스케줄표를 확인했다. 다음 주 금요일과 토요일, '독립 영화제'라고 적힌 일정이 보인다.

"독립 영화 찍은 거 있어요?"

— 아뇨, 시상하러 가는 거예요.

"아, 시상—"

— 금요일엔 시상식이라 바쁠 거고 토요일엔 파티가 있을 거예요. 영화인들의 밤이라고 그냥 칵테일파티 같은 건데……. 그때 올래요?

보고 싶다고 징징거리는 게 안쓰러웠던 모양이다.

별은 즉각 손짓으로 임 비서를 불렀다. 다가온 임 비서가 말없이 태블릿을 내밀었다. 바탕 화면으로 설정해 놓은 자신의 스케줄을 주욱 훑었다. 빼곡하게 적힌 글자들에 틈이 보이지 않는다.

"갈게요."

─ 일정 괜찮아요?

"안 괜찮아요. 근데 곧 괜찮게 만들 거니까 걱정하지 마요."

목마른 자가 우물 파야지, 별수 있나.

"그럼 다음 주에 봐요."

전화를 끊은 별이 임 비서를 쳐다보았다. 현실을 인정하고 싶지 않은 건지, 아니면 그냥 제가 꼴 보기 싫은 건지 눈을 감고 있는 게 좀 안타깝긴 했지만 어쩔 수 없다.

"임 비서, 눈 좀 떠 줄래?"

별이 최대한 상냥하고 부드러운 목소리를 냈다. 형 집행을 기다리는 사형수나 다름없는 표정으로 눈을 뜬 임 비서는 무거운 한숨을 뱉는다. 그런 임 비서에게 태블릿을 가까이 들이밀고 다음 주 금요일과 토요일에 적힌 일정을 가리켰다.

"내가 이 일정을 꼭 소화해야 할까?"

"……꼭 소화해야 하니까 적혀 있겠죠?"

"소화하기 싫으니까 묻는 거겠지?"

임 비서는 입을 앙다물고 버텼다. 쉽게 물러나지 않을 작정인 듯 보였다. 하지만 이 사무실 안에서 일어나는 모든 일들의 결정권자는 오직 김별 하나다.

"부산에도 이선호텔이 있네."

밴에서 내린 윤기가 선글라스 너머 보이는 높은 건물을 올려 보았다. 일주일 전, 별과 전화를 할 때까지만 해도 조금 까마득한 기분이 들었는데 이선호텔의 로고를 보니 언제 일주일이 지났나 싶다.

"너 어디 가서 그런 말 하지 마라."

커다란 캐리어를 양손으로 끌고 있던 매니저 형이 핀잔을 주었다.

"명색이 이선호텔 모델이라는 애가 지점이 어디 있는지도 모르고……"

"광고한다고 그런 거까지 알아보는 모델이 어디 있어."

민망해진 윤기가 뒷머리를 긁적였다.

"수억씩 받아 가며 찍는 광곤데 그 정도는 알아야지. 누가 너보고 이선호텔 연혁 외우래?"

"아, 진짜 형은……. 알았어. 소리 누나는 언제 도착한대?"

"한소리 씨는 어제 도착했대. 한 시간 전부터 준비 시작했다고 연락 왔어."

윤기가 고개를 끄덕였다. 로비에 들어가기 전, 모자를 눌러쓰는 것도 잊지 않았다.

오늘 저녁 10시부터 레드 카펫 행사가 시작될 예정이었다. 그의 파트너가 될 사람은 한소리다.

독립 영화제는 국제 영화제 같은 축제에 비하면 작고 소박한 행사였다. 상업 영화가 주인공이 아닌 만큼 대기업 스폰서가 있지도 않았고 몸값 높은 배우들의 참석도 별로 없었다. 그러다 보니 대중들의 관심도 많이 받을 수 없었다.

그래서 주최 측에서는 1년에 한 명씩 스타 시상자를 간판처럼 내세웠다. 부족한 관심을 조금이나마 채우기 위함이었다. 올해는 그게 서윤기였다.

처음 시상자로서 참석해 주면 좋겠단 말을 들었을 때, 서윤기는 나름의 책임감을 느꼈다. 스타 시상자로서 해야 할 일이 무엇인지 명확히 알고 있었다. 해서 그는 바로 한소리에게 연락했다. 저의 파트너로서 동행해 주기를 부탁하는 연락이었다.

별은 오직 오늘만을 위해 몇 밤을 새우며 일했다. 이전에 확정되었던 스케줄을 절대 취소할 수 없다는 임 비서의 강경한 입장과 서윤기를 보러 부산에 가야 한다는 저의 고집이 팽팽하게 맞물린 대가였다.

"그렇게까지 해서 보러 가고 싶냐."

비행기 타는 걸 좋아하지 않는 의준은 이미 똥 씹은 표정을 하고 있었다. 처음에는 물론 혼자 가려고 했다. 어차피 목적은 서윤기 얼굴을 보기 위함이라 파트너는 중요하지 않았다. 하지만 임 비서의 간곡한 청이 있었다.

'혼자 가셨다가 사고 치지 마시고 김 변호사님과 함께 가세요.'

툭하면 사고 치는 문제아가 된 기분이었다. 괜스레 오기도 들었다. 혼자서도 얌전히 잘 다녀올 수 있음을 증명하고 싶었지만,

'초대장 받으려고 기부까지 한 마당에 혼자 가시면 별소리 다 나와요. 이왕 구설수에 오르실 거면 연예인보단 전남편이 나아요.'

임 비서가 너무 완고했다. 의준과는 심심할 때마다 재결합설이 도는 수준이라 함께해도 별 이슈가 되지 않을 테지만 새로운 스캔들은 어떤 파장을 낳을지 예상할 수 없다는 게 이유였다. 게다가 스캔들 상대로 서윤기가 간택되면 애써 묻어 둔 루머들이 좀비처럼 되살아날 게 뻔하다.

그 말에 동의할 수밖에 없던 별은 의준에게 협박과 회유를 시도했다. 저와 함께 부산행 비행기에 이름을 올리지 않으면 로펌으로 매일같이 출근하겠다는 것이 협박이었고, 파트너 행세를 얌전히 이행해 주면 사고 싶다고 노래를 부르던 한정판 피겨를 구해 주겠다는 게 회유였다.

"자꾸 시비 털지 마."

"안 그러려고 하는데 자꾸 입이 삐뚤어지네. 할 일이 산더미 같은 걸 다 놓고 와서 그런가—"

의준이 살벌한 표정으로 일갈했다.

"아, 그러니까 내가 한정판 피겨 구해 준다고 약속하고 도장 찍고 사인까지 다 했잖아."

"못 구하기만 해. 그땐 엑스 와이프고 뭐고 사기죄로 고소할 거니까."

"피겨 장인을 납치해서라도 구해 줄 테니까 걱정하지 마."

찰랑거리는 머리카락을 휙, 휙 넘기며 대담한 별이 마지막 한 방으로 윙크까지 날렸다. 욕을 해야 하나, 아니면 다시 서울로 돌아가는 티켓을 끊어야 하나 고민하던 의준은 그냥 무시하기로 마음먹었다. 그 어떤 날보다 즐거워 보이는 김별을 방해하고 싶지는 않았다.

○ ◎ ●

이선호텔은 강남과 여의도, 부산과 제주도에 지점을 두었다. 캐주얼 버전인 비즈니스호텔까지 포함하면 더 많은 분점이 있었지만 '이선호텔'이라고 명명할 수 있는 건 오직 그 네 개의 호텔이 전부였다.

네 개의 호텔은 각 도시 분위기에 맞추어 콘셉트를 달리했는데 한 가지만큼은 동일하게 유지했다. 단 두 개뿐인 로열 스위트룸을 가장 높은 층에 배치한다는 원칙이었다.

1박에 어마어마한 가격을 지불해야 하는 탓에 보통은 비어 있었지만 오늘은 아니다.

"제가 여길 다 써요?"

윤기가 객실 안내를 도우러 나온 직원에게 물었다. 제주도 촬영이 있을 때도 스태프들 전체에게 호텔 룸을 내주었던 김별이니 이번에도 소박하지는 않을 거라 예상했었다. 하지만 한 층 전체를 비우는 건 좀—

"대표님께서 특별히 지시하셨습니다. 이동하시다가 이목이 집중되면 불편하실 수도 있으니 한 층 전체를 내어 드리라고요."

아이돌 생활을 하며 월드 투어를 할 때 온갖 나라를 다 가 봤고 그만큼 다양한 호텔에서 묵어 봤던 윤기다. 한 층을 전세 내다시피 사용하는 것도 그리 놀라운 일은 아니었다. 월드 투어를 할 때마다 함께하는 댄서들과 매니저, 무대 스태프들 수가 어마어마했던 탓이다. 그들 전부와 멤버들의 방을 각각 예약하다 보면 자연스레 호텔 한 층을 다 쓰게 되었다.

"매니저님과 스타일리스트분들 객실은 바로 아래층에 준비해 놓았습니다."

하지만 이렇게 저 혼자 한 층을 다 쓰는 일은 한 번도 없었다. 계약을 핑계 삼아 적당히 좀 하라고 말해 볼까 고민했지만 곧 포기했다. 공적인 영역의 투자라며 온갖 변명을 할 게 뻔하다.

"멍청하게 서 있지 말고 얼른 들어가. 스타일팀도 바로 올라올 거야."

직원에게 카드 키를 받은 매니저가 윤기를 재촉했다. 그가 생각해도 조금 부담스러운 대접이었지만 거절할 명분도, 이유도 없었다. 어차피 이 호텔의 주인은 '그분'이었고 그분은 서윤기에게 언제나 후할 것이라고 약속한 사람이었다.

풀 세팅을 마친 윤기가 호텔 정문에서 대기하고 있던 리무진에 올라탔다.

"오, 서윤기—"

뒷좌석에 앉아 핸드폰을 하고 있던 소리가 장난스러운 목소리를 냈다. 촬영장에서는 대부분 피곤한 안색을 하고 있을 때가 많고 장르 특성상 피, 땀, 눈물을 뒤집어쓴 경우가 많아 오랜만에 멀끔하게 꾸며 놓은 모습이 낯선 느낌을 자아냈다.

"오늘 힘 좀 썼다? 되게 멋있네?"

보통 그런 칭찬을 들으면 겸손을 떠는 게 일반적인 반응이겠지만,

"나도 알아."

서윤기는 당연하다는 듯 대꾸했다.

"너도 알아?"

"당연하지. 나도 눈이 있고 거울이 있는데."

"아, 그러시구나. 눈도 있고 거울도 있으시구나."

눈매를 가느다랗게 만든 소리는 누가 보아도 속이 울렁거리는 듯 보였지만 윤기는 아랑곳하지 않았다. 미의 기준은 절대적이고 객관적이라는 게 그의 지론이었다.

성격이나 분위기, 스타일이나 애티튜드 같은 건 주관적인 것들이었다. 누군가한텐 섹시한 게 매력일 수 있고, 다른 누군가에겐 청순한 게 더 유혹적일 수 있으니까.

하지만 아름다운 건 설명이 필요하지 않은 가치다. 어디에 있든, 그 시간이 밤이든 낮이든 변하지 않고 아름다운 것만이 아름답다는 말을 들을 수 있는 거다.

그런 의미에서 그는 부정할 생각이 없었다. 연기를 잘한다든가, 노래를 잘한다든가 하는 말을 들은 거라면 손을 휘저을 테지만 잘생겼단 말은 그저 사실 적시에 불과한 말이니까.

"오늘은 내가 봐준다."

소리가 가지고 있는 모든 인내심을 발휘해 말했다.

"예뻐서 봐주는 줄 알아."

평소라면 딱밤을 날리고도 남았겠지만 때리기엔 지극히 아름다웠다.

두 사람은 몇 분 걸리지 않아 시상식이 진행되는 오페라 홀에 도착했다. 레드 카펫이 깔린 오페라 홀 앞은 벌써 인파로 가득해 보였다. 지역 축제를 기념하기 위해 모인 사람들과 기자들은 물론이고 플래카드를 흔들고 있는 팬들도 꽤 많이 보였다.

리무진의 문이 열리고 서윤기가 등장하자 우레와 같은 함성이 쏟아진다. 뒤이어 내린 소리에게 손을 내민 그는 어색한 구석 없이 자연스러워 보였다. 선남선녀가 나란히 선 모양새에 함성은 곧 끙끙 앓는 소리로 변한다.

"자, 방금 서윤기 씨와 한소리 씨가 도착했습니다!"

연예 프로그램 리포터가 소란스러운 목소리로 두 사람을 반겼다.

"두 분 오늘 너무 잘 어울려요."

"감사합니다."

"팬분들이 정말 많이 모였는데, 기분이 어떠세요?"

몇 가지 질문을 받고 대답하는 과정을 거친 두 사람은 포토 월 앞에 잠시 멈춰 섰다.

"서윤기 씨, 이쪽이요!"

"한소리 씨, 오른쪽으로 하트 해 주세요!"

대포처럼 커다란 카메라를 든 기자들과 팬들이 고래고래 소리를 질렀다. 새까만 밤하늘 아래 터지는 카메라 플래시는 가히 절경이었다. 멀리서 보면 그곳에만 천둥이 치는 것이라 착각할 수도 있을 정도였다. 그 요란한 불빛 세례 속에서도 눈 한번 깜빡이지 않고 자세를 취하는 두 사람은 찰떡같은 호흡을 자랑했다.

"생각보다 빡세네."

포토 월에서 내려온 소리가 말했다. 레드 카펫에서의 팬 서비스와 포토 월 앞에서 포즈 잡기를 할 때까지만 해도 그리 어렵지 않았는데 인터뷰에 응하기가 제법 까다로웠다. 독립 영화 관련한 질문이 그리 가볍지 않은 탓도 있었고 열정 넘치는 대학생 기자들도 많아 그 양이 상당했다.

"그래도 힘든 건 거의 끝났잖아."

윤기가 시상식장 입구에 준비되어 있던 생수를 건네며 말했다.

"서윤기 씨?"

그때 익숙한 목소리가 들렸다. 고개를 돌리자 의준과 함께 별이 보인다.

"오랜만이네요."

의준은 젠틀한 미소와 함께 다가와 손을 내밀었다. 별이 의준과 함께 올 거라 예상하지 못했던 윤기는 즉각 반응하지 못하고 뜸을 들였다. 기억 저편에 묻어 둔 위스키 바에서의 모습이 떠오른다.

"인사 안 할 거야?"

멀뚱히 선 윤기를 이상하게 쳐다본 소리가 옆구리를 쿡 찔렀다. 그제야 윤기가 아, 탄식하며 손을 내밀었다.

"죄송해요. 여기서 뵐 줄은 몰라서……."

"저도 제가 여기 올 줄은 몰랐네요."

의준이 옆에 선 별을 뚫어져라 바라보며 말했다. 당연히 바로 발끈할 줄 알았는데 별은 아무런 반응도 하지 않았다. 서윤기에게서 눈을 떼지 못하는 걸 보니 제 말은 듣고 있지도 않은 모양이었다.

"김의준이라고 합니다."

의준이 부러 소리에게 인사했다. 윤기와 별에게 시간을 주기 위함이었다. 다행히도 소리는 의준에게 호기심을 보였다.

별은 와중에도 윤기에게 시선을 고정하고 있었다. 큰 키에 타고난 어깨를 가진 그는 아무런 패턴도, 장식도 없는 검은색 슈트를 수려하게 소화하고 있었다. 얼굴이 화려해서 그런가. 볼 때마다 적응 안 되는 얼굴이라 생각하긴 했는데 오늘은 유달리 심하단 생각이 들었다.

굳이 그리지 않아도 촘촘한 눈썹과 길게 드리운 속눈썹은 소묘를 하기에 좋겠단 생각이 들게 했고 쌍꺼풀 없이 커다란 눈은 죄책감이 들 정도로 맑고 투명하다.

서윤기에게 잠시 허리를 숙여 달라 손짓했다. 기울어지는 얼굴에 숨이 멎기 전,

"혹시 오늘 콘셉트가 구미호예요?"

속삭였다.

"구미호요?"

"사람치고 너무 예쁜 것 같아서요. 곧 있으면 간 달라고 송곳니 나오는 거 아니에요?"

나름 진지한 물음이었다고 생각했는데 서윤기는 질색이라는 듯 인상을 찌푸렸다.

"윤기야."

마침 소리가 윤기의 팔을 주욱 끌었다.

"우리 아직 시간 있지?"

무슨 일이냐는 듯 쳐다보자 의준을 가리킨다.

"변호사님한테 여쭤볼 거 있어서. 나 저번에 중고차 사기 당했잖아."

목소리를 대폭 낮추어 말하는 소리의 얼굴엔 웃음꽃이 활짝 피어 있었다. 천군만마를 얻은 기분이라도 드는 모양이었다.

"어······."

윤기가 소리 뒤에 선 의준의 표정을 살폈다. 중고차 사기 같은 걸 의뢰하기엔 의준의 명성이 지나치게 높았다. 제 선에서 잘라야 하나 싶던 차에,

"그런 일에는 김 변호사만큼 전문인 사람도 없죠."

별이 끼어들었다.

"편하게 말씀 나누고 오세요. 여기서 기다리고 있을게요."

어찌나 자연스러운지. 누가 보면 미리 준비한 대사라고 여길 정도였다. 아, 김별이라면 미리 준비한 대사가 맞을지도 모르겠다.

"쫓아내니까 좋아요?"

멀어지는 소리와 의준의 뒷모습을 보던 윤기가 물었다. 당연한 걸 묻는다는 듯 고개를 끄덕인 별이,

"저 사람이 당신이랑 키스한 사람이죠?"

무심히 물었다. 생각도 못 한 물음에 당황한 윤기가 연신 헛기침을 했다.

"뭘 그렇게 놀라요? 한소리 씨가 이번 드라마 여주인공이잖아요. 아니에요?"

"뭐……."

맞아요, 하자마자 별의 눈이 살벌하게 굳어진다.

"쫓아내는 거 말고 어디 하나 부러트릴 걸 그랬나."

"김 이사님."

"말이 그렇다는 거예요, 말이. 내가 뭐 진짜로 부러트렸나?"

"부러트릴 거면 촬영 다 끝나고 부러트려요. 여기서 또 배우 교체되면 나 진짜 탈진하니까."

윤기가 웃음기 하나 없이 받아쳤다. 의외라는 듯 쳐다보자,

"왜요. 이상해요?"

어깨를 으쓱인다.

"진짜 부러트려도 돼요?"

"이선호텔 주고 싶으면 그렇게 하세요."

별이 순간 생기를 머금었다. 방금 들은 말을 곱씹듯 눈동자를 이리저리 굴리다가 동그란 광대를 은근하게 들어 올린다.

"이야— 이젠 나를 막 조련하네."

뿌듯한 마음이 온몸을 점령했다. 그 모습을 빤히 보던 윤기가 피식 웃어 보였다.

"조련당하는 게 좋아요?"

"완전 좋은데요? 근데 좀 더 거칠어도 될 것 같아요."

별이 음흉한 표정으로 속삭였다. 말리는 기분이 들었다. 김별이 하는 말과 표정, 행동까지 모두 저의 의도와는 다른 방향으로 흐른다.

윤기가 상체를 살짝 숙였다. 별은 조금 전 자신이 그랬던 것처럼 그가 귓속말을 하려는 줄 알고 냉큼 고개를 들어 주었다. 귀를 내어 주기 위함이었다. 하지만 그는 그 배려 넘치는 몸짓이 무색하게 아무런 말도 하지 않았다. 그저 크게 한 번, 숨을 들이마셨을 뿐이다.

"샴푸 바꿨어요?"

"……."

잘 쓰던 향수를 포기했을 때도 단번에 알아맞히더니,

"아무 냄새도 안 나네."

무향으로 바꾼 샴푸까지 기가 막히게 알아차린다.

"이것도 나 때문이에요?"

별의 얼굴이 순식간에 붉어졌다.

"왜 얼굴 빨개져요?"

"내가요?"

"네, 곧 터지겠어요. 더워요?"

아무렇지 않은 척, 퉁명스러운 목소리를 내고 있긴 했지만 윤기의 눈꼬리는 잔뜩 휘어지고 있었다. 힘들다고 토로했던 말은 맞지만 이렇게까지 신경 써 달라는 의미는 아니었다. 공기 중 부유하는 갖가지 냄새를 모두 잡을 수 있는 방법이 세상에 존재하는 것도 아니니 기대나 희망 같은 것도 없었다. 그냥 가끔, 제 타고난 후각을 원망할 뿐.

하지만 별은 본인에게서 나는 모든 냄새를 죽일 작정인 모양이었다. 무겁게 올라오던 향수 냄새도, 긴 머리카락에 밴 샴푸 냄새도.

"아니, 나는 윤기 씨 힘들까 봐……."

점점 작아지는 목소리를 듣다 결국, 소리 내어 웃어 버렸다. 처음엔 속을 알 수 없는 여자라고 생각했는데 말하는 그대로가 진심이라 생각하기 시작하니 이렇게 투명한 사람도 없다.

"웃겨요?"

별안간 표정을 굳힌 별이 물었다. 뭐가 그렇게 억울한지 토마토 같은 얼굴색을 해 놓고 이를 꽉 깨물고 있다. 그래 봤자 화난 토마토 같을 뿐인데.

"계속 웃을 거예요?"

"웃긴데 어떡해요."

"웃지 마요."

"……."

"아, 웃지 말라고!"

결국 폭발한 별이 발길질을 했다. 하얀색 스틸레토 힐이 정확히 정강이에 닿긴 했지만 딱히 아프지는 않았다.

"알았어요, 알았어."

얼굴에 묻어난 웃음을 억지로 털어 낸 윤기가 말했다. 속마음을 읽으려 애쓰지 않아도 된다는 게, 책잡히지 않으려 계산하지 않아도 된다는 게 이렇게 편할 수가 없다.

그리고 그 평화로운 순간은,

"이사님?"

정은호가 등장함으로써 끝이 났다.

"안녕하세요, 이사님!"

멀리서부터 손을 흔들며 다가온 그는 살갑게 웃으며 말을 걸었다.

"저 기억하세요? 제주도에서 한 번 뵀었는데……."

어리둥절한 표정의 별을 보고도 딱히 주눅 드는 모양새가 아니었다.

윤기는 간만에 편안했던 눈에 다시금 예민한 날을 세웠다. 최근 며칠 사이 정은호의 분위기가 많이 달라졌다. 저를 담당했던 스타일팀을 그대로 고용한 게 빛을 발하고 있었다. 머리끝부터 발끝까지 익숙한 분위기를 자아낸다.

저를 보지 못했을 리 없음에도 별에게만 쏟아 내는 말과 별에게만 고정한 시선도 거슬린다. 아직 데뷔도 하기 전인 그가 영화제 시상식에 와 있다는 것도 께름칙한 일이었다.

"아, 제주도."

가볍게 대꾸한 별이 윤기를 향해 고갯짓을 했다.

"같이 드라마 찍는 분 맞죠?"

분명 윤기를 향한 질문이었는데,

"본이라뇨. 말씀 편하게 하세요."

답은 은호가 한다. 별이 커다란 눈을 가늘게 뜨고 머릿속 기억을 되짚었다.

"이름 좀 알려 줄래요? 얼굴은 기억이 나는데 이름이 기억 안 나네."

"아, 정은호입니다."

별이 고개를 끄덕였다. 다 알면서 물은 이름이었다. 서윤기의 부탁으로 친히 구제해 준 적도 있는데 기억을 못 할 리가. 제주도에서도 종알종알 말이 많아 인상적이긴 했었다. 그때도 명랑하단 생각을 했던 것 같은데 오늘 보니 명랑보다는 맹랑한 쪽인 모양이다.

"근데……. 은호 씨는 윤기 씨랑 안 친해요?"

"네?"

"옆에 있는데 인사도 안 하는 것 같아서요. 아, 나 보기 전에 먼저 인사들 한 건가?"

그제야 은호가 윤기를 향해 웃어 보였다.

"아, 죄송해요. 제가 이런 데는 처음이라 정신이 없어서……."

머리가 망가지든 말든 긁적이며 웃는 얼굴이 순진하기 그지없다.

"됐어. 맨날 보는 사이에 인사는 무슨."

윤기는 부러 웃음기를 곁들인 채 대답했다. 은호가 마주 웃는다. 그러고는 다시 별에게 향하는 시선.

"아, 근데 이사님은 누구랑 오셨어요? 선배님이랑 같이 오신 거예요?"

"아뇨, 나는 파트너 따로 있어요. 윤기 씨도 다른 분이랑 같이 왔고."

"아―"

은호는 순순히 고개를 끄덕였다. 눈썰미가 좋은 편이 아니라면 모르고 지나칠 수도 있겠지만, 윤기는 오디션장에서 정은호를 처음 보았을 때의 불쾌함을 오롯이 다시 느꼈다. 조금 느리게 뱉어 내는 감탄사와 왼쪽으로 기울어지는 얼굴, 찡긋 구겨졌다가 펴지는 콧등까지. 정은호의 모든 습관이 거울 속에서 보던 저의 습관과 버릇이었다.

"난 이만 가 볼게요."

멀리서 다가오는 의준을 발견한 별이 말했다.

"오늘 시상 잘해요."

어딘가 굳은 표정의 서윤기가 신경 쓰이긴 했지만 사람들이 늘어나고 있었다. 서윤기 하나만으로도 시선이 몰리기 충분한데 의준과 함께 소리까지 나타나자 거의 대놓고 쳐다보는 사람들이 생겨나고 있었다.

"어디 앉아요?"

의준과 함께 자리를 뜨려는데 윤기가 앞을 가로막고 물었다.

"박스석이요."

"박스석? 왜요?"

윤기가 이해되지 않는다는 듯 인상을 찌푸렸다. 소위 박스석이라고 불리는 자리는 벽면에 붙은 테라스에 있는 자리라 시야각이 좋지 않았다. 좌석이 모자랐을 리는 없다. 시상식 규모에 비해 홀이 큰 편이라 남는 자리도 많았을 것이다. 설사 자리가 없었다고 한들, 김별 같은 고액 기부자에게 안 좋은 좌석을 배정하는 주최자는 없을 것이다.

하지만 별은 박스석을 좋아했다.

"내가 '오페라의 유령' 팬이라서."

뮤지컬이라면 가리는 거 없이 대부분 좋아하는 별이었지만 그중 제일 좋아하는 작품을 꼽으라 한다면 언제나 '오페라의 유령'이었다. 중학교 2학년 때 처음 '오페라의 유령'을 본 별은 크리스틴을 향한 유령의 순정에 깊은 감명을 받았다.

함께 보았던 의준은 그런 유령의 마음을 집착이라 비하했고, 임 비서 역시 지질한 욕망일 뿐이라고 폄하했지만 별에게는 그저 순도 높은 사랑이었다. 아니, 그보다 더 숭고한 어떤 것. 지극한 동경이나 열망.

어쨌든 그날 이후 별은 박스석을 고집했다. 무대가 한눈에 내려다보이는 그곳에 앉아 배우들의 머리꼭지를 보고 있다 보면 스스로가 유령이 된 기분이었다.

"이사님이 유령이에요?"

서윤기가 묻는다.

"네."

박스석에 앉는 제가 유령이라면,

"나 유령이니까 당신은 크리스틴 해요."

무대에 서는 그는 크리스틴이다.

○ ◎ ●

"머리카락 좀 가만히 내버려 둬."

아까부터 죄 없는 머리카락을 이리저리 꼬고 있는 별을 향해 의준이 핀잔을 주었다. 분명 입장할 때까지만 해도 멀쩡했는데 서윤기와 한소리가 나란히 등장한 걸 본 이후로 별의 상태가 말이 아니었다. 드레스 차림으로 다리를 떨지 않나, 잘 정리된 손톱을 입에 물고 잘근잘근 씹질 않나.

"저 망할 것들."

그러거나 말거나 별은 서윤기 옆에 붙은 여자들을 노려보며 타오르는 질투를 가라앉히려 애쓰고 있었다. 차라리 한소리와 둘만 있는 게 나을지도 모르겠단 생각이 들었다.

본격적인 시상식까지 10분 정도밖에 남지 않았음에도 불구하고 그의 곁에는 온갖 여자들이 벌떼처럼 붙어 있었다. 드레스 차림의 배우들과 검은색 옷으로 무장한 스태프들이 대충 세어도 한 트럭이다.

"그렇게 거슬리면 너도 내려가."

"어떻게 그래. 내가 가면 사람들이 다 내 눈치 보느라 정신없을 텐데."

"좋은 거 아니야?"

"좋긴 뭐가 좋아. 서윤기 앞길 망칠 일 있냐."

말은 그렇게 하면서 시선은 서윤기에게서 조금도 떼지 못했다.

"그냥 예뻐하는 거라고 하지 않았어?"

의준이 애처럼 쏟아지는 웃음을 참지 못하고 물었다.

"귀찮게 뭔 앞길까지 신경 써. 아, 혹시 계약서에 그런 조항도 있었나?"

"그야 당연히—"

별이 의준의 발등을 꾹 눌렀다.

"예쁜 게 상하면 안 되니까."

하이힐의 뾰족한 굽으로 누르는 힘이 꽤 아플 텐데도 차마 비명 한 자락 지르지 못하는 얼굴이 볼만하다.

"안 그래?"

의준은 살벌한 표정으로 물어 오는 별에게 연신 고개를 끄덕였다. 생각한 것 이상으로 속이 끓는 모양이었다. 발로는 저를 응징하고 있었지만 핏발 선 눈동자는 서윤기를 둘러싼 모든 이들을 공평하게 좇는 중이다.

○　◎　●

별이 있는 짜증, 없는 짜증을 내며 의준의 발등을 망가트리고 있을 때, 윤기는 억지로 웃느라 입술에 경련이 오고 있었다. 생각보다 많이 온 기자들과 팬들을 보며 안 그래도 긴장을 하고 있는데 일면식 없는 배우들이 팬이라며 다가오니 신경이 곤두섰다. 말 한마디, 행동 하나가 어떤 구설을 만들지 몰랐다.

무엇보다 거슬리는 건, 정은호의 자리가 바로 옆이란 사실이었다.

"이 친구는 누구예요?"

그는 신인치고 꽤 많은 관심을 불러일으켰다.

"서윤기 씨 후배?"

오지랖 넓은 누군가가 조금이라도 알은척을 하면,

"안녕하세요, 정은호라고 합니다."

싹싹한 말투로 눈도장을 찍는 식이었다. 대부분은 긍정적인 반응을 보였다. 그리고 모두가 비슷한 말을 했다.

환하게 웃는 얼굴이 예쁘고, 시원하게 트인 눈매가 매력적이라고. 그게 참, 서윤기를 닮았다고.

"선배님, 저 이런 곳 처음이라 너무 떨려요."

시상식의 시작을 알리는 종이 울리자 은호는 윤기에게 몸을 기울여 귓속말을 했다. 명실공히 톱스타인 서윤기와 새로운 별이 될지도 모르는 새싹이 다정함을 연출하는 순간이었다. 역시나 기자들의 카메라 플래시가 폭죽 터지듯 폭발했다.

"……."

윤기는 그런 은호를 가만히 쳐다보았다. 처음 본 그날부터 지금까지 거슬리지 않았던 적이 없는 그다. 그럼에도 매번 생각을 고쳐먹으려 했던 건 그가 잘하고 싶은 마음이 앞서는 배우고, 연기에 대한 열정이 진심이라는 사실 때문이었다.

하지만 지금 이 순간부터는 조금 다를 거다. 의문이 확신으로 바뀌었으니.

"어디 불편하세요?"

은호는 대꾸 없는 윤기에게 걱정스러운 표정으로 물었다.

"사람이 많아서 그런가. 선배님 이런 곳 싫어하시잖아요."

이쯤이면 대답해 줄 법도 한데 윤기는 어깨를 으쓱일 뿐이었다. 무시가 분명한 눈빛. 은호는 은근하게 몰려드는 사람들의 시선을 느끼며 미세하게 눈살을 찌푸렸다.

"넌 그런 거 공부해?"

눈썹을 꺾은 윤기가 물었다.

"네?"

"내가 뭘 좋아하고 싫어하는지 공부하냐고."

"그게 무슨……."

은호가 당황한 기색을 숨기지 못하고 얼굴을 붉게 물들였다. 귓바퀴를 주무르기까지 한다. 신경이 예민해질 때마다 제가 그러는 것처럼.

"근데 왜 죽상을 하고 있어."

그 귓가에 다정히 붙은 윤기가 속삭였다.

"정답 틀린 애새끼처럼."

말속에 칼을 숨겨 놓고.

은호는 '제2의 서윤기'라 불렸다. 아직 드라마가 방영되기 전이었지만 선공개된 포스터와 티저 영상만으로도 사람들은 그를 그렇게 불렀다. 조금 과열된 양상이기는 했지만 조금만 생각해 보면 그리 이상한 일은 아니었다. 백 년에 한 번 나올까 말까 한 미인이라는 서윤기와 닮은 누군가가 나타난 거니까.

스물다섯의 정은호는 신인치고 적지 않은 나이였지만 오직 서윤기를 닮았다는 이유로 문제가 되진 않았다. 서윤기보다 어렸고 서윤기보다 어리숙한 것만으로도 존재 가치를 증명하는 식이었다.

드라마 제작사에선 그런 대중들의 반응을 발 빠르게 캐치했다. 서윤기와 정은호를 나란히 세운 형제 샷을 드라마의 메인 포스터로 선택한 것도 그런 이유에서였다. 은호가 캐스팅되기 전, 차선우를 맡았던 문제의 배우 이름은 거론되지도 않는 걸 보면 꽤 괜찮은 홍보 전략이었다.

윤기는 그런 정은호가 거슬렸다. 제 자리를 위협할까 두려운 것도, 꼰대처럼 선후배 위계질서를 확립하려는 것도 아니고, 그냥 그가 자연스럽지 않아서.

처음에는 우연이라고 생각했다. 소속사에 들어가기 전부터 헤어와 메이크업 숍, 의상이 겹치는 것도 신경이 쓰였지만 이 판에서는 꽤 흔한 일이라 그냥 넘어갔다. 하지만 저의 사소한 버릇이나 표정, 하다못해 식습관까지 따라 하는 걸 보고 나서는 우연이 아니라는 걸 깨달았다.

"적당히 해."

윤기는 하얗게 질린 얼굴을 못 본 척 무심하게 말했다.

"좀 안쓰러워지려고 한다."

뜨기 위해선 영혼도 팔아넘긴다는 연예계라지만 진짜 제 영혼을 팔아넘기다니. 참 엿같은 삶을 사는구나 싶다.

"인터뷰에서 내 이름 그만 얘기해."

하지만 안쓰럽게 여길 생각은 없다. 영혼이 없는 삶을 살기로 결정한 건 정은호 자신이니.

"선배님."

"우상이고 롤 모델이고 관심 없으니까 그만 얘기하라고. 친한 척도 작작 하고."

"……."

"무슨 말인지 알아들어?"

욕만 안 했지 야차 같은 표정을 한 윤기와 툭 치면 울 것 같은 표정을 한 은호, 그리고 쏟아지는 플래시.

보다 못한 소리가 과장된 몸짓으로 은호의 팔을 잡아당겼다. 당황스러워 보이는 은호와 눈을 맞춘 소리는 장난기 어린 미소를 지어 보였다. 시상식을 어색해하는 은호를 챙겨 주는 행동으로 보였겠지만 실상은 윤기를 위한 것이었다. 안 그래도 이런저런 소문에 시달리느라 고생 많은 서윤기가 '후배 괴롭히는 선배' 타이틀까지 얻는 건 안 될 일이니까.

찬바람 날리는 윤기와 상냥한 소리를 번갈아 보던 은호는 금세 소리의 속뜻을 알아차렸다. 뒷말이 나와 봤자 은호에게도 좋을 건 없었다. 그가 굳어 있던 얼굴을 부드럽게 풀고 편안한 미소를 지어 보이기까지 그리 오랜 시간이 걸리지 않았다.

장난기 넘치는 한소리와 무뚝뚝한 서윤기, 소심한 막내 정은호까지. 제법 사랑스러운 구도가 만들어졌다. 무엇 하나 놓칠세라 귀를 세우고 눈을 번뜩이던 사람들의 감각이 누그러지는 게 느껴진다.

"서윤기 씨, 요즘 정은호 씨에 대한 대중들의 관심이 폭발적인데요. 선배이자 동료 배우로서 정은호 씨는 어떤 배우인가요?"

시상식을 마치고 다시 레드 카펫을 밟은 윤기는 무자비하게 쏟아지는 질문 중 또렷하게 들리는 하나의 목소리에 걸음을 멈추었다. 퇴장할 땐 그 어떤 인터뷰에도 응하지 않겠다고 모든 언론사에 당부해 둔 터라 리무진의 문을 열고 대기하던 매니저는 당황한 기색을 숨기지 못했다.

윤기는 환하게 웃은 채 고개를 기울였다. 질문한 남자의 얼굴을 한 번, 그 뒤에 서 있는 카메라맨을 한 번 쳐다본 그는 스카프가 달린 오른손을 들어 올렸다. 예기치 못한 상황에 기다리고 있던 팬들도, 기자들도 모두가 숨죽인 채 그를 주시했다.

서윤기는 여유로운 몸짓으로 카메라에 붙은 스티커를 확인했다. 역시나 익숙한 언론사의 이름이 보인다. 성 대표의 친형이 대표로 있는 곳이었다.

"기자님."

"네?"

"성 대표님께 안부 전해 주세요."

"……."

홀린 듯 멍한 눈을 하고 있던 기자가 숨을 꼴깍, 삼켜 냈다. 무슨 일이 있어도 서윤기 입에서 정은호의 이름을 내뱉게 해야 한다던 대표의 말은 머릿속에서 사라지고 천사처럼 웃는 서윤기의 미소만 잔상으로 남았다.

구미호에게 간을 내주는 인간의 심정이란 이런 것인가. 허무맹랑한 생각을 할 즈음에는 이미 서윤기는 떠나고 없었다.

○ ◎ ●

윤기는 오페라 홀에서 호텔로 직행했다. 끈질기게 따라붙으며 술이라도 한잔하자는 사람들이 많았지만 다음 날에 있을 파티 핑계를 대며 모두 뿌리쳤다. 시상식 내내 옆에 앉아 있던 정은호도 정은호였지만 수많은 사람들이 풍기는 향수 냄새와 샴페인 냄새에 정신이 아득했다.

몸에 밴 냄새를 씻어 내기 위해 욕조에 물을 채운 윤기는 룸서비스 목록을 살폈다. 붓기를 생각하면 먹을 수 있는 게 별로 없었다.

"죄다 고기밖에 없네."

멋들어진 설명이 덧붙은 음식 목록을 지루한 눈으로 훑었다. 허기가 지긴 해도 포만감이 높은 음식을 먹고 싶지는 않았다. 한껏 예민해진 심기에 기름진 걸 먹었다가는 얹힐 게 뻔했다.

결국 고르고 골라 선택한 건 와인과 크래커였다. 하루 종일 혹사 수준으로 일한 것에 비하면 빈약한 식사였지만 어쩔 수 없었다. 배부르기 위한 선택이 아니라 잠들기 위한 선택이었다.

딩동―

욕조에 몸을 누인 채 눈을 감고 있던 윤기가 미간을 찌푸렸다.

딩동―

분명 한 시간 뒤에 갖다 달라고 주문했는데 소통에 문제가 있었던 모양이다.

"하……."

짜증 섞인 한숨과 함께 젖은 몸 위로 샤워 가운을 걸쳤다. 죽죽 늘어지는 걸음. 먹은 건 없고 신경은 예민하니 구겨진 미간도 펴질 줄을 모른다.

문을 열기 전, 잠시 동작을 멈춘 윤기는 벽에 걸린 거울을 쳐다보았다. 이대로 문을 열면 또다시 '싸가지 없는 서윤기'에 대한 소문이 늘어날 것이다. 웃어 볼까, 하고 입꼬리를 올리려다 이내 포기했다. 웃는 것도 체력이 있어야 할 수 있는 일이다.

될 대로 되라는 심정으로 문을 열었다. 하지만 응당 있어야 할 직원이 보이지 않는다. 누가 장난이라도 치는 건가 싶어 한 걸음 더 내딛는 순간,

"짠!"

별이 나타났다.

"……."

여기 왜 김별이 있는지, 김별은 왜 이벤트 회사 직원 같은 표정을 짓고 있는지 모르겠다.

제대로 된 상황을 파악하기까지 10초 이상 걸린 윤기는 습관적으로 복도를 살폈다. 몰래 쳐다보고 있는 사람은 없는지, 돌아가고 있는 카메라는 없는지, 파파라치 같은 건 없는지.

"아무도 없어요."

선선하게 미소 지은 별이 윤기의 어깨를 토닥토닥 두드렸다. 바짝 날 세운 얼굴로 이곳저곳을 쳐다보고 있는 꼴이 꼭, 천적이 있나 없나 확인하는 초식 동물 같았다. 꽃사슴이나 토끼 같은 그런 거.

"서윤기 씨 온다고 로얄층 전체 비웠는데. 전달 못 받았어요?"

"아."

뒤늦게 직원의 설명이 떠오른 윤기는 안도의 숨을 내쉬었다. 팽팽하게 당겨지고 있던 신경이 가위질 한 번으로 잘려 나간 기분이 든다.

"말이라도 하고 오든가. 이렇게 갑자기 오면 어떡해요."

"난 말하려고 했어요. 서윤기 씨가 전화를 안 받아서 그렇지."

"아, 씻느라……."

호텔 방 어딘가에 있을 핸드폰을 눈으로 좇으며 말을 흐리던 윤기는 문득 별의 시선이 평소와 다르다는 걸 깨달았다.

"지금 어디 보는 거예요?"

"요즘 운동해요?"

"운동은 항상 해요."

"무슨 운동 하는데?"

묻는 와중에도 시선은 여전히 가슴팍이다. 한껏 집중한 표정이 뭔가 우습고 또 뭔가 하찮아서 윤기는 웃음이 나왔다.

"저기요."

이제는 대답도 안 한다.

"김 이사님."

"……."

"김별!"

"네?"

그제야 별이 고개를 들었다.

"왜 왔냐고요. 이 시간에."

"아!"

멍하던 얼굴에 불현듯 총기가 돈다.

"이거 주려고요."

별이 내민 것은 딸기가 가득 담긴 투명한 플라스틱 박스였다. 뭔가 어울리지 않는 것들이 이리저리 뒤섞인 것 같다는 생각을 했다. 저와 김별, 딸기와 플라스틱 박스 전부.

"딸기 좋아하는 거 아니었어요?"

그 잠깐의 침묵이 마음에 안 든다는 뜻인 줄 알았는지 낙담한 표정으로 묻는다. 호텔 딸기보다 더 좋은 딸기를 가져오기 위해 부산 바닥을 다 뒤졌단 소리도 중얼중얼 곁들인다.

"좋아하는 거 맞아요."

이야기가 길어지기 전에 얼른 인정했다. 세상에서 가장 서운하단 표정을 짓고 있는 김별을 더 내버려 뒀다가는 딸기를 사서 가져오기까지의 모든 과정을 다 들어야 할지도 몰랐다.

"잘 먹을게요. 고마워요."

부러 미소도 짓고 손을 펼쳤다. 이렇게 하면 냉큼 딸기를 내밀며 뿌듯한 표정을 지을 줄 알았는데 어리둥절한 눈을 한다.

"혼자 먹으려고요?"

"그럼 같이 먹어요?"

"안 될 거 있나?"

"이 시간에?"

"이보다 더한 시간에도 같이 잘 있었으면서?"

"그건······."

"왜 이제 와서 내숭이지?"

대꾸할 말이 없다. 이보다 더한 시간에, 이보다 더한 만찬을 즐기며, 이보다 더 사적인 공간에 함께 있었던 기억이 선명했다.

별은 그 잠깐의 망설임을 놓치지 않고 팔짱을 꼈다.

"우리 호텔이 왜 유명한지 알아요?"

"네?"

"아무리 그래도 당신이 우리 호텔 모델인데 그 정도는 알고 있어야죠. 자, 외워요. 영혼을 담은 친절과 마음을 녹이는 봉사 정신."

"아니, 그게 지금 딸기랑 무슨 상관······."

"호텔 대표인 내가 고객인 서윤기 씨 니즈 맞추겠다고 최상위 등급 딸기를 공수해 왔는데 상관이 왜 없어요. 그리고 그냥 가져오기만 하면 다예요? 그게 서비스예요? 우리 할아버지가 그렇게 가르쳤겠어요?"

물음표가 연달아 나오자 윤기는 눈앞이 하얘짐을 느꼈다. 호랑이 굴에 들어가도 정신만 차리면 산다던데 이곳은 굴이 아니라 호텔이다. 무엇보다,

"나 일곱 살 때부터 경영 수업 받던 여자예요. 남들이 ABC 외울 때 나는 호텔 경영을 배웠다고."

눈앞에 있는 호랑이가 김별이라는 게 문제다.

"그런 내 앞에 우리 호텔의 얼굴이자 자랑인 서윤기 씨가 쫄쫄 굶은 상태로 있는데 어떻게 그냥 가라는 거예요. 딸기 좋아한다면서요."

조금 전까지만 해도 엄한 목소리로 타박 아닌 타박을 하더니 이제는 또 한껏 다정한 목소리를 낸다.

"쫄쫄 굶은 건 또 어떻게 알았어요?"

"박 매니저한테 물어봤죠. 아무튼 내가 서윤기 씨 입에 딸기를 집어넣어야 마음이 놓일 것 같은데 어떻게 생각해요?"

"억지 진짜……."

"서윤기 씨 눈에는 억지로 보일 수 있겠지만 나한테는 듀티예요. 대표로서 직원들한테 본보기를 보여 줘야 한다는 게 얼마나 무거운 책임인 줄 알아요?"

빽, 하고 물어 오는 얼굴에 열정이 엿보였다. 새삼 질 수밖에 없는 싸움을 하고 있단 생각이 들었다. 하나부터 열까지 허점을 찾아내 반박한다고 한들 물러나지 않을 것이다.

"이사님."

"네."

"일도 이렇게 하세요?"

"네."

그 순순한 인정에 윤기는 백기를 드는 대신 웃음을 터트렸다.

"대단하시네요."

"알면 문이나 열어요. 이러다 딸기 숨 다 죽겠네."

별은 그 어떤 싸움에서도 살아남는 최후의 1인일 것이다. 원하는 걸 얻을 때까진 절대 물러나지 않을 테니.

윤기는 주어진 모든 상황을 받아들이기로 결심했다. 소파에 앉아 다리를 꼬고 있는 별도, 테이블 위에 얌전히 놓인 딸기도 모두.

그러려면 일단 옷부터 제대로 입어야 했다. 단단히 매어진 매듭이 풀어질까 겁을 내며 가운을 여미고 있긴 하지만 별의 진득한 눈빛은 그 어떤 옷감도 뚫을 듯 보였다. 팔로 엑스 자를 그리고 있는 것도 더 이상은 한계였다.

"여기 가만히 있어요. 나 옷 갈아입고 나올 테니까."

"가만히 안 있으면?"

"나가시든가."

"농담이에요."

문을 가리키자마자 별이 자동 응답기처럼 답했다. 한 발자국도 움직이지 않겠다는 말과 눈도 깜빡이지 않겠다는 말도 하긴 했지만 믿음이 가진 않았다.

○ ◎ ●

그 시각, 은호는 시상식에서 만난 감독들과 선배 배우들에게 둘러싸여 있었다. 내일도 파티가 있긴 했지만 격식 없는 자리에서 뒤풀이 좀 하자는 말을 거절할 수 없었다.

"서윤기가 잘해 줘?"

벌써 조금 취한 것 같은 얼굴의 남자가 다가와 물었다. 굵직굵직한 영화에서 비중 있는 조연으로 자주 활약하는 배우였다. 한 손에는 소주를 병째로 들고 다른 한 손에는 빈 잔을 들고 있는 모습이 영락없는 한량이다.

"아, 네. 선배님이 잘 챙겨 주세요."

은호는 그의 잔을 양손으로 받들며 말했다. 남자는 그런 은호가 마음에 드는 모양인지 잔 위로 소주를 콸콸 쏟아부었다.

"잘 챙겨 주긴. 그 새끼 성격을 내가 모르는 것도 아닌데."

"아, 맞다. 선배님도 윤기 선배랑 작품 하셨었죠? 저 '추락하는 천사' 진짜 좋아했어요."

"이야, 이 자식 기억력 좋네. 거기 나 나온 거 모르는 사람 많은데."

"에이, 어떻게 몰라요. 제가 그때 선배님 따라 하려고 펜싱도 배우고 그랬는데."

빈말로 하는 말이 아니라는 듯 핸드폰을 꺼내 펜싱 학원에서의 모습을 보여 준 은호는 그가 따라 준 소주를 한 번에 들이켰다.

그의 눈은 술자리에 모여 앉은 사람들을 하나하나 빠짐없이 쳐다보고 있었다. 대한민국에서 주량이 세다는 건 꽤 유리한 장점이었다. 거장이라 불리는 인간들의 눈 풀린 모습을 볼 수 있기도 하고—

"이 새끼, 이거……. 서윤기보다 훨씬 낫네!"

정제하지 않은 속마음을 들여다볼 수 있기도 하니까.

남자는 자신의 비위를 찰떡같이 맞추는 정은호가 예뻐서 어쩔 줄을 몰라 했다. 얼어붙은 후배를 놀려 보고자 했던 마음은 눈 녹듯이 사라진 지 오래였고 그저 어떻게 하면 이 예쁜 후배에게 더 멋진 선배로 남을 수 있을까, 따위를 궁리했다.

"앞으로 형이라고 불러!"

남자는 은호의 어깨를 감싸고 호탕하게 웃었다.

"서윤기가 괴롭히면 바로 연락해! 형이 아주 혼쭐을 내 줄 테니까. 알았어?"

"네, 형."

취기 오른 선배의 주정이 짜증스러울 법도 한데 은호는 생글생글한 낯을 바꾸지 않고 말했다. 그 모습이 그 자리에 있던 많은 이들에게 인상적으로 남은 건 당연한 일이었다.

한쪽 구석에선 그런 은호의 행동을 끈질기게 쳐다보는 무리가 있었다.

"저거 얼마나 갈지 내기할까."

그들 무리의 중심으로 보이는 여자가 말했다.

"어떤 거? 저 새끼 인기?"

맞은편에 앉아 있던 남자가 담배를 꺼내 물며 묻는다. 제아무리 배우가 아니라지만 면도도 제대로 하지 않은 몰골과 거친 언사에 여자는 미간을 구겼다.

"말 좀 예쁘게 해. 새끼가 뭐냐, 새끼가."

"새끼가 뭐 어때서. 이제 갓 태어났단 소리지."

깔깔 웃은 남자가 물고 있던 담배에 불을 붙였다. 숨을 들이쉼과 동시에 빨갛게 타오른 재가 푸른 연기를 만들어 낸다.

"이제 갓 태어난 애한테 인기 얘기를 뭐 하러 해. 팬덤 화력도 안 나올 텐데."

"그럼?"

"저 방긋거리는 거 말이야. 언제까지 웃을지 궁금하지 않아? 지금이야 본인이 아쉬우니까 저렇게 웃지. 뜨고 나서도 저럴 확률은 거의 제로잖아."

데뷔한 지 얼마 되지 않았을 땐 모두가 천사 같은 얼굴을 보이는 법이었다.

또 데뷔한 지 오래된 이들은 자연히 악마 같은 얼굴을 한다. 여자는 그것을 꼰대 같은 현상이라고 치부했지만 그럴 수밖에 없는 맥락이 존재한다는 것도 일부 인정했다.

천국같이 생긴 지옥이나 다름없는 연예계에서 10년 이상 버틴다는 건 보통 맷집 갖고 되는 일이 아니었다. 성격 더러운 감독과 선배들 사이에서 무식하게 버티기만 한다고 되는 것도 아니었고 이중 잣대가 만연한 대중들의 시선을 적당히 피한다고 될 일도 아니었다.

모두가 적인 상황에서 모두에게 적이 되지 않으려 애쓰다 보면 멀쩡한 애들도 사이코가 되기 십상이었다. 물론 사이코가 되어 버린 그들을 옹호하고 싶진 않다. 그 와중에도 자기중심을 잡고 사는 애들이 있기는 하니까.

"뭐, 그래도 쟤는 고생 좀 덜하고 뜰 것 같은데?"

"뭘 보고?"

"벌써부터 '제2의 서윤기'라고 불리잖아. 소속사도 서윤기 전 소속사고. 아직 데뷔도 안 했는데 시상식에 초대받은 것도 그렇고, 자리도 서윤기 바로 옆자리 받았던데? 소속사 사장이 이 갈고 밀어 주는 거 같은데 왜 안 뜨겠어."

남자는 픽, 하고 쓴웃음을 지었다.

"서윤기가 가만히 있을까?"

여자는 고개를 비스듬히 기울이며 말했다.

"서윤기가 왜 서윤긴데. 걔도 어지간히 돌아이잖아."

"하긴."

남자가 고개를 끄덕였다.

연예계에서 자기중심을 잡고 사는 애들은 딱 두 부류였다. 처음부터 끝까지 천사로 사는 애들과 처음부터 끝까지 악마로 사는 애들. 그중 서윤기는 후자로 평가받았다.

데뷔 직후의 서윤기를 알았던 이들은 서윤기가 꽤 순하고 말랑한 타입의 사람이었다고 말하기도 했지만 데뷔한 지 13년이 된 지금은 모두들 그를 천사 같은 얼굴을 한 악마라 칭했다. 내막의 진실이 어떻든, 서윤기는 긍정도 부정도 하지 않았다.

천사인 줄 알았는데 악마더라, 라는 말보다 악마인 줄 알았는데 역시 악마더라, 라는 말이 편했으니까.

그렇다면 그를 똑 닮은 정은호는 어느 쪽일까. 천사일까, 천사 같은 얼굴을 한 악마일까.

○　◎　●

"뭐 안 좋은 일 있는 건 아니죠?"

별은 새빨갛게 익은 딸기를 입안으로 가져가며 물었다. 원래도 텐션이 높은 사람은 아니었지만 어딘가 모르게 예민한 듯 보이는 서윤기가 영 신경 쓰였다.

"그냥 좀 피곤해서요."

딸기와 크래커는 건드리지도 않고 물만 들이켜던 윤기가 답했다. 배고픔은 잊은 지 오래였다. 가뜩이나 예민했던 속인데 별이 등장한 후로 넘실거리는 기분까지 더해져 무언가를 먹을 상황이 아니었다.

"뻥을 치려면 좀 성의 있게 쳐요. 얼굴에 수심이 가득하구만, 뭐."

별은 눈을 가늘게 뜨고 말했다. 아무것도 안 먹고 일했다는 박 매니저의 말에 딸기라도 먹일 생각으로 온 건데 손도 대지 않고 있으니 애가 탔다. 다그쳐 봤자 입 무거운 서윤기가 실토할 리도 없고.

"어휴."

답답해진 마음을 달리 표현할 방법이 없던 별은 디켄딩 된 와인을 잔에 가득 부었다. 주문한 건 서윤기였지만 마실 생각은 없어 보이니 저라도 마셔야지 별수 있나.

"내가 비행기 좀 태워 줄까요?"

"비행기요?"

윤기가 꺼림칙한 표정으로 물었다. 다른 사람이면 무슨 소리냐고 물을 텐데 상대가 김별이니 무엇도 짐작할 수가 없다. 어쩌면 지금 당장 공항으로 가 진짜 비행기를 타자는 소리일지도 모른다.

"스트레스 푸는 데 제일 좋은 건 뭐다? 돈지랄이다."

스스로 묻고 스스로 답한 별이 소파에 아무렇게나 던져 놓은 가방을 열고 뒤지기 시작했다.

"아, 또 뭔 지랄을 하려고."

돈지랄이라는 말에 버튼이 눌린 윤기가 벌떡 일어나 가방을 뺏었다.

"사백만 원 꺼내기만 해요."

"아니, 왜……."

"애정이고 진심이고 다 안 돼요."

"그럼 나 전화 찬스 좀 쓸게요."

별이 자리에서 일어나 핸드폰을 집어 들었다.

"누구 시켜서 돈 가져오라는 소리 할 거면 그냥 나가요."

"돈만 아니면 되는 거예요?"

"아, 진짜 뭐 하려고 그래요."

"내가 빡칠 때마다 쓰는 방법이 있어서 그래요. 서윤기 씨도 좋아할걸요?"

별은 어깨를 으쓱이며 자신했다. 제 가방 손잡이를 필사적으로 쥐고 있는 그가 귀여워 제대로 된 정신을 붙잡고 있기가 힘들었지만, 그래도 저는 이선호텔의 대표로서 고객이신 서윤기의 기분을 풀어 줄 의무가 있다.

그리고 그 방법의 정체는 약 15분 뒤 드러났다.

"김 변호사님?"

벨이 울리는 소리에 잔뜩 긴장을 하고 나갔는데 의준이 서 있었다. 아주 귀찮아 죽겠다는 얼굴로.

"김 변호사님이 여긴 웬일이세요?"

"그러게나 말입니다. 제가 여기 왜 있을까요."

그는 한쪽 입꼬리를 길게 끌어 올렸다. 뱀 같기도 하고 용 같기도 한 눈이 제 뒤로 향하는 걸 보면 별을 찾는 듯 보였다. 아, 김별이 쓰겠다던 전화 찬스가 의준이었던 모양이다.

"근데 변호사님."

"네."

"그러고 오셨어요?"

볼 때마다 완벽한 슈트 차림을 하고 있던 그는 외출복이라기엔 매우 잠옷 같아 보이는 로브를 걸치고 있었다.

"제 방이 바로 아래층이라서요."

고개를 끄덕인 그가 네모반듯한 상자 하나를 건넸다.

"이게 뭐…… 부루마불?"

제 눈이 어떻게 된 건가 싶어 비빗거리는 것도 한두 번이지. 아무리 봐도 부루마불이 맞았다. 지구 모양이 그려진 바로 그 보드게임.

"이걸 왜 저한테 주세요?"

저는 분명 의준에게 물었지만 대답은 등 뒤에서 나왔다.

"짜증 날 땐 돈지랄이 짱이라니까? 건물주 된 기분 한번 누려 봐요."

"이걸로…… 건물주를 하라고요?"

"세계 여행하는 기분도 누리면 더 좋고요."

도대체 진심으로 하는 말인지, 그냥 놀리고 싶어서 저러는 건지 모르겠다.

"그냥 익숙해져요."

의준이 어깨를 톡톡 두드리며 말했다.

"그게 속 편해."

씨익 웃으며 나가려는 그가 원망스러워지는 순간.

"야, 너 어디 가려고."

별이 그를 잡았다.

"가긴 어딜 가. 내 방 가지."

"안 돼. 너도 해야 돼."

여유롭게 웃으며 저를 놀릴 땐 언제고 별에게 손목을 붙들린 의준은 말이 되는 소리를 하라며 바락바락 소리를 질렀다. 그러나 이미 그의 발은 방 안에 들어온 뒤였다.

| 12. 주제 파악 |

"아, 또 무인도야."

별이 주사위 두 개를 노려보며 말했다.

"그냥 파산해. 세 번 연속 무인도면 가망 없어."

머리를 쥐어뜯으며 괴로워하고 있는 판국에 의준이 불을 지폈다.

"조용히 안 해?"

"게임을 조용히 어떻게 해. 안 그래요, 윤기 씨?"

"조용히는 못 하죠, 김 변호사님."

호텔 거실에 마련된 테이블에서 게임을 시작한 세 사람은 시작할 때와 사뭇 다른 분위기를 풍겼다. 의기양양한 얼굴로 게임을 제안한 별은 하는 족족 파산을 면치 못하고 있었고 하기 싫은 티를 숨기지 못하던 의준은 연이은 별의 패배를 기쁘게 즐기는 중이었다. 그중 가장 신난 건 다름 아닌 윤기였다.

"그럼 이번에도 제가 이긴 거네요."

하늘 위로 치솟은 어깨를 애써 내리누른 윤기가 말했다.

"다음 판을 하는 게 의미가 있을까요?"

"그렇게 다 먹어 놓고 그만하겠다고? 당연히 해야지."

"아이, 할 수야 있죠."

거들먹거리는 소리가 절로 나온다.

"근데 이사님이 괜찮겠어요? 지금 가진 돈으로는 웬만한 도시도 못 지나갈 것 같은데."

언제 또 재벌 3세를 돈으로 놀리겠나 싶은 마음이었다.

말 그대로 서윤기는 모든 판을 이기고 있었다. 알짜배기 도시만 쏙쏙 골라 커다란 호텔을 지어 놓고 통행하는 별과 의준의 돈을 탈탈 털어 차지하는 것이 예사 실력이 아니었다.

"진짜 한 판 더 해요?"

윤기가 테이블 위에 올라온 장난감 지폐를 쓸어 담으며 물었다.

"당연하죠. 근데 그 전에!"

별이 험악한 표정으로 윤기의 손등을 덮어 눌렀다.

"혹시 나 몰래 김의준 이 자식이랑 짜고 치는 거 아니죠?"

약간의 의심과 약간의 확신을 가진 눈빛이 의준과 윤기에게 나란히 꽂힌다. 그런 게 아니라면 이렇게까지 필패할 리가 없다. 고작해야 보드게임에 불과하다고는 하지만 엄연히 투자 게임인데 실제 경영인인 자신이 연예인과 변호사를 상대로 진다는 게 말이 되느냔 말이다.

"와……. 지금 이사님이 지고 있다고 해서 제가 사기 치고 있다, 이 말이에요?"

윤기가 고개를 절레절레 흔들며 말했다.

"아니, 꼭 그렇다는 게 아니라……."

마치 대단한 모욕이라도 받은 사람처럼 눈살을 찌푸리고 있는 서윤기에 별은 당황한 얼굴을 했다. 어물거리는 말투로 변명을 해 보려 했지만 한심하단 표정의 의준과 실망이라는 눈빛의 윤기를 완전히 외면하기란 어려운 일이었다.

"알았어요."

결국,

"인정할게요. 방금은 내가 지질했어요."

패배를 시인했다.

의준이 자리에서 일어나 박수를 쳤다. 그러고는 조금의 지체도 없이 준비되어 있던 소원권을 가져온다. 누가 변호사 아니랄까 봐 서명란을 가리키며 웃는 모습이 프로페셔널하다.

게임을 시작하기 전, 세 사람은 진 사람이 받게 될 벌칙을 정했다. 게임에서 지는 게 뭐 그리 대단한 거라고 생각할지 모르겠지만 셋은 생각보다 진지하고 무게 있는 토론을 길게 지속했다.

본의 아니게 세 사람 모두 부자인 탓에 웬만한 상품을 거는 걸로는 승부욕이 일지 않았다. 그렇다고 너무 굴욕적인 벌칙을 주기엔 사회적 체면이라는 게 있었다.

그래서 깔끔하게 소원권을 발급하기로 했다. 진 사람이 1등과 2등 모두에게. 그런데 별이 세 판 모두 지는 바람에 별의 이름으로 발급된 소원권만 벌써 여섯 장이다.

"올해 안으로 안 쓰면 효력 없는 거 알지?"

별은 소원권 뒷면에 적힌 유효 기간을 가리키며 말했다.

"뭘 그런 걸 걱정해. 벌써 무슨 소원 빌지 다 정했는데."

의준이 말했다. 얼마나 신이 난 건지 아주 싱글벙글 난리도 아니다. 변호사는 냉철한 이미지와 신뢰감을 주는 분위기가 생명이라며 평소엔 잘 웃지도 않더니 아주 보조개가 패도록 웃고 있는 꼴이 얄미워 죽을 지경이었다.

"윤기 씨는 정했어요?"

세 장의 소원권을 부채꼴 모양으로 펼쳐 사진을 찍고 있던 의준이 물었다. 의준만큼은 아니지만 거의 비슷한 수준으로 들떠 있던 윤기는 고개를 저었다.

"아직이요. 어렵게 따낸 건데 혹시 제가 까먹으면 어쩌죠?"

"제가 연말에 확인차 연락드릴까요?"

"그래 주실래요?"

신이 난 얼굴로 묻는 윤기에 의준은 당연하다며 고개를 끄덕였다.

"놀고들 있다."

별이 할아버지의 명언을 떠올리며 혀를 찼다. 이길 수 없는 상대는 죽여라. 어린 손녀에게 가르치기엔 조금 잔인한 느낌이 없지 않아 있었지만 별은 그 명언을 좋아했다. 뭔가 읊조리기만 해도 세상에서 제일 세지는 기분이 들었다.

하지만 오늘 밤, 저를 무력하게 만든 건 김의준과 서윤기다. 두 사람 다 이길 수 없는 상대인 건 맞는데 죽이고 싶지 않아서 골치가 아프다.

"변호사님, 저 거기 물 좀 주세요."

"이쪽에 탄산수도 있는데 이걸로 줄까요?"

별이 다정한 두 사람을 못마땅한 표정으로 쳐다보았다. 게임을 세 판이나 진행하는 동안 의준과 윤기는 급속도로 가까워졌다. 둘이 가까워지지 말라는 법도 없고 이왕이면 친하게 지내는 게 저에게도 좋은 일이었지만 뭔가 짜증이 난다. 굳이 표현을 해 보자면, 아끼던 사탕을 엄마에게 빼앗긴 아이의 기분이랄까.

"아, 배고프다."

새로운 판을 위해 테이블 위를 정리하던 윤기가 말했다.

"뭐 좀 시킬까요?"

의준도 멀찍이 떨어져 있던 룸서비스 책자를 끌어왔다.

"먹을 수 있겠어요?"

별이 윤기의 컨디션을 걱정하며 물었다. 애초의 계획은 딸기만 먹이고 돌아가는 거였는데 어쩌다 보니 게임도 오래 하고 딸기도 저와 의준이 다 먹어 버린 뒤였다.

"왜?"

먹을 수 있겠냐는 질문이 뭔가 이상하게 들렸는지 의준은 의구심 가득한 눈으로 물었다.

"윤기 씨 냄새에 예민해서 스트레스받으면 뭐 잘 못 먹더라고."

"아—"

담백하게 떨어지는 설명에 의준도 담백하게 대답했다. 그러다가 문득,

"음식만 그래요?"

묻는다.

"내 향수 냄새 독할 텐데."

본인의 손목 안쪽에 코를 박으며.

"괜찮아요."

윤기는 선선히 웃으며 고개를 저었다. 저의 까탈스러운 후각에 대해 말할 때면 일반적으로 따라오는 반응이 있는데 의준이 보이는 반응은 그것들과 조금 달랐다. 로브의 깃을 코앞까지 들어 올려 냄새를 맡는 얼굴엔 어떠한 악의도 보이지 않았고 과도한 호기심 같은 것도 자리하고 있지 않았다. 생각해 보면 별에게 처음 얘기했을 때도 이랬던 것 같다. 악의 없이, 호기심 없이. 그냥 걱정만.

"그냥 조금 예민한 정도지 아무것도 못 먹고 그렇진 않아요."

"오늘 아무것도 안 먹었잖아요."

별이 속상한 얼굴로 말했다.

"그건 냄새 때문이 아니라 신경 쓰이는 일이 있어서 그런 거예요."

"신경 쓰이는 일?"

아픈 아이 걱정하듯 축 처져 있던 눈꼬리가 매섭게 치솟는다.

"뭔데요?"

"말 안 할 거예요."

"왜요. 내가 해결해 줄 수도 있잖아요."

"이사님이 해결할 일 아니에요."

의준은 별과 윤기 사이에서 오가는 묘한 신경전을 흥미롭다는 듯 쳐다보았다. 서로 편한 듯 불편한 듯 애매한 텐션을 유지하는 것도, 서로 의지하는 듯 아닌 듯 애매하게 믿는 느낌도 아이러니했다.

"일단 밥부터 먹고 합시다."

일단 둘 사이에 흐르는 긴장부터 끊어 냈다. 내버려 두면 아마 동이 틀 때까지 같은 질문과 같은 대답을 반복할 두 사람이다.

오버나잇 메뉴가 적힌 책자를 골똘히 바라보던 세 사람이 주문한 것은 생크림케이크와 치킨, 그리고 감자튀김이었다. 메뉴의 구성이 조화롭지 못한 느낌이 들긴 했지만 선택권은 전적으로 윤기에게 있었다. 배고프지 않다는 별과 가리는 음식이 없다는 의준의 배려 덕분이었다.

"이런 건 아예 못 먹는 줄 알았는데."

별은 바삭하게 튀겨진 치킨과 감자튀김을 보며 말했다. 아무리 깨끗한 기름에 튀겨도 튀김 요리는 특유의 냄새가 있어 서윤기에게 무리일 것이라 생각한 탓이었다. 하지만 그 모든 게 과한 걱정이었던 것 같다.

"내가 무슨 이슬만 먹는 줄 알아요?"

"그건 아니지만……"

"나도 사람인데 냄새난다고 무조건 싫어할 리가 없잖아요. 좋은 냄새는 나도 좋아해요."

그 말이 거짓말이 아님을 증명하듯 윤기는 치킨도, 감자튀김도 싫은 기색 없이 모두 잘 먹었다.

"알겠어요. 많이 먹어요. 근데 생크림케이크는 어디 갔어요? 방금까지 여기 있었는데?"

별이 불현듯 깨달은 표정으로 케이크의 행방을 찾았다. 눈이 내린 것처럼 소복이 쌓인 생크림 위로 새빨간 딸기가 가득 올라간 모양이 사랑스러운 케이크였다. 가뜩이나 먹으려고 사 온 딸기를 제가 다 먹은 것이 마음에 걸렸는데 케이크마저 사라지다니 있을 수 없는 일이다.

"아, 그거 냉장고에 넣어 놨어요."

윤기가 오른손으로는 치킨을 쥐고, 왼손으로는 냉장고를 가리키며 말했다.

"왜요?"

"디저트잖아요. 생크림케이크는 차갑게 먹어야 맛있어요."

그런 것도 모르냐 표정이었다.

"곧 해 뜨겠네요."

감자튀김에 마요네즈를 찍은 의준이 말했다. 부산 바다의 정경을 보기 위해 걷어 놓은 커튼 너머로 검푸른 빛이 올라오고 있었다.

"내일 파티에 변호사님도 오세요?"

윤기가 물었다. 내리 게임만 하며 보낸 새벽이 꽤 재미있었는지 기대감을 품은 얼굴이었다. 나이 차이가 그렇게 많이 나는 것도 아닌데 한참 어린 동생을 보는 기분에 의준은 그만, 웃음을 터트렸다.

"그랬으면 좋겠어요?"

"네."

서윤기는 예상한 답을 했다.

"변호사님이랑 같이 있으면 편해서요."

순진한 고백이 퍽 듣기 좋았다. 경계할 땐 무뚝뚝한 얼굴로 속을 숨기기 위해 애쓰더니 한번 풀어지기 시작하자 답도 없이 녹아내리는 게 무르구나 싶었다. 맹수들만 득시글거리는 정글에서 유유히 걷는 초식 동물을 보는 느낌.

"신기하네."

의준이 중얼거렸다.

"나보고 편하다는 사람 별로 없는데."

"그래요?"

윤기는 이해할 수 없다는 표정을 지었다. 그러고는 아무런 말 없이 의준의 눈을 한참 동안 쳐다보았다. 집요하고 끈질기게.

"변호사님 눈 엄청 뾰족한 거 알아요?"

"내 눈이요? 쌍꺼풀이 없어서 그런가?"

"아뇨, 그런 거 말고요."

윤기가 고개를 저었다.

"생각 많은 사람들 눈은 엄청 어지럽거든요. 생각이 많으면 겁이 많아지고, 겁이 많아지면 거짓말도 많이 하니까. 근데 변호사님 눈은……"

다 듣기도 전에 의준은 입꼬리를 말아 올렸다.

"곧아요. 뾰족하고."

초식 동물이 맞긴 한데 좀 똑똑한 초식 동물이다.

"칭찬이죠?"

"저한테는요."

고단함이 묻은 목소리였다. 똑똑한 초식 동물은 삶이 괴로울 수밖에 없다. 멍청하면 빨리 죽기라도 할 텐데 꾸역꾸역 살아남아 삶의 쓴맛을 다 봐야 하니 말이다.

"저 사람 속마음은 뭘까, 진짜 하고 싶은 말은 뭘까, 이런 거 생각 안 해도 돼서 좋아요."

처연하고 아름다운 눈. 뱃사공들을 유혹하여 바닷속 깊은 곳으로 끌고 간다던 사이렌의 눈이 딱 저렇게 생기지 않았을까. 제아무리 사나운 맹수라도 그가 놓은 덫이라면 빠질 수 있을 것 같다.

○ ◎ ●

세 사람의 회동은 아침 7시가 넘어서야 끝이 났다.

윤기의 방에서 나온 의준과 별은 엘리베이터에 오를 때까지 아무런 말도 하지 않았다. 침묵이 깨진 건, 바로 아래층으로 향하는 버튼을 누르고 난 뒤였다.

"큰일인데……."

자조 섞인 목소리.

"뭐가."

의준은 별이 왜 그런 목소리를 내는지 다 알면서도 굳이 물었다.

"그때랑 비슷한 기분이야."

"언제?"

"너 좋아했을 때."

별은 의준을 응시하며 말했다. 아주 어릴 때부터, 어쩌면 태어났을 때부터 친구였던 그는 재수 없을 정도로 똑똑하고 잘생긴 데다 성격도 좋았다. 물론 사회화가 잘된 타입이라 속을 들여다보면 시커먼 구석이 꽤 많았지만 윤기의 말대로 앞뒤가 다른 타입은 절대 아니었다. 어떤 의미에선 지극히 순수하다고 느껴질 정도로.

태어난 이후 만났던 모든 사람들은 이중적이었다. 사람은 원래 이중적이고 모순적이라지만 재벌가에서 태어났다는 게 문제인 건지 친구나 선생님, 가끔은 가족들조차 믿기 어렵단 생각을 하며 자랐다.

할아버지는 모순이야말로 사람을 강하게 만드는 힘이라 했지만 별은 의구심을 품었다. 솔직하게 사는 건 왜 나약해지는 지름길인가. 왜 매번 도망칠 구석을 마련하고 살아야 하는가. 그래 놓고 왜 항상 모든 걸 다 건 척 의연을 떠는가.

그러다 보니 김의준은 필연적으로 사랑스러웠다. 좋다고 하면 좋은 거고, 싫다고 하면 싫은 그는 두 번 생각할 일을 만들지 않았다.

고등학교에 입학할 즘이었다. 그런 그를 친구 이상으로 마음에 품기 시작했다. 김의준만큼 멋있는 남자가 세상에 많지 않음을 알아차리기 시작했던 때였다.

고백은 고등학교 졸업식 날 했다. 좋아하는 마음을 가지고부터 대략 3년이 걸린 셈이다. 처음 1년은 좋아한다는 사실을 인정하기 위해 썼다. 그에게 이성적인 감정을 느끼는 스스로가 이해가 안 되기도 했고 내버려 두면 금방 사라질 감정처럼 느껴지기도 했다.

하지만 감정은 생각보다 질겼고 인정할 수밖에 없는 순간이 잊을 만하면 찾아와 괴롭혔다. 결국 뼈저린 고뇌와 번민 끝에 인정을 하긴 했다. 하지만 친구로 지내는 것만으로도 나름의 만족을 느꼈다. 그 당시 김의준에게 여자는 어머니와 저밖에 없었던 터라 독점욕이라든가 소유욕 같은 마음은 들지 않았다.

그러다 열아홉 살이 되었고 또다시 새로운 감정이 저를 집어삼켰다. 제가 느끼는 감정을 공유하고 싶다는 생각. 제가 좋아하는 만큼, 그도 저를 좋아해 주면 좋겠다는 욕심. 사랑받고 싶다는 욕망, 그런 거.

물론 고백하자마자 차였다. 세상이 무너질 줄 알았지만 세상은 멀쩡했고 다시는 그의 얼굴을 볼 수 없을 거라 생각했지만 그로부터 10년이 훨씬 넘도록 그와 저는 친구다.

"그때보다 더 좋은 것 같기도 하고."

"그래서 싫어?"

"아니, 좋은데 좀 무서워."

애정을 쏟을 대상이 있다는 건 즐거운 일이었다. 하지만 제 애정을 받은 것들은 망가지는 경우가 많아 무서웠다. 서윤기도 죽거나 영영 멀어지면 어떡하지.

별의 진지해진 표정을 보던 의준이 웃었다.

"무서워할 필요 없을 것 같은데."

"응?"

"초식 동물이 육식 동물보다 오래 살잖아."

"무슨 소리야?"

이해하기 어렵다는 표정으로 묻는 별에 의준이 웃었다. 평소엔 사람 속을 훤히 들여다보면서 서윤기는 왜 제대로 보지 못하는지 모르겠다. 하긴, 제가 보기에도 서윤기는 한마디로 정의하기 어려운 사람이었다. 마치 보호색을 띠는 카멜레온처럼 시시각각 분위기가 달라졌다. 볼 때마다 자리가 달랐던 탓도 있지만 타고나기를 연기하는 것에 능해 보였다.

특히나 서윤기의 눈은 사람을 꿰뚫는 것 같은 느낌을 문득문득 드러내곤 했다. 조금만 방심하면 그에게 속을 다 읽힐 것 같은 두려움이 느껴지기도 했다. 그래 놓고 정작 그는 말이 별로 없었다. 필요할 땐 자신의 나약한 모습도 곧잘 보여 주었지만 진짜 숨기고 싶은 모습은 절대로 보여 주지 않을 것 같은 느낌. 똑똑한 사람이었다.

"서윤기는 순수한 거지 순진한 게 아니야."

의준이 별의 방문을 대신 열어 주며 말했다.

"그러니까 괜히 겁먹지 마."

어쩌면 김별의 완벽한 적수일지도 모른다.

○　◎　●

"아, 진짜 열받아 뒤지겠네."

별이 공항 벤치에 앉아 중얼거렸다. 원래 일정대로라면 서윤기가 참석하는 디너파티에 가야 했다. 하지만 임 비서의 다급한 전화가 모든 것을 무너뜨렸다. 망나니 같은 저의 사촌 오빠가 이선복지재단의 이사장이 되었단 소식이었다.

이선그룹에는 크게 두 개의 재단이 있었다. 하나는 제가 소유하고 있는 예술 재단이었고 또 다른 하나는 할아버지께서 이사장으로 계신 복지 재단이었다. 저야 둘 중 하나를 고르라고 하면 언제나 예술 재단을 택할 테지만 그 말이 꼭 사촌 오빠에게 복지 재단을 넘기란 소리는 아니었다.

"지금까지 아무런 낌새도 없었던 거 맞아?"

의준이 물었다.

"없었어. 있었으면 엄마가 몰랐을 리 없어. 아빠 기일에도 아무 말 안 했는데 갑자기 이게 무슨 일이야."

별은 손에 얼굴을 묻고 중얼거렸다. 아무리 생각해도 이해할 수 없는 결정이었다. 매번 저를 이선그룹의 차기 회장이라 말하는 할아버지께서 예술 재단보다 몇 배의 힘을 발휘하는 복지 재단을 제 정적에게 넘기는 결정을 하다니, 믿을 수가 없다.

"만약 할아버지 결정이 맞으면 어떻게 되는 거야?"

별이 자신의 사업 파트너이자 법률 대리인인 의준에게 물었다.

"일단 청소부터 해야지. 네가 재단 이름으로 했던 일 중 떳떳하지 못한 건 전부 다. 꼭 불법이 아니더라도 찜찜하다 싶은 건 다 정리해."

"그렇게까지 해야 돼?"

사업이라는 이름으로, 관행이라는 이름으로 행한 일이 한두 개가 아니었다. 아마 저 모르게 제 직원들이 행했던 것도 꽤 있을 것이다.

"복지 재단이랑 예술 재단 둘 다 결국엔 이선재단이잖아. 그 사람이 복지 재단의 대표가 된 이상 예술 재단 들쑤시는 건 문제도 아냐."

"윤주형 개새끼……."

도대체 무슨 말로 할아버지의 마음을 구워삶았을까. 능구렁이 새끼.

"일단 그건 나중에 생각해. 이제 막 대표 직함 달아 놓고 나대진 않을 거니까."

의준은 차분하게 지적했다. 윤주형한테 열받은 마음도 알겠고, 할아버지한테 뒤통수 맞은 기분이 드는 것도 알겠지만 급한 건 그쪽이 아니었다.

"주주들 챙겨야지. 윤주형 쪽에서 언론 플레이 기가 막히게 할 텐데."

"씨발, 진짜."

"성질머리 죽이고 표정 관리부터 해. 뺏긴 느낌 들면 안 되니까."

"후……."

별이 크게 심호흡했다. 의준의 말대로 여기서 동요하는 느낌을 주어 봤자 좋을 게 없었다. 윤주형 그 망할 놈의 새끼가 기고만장한 꼴을 보지 않으려면 의연해야 한다. 최대한. 그래야 박쥐 같은 임원들도 줄타기 대신 굳히기를 택할 테니.

"비행기 타기 전에 서윤기한테 전화하는 거 잊지 말고."

"어?"

"나는 아까 연락했으니까 너도 얼른 해."

당연하다는 듯 말하는 태도에 어이가 없어진 별은 헛웃음을 터트렸다.

"언제 연락했어?"

"네가 임 비서님이랑 윤주형 욕할 때."

"나 참……. 서윤기는 뭐라는데?"

은근하게 물어 오는 별을 한심하게 쳐다본 의준이 고개를 저었다.

"궁금하면 네가 연락해."

하여튼 틈이라고는 없는 인간이다.

별이 공항 VIP 라운지 구석에 몸을 구기고 앉았다. 파티에 파트너로 가기로 한 것도 아닌데 못 간다는 소리를 하는 게 내키지 않았다. 그나마 다행인 건 의준이 먼저 전화를 해 대략적인 상황을 말해 주었다는 거다. 그게 아니었다면 못 간단 소리를 하기 위해 온갖 뻘소리를 늘어놓았을 것이다.

통화 버튼을 누르고 가빠지는 숨을 참았다. 금방 받을 줄 알았는데 연결음이 생각보다 길어진다. 불과 몇 시간 전까지만 해도 한방에서 보드게임을 하던 상대인데 뭐가 이렇게 떨리는지 모르겠다.

— 괜찮아요?

전화를 받은 서윤기는 부드러운 목소리를 냈다. 어딘가 다정하게 들리는 음성에 별은 더더욱 긴장을 했다. 장난기 있는 목소리도 들어 봤고 풀 죽은 목소리도 들어 봤고 날 서 있는 목소리나 짜증 난 목소리는 더더욱 많이 들어 본 것 같은데, 다정하고 부드러운 목소리가 저를 향했던 적은 많지 않았다.

— 변호사님한테 들었어요.

"아, 네. 미안해요. 파티는……."

— 울었어요?

"네?"

어떻게 들으면 그렇게 들리는지 모르겠지만 그는 몹시 당황한 듯했다.

— 옆에 김 변호사님 안 계세요?

"어……."

앞 테이블에 멀쩡히 앉은 의준을 보았지만,

"어디 갔는지 모르겠네."

그가 걱정하는 게 좋아서 없는 척했다.

─ 혼자 있어요?

"네."

─ 혼자 있어도 되는 거예요?

"아, 뭐……. 괜찮아요."

도대체 무슨 소리를 했기에 서윤기가 이렇게까지 걱정할까.

─ 충격 많이 받았다면서요.

"내가요?"

─ 꼭 쾌차하실 거니까 걱정하지 말아요.

"아……."

누가 되게 아프다고 한 모양이다.

─ 할아버님 병원은 어디예요?

"아, 할아버지라고 했구나."

─ 네?

"아니에요. 혼잣말이에요."

어떻게 된 건지 대략적인 상황 파악을 끝낸 별은 삐져나오는 웃음을 간신히 참아 냈다.

"너무 걱정하지 말아요. 우리 할아버지 그렇게 호락호락한 사람 아니에요."

─ 너무 과신하지 말아요.

"……."

─ 핸드폰 갖고 있을게요. 바로 못 받을 순 있는데…… 자주 확인할게요.

별은 스스로의 입을 틀어막고 허공에 주먹질을 했다. 심각한 표정으로 태블 릿을 보고 있던 의준은 고개를 절레절레 흔들었다. 비웃음 섞인 얼굴에 한심해 죽겠단 속내가 적나라하게 드러나 있었지만 별은 개의치 않았다.

"고마워요."

서윤기의 위로를 듣게 해 주었으니 그 정도는 봐주고도 남는다.

전화를 끊고 나서도 몇 분이나 그 여운을 떨치지 못한 별은 미친 사람처럼 피식거렸다. 보다 못한 의준이 정신 차려라 일갈을 한 뒤에야 간신히 고개를 끄덕일 뿐이었다.

그에게 거짓말을 하고 있다는 건 마음에 걸렸다. 하지만 오늘 하루를 넘기지는 않을 것이다. 이 기분을 조금만 더 누리다가 세상 낮은 자세로 고해 성사를 해야지.

"그런 거짓말을 왜 했어?"

고맙기는 했지만 궁금하기도 했다. 저야 온갖 술수를 부리며 사는 사람이었지만 의준은 그런 사람이 아니었다.

"내가?"

"서윤기한테 할아버지 아프다고 했다며."

"아―"

말을 길게 늘인 의준은 피식 웃어 보였다.

"윤주형 같은 사람한테 복지 재단을 맡겼으면 아프신 거 맞지, 뭐."

이쪽저쪽 목을 꺾으며 말하는 김의준의 눈은 곧고 뾰족했다. 곧은 목선에 숨어 있던 근육들이 늘어지면서 두둑, 소리가 난다.

서윤기의 말대로 그는 거짓말을 하지 않는다. 눈앞에 놓인 사실이 무엇이든 자신이 필요한 진실로 만드는 능력이 탁월할 뿐.

○　◎　●

윤기는 색다른 감정에 휩싸였다. 색다른 감정이라기엔 지극히 이성적인 결론이었으므로 색다른 생각이라고 하는 게 더 옳은 표현일지도 모르겠다.

그 마음인지 생각인지 모를 것의 정체는 별의 할아버지가 위독하지 않길 바라는 것이었다. 말 한번 섞어 본 적 없는 사람의 안위를 걱정하는 건 저와 어울리지 않았다. 저는 그저 별을 걱정하고 있었다. 자신이 좋아하는 건 죄다 죽었다고 말하던 별의 목소리가 끊임없이 재생되는 기분이었다.

만약 크게 위독하신 거라면, 그래서 좋지 않은 일이 벌어지게 된다면 별은 또 한 번 애정의 죽음을 경험하게 될 것이다. 입버릇처럼 할아버지를 들먹이던 평소의 별을 생각하면 그 타격이 얼마나 클지 예상이 되었다.

　"……."

　텅 빈 룸은 쓸데없이 고요했다. 혼자 있는 걸 외로워하는 타입이 아닌데도 지나치게 큰 스위트룸은 어딘가 쓸쓸한 기분을 느끼게 했다. 아침이 밝도록 별과 의준, 두 사람과 함께했던 탓이 컸다.

　별의 할아버지께서 위독하시다는 말은 의준에게 들었다. 그는 위급한 상황이라 설명하면서도 지극히 차분한 목소리를 내며 침착함을 유지했다.

　그는 거부하기 어려운 매력의 소유자였다. 무시무시한 눈빛과 목소리를 가지고 있으면서도 서글서글한 미소와 성격을 갖춘 그는 바짝 세운 날을 무디게 하는 힘이 있었다.

　저 역시 그런 그가 좋았다. 경찰서에서 처음 보았을 때부터 주욱, 그에게 압도되는 느낌을 받곤 했다. 타인에게 영향받는 걸 극도로 경계하는 성향임에도 불구하고 그가 가하는 압력은 싫지 않았다. 거대한 보호막을 등에 인 느낌이라고 해야 하나.

　그와의 전화를 끊고 처음으로 그에게 부정적인 감정을 느꼈다. 호기심을 갖지 않으려고 애쓰던 별의 과거가 간절히 궁금해졌다. 아주 어릴 때부터 친밀했다던 둘은 무엇을 계기로 친해진 것인지, 결혼을 하고자 마음먹은 계기는 무엇이었는지, 이혼은 어쩌다가 하게 된 것인지, 전부 다.

　인터넷에 검색해 볼까, 하는 생각을 안 해 본 것은 아니었다. 별도, 의준도 제법 유명한 인사라 검색하면 무엇이든 나올 것이었다. 하지만 실제로 행동에 옮기지는 않았다. 한낱 인터넷 기사에 불과한 문장 몇 줄을 읽는다고 두 사람이 공유한 내막을 알 수 있을 거란 기대가 들지 않았다. 스스로가 조금 치사하게 느껴진 건 덤이다.

　두 사람 사이에서 섹슈얼한 분위기를 느낀 적은 없었다. 서로를 향한 신뢰와 편안함의 크기가 친구 이상의 것 같다는 느낌이 들기는 했지만 그렇다고 해서 연인 사이의 것이라고 하기에는 적당하지 않았다. 굳이 어울리는 표현을 찾자면

'전우戰友' 아닐까.

"거슬려."

그럼에도 그가 거슬리는 건 역시나 독점욕 때문이었다. 저 말고는 관심을 기울이는 게 없는 것처럼 구는 별이 유일하게 애정 혹은 애착, 따위를 보이는 게 의준이었다. 생각해 보면 처음 별에 대한 독점욕을 느끼게 된 계기도 의준이었다. 의준에게 기대 있는 별을 보고 심사가 뒤틀려서.

그러다 보니 추락하는 기분의 이유도 의준에게서 찾게 됐다. 그가 거슬리는 건 당연한 것이라고. 결혼까지 했던 사람이 필요 이상으로 가깝게 구니까 당연히.

하지만 조금만 더 생각을 해 보면 딱히 그런 것도 아니라는 걸 알 수 있었다. 저는 제 친구인 사랑에게도, 후배인 정은호에게도 비슷한 감정을 느꼈다. 별이 관심을 기울이는 곳이라면, 그것이 긍정적인 것이든 부정적인 것이든 싫었던 것 같다.

독점욕 말고는 달리 표현할 길이 없는 그 마음의 크기가 커지는 데에는 별의 미온적인 태도 탓도 있었다. 이를 테면 별이 저를 볼 때의 그 눈에는 따스한 애정과 뜨거운 탐욕이 동시에 비쳤다. 하지만 행동은 금욕적이었고 가끔은 결벽에 가까운 자기 통제라고 느껴질 만큼 엄격했다.

뜨거운 시선과 차가운 행동을 합치면 미온한 온도가 되었다. 그 미온한 온도가 안전하게 느껴졌던 걸 부정하지는 않겠다. 저에게 무엇도 바라지 않는 희생적 태도가, 다소 맹목적인 그 애정이 더할 나위 없이 편안했다. 하지만 편안함에 익숙해질수록 불안함이 크기를 키웠다.

지금도 마찬가지였다. 본인은 제 기분 하나 맞춰 주겠다고 밤새워 게임까지 해 놓고 정작 본인이 힘들어지자 아무런 연락도 없다. 이럴 때마다 저는 추락하는 기분을 느꼈다. 절대적인 존재에서 투명 인간으로.

불현듯 느껴지는 조급함에 오싹해지는 기분이 들 즈음, 별에게 전화가 왔다. 득달같이 손을 뻗었지만 통화 버튼을 누르기까지는 시간이 걸렸다. '김 이사님'이라는 저장명이 오늘따라 마음에 들지 않았다.

"괜찮아요?"

뒤늦게 받은 전화에 대고 말했다.

"변호사님한테 들었어요."

방금 전까지 하고 있던 음습한 생각들을 구석으로 밀어 버리고 다정한 목소리를 만들었다. 겉과 속이 다른 제 모습에 구역질이 날 지경이었다.

— 아, 네. 미안해요. 파티는…….

와중에도 별은 미안하단 소리를 했다. 무언가 억누르고 있는 듯한 목소리에선 당황과 곤란함 같은 감정이 느껴졌다.

"울었어요?"

묻는 말에 별이 답을 피했다.

"옆에 김 변호사님 안 계세요?"

거슬리는 감정과 별개로 그가 곁에 있기를 바랐다. 하지만 이내 혼자 있다는 대답이 들려왔고 그것은 꽤 감당하기 어려운 무력감을 선사했다. 이래저래 위로할 수 있는 말들을 꺼내 늘어놓은 것도 그 때문이었다. 말 몇 마디로 무거운 마음이 가벼워지지는 않겠지만 조금이나마 어떤 역할을 수행하고 싶었다.

— 너무 걱정하지 말아요.

하지만 별은 그런 제가 불편한 듯 자꾸만 뒤로 물러나는 느낌을 냈다. 저에게 닿으면 큰일이라도 날 것처럼.

"너무 과신하지 말아요."

그게 짜증스러웠다.

별과의 전화를 끊고 매니저에게 곧장 연락을 했다. 저녁에 있을 디너파티에 참석하지 않겠다는 말을 전하기 위함이었다. 입고 갈 옷과 타고 갈 리무진, 만나야 할 사람들을 정리하고 있던 매니저는 길길이 날뛰었고 저를 설득하기 위해 애를 썼다. 영화계의 크고 작은 인사들이 저를 기다릴 것이라고 했다.

"그 사람들 앞에서 깽판 쳐도 돼?"

그제야 매니저는 입을 다물었다.

"서울로 가는 비행기 티켓이나 알아봐 줘. 제일 빠른 걸로."

막무가내로 통보한 뒤 전화를 끊었다. 테이블 위에 있는 소원권 세 장이 보였다. 걷잡을 수 없이 허기가 느껴졌다. 냉장고에 있던 케이크를 꺼냈다. 차갑게 먹는 편이 좋다고 넣어 놓고는 새까맣게 잊고 있던 케이크였다.

새빨간 딸기를 포크로 툭툭 건드리며 푹신해 보이는 크림 위에서 굴렸다. 하얗게 몸집을 불린 딸기를 입안에 넣고 씹었다. 저항 없이 무너지는 과육을 짓이기며 혀끝에 닿는 단맛에 집중했다.

몇 분 뒤, 매니저에게서 문자가 왔다. 서울로 향하는 비행기 티켓 정보가 담긴 메시지였다. 미련 없이 일어나 욕실로 향했다. 케이크는 거의 그대로였다. 실력 좋은 파티셰가 만들었을 게 분명하지만 맛보지 못했다. 딸기만으로도 충분했다.

○　◎　●

"할아버지!"

서울에 도착하자마자 평창동 본가로 향한 별은 대문에서부터 쩌렁쩌렁하게 소리를 질렀다. 본가로 오기 전 엄마에게 전화해 함께 등장하는 찬스를 써 볼까 했지만 조금 치사한 것 같아서 관뒀다.

조금 더 솔직히 말하자면 엄마에게서 저를 도우려는 의지를 찾지 못했다. 돕고자 했다면 저보다 더한 분노를 쏟아 내며 본가를 뒤집어엎고 있을 위인이다. 이렇게 조용한 걸 보면 저보고 알아서 하라는 뜻이었다.

"할아버지!"

빽빽 소리를 지르며 입장하는데도 나와 보는 이라곤 사용인들밖에 없다. 평소라면 제 목소리가 들리자마자 버선발로 뛰어나오셔야 하는데 왜 이리 조용하신지.

"할아버지 지금 집에 있는 거 다 알고 왔거든?"

별은 보이지 않는 할아버지에게 경고장을 날리듯 외쳤다.

"아, 이 망할 놈의 구두는 또 왜 안 벗겨지는 거야!"

악을 지르며 구두와 씨름을 하는 동안, 주방에서 중년의 여성이 후다닥 달려 나왔다. '집사님'이라고 부르는 사람이었다. 수많은 사용인 중 그녀가 집사라는 호칭을 얻게 된 데에는 뚜렷한 이유가 있었다. 말이 없어서. 조금 괴팍한 이유라고 생각할 수도 있지만 저의 엄마는 진심으로 그녀의 과묵함을 최고 가치로 여겼다.

"할아버지 지금 어디 있어요?"

"……."

역시나 우리 집사님. 말을 안 하신다.

"설마 우리 할아버지 지금 나 피하는 거예요?"

"……."

"말씀하기 싫으면 하지 마세요. 집사님이 안 알려 준다고 내가 모르는 것도 아니고."

"아니, 이사님 제발 좀……!"

말은 없지만 눈치 좋은 우리 집사님.

"다른 분도…… 와 계세요."

제 편 들기를 참 조용히 하신다.

"아하."

별이 고개를 끄덕였다. 대놓고 피하는 할아버지를 보니 두 가지는 확실했다. 첫째, 할아버지는 윤주 형에게 복지 재단 대표직을 넘긴 게 맞다. 둘째, 그 요상하고 말도 안 되는 결정을 하게 된 계기에는 바로 저, 김별이 있다.

"하―"

허리춤에 손을 올리고 코웃음을 친 별은 소매를 걷어 올렸다. 까맣고 커다란 눈에 살벌함이 깃들기 시작했다.

"어디 한번 해 보자, 이거죠?"

마치 집 안 어딘가에서 듣고 있다는 걸 다 안다는 듯, 별은 목소리를 높였다.

"오케이. 계속 숨어 계세요."

숨바꼭질을 원하시는 거라면 미리 말씀을 하시지.

"지금부터 본격적으로 찾아 드릴게요."

본가 말고 더 큰 땅에서 스릴 넘치게 해 드릴 수 있는데.

"근데 제가 이기면 벌칙 있습니다. 각오하세요!"

별이 열기가 가신 눈을 꾹 한 번 감았다 떴다. 뜨거움이 물러난 자리엔 어김없이 차가움이 도사렸다. 그런 자신을 광견 보듯 보고 있는 집사와 사용인들에게는 물러날 것을 지시했다. 어차피 그들은 저의 적군도, 아군도 아니니 전쟁터에 있어 봤자 거슬리기만 할 뿐이다.

망설이지 않고 2층 계단을 올랐다. 정원은 이미 오면서 살펴봤고 1층 거실엔 사각지대가 없어서 숨을 곳이 없었다. 그렇다고 해서 1층 주방에 숨어 계실 리는 죽어도 없다. 전형적인 옛날 사람인 데다 일밖에 모르는 저의 할아버지는 1층에 주방이 있는지도 모르실 분이다.

2층에 오르자마자 오른쪽 복도에서 인기척이 들렸다. 입꼬리를 가파르게 올린 별은 그 소리를 비웃듯 왼쪽 복도에 발을 디뎠다. 그리고 그 복도의 끝, 가장 안쪽에 있는 엄마 방 앞에 섰다. 제 감이 맞는다면 저의 할아버지는 여기에 있다.

그리고 역시나.

"할아버지, 안녕?"

테이블에 앉아 홀로 체스를 두는 할아버지가 보인다.

"아, 우리 손녀 왔구나."

평화로운 표정.

"마침 잘 왔다. 이리 와서 할아버지랑 체스나 두자."

평화로운 목소리.

"와······."

별은 할아버지의 뻔뻔함에 할 말을 잃었다.

"체스으?"

지금 자신은 할아버지가 때린 뒤통수가 아파서 당장 죽어도 이상하지 않은데 고상하신 할아버지는 체스나 두자고 하시니. 이건 뭐 자신을 놀리는 건지, 아니면 의준의 말대로 어디가 아프신 건지.

"할아버지 지금 나랑 장난하는 거야?"

"할애비가?"

"응, 할아버지가."

거세게 고개를 끄덕인 별은 핸드폰 화면을 할아버지의 코앞으로 들이밀었다. 화면에는 윤주형의 대표 이사 취임 소식이 대문짝만하게 실린 기사들이 띄워져 있었다.

"어떻게 할아버지가 나한테 이럴 수 있어? 할아버지 때문에 내가 얼마나 곤란한 상황인 줄 알아? 평소엔 친하지도 않던 인간들이 전화까지 해서 물어본다니까? 윤주형 그 새끼가 복지 재단 대표된 거 맞느냐고?"

"어허, 새끼라니. 아무리 화가 나도 흥분하지 말아야지."

가볍게 웃은 할아버지가 말했다.

"흥분? 지금 할아버지 흥분이라고 했어?"

"복지 재단 하나 차지 못 했다고 흥분하면 쓰나. 예상치 못한 일이라도 의연하게 대처할 줄 알아야지. 주변에서 묻거든 그냥 대답해 주거라. 그게 뭐 어려운 일이라고 유난을 떨어."

"유나안?"

별이 있지도 않은 고혈압을 느끼며 이마를 짚었다. 사내 정치로는 만렙을 찍은 할아버지라 예상 시나리오라는 게 여러 가지였지만 이렇게 뻔뻔하게 나올 줄은 몰랐다.

"할아버지, 나 지금 굉장히 황당하거든? 할아버지 대체 무슨 생각 하는 거야? 혹시 삼촌들한테 협박받았어?"

"네놈은 내가 내 아들놈 협박에 굴복할 사람으로 보이는 게냐."

"아님 대체 뭐야. 할아버지도 나랑 윤주형 그 인간 뒷담화 수도 없이 깠잖아. 할아버지가 할아버지 입으로 그 인간, 사람 구실 못 한다며. 할아버지는 아무리 손주여도 실력 없으면 얄짤없다며! 한 입으로 두 말 할 거야?"

아무리 생각해도 이해할 수가 없었다. 할아버지는 취미가 김별 사랑하기고 특기가 김별 편애하기인 사람이었다. 제가 실수를 하거나 잘못을 했을 땐 가차 없이 혼을 내셨지만 말로 타이르는 정도에서 그칠 뿐, 그 이상의 벌이나 훈계는 없었다.

그런데 갑자기 왜, 하필 이렇게 중요한 시점에서 왜, 이런 말도 안 되는 결정을 하셨을까.

"별아."

체스보드 위에 놓인 기물들을 진지하게 내려 보던 할아버지가 말했다.

"주형이 녀석이 아무리 못났다 한들 이 할애비의 손주인데 죽게 내버려 둘 수 있느냐."

"아니, 누가 죽이래?"

"어허, 그냥 가장 노릇 할 수 있게 살길을 좀 열어 준 것뿐이야. 떡두꺼비 같은 자식도 낳았는데 그놈도 정신 차릴 기회는 줘야지."

"정신을 차리긴 개뿔. 애 하나 낳아서 차려질 정신이었으면 진작 차렸지."

생각보다 훨씬 더 하찮은 이유에 별은 헛웃음을 터트렸다.

"그리고 죽긴 누가 죽어. 윤주형, 그 인간 이선의류도 갖고 있고, 백화점도 갖고 있잖아. 그 정도면 죽을 때까지 놀고먹을 수 있어. 근데 뭐, 복지 재단? 측은지심이라고는 태어나서 느껴 본 적도 없고 공감 능력이라곤 바닥을 치다 못해 지하를 뚫는 그 인간이 복지 재단?"

"흐음……."

할아버지는 의미심장한 표정을 지은 채 턱을 괴었다. 길길이 날뛰는 저를 달래려면 꽤 합리적인 답안을 내놔야 할 것이다. 하지만,

"이런, 비숍 때문에 치고 나갈 방법이 없네……."

장고 끝에 나온 말은 체스에 관한 것이었다. 아무래도 저를 제풀에 지쳐 죽게 하려는 모양이었다.

"할아버지!"

답답함을 이기지 못하고 소리를 치자,

"김별!"

할아버지도 엄한 표정을 지었다.

"요즘 네 녀석이 뭐 하고 다니는지 할애비가 모를 줄 알아?"

"나? 내가 뭐? 나 허튼짓하는 거 없는데?"

별은 손가락으로 자신을 가리키며 물었다.

"……혹시 서윤기 얘기하는 거야, 할아버지?"

"……."

협상 테이블에서 상대가 답을 하지 않을 땐 딱 두 가지다. 매우 긍정하고 있거나 매우 불리한 상황에 처했을 때. 지금 제 할아버지는 전자에 속하는 것 같다.

"와, 할아버지 진짜 실망이다."

치솟는 분노와 별개로 별은 허탈함에 웃음이 나왔다.

"할아버지가 언제부터 그런 거에 신경을 썼어? 혹시 손녀 뺏긴 기분 들어서 질투하는 거야? 엄마가 뭐라 할 때도 아무 말 안 해 놓고 왜 이제 와서 그래?"

"그땐 네가 일보다 그놈을 우선하는지 몰랐지."

"내가 언제……!"

"부산 다녀온 거 안다."

할아버지가 서늘한 목소리로 말했다.

"원래 일정대로라면 어제 네놈은 이석훈 장관을 만났어야 하는 거 아니냐. 오늘 오전엔 강화일보 편집국장을 만났어야 했고."

"그건 내가 다시……!"

"다시?"

할아버지가 하얀 눈썹을 잔뜩 치켜올렸다.

"스스로를 과신하는 모양이구나."

"……"

"다음으로 미뤄 둔 사이에 무슨 일이 일어날 줄 알고……. 장관 하나 만난다고 법률이 완화되는 것도 아니고 편집국장 하나 만난다고 여론을 움직일 수 있는 건 아니지만 적어도 판을 짤 수는 있었을 게다."

"할아버지."

"그 판으로 우리 이선이 가질 이득이 어떤 것이었는지 안다면 지금 이 할애비가 화내는 걸 이해할 테지."

"하……."

밀려드는 서러움을 꾹 참아 낸 별이 고개를 치켜들었다. 아무리 서러워도 할아버지 앞에선 울지 않을 것이다.

할아버지의 말은 길었지만 사실 단순했다. 아끼는 것이 있더라도 일보다 아끼지 말고, 좋아하는 것이 있더라도 일보다 좋아하지 말라. 그 무엇도 일보다 우선하지 말라는 가르침이었다.

"할아버지는 내가 늘 싸워야 한다고 생각해?"

불현듯 궁금증이 인 별은 나지막이 질문했다.

할아버지는 구태여 답하지 않았다. 아무래도 그렇다고 생각하는 모양이었다. 하지만 저는 그럴 마음이 없었으므로 할아버지에게 알려 줘야 한다고 생각했다.

별이 체스보드 위에 있는 모든 기물을 바닥으로 쓰러트렸다. 얼굴 위에 드리 웠던 서러움과 섭섭함은 모조리 씻어 낸 상태였다.

"김별, 이게 무슨……!"

그는 자신의 손녀가 투정을 부린다고 생각했지만,

"판을 짜는 사람은 나야, 할아버지."

그 어렸던 손녀는 이미 커 버린 지 한참이었다.

"장관이 나이트고 국장이 비숍이라고 해 봤자 내 손에 있는 말일 뿐이라고."

"……."

"자꾸 나 대신 말 움직이지 마."

그는 처음으로 제 손녀에게 공포를 느꼈다. 사람을 다루기 위해선 상대가 가장 두려워하는 걸 이용해야 한다고 가르쳤는데.

"할아버지는 게임장에서 나간 지 오래잖아."

저의 손녀는 그 누구보다 잘 배운 듯 보였다.

할아버지에게 제대로 된 인사도 하지 않고 나온 별은 곧장 반대편 복도로 걸 어갔다. 저라면 제가 할아버지와 있는 동안 재빨리 달아났겠지만 그 인간이라면 아직도 숨바꼭질을 하고 있을 것이다.

철컥, 할아버지의 방문이 굳게 잠긴 채 열리지 않는다.

"얼씨구."

안쪽에서 잠긴 듯 돌아가지 않는 문고리가 안에 숨어 있을 누군가의 하찮음 과 참 닮았다고 생각했다. 기분이 좋았다면 하찮은 꼴이 가여워서라도 봐줬을 텐데 오늘은 그럴 기분이 아니다.

"야, 나와."

말로 할 때 열어 주면 좋으련만. 개미 한 마리 움직이는 기척이 없기에 집사 로부터 받아 놓은 열쇠로 문을 열었다.

"아이씨……."

역시나 저의 오라비가 하얗게 질린 얼굴로 서 있다.

"뭘 또 놀라고 그래. 새삼스럽게."

아직 아무 짓도 안 했는데 뭐가 그렇게 무서운지 사색이 된 게 우습다. 한 걸음을 내디딜 때마다 식은땀을 흘리는 그를 지나쳐 소파에 앉았다. 다리를 길게 꼬고 등을 기대자 쭈뼛거리며 나가려는 게 보인다.

"어디 가?"

"아, 나 바빠서……."

허공을 가리키며 되도 않는 핑계를 대고 있는 저 인간이 복지 재단의 대표라니. 아무리 생각해도 용납이 안 된다.

"오빠 대표 됐더라?"

"어? 어……."

"양심이 있으면 고사했어야지."

"뭐, 뭐?"

"오빠도 먹고는 살아야 되니까 백화점까지는 이해를 하겠는데…… 복지 재단은 좀 오버잖아. 아무리 그래도 '복지' 고 '재단' 인데."

"야, 김별!"

발끈해 목소리를 높인 그가 이내 복도 쪽으로 불안한 눈빛을 던졌다. 열받은 와중에도 할아버지 눈치가 보이는 모양이었다. 저게 다 능력이 없어서 그런 거다. 자기 능력이 출중하면 남 눈치 안 보고도 잘 살 수 있을 텐데.

"그냥 적당히 앉아 있다가 때 되면 내려와."

"네가 뭔데 내려오라 마라야? 네가 재단 주인이야?"

울컥한 주형이 삿대질을 하며 목소리를 높였다.

"나 할아버지한테 정당하게 받은 거야!"

"아, 그래? 근데 왜 숨어?"

"뭐?"

"오빠도 뭔가 찔리는 게 있으니까 여기 숨어 있었던 거 아니야."

"야, 그건 내가……."

거칠게 언성을 높이던 것도 잠시, 주형은 눈에 띄게 당황했다. 할아버지께 최근 별의 동태를 일러바친 게 들통날까 겁이 났다.

그는 최근 별의 뒷조사를 하면서 알게 된 사실이 있었다. 서윤기가 예술 재단의 도움을 받고 있는 것도 모자라 로펌 '윤'의 비호를 받고 있다는 것.

물론 김별이 서윤기라는 연예인에게 관심을 쏟고 있는 건 모두가 아는 사실이었다. 숨길 생각도 없어 보였다. 이선그룹에서 나오는 모든 광고를 몰아주기까지 했으니 모르는 게 이상했다.

인형 놀이를 하는 건지, 연애 놀이를 하는 건지는 모르겠지만 꼴불견이었다. 하지만 나무랄 일이 아니란 것도 알았다. 자기가 가진 힘을 쓰고 싶은 곳에 쓰겠다는데 뭐라고 할까. 그 정도로는 할아버지께서도 딱히 문제 삼지 않았을 것이다.

하지만 할아버지가 제일 싫어하는 게 하나 있었다. 하고 싶은 일과 해야 할 일을 구분하지 못하는 것. 그래서 기다렸다. 김별이 실수하는 순간을. 그리고 그게 바로 어제였다.

"주제 파악 좀 해."

꼬고 있던 다리를 풀고 코앞까지 다가온 별이 일갈했다. 쌍욕을 한 것도 아니고 침을 뱉은 것도 아닌데 벌레 보듯 내리깔고 있는 그 눈빛에 주형은 자존심이 구겨졌다.

"싸가지 없는 년이 진짜…… 오빠한테 말 그따위로밖에 못 해?"

"년?"

별이 느릿느릿 주형의 멱살을 움켜쥐었다.

"나한테 욕했어?"

뿜어져 나오는 살기에 주형이 히익, 경기 어린 숨소리를 냈다. 덩치로 보나 뭐로 보나 육탄전을 벌이면 자신이 유리할 것 같았지만 눈앞에 있는 별은 두려움의 대상이었다.

어릴 때부터 별은 핸디캡이란 게 없었다. 지금이야 나이가 들고 사회적 체면이라는 게 생겨서 피를 보는 방식은 잘 취하지 않았지만 어릴 땐 거의 망나니였다. 고작해야 초등학생에 불과했던 시절에도 상대가 필통을 던지면 별은 의자를 던졌고, 상대가 의자를 던지면 별은 책상을 던졌다.

"벼, 별아……."

주형이 별의 손목을 붙들었다. 그러거나 말거나 잡고 있던 멱살을 놓지 않은 별은,

"얌전히 기다리고 있어."

부드럽게 경고했다.

"내가 적당히 예쁜 날 받아다 줄게."

더는 까불지 않기를 바라며.

"대표 된 지 하루 만에 사표 쓰는 건 모양이 별로잖아."

"……."

"안 그래?"

○ ◎ ●

별은 본가에서 회사로 직행했다. 주말이라 사람들이 없을 줄 알았는데 생각보다 꽤 있었다. 로비에서도, 복도에서도 어찌나 쳐다보는지. 모르는 사람이 보면 죽은 사람이 살아 돌아온 줄 알았을 거다.

자신의 개인 집무실과 비서팀 사무실만 존재하는 가장 높은 층에 도착하고 나서야 별은 제 턱 근육을 매만졌다. 불편한 심기를 내색하지 않으려 웃고 다녔더니 뻐근해 죽을 것 같았다.

"하여튼 소문 참 더럽게 빨라."

쯧, 혀를 찬 별이 사무실의 문을 열었다.

"임 비서, 나 차 한 잔만."

눈은 반쯤 감은 채였다. 아직 오후의 햇살이 사무실 안을 가득 채우고 있음에도 불구하고 피로가 몰려왔다. 그럴 만한 일정이긴 했다. 어제저녁 영화제에 참석한 이후로 계속 깨어 있는 중이었으니까.

"앉아."

터덜터덜 걸으며 핸드백을 내려놓던 별이 익숙한 음성에 눈을 번쩍 떴다.

"엄마?"

윤 회장이 소파에 앉아 찻잔을 기울이고 있었다. 별은 빠르게 상황을 파악했

다. 꼿꼿하게 세운 허리 아래로 꼬아 앉은 다리와 평온한 척하고 있긴 하지만 미세하게 굳은 표정. 딱 봐도 짜증 난 사람의 모습이었다.

하긴. 지금 같은 상황에서 심기가 불편하지 않으면 그것이야말로 이상한 일이다. 어렵게 몰아낸 삼촌 일가가 스멀스멀 기어 나오고 있으니.

"임 비서는 나가 봐요."

별은 망부석처럼 서 있는 임 비서에게 수고했다는 사인을 전했다. 제가 오기까지 엄마에게 얼마나 시달렸을지 말하지 않아도 예상이 되었다.

"전화라도 하고 오지 그랬어."

임 비서가 나가고 온전히 둘만 남게 되자 별은 부러 퉁명스러운 말투를 썼다. 일종의 투정이었다. 이 시간이 되도록 연락 한 통 없었던 엄마에 대한.

뒤늦게라도 와 준 게 고맙기도 했다. 일절 관여하지 않겠다는 태도를 보일 줄 알았는데 이곳까지 걸음을 한 걸 보면 걱정깨나 한 모양이었다.

"할아버지 만나고 왔니?"

속이야 어찌 되었든, 윤 회장의 눈빛은 차분했다. 묻는 목소리에 고저도 없었다. 그녀의 유전자를 물려받은 별의 입장에서 그것은 딱히 좋은 상황이 아니었다. 그녀가 차분하다는 건 타오르는 불길을 다스리기 위해 애쓰고 있다는 증거니까.

"응, 그럼."

별이 긴장한 것을 들키지 않기 위해 미소를 머금었다.

"뭐라고 하시던?"

"별말 안 하셨어. 윤주형한테 주는 선물이라나 뭐라나."

"선물?"

"오빠 애가 최근에 돌이었잖아."

대답한 별이 자리에 앉았다. 윤 회장이 앉은 곳과는 조금 떨어진 자리였다. 아직까지는 차분한 체하고 있지만 언제 어떻게 뚜껑이 열릴지 모르니 적당한 거리가 있는 게 좋았다.

"그래서 넌 뭐라고 했는데?"

자애로운 목소리와 달리 미간에 주름을 잡은 윤 회장이 물었다.

"떼도 좀 쓰고, 화도 좀 냈지."

"……네가 화낼 자격은 있고?"

"뭐?"

어린아이처럼 삐죽거리던 별이 금세 얼굴을 굳혔다. 형형하게 뿜어져 나오는 별의 기세도 기세였지만 딸을 보는 윤 회장의 기운도 완연하기는 마찬가지였다.

보이지 않는 기 싸움이 익숙하면서도 문득 지겨워진 별은 씁쓸히 웃었다. 할아버지 믿고, 엄마가 어떻게 좀 해 달라고 철없는 소리나 할까 싶었던 마음도 안개 걷히듯 사라졌다.

보통 부모란 존재는 자식이 아무리 자라도 어린 날의 모습으로 바라보게 된다던데. 왜 저의 엄마는 어릴 때부터 저를 어른 취급 하는지 모르겠다.

"내가 자격이 없어?"

별은 소파에 몸을 깊게 파묻고 물었다. 예민하게 날이 서기는커녕 누가 보아도 나른해 보이는 그 작태를 윤 회장이 좋아할 리 없지만 어쩔 수 없었다. 엄마 품이 없으니 소파에라도 기대야지 별수 있나.

"똑바로 앉아."

"싫어. 힘들어."

"김별."

"나 오늘 밤새웠단 말이야. 이해 좀 해 줘."

별은 이 무의미한 대화를 조금이라도 빨리 끝내고 싶었다. 한숨을 내쉰 윤 회장이 찻잔을 탁, 내려놓았다.

"너 부산 다녀왔다면서."

늘어져 있던 별이 상체를 일으켰다.

"이야, 할아버지도 그러더니 엄마까지 내 동선을 다 아네?"

허탈한 웃음과 함께 뒷머리를 매만졌다.

"나한테 사람 붙였어?"

할아버지 입에서 제 동선이 나왔을 때보다 더한 배신감이 뒤통수를 얼얼하게 하는 중이었다.

"네 동선이 뭐 대단한 비밀이라도 돼?"

"뭐?"

"네가 움직일 땐 김별이 움직이는 게 아니고 이선그룹 김 이사가 움직이는 거야. 그 정도 주제 파악도 못 해?"

"아, 주제 파악—"

낮게 탄식한 별이 등받이에 목을 대고 고개를 젖혔다. 저런 식의 이분법은 엄마가 세상을 살아가는 방법 중 하나였다. 엄마 윤희원과 이선그룹 윤 회장이 다르듯 인간 김별과 이선그룹 김 이사는 다른 존재라는 식이었다. 덕분에 어릴 때부터 귀에 딱지가 앉도록 들은 말이 있다.

'엄마는 별이 엄마로만 살 수 없어.'

그 말을 들을 때마다 저는 엄마를 잃어버리는 기분이라 울어 재끼기 바빴다. 그때마다 아빠는 저를 품에 안았고 엄마는 안쓰러운 눈을 한 채 등을 돌렸다. 크면 이해할 수 있을 거라는 무책임한 말을 하면서.

하지만 어른이 된 지금도 저는 이해할 수가 없다. 엄마는 엄마일 때보다 윤 회장일 때가 더 많은 사람이라.

"쓸데없이 그런 구분을 왜 해?"

별은 허전한 마음을 웃음기 섞인 얼굴로 덮은 채 물었다.

"내가 무슨 분신술이라도 해?"

"김별, 너 지금 엄마가 장난하는 걸로 보여?"

"아니, 엄마가 나 열받으라고 고사 지내는 걸로 보이는데?"

"김별!"

윤 회장이 소리를 빽, 하고 질렀다. 최대한 고상하게 화내려고 했던 노력이 물거품이 되는 순간이었다. 별은 그럴 줄 알았다는 듯 배를 잡고 웃음을 터트렸다. 그럴수록 윤 회장의 얼굴은 하얗게 질렸다.

팔걸이 위에 얌전히 올려 둔 손을 부들부들 떨던 윤 회장은 기어코 자리를 박차고 일어났다. 제 아버지의 의중이 무엇인지 가늠도 안 되는 판에 농담이나 하고 있는 딸을 참을 수 없었다. 사안의 중대성을 모르는 것도 아닐 텐데 왜 저리 가볍게 구는 것인지.

마음 같아선 한 대 쥐어박고 싶은 마음이 한가득이었다. 하지만 죽은 자기 아빠를 빼다박은 얼굴이 마음을 아리게 했다. 물론 외모만 닮았을 뿐이다. 그 외에 성격이나 가치관, 취향이나 버릇 같은 것은 모두 저와 판박이다.

덕분에 별은 저만큼 똑똑하고, 또 저만큼 사납게 성장했다. 저만큼이나 적도 많았다. 이선그룹의 직계로 태어난지라 싸울 수밖에 없는 운명을 타고났다지만 엄마로서는 제 딸이 최대한 부드러운 길을 걷길 바랐다.

그래서 제가 강건할 때, 저의 영향력이 절대적일 때, 별의 입지를 다져 놓고 싶었다. 불시에 무슨 일이 생기더라도 제 딸의 자리가 흔들려서는 안 될 일이었다. 그이가 세상을 떠났을 때처럼 저 역시 불시에 어떤 일이 생길지도 모르는 일이니까. 그런 일이 생기더라도 제 딸의 자리는 굳건해야 한다.

가혹하다 싶을 만큼 몰아붙이며 키웠다는 걸 알지만 어쩔 수 없었다. 별 역시도 큰 불평 없이 잘 따라 주는 편이었다. 그런데 요즘은 이상하리만치 빈틈이 많다. 약점이 될 만한 행동은 한 적이 없었는데.

"엄마."

웃음을 멈춘 별이 말했다.

"아니, 윤희원 씨."

"너 이 자식, 누가 엄마 이름을 그렇게……!"

"회사에선 엄마라고 부르는 거 싫을 거 아니야. 윤희원 씨도 싫고 엄마도 싫으면 뭐, 회장님이라고 부를까? 깍듯하게?"

별은 가볍게 대꾸했다. 지친 마음을 내보이고 싶지 않았다. 아니, 내보이고 싶었지만 받아 줄 상대가 아니니 내보이지 않을 것이다. 엄마는 제가 지는 걸 죽기보다 싫어하는 사람이었고, 제가 우는 건 더더욱 싫어하는 사람이니까.

"복지 재단 하나 넘어갔다고 이선그룹이 넘어간 거 아니니까 오버하지 마."

"되찾을 방법은 있고?"

"되찾긴 뭘 되찾아. 원래 내 것도 아니었는데. 아무것도 안 할 거야."

"뭐?"

"아무것도 안 해도 할아버지는 후회하게 될 거야. 윤주형이 대대적인 집안 망신 일으키고 쫓겨날 거니까."

앞뒤를 잘라먹은 말이긴 했지만 목소리에는 자신감이 붙어 있었다. 윤 회장이 어여쁜 눈매에 살벌한 눈빛을 가진 제 딸의 시선을 가만히 응시했다.

"자신 있는 거야?"

세세한 계획을 묻지는 않았다. 대외적으로 제 딸이 무슨 일을 벌이든 자신은 별개의 입장이어야 했다. 대놓고 밀어 주는 느낌을 보였다간 딸의 적이 늘어나는 것은 물론이고 그룹 내의 파벌 싸움이 심각하게 확대될 테니.

별이 팔랑팔랑 고개를 흔들었다.

"엄만 그냥 가만히 앉아서 삼촌 빡치는 거 구경이나 해. 쓸데없이 내 사찰이나 하고 다니지 말고."

"말 똑바로 해. 사찰 아니고 보호야."

"그깟 보호 필요 없으니까 하지 말라고. 정 하고 싶으면 돈으로 해. 돈으로."

귀찮다는 듯 손을 휘저은 별이 윤 회장을 억지로 내보냈다. 대충의 화풀이를 받아 주었으니 이젠 혼자 있고 싶었다.

윤 회장을 내쫓듯 배웅한 별은 구두를 벗고 소파에 누웠다. 잠을 자지 못해 눈이 곧 빠질 것 같았다. 할아버지와 윤주형 나부랭이도 모자라 엄마까지 상대할 줄 알았으면 비행기에서라도 좀 자 둘걸.

"이사님……."

조심조심 문 열리는 소리가 나더니 임 비서의 목소리가 들렸다. 눈을 가린 팔을 들어 쳐다보니 한껏 미안한 표정을 짓고 있다.

"주주들?"

물으니 고개를 끄덕인다. 제 쪽에 줄을 대던 핵심 임원들이 난리가 났을 것이다.

"다음 주에 만나자고 해. 저녁은 됐고 조찬이나 점심으로."

"알겠습니다. 이사님."

"아, 복지 재단 대표실에 화환 보냈어?"

"네, 아까 오전에 보냈습니다. 백합이랑 안개꽃 위주로 커다랗게 보냈으니 장례식 분위기 제대로 날 겁니다."

눈을 감은 채 듣고 있던 별이 박수를 치며 웃었다. 보는 눈이 있어 버리지도 못할 그 화환을 안절부절못하며 바라보고 있을 윤주형의 안색이 그려졌다.

"내가 임 비서 사랑하는 거 알지?"

임 비서가 작게 미소 지었다.

"보도 자료는 어떻게 할까요."

"월요일에 배포해. 아직 주말인데 득달같이 반응하면 조급해 보이잖아."

"알겠습니다."

"내가 윤주형한테 고마워하는 뉘앙스로 내야 하는 거 알지? 핵심 사업은 내가, 하찮은 건 윤주형이 담당하는 느낌으로."

"알고 있습니다."

별이 고개를 끄덕였다. 임 비서의 업무 능력은 의심할 바가 아니었다. 제가 일일이 지시하지 않아도 이미 그렇게 세팅해 두었을 것이다.

"아, 그리고 얼른 퇴근해."

"네?"

태블릿과 핸드폰을 자유자재로 다루고 있던 임 비서가 눈을 동그랗게 떴다.

"오늘 주말이잖아."

이미 일이란 일은 다 시켜 놓은 뒤였지만 잔망스럽게 윙크를 날렸다. 갑자기 터진 폭탄에 홀로 동분서주했을 걸 생각하면 미안한 마음이 컸다. 이번 달도 보너스를 왕창 줘야 할 것 같다.

"이사님은요."

"난 여기 좀 더 있다가 갈게."

"그럼 저도……."

"좀 가. 혼자 있고 싶어서 그래."

별이 진심으로 호소했다. 하루 종일 센 척하고 돌아다니느라 힘이 하나도 없었다. 누군가 옆에 있으면 또 이빨을 드러내고 으르렁거려야 한다. 그러니 혼자 있고 싶다. 홀로 나약하게.

사무실 소파에서 잠든 별은 모자랐던 잠을 보충하듯 늦은 밤이 되어서야 깨어났다. 뿌옇게 흐려진 시야로 쳐다본 사무실은 어둡고 횅하고 또 쓸쓸했다. 그나마 테이블 위에 식어 빠진 차 한 잔이 놓여 있는 게 유일한 온기였다. 차 한 잔 달라고 했던 말을 놓치지 않은 임 비서의 흔적일 것이다.

식어서 쓴맛밖에 나지 않는 차를 한입에 털어 마시고 사무실을 나섰다. 낮에는 그래도 사람들이 보이더니 주말 밤이 되자 회사는 적막함이 느껴졌다. 그 커다란 건물을 빠져나오는 동안 경비원 몇 분과 해외 시차로 근무하는 직원 몇몇을 본 것이 전부였다.

주차장에 도착한 별은 덩그러니 놓여 있는 자신의 차를 조금은 짠하게 바라보았다. 같이 퇴근하자던 임 비서의 말을 들을 걸 그랬나, 싶은 마음이 스리슬쩍 드는 찰나였다.

집 앞에 도착했을 땐 못 보던 차가 보였다. 정확히 저의 집 대문 앞을 가로막고 있었다. 실수는 아닐 것이다. 소수의 돈 많은 사람들이 모여 사는 동네라 인적이 많지도 않고 각자의 구역이 명확한 동네였다.

차에서 내린 별이 낯선 차를 물끄러미 쳐다보았다. 고급스러운 엠블럼과 매끈한 맵시보다도 눈에 띄는 건 차 안이 하나도 보이는 않는 창문이었다. 저런 식의 선팅이 요즘도 가능했던가. 차 안에 있으면 누구에게도 보이지 않겠다, 하는 생각이 들었다.

그제야 드는 뒤늦은 경계심. 저 안으로 끌려가면 답도 없겠다 싶은 생각. 엄마가 말했던 '보호'가 이런 걸 위한 거였을까.

"아니, 근데 내가 왜 겁을 먹지?"

생각해 보니 짜증이 난 별은 인상을 찌푸리고 팔짱을 꼈다. 제집 대문에는 고화질 CCTV가 여기저기 박혀 있는 상태였고 제 차 역시 블랙박스가 설치되어 있었다. 꼭 그것들이 아니더라도 저라는 인간의 위치가 살해나 납치의 위협을 받기엔 너무 거물이었다.

그때 운전석이 열렸다. 뭐 얼마나 대단히 멍청한 사람일까 싶어 눈을 부릅떴다. 나중에 몽타주 조사를 받을 때 자세히 설명하려면 잘 봐 둬야 한다는 이상한 사명감 같은 것도 들었다.

차에서 내린 건 남자였다. 검은색 볼캡을 쓰고 그 위에 검은색 후드까지 뒤집어쓴 차림이 누가 봐도 강력 범죄를 저지를 범인 같았지만—

"윤기 씨?"

정면에서 마주친 눈은 서윤기의 것이었다.

눈이 커다랗게 뜨였다. 어쩐지 체격이 훤칠하다 싶었다.

"여긴 웬일이에요?"

묻는 말에 대답도 없이 그는 성큼성큼 다가왔다. 코앞에서 멈추어 선 그는 미세하게 처진 눈꼬리로 제 얼굴을 샅샅이 훑어보았다. 무언가 찾아야 할 게 있는 사람처럼.

"괜찮아요?"

물으니 그가 고개를 젓는다. 오늘따라 왜 이렇게 어려 보이는 건지.

"걱정돼서 왔어요."

가늘게 떨리는 음성.

"전화했는데…… 안 받아서요."

그가 눈살을 찌푸리며 말했다.

"괜찮아요?"

공허했던 마음에 온기가 들어찬다.

별은 윤기를 끌고 집 안으로 들었다. 제 걱정을 했다는 말에 벅차도록 감격한 것은 둘째 치고 하루 종일 그가 보고 싶었다는 걸 부정할 수 없었다. 하루 종일, 정말 하루 종일 그를 생각하지 않으려고 애썼다.

일이 터지지 않았다면 그와 함께했을 시간이었다고 생각하면 할수록 화가 치밀어 견딜 수가 없었다. 그래서 억지로 눌러놓았다. 그렇게 눌러놓은 그리움을 등장 한 번으로 무너뜨린 그는 거부할 수 없이 강력했다.

집 안엔 아무도 없었다. 별에게 집은 어린 시절을 박제해 놓은 박물관이나 다름없는 곳이라 원래도 상주 인원을 두지 않았다. 그저 중요한 손님이 오기 전에 잠깐, 관리를 위한 주기적 방문만 허용할 뿐이었다.

덕분에 별은 서윤기를 끌고 온 박력에 비해 꽤 허둥지둥했다. 혹시라도 보는 눈이 있을까 싶어 데리고 들어오긴 했는데 이다음은 뭘 해야 할지 알 수 없었다.

윤기는 그런 별을 끌어안았다. 조금 버둥거리긴 했지만 금세 얌전해지는 몸을 느끼며 눈을 감았다. 어쩐지 안심이 되는 기분이 들었다. 기다리는 내내 불안했다. 무엇이 불안한지도 모르고 계속 불안해했다.

들어찬 온기를 거절하지 못하고 탐닉하던 별은 또렷해진 눈으로 고개를 들었다.

"윤기 씨, 잠깐만……."

뒤늦게 차린 정신이었다. 그가 다정하게 구는 데에는 저와 의준의 거짓말 때문임을 모르지 않았다. 영원히 입을 다물고 싶었다. 지금 보이는 그의 부드러움과 상냥함이 좋아서 거짓말이었다는 걸 알게 되었을 때 지을 그의 표정을 상상하고 싶지 않았다.

하지만 그와 한 계약이 저의 티끌만 한 양심을 쥐고 흔들었다. 나중에 들키면 호텔은 물론이고 좋아하는 것 역시 마음대로 할 수 없는 벌을 받아야 한다.

"나 할 말이……."

결국 입을 열었다. 어차피 맞을 매라면 얼른 맞아 버리자고 다짐했다.

"그냥 이대로 있어요."

하지만 속삭이는 목소리에 또 입을 다물어 버리고 말았다. 그를 올려다보느라 꺾인 제 뒤통수를 도로 누르는 손길이 지나치게 다정했다. 아프지도 않은 제 할아버지를 걱정하는 그의 나긋함은 끔찍할 정도로 따뜻한 것이었다.

"그냥 이렇게 쉬어요."

"……."

"힘들어 보여요."

"아……."

절로 탄식이 나왔다. 하루 종일 시달리느라 너덜거렸던 마음이 전부 봉합되는 기분이 들었다. 눈가가 뜨거워지는 느낌에 얼굴을 비비적거렸다. 너무 좋다. 그가 좋아서 스스로가 싫어질 만큼 그가 좋다.

그가 뒷머리를 만지던 손으로 제 뺨을 감싸 올렸다. 이대로 눈을 마주치면 감당할 수가 없을 것 같은 기분에 고개를 저었더니,

"왜요."

서러움이 덕지덕지 붙은 목소리가 들린다.

"또 애쓰는 중이에요?"

무슨 말인가 싶어 눈알을 굴리는 와중에 눈이 마주쳤다. 언짢은 표정을 짓고 있으면서도 명화 같은 생김새였다. 저도 모르게 걸음을 물렀다. 그래 봤자 그의 품이었고, 그래 봤자 허리를 두른 팔이 풀리지 않은 채였지만 무의식중에 두려움이 피어났다. 이 아름다운 사람을 제가 망가뜨릴 것 같은 느낌.

"……."

그는 그 작은 움직임에 상처받은 표정을 했다. 곧 깨질 유리처럼.

서윤기는 원래 무표정일 때 가장 처연하고 아름다웠다. 속눈썹이 길어서 그런가. 어딘가 사연 있는 사람처럼 보였다. 물론 배우인 그는 의도에 따라 그 이목구비를 차갑게도, 가끔은 뜨겁게도 바꿀 줄 알았지만 지금 이 순간만큼은 축축하고 먹먹했다.

"왜……."

그가 일렁이는 눈으로 묻는다. 그러다 어쩌지 못하고 툭 떨구는 얼굴. 불안하게 흔들리는 시선이 한없이 안쓰러워 달래고 싶단 마음이 솟았지만 팔다리에 족쇄가 걸린 것처럼 움직일 수 없었다.

그를 만져선 안 된다. 그를 탐해선 안 된다. 온몸의 세포가 그렇게 외치고 있었다. 조금만 덜 아름다웠으면, 조금만 덜 소중했으면 손안에 쥐기를 망설이지 않았을 텐데.

"마음껏 쓰라고 했잖아요……."

끝내 그가 원망했다.

"다 주겠다고……."

물기 어린 목소리로,

"했잖아."

버림받은 아이처럼.

그리고 그 원망에 저는 절망했다. 그동안 자만하고 있었는지도 모른다. 그의 의심과 불신이 언젠가 끝나기를 바라면서도 끝끝내 영원할 거라 생각하며 그와 저 사이에 아무 일도 일어나지 않을 것이라 자만했다. 그 자만이 저를 자유롭게 했다. 그를 마음껏 예뻐하게 했고, 그를 마음껏 곁에 두게 했다.

그러나 그는 살아 있는 존재라 어느 때고 변할 수 있음을 간과했다. 살아 있는 건 죽은 것과 달라서 필연적으로 변화하기 마련이라는 걸 왜 잊었을까. 왜.

"애쓰지 마요."

변해 버린 서윤기가 말했다.

"나 가져도 돼요."

물건이 아니라고 할 땐 언제고.

"나 만져도 돼요."

내키는 대로 하지 말라고 할 땐 언제고.

"날, 부숴도 돼요."

가만히 서서 마음만 달라고 할 땐 언제고.

"내가 그걸 원해요."

이제는 손을 뻗어 움켜쥐려고 한다.

이마에 그의 이마가 닿았다. 조금 달뜬 온도가 느껴졌다. 그 작은 체온의 변화가 모든 것을 달뜨게 했다. 호흡도, 시선도, 맞닿는 피부의 느낌까지 모조리.

"방으로 가요."

그의 목을 끌어안고 말했다. 그를 온전히 지킬 수 있을지는 확신할 수 없지만 그를 철저히 부수는 것만큼은 자신 있었다.

윤기는 맞붙은 입술이 떨어지지 않도록 별의 뒤통수를 바짝 끌어당겼다. 다 주겠다고 해 놓고 조금도 내어 주지 않는 것 같은 별에 화가 났던 것 같은데 어느새 짐승처럼 팔딱거리고 있는 스스로가 우스웠다. 하지만 우스워도 상관없다는 생각이 들었다.

부산에서 서울로 올라오는 내내 별을 생각했다. 아니, 그 전부터 머릿속은 온통 김별뿐이었다. 집에 도착해서도 줄곧 핸드폰을 쥐고 있었다. 전화가 오기를 기다렸다. 애초에 많지도 않던 인내심은 금방 바닥을 보였고 의연한 척하고 싶던 마음은 소리도 없이 사라졌다.

하지만 연락을 시도한다고 해서 닿는 것도 아니었다. 그게 꽤 충격적이었다. 제가 원할 때마다 별은 늘 닿는 곳에 있었던 터라 닿지 않는 곳에 있는 별이 당황스러웠다.

결국, 그 당황과 불안은 저를 움직이게 했다. 별의 집 앞까지 오고야 만 것이다.

언제부터 기다렸는지 저 또한 알지 못하므로 얼마나 기다렸는지 역시 알지 못한다. 그저 별의 실루엣이 보였을 때 감격했다는 것 정도만 기억할 뿐이다.

고작 하루도 되지 않은 시간이었지만 별은 시들어 있었다. 뺨은 초췌했고 생기 넘치던 눈은 푹 꺼져 있었다. 그래 놓고 제가 건넨 말 몇 마디에 녹진해지는 눈이 마음 한구석을 달뜨게 했다.

별을 따라 집 안으로 들었을 때 느껴지는 황량함이 좋았다. 타인의 온기라고는 느껴지지 않는 그 삭막함이 저를 안도하게 했다. 느릿느릿 풀어지는 마음을 어쩌지 못하고 끌어안았을 땐, 어여쁘단 생각도 들었다.

하지만 별이 미세하게 몸을 물렸다. 얼굴엔 망설임이 가득했고 달싹거리는 입술엔 어려움이 묻어 있었다. 도대체 왜 그러는지 이해할 수가 없었다. 왜 자꾸 저를 하늘 높이 끌어올렸다가 또다시 바닥으로 추락시키는지. 왜 자꾸 저를 원하면서 저를 밀어내는지, 모를 일이었다.

확실히 하고 싶단 열망이 치밀어 올랐다. 이미 지금까지 한 많은 일들이 확실히 하고자 했던 제 욕심의 결과물이었지만 다 소용없는 짓이었단 자괴감이 들었다. 사랑을 달라고 말할 게 아니었다. 전부 소모하겠다 으름장을 놓을 게 아니었다.

그저 당장, 마음을 쥐어야겠다는 생각만 가득했다. 그래서 모든 것을 허용했다. 저를 가져도 , 만져도, 부숴도 된다고 속삭였다. 그래야 저 역시 별을 가질 수도, 만질 수도, 부술 수도 있을 것 같아서.

입술을 맞붙인 채 별이 입고 있는 옷을 벗겼다. 급한 티를 내고 싶지는 않았지만 방에 들어설 때까지 기다릴 여유가 없었다. 별은 그런 저를 제지하거나 밀어내지 않았다. 몸에 걸친 것들이 바닥으로 떨어질 때마다 조금 움츠러들 뿐이었다.

방문을 열고 들어가자 별의 체향이 파도처럼 밀려들었다. 어쩌면 살갗에서 나는 향기가 아니라 죽음의 냄새일지도 모른다. 김별이 사랑했던 것들이 죽은 채로 모여 있는 곳이었으니까. 변하지 않는 애정을 영원토록 받을 수 있다면야 까짓것 죽는 것도 나쁘지 않겠다 생각했다. 하지만─

"하아……."

살아 있는 소리, 살아 있는 반응은 저를 살고자 발악하는 인간으로 만들었다.

"이사님."

은근하게 벌어진 입술을 가볍게 물었다 놓았다.

"아껴 주는 거 좋아요."

속삭이고는 다시 입술을 벌려 떨고 있는 아랫입술을 빨았다.

"근데…… 막 다루는 것도 괜찮아."

"너……."

이어지는 말을 다 듣지 않고 입을 맞췄다. 그대로 눈을 감아도 방금 전까지 보았던 얼굴의 잔상이 남았다.

○　◎　●

별은 제 위에 겹쳐 누운 윤기의 머리카락을 만지작거렸다. 아름다운 얼굴로, 무해한 눈으로 유혹하더니 그 안에 괴물 같은 체력이 있을 줄은 몰랐다. 몇 번이나 몸을 섞었는지 기억도 나지 않는다.

시작부터 끝까지 수많은 생략이 존재했다. 우당탕탕 침대 위로 쓰러져 서로를 탐하기를 몇 분. 문득 울음이 터졌다. 그저 끌어안고 있는 것만으로도 눈물이 차올랐다. 달아오르기 위한 시간도 필요 없었다. 닿고 싶다는 생각이, 조금이라도 더 닿고 싶다는 욕심이 그 어떤 과정도 생략하도록 다그쳤다.

서윤기는 착하게 생긴 것과 달리 나쁜 구석이 많았다. 부드럽지 않은 손길과 섬세하지 못한 힘, 미친 듯이 날뛰고 있던 눈을 생각하면 모든 행위가 멈춘 지금도 오싹할 지경이었다.

성격이 급해 전희를 중요하게 생각하는 타입도 아니었다. 다만, 늑대 새끼처럼 물어뜯길 좋아했다. 목덜미를 물고, 손목을 물고, 발목과 허벅지, 등과 귓바퀴. 어느 곳 하나 그의 이가 닿지 않은 곳이 없었다.

그때마다 아프다고 새된 소리를 질렀지만 그는 웃을 뿐, 멈추지 않았다. 불긋하게 올라오는 자국을 좋아 죽겠다는 표정으로 쳐다보는 것도 서슴지 않았다. 결국 저 역시도 웃고 말았다. 아름다운 얼굴 뒤에 자리한 욕망이 못 견디게 사랑스러웠다.

제 위로 포개진 단단한 어깨를 매만졌다.

"멍청한 새끼."

"……."

"멍청하고 예쁜 새끼."

"욕이야, 칭찬이야."

목덜미에 얼굴을 파묻고 있던 그가 불쑥 고개를 들었다. 결국 상황을 이렇게 만든 그가, 결국 그에게 손을 댄 제가 짜증스러우면서도 붉은 기 도는 그의 얼굴이 예뻐서 웃었다.

"욕이야."

손끝으로 그의 얼굴선을 어루만졌다. 조각상처럼 솟은 눈썹 뼈를 시작으로 높은 콧대와 대리석 같은 뺨의 감촉, 젖어 있는 입술까지. 미심쩍은 표정으로 제가 하는 걸 지켜보던 그가 입을 벌려 손가락을 물었다. 더없이 야한 광경이 코앞에서 펼쳐지고 있었다. 엎어져 있던 그가 상체를 일으켰다.

"야, 안 돼, 안 돼."

이어질 행동이 무엇인지 헤아리기도 전에 본능적으로 고개를 저은 별은 기겁을 하며 그를 밀어 냈다. 몸과 몸 사이의 경계가 허물어지자 말이 짧아진 건 덤이었다.

"진짜 안 돼요?"

한쪽 발목을 잡아 쭉 끌어당긴 그가 복사뼈에 쪽, 쪽, 입을 맞추었다. 다정한 물음이 제법 신사적인 느낌을 내긴 했지만 입꼬리가 올라간 표정은 어디 한번 해 보라는 듯, 짓궂다. 제가 부정하기 어려울 걸 다 안다는 듯.

"치사해, 진짜."

"그래서 싫어요?"

"싫은 게 아니라…… 읏!"

대답을 하는 와중에 그는 예고라는 것도 없이 몸을 움직였다. 눈앞이 까맣게 점멸하는 기분과 동시에 차올라 있던 눈물이 주룩주룩 흘렀다. 슬픈 순간, 억울한 순간, 또는 화나는 순간에 눈물을 참는 건 버릇이자 특기였지만 쾌감이 차오를 때 흐르는 눈물을 참는 건 배워 본 적이 없었다.

허리를 잡고 있던 손이 불쑥 올라와 흐르는 눈물을 닦아 준다.

"좋아서 우는 거죠?"

다 알면서 묻는 질문.

"응?"

그는 질문하기를 좋아했다. 기분이 어떤지, 어디가 좋은지, 혹은 어떻게 해 주길 바라는지. 부끄러워 대답을 하지 않으면 입이 벌어질 수밖에 없는 행동을 했다. 단시간에 저를 파악한 그에게 그만큼 쉬운 일도 없었다.

"하…… 그만!"

그는 자신을 부수라고 했지만 도리어 부서지는 것은 저였다. 도리질을 하며 애원할 때까지, 가슴팍을 밀치며 빌 때까지 그는 솔직해지기를 요구했다. 처음엔 그가 먼저 지치기를 바라며 버텨 보았지만 멍청한 짓이었음을 깨닫기까지 그리 오랜 시간이 걸리지 않았다.

제가 고집을 부리면 그는 도전장을 받은 절대자처럼 씨익 웃었다. 끝까지 몰아붙이는 짓을 반복하며 힘을 빼놓는 것도 수준급이었다. 채워지지 않는 욕심에 버둥거리기 시작하면 단호한 손길로 허리를 부여잡고 입을 맞췄다.

혀가 뒤엉키는 동안 타올랐던 몸은 한 곳이 모자라 헐떡였다. 그 한 곳을 채우겠다고 그에게 매달리는 건 당연한 수순이었다. 그의 허리를 끌어안고 조금이라도 더 닿으려고 안달했다. 그 정도면 봐줄 법도 한데 그는 나름의 엄격함이 있어 원하는 것을 주지 않았다.

긴 입맞춤으로 열기가 가라앉기 시작하면 그는 처음부터 다시 시작하는 사람처럼 거칠어졌다. 머리끝까지 차오르는 쾌감이 저를 죽일 수도 있을 것 같다는 생각이 드는 건 순식간이었다.

"아, 조, 좋아……! 좋다고!"

그제야 그는 만족스러운 표정을 지었다. 쾌락이 고통이 되지 않도록 조절하는 것도 그때부터였다. 자세를 낮춰 몸을 포갠 그가 어깨를 물었다. 아프지 않게 배려하는 건지, 아니면 반쯤 나간 정신 덕에 아프지 않은 건지 알 수는 없었지만 제법 참을 만한 것 같아 내버려 두었다.

"미친, 놈, 읏……!"

지치지 않는 그에게 속삭였다.

"아깐, 멍청한 새끼라더니, 이젠 미친놈이에요?"

"응, 저주……하는 거야."

"저주?"

"너 죽으라고…… 찬양, 하는 거야."

그가 기분 좋게 웃는 소리를 냈다. 저주와 찬양은 한 곳 차이였다. 그가 죽었으면 좋겠다는 마음에서 비롯된 저주와 그가 죽을 만큼 좋아서 쏟아 내는 찬양의 차이가 무엇인지 사실 저는 알 수 없었다.

없는 힘을 끌어모아 서윤기를 끌어안았다. 순순히 안겨 오는 그에 또다시 눈물이 차오르고 절로 눈이 감겼다. 돌이킬 수 없는 강을 건넜다. 이렇게까지 좋은 걸 알아 버렸으니 이제는 전으로 돌아갈 수 없다.

가만히 안겨 있던 그가 뺨 위에 입술을 붙였다.

"나 좋아해요?"

언젠가 물었던 것처럼 묻는다. 눈을 감고 있어도 그가 저를 쳐다보고 있음이 느껴졌다.

"응, 좋아해."

"그럼 나 사랑도 해요?"

"응, 사랑도 해."

당연히, 당연히 그랬다. 처음부터 사랑이 아니었던 적 없다. 처음부터 맹목적이었고 처음부터 절대적인 사랑이었다. 그가 믿지 못했을 뿐.

감은 눈꺼풀 위로 그의 입술이 닿았다. 거세게 뛰는 심장 소리가 제 것인지, 아님 그의 것인지 구분할 수 없었다.

"얼마나?"

"야."

이 와중에도 그런 걸 묻는 그가 귀여웠다. 몇 번이나 확인했으면서, 저의 모든 것이 전부 제 것이라는 걸 확인했으면서 또 궁금한 모양이었다.

눈을 뜨고 확인한 그는 샐쭉한 표정을 짓고 있었다. 일부러 귀를 간지럽히기까지 한다. 발작하며 웃자 결박하듯 끌어안는다.

"얼른요."

강압적인 뉘앙스가 서려 있는 말임에도 불구하고 품 안으로 파고드는 꼴은 지극히 사랑스럽다.

"뭐가 그렇게 궁금해."

"좋아한다고는 했는데 얼마나 좋아하는지는 얘기한 적 없잖아."

새까만 동공을 빛내며 묻는 얼굴이 어찌나 고혹적인지 순간 말을 잃었다. 이런 식이라면 매 순간 그에게 저주와 찬양을 읊조릴 수 있다.

"뭐……."

"……."

"하늘만큼 땅만큼?"

그가 품, 웃음을 터트렸다. 뭔가 기대하는 것 같은 그를 실망시키지 않으면서도 나름의 진심을 담아 보려고 했는데 너무 유치했나 보다.

"나 하늘만큼 땅만큼 좋아해요?"

예쁜 눈이 휘어지게 웃으며 묻는 걸 보면 좋아하는 것 같기도 하고.

"응, 바다 깊이만큼 좋아해."

더 좋아하라고 덧붙였더니 그가 주먹으로 침대를 팡팡 두드렸다.

"너무 좋아."

귓가에 속삭이며. 유치해서 죽을 것 같은데 계속 유치하고 싶단 생각이 들었다.

○ ◎ ●

윤기는 동이 트고 난 뒤에야 별을 놓아주었다. 안 그래도 피곤한 몸에 환락까지 겹친 별은 기다렸다는 듯 쓰러져 잠들었다.

"죽은 것 같네."

잠든 얼굴 위로 볼을 찌르며 장난을 치던 윤기가 중얼거렸다. 이렇게까지 축나게 할 생각은 아니었는데. 스스로도 너무했단 생각이 들었다. 울긋불긋 자국 난 몸을 보고 있으면 더더욱 그랬다. 대체 얼마나 씹어 댄 건지…….

자책을 한들 바뀌는 건 없었다. 시간을 돌린다고 해도 저는 또 한계까지 몰아붙일 거고, 또 이곳저곳에 자국을 남길 게 빤하다.

그만큼 좋았다. 허리를 끌어안고, 입을 맞추고, 또 섹스를 하는 모든 과정이 다 좋았다. 말하지 않아도 전해지는 것들이 있었다. 구태여 묻기는 했지만 그건 그저 저의 심술이었을 뿐, 설명하지 않아도 별의 사랑을 알 수 있었다.

생각해 보면 별의 애정은 언제나 파도처럼 밀려들고 있었다. 기상천외한 방법으로 돈을 쓰고, 마음을 쓰고, 또 시간을 쓰면서 밀려오고 또 밀려왔다. 그러다 이제 멈추었을까 싶어 고개를 들면 다시금 머리 위로 폭포 같은 애정이 쏟아졌다. 제가 믿지 않았을 뿐이다.

이제는 부서져도 좋을 것 같은 기분을, 죽어도 좋을 것 같은 이 기분을 사랑
이란 말 말고는 설명할 방법이 없다.

얼마 자지도 않은 것 같은데 개운하게 일어난 윤기는 눈을 동그랗게 뜨고 저
를 보고 있는 별에 웃음부터 터트렸다.

"일어났으면 깨우지."

"자는 얼굴 예뻐서."

"일어난 얼굴은 안 예뻐요?"

별이 눈살을 찌푸렸다.

"너 좀 느끼해진 것 같아."

"싫어요?"

"아니, 좋아."

품 안으로 파고들며 속삭이는 별을 윤기는 자연스럽게 끌어안았다. 밤새 안
았던 몸이라 그런지 평생 끌어안고 산 사람들처럼 꼭 들어맞는 기분이 들었다.

"아, 맞다……."

별이 속삭였다. 자칫하면 숨소리처럼 들리는 말이었지만 윤기는 가만히 귀를
기울였다.

"나 거짓말한 거 있는데."

"……뭔데요."

확 낮아진 목소리와 찌푸려진 눈매를 보고 기가 죽은 별이 들숨과 날숨을 반
복하며 시간을 끌었다. 지금의 핑크빛 분위기를 망치고 싶지 않았지만 분위기에
취해 만 하루라는 시간을 넘겼다가 어떤 재앙이 닥칠지 모르는 일이었다.

지금까지의 서윤기를 보면 융통성이라고는 개뿔도 없는 인간이었으니 키스
고 섹스고 다 없던 걸로 하자고 할 수도 있는 일이고, 천하의 거짓말쟁이 취급을
하며 악당이라 손가락질할지도 모르는 일이었다.

"우리 할아버지……."

"……."

"안 아파."

일단 질러 놓고 보자, 라는 생각으로 뱉은 별은 고개를 푹 숙였다.

그러나 윤기는 제 품에 안겨 깽깽거리고 있는 별의 머리꼭지를 보며 삐져나오는 웃음을 참고 있었다. 잔뜩 망설이며 말하기에 뭐 얼마나 대단한 거짓말을 한 걸까, 했는데—

"기사 봤어요."

"응?"

"재단 대표 이사가 어쩌고저쩌고, 당신 기사 많이 났더라고요."

"아……."

"그래서 대충 예상했어요."

마음 넓은 척, 다정한 목소리를 내며 별의 입술을 매만졌다. 제 손가락 위로 별의 입술이 쪽, 닿았다가 벌어진 틈 사이로 혀가 나온다. 용서를 구하는 몸짓인지, 그저 소심하게 핥아 올리는 혀끝. 끈질기게 따라붙던 불안이 모조리 불태워진다.

○　◎　●

서로가 서로의 것임을 확인한 밤 이후로 두 사람은 말도 안 되게 바빠졌다. 서윤기야 언제나 바쁜 사람이었으니 딱히 새삼스러운 것도 아니었지만 별의 업무 강도가 눈에 띄게 높아졌다.

그 이유는 당연히 윤주형에게 있었다. 복지 재단의 대표 자리를 차지했으니 어느 정도 나댈 것이라 예상하기는 했지만 생각보다 조직적으로 움직이는 모양새에 경계 태세를 공고히 할 수밖에 없었다.

이선그룹의 후계자라 불리는 별의 입장에선 꽤 자존심이 상하는 일이었다. 하지만 자존심 하나 지키겠다고 여유 부릴 생각은 없었다. 윤주형이 원하는 게 바로 그것일 테니.

게다가 윤주형 쪽에 심어 놓은 정보통들이 가져다주는 소식이 심상치 않았다. 큰삼촌과 작은삼촌이 손을 잡은 모양이었다. 각개 전투로는 상대가 안 될 것 같으니 피라미들끼리 합심이라도 하겠다는 건지.

크게 한숨을 내쉰 별이 책상 위에 놓인 리스트를 훑어보았다. 최근 윤주형이 만난 주요 인사들의 이름이 빼곡하게 적혀 있었다. 톡, 톡, 손끝으로 명단을 두드리던 별은 익숙한 이름들이 너무 많이 보이는 것에 환멸을 느꼈다.

"대체 이 사람들은 줏대라는 게 없는 건가."

아직 아무런 선택을 하지 않은 자들이 저와 윤주형 사이에서 뜸 들이기를 하는 건 이해할 수 있었다. 하지만 저에게 충성을 다하겠다고 맹세했던 이들이 왜 이 리스트에도 이름을 올리고 있는지는 이해할 수도, 이해하고 싶지도 않다.

"그냥 동태 확인차 만난 거일 수도 있어요."

임 비서가 차분히 말을 얹었다.

"진짜 그렇게 생각해?"

별은 장난기 어린 표정으로 물었다. 애초에 이 리스트 자체가 의심 많은 임 비서의 작품이었다. 어찌나 곳곳에 정보통을 심어 놓았는지 놓치는 정보가 없었다. 실시간으로 업데이트되는 정보를 보고 있다 보면 이것이 사람이 하는 일인지, 슈퍼컴퓨터가 하는 일인지 의아할 지경이었다.

"이사님을 위해 스파이 노릇을 하려는 걸 수도 있죠."

하지만 언제나 그렇듯 그녀는 신중했다. 매 순간 의심하면서도 쉽사리 확신하지 않는 임 비서는 불같은 별의 완벽한 파트너다.

"날 위해 만난 거였으면 벌써 보고하지 않았을까?"

별이 의자에 깊게 기댄 채 빙글빙글 돌았다.

"칭찬받는 거 좋아하는 영감탱이들이 이렇게 조용하다는 건 비밀로 하고 싶단 거지."

그들의 알량한 머릿속이 다 읽혀서 비웃음이 나왔다.

"나 모르게 딴 주머니 차겠다는 거야."

감히 저와 윤주형 사이를 저울질하다니. 그래 놓고 들키지 않을 것이라 생각하다니. 본인들 딴에는 이중 삼중으로 장막을 내려놓았다 생각할 것이다. 하지만 그들이 가려 놓은 장막이 몇 겹이든 자신은 다 걷어 낼 수 있는 사람이었다. 그걸 대체 얼마나 더 설명을 해야 깨달을지 모르겠다.

"이사님, 전화 들어옵니다."

고개를 절레절레 흔들고 있던 별에게 임 비서가 핸드폰을 건넸다.

"누구?"

"서윤기 씨네요."

임 비서가 어깨를 으쓱이며 말했다. 약 일주일 전을 기점으로 통화량이 급증했다는 걸 알고 있었지만 내색하지는 않을 생각이었다. 요즘처럼 예민한 시기에 서윤기라도 제 상사의 마음을 어루만져 준다면 그것으로 되었다고 생각했다.

별이 임 비서에게 나가라는 손짓과 함께 목소리를 다듬었다.

"으응."

절로 목소리가 늘어진다.

— 죽어 가네요.

"응, 이대로 가다간 내일쯤 죽을 것 같아."

— 안 돼요. 나 장례식 갈 시간 없어.

퍽 진지하게 말하는 그에 별이 웃음을 터트렸다. 날을 세우고 있던 마음도 붙잡을 새 없이 말랑해진다.

"오늘도 밤샘 촬영이야?"

— 네, 그래도 이제 정말 얼마 안 남았어요.

"안 믿어. 그 말만 대체 몇 번째야."

— 진짠데.

사춘기 소년같이 퉁명스러운 말투에 별이 웃었다. 눈빛을 차분하게 가라앉히고 입술을 삐쭉이고 있을 게 뻔했다. 이런 식의 통화를 할 때마다 느는 건 소리 없이 웃는 법이었다. 웃기만 하면 그렇게 좋으냐고 되묻는 그 때문에 터져 나오는 웃음도 참아야 했다.

"아……."

끙끙 앓는 소리를 내며 책상 위에 얼굴을 묻었다. 서윤기가 왜 이렇게 좋은 걸까. 얼굴이 잘생겼으면 목소리라도 별로여야지. 왜 목소리까지 좋아서 사람을 이렇게 흐물흐물 녹게 만드는 건지.

— 소리 아해요.

뜬금없는 소리에 결국 푸스스, 웃음이 나온다.

"내가 무슨 소리를 했다고 야하대."

― 숨소리가 야한 걸 어떡해요.

"그 정도면 일상생활이 불가능한 거 아니야?"

― 그런가.

참 인정도 잘한다.

사실 서윤기가 이렇게까지 솔직해질 거라고는 기대하지 않았다. 자신을 부숴도 된다고 말하던 순간, 그의 눈에는 짙은 욕망이 들끓고 있었다. 이전에도 그는 자신만 좋아하라, 고집을 부렸던 터라 놀랍지는 않았다. 다만 가여웠다. 제가 그를 부숴야만 제 마음이 그에게 정박할 것이라 여기는 것 같아서.

애원하는 꼴이었다. 자신이 부서지는 한이 있더라도 괜찮으니 마음을 달라고, 휘어잡을 마음을 달라고.

사랑받는 것에 익숙할 그가 왜 저에게 그런 마음을 품는지는 이해할 수 없었지만 거부하고 싶지는 않았다. 어떤 방식이든 그가 저를 원하고 있다는 건 사실이었으니 그저 기뻤을 뿐이다.

하지만,

― 그리워서 그런가.

그는 받기만 하지 않았다.

― 그리워서 죽을 것 같아요.

제 마음을 송두리째 휘어잡은 대신, 자신의 마음도 내어 주었다.

"나도 그래."

마음을 속삭였다. 제 마음도 그와 다르지 않다는 걸 그가 알아주었으면 좋겠다.

"임 비서, 나 진짜 괜찮아?"

"한 번만 더 물어보세요. 차 밖으로 뛰어내릴 테니까."

임 비서가 귀를 막으며 말했다.

별이 옷매무새를 신경 쓰는 건 당연히 서윤기 때문이었다. 드라마 제작사 측에서 의례적으로 마련한 식사 자리였다. 어마어마한 자본을 투자한 별에게 감사를 표하고 싶다면서.

예술 재단을 운영하면서 웬만한 자리에는 다 초대를 받았던 별이었지만 이때까지 나가 본 적은 없었다. 아부로 점철된 자리일 게 불 보듯 뻔해서 생각만 해도 지루하고 귀찮았다.

하지만 웬걸. 주연 배우도 참석한단 소리에 당장 오케이를 외쳤다. 서윤기를 보지 못한 지 거의 일주일을 넘어가고 있었다.

"안녕하세요, 이사님. 귀한 시간 내 주셔서 감사합니다."

별이 한 고급 레스토랑의 프라이빗 룸으로 들어가자 제작사 대표와 감독이 차례로 인사를 건넸다.

"아, 네."

그들에겐 일말의 관심도 없는 별이 눈동자를 굴려 서윤기를 찾았다.

"오랜만입니다, 이사님."

가장 구석에 앉아 있던 윤기가 일어나 인사했다. 겉으로만 보면 무뚝뚝함을 넘어 귀찮아 보이기까지 했지만 별은 개의치 않았다. 이미 이곳에 오기 전 짧은 통화를 한 상태였다.

— 조금 무심하게 대해도 이해해요.

그는 몇 번이나 당부하며 티 내지 말라고 주의를 주었다. 요 며칠 기사가 폭발적으로 난 탓에 그는 이선그룹의 이슈를 꽤 상세히 알고 있었다. 바쁜 와중에 그런 건 뭐 하러 챙겨 보냐고 한 소리 했지만 그는 당연하다는 듯 대꾸했다.

'하나도 빠짐없이 다 알고 싶은데 어떡해.'

그렇게 말하는 그에게 제가 할 말은 없었다.

"반가워요. 서윤기 씨."

그의 손을 마주 잡으며 웃었다. 무심한 그를 보면 서운한 마음이 들지 않을까 싶었는데 괜한 걱정이었다. 눈을 마주치는 것만으로도, 손끝이 스치는 것만으로도 전율이 일었다.

"안녕하세요, 이사님. 정은호입니다."

제 옆자리를 차지한 은호가 깍듯하게 고개를 숙였다. 서윤기에게 고정한 시선을 차마 떼어 내지 못하고 있던 별이 억지로 은호를 쳐다보았다. 벌써 세 번째 보는 자리였음에도 눈에 익지 않는 게 이상하단 생각이 들었다.

"이사님은 뭐 좋아하세요?"

은호가 메뉴판을 펼치며 상냥하게 물었다.

"가리는 음식 없어요."

단답형으로 뱉는 대답에도,

"그러시구나. 저는 편식 되게 심한데."

쉴 새 없이 종알거리는 게 애교스러웠다.

"로브스터는 어떠세요? 오늘 여기에서 식사한다고 하니까 주변에서 추천해 주더라고요. 진짜 맛있대요."

저야 말이 많은 걸 좋아하지도, 싫어하지도 않았지만 나이 지긋한 꼰대들이 보기엔 예쁠 수밖에 없는 유형의 다정함이었다. 연예인들은 사회생활에 영 재능이 없는 줄 알았는데 정은호는 확실히 다르다.

생각해 보면 서윤기가 특이한 것 같기도 했다. 제가 이선그룹의 김별이라는 걸 뻔히 알면서도 시종일관 어깃장을 놓으며 신경을 건드렸으니.

발끝으로 마주 앉은 그의 다리를 툭, 건드렸다. 눈썹을 치켜올린 그가 빤히 시선을 던진다. 그 까만 눈동자가 뭐라고 웃음이 나오는지. 이 정도면 누군가 지나가다 발을 걸어도 용서해 줄 판이다.

"우리 은호 씨가 성격이 참 좋죠."

사람 좋은 미소를 지은 감독이 뿌듯한 듯 말했다. 바보처럼 실실 웃고 있던 걸 정은호 때문이라 생각하는 듯했다.

"그러게요. 덕분에 촬영장 분위기도 좋겠어요."

그 뿌듯한 얼굴에 딱히 부정하기도 뭣해 맞장구를 쳤더니 감독은 크게 고개를 끄덕였다.

"윤기 씨랑 은호 씨가 외모는 좀 닮았는데 성격이 참 달라요. 맡은 배역이랑 아주 똑같다니까요."

"그래요? 잘 모르겠는데."

별은 저도 모르게 툭 내뱉었다. 모두의 시선이 별에게 쏠렸다.

"둘이 어디가 닮았어요? 눈 코 입 달린 거?"

정말 모르겠다는 듯 미간을 찌푸린 별에 모두가 어색한 표정을 지었다. 소리 내어 웃은 건 아마 서윤기 혼자였을 것이다.

"마지막 촬영이 언제예요?"

별이 물었다.

"다음 달 둘째 주면 마무리될 것 같습니다."

"아직 3주는 더 고생해야겠네요."

"고생은요. 신경 써 주신 덕분에 편하게 작업하고 있습니다."

제작사 대표는 이때다 싶은 마음으로 나불거리기 시작했다. 묻지도 않은 후 작업 일정과 프로모션 내용까지 세세하고 낱낱이. 앞으로 더 많은 돈이 필요하다는 걸 우회적으로 어필하는 것이었다. 속이 훤히 보이는 행동이기는 했지만 제작자로서 필요한 행동이기도 했다.

"윤기가 아시아권에서 워낙 인기가 많아서 그런지 해외 플랫폼에서 컨택이 많이 들어오고 있어요."

"서윤기 씨 인기가 대단하긴 하죠."

별이 무심한 체하며 고개를 끄덕였다.

"그럼요. 일본이랑 중국은 동시 방영 결정 났고 또 태국이랑 인도네시아 쪽 은……"

"아, 잠깐만요."

엄한 표정을 지은 별이 말을 끊었다.

"혹시 프로모션 일정에 배우들이 참석하는 경우도 있나요? 그러니까 다른 나라에 직접 간다거나⋯⋯."

촬영이 끝나기만을 간절히 바라고 있는 판국에 그런 스케줄이 잡힌다면 데이트고 뭐고 포기할 수밖에 없을 것이다.

"아, 그렇죠. 초반 화제성을 위해 일본과 홍콩에서의 홍보 일정이 잡혀 있긴 합니다만⋯⋯."

"하⋯⋯."

별이 머리를 감싸 쥐며 깊게 한숨을 내쉬었다.

"혹시 무슨 문제라도 있으십니까, 이사님?"

혹시라도 자신의 언행이 별을 언짢게 한 것일까 염려한 대표는 사색이 되어 물었다.

"아니에요, 괜찮아요. 신경 쓰지 마세요."

별이 고개를 저었다. 신경 쓰지 말라고는 하지만 딱 보기에도 침울해 보이는 얼굴에 모두가 눈치를 살폈다. 이번에도 웃을 수 있는 건 서윤기 하나였다.

식사 자리가 거의 마무리될 즘, 제작사 대표가 촬영장 방문을 제안했다.

"궁금하기는 한데⋯⋯. 제가 가면 촬영에 방해가 되지 않을까요."

구미가 당기긴 했지만 별은 에둘러 거절했다. 제작사 대표는 그것이 매달려 달라는 말인 줄 알고 더 강하게 간청했다. 이사님께서 방문하시면 스태프들의 사기가 오를 것이라는 둥, 애정을 갖고 투자하신 작품이니 한 번은 보시는 게 좋지 않겠냐는 둥.

별은 곤란하게 됐다는 듯 뜸을 들였다. 어떤 상황에서든 좋다, 싫다가 분명한 별이었지만 그 제안만큼은 애매한 태도를 취할 수밖에 없었다. 속마음이야 냉큼 그러겠다고 대답하고 싶었다. 그러지 않을 이유가 없었다. 서윤기를 보는 일인데 싫을 리가. 하지만 무심한 척 물을 마시고 있는 서윤기의 눈초리가 매서웠다.

불과 몇 분 전, 별이 추가적인 투자와 협찬을 약속했기 때문이었다. 시작은 제작사 대표의 자랑 비슷한 너스레였다.

그는 거액을 투자한 별의 애정과 관심을 치켜세우며 자신의 노력을 어필했다. 세트 제작에 얼마나 공을 들였는지, 또 그것을 유지하는 데 얼마나 많은 비용이 들었는지, 부터 시작해서 카메라는 얼마나 좋은 걸 썼는지, CG를 비롯한 후작업에 투입되는 인력은 또 얼마나 고급스러운 퀄리티인지 끊임없이 설명했다.

화려한 자기 자랑의 마무리는 엄살이었다. 제작에 들어간 돈이 많아 프로모션이 걱정이라나 뭐라나. 투자 비용을 추가하는 건 큰일이 아니었다. 이미 몇십억을 투자했는데 거기서 몇 억 더 얹는다고 달라질 게 있을까. 별이 신경 쓰는 건 오직 서윤기의 의사였다.

그래서 처음엔 못 들은 척했다. 서윤기가 반기지 않을 걸 알았다. 하지만 홍보 일정 중 배우들이 고생을 할 것 같다는 말은 무시가 불가능했다. 고생하지 말라고 이제껏 투자한 건데 막판에 돈 몇 푼 모자라 고생을 한다니. 있을 수 없는 일이었다.

결국 모든 인원의 항공편과 호텔을 협찬하겠다고 약속했다. 예상 지출 내역을 정리해서 보고하면 검토한 뒤 추가적인 투자도 고려하겠다고 덧붙였다. 놀란 서윤기가 눈으로 욕을 하며 말렸지만 이미 엎질러진 물이었다. 나중에 사실을 알게 된 임 비서 역시 이마를 짚었다.

○ ◎ ●

대망의 촬영장 방문 날이 되었다. 임 비서는 시종일관 못마땅한 표정을 지으며 한 시간 이상 머무르는 건 절대 불가능하다고 엄포를 놓았다. 그러거나 말거나 마음이 들뜬 별은 만면에 미소를 띠운 채 촬영장을 찾았다.

제작사 직원들이 별을 반겼다. 평소라면 촬영장에 있을 일이 별로 없는 그들이었지만 마치 기다렸다는 듯 모여 열띤 환호를 보냈다. 현장팀 스태프들도 크게 다르지 않았다. 지금껏 뻔질나게 배달된 음식들의 출처가 이선호텔이라는 걸 모르지 않았으니 당연했다.

"이사님, 오셨어요?"

배우들 중에선 은호가 가장 먼저 알은척을 했다. 원체 살랑거리는 성격이라는 건 알고 있었지만 만나는 횟수가 늘어날수록 재롱떠는 양도 자연히 늘었다.

이를테면 하이 파이브를 하며 인사를 한다거나 미니 선풍기를 가져와 바람을 만들어 준다거나. 아무리 그래도 이전에는 어려워하는 느낌이 있었던 것 같은데 이젠 뭐 그런 것도 없는 것 같다.

"주스 드실래요? 포도랑 오렌지 있는데 뭐 좋아하세요?"

"나 주스 안 좋아해요."

"커피도 있어요!"

"커피도 안 좋아해요."

"그럼 물 드릴까요?"

조금 성가시기는 했다. 패기 넘치는 신인인 것도 알겠고, 세 보이는 사람에게 잘 보이고 싶은 사회 초년생의 마음도 알겠는데 좀처럼 지치질 않으니 말이다. 이렇게까지 무뚝뚝하게 굴면 긍정적인 사람이라도 빈정이 상할 것 같은데 기죽지 않고 치대는 게 꼭—

"좀비."

좀비 같다.

"네?"

"아니에요. 혼잣말이에요."

어리둥절한 표정을 짓고 있는 은호에게 별이 고개를 저었다. 멀찍이 서윤기가 보인다. 바쁜 와중에 보러 왔더니 말 한마디 건네질 않는다. 물론 그의 의사를 묻지 않고 돈지랄을 한 것은 명백한 계약 위반이고 잘못이었다는 걸 인정한다. 하지만 제가 뭐 돈 자랑 하고 싶어서 그런 것도 아니고 바쁜 사람 얼굴 좀 보고 싶어서 그런 건데. 치사하다.

"이사님, 여기 앉아서 편하게 보세요."

대기용 의자를 가져온 스태프가 말했다.

"고마워요. 근데 금방 일어날 거라 앉을 필요는 없을 것 같아요."

사근사근한 미소를 지어 보인 별이 말했다.

"신경 쓰지 마시고 편하게 일 보세요."

어차피 임 비서 때문에 30분 이상 있을 수도 없었다. 이미 임 비서의 레이저 같은 눈빛에 등이 녹아내리는 기분이었다.

"임 비서, 나 선글라스."

"꼭 쓰셔야겠어요?"

"왜?"

"야외도 아닌데 선글라스 쓰고 있으면 이상하잖아요."

소곤거리는 임 비서에 별이 검지를 까딱까딱 흔들었다.

"나도 쓰기 싫어."

임 비서가 건네준 선글라스를 야무지게 쓴 별이 입술을 쭉 내밀었다.

"근데 들킬까 봐 그러지."

"뭐를요?"

"내가 서윤기만 쳐다보는 거."

그제야 임 비서가 고개를 끄덕였다.

"절대 벗지 마세요."

엄중히 경고하는 것도 잊지 않았다.

촬영이 시작되자 소란스럽던 분위기가 순식간에 차분해졌다.

"임 비서, 어떡해?"

별이 임 비서의 손을 꼭 쥐고 물었다. 악력이 얼마나 센지 임 비서의 손이 하얗게 질릴 정도였다. 윤기와 은호가 서로에게 주먹질을 하는 장면 때문이었다. 어찌나 살벌한 기운이 넘치는지 실제의 싸움이 아닌 걸 알면서도 눈살이 찌푸려졌다.

"저거 봐, 지금 서윤기 뺨에서 피 나는 거 맞지?"

"아뇨, 분장인 것……, 그것보다 손 좀……!"

"진짜 피 맞는 거 같은데?"

"아니라니까요!"

임 비서가 별의 손등을 내려치며 말했다. 별의 손에서 겨우 벗어난 임 비서의 손은 개한테 물린 것처럼 손톱자국이 선명했다. 그런 자신의 손을 주무르며 별을 흘겨보는 임 비서의 미간엔 깊은 주름이 새겨졌다. 별의 별명이 도사견 혹은 미친개인 건 맞지만 이건 좀—

"밖에 앰뷸런스 대기하고 있지?"

임 비서의 고뇌와는 상관없이 서윤기에 대한 걱정을 다 내려놓지 못한 별이 손톱을 씹으며 중얼거렸다.

"이사님."

"윤기 얼굴 보험 들어 놨어? 아니, 그냥 부위별로 보험 들어야 될 것 같은데?"

"김 이사님."

"출연료에 생명 수당은 포함되어 있는 거야?"

"이사님, 제발."

"저러다 진짜 다치면 어떡해? 이놈의 촬영장엔 대역도 없는 거야?"

제 말은 듣지도 않고 질문 폭격을 날려 대는 별을 참지 못한 임 비서가 손가락을 까딱였다. 멀지 않은 거리에서 대기하고 있던 제작사 직원이 빠릿빠릿한 몸짓으로 다가선다.

"잠시 촬영 좀 멈출 수 있을까요?"

임 비서는 상냥하지만 단호하게 물었다. 직원이 재빨리 별의 눈치를 살폈다. 혹시나 마음에 들지 않는 구석이라도 생긴 걸까 두려워하는 얼굴이었다. 투자자랍시고 방문했던 사람들 중 이래라저래라 훈수를 두지 않은 사람이 없었다.

"뭐 하려고?"

별이 임 비서의 팔을 끌어당기며 물었다.

"확인하시라고요. 서윤기 씨 얼굴이요. 멀쩡한 거 확인하셔야 불쌍한 제 손 그만 움켜쥐실 거 아니에요."

"아, 안 돼! 일하는 거 방해했다가 서윤기한테 또 무슨 소릴 들으라고."

속닥속닥 짜증을 낸 별이 제작사 직원에게 괜찮다는 눈짓을 했다. 30분만 보겠다던 별의 다짐이 무너진 것도 그때쯤이었다.

악에 받친 윤기가 책상 위 물건을 죄다 쓸어 내자 은호가 울면서 주먹질을 했다. 모든 걸 체념한 사람처럼 맞아 주던 윤기가 은호를 밀쳐 내고 또 발길질을 하고 그러다 멱살까지 쥐고 흔들다 보면 겨우 컷 소리가 나왔다. 그게 수십 번 반복되었다.

별은 결국 고개를 돌리고 들려오는 소리에 몸을 움찔거렸다. 서윤기의 모든 순간을 놓치지 않으리라 다짐했지만 곤욕도 그런 곤욕이 없었다. 액션 영화에 심심치 않게 등장했던 터라 피 칠갑을 한 모습을 처음 보는 것도 아닌데 스크린이나 브라운관으로 보는 것과는 사뭇 다르게 느껴졌다.

"잠시 쉬었다 가겠습니다!"

그런 별에게 조연출의 외침은 구세주나 다름없었다.

각 스태프들이 담당 배우에게 우르르 몰려가는 게 보였다. 윤기의 어깨 위에도 담요가 둘러졌다. 진지한 얼굴로 모니터링을 하던 얼굴에 미소가 피는 걸 보면 나름 괜찮은 장면이 만들어진 모양이었다.

다음 장면을 위해 의상과 메이크업을 손봐야 하는 배우들이 각 대기실로 흩어졌다. 별이 눈으로 윤기의 뒤를 좇았다.

"다녀오세요."

눈치 빠른 임 비서가 말했다.

"방해하면 안 돼."

말은 그렇게 해도 별의 얼굴에선 미련이 뚝뚝 떨어지고 있었다. 임 비서가 모른 척 등을 떠밀었다.

"지금 쉬는 시간이잖아요. 인사만 하고 오세요. 어차피 이제 가실 거잖아요."

"그건 그래."

기다렸다는 듯 별이 자리에서 일어났다.

굳게 닫힌 대기실 문에는 '서윤기'라는 이름이 반듯하게 적혀 있었다. 촬영하는 모습만 잠시 보다가 일어나려고 했는데 어쩌다 대기실 앞까지 좇아왔는지. 일에 방해가 될까 봐, 라는 건 다 핑계에 불과했다. 그런 걱정을 했으면 애초에 여기까지 오지도 않았을 것이다.

별이 두려운 건 날 선 서윤기의 눈이었다.

"어?"

그러던 와중에 박 매니저가 문을 열고 나왔다. 망설이느라 노크도 못 하고 있던 차에 민망하기 그지없는 상황이었지만 별에겐 오히려 기회였다. 조금 열린 틈이 있었으니까.

"윤기 보러 오셨어요?"

작은 틈으로 고개를 빼고 있으니 그가 물었다. 무어라 대답하기도 전에 활짝 문을 열어 주는 걸 보면 눈치가 참 좋다. 보너스를 주어야겠다고 생각했다.

편히 앉아 쉬고 있던 윤기가 언질도 없이 들어온 별을 보고 놀란 표정을 지었다. 문만 열어 주고 자리를 피한 매니저 덕분에 대기실 안은 단둘뿐이었다.

"그냥 가려고 했는데…… 박 매니저가 들어가 보라고 했어."

혹여나 모진 소리가 나올까 싶어 재빨리 변명했다. 딱히 그럴듯하게 들리지 않았는지 그의 긴 눈매가 가늘게 접힌다.

"진짜야. 인사만 하고 가려고 했어."

"……."

"진짠데."

윤기가 어쩔 수 없다는 듯 고개를 끄덕였다. 아직 분장을 다 지우지 못한 그의 얼굴은 검푸른 피로 엉망이 되어 있었다.

"근데, 진짜 다친 건 아니지?"

그 틈을 놓치지 않은 별이 물었다. 윤기가 무슨 소리냐는 듯 고개를 기울이자 별은 식은땀으로 젖은 손을 들어 얼굴을 가리켰다.

"아, 이거."

윤기가 고개를 저으며 말했다.

"안 다쳤어요. 분장이에요."

"진짜?"

심각한 표정의 별이 웃긴지 피식 웃음을 흘린 윤기가 들고 있던 수건으로 투박하게 얼굴을 닦아 냈다. 가짜라는 걸 보여 주려고 한 행동 같은데 썩 좋은 효과를 내지는 못했다. 수건이 지나가는 자리마다 붉게 번지는 피 분장에도 심장이 훅훅 내려앉았다.

겨우 참고 있던 별이 터진 건 하얀 살갗에 새겨진 진짜 생채기가 보인 직후였다.

"이럴 줄 알았어!"

문 앞에 붙어 서 있던 별이 성큼성큼 걸어 윤기의 얼굴을 감싸 쥐었다. 그래 놓고 또 화들짝 놀란 얼굴로 손을 떼어 낸다. 그 작은 손길조차 서윤기를 해칠 수 있다 믿는 얼굴이었다.

"속상하게 진짜……."

허공을 배회하던 손은 결국 제자리를 찾듯 다시 얼굴 위로 내려앉았다. 아주 약하게. 꽃잎을 쥐는 것처럼.

"병원부터 가자."

"병원을 왜 가요."

별의 손을 끌어 내린 윤기가 거울에 얼굴을 비췄다. 새하얀 얼굴 위에 3cm 남짓 그어진 상처. 딱히 깊게 다친 것도 아니어서 피가 흐르지도 않았다. 빨갛게 비치기는 했지만.

"괜찮아요."

윤기가 상처 부위를 손으로 스윽, 문지르며 웃었다. 웃어넘길 만큼 아무렇지 않다는 뜻이었는데 별의 얼굴은 더더욱 일그러졌다. 기어코 멱살을 잡고 당기기까지 한다. 갑작스러운 박력에 얼굴을 물리자 더 강하게 당기며 살핀다. 이글거리는 눈에 대충 넘어갈 여유 같은 건 보이지 않았다.

"안 아파?"

"다친 줄도 몰랐어요."

웃으며 대답하자 별이 입술을 짓이기며 한숨을 쉬었다.

"넌 그 센 척하는 게 문제야. 알아?"

"내가 언제 센 척을 했다고……."

"아, 됐어. 아까 임 비서가 촬영 끊자고 할 때 끊을 걸 그랬어. 괜히 네 눈치 보느라……."

중얼거리다 더 화가 나는지 긴 머리카락을 거칠게 쓸어 넘긴다.

"원래 액션 신은 다 이래?"

잔뜩 흥분을 했다가—

"지금까지 찍었던 영화에서도 늘 이렇게 다쳤어?"

또 걱정스러운 얼굴을 하고—

"그런 기사 못 봤는데? 그냥 안 다친 척하는 거야?"

모든 것을 의심하며 씩씩거린다.

윤기는 그런 별을 가만히 쳐다보았다. 유난스러운 걱정이 신기하거나 유별나게 느껴진 것은 아니었다. 직업이 연예인인 이상 과도한 걱정과 염려는 필연적이었다. 잘난 얼굴과 흠 없는 몸이 재산이고 곧 커리어니까.

하지만 모순적이게도 그런 걱정과 염려는 저를 더한 위험 속에 빠트리고는 했다. 애초에 그들이 바라는 것 자체가 모순적이었기에 가능한 것이었다. 그들은 제 얼굴과 몸이 상처 하나 없이 매끄럽기를 바라면서도 동시에 거칠고 아낌없이 쓰고 싶어 했다.

그래서 저는 자주 혹독해졌다. 위험 요소가 많은 촬영이라고 해도 대역을 쓰지 않았고, 엉성한 세트장이라고 해도 걸음 한번 망설인 적 없었다. 마음껏 쓰고 소모해도 상하지 않는 배우라는 걸 증명하고 싶었다.

하지만 지금의 별은 그들과 조금 다른 느낌의 걱정을 하고 있는 듯 보인다. 얼굴 위에 올린 손을 바들바들 떨면서 울먹이는 얼굴. 정작 다친 저는 아무렇지도 않은데 별은 아파 죽겠다는 표정이었다.

"울어요?"

"울긴 누가 운다고 그래?"

별이 짜증스럽게 목소리를 높였다. 픽, 웃음이 나온다.

"나 안 아프다니까."

덜덜 떠는 손을 잡아 허리를 두르게 했다. 뻗대며 버티는 등을 당겨 안으니 참고 있던 눈물샘이 폭발하듯 터진다. 이러면서 누가 누구한테 센 척한다는 건지. 버럭버럭 화를 내다가도 끌어안으면 엉엉 울 거면서.

"그냥 긁힌 거예요. 진짜 다친 줄도 몰랐어."

"그게 더 문제야, 그게 더 문제라고!"

별이 주먹으로 가슴을 퍽퍽 때렸다.

"지가 다친 것도 모르고……. 멍청한 새끼……."

또 웃음이 난다. 울면서 짜증을 내고 있는 것도 웃기고 멍청한 새끼라며 욕을 하는 것도 웃기다. 김별의 모든 짓이 웃겨 보이기 시작한 건 좀 되었다. 문득 제 가슴팍에 파묻힌 모습도 웃기단 생각이 들었다.

사람이 좋으면 하는 짓도 다 좋아진다던데. 이게 그런 건가.

"……"

쪽, 저도 모르게 머리꼭지 위로 입을 맞췄다.

"뭐 하는 거야?"

별이 고개를 퍼뜩 들었다. 울어서 부은 눈이 웃겨 또 웃음이 나왔다. 시원하게 그어져 있던 쌍꺼풀 라인이 통통 부어서는 붉게 달아올라 있는 게 왜 이렇게 웃긴지. 그 위로도 쪽, 입을 맞췄다. 볼록한 광대를 따라 귓바퀴까지 순식간에 빨개진다.

"야……"

"그만 울어요."

"……"

"그만 울라고 달래는 거예요."

"……여우 같은 새끼."

부어서 작아진 눈이 더 가늘어졌다. 흘겨보는 것 같긴 한데 위협 같은 건 전혀 느껴지지 않는다. 통통한 입술이 삐쭉거리는 게 웃겨서. 그래서 그만 입을 맞췄다.

포개어진 입술 사이로 오가는 숨이 급하고 달다. 오직 저만이 독점하고 있는 순간인 걸 알면서도 누군가 빼앗아 갈 것처럼 안달이 난다. 달아나려는 혀는 옭아매고, 움찔거리는 허리는 붙들어 안고. 품 안에 있는 몸이 조금도 물러나지 못하도록 구속하고 또 구속하고.

문득 얼굴이 보고 싶단 생각이 든다. 와중에 물고 있던 입술은 놓고 싶지가 않아서 조금 깨물었다. 아파서 앓는 소리가 난다. 그조차 솔직하고 뜨겁다. 그에 비해 내려다본 얼굴은 아무 일도 일어나지 않은 것처럼 얌전히 눈을 감고 있다.

이럴 때마다, 이렇게 어울리지 않는 태도를 보일 때마다 좋아서 죽을 것 같다. 제가 무엇을 하든 그저 받아 줄 것 같은 모양새. 체념이라기엔 지극히 능동적이고, 포용이라기엔 욕망하고 있는 태도.

"이사님."

처음엔 화가 났었다.

"잘못한 거 알죠?"

저와의 약속을 깡그리 잊은 것처럼 멋대로 협찬을 진행한 별에게 화가 날 수밖에 없었다. 이제는 저와 별의 관계가 계약이니 뭐니 그딴 걸로 정의할 게 아니긴 했지만 제 일에 필요 이상으로 관여하는 건 여전히 별로였다. 그것도 그렇게 쉽게.

하지만 꾸역꾸역 현장까지 찾아와 제 눈치를 보는 게 웃겨서 화를 낼 수 없게 되었다. 촬영장에 도착했을 때부터 웃겼다. 눈치 보는 얼굴이 귀여워서. 기껏 와 놓고 제 옆에는 얼씬도 하지 않는 것 역시 웃겼다. 예전 같으면 저를 붙들고 이래저래 변명부터 했을 텐데 필사적으로 참는 게 보였다.

그게 뭐라고 저는 또 감동을 했다. 칭찬 스티커라도 붙여 주고 싶었다. 참 잘했어요, 같은. 김별이라면 그까짓 스티커에도 기뻐하지 않을까 생각했다. 그런 생각을 하다 보니 절로 기분이 좋아졌다. 덕분에 촬영도 수월하게 마쳤다. 다친 걸 느끼지도 못할 정도로.

"그래도…… 너 고생하는 거 싫어."

눈을 깜빡인 별이 시선을 피하며 중얼거렸다.

"다치는 건 더 싫고."

그래 봤자 그 눈길이 닿은 곳은 상처가 난 제 뺨이다.

"……."

"……이제 안 그럴게. 미안해."

웃기고, 귀엽고, 사랑스럽다.

윤기는 수건에 손을 여러 번 닦아 냈다. 얼룩덜룩했던 피 분장이 말끔하게 지워진 걸 확인하고 나서야 울고 있는 얼굴에 손을 댔다. 아까부터 계속, 푹 젖은 뺨을 어루만지고 싶었다.

별은 그 손길에 담긴 의미를 알았다. '내키는 대로' 했던 제 행동에 대한 용서이자 며칠간 냉랭하던 분위기를 본래의 것으로 되돌려 놓겠다는 시그널. 그까짓 용서에 우르르 무너져 안도했다. 서윤기가 뭐라고.

"안아 줘."

자존심도 없이 매달렸다.

"보고 싶었어."

"나도 그랬어요."

자존심을 내려놓은 대가는 황홀했다. 이마와 눈꺼풀, 콧등과 입술로 닿아 오는 그의 입술이 자존심보다 당연히 우선이었다.

"하……."

울컥, 마음이 들뜬다. 애태우지 않고 나오는 대답에도 애가 닳으니 도무지 얌전해질 수가 없다. 하필이면 서윤기를 사랑해서. 하필이면 이렇게 아름다운 사람을 사랑해서. 맞닿아 있어도 꿈같다.

"약 잘 바르고 덧날 것 같으면 바로 병원부터 가. 알았지?"

별이 떨어지지 않는 걸음을 어쩌지 못하고 울상을 했다. 더 시간을 지체했다간 임 비서가 쳐들어올 게 분명했다. 이미 그녀가 남긴 부재중 전화와 협박성 문자가 핸드폰 화면에 가득 새겨져 있었다.

"이거 가져가요."

윤기가 퉁퉁 부운 눈을 가리키며 아이스 팩을 건넸다. 누가 봐도 운 것 같은 눈이라 이대로 나가면 한바탕 소란이 일 게 분명했다.

"촌스럽게."

슈트 안주머니에서 선글라스를 꺼내 쓴 별이 말했다.

"감쪽같지?"

"그건 모르겠고. 전화할게요."

"됐어. 화장실 갈 시간도 없는 거 아는데 뭐. 그냥 그 시간에 잠이라도 더 자."

바빠 죽을 것 같은 하루 내내 그의 연락만 기다리고 있는 게 사실이었지만 너무 애걸복걸하는 티를 내지 않으려 했다. 그가 부담스러울 수도 있고 제가 너무 없어 보일 수도 있으니까. 물론,

"진짜 그러면 서운해할 거면서."

서윤기는 본질을 꿰뚫어 보았다. 할 말이 없어진 별은 고개를 절레절레 흔들었다. 타이밍 좋게 노크 소리가 났다. 임 비서일 확률이 90%다.

"진짜 가야겠다. 남은 촬영 잘해."

"네에."

뒤통수에 쪽, 쪽, 입을 맞춘 윤기가 문을 열어 주었다. 그러나,

"어?"

문을 열자 보인,

"이사님 여기 계셨어요?"

정은호.

별의 뒤에서 말랑하게 웃고 있던 윤기는 순식간에 미간을 확 찌푸렸다. 영화제 이후로도 태도가 딱히 변하지 않은 그였다. 껌딱지처럼 붙어 있던 예전에 비하면 적당히 거리를 두는 느낌이 있긴 했지만 여전히 제 옆에 있기를 좋아했고 저와 닮았단 소리 듣는 걸 기꺼워했다.

"넌 왜 여기 있어?"

불쾌한 기색을 숨기지 않고 물었다.

"아, 감독님이 찾으셔서요. 현장 정리 끝났거든요."

은호는 웃는 낯으로 답했다. 그러고는 별에게로 옮겨 가는 시선. 왜 여기 있냐고 물었던 질문에 대한 답을 기다리는 것 같았다.

"둘 다 수고해요."

별이 그런 은호에게 부러 상냥한 투를 썼다. 어깨를 두드리는 손길도 꽤 다정했다.

"벌써 가시는 거예요?"

"더 있어서 뭐 해요. 방해만 되지."

"가만히 앉아만 계시는데 무슨 방해예요. 다들 이사님 엄청 좋아해요. 벌써 회식 메뉴 고르고 난린데."

"아, 그건 날 좋아하는 게 아니죠. 돼지고기 회식을 소고기 회식으로 바꿔 주는 내 돈을 좋아하는 거지."

"아이, 그런 거 아니에요."

은호는 펄쩍 뛰며 부정했다. 혹여나 기분 나빴을까 걱정하는 모양새였지만 깔깔거리며 웃는 별에 안심이라는 듯 이내 따라 웃는다. 매번 딱딱하게 반응하

던 별이 장단을 맞춰 주는 게 기쁜 듯 보였다.

"회식은 다음에 같이하는 걸로 해요. 촬영 다 끝나고."

"진짜요?"

별이 가볍게 고개를 끄덕였다. 복도 끝에서 임 비서가 걸어오는 게 보였다. 임 비서가 지척으로 올 때까지 기다리던 별은 가방을 받아 새까만 카드를 꺼냈다.

"이거 받아요."

"네?"

"얼른."

내밀어진 카드를 어리둥절한 표정으로 보던 은호는 조금 강압적인 손길에 카드를 쥐었다.

"회식할 때 그걸로 긁어요. 한도 없으니까 편하게."

"아, 아니에요. 저 그런 뜻으로 한 말 아니에요. 진짜로……!"

"괜찮아요."

입꼬리를 말아 올린 별이 어깨를 으쓱였다. 카드를 다시 내밀고 있는 은호의 손은 완전히 무시한 채였다. 그 은근한 기세에 눌린 은호는 결국 고개를 끄덕일 수밖에 없었다.

"아, 근데 은호 씨."

"네, 이사님."

"조심은 좀 해 줘요."

별이 윤기의 뺨을 가리켰다.

"서윤기 다치게 하지 말라고."

"……."

"우리 회사 얼굴인 거 알잖아요."

씨익 웃은 별이 그대로 지나쳐 걸었다.

윤기는 그 뒷모습을 보며 고개를 저었다. 불과 몇 분 전에 안 그러겠다고 약속해 놓고 또 회식비를 제공하는 걸 보면 고쳐지지 않을 버릇인 모양이다. 물론 이젠 화도 나지 않는다.

○ ◎ ●

"쟤네 진짜 싸우는 거 같지 않냐."

액션 감독이 윤기와 은호를 보며 말했다. 두 사람은 한창 촬영에 열중하고 있던 터라 살벌한 액션을 선보이고 있었다.

"좀 거친 것 같긴 하죠?"

혼자만의 생각은 아니었는지 곁에 서 있던 조연출도 고개를 끄덕였다. 액션이라는 게 원래 편집의 힘으로 완성되는 것이라 날것 그대로 보면 가짜인 게 티가 났다. 그런데 왜인지 두 사람이 풍기는 느낌이 조금 생생하다. 진짜처럼.

"쟤네 쉬는 시간에 싸운 거 아니야?"

"에이, 정은호 쟤는 메이크업 수정하느라 바빴어요. 윤기 씨는 쉬지도 못했고요."

"그래?"

의심스레 묻는 액션 감독에 조연출은 힘차게 두 눈을 부릅떴다.

"진짜라니까요. 윤기 씨는 김 이사님이랑 같이 있었어요. 이선호텔 프로모션이랑 드라마 홍보 동시 진행 한다고 제작사 쪽에서 호들갑 떨고 난리였잖아요. 그거 미팅한 거 같던데."

"그럼 대체 왜 저러는 거야? 너무 피곤해서 미친 건가? 아싸리 다쳐서 좀 쉬려고?"

"너무 과몰입한 거 아니에요?"

"은호면 몰라도 윤기가? 쟤 경력이 몇 년인데 과몰입을 해."

"하긴……."

동의한 조연출이 고개를 갸웃거렸다. 의문 담긴 시선에 걱정과 호기심이 제멋대로 뒤섞인다.

"컷!"

감독의 표정도 석연치 않았다. 웬만하면 오케이 하고 퇴근하기를 희망하는 스태프들 역시 이번만큼은 희망을 버렸다. 그냥 넘어가기엔 영 이상하다는 걸 모두가 느끼고 있었다.

"윤기랑 은호, 둘 다 이리 와 봐!"

메가폰에 대고 말한 것도 아닌데 감독의 목소리가 쩌렁쩌렁하다. 보통 배우를 모니터석 앞까지 소환할 때는 말이 길어지는 경우였다. 무엇이 문제라고 정확히 짚을 수 없을 때거나 배우들이 직접 보고 판단하길 원할 때. 대부분 그런 때였다.

자연히 액션 감독도 감독이 선 모니터석으로 걸음을 옮겼다.

"지금 여기 킥할 때 보이지."

감독이 화면을 가리키며 말했다.

"여기서 은호 너는 최소한의 방어만 해야 되는 거 몰라? 왜 이렇게 공격적이야?"

"……죄송합니다."

"윤기 너도 마찬가지야. 은호가 숨 쉴 틈은 줘야지. 이렇게 막 몰아붙이면 어떡해?"

"죄송합니다."

졸지에 서윤기와 정은호는 교무실에 끌려온 문제아들처럼 잘못을 시인했다.

"네들 문제 있는 거 아니지?"

감독의 물음에 두 사람이 입을 다물었다. 문제가 있어도 손사래를 치며 아니라고 해야 할 판에 문제 있다고 외치는 꼴이었다. 가만히 듣고만 있던 액션 감독이 그럼 그렇지, 하는 표정으로 고개를 끄덕였다. 두 사람 사이에서 뿜어져 나오는 기운이 예사 것이 아니었다.

"프로답지 못하게 왜 그래?"

대략적인 분위기를 파악한 감독은 전후 사정을 묻지 않았다. 대여섯 살 먹은 어린애도 아니고 사적인 영역에서 이래라저래라 훈계하고 싶지 않았다. 싸울 일이 있으니 싸웠겠지, 하는 생각이었다. 다만,

"네들 지금 서윤기, 정은호로 있는 거 아니야. 차연우, 차선우로 있는 거야."

그것이 일에 방해가 되어서는 안 된다.

"요즘 일정 빡빡해서 스트레스 심한 거 아는데 마지막까지 얼마 안 남았으니

까 잘 좀 하자. 어?"

근래 일정이 얼마나 살인적이었는지를 알아 더 다그치고 싶지 않았다. 평범한 사람도 잠 못 자고 밥 못 먹으면 예민해지기 마련인데 서윤기나 정은호는 지금 며칠째 그러한 상태였다.

"다시 해 보자."

감독이 둘의 어깨를 토닥이며 말했다.

제자리로 돌아간 두 사람은 무거워진 분위기를 풀지 않고 곧바로 리허설을 시작했다. 지금까지의 연기가 마음에 안 드는 건 두 사람 다 마찬가지라 처음부터 다시 합을 맞추려는 것이었다.

"선배님도 실수하실 때가 있네요."

윤기의 주먹을 막는 시늉을 하던 은호가 말했다. 자극하려는 의도가 다분해 보였지만 윤기는 별다른 대응을 하지 않았다. 그저 정해진 액션대로 기계처럼 몸을 움직였다. 명치를 노리는 듯 팔을 뻗었다가 발목에 묶여 있던 단도를 빼내는 것까지 한 번에.

"몰입 못 하는 거 아니고 안 하시는 거죠?"

단도를 밟아 멀리 던지는 시늉을 한 은호가 윤기의 상체를 끌어안고 속삭였다. 여전히 윤기는 동요하지 않는 얼굴로 다음 동작을 이어 갔다. 진드기처럼 붙어 있는 은호를 떨어트리기 위한 킥. 은호가 바닥에 쓰러지면 윤기는 그 위에 올라타 목을 졸랐다. 물론 리허설일 뿐이니 힘은 하나도 들어가 있지 않았다.

"신경 쓰이세요?"

은호가 윤기의 손을 겹쳐 잡고 말했다.

"제가 뭘 했다고."

말꼬리를 길게 늘이는 말투.

"선배님 좀 따라 하는 게 뭐 어때서요."

약 올리듯 웃는 얼굴.

"동경의 다른 표현인데."

"……."

웬만한 사람이라면 말 한마디라도 했을 그 도발에 윤기는 여전히 평온했다.

참고 있는 것으로도 보이지 않았다. 귀찮아하는 것 같지도 않고, 심지어는 듣고 있는 것 같지도 않았다. 화가 난 것은 도리어 은호였다.

"김 이사님은 날 왜 안 좋아할까요."

그래서 또 선을 넘는다.

"선배님이 좋으면 나도 좋을 텐데."

"……."

"이상하지 않아요?"

울분에 찬 것 같은 얼굴. 윤기는 그제야 딱딱했던 얼굴 위로 감정을 드러냈다. 불쌍해 죽겠다는 마음을 가득 담아서.

은호는 수치를 느꼈다. 윤기 눈에 담긴 감정은 딱 '동정'이었다. 그것도 아주 값싼. 결국 은호는 발버둥을 치며 몸을 일으키려 했다. 안타까워 죽겠다는 표정을 짓고 있는 서윤기의 시선을 온전히 감당하기엔 스스로를 감싼 벽이 나약했다.

하지만 윤기는 딱히 놓아줄 생각이 없었다. 상체를 짓누르고 있는 자세 특성상 은호가 아무리 발버둥 쳐도 우위를 바꾸기는 쉽지 않았다. 뭍으로 나온 물고기처럼 팔딱대는 꼴. 그 한심한 꼴을 꽤 진득이 보고 있던 윤기는 픽 웃음을 흘리며 오른팔에 힘을 실었다.

퍽—

둔탁한 소리와 함께 주변이 고요해진다. 은호의 얼굴이 바닥을 향해 한껏 돌아가 있었다. 입가에선 피가 흐르고 뺨은 급격하게 부어올랐다. 분장을 하기 전이었으니 물 풀로 만든 피는 아닐 것이다.

"미안."

실제임을 증명하듯 윤기가 말했다.

"내가 좀— 과하게 몰입했나 봐."

그 천연덕스러운 태도에 스태프들은 얼빠진 표정을 지었다.

"뭐 하고 있어요."

윤기가 웃었다.

"은호 다쳤잖아요."

재촉하는 목소리엔 다정함마저 실려 있었다. 멀찍이 서 있던 박 매니저가 후다닥 달려와 윤기의 곁을 지켰다. 그때까지도 은호를 챙기는 이는 아무도 없었다. 미소를 띠고 있는 윤기와 아무 말도 하지 않는 은호 사이에 그 누구도 끼고 싶어 하지 않았다.

뒤늦게 은호를 치료하러 온 스태프들이 응급 처치를 했다. 응급 처치라고 해 봤자 촬영장에 있는 비상 약품으로 드레싱하는 것이 전부였지만 소독약 냄새가 꽤 고약했다.

윤기는 그 모든 과정을 대기 의자에 앉아 지켜보았다. 얼핏 보면 은호의 상처를 살피는 듯했지만 얼굴과 시선엔 아무런 감정도 보이지 않았다. 미안해하는 마음이나 궁금해하는 호기심도, 전부.

서윤기는 그저 생각하고 있었다. 늪에 빠진 정은호를 내버려 둘지, 말지. 살려 주고 싶다는 선택지는 없었다. 그러기엔 정은호가 선을 넘었고 그는 착하지 않았다. 그의 선택지 위에는 그저 알아서 죽게 둘지, 죽음을 도와줄지 정도였다.

○   ◎   ●

"넌 네 집 놔두고 왜 맨날 여기 있냐."

윤기가 나무늘보 같은 포즈로 대본을 읽고 있는 사랑을 보며 말했다. 어쩐지 현관문 앞에서 시트러스 냄새가 난다 했다.

"네 집 소파에서 읽어야 잘 읽히는데 어떡해."

사랑이 대본을 덮으며 말했다. 어찌나 뻔뻔한지 소파에 누워 과자를 집어 먹고 있는 폼이 아주 제집이었다.

"촬영 갔다 오는 거야?"

"응, 한 네 시간 정도 틈나서 들렀어."

"네 시간? 막판이라더니 빡세네. 한 시간 정도 겨우 자겠다."

"요샌 잠도 안 와."

윤기가 뻑뻑해진 눈두덩을 누르며 말했다. 일상이 무너진 지 오래였다. 시간이 없으면 없는 대로, 있으면 있는 대로 잠을 잘 수 없었다. 자려고 누우면 다음 날 촬영할 장면과 대사가 떠오르는 탓이었다. 쓸데없이 예민한 신경을 타고난 죄가 크다.

"뭔 사람이 저렇게 개복치 같을까……."

사랑이 혀를 차며 말했다. 그룹 활동을 하던 시절에도 그 예민한 성질머리 때문에 애먹던 서윤기였다. 제발 그 뭣 같은 성질머리 좀 고치라고 몇 번이나 얘기했는데 고치긴커녕 날이 갈수록 심해지는 것 같다.

"그 대본은 뭐야."

사랑의 이글거리는 시선을 의식한 윤기가 말을 돌렸다. 게슴츠레한 눈을 총명하게 바꾼 사랑이 벌떡 일어나 앉는다.

"새로 들어가는 드라마 대본!"

"아, 그때 말했던 로코?"

"응. 근데 뭔가 좀……."

딱 봐도 마음에 안 드는 부분이 있는 모양이었다.

"왜, 시놉시스에 비해 대본이 별로야?"

"아니, 그건 아닌데 좀 어려워."

"어려워?"

사랑이 후, 한숨을 쉬며 끄덕거렸다.

"내가 맡은 역할이 변호사라고 했잖아."

응, 하고 대답한 윤기가 1화라고 적힌 대본의 첫 장을 펼쳤다. 주요 인물들이 변호사라 그런지 법원에서 이루어지는 장면이 많다.

처음 사랑이 시놉시스를 보여 주었을 땐 조금 모험이라고 생각했었다. 흥미로운 기획 의도와 탄탄한 연출진이 붙은 작품이긴 했지만 사랑에게 변호사라는 직업이 어울리는지는 의문이었다.

배우로 전향한 후로 이미지 변신을 시도하고 있는 중이긴 했지만 대중들에게 사랑은 여전히 사랑스럽고 부드러운 천사 아이돌이었다. 이번 배역을 통해 이미지 타파에 성공한다면 그것보다 좋은 게 없겠지만 실패한다면 결과는 처참할 것이다.

"대본만 봤을 때 변호사 같지가 않아."

사랑이 자신의 대사가 적힌 부분들을 가리키며 말했다.

"아무리 로맨틱 코미디여도 그렇지. 변호사면 좀 똑똑한 느낌이 있어야 하잖아. 근데 그냥 농담만 해. 하루 종일."

"흠……."

확실히 대사의 뼈대가 가볍기는 했다. 하지만 뼈대는 뼈대일 뿐, 대사에 숨을 불어넣는 건 배우의 몫이다.

"네가 스타일 좀 잡아야겠네. 겉은 가벼운데 속은 무거운 사람처럼."

"그게 쉬우면 너한테 하소연 안 하지."

답답한 듯 한숨을 크게 내쉰 사랑이 벌러덩 드러누웠다.

"참고할 만한 사람이라도 있으면 좋을 텐데."

그 말에 좋은 생각이 스쳤다. 부드러운 말투에 능글거리는 성격을 가진, 매력적인 외모에 단단한 내공을 품은 누군가.

"소개시켜 줄까?"

"아는 사람 있어?"

사랑이 맹수처럼 눈을 빛냈다.

"로펌 '윤' 알지?"

"당연히 알지. 거기 변호사 알아?"

"이번에 성 대표 소송이랑 악플러 고소하는 거 거기서 도와줬거든."

"어쩐지. 일 처리 무시무시하더라."

말을 늘인 사랑은 이미 몸을 들썩거리고 있었다.

"어떤 사람이야?"

"젠틀해. 서글서글하고."

리듬을 타듯 고개를 끄덕인 사랑이 머릿속으로 이미지를 구축했다. 젠틀한 느낌 좋고, 서글서글한 느낌도 좋다. 대사의 반은 농담으로 이루어져 있고 지문의 반은 '웃고 있다'로 채워져 있는 역할이었으니 참고하기에 제격이다.

"근데—"

"응?"

"무시무시해."

"……."

사랑이 웃었다. 서글서글한데 무시무시한 사람. 제가 찾던 사람이다.

○ ◎ ●

사랑이 로펌 '윤'을 찾았다. 회사 분위기가 꼭 방송국 같았다. 바빠 보이는 사람들이 이리저리 걸어 다니는 1층 로비부터 여러 대의 엘리베이터, 그리고 삭막한 인테리어까지. 은근하게 활기차고 묘하게 차가운 것이 딱 방송국이었다.

"김의준 변호사님 만나러 왔는데요."

데스크 안내원에게 의준의 명함을 내밀었다.

"선약하셨습니까?"

"네."

"누구시라고 전해 드릴까요."

"천사랑이요."

이름을 말해도 되는 것인지 잠시 망설인 사랑이 작게 대답했다. 다행히 안내원은 크게 놀란 기색 없이 고개를 끄덕였다. 사내 콜을 통해 약속 여부를 확인한 그녀는 작은 약도를 건넸다.

"A동 8층으로 가시면 됩니다. 거기서부턴 변호사님 비서분께서 안내 도와드릴 겁니다."

"감사합니다."

사랑이 고개를 끄덕였다.

"아, 잠시……."

"네?"

돌아서는 사랑을 붙든 그녀가 단정한 얼굴을 붉혔다.

"괜찮으시면 사인 한 장만…… 부탁드려도 될까요?"

"아, 그럼요."

사랑이 선글라스를 벗으며 웃었다. 제아무리 피곤하고 귀찮아도 팬에게는 다정하고 사랑스러운 것이 천사랑이었다.

데스크에 서 있던 세 명의 안내원에게 각각 사인을 해 주고 인증 샷까지 남긴 사랑은 엘리베이터가 즐비한 곳으로 걸음을 옮겼다.

"이건 뭐 미로도 아니고."

쯧, 혀를 찬 사랑이 8층 버튼을 눌렀다. 방송국 같다고 한 건 취소다. 바쁘고 정신없는 느낌이 있긴 하지만 방송국 특유의 자유로움이 느껴지지 않았다. 오히려 각 잡힌 기합이 느껴진달까.

그럴수록 김의준이란 변호사에 대해 호기심이 차올랐다. 이런 곳에서 에이스 취급을 받는 사람은 어떤 사람일까. 서글서글한데 무시무시한 느낌은 어떤 걸까.

"처음 뵙겠습니다. 한정은이라고 합니다."

엘리베이터 문이 열리자마자 검은색 슬랙스 차림을 한 여자가 인사를 건넸다.

"아, 안녕하세요. 천사랑입니다."

사람 좋은 미소와 함께 악수를 건넨 사랑은 상대방의 스타일을 살폈다. 표정은 숨길 수 있어도 스타일은 숨길 수 없다는 게 그의 지론이었다.

"오시느라 수고 많으셨습니다. 따라오세요."

목소리에는 상냥함과 강단이 적절하게 배합되어 있었다. 머리는 깔끔하게 올려 묶어 조금 딱딱한 느낌. 그에 비해 남색 블라우스는 흘러내릴 만큼 부드러운 재질이다. 목깃의 단추를 두어 개 푸르고 소매도 러프하게 걷은 걸 보면 실용적이란 인상도 든다.

걸음걸이는 꽤 빠른 편에 경쾌했지만 소리는 나지 않았다. 슬랙스치고 폭이 좁은 바지 역시 지나치게 자유로운 느낌을 덜어 내고 있었다. 매치한 신발은 굽이 없는 뮬. 화려하지는 않지만 적당히 개성을 살린 걸 보면 그녀의 상사가 꼰대는 아닌 모양이었다.

"들어가시면 됩니다."

그녀가 상냥한 목소리로 문을 열어 주었다. 검은색 문에는 금색으로 '김의준'이란 이름이 적혀 있었다. 고개를 끄덕이고 안에 들자 물씬 풍기는 향수 냄새.

"안녕하세요."

벌써부터 느낌이 온다.

"김의준입니다."

그의 무시무시함이.

○　◎　●

— 사랑 씨한테 김의준을 소개해 줬다고?

"네."

— 김의준이 그런 걸 하겠다고 할 애가 아닌데?

"하겠다고 하시던데요?"

— 전화번호 잘 확인했어? 걔 김의준 맞아? 사기당한 거 아니야?

"내가 무슨 바보예요?"

윤기가 한숨을 쉬며 물었다. 몇 번을 말해도 믿어지지 않는 모양이었다.

— 신기해서 그러지.

사실 윤기도 그가 거절할 것이라 예상했다. 워낙에 바쁜 사람이기도 했고 별에게 전해 들은 바로는 최근 더 바빠졌다고 했으니까. 실제로 그에게 전화하는 것조차 쉽지 않았다. 회의 중이라는 거절 문자를 세 번이나 받고 난 뒤에야 문자를 남겼다. 그리고 사흘 뒤, 그가 답했다. 하겠다고.

"근데 진짜 바쁘신 것 같긴 하던데⋯⋯. 혹시 억지로 하시는 거면 어떡해요?"

— 억지로? 김의준이?

별이 웃음을 터트렸다.

— 걱정하지 마. 하기 싫으면 때려죽인다고 해도 안 했을 인간이니까.

"그럼 다행이고요."

— 그나저나 우리 사랑이가 변호사라니. 되게 귀여운 변호산가?

"⋯⋯."

자신도 모르게 미간을 찌푸린 윤기는 백미러에 비친 자신을 보며 고개를 저었다. 고작 귀엽다는 말을 했을 뿐인데 이렇게까지 싫은 게 정상인가 싶었다. 전에는 저와 별 사이의 관계가 애매해서 생긴 문제라고 생각했는데 여전히 이 지경인 걸 보면 그냥 제가 문제인 것 같다.

— 여보세요? 서윤기?

"듣고 있어요."

눈을 깊게 감았다 떴다.

— 오늘이 마지막 촬영 맞지?

"맞아요."

— 얼른 방영 시작했으면 좋겠다. 킬러 서윤기라니. 상상만 해도 설레 죽을 것 같아.

끙끙 앓는 소리를 내며 주접을 떠는 별에 픽, 웃음이 나왔다. 방금 전까지 미간을 찌푸리고 있었으면서 제 입은 자존심이 없나 보다.

"사람 죽이는 역할이 뭐 멋있다고 설레요."

생각과 별개로 말은 퉁명스럽게 나왔다.

— 원래 배우는 피, 땀, 눈물이 어우러졌을 때 그 진가가 발휘되는 거야. 예쁜 얼굴 위에 새빨간 피 흐르고, 땀 흘려서 호흡 거칠어지고, 초롱초롱한 눈에서 굵은 눈물 한 방울 뚝 흘리면 그거 아주 미치는 거라고.

"실제 액션 신은 보지도 못하면서 말은."

— 어허, 실제랑 허구는 다르지.

"하여튼 변태라니까."

비난하는 척, 목소리를 늘였다. 그래 놓고 속으로는 차기작 계획에 가이드라인을 정했다. 이번 드라마에서 피랑 땀은 많이 흘렸으니까 다음 작품은 많이 우는 걸로 골라 봐야지, 하는.

"제가 뭘 도와드리면 됩니까?"

의준이 물었다. 사랑은 이번에도 그의 차림을 살폈다.

검은색 셔츠에 검은색 스리피스 슈트. 완연한 여름은 아니었지만 날이 더워지고 있었다. 그런데도 장례식을 연상하게 하는 컬러를 뒤집어쓰다니. 주변 상황에 휘둘리지 않는 성격인가 보다.

목 끝까지 채운 단추와 왼쪽 손목에 채워진 시계도 마찬가지였다. 비서분의 차림만 봤을 땐 허용 범위가 넓은 상사일 줄 알았는데 빈틈이 없어 보였다. 타인보다 본인에게 엄격한 모양이다.

도트 무늬 넥타이와 포켓에 걸려 있는 안경은 조금 재미있었다. 넥타이의 무늬가 큼지막하지는 않아서 발랄한 느낌까지 들지는 않았지만 숨 막히는 분위기를 풀 정도는 되었다. 포켓에 걸린 안경은 조금 의도된 연출 같아 보였다. 일할 때 쓰다가 잠깐 벗어 놓은 것 같은 느낌. 의도된 것이든 아니든 그의 강박적인 스타일을 완화하고 있는 건 사실이었다.

"배우들은 원래 다 그래요?"

미소를 띤 의준이 물었다.

"네?"

"관찰하는 거요. 윤기 씨도 나 처음 봤을 때 그런 눈으로 봤거든요. 하나하나 살피는 느낌으로."

"죄송해요. 버릇이라……."

사랑은 얼른 사과했다. 변명을 하기엔 노골적이었던 걸 스스로가 알았다. 의준은 괜찮다며 웃었다. 작게 웃을 땐 보이지 않던 보조개가 드러난다. 몇 마디 나누지도 않았는데 쉽지 않은 유형의 사람이라는 게 느껴졌다. 제 실례를 지적하면서도 관대하게 받아 주는 태도. 까불어도 되는 선을 정해 주는 느낌이다.

"윤기한테 어디까지 들으셨어요?"

"사랑 씨가 맡은 역할이 변호사라는 것 정도만 알고 있습니다."

"아……."

"더 알아야 할 게 있습니까?"

한쪽 눈썹을 치켜올리며 묻는 그에게 위압감이 느껴졌다. 언뜻 보면 상냥한 사람 같은데 풍겨져 나오는 느낌은 맹수다. 하나부터 열까지 예의 바른 태도를 고수하면서도 어떻게 저런 느낌을 내는 걸까.

"변호사님."

궁금한 게 많아진다.

"제가 좀 자주 찾아봬도 될까요?"

"네?"

"하루 만에 해결될 궁금증이 아니어서요."

"……."

의준이 입꼬리를 가파르게 끌어 올렸다. 배우라기에 서윤기와 비슷한 과이지 않을까 생각했는데 완전히 다르다. 서윤기가 똑똑한 초식 동물이라면 천사랑은 몸집 작은 육식 동물이다. 지금 이 순간에도 제 얼굴을 뚫어져라 보고 있는 걸 보면 겁도 없는 편에 자신감도 넘친다.

그런 그의 관찰을 방해한 건 제 비서의 노크 소리였다. 집중이 끊긴 게 마음에 들지 않는지 순식간에 찌푸려지는 미간이 볼만했다. 하지만 찰나일 뿐, 웃는 낯으로 바뀌기까지 1초도 걸리지 않는다.

한 비서는 제가 마실 커피와 사랑의 몫으로 보이는 아이스티를 조심조심 내려놓았다.

"감사합니다."

사랑이 덧붙였다. 입가에 띤 미소도 한 비서가 문을 닫고 나가기까지 주욱 이어졌다. 순간순간에 솔직한 타입 같다.

"첫 촬영이 언제라고 했죠."

의준이 물었다.

"한 달 남았어요."

"매주 수요일 점심, 괜찮습니까?"

"네, 좋아요. 근데…… 주말에도 일하세요?"

"보통은요. 한국이 주말이라고 해도 해외는 주말이 아닌 경우가 있으니까요."

"아……."

고개를 끄덕인 사랑이 눈살을 찌푸렸다.

"왜요. 드라마에선 주말에 꼬박꼬박 쉽니까?"

"아뇨. 주말에도 보자고 하려고 했는데 안 될 것 같아서요."

예상치 못한 전개에 의준이 웃음을 터트렸다.

"학구열이 뛰어나시네요."

"많이 봐야 모방하기 쉬우니까요."

모방이라.

"법률 지식이나 재판 에피소드 같은 게 궁금하신 줄 알았는데."

의준이 흥미로운 표정을 지었다.

"그런 건 작가님 영역이죠."

사랑이 고개를 절레절레 흔들었다.

"제 영역은 흉내 내는 거예요."

하얗게 탈색한 머리카락이 민들레 홀씨처럼 살랑거린다.

"흉내요?"

"네."

사랑이 테이블 위에 올려 둔 선글라스를 청남방 포켓에 꽂아 넣으며 말했다. 그러고는 웃음기를 빼고 꼬고 있던 다리를 푼다. 적당히 벌리고 앉은 다리와 허벅지 위에 얹은 왼손. 오른손은 의자 팔걸이 위에 안착한다. 살짝 치켜든 턱과 내리까는 시선. 앞에 앉은 의준의 모습을 모방한 것이었다.

"무슨 뜻인지 알겠네요."

웃음을 터트린 의준이 말했다. 몸집 작은 육식 동물 중 무엇일까 했는데, 고양이다. 카피캣.

"그래도 주말 오후 시간을 비울 순 없을 것 같네요."

"어쩔 수 없죠."

"아침도 괜찮아요?"

"얼마나 아침인데요?"

"오전 7시부터 9시요. 그때도 괜찮으면 내가 운동하는 곳으로 와요."

운동하는 모습은 모방할 필요 없다고 할 줄 알았는데 사랑은 일말의 고민도 없이 피트니스 주소를 물었다. 핸드폰이 없는 것도 아니면서 군이 펜을 잡아 주소를 적는다. 글씨 쓰는 일이 많지 않은 직업군이라 그런지 글씨체가 어린애처럼 삐뚤삐뚤하다.

"아, 저 뭐 하나 물어봐도 돼요?"

"그럼요."

"향수 뭐 쓰세요?"

앞으로의 주말이 시끄러워질 것 같다.

| 14. 벽 너머의 진실 |

윤기는 회식 장소에서도 슈퍼스타 노릇을 했다.

"윤기 씨, 그동안 수고 많았어요."

"저보다 스태프분들이 더 고생 많았죠."

스태프들과 일일이 감사 인사를 나누었고,

"윤기 씨! 이렇게 마지막이라니 너무 아쉬워요."

"저도요. 다음 작품 들어갈 때 꼭 연락 주세요. 커피차라도 보낼게요."

다양한 역할 속에서 최선을 다했던 동료 배우들에게 힘을 나눠 주는 것도 잊지 않았다. 누군가의 눈에는 그것이 가식으로 보일 수도 있겠지만 서윤기는 진심이었다.

딱딱하고 무심했던 현장에서의 모습과 대비되는 모습이기는 했다. 하지만 당연한 것이었다. 일을 하는 공간과 그렇지 않은 공간은 엄연히 다르니까. 긴장할 필요가 있고 집중해야 할 의무가 있는 곳에선 풀어지고 싶지 않았다.

어쨌든 모든 것이 끝난 지금, 서윤기의 기분은 매우 좋았다. 주연 배우 하나가 구치소에 끌려가고, 경력 하나 없는 신인이 그 자리를 메꾸는 일 외에도 많은 사건이 있었다.

전쟁 같던 시간 속에서 함께했던 모든 이들이 전우였다. 살다 보면 이런 일도 있는 거라며 현장을 지키던 선배님들과 초콜릿 따위를 챙겨 주며 위로한 후배들, 어떤 상황에서도 묵묵히 자기 일을 하던 스태프들까지 고맙지 않은 사람이 없었다.

"우리 주인공!"

제작사 대표가 식당이 쩌렁쩌렁 울리도록 외쳤다.

"왜 그러고 서 있어. 얼른 이리 와서 앉아!"

붉게 바뀐 얼굴을 보니 이미 거나하게 취한 듯 보였다. 딱히 달갑지는 않았지만 윤기는 선선히 자리를 옮겼다. 스태프들은 조금 놀란 표정을 지었다. 대놓고 뻗대지는 않더라도 싫은 표정 정도는 지을 줄 알았는데 고분고분 움직이는 서윤기가 놀라운 모양이었다.

"자, 우리 윤기. 내 술 한 잔 받아!"

대표는 기분이 좋아 보였다.

"그동안 마음고생 많았지? 내가 그 마음 다 알아!"

다른 드라마에 비해 유독 걸림돌이 많았던 이번 드라마가 마지막 촬영까지 무사히 도달했다는 것에 감격한 듯 보였다.

"내가 우리 윤기 아끼는 거 알지?"

"……."

윤기는 미소를 지을 뿐, 딱히 동의하지는 않았다. 드라마가 위기에 봉착할 때마다 저를 방패로 삼았던 그를 잊지 않았다. 정작 제가 위기를 맞았을 땐 언제든 버릴 준비를 하고 있었던 것 또한 당연히.

"하여튼 재미없는 놈."

빈정이 상한 그는 쯧, 혀를 찼다. 윤기는 그런 그를 무심히 쳐다보았다. 소인배 같은 그를 이해 못 할 것도 없었다. 없는 자본까지 다 끌어다가 제작한 드라마가 엎어질 수도 있다는 사실에 두려웠을 것이다. 두려우면 자기 자신부터 보호하는 게 인간의 본성이었으니 이해 정도는 해 줄 수 있었다. 두 번 다시 함께 일하지는 않겠지만.

"대표님, 괜찮으세요?"

옆 테이블에 앉아 있던 은호가 스태프들을 물리고 자리에 앉았다.

"어휴, 술 냄새. 엄청 취하셨네."

말은 그렇게 해도 은호 역시 취한 듯 보였다. 빙글빙글 웃고 있는 게 꼭 나사 하나 빠진 것 같기도 하고.

"선배님은 뭐 좀 드셨어요? 아까 보니까 자리에 앉지도 못하시는 것 같던데."

"괜찮아."

"스읍! 괜찮다고 하면 안 돼요! 괜찮다고 하면 윤기 선배한테 혼난단 말이에 요!"

제가 했던 말을 그대로 갚아 주는 정은호에 윤기는 어이가 없었다.

"에이, 찡그리지 마세요."

은호가 윤기의 뺨을 감싸 쥐며 중얼거렸다.

"주름 생기면 안 되잖아요. 내년이면 이제 서른이신데……."

"너 취한 거 아니지?"

윤기가 이를 갈며 물었다.

"선배님은 아쉽지 않으세요?"

은호가 모른 척 비어 있는 잔에 소주를 따랐다. 조금 넘치게 따른 소주가 테 이블 위를 적셨다.

"저는 선배님이랑 일하는 거 좋았는데……."

"개소리하지 마."

듣자마자 욕지거리를 하는 윤기에 은호는 큭큭 웃음을 터트렸다.

"걱정 마세요. 저도 선배님 안 좋아해요."

"야."

"근데 선배님이랑 일하는 건 좋았어요. 제가 또 언제 선배님이랑 같이 일해 보겠어요."

은호가 세상 아련한 표정으로 중얼거렸다. 그러다 테이블 위에 머리를 박고 잠든 대표의 머리카락을 이리저리 꼰다.

"미친놈인가."

윤기가 고개를 절레절레 흔들자 은호는 손뼉을 쳤다. 큰 덩치를 구겨 가며 가방을 뒤적거리더니 주섬주섬 대본을 꺼낸다. 커다랗게 적어 놓은 '정은호'라는 이름이 어딘가 우습고 어딘가 익숙하다.

"사인해 주세요."

은호가 네임 펜과 함께 대본을 내밀었다.

"아, 진짜 징그럽게."

윤기가 미간을 찌푸리며 싫다는 뜻을 내비쳤지만 은호는 막무가내였다.

"아, 해 주세요. 어차피 이제 볼 일도 없잖아요."

"볼 일이 왜 없어. 너랑 나랑 같이 가야 되는 프로모션 행사만 몇 갠 줄 알아?"

"어쨌든 연기하는 건 아니잖아요. 얼른요."

친히 손에 펜을 쥐어 주는 정성에 윤기는 어쩔 수 없이 대본을 받아 들었다. 너덜너덜해진 종이의 질감과 별개로 구김살 하나 없는 대본에 윤기는 그만 과거를 떠올리고 말았다. 처음 연기를 시작했던 때. 막막하고 두려웠던, 그때.

윤기는 얼른 고개를 저었다. 이런 식의 연민을 정은호에게서 느끼고 싶지 않았다.

빠르게 사인을 해 주고 대본을 돌려주었다. 언젠가 또 같이 작업할 수 있으면 좋겠다는 말이나 건강 잘 챙기라는 말 같은 건 덧붙이지 않았다.

은호가 싱글벙글 웃으며 대본을 챙겼다.

"아, 선배님."

꾸벅 고개를 숙인 그가 비밀 이야기를 하듯 몸을 붙여 왔다. 밀치려고 했는데—

"김 이사님이요……."

정은호가 별을 말했다. 취한 건가 싶어 빤히 보았더니 피하지 않고 눈을 맞춰 온다. 뒷말은 나오지 않았다. 무어라 더 묻기도 전에 정은호가 픽, 쓰러진 탓이었다. 옆 테이블에서 고기를 굽고 있던 그의 매니저가 다가와 부축했다.

"정은호, 취했어? 은호야!"

○ ◎ ●

밖으로 나온 윤기가 시큰둥한 표정으로 남자를 쳐다보았다. 정은호 입에서 나온 별이 신경 쓰여 잠시 나온 건데 생전 처음 보는 사람이 알은척을 했다.

"윤주형입니다."

아는 이름도 아닌데 눈살을 찌푸렸다. 낯선 이가 알은척을 하는 건 연예인으로서 흔한 일이었지만 뭔가 다른 느낌이 들었다. 팬도 아닌 것 같고 스토커는 더더욱 아닌 것 같은 남자는 멀끔한 슈트 차림이었지만 업계 관계자로도 보이지 않았다.

"근데요."

그냥 좀 쎄했다.

"모른 척을 잘하시네요."

"모른 척이 아니라 모르는 건데요."

무시하고 지나가려 했다. 하지만 그 순간,

"나 별이 오빠예요."

남자는 별의 이름을 꺼냈다.

"정확히는 사촌 오빠."

어쩐지 그가 내린 차의 외관이 심히 고급스럽다 했다. 그는 제법 여유로운 척 저를 훑어보았다. 게슴츠레한 눈으로 잠시 시간을 내 달라 말하는 건 조금 느끼했다. 고갯짓을 하며 뒷좌석 문을 열었을 땐 더더욱.

"싫은데요."

그는 제 거절을 퍽 불쾌해했다. 대뜸 타라고 하면 탈 줄 알았던 건지. 신종 납치 수법도 아니고.

"잠깐이면 됩니다."

"잠깐도 싫어서요."

제 입장에서 그가 더 불쾌했다. 이럴 줄 알았으면 매니저 형이랑 같이 나오는 건데. 짧은 후회와 함께 뒤도는 순간, 그가 덧붙였다.

"김별 얘긴데, 진짜 관심 없어?"

구미가 당기라고 한 말이었겠지만 기분만 나락으로 떨어졌다. 누가 들어도 꿍꿍이가 있는 느낌. 음흉하기 짝이 없었다.

"하······."

한숨을 깊게 쉰 윤기가 잠시 고민에 빠졌다. 무슨 얘기를 할지도 알겠고 무슨

390

생각을 하는지도 알겠는데 굳이 들어야 할까 싶었다.

"굳이 말을 하고 싶으시면—"

고민을 끝낸 윤기가 나란히 주차되어 있던 제 차의 시동을 켰다.

"제 차로 가시죠."

"당신 차?"

"모르는 사람 차에는 타지 말라고 배워서요."

무심히 대꾸한 윤기가 운전석에 올라탔다.

"저 새끼 뭐야……."

주형은 황당한 표정으로 중얼거렸다. 시작부터 주도권을 빼앗긴 기분이 들었다. 어디 분위기 좋은 바에 앉혀 두고 재력을 과시한 다음, 겁을 좀 먹은 것 같다 싶으면 살살 달래 볼 계획이었다. 김별 옆에 붙어 있었으니 어지간한 약점 하나쯤은 알고 있을 테고 정 안되겠다 싶으면 서윤기 자체를 약점으로 쓸 수도 있으니까.

무슨 일인가 싶어 내린 제 비서에게 됐다고 손짓했다. 마음에는 안 들지만 그와 대화를 해야 했다. 그래야 거래도 할 수 있는 법이니까.

윤기는 조수석 앉은 주형을 무심히 쳐다보았다. 조급하게 붙잡을 땐 언제고 입을 열지 않고 있었다. 분위기라도 잡고 싶은 건지. 한숨을 푹 쉰 다음 핸드폰을 꺼내 10분 알람을 맞췄다.

"10분 드릴게요. 알람 울리면 내릴 거니까 알아서 하세요."

"아, 뭐 이런 미친놈이……!"

"시간 가잖아요. 빨리 말하세요."

"하—"

주형은 서윤기에게 휘둘리지 않으려 애썼지만 이미 마음은 초조해지고 있었다. 지금 이 순간에도 시간은 줄어들고 있었고 서윤기는 무엇 하나 급하지 않은 표정이었다.

"아, 알았어. 거두절미하고 말할게. 너 좋아하는 게 뭐야."

"갑자기요?"

"갑자기 좋아하네. 네가 10분밖에 안 줘서 이러는 거잖아!"

주형이 짜증을 내며 말했다.

"아무튼 빨리 말해. 김별 옆에 붙어 있는 이유 물어보는 거야. 돈, 명예. 둘 중 뭐가 네 취향이야?"

윤기가 픽, 웃었다.

"나 같은 딴따라가 명예랄 게 있나."

"아, 그럼 돈?"

"돈은 나도 많아요."

"이 새끼가 장난하는 것도 아니고……."

구슬리면 넘어올 것같이 굴면서도 약 올리는 것 같은 말투에 윤주형은 짜증이 날 대로 났다. 시작도 안 했는데 7분이라는 숫자가 깨지고 있었다.

"그러지 말고 그쪽부터 말해 봐요."

"뭐?"

"김 이사님이 얼마나 무서운 사람인지 아시잖아요. 뭣 모르고 배신했다가 죽고 싶지 않아서 그래요. 그러니까 확실하게 말해요. 저한테 원하는 게 뭔지, 저한테 줄 수 있는 게 뭔지. 그럼 진지하게 생각해 볼게요."

"……."

주형이 서윤기를 빤히 쳐다보았다. 연예계에서 10년 버티면 여우가 아니라 구미호라더니. 거절도 승낙도 아닌 말이 승낙보다도 좋게 들렸다.

"참고로 저 돈도 많고 이룬 것도 많아요."

얼굴만 예쁜 줄 알았더니.

"어쭙잖은 걸로 거래할 생각 마세요."

그 속에 구렁이 한 마리가 똬리를 틀고 있는 모양이다.

뒤 구린 정치인들과 대화할 때 느꼈던 영악함과 계산적인 향기가 물씬 풍겼다. 하긴 김별이 곁에 두는 사람은 다 이런 식이었다. 임 비서도 그렇고 김의준도 그렇고 서윤기 이 새끼도.

"연락처 하나만 줘."

주형은 지금부터라도 조급하게 굴지 않기로 했다.

"김별을 배신해도 네가 죽지 않을 방법 찾으면 연락할 테니까."

○ ◎ ●

트레드밀을 달리던 의준이 끝내 스톱 버튼을 눌렀다. 평소 루틴대로면 10분 정도는 더 뛰어야 했지만 사랑이 신경 쓰여서 달리 방법이 없었다.

약속대로 사랑은 오전 7시에 맞춰 피트니스 센터 앞에 와 있었다. 누군가와 함께 운동한 적은 없어서 조금 불편하지 않을까 생각했는데 그는 아무것도 하지 않을 작정으로 보였다. 옷을 갈아입고 스트레칭을 할 때도 멀뚱히, 트레드밀에 오를 때도 멀뚱히 쳐다볼 뿐이었다.

운동하는 동안이라도 궁금한 게 있으면 언제든 물어보라 했지만 그는 고개를 저었다. 그저 보기만 하면 된다면서.

문제는 그의 존재감이었다. 메이크업을 하지 않은 맨얼굴임에도 불구하고 반짝거리는 그의 피부는 운동하느라 바쁜 현대인들의 이목을 끌기 충분했다. 제가 느끼기에도 열렬한 그 시선을 모를 리 없음에도 무심히 앉아 있는 그는 정말이지 고양이와 다를 바가 없었다.

멀찍이 쳐다보던 사람들이 스멀스멀 몰리기 시작한 건 순간이었다. 처음엔 트레이너가, 다음엔 일반 회원이. 남녀노소 가리지 않았다. 하릴없는 질문 하나에도 웃으며 대답해 주는 게 문제라면 문제였다. 눈치를 보던 이들까지 용기를 얻게 했으니 말이다.

그러니 제가 트레드밀에서 내려온 건 순전히 그 때문이다.

"사랑 씨."

사랑을 부르자 사랑에게 향해 있던 사람들의 시선이 저에게 몰렸다. 그러거나 말거나 인파를 헤쳐 사랑 앞에 섰다.

"아침 먹으러 갈래요?"

생글생글 웃고 있던 얼굴이 묘하게 잠잠해진다.

사랑을 이끌고 간 곳은 센터 안에 있는 샐러드 바였다. 메뉴라고 해 봤자 단백질 셰이크나 샐러드 종류밖에 없었지만 사랑은 개의치 않는 듯 보였다.

"뭐 먹을래요?"

"변호사님 먹는 거요."

"그런 것까지 따라 하게요?"

"당연하죠."

뻔뻔하게 대답하는 사랑에 의준은 고개를 저었다. 평소 먹던 셰이크를 고르려다 생각을 고쳐먹었다. 체지방이라곤 죽지 않을 만큼만 있는 것 같은 그에게 그런 비인간적인 음식을 주고 싶지 않았다.

연어샐러드 두 개를 주문한 의준이 가장 구석진 테이블을 골라 앉았다. 운동하던 구역에서부터 따라온 사람들은 물론이고 샐러드 바 직원들까지 모두 그를 힐끔거리고 있었다.

"왜 매니저랑 같이 안 다녀요?"

"혼자 다니는 게 좋아서요."

"위험하지 않아요?"

고액의 보증금과 연회비를 내어야만 회원이 될 수 있는 이 피트니스 센터 안에서도 자유롭지 못한 그가 어디라고 자유로울 수 있을까 싶었다.

"음…… 예전엔 좀 위험했죠."

어느 특정한 날을 회상하듯 눈살을 찌푸린 사랑이 이내 말간 얼굴로 돌아왔다.

"그래도 가수 활동 할 때에 비하면 괜찮아요. 그땐 툭하면 숙소 문 따고 들어오고 비공식 스케줄에도 따라붙고 심했거든요."

"……신기하네요."

"그런 사람들이요?"

"아뇨, 사랑 씨가요. 그런 일을 겪고도 팬들한테 친절한 것 같아서요."

악의 없는 궁금증이었다. 보통 무언가에 데이면 그 근처로도 가지 않으려고 하는 게 당연한 거니까. 하지만 사랑은 몰려든 사람들에게, 무례할 정도로 따라붙는 사람들에게 이상할 정도로 다정하다.

"당연히 친절해야죠. 그런 일이랑 내 팬들은 아무런 상관도 없는데."

이해할 수 없단 표정을 짓자 그가 턱을 괴고 웃었다.

"난 그 사람들이 팬이라고 생각 안 해요."

"……."

"그냥 범죄자지."

샐쭉 웃은 그가 대뜸 상체를 기울이며 바짝 다가왔다. 놀라 뒤로 물러나니 다가오라고 손짓까지 한다.

"날 좋아하는 사람들은─"

소곤소곤 속삭이는 목소리.

"날 다치게 하지 않아요."

자신감과 자기애가 뒤섞인 눈꼬리.

눈꼬리를 휘며 웃은 그가 연어 한 조각을 입안으로 가져갔다. 어쩐지 눈앞의 장면이 느려진 것 같은 기분이 들었다. 도톰한 입술이 벌어지고 새빨갛고 어두운 공간에 주홍빛 연어가 들어가는 것까지 느릿느릿. 화장기 하나 없음에도 혈색이 돌아 붉은빛이 도는 얼굴이 신기했다.

드르륵, 진동이 울리지 않았다면 홀린 듯 꽤 오랫동안 그를 바라보았을 것이다. 진동은 테이블 위에 올려 둔 사랑의 핸드폰에서 울린 것이었다. 편하게 통화하라고 손짓하자 그가 전화를 받았다.

"어. 아니, 나 지금 샐러드 바야. 어? 아니, 거기 말고. 센터 안쪽에 있는 곳."

무뚝뚝한 음성을 이어 가던 그가 미어캣처럼 주변을 살폈다. 그와 동시에 주변이 소란스러워졌다. 소란이라기엔 아주 조용했지만 말 그대로 소리 없는 아우성이었다. 모두의 시선과 욕망이 폭발적으로 증가하는 느낌. 그것이 얼마나 강렬한지 테이블 위에 올려놓은 팔에 소름이 돋을 지경이었다.

"사랑아."

서윤기의 등장이었다.

할 말이 있다고 하는 윤기에게 의준은 잠시 눈살을 찌푸렸다. 아무 이유도 없이 이런 말을 할 리는 없었다. 요 며칠 저에게 전화한 적이 많긴 했다. 저나 서윤기나 일하는 시간이 일정하지 않아 매번 타이밍이 맞지 않았는데 이렇게 불쑥 찾아올 줄은 몰랐다.

의준은 자연스럽게 일어나 PT 룸으로 향했다. 서윤기가 뒤를 따라 들어왔다.

"비밀 데이트라도 하는 것 같네요."

농담처럼 읊조린 의준이 문밖에 선 사랑을 보았다. 유리 벽을 반투명한 재질로 마감해 놓은 방이라 사랑의 실루엣만 보이긴 했지만 그가 서성이는 모습 정도는 잘 보였다. 첩보 작전 같은 이 상황에서 그가 맡은 역할은 망보기인 모양이다.

"갑자기 찾아와서 죄송해요. 마음이 급해서……."

"로펌으로 오지 그랬어요."

"제가 변호사님 만나는 거 들키면 안 될 것 같아서요."

의준의 눈이 예리하게 다듬어졌다.

"누구한테요."

"이사님이랑—"

윤기가 무선 이어폰을 꺼내 건넸다.

"윤주형 씨요."

주형의 이름을 들을 것이라 예상하지 못했던 의준은 미간에 주름을 깊게 새겼다. 귀에 이어폰을 꽂자 서윤기는 핸드폰을 들어 어떤 파일을 재생시켰다.

'10분 드릴게요.' 하는 서윤기의 목소리가 들리고 곧바로 '아, 뭐 이런 미친 놈이……!' 윤주형의 목소리가 들렸다.

"열흘 전에 있었던 일이에요."

"어떻게 녹음한 거예요?"

"차량 블랙박스요. 제 차에서 얘기했거든요."

"제법이네요."

윤주형이 김별의 주변을 파기 시작했다는 건 심각한 일이었지만 서윤기가 기특한 건 사실이었다. 윤주형을 차에 태워 음성 증거를 남긴 것도 모자라 대화 내내 주도권을 잃지 않고 있었다. 똑똑한 줄은 알았지만 이 정도로 계산이 빠를 줄이야.

"별이한테는 왜 얘기 안 해요?"

"무력으로 처리할 것 같아서요."

그의 말이 맞았다. 김별은 윤주형이 서윤기에게 접근했다는 사실 자체만으로도 이성이 끊어질 것이다. 제 것을 지켜야 한다는 비이성적인 목표밖에 남지 않을 것이고 윤주형을 물어뜯기 위해 무엇이든 할 것이다. 끝내 윤주형은 그런 김별에게 질 테지만 김별 역시 출혈이 있을 수밖에 없는 일이다.

그런 의미에서 서윤기는 섬세하게 상대방을 농락한 셈이었다. 자신이 가진 최대의 무기, 탁월한 연기력으로. 시종일관 가벼운 태도와 다소 천박해 보이기까지 하는 그의 화법이 윤주형을 완벽히 속였을 것이다.

그리고 잘못된 판단은 잘못된 계획을 낳기 마련이다.

"이후로 윤주형한테 연락 온 거 있어요?"

"아직이요. 오면 바로 알려 드릴게요."

흥분하는 기색도 없이 대답하는 윤기에 의준은 부드럽게 웃어 보였다. 산전수전 다 겪은 연예인이라도 이런 일이 아무렇지 않은 건 아닐 텐데. 의연하기 그지없다.

"날 되게 믿나 봐요?"

"당연하죠."

"근데 왜 자꾸 노려봐요?"

"제가요?"

"네."

어딘가 경계하는 느낌이 가득한 눈빛. 샐러드 바에서부터 느끼고 있었다. 부산에서 무너뜨렸던 경계의 벽이 새로이 재건된 것 같은 기분. 그날 이후 따로 만난 적이 없으니 제가 무언가 실수했을 리는 없다. 오히려 그의 부탁으로 사랑의 자문 역할까지 하고 있는 중인데 이런 식이면 섭섭하다.

"아, 이거—"

서윤기는 변명도 하지 않고 자신의 눈꺼풀을 비볐다.

"질투 중이라 그래요."

대답은 이상했다.

"요즘 이사님이 변호사님 얘기를 많이 하거든요."

"네?"

"짜증 난단 뜻이에요."

오늘따라 놀랄 일이 많은 것 같다는 생각이 들었다. 변호사로 살면서 웬만한 일에는 당황하지 않는 맷집이 생겼다고 생각했는데 서윤기에게 어퍼컷을 맞고 있는 기분이 들었다. 대체 둘 사이가 어떻게 변했기에 질투를 말하고 있는 건지.

"어…… 일단 짜증 나게 해서 미안해요."

"미안한 기념으로 뭐 좀 물어봐도 돼요?"

서윤기가 기다렸다는 듯 물었다. 고개를 끄덕이자,

"둘이 사랑해서 결혼했어요?"

어퍼컷이 또 날아온다.

"어…….."

그냥 정략결혼이었다고 말하고 싶은데 영 믿을 것 같지가 않다. 별의 할아버지가 아프다고 할 땐 좀 괜찮았던 것 같은데 탁한 구석 하나 없이 맑간 눈을 보고 있자니 거짓말을 할 수가 없다. 애초에 제 눈을 가리키며 거짓말하지 않아서 좋다고 하던 사람인데 할 수 있을 리가.

"내가 별이 첫사랑인 건 맞는데……."

"와—"

말을 마치기도 전에 서윤기가 탄식을 뱉었다. 둘 사이가 깊어진 만큼 저와의 관계도 김별이 대충 설명했을 줄 알았는데 조금도 모르는 모양이었다.

"아니, 내 말을 끝까지 들어봐요."

"와, 난 아무 감정 없이 결혼했다가 이혼한 줄 알았지. 혹시 여기 할리우드예요?"

"윤기 씨가 생각하는 그런 거 아니에요."

그 작은 머리통으로 무슨 생각을 하고 있는지 짐작은 갔다. 하지만 맹세코 그런 건 아니었다.

"이사님이랑 변호사님 혹시 변온 동물이세요?"

"변온 동물이요?"

"너무 쿨한 것 같아서요. 아니면 제가 너무 핫한 거예요?"

점점 미쳐 가는 것 같은 서윤기에 의준은 망했음을 직감했다.

"진짜 신경 쓸 필요 없어요."

"어떻게 신경을 안 써요?"

"나 남자 좋아해요."

"아니, 그러니까……! 네?"

팔팔 끓는 주전자처럼 열을 뿜어내던 서윤기가 순식간에 가라앉았다. 멍한 얼굴 위로 혼란이 스치고 안심과 죄책감이 차례로 드리운다. 별을 제외하고 제 정체성을 고백할 사람이 또 있을까 했는데 그게 별의 연인이라니. 의준은 한숨을 쉬었다. 인생 참 알 수 없다.

"죄송해요."

윤기가 말했다. 놀라지 않았다고 하면 거짓말이겠지만 저보다는 당사자인 그가 더 불편하고 껄끄러운 상황에 놓여 있다는 걸 알았다.

"윤기 씨가 왜 죄송해요."

"이렇게 말하고 싶지 않았을 거잖아요."

"그건 그래요."

의준도 선선히 수긍했다. 그의 성적 지향이 어느 쪽이든 타인인 저는 관여할 권리가 없었다. 하지만 방금 전 의준의 커밍아웃은 억지로 한 것이나 다름없었다. 그것이 미안했다.

"변호사님, 저 하나만 더 물어봐도 될까요."

"그럼요."

"혹시……."

윤기가 입술을 달싹였다. 묻고 싶은 말이 분명한데 이걸 이 타이밍에 물어도 되는 것인지 갈피가 잡히지 않는다.

그가 남자를 좋아한단 소리를 듣자마자 떠오른 이는 별이었다. 그의 말대로라면 별은 절대 이루어질 수 없는 사람을 사랑했던 것이다. 그런 사람과 오래도록 우정을 유지하고 결혼까지 했던 별은 이 모든 걸 알고 있을까 궁금했다. 알았다면 언제부터 알았을까. 그때의 그 마음이 어땠을까. 슬펐을까, 아니면 그냥 담담했을까.

이런 제 마음이 이기적이고 잔인한 것이라 해도 어쩔 수 없었다. 눈앞에 있는 의준의 마음보다 보이지 않는 별의 마음이 더 가깝게 느껴지는 게 저로선 당연한 일이었다.

"괜찮아요."

의준은 제가 무얼 묻고 싶어 하는지 아는 사람처럼 대답했다. 제법 편안한 표정으로 한 말이었지만 저는 몇 번이나 더 망설였다. 별의 마음이 더 가까운 건 맞지만 그의 마음이 보이지 않는 건 아니었으니까. 그럼에도,

"……그 사람도 알고 있어요?"

혀끝에 맺혀 있던 말을 쏟아 냈다.

"그럼요."

의준은 안심하라는 듯 미소를 지어 보였다.

"별이가 고백했을 때, 나도 다 말했어요."

"……."

"자길 거절하는 이유를 대라고 난리를 쳤었거든요."

"아……."

그 와중에도 그런 말을 했다니, 김별답다.

"그때가 고등학교 졸업식 날이었으니까 벌써 10년도 훨씬 넘었네요."

"……울었어요?"

"네?"

"그때 이사님, 울었냐고요."

"……네."

의준은 가볍게 고개를 끄덕였다. 조금 뜨겁게 느껴지는 서윤기가 흥미로웠다. 남자를 좋아한다는 말에는 담백하게 반응하더니 김별이 울었다는 말에는 눈살부터 찌푸리고 있으니 말이다. 연애라곤 할 줄도 모르는 김별이 언제 서윤기를 이만큼이나 감아 놓았는지 모르겠다.

어쨌든 그의 태도는 무해했다. 담백하다 못해 건조하기까지 했지만 불쾌해하지도, 측은해하지도 않는 게 좋았다. 다 이해한다는 등 이상한 포용력을 발휘하지도 않는다. 아무래도 김별을 걱정하느라 저는 안중에도 없는 듯 보였다.

"너무 걱정할 필요 없어요."

"울었다면서요."

"울었죠. 근데 좋아하기도 했어요. 여자한테는 양보 못 해도 남자한테는 할 수 있을 것 같다나 뭐라나……."

"네에? 그게 무슨……."

윤기는 질색을 하며 화를 냈다. 양보란 말도 어이가 없어 죽겠는데 여자한테는 못 하겠고 남자한테는 할 수 있을 것 같다는 생각 자체가 너무 이기적이었다. 어릴 때였다고는 하지만 그게 커밍아웃한 친구에게 할 소리인지.

의준은 그런 윤기가 웃었다. 방금 전까지만 해도 별을 걱정하느라 눈썹을 축 늘어뜨리고 있었으면서 지금은 또 화를 내느라 얼굴이 빨개진다.

"지금 편들어 주는 거예요?"

"당연하죠, 이건 쉴드 칠 수 있는 영역이 아니에요. 변호사님은 그 말 듣고 뭐라고 하셨어요? 화는 제대로 냈어요?"

"아뇨, 그냥 가만히 있었는데……."

"왜 가만히 있어요. 한 대 쥐어박기라도 하셨어야죠."

씩씩거리는 서윤기가 웃겨서 자꾸만 웃음이 나왔다. 겉으로 보이는 얼굴이 늘 평온해서 감정의 폭도 크지 않은 줄 알았는데 착각이었다.

"지금이라도 쥐어박을까요?"

"늦었어요."

"늦으면 뭐 어때요."

"구질구질해요."

"……그냥 김별 쥐어박는 거 싫다고 해요."

"싫어요. 쥐어박기만 해요."

의준은 대꾸할 의지를 잃고 고개를 저었다. 김별이나 서윤기나 같이 있으면 심심하진 않을 것 같다. 감정 기복만으로도 롤러코스터를 타는 기분일 테니 말이다.

어쨌든 제 두 번째 커밍아웃이 유쾌한 건 다행이었다. 다른 이들에겐 커밍아웃 한 적이 없어서 예상할 수 있는 반응이랄 게 없었다. 게다가 원래 계획대로라면 한평생 숨기고 살 생각이었다. 하나뿐인 친구가 알고 있으니 그것을 위안으로 삼으며.

너무 방어적이라고 해도 할 말이 없다. 저는 가진 게 많은 편에 속했고, 제 부모님 또한 마찬가지였다. 타고나길 똑똑했던 저는 가진 게 많을수록 잃을 것도 많다는 걸 알았다. 잃지 않으려면, 포기할 줄 알아야 했다.

삶이 피곤해지는 것도 싫었다. 그래서 일찌감치 포기할 것을 선택했다. 그게 사랑이었다. 대단한 결심은 아니었다. 돈과 명예, 사랑과 우정 중 가장 만만해 보이는 것을 포기했을 뿐이다.

"둘이 왜 결혼했는지 물어봐도 돼요?"

서윤기가 물었다.

"필요해서요."

저는 답했다.

"그땐 나도, 별이도 결혼 압박에서 자유롭지 못했거든요."

재벌가에서 태어난 별에겐 특히나 피할 수 없는 일이었다. 부와 권력을 누리고 사는 대신 집안의 재산을 보호하고 늘리는 역할 또한 의무였기 때문이었다. 결혼은 그런 의미에서 필수적인 수단이었다. 금자탑이 높으면 높을수록 외부에서 들어오는 공격이 많았고 그 수많은 공격을 상대하려면 함께 싸울 아군이 필요했다.

"별이도 물론이고 나도 선을 어마어마하게 봤어요."

아군으로는 비슷한 크기의 부와 권력을 가진 상대가 가장 좋았다. 그게 안 된다면 정계에서 활약하는 집안과 결합하는 게 흔한 공식이었고, 그것마저 불가할 땐 법조계나 지하 경제를 주름잡는 사람들을 선택했다. 어설프게 돈이 많을 바에야 아예 다른 세상의 힘을 가진 상대와 손을 잡는 게 유리하다는 계산이었다.

"별이도 처음엔 버텼어요. 선 자리에 나가긴 했지만 다 깽판 치고 일어났죠. 애초에 하란다고 할 성격도 아니잖아요."

하지만 별의 할아버지도 만만치 않았다. 별의 어머니가 평범한 사람과 결혼한 탓에 어려움이 많았던 것도 그에겐 이유였다. 그 나름의 사랑이기도 했다. 아끼는 손녀에게 든든한 뒷배를 만들어 주고 싶다는.

당시 그는 은퇴하기 전이라 이선가家 권력의 정점에 서 있었다. 별의 사촌들 또한 유력 인사들과 결혼을 하며 기회를 노리고 있었다. 그는 그것들을 충분히 활용했다. 이선뷰티 경영권을 불안하게 만들어 별의 입지를 흔들었고, 상속하기로 약속했던 주식 또한 사촌들에게 넘기겠다 선언했다.

고작 결혼 때문에 모든 것을 잃을 수 없던 별은 백기를 들 수밖에 없었다.

"이사님이…… 질 때도 있네요."

"졌다고만 하기에는 좀 그래요. 얻을 건 얻었으니까."

별은 결혼으로부터 꽤 많은 것들을 얻었다. 이선뷰티와 이선호텔의 경영권은 물론이고 예술 재단의 대표 자리와 어머니 다음으로 가장 많은 주식을 배당받았다. 그때부터였을 것이다. 별이 이선그룹의 유일무이한 후계자라 불리게 된 것이.

"물론 나도 얻었고요."

저 역시 마찬가지였다. 결혼하라는 집안의 강요로부터 해방될 수 있었고, 왜 연애를 하지 않느냐고 묻는 주변의 눈총으로부터 벗어날 수 있었다. 로펌 '윤'이 이선그룹의 법률 대리인으로서 자리를 공고하게 한 것도 큰 이득이었다. 그래도 그중 가장 기뻤던 것은 사기 결혼의 피해자를 만들지 않아도 된다는 점이었다.

"우린 서로가 필요했어요."

우린 서로가 서로의 전우였다.

"우리 편이 하나도 없었거든요."

서로를 지키기 위해서.

윤기는 눈살을 조금 찌푸리다가 의준을 끌어안았다. 함부로 입을 열었다간 지금 생각하고 있는 것들을 아무렇게나 내뱉을 것 같았다. 가족에게조차 기댈 수 없었던 두 사람을 감히 연민할 것 같은 기분. 그의 말을 듣는 것만으로도 지독한 외로움이 느껴졌다.

"변호사님 따라 하는 거예요."

목석같이 굳어 있는 의준에게 말했다.

"예전에 변호사님이 이사님 안아 주는 거 봤거든요. 위스키 바 주차장에서."

그렇게 위로하고 싶었다. 나약한 속을 숨기기 위해 강해질 수밖에 없는 마음을 알아서. 외면받는 것이 두려워 아무도 사랑하지 않는 삶이 어떤 것인지 너무 잘 알아서.

"거기 있었어요?"

"네."

"그때도 질투 엄청 했겠네요."

"장난 아니었어요."

부정하지 않고 나오는 대답에 의준은 소년처럼 웃었다. 웃음소리가 편안하게 나왔다. 견고했던 벽이 기꺼이 무너지는 순간이었다.

○ ◎ ●

그 시각, 사랑은 눈살을 찌푸리고 있었다. 반갑지 않은 사람을 만난 탓이었다.

"여기서 다 보네요?"

높게 묶은 머리에 오지랖이 수준급인 사람.

"오늘도 씹는 거예요?"

그 와중에 무례하기까지 한 사람.

"나 사랑 씨 팬이라니까?"

그래 놓고 팬이라는 말을 하는 사람, 김 이사였다.

이래저래 고민을 하던 사랑은 성의 없는 고갯짓으로 인사를 대신했다. 무시하고 싶은 마음 반, 다정하게 대하고 싶은 마음 반이었다. 남자든 여자든, 노인이든 어린이든 팬이라면 상냥하게 대하고 싶었다.

김 이사에 대한 소문은 모른 척할 수 있었다. 저 역시 하지도 않은 일들을 했다고 오해를 받은 적이 많으니 괜찮았다. 하지만 위스키 바에서 보았던 모습까지 잊을 수는 없다. 폭력적이고 오만했던, 자기 밑으로는 다 똑같은 개새끼라던 그 살벌한 얼굴.

김 이사는 제가 왜 이러는지 모를 것이다. 그녀가 자신의 전남편을 지키기 위해 했던……. 불현듯 등골이 서늘해졌다. 흐릿하던 기억이 쓸데없이 선명해졌다. 위스키 바. 그래, 그 위스키 바. 그리고 전남편. 김 이사는 혼자 있지 않았다.

그 옆을 지키던 남자의 정체는—

때마침 PT 룸 문이 열렸다. 앞서 나오는 의준을 본 김 이사가 반가운 표정을 지었다. 의준 또한 자연스레 손을 흔든다. 둘이 나란히 선 걸 보니 더 확실해진다.

사랑은 급격히 쏟아지는 정보에 머리가 터질 것 같았다. 왜 진작 알아차리지 못했는지 모르겠다. 김 이사가 너무 강력해서 그 주변을 인식하지 못했나 보다. 아니다. 그럴 리가 없다. 김의준은 그런 식으로 잊을 수 있을 만큼 평범한 사람이 아니었다. 큰 키에 잘생긴 얼굴, 심지어 보조개까지 있는 그를 잊는 건 말이 안 된다.

"윤기 씨도 있었네요?"

김 이사가 뒤이어 나온 서윤기에게 말을 걸었다.

"어, 이사님도 여기서 운동해요?"

이사님도 여기서 운동해요? 아주 절친 납셨다. 백화점에서 김 이사를 봤다고 할 땐 모르는 척 가증을 떨더니. 의리라고는 쥐뿔도 없는 자식.

"사랑 씨, 어디 아파요?"

의준이 한쪽 무릎을 꿇고 쳐다보았다. 오늘따라 더 다정한 목소리다. 이렇게 다정하고 지적인 데다 잘생기기까지 한 남자가 저 무례하고 오만한 여자의 전남편이라니. 믿을 수 없다.

"어지러워서 그래?"

뒤늦게 자세를 낮춘 윤기도 묻는다. 가수 활동 당시에도 그는 극단적인 다이어트로 어지럼증을 겪는 저를 걱정하곤 했었다. 둘도 없는 친구라 믿었던 그가 저에게 비밀을 만들다니.

"혹시 울어요?"

노려보느라 눈시울이 붉어진 걸 단단히 오해한 의준은 날카롭던 눈을 동그랗게 바꾸고 물었다.

"많이 아픈 거예요? 여기로 의사 부를까요?"

이 와중에도 오지랖이 넓은 김 이사는 호들갑을 떤다.

붉어진 눈의 사랑과 놀란 표정의 세 사람. 도합 네 명의 어른이 동그랗게 모여 앉은 꼴이었다.

"너 나랑 얘기 좀 해."

사랑은 다짜고짜 윤기의 멱살을 잡고 말했다. 주변에 사람이 없어 망정이지 한 명이라도 있었으면 '천사랑, 서윤기 폭행' 따위의 헤드라인을 건 기사가 우후죽순으로 생겨났을 것이다.

사랑이 윤기를 끌고 간 곳은 PT 룸이었다. 의준과 별이 말리려 다가오는 것을 본 사랑이 방의 문을 굳게 닫았다.

"서윤기, 너 저 사람이랑 무슨 사이야."

"누구?"

"김 이사 말이야! 이선그룹 김 이사!"

사랑이 소리를 질렀다. 아무리 진정하려고 해도 쉽게 되지 않았다.

"김 이사님이랑 나랑 아는 사이인 게 이상해?"

윤기는 그게 뭐가 문제냐는 표정으로 물었다.

"뭐?"

"나 그쪽 광고 많이 하는 거 알잖아. 이번 드라마 투자도 그렇고 내 기획사 투자도 이선그룹 쪽에서 해 줬는데 모르는 사이인 게 이상한 거 아니야?"

"너 진짜……."

사랑은 차마 말을 다 잇지 못했다. 서러워서 죽을 것 같았다. 제가 왜 속상한지는 생각도 않고 왜 저에게 화를 내는 듯 무심한 표정을 짓고 있는 서윤기가 미웠다. 늘 이런 식이긴 했다. 천성이 무뚝뚝하고 무심해서 제아무리 신경을 쓰고 챙겨 줘도 알아차리질 못하는 인간이었다. 아무리 그래도 그렇지. 이번에는 좀 심했다.

"야, 뭘 이런 거 갖고 울고 그래……."

윤기는 주룩주룩 울고 있는 사랑을 당황한 얼굴로 쳐다보았다. 그의 입장에선 조금 당황스러울 수밖에 없는 상황이었다. 사랑이 비밀이나 거짓말 같은 걸 병적으로 싫어한다는 건 알았지만 이건 비밀도 아니고 거짓말도 아니었다. 말할 시간이 없었을 뿐.

"너 그럼…… 진짜야?"

사랑이 입술을 파르르 떨며 물었다.

"저 여자한테…… 진짜 막 그런 거야?"

진짜, 막, 그런 게 대체 뭘까.

"왜 대답 못 해……?"

사랑은 망연자실한 표정을 지었다.

"진짜야……?"

"아니, 대체 뭐가. 뭐가 그렇게 자꾸 진짜야."

"너랑 이선그룹 김 이사랑……."

또다시 말을 흐린 사랑은 입술을 꾹 물고 저를 노려보았다. 답답했다. 도대체 무슨 생각을 하기에 저토록 절망적인 표정을 짓고 있는 건지 감도 안 잡혔다.

"천사랑."

"……."

"말을 똑바로 해. 말을 똑바로 해야 나도 대답을 할 거 아니야. 네가 말하는 진짜 막 그러는 게 뭔데."

"……."

답답함에 미간은 조금 찌푸린 채였지만 목소리는 최대한 부드럽게 내려고 노력했다. 그룹 활동을 할 때만 해도 이런 일이 흔했다. 연습에 지치거나 멤버들과의 불화가 짙어질 때면 사랑은 어김없이 구석진 곳을 찾았다. 보통은 작업실이나 자동차 안일 때가 많았고, 가끔은 화장실에 몸을 웅크리고 있을 때도 있었다.

그런 사랑을 찾으러 나서는 것은 언제나 저였다. 스트레스를 받으면 상냥하고 사랑스러운 천사랑은 다 사라지고 시한폭탄 같은 천사랑이 나타나 주변에 있는 모든 것을 부수고 망가트리는 버릇 때문이었다. 그럴 땐 오래 일한 매니저도, 멤버들도 다 소용이 없었다.

욕을 하든, 주먹질을 하든, 혹은 소리를 지르든. 그게 무엇이든 그냥 무심히 견뎌 내는 저만이 사랑의 화를 받아 줄 수 있었다.

"김 이사한테 너……."

"응."

"스폰받는 거야?"

사랑이 질문과 함께 또 엉엉 울었다.

"찌라시로 돌던 그 소문들…… 다 맞는 거야?"

말할수록 속이 상하는 듯 사랑은 괴로운 표정을 지었다.

"네가 돈이 없는 것도 아닌데, 왜?"

"야."

"성 대표 때문에 그래? 김 변호사가 성 대표랑 싸울 때 너 도와줬다며."

"아니, 그건."

"난 네가 그런 줄도 모르고 김 이사가 우리 팬이라고 했다고 막 떠들기나 하고……. 김 변호사님도 막 멋있다고 생각했는데……."

저에 대한 원망과 자신에 대한 자조가 이리저리 뒤섞인 말이었다.

윤기는 웃지 않으려고 애썼다. 저를 걱정하느라 울고 있는 사람을 앞에 두고 웃음을 터트릴 수는 없는 노릇이었다. 하지만 그 상상력이 귀엽기는 했다. 뭐 때문에 이렇게 화를 내는 건가 했더니 혼자 상상의 나래를 펼치고 있었던 모양이다. 그것도 아주 비극적인.

"하여튼 천사랑 이 바보 같은 게."

"뭐?"

"멍청아."

큭큭, 웃음을 터트리며 사랑을 끌어안았다. 작업실이든, 차 안이든, 혹은 화장실이든. 사랑이 몸을 구기고 울고 있으면 바깥으로 끌어내 안아 주었었다. 매번 말로는 징그럽다고 질색을 했지만 사랑은 그것을 꽤 좋아했다. 안아 주기만 하면 흐물흐물 녹아 무엇이 힘든지, 무엇이 괴로운지 털어놓고는 했으니까.

그나저나 PT 룸에 무슨 기운이라도 있는 모양이다. 몇 분 전에는 의준을 끌어안고 위로를 했던 것 같은데 이제는 또 사랑을 안고 있으니 말이다. 다 큰 어른 둘을 토닥이려니 마음이 조금 느끼해진다.

"나 스폰받는 줄 알았어?"

"아니야?"

"맞겠냐."

"……."

말이 없어진 사랑을 내려 보니 혼란스러워 보인다.

"넌 나를 아직도 모르냐."

"아니, 나는……."

"아니니까 걱정하지 마."

들썩이는 등을 토닥이며 말했다.

"그럼 뭔데."

"그냥 뭐…… 내가 좋아하는 거야."

"어?"

"내가 이사님 좋아한다고."

"아, 잠깐만, 잠깐만."

사랑은 저를 밀어 내며 귀를 후볐다.

"다시 말해 봐. 뭐라고? 뭐가 뭐를 좋아한다고?"

마치 못 들을 걸 들었다는 표정이다.

"이사님이랑 나랑 연애한다고."

조금 더 간단하게 설명했다. 어쩐지 쑥스러운 기분도 조금 들었다. 별과의 관계를 이런 식으로 정의했던 적이 있던가. 딱히 정의하지 않아도 서로 어떤 마음을 갖고 있는지 잘 알았지만 입 밖으로 '연애'라는 말을 내뱉으니 새삼스럽다.

"이 미친……!"

사랑은 뒤늦게 분노가 폭발했다. 뒤늦게 연애 고백을 하는 주제에 얼굴을 붉히고 있는 꼴이 더 열받았다. 저 모르게 스폰을 받으며 인권을 유린당하는 줄 알았을 땐 그동안 말도 못 하고 얼마나 힘들었을까 안쓰러웠는데 이젠 정말 순수한 분노만 느껴진다.

"아, 갑자기 왜 때려!"

서윤기가 가드를 올리든 말든 주먹을 날렸다. 얼굴로 일하는 사람이니 얼굴은 빼고 때렸다. 너른 어깨와 가슴은 물론이고 탄탄한 복근까지 사정없이. 어디 하나 부러트리고 말겠다는 의지를 강하게 먹은 사랑이었다.

"이 미친놈이 뭘 잘했다고 엄살이야?"

"아니, 왜. 아, 좀 그만 때려! 아, 진짜!"

"바쁘다며! 바빠서 죽을 것 같다며! 근데 연애를 쳐 해? 그래 놓고 지금까지 나한테 말도 안 했다 이거지? 너 진짜 미쳤냐?"

열다섯 살 때 처음 만나 친구가 되어서 그런가. 두 사람은 둘만 있을 땐 그 시절로 돌아갔다. 스물아홉 살의 슈퍼스타가 아니라 열다섯 살의 철부지로.

"불어."

"뭘."

"하나부터 열까지 싹 다 불라고."

열 대 조금 넘게 때리고 나서야 사랑은 조금 차분한 목소리를 냈다.

"일단 언제부터야."

"얼마 안 됐어."

"그러니까 그 얼마 안 된 게 언젠데. 그리고 보니 너 위스키 바에서도 금방 일어나지 않았어? 설마 그때부터 만나고 있었던 거야?"

그렇다고 하면 죽을 줄 알라는 표정의 사랑이었다.

"아, 그땐 진짜 그냥 아는 사이였어."

툴툴거리며 대답한 윤기가 한숨을 쉬었다. 이런 부분에 대해선 별과 상의한 게 없었다. 그래서 웬만하면 설명을 아끼려고 했는데 어느 정도는 해야 할 것 같다.

"처음엔 그냥 일로 만났어. 배우랑 투자자, 딱 그렇게."

그간의 일을 간략하게 설명했다. 가지를 많이 쳐 낸 이야기이긴 했지만 말하면서도 조금 신기했다. 그리 오래전 일도 아닌데 까마득한 일처럼 아득하게 느껴졌다.

"일부러 말 안 한 거 아니야."

말을 마치고 나선 사랑의 눈치를 살폈다.

"됐어."

"진짜야. 내가 너 말고 누구한테 얘기해."

"……"

"네가 제일 먼저 안 거야."

섭섭함에 화가 잔뜩 나 있던 사랑도 그 말에는 풀어질 수밖에 없었다. 어릴 때부터 데인 게 많아 냉소와 의심밖에 남지 않은 서윤기에게 친구라고 부를 수 있는 존재가 저뿐이라는 것도 모르지 않았다.

"그래도 김 변호사님 소개해 줄 땐 말해 줬어야지."

사랑이 못 이기는 척 말했다.

"미안."

"됐어, 너한테 뭘 바라."

"맛있는 거 사 줄게."

"열 번 사."

언제나 그렇듯 사랑은 윤기를 이해했다. 그의 말대로라면 관계가 진전되기도 전에 스캔들이 난 둘이었다. 제가 들은 소문만 해도 한두 가지가 아니었으니 말하기 부담스러웠을 것이다.

"그래서, 연애하니까 좋냐?"

사랑이 못 이기는 척 물었다.

"응."

서윤기가 고개를 끄덕였다. 나사 하나 빠진 표정이기는 한데 일단 좋다니까 저도 좋았다.

"근데 김 변호사님이랑은 뭐야?"

"뭐가?"

"변호사님이 그…… 김 이사님 전남편인 거잖아."

"응."

"근데 괜찮아?"

사랑의 상식으로는 좀 이상한 관계였다. 이혼한 부부라기엔 두 사람은 지나치게 사이가 좋았으니까.

"괜찮아."

윤기는 아무렇지 않게 대답했다.

"진짜?"

"응."

쿨한 척하느라 표정을 숨기는 거라면 바로 알아차렸을 텐데 저 얼굴은 분명 진심이었다. 재벌들이랑 놀더니 사고방식이 일반인들과 많이 달라진 모양이다.

"뭐…… 네가 괜찮으면 됐어."

사랑은 이해하기를 포기했다.

○　◎　●

"대체 뭔 얘기를 하는 거야……."

별이 굳게 닫힌 PT 룸을 쳐다보았다. 서윤기를 끌고 가는 사랑의 표정은 꽤 살벌했었다.

"때 되면 나오겠지."

"넌 걱정도 안 돼?"

"내가 왜?"

말은 그렇게 했지만 의준은 머릿속이 어지러웠다. 윤주 형이 서윤기를 직접 찾을 정도면 별에 대한 뒷조사가 웬만큼 이루어졌다는 소리였다.

서윤기와 별 사이엔 공적으로 얽힌 것들이 많았다. 이미 예술 재단의 인력과 법무팀이 서윤기를 위해 움직인 전적이 있었고, 예술 재단의 투자로 서윤기의 1인 기획사가 설립된 상태였다. 서윤기가 맡고 있는 광고 역시 대부분 이선 그룹 안에서 이루어지고 있기도 하고.

물론 일 처리에 문제는 없다. 저와 별이 직접 검수하고 진행한 일들이었고 임비서 역시 아마추어가 아니었다. 윤주 형이 사막의 모래알을 세듯 조사해 봤자 법적인 문제는 없을 거란 말이다. 하지만 사람들의 반응까지는 예상할 수 없는 문제다.

"서윤기 만나는 거, 당분간 좀 줄여."

"왜?"

"윤주 형 쪽, 네 뒷조사하는 거 같아."

별의 얼굴이 단번에 굳는다.

"루트 파악된 거야?"

"아직 정확하진 않아. 증거 잡으면 알려 줄게."

의준은 사실대로 말하지 않았다. 그 누구보다 별의 능력을 믿었지만 섣불리 얘기했다간 서윤기의 말대로 별이 날뛸 가능성이 높았다.

"그러니까 당분간은 조심해. 특히 회사에선 절대 만나지 마."

"갑자기 그러는 것도 이상하지 않아? 서윤기가 우리 회사 아이콘인 거 모르는 사람도 없는데."

"아무리 관계자라고 해도 너무 자주 만나면 이상해. 꼬투리 잡힐 짓 하지 마."

윤주형이 머리를 굴릴 줄 아는 사람이라면 별과 서윤기를 어떤 방식으로든 엮을 게 분명하다. 서윤기가 맡아 하는 이선그룹의 광고들을 하나도 빠짐없이 털어 논란을 만들 것이고 투자했던 드라마와 기획사, 제작 지원 현황까지 비대하게 부풀려 무분별한 투자였다 비판할 것이다.

우리 쪽에서도 반박은 하겠지만 본디 언론은 지저분한 싸움을 좋아하기 마련이다. 있지도 않은 진실을 진실이라 우길 것이고 분명한 진실을 거짓이라 선동할 것이다. 애초에 서윤기라는 핵폭탄을 품은 이상 조용히 처리하기란 불가능에 가깝다.

그리고 그 여론이 최고점을 찍었을 때, 별은 경영 능력을 의심받는 대표가 되어 있을 것이다.

"너야 네 스스로 잘 지키겠지만 서윤기는 아니잖아."

사실 별은 걱정이 없었다. 대한민국 재벌들이란 원래 구치소쯤은 제집처럼 드나드는 사람들이었고 대중들의 뭇매를 맞는다 한들 한 달도 안 돼서 잊힐 게 뻔했다. 하지만 서윤기는 달랐다. 애초에 대중들의 관심과 사랑이 없으면 살 수가 없는 존재였다.

"거기서 서윤기가 왜 나와."

별이 당장이라도 튀어 나갈 것처럼 으르렁거렸다. 단순히 제 행실을 조심하란 소리인 줄 알았는데 이야기의 방향이 어째 좀 이상했다.

"네가 이러니까 조심하라는 거야."

의준은 코앞까지 다가온 별의 이마를 밀어 내며 말했다.

"이름만 꺼내도 이렇게 발끈하는데 들키지 않는 게 이상하잖아."

"그건 네가……!"

"내가 네 적이었으면 서윤기부터 죽였어."

적을 가장 고통스럽게 하는 방법은, 적이 가장 아끼는 것을 앗아가는 것이다.

"최소한의 방어를 하란 소리야."

의준은 한발 물러나 대답했다. 이미 살기를 드러내고 있는 별에게 더한 말을 할 수는 없었다.

○　◎　●

윤기가 PT 룸을 나왔을 땐 의준도 별도 없었다. 함께 나온 사랑이 시간을 확인하며 9시가 넘었음을 일러 주었다. 의준이 운동하는 시간은 7시부터 9시, 딱 두 시간뿐이라고. 의준이야 원래 하루를 쪼개서 쓰는 사람이었으니 이상할 것도 없었지만 별에게는 조금 서운한 기분이 들었다.

드라마 촬영만 끝나면 별은 무엇이든 할 것 같았다. 바쁜 와중에도 보내오던 메시지를 읽다 보면 상사병으로 죽을 수도 있겠구나 싶을 정도였다. 보고 싶다, 촬영장을 부수고 싶다, 취집 오는 것에 대해 어떻게 생각하냐 등. 이상한 소리기는 했지만 읽을 때마다 기분은 좋았다.

그래 놓고 이렇게 사라지다니. 기다리라고 한 적도 없고 애초에 별과 만나기로 했던 것도 아니었지만 미련 없이 떠난 빈자리가 묘하게 신경을 건드렸다.

그래서 전화를 걸었다. 왜 말도 없이 갔냐고 투정이라도 부릴 생각이었다.

길어지는 신호음. 은은하게 띠고 있던 미소가 자연스럽게 거두어졌다. 상승 곡선을 타는 병적인 불안함. 제아무리 폭발적인 크기의 애정이라도 소리 소문 없이 사라질 수 있음을 수없이 경험한 탓이었다. 그러다 이내 고개를 저었다. 바쁜 일이 있겠거니, 생각하며.

사랑과는 센터 앞에서 헤어졌다. 밤새 일하고 아침에 죽어 자는 것이 익숙한 사랑에게 오전 9시는 너무 이른 시간이었다.

윤기는 집으로 돌아오는 내내 핸드폰을 확인했다. 스스로의 미성숙함과 유치함이 견딜 수 없이 짜증스러웠다.

별에게 '오늘 바빠요?' 따위의 문자를 보내며 도착한 집에는,

"왔어?"

별이 있었다.

상황을 파악하느라 잠시 눈을 깜빡이고 있는 사이, 별은 날아들 듯 달려와 안겼다. 붕 뜬 몸이 쓰러지지 않도록 품 안에 가두자 익숙한 샴푸 냄새가 난다.

"샤워했어요?"

"응, 어떻게 알았어?"

"샴푸 냄새가 내 거 같아서요."

"이 냄새 좋아?"

가슴에 얼굴을 묻은 채 웅얼거리던 별이 신이 난 표정으로 물었다. 쌍꺼풀 진 커다란 눈이 초롱초롱 빛났다. 그 호기심 어린 얼굴이 뭐라고. 어린애처럼 마음이 들뜬다.

좋아요, 대답하자 작은 몸이 웃으며 파고든다. 자꾸만 뒤척이는 몸을 고쳐 안으며 침실을 향해 뒤뚱뒤뚱 걸었다.

"보고 싶었어."

속삭이는 목소리가 애틋했다. 공허함을 느꼈던 자신이 한심해질 정도였다. 침실 문을 열자 별은 기다렸다는 듯이 달려들었다. 갈증으로 죽어 가던 순간에 오아시스를 만난 사람처럼 미친 듯이 매달리는 몸이 좋았다.

"왜 이렇게 급해요."

윤기는 그런 별을 몇 번이나 밀어내며 늦장을 부렸다. 조금 더 애원해 주면 좋을 것 같아서. 이제 막 태어난 새처럼 입술을 달싹이는 게 귀여웠다.

"으응, 얼른."

별은 답답한 마음을 숨기지 않고 짜증을 냈다. 매사 분명하던 목소리는 더운 숨과 합쳐져 둥근 음을 만들어 낸다. 투정을 부리는 것 같기도 하고, 재촉을 하는 것 같기도 하고. 어느 쪽이든 저는 좋았다.

벌어진 입술을 삼켜 물었다. 목을 끌어안고 매달린 별은 버릇처럼 까치발을 들었다. 윤기는 별의 그 버릇을 좋아했다. 키 차이로 벌어져 있던 거리가 좁혀지

는 것 외에도 좋은 것들이 있었다. 이를 테면,

"아아……."

균형이 무너지는 순간.

발끝으로 선 별은 겁먹은 발레리나처럼 자주 균형을 잃었다. 휘청이는 허리를 결박하듯 끌어안으면 품 안으로 무너지는 몸이 못 견디게 좋아 웃음이 나왔다. 이미 다 무너졌음에도 다리에 힘을 주며 칭얼거리는 것도 좋았다.

"윤기야……."

잠깐 떨어진 입술 사이로 다정한 목소리가 샌다.

"……."

고작해야 이름을 부르는 것뿐인데 몸이 굳는다. 커다란 눈동자에 들어찬 제 모습이 보였다. 맹목적이라는 말 외에는 설명할 길이 없었다. 제 숨소리 하나에도 따라붙는 눈빛은 흘러넘치는 애정을 숨길 생각도 없어 보였다.

벅찬 감정을 어쩌지 못하고 별을 안아 들었다. 들쑥날쑥한 감정을 제멋대로 드러내고 싶었다. 매끈하게 다듬지도 못한 감정이라 닿으면 따끔할 게 뻔했지만 거부하지 않을 별이란 걸 알았다.

제 앞에서만 무너지는 김별이 소중했다. 소중하고 애틋해서 산산조각 내고 싶다는 열망이 피어올랐다. 부서진 것도 모른 채 저만 좇는 눈을 보고 싶다.

움켜쥐면 차오르는 살결을 이미 알고 있었다. 급하게 벗긴 옷들을 아무렇게나 던져 놓고 드러난 맨살에 얼굴을 묻었다. 자극적인 냄새를 좋아하지 않으면서도 흩어지는 살냄새는 아쉬워 한숨이 나왔다.

"윤기야."

별은 8년 전, 서윤기를 보지 않았다면 어땠을까 생각했다.

8년 전 그날, 크리스마스. 기이할 정도로 눈이 많이 내리던 날이었다. 평소라면 폭설이니 뭐니 하면서 피했을 사람들이 크리스마스라는 그 특별한 타이틀에 미쳐 거리로 쏟아져 나온 날이기도 했다.

거리에선 꽉 막힌 차들이 빵, 빵, 클랙슨 소리를 내고 있었고 광장에선 자선 콘서트가 열리고 있었다. 돌이켜 생각해 보면 크리스마스 때문이 아니라 그 자선 콘서트 때문에 사람이 많았던 것 같기도 하다.

저는 거리를 걷고 있었다. 할아버지와 엄마에게 줄 선물을 산 것까지는 좋았는데 돌아갈 길이 막막해 한숨이 절로 나왔다. 그 지루한 거리를 찬란하게 만든 건 서윤기였다. 무대 위에 선 서윤기가 노래를 부르고 있었다.

그날 저는 그 자리에 못이 박힌 듯, 아무것도 하지 못하고 서 있었다. 천사 같은 얼굴이 저를 사로잡은 걸까, 아님 얼음 같은 목소리가 저를 붙든 걸까. 알 수 없는 그 찰나가 붙든 제 발목은 8년이 지난 지금까지 붙잡혀 있었다.

처음엔 좋아하는 마음이라 생각하지 않았다. 좋아하는 거구나, 깨달은 뒤에도 좋아한다는 말은 하지 않았다. 그냥 속으로만 앓았다. 좋아한다고 말하면 어느 날 갑자기 그가 은퇴를 한다고 할 것 같았다. 제가 좋아하는 것들은 항상 그런 식이었으니까.

가까이 가지도 못했다. 그 흔한 콘서트도 가 본 적이 없었고 아이돌들이 대거 나오는 음악 방송 역시 실시간으로 보지 않았다. 제가 좋아하는 걸 하늘이 알면, 하늘이 그를 저주할 것 같았다. 갑자기 노래를 못 하게 된다거나, 운이 없으면 죽을지도 몰랐다.

그렇게 8년이었다. 8년을 좋아하고 또 8년을 견뎠다. 이 정도면 죽을 때 사리가 나오지 않을까 생각도 했다. 그래서 오기 가득한 마음으로 서윤기를 만났다. 만나기 전날에는 기도도 했다. 그에게 아무것도 바라지 않을 테니 제발 그를 건드리지 말라고.

그렇게 만난 서윤기는 경계를 넘어 경멸의 눈으로 저를 쳐다보았다. 그가 저를 사랑할 일 같은 건 절대 일어나지 않을 것 같았다. 그것이 저를 얼마나 안심하게 했는지, 그는 알까.

"아흑……!"

느닷없이 닥쳐오는 고통에 몸을 들썩였다. 젖힌 목덜미에 뜨거운 혓바닥이 닿았다. 쇄골까지 훑고 내려간 서윤기가 잘근잘근 잇자국을 만든다.

"아파요?"

그가 순진무구한 표정으로 물었다.

"아프다고 하면 안 할 거야?"

"음……."

곤란하다는 얼굴이다.

"괜찮아."

푸스스 웃으며 말했다.

"하고 싶은 대로 해."

그가 갈수록 더 좋아졌다. 8년을 좋아하면서 이보다 더 좋아할 수 없단 생각을 수시로 했던 것 같은데 이제는 제 감정의 크기가 어느 정도인지 가늠도 되지 않았다. 아끼고 싶다. 만지고 싶고, 갖고 싶고, 부수고 싶다. 두려워 죽을 것 같다.

상체를 기울인 그는 이 대신 혀를 썼다. 아프게 해서 미안하다는 뜻인지, 아프게 하기 전 달래려는 것인지는 알 수 없었다. 다만, 그 행동이 저를 조급하게 만든 것은 사실이었다.

"이제 그만……."

부끄러운 줄도 모르고 어리광을 부렸다.

"그만하고…… 안아 줘."

모든 것을 건너뛰고 싶은 마음이었다. 어루만지는 손길이 다정하고, 잇자국을 낼 때마다 닿는 숨이 너무 뜨거워서 굳게 한 다짐까지 녹을까 두려웠다.

스스로 부서지고 싶었다. 그가 위험해질 수도 있다는 불안과 그것이 저 때문이라는 자책 또한 모두 부서지기를 원했다. 모든 것이 가루가 되어 사라지고 나면, 그를 지켜야겠다는 다짐만 남을 것이다.

의아한 표정을 짓던 윤기는 픽, 하고 웃음을 터트렸다. 느긋하게 즐기는 것보다 급하게 보채는 별이 낯설지 않았다. 피하지 않고 맞춰 오는 눈에는 약간의 물기가 차 있었다. 아지랑이가 핀 것처럼 울렁이는 눈. 마음도 같이 울렁인다.

남들은 보지 못할 모습을 본다는 사실이 좋은 것인지, 그것도 아니라면 도취될 다른 이유라도 있는 것인지 궁금했다.

눈썹 위에 입을 맞추자 자연스레 눈꺼풀이 감겼다. 고여 있던 눈물이 볼을 타고 흐른다. 젖은 얼굴이 풍기는 분위기는 선정적이었다. 방울져서 떨어지는 물기에도 소유욕이 일었다. 괴팍하기 짝이 없는 스스로의 감정을 이해하고 싶었지만 그 전에 몸이 먼저 움직였다.

바르르 떠는 몸이 파고들 듯 안겨 온다. 빨려 들어가는 기분을 만끽하기도 전, 온몸을 압박하는 자극에 머리가 지끈거렸다. 그 와중에 나오는 소리가 예뻐 벌어진 입술을 매만지자 손끝을 적신다.

큰 키에 안광이 형형한 별은 연약하거나 가녀린 느낌의 사람이 아니었다. 스스로를 사자라고 지칭하는 건 귀여웠지만 딱히 틀린 말도 아니었다. 운동으로 관리한 몸과 치켜든 턱, 내리깐 시선은 언제 어느 때고 포식자 같은 위엄이 있었다.

그런 별이 무너지듯 안겨 올 때면 스스로도 이해할 수 없는 만족감이 들었다. 이미 제 것이라는 걸 알면서도 거듭 확인하고 싶은 욕심이 들었다.

푹 젖은 속눈썹이나 달아오른 뺨도 제 것이었고, 바들바들 떠는 손가락과 습한 신음도 전부 제 것이었다. 쾌락의 정도가 과해지면 도리질을 치며 밀어 내는 손도 좋았다. 그 손목을 잡아 입을 맞추면 어쩔 수 없다는 듯 빠져 버리는 힘이, 제가 주는 애정에 모든 걸 내던지는 그 태도가 온 정신을 저릿하게 했다.

거친 몸짓에 별이 눈을 감았다.

"나 좀 봐요."

"으응……."

"나 좀, 보라니까."

이리저리 흔들리는 얼굴이 싫어 조금 강압적으로 턱을 쥐었다. 어쩌지도 못하게 된 얼굴이 달뜬 숨만 뱉는다. 가늘게 뜨인 눈꺼풀 아래로 눈물이 흘렀다.

"안아 줘……."

울면서 말하는 목소리가 애달팠다. 입을 맞추고 온몸을 다 어루만졌는데도 부족하다는 듯 애원한다.

"나…… 나 좀, 안아 줘."

"안고, 있잖아요."

끊어지는 호흡에 말이 퉁명스럽게 나갔다. 미운 짓을 해도 용인해 줄 것처럼 구는 몸짓이 자극적이었다.

짓무른 눈이 잠깐 원망의 색을 비쳤다. 이쯤이면 몸을 기울여 줄까, 했는데 팔을 뻗어 온다. 부러 느긋하게 몸을 낮췄다.

"알았으니까…… 그만 좀, 보채요."

응, 순하게 대답하며 등을 끌어안는 별이 귀여웠다. 느긋한 태도에 조급함이 든 별은 자꾸만 손을 움찔거렸다.

"으응, 윤기야……."

새빨개진 얼굴 위에 여러 갈래로 흐른 눈물.

"왜 그래……."

그래 놓고 한다는 말이 고작 왜 그러냐는 물음이다.

"뭐가요."

모른 척 웃었더니 별은 망연자실한 표정을 지었다. 바들거리는 손끝이 끌어안은 어깨를 더듬더듬 훑는다. 그러더니 사랑한다, 속삭였다. 사랑을, 사랑으로 보채는 꼴이다.

몇 차례의 격정을 끝내고 나서야 윤기는 별의 눈물을 씻어 주었다.

"보고 싶었어요."

내려 보는 눈은 한없이 따뜻했다.

"이제, 좀…… 붙어 있어요, 우리."

별의 마음이 한없이 무너졌다.

사무실에 앉아 경호업체 리스트를 보고 있던 별이 한숨을 쉬었다. 의준이 말한 '최소한의 방어'라는 말이 머릿속을 떠나지 않았다.

"마음에 안 드세요?"

임 비서가 눈치를 보며 다가왔다.

"리스트 업 다시 할까요?"

별은 힘없이 고개를 저었다. 서윤기 옆에 경호원 열댓 명을 둔다고 한들 의미가 없었다. 윤주형 쪽에서 서윤기를 건드리고자 한다면 물리적인 방향이 아닐 테니까.

420

일주일 전, 그러니까 의준에게 경고를 들은 당일. 저는 서윤기에게 앞으로 많이 바빠질 것 같다는 이야기를 했다. 오랜만에 안긴 품에서 할 소리는 아니었지만 그는 싫은 소리 한번 없이 받아들였다. 이유를 묻지도 않았다. 그저 하루에 한 번 정도는 목소리를 듣고 싶다, 말할 뿐이었다.

그가 일주일간 보내온 메시지를 훑어보았다. 한가해진 그의 일상은 꽤 규칙적이었다. 오전 9시에서 10시 사이, 그는 사진과 함께 아침 인사를 보내왔다. 일어난 지 얼마 되지 않은 얼굴은 퍽 순해 보여 볼 때마다 애틋함이 자랐다.

음식 사진도 제때 잘 보내왔다. 주로 토끼가 먹을 법한 샐러드와 줘도 안 먹을 것 같은 단백질 셰이크가 대부분이었지만 그에게는 훈련된 일상 같았다. 식단을 조절하며 산 세월만 해도 10년이 넘었다고 했다.

하루걸러 한 번씩 초콜릿이나 약과 사진을 보내오기도 했다. 사진 끝에 걸린 손끝을 보고 있다 보면 최소한의 방어고 뭐고 마냥 끌어안고 싶단 생각만 가득해졌다.

전화는 밤 10시쯤 딱 한 번 왔다. 그때 받지 않으면 두 번은 오지 않았다. 자정이 되기 전, 잘 자라는 메시지를 보내는 게 다였다.

"하……."

그가 안전하다는 보장이 생기지 않는 한, 이 아득한 거리감을 유지하는 게 맞았다. 끝이 보이지 않는 기다림이란 이런 것인지. 그의 바쁜 일상을 견딜 때보다 지금이 더 괴로운 기분이었다.

"이사님?"

임 비서가 손등을 가볍게 두드렸다. 여러 번 불렀던 것인지 걱정스러운 눈길로 제 얼굴을 이리저리 살핀다.

"왜."

"데스크에서 손님이 왔다고 알림이 들어왔는데……."

"오늘 미팅 없잖아."

별이 눈매를 가늘게 바꾸었다. 중요한 일이 아닌 이상 사람을 만나지 않겠다고 알린 상태였다. 쓸데없이 이 사람, 저 사람 만나고 다녔다간 루머에 휘말릴 수 있으니 최대한 행동반경을 줄여야 했다. 그걸 제 비서진들이 모를 리 없다.

"윤주형이라도 왔어?"

"아뇨, 그건 아닌데……."

"그럼 쫓아내면 되잖아. 내가 이런 것까지 일일이 지시해야 돼?"

안 그래도 예민한 신경에 짜증이 난 별은 얼굴을 있는 대로 구겼다.

"그게……."

임 비서가 어울리지 않게 대답을 망설였다.

"찾아온 분이 정은호 씨여서요."

과연, 의외의 인물이었다.

별은 은호와 마주 앉았다. 입을 꾹 다물고 이리저리 눈치를 보기에 임 비서도 내보냈지만 생각보다 쉽게 입을 열지 않았다. 척 보기에도 예삿일은 아닌 것 같았다.

"요즘 휴식기죠?"

결국 먼저 입을 열었다.

"보기 좋네. 살도 좀 오른 것 같고."

눈코 뜰 새 없이 바쁘던 촬영이 끝나서 그런가. 날렵했던 얼굴선이 둥글게 바뀌어 있었다. 생글생글하던 미소가 온데간데없음에도 불구하고 차갑게 보이지 않는 건 그 때문일지도 몰랐다. 보기 싫진 않았다. 스물다섯이라는 나이를 생각하면 이전보다 지금 얼굴이 더 자연스러웠다.

"저……."

어렵사리 입을 뗀 정은호가,

"윤기 선배 때문에 왔어요."

서윤기를 말했다.

"서윤기?"

뒷말이 나오기까지 꽤 시간이 걸렸다.

"윤기 선배…… 얼마나 좋아하세요?"

"질문이 좀 이상한 것 같은데."

"윤기 선배 좋아하시잖아요."

기다린 대가는 제법 톡 쏘았다. 얄팍하게 흔들리는 눈동자와 별개로 그의 말투에선 확신이 느껴졌다.

"비난하려는 거 아니에요. 그런 일이…… 흔하다는 것도 알고요."

"그런 일?"

"주고받는 게 나쁜 건 아니잖아요."

"아—"

그의 오해가 어느 쪽인지 느낌이 왔다. 서윤기가 저를 처음 만났을 때 그랬던 것처럼 그 역시 저를 스폰이나 해 대는 쓰레기인 줄 아는 모양이다. 이 정도면 저를 뺀 다른 재벌들은 모두 스폰을 하고 있는 거 아닐까 궁금해졌다.

어쨌든 그런 말을 하는 정은호는 조금 가소로웠다. 그가 저를 그렇게 생각하고 있다면 그는 저를 비난하는 게 맞았다. 서윤기가 저를 경멸했던 것처럼. 하지만 그는 비난하려는 게 아니라고 말한다. 나쁜 게 아니라면서.

"그래서 하고 싶은 말이 뭐예요?"

웃는 낯으로 묻는 말에 그는 입술을 말아 물었다. 긴장한 모습이 역력한데도 결핍이 가득한 눈은 열렬히 타오른다. 그런 눈빛을 가진 사람들은 대개 세 가지 약점이 있다.

"저도…… 예뻐해 주세요."

분수에 넘치는 것을 탐하는 욕망이 첫째.

"이사님이 그렇게만 해 주시면…… 저도 비밀 지킬게요. 선배님한테 안 좋은 소문 나는 거…… 이사님도 싫으시잖아요."

가진 패를 다 보여 주는 조급함이 둘째.

"윤기 선배는 이미 가진 게 많아서 필요한 것도 없을 거예요. 이사님한테 잘하는 것도 아니잖아요. 저는…… 이사님이 원하는 거 다 할 수 있어요."

뒤를 생각하지 못하는 무모함이 셋째.

정은호는 전형적이었다.

결국 참지 못한 별이 웃음을 티트렸다. 무엇 때문에 이따위 도발을 하는가 했더니, 우습지도 않았다.

"예뻐해 주는 거야 어렵지 않지."

마음 같아선 머리 가죽을 벗기고 싶은데 그 정도로는 성에 차지 않을 것 같다.

"하고 싶으면 해."

"정말요?"

"네 말대로 서윤기는 내가 필요 없다고 했거든. 그러니까 네가 해. 서윤기 대용품."

정은호의 얼굴이 빨갛게 달아올랐다.

"싫어?"

별이 형형한 눈을 빛내며 물었다.

"원하는 건 다 할 수 있다며."

그가 모멸감을 느끼든 말든 상관없었다. 치욕이나 굴욕도 좋고, 무력감이나 설움도 괜찮았다.

"아뇨……. 할 수 있어요."

서윤기를 무기 삼아 거래를 했으니 정은호 또한 서윤기의 방패가 되어야 할 것이다. 저의 관대함은 오직 서윤기에게만 한정된 것이었다.

○ ◎ ●

윤기는 침대에 누워 느리게 눈을 깜빡였다. 휘몰아치던 일정이 끝나자 공허함이 밀려들었다. 아이돌에서 배우가 된 지 꽤 시간이 흘렀음에도 이 같은 일정은 익숙해지지 않는다.

아이돌 활동을 할 때 1년에 일주일도 제대로 쉬지 못했다. 한국 활동이 끝나면 해외 활동을 해야 했고, 신곡 홍보가 끝나면 콘서트 투어 일정이 기다리고 있었다. 빡빡한 스케줄 사이에 광고나 인터뷰 같은 일정이 분 단위로 쪼개져 끼어 있었고 밥을 먹거나 최소한의 잠을 자는 것조차 가끔은 사치스럽게 느껴졌다.

정신 차리면 호텔이고, 또 정신 차리면 비행기 안인 일상이 괴로울 때가 많았지만 저에게는 썩 나쁘지 않았다. 가만히 있으면 생각이 많아지는 타입이라 생각할 틈 없이 사는 게 심플해서 좋았다.

반면, 배우는 작품 활동 외 시간이 모두 휴식기였다. 광고 촬영이나 마케팅 행사 같은 일정이 있긴 했지만 가수 활동을 하던 때처럼 휘몰아치진 않았다. 그래서인지 요즘 들어 고민이 많아졌다.

별의 부재도 생각이 많아지는 원인이었다. 아무리 바빠도 꼬박꼬박 연락하던 사람이 조용해지자 괜스레 심술이 나기도 했다. 하지만 어느 정도 예상한 일이었다. 윤주형이 저를 찾아왔을 때부터, 그것을 의준에게 이야기했을 때, 그리고 별이 저에게 바빠질 것 같단 소리를 했을 때, 전부 각오한 일이었다.

그게 벌써 삼 주째였다. 짧게 하던 전화와 띄엄띄엄 오던 문자 답장이 완벽하게 끊긴 것도 일주일이 넘어갔다. 속이 타들어 갔다.

하루 종일 뉴스를 틀어 놓는 버릇이 생겼다. 별이 누굴 만나는지, 혹은 어딜 갔는지 같은 시답지 않은 정보들이 대단한 일처럼 보도되었다. 간혹 잘 쓰인 경제지를 읽기도 했다. 그곳엔 별의 적군과 아군이 쉴 새 없이 전쟁을 치른 기록이 있었다.

"이건 뭐 드라마보다 더하네."

사는 동안 늘 전쟁터 한복판에 서 있는 기분이었을 김별은 어쩌다가 저를 사랑하게 되었을까. 의미 없는 궁금증이 돈다.

기사에 실린 별의 사진을 아까운 듯 쳐다보았다. 처음엔 과도하게 화려한 얼굴이라고 생각했던 것 같은데 애틋하게 느껴지는 잔상이 스스로를 우습게 만든다. 커다랗게 진 쌍꺼풀과 살벌하게 날이 선 안광. 누가 뭐래도 포식자의 눈이었다.

포식자의 눈에는 매 순간 욕망과 자신감이 가득 차 있었다. 한 번도 빼앗긴 적 없고, 한 번도 주저앉은 적 없는 사람만이 가질 수 있는 순수함이었다. 그 눈으로 사랑을 말할 때마다 저는 마음이 벅찼다. 부족한 것 없는 김별의 유일한 결핍이자 유일한 욕망의 대상이 된 것 같아서.

이 지경이 되고 나서야 그게 좋지만은 않다는 걸 깨달았다. 숭고한 존재가 되어 닿지 못할 바에야 하찮은 먼지가 되어 곁에 있고 싶었다. 제가 별에게 원하는 건 숭배가 아니었으니까. 제가 원하는 건 그저 사랑이었다.

별이 저에게 사람을 붙였다는 걸 알고 있었다. 운동을 하러 가거나 사랑을 만나러 갈 때마다 지켜보는 시선이 느껴졌다. 처음엔 윤주형 쪽 사람인가 싶어 잔뜩 경계를 했지만 이내 별이 깔아 놓은 사람들이란 걸 알아차렸다.

연예인으로 살면서 알게 된 구분법이었다. 감시하기 위한 눈과 보호하기 위한 눈은 그 빛깔부터가 다르다.

과한 보호라고 느껴지긴 했지만 불평할 생각은 없었다. 괜한 불평으로 보호를 거부했다가 제가 다치기라도 하면 큰일이었다. 제가 다치는 순간 김별은, 주저 없이 저를 밀어낼 테니. 애정을 의심하지 않아서 생기는 불안은 이토록 무력했다.

○　◎　●

별은 정은호가 즐길 수 있도록 적당히 장단을 맞춰 주었다. 살고 있던 원룸을 쾌적한 크기의 아파트로 옮겨 주었고, 타고 다니던 차도 쓸 만한 것으로 바꿔 주었다. 어안이 벙벙한 표정으로 돌아가는 상황을 파악하던 어린 야망가는 어느 날 잔뜩 겁먹은 표정을 한 채 찾아왔다.

"왜 주기만 하세요."

우스운 질문을 하면서. 야망 있는 척해 봤자 애송이에 불과한 그였다. 자신이 내어 주는 게 없음에도 받는 것만 늘어나니 겁을 먹을 수밖에.

"네가 가진 게 있어야 뭘 달라고 하지."

촉촉해진 눈을 비웃으며 말했다. 티셔츠의 밑단을 말아 쥔 그는 끝내 아무런 대꾸도 하지 못했다. 수치심과 굴욕감에 파묻혀 피로해진 몰골이었다.

"정 나한테 뭘 주고 싶으면 빨리 크기나 해."

그러게 왜 덤볐는지 모를 일이다.

"지금은 네가 너무 하찮아서 뭘 갖고 싶단 생각도 안 드니까."

고작 이 정도도 감당을 못 할 거면서.

붉어지는 눈가를 쳐다보다 성 대표에게 연락을 넣었다. 정은호에게 필요한 투자를 해 줄 테니 원하는 것을 말하라고. 뱀 같은 성 대표는 기회를 놓치지 않고 굽실거렸다. 불과 얼마 전까지만 해도 적대 관계였지만 이 바닥에 영원한 적은 존재하지 않는 법이었다.

하루에 한 번 정도는 정은호에게 전화를 걸어 무엇을 먹었는지, 또 무엇을 했는지 물었다. 제가 투자한 돈이 그에게 닿고 있는지 확인하기 위함이었다. 실수하지 않기 위해 신경을 곤두세우고 있는 정은호를 풀어 주기 위함이기도 했다. 제가 베푸는 모든 것이 '관심'으로부터 비롯되었음을 느낄 수 있도록.

정은호는 신호음이 세 번도 울리기 전에 전화를 받았다. 가시방석에 앉은 사람처럼 묻는 말에만 대답하기 일쑤였던 그도 어느 순간부터는 적응을 하는 것 같았다. 미주알고주알 늘어놓는 하루 일과가 재밌지는 않았지만 하고 싶은 대로 할 수 있도록 내버려 두었다.

○　◎　●

별이 정은호를 데리고 백화점에 갔다. 프라이빗 룸으로 직행한 별은 미리 연락해 둔 퍼스널 쇼퍼에게 샴페인 한 잔을 부탁했다. 텅 빈 공간에 소파만 덩그러니 있는 것을 의아해하던 은호는 두리번거리지 말라는 핀잔을 듣고 나서야 자리에 앉았다.

정은호만을 위해 준비된 트렁크 쇼가 펼쳐졌다. 모델들은 모두 은호와 비슷한 신체 사이즈를 가진 사람들로 구성되어 있었고 그들이 걸친 옷과 신발, 액세서리 또한 그의 평소 스타일과 분위기를 크게 해치지 않는 선에서 준비되었다.

"11번이랑 17번은 빼요."

"네, 이사님."

"4번 구두도 너무 화려하네. 최대한 심플한 것들로 골라 달라고 했는데, 못 들었어요?"

모델들과 룩 북을 번갈아 보던 별이 물었다.

"신인 주제에 돈 바른 티가 너무 나면 이상하잖아."

날 선 한마디에 모두가 몸을 떨었다. 쇼룸 뒤편에서 대기하고 있던 직원들도 남아 있는 의상을 다시 체크했다. 화려한 색상이나 패턴이 사용된 것들은 빼고 깔끔한 디자인의 것들을 채워 넣는 식이었다.

"입고 나와 봐."

고른 옷들이 행거에 걸려 나오자 별이 은호에게 말했다. 은호와 직원들이 피팅 룸으로 들어가는 것을 확인한 별은 조금 답답해진 숨을 뱉었다.

돌이켜 보면 서윤기와는 쇼핑 한 번을 해 본 적이 없었다. 쇼핑이 뭐야. 밥 한 끼 먹으려고만 해도 레스토랑 전체를 비우거나 제집으로 셰프들을 초빙해야 했다. 투자자의 자격으로 촬영장을 방문할 때도 마찬가지였다. 남에게 눈치를 주면 주었지, 남 눈치를 살핀 적 없는 저에게 서윤기는 온갖 눈치를 다 봐야 할 만큼 까다로운 존재였다.

그에 비해 정은호는 물에 물 탄 듯, 술에 술 탄 듯 지루했다. 내키는 대로 쥐고 흔들어도 마음의 동요가 일지 않았다. 귀하지 않은 상대라 그런가. 모든 것이 지나치게 쉽고 간단했다.

"아이고, 이게 누구야."

등 뒤로 불쾌한 목소리가 들렸다. 이 모든 사달의 장본인이자 인생에 도움이 안 되는 윤주형이었다. 복지 재단을 차지한 후로 세력을 넓혀서 그런지 그는 꽤 기세등등한 표정을 짓고 있었다.

"귀찮게 하지 말고 꺼져."

별이 가운데 손가락을 들고 말했다.

"이 자식이 오빠한테……. 언제 철들래?"

"스스로한테 하는 말이야?"

한 대 치고 싶은 걸 꾹 참으며 물으니 윤주형은 낄낄 웃으며 고개를 저었다.

"데리고 온 애는 누군데?"

여기가 제 백화점이라는 걸 모르지도 않을 텐데 굳이 이곳까지 온 별이 무슨 생각인지 알 수가 없었다. 웬 남자애 하나를 데리고 왔다더니, 룩 북에 있는 모든 착장도 남성복이다.

"알 거 없어."

"에이, 만나는 사람이면 소개나 시켜 줘. 혹시 아냐. 너 재혼할지."

별이 미간을 확 찌푸렸다.

"오빠나 해. 내가 오빠처럼 한가한 줄 알아?"

"야 내가 하긴 뭘 해. 이젠 나 결혼한 것도 까먹었냐? 나 애 딸린 유부남이거든?"

"오빠 요즘 연애하는 거 아니었어?"

"뭐?"

"경원대 교수랑. 아니야?"

"와, 너 내 뒷조사하냐?"

발끈하고 묻는 주형에 별이 어깨를 으쓱였다.

"개나 소나 다 아는 걸 뭐 하러 뒷조사까지 해. 새언니도 알고 있을걸?"

"허……."

주형이 허탈한 표정을 지었다. 마침 옷을 갈아입은 은호도 어색한 걸음으로 나타났다. 웬 낯선 남자가 앉아 있는 것을 발견한 은호는 제자리에 멈추어 섰다. 혹시나 마주하면 안 되는 사람인가 싶어 당황한 얼굴이었다.

그런 은호를 짜증스레 쳐다보던 주형이 씨익 미소를 지었다. 죽자고 쫓아다니던 서윤기는 어디다 버려 놨나 했더니 뉴 페이스의 얼굴이 서윤기와 닮아 있었다.

"너 서윤기한테 까였냐?"

"내가?"

"그게 아니면 왜 딴 놈을 데리고 다녀."

"……."

별이 대답 대신 룩 북을 휙, 휙 넘겼다.

"……까인 거 맞네."

주형은 별의 약점을 잡아야 한다는 생각과 별개로 꽤 신이 났다.

"이야, 서윤기 그 새끼 배짱 장난 아니다."

"……."

"난놈은 난놈이네. 광고 받을 건 다 받았잖아. 그래 놓고 깐 거야? 천하의 김별을?"

별이 서윤기를 좋아하는 건 이선가家 사람이라면 다 아는 사실이었다. 그런 별이 얻는 거 하나 없이 까였다고 생각하니 자꾸만 웃음이 나왔다.

"까인 거 아니거든."

어울리지 않게 유치하게 구는 김별도 재미있는 요소 중 하나였다.

"까인 거 아니면 뭔데."

어릴 때처럼 놀리는 맛도 좀 있는 것 같고.

"그냥 자유롭게 둔 거야."

"그게 까인 거지, 뭐."

"싫다는데 어떡해. 21세기에 사람을 돈 주고 살 수도 없고…….."

별이 살벌하게 중얼거렸다. 멀뚱멀뚱 서 있는 은호에게 뒤를 돌아보라 말하더니,

"아, 살 수 있는 애들도 있긴 하지."

덧붙이며 웃는다.

"근데 서윤기는 너무 비싸더라고."

윤주형은 곧 울 것 같은 표정의 은호를 퍽 안타까운 눈으로 쳐다보았다. 대놓고 물건 취급을 하는 김별에게 불쾌한 기색 한번 보이지 못하는 게 한심했다.

"내가 굳이 오빠 백화점으로 온 이유 알려 줄까?"

별안간 씨익 웃은 별이 물었다. 의기양양해 보이는 얼굴이 얄미워서라도 궁금하지 않다고 하고 싶은데 고개가 절로 끄덕여졌다. 별이 그럴 줄 알았다는 듯 다리를 꼰다.

"이따위 추문은 있어도 그만 없어도 그만이니까."

"……."

"오빠도 그래서 바람피우는 거잖아. 문제 될 일 아니라는 거 알아서. 아니야?"

"야, 그건……."

"웬만하면 다른 방법 찾으란 소리야. 내가 연예인 끼고 노는 걸로는 이사들이고 주주들이고 꿈쩍도 안 할 거니까."

주형이 부정도 못 하고 시선을 돌렸다. 안 그래도 서윤기 쪽이 생각보다 별게 없어서 계획에 차질을 빚고 있었다. 부도덕한 사생활이라는 타이틀 하나로 타격을 주기엔 김별이 이룬 성벽을 부술 수 없었다. 그나마 서윤기 문제를 투자 문제

로 확대하는 게 유일한 길이었는데―

"아, 혹시 투자 과정을 지적하려는 건 아니지?"

독심술이라도 하는 것 같은 별이 묻는다.

"괜한 짓 하지 마. 조사해 봤으면 알 거 아니야. 서윤기 투자 건, 이득 봤으면 봤지 손해 본 거 하나도 없다는 거."

별은 이사진과 주주들이 원하는 게 무엇인지 알고 있었다. 그들은 세상이 변했다고 말하며 기업의 윤리관이 그 어느 때보다 중요하단 소리를 종종 지껄였지만 겉만 번지르르할 뿐이었다. 그들이 원하는 건 오직 돈이었고 결과였다.

저의 더러움과 윤주형의 더러움을 저울에 달아 무게를 재면 엇비슷할 것이다. 하지만 저의 능력치와 윤주형의 능력치를 저울에 달면 저울은 어김없이 제 쪽으로 기울어질 게 뻔하다.

"내가 주제 파악 하라고 했잖아. 왜 말을 안 들어?"

순진하기 짝이 없는 윤주형에게 말했다. 어쩌면, 제가 할 수 있는 마지막 경고였다.

○ ◎ ●

"너 혹시 그 사람, 아니 그분이랑 헤어졌어?"

여느 때와 마찬가지로 갑자기 나타난 사랑이 물었다.

"갑자기?"

"대답이나 해. 헤어졌어?"

씩씩거리며 묻는 사랑을 빤히 쳐다보던 윤기가 고개를 저었다.

"아이씨, 그럼 내가 본 건 뭐야?"

혼잣말인 듯, 질문인 듯 내뱉은 사랑이 욕지거리와 함께 손톱을 씹었다.

"뭘 봤는데."

"아니, 오늘 테일러 숍에 갔다가……."

사랑이 후, 숨을 뱉으며 말을 멈췄다. 서윤기가 연애 사실을 인정하며 보여 주었던 실실거리는 낯짝이 아른거렸다.

"왜 말을 하다 말아."

눈살을 찌푸리며 묻는 낯빛도 좋아 보이지 않았다. 바쁘던 일이 끝났으니 안 좋았던 때깔도 좋아져야 맞는 건데. 신경 쓰이는 일이 있는 모양이었다. 김 이산지 뭔지 하는 사람이랑 싸우기라도 한 건지.

"난 그냥 본 것만 말할 테니까 사실 확인은 네가 해."

그렇다고 본 것을 모른 척할 수는 없었다. 그딴 건 제 기준에서도, 서윤기의 기준에서도 배려가 아니었다.

"……."

사랑은 자신이 본 것에 대해 그 어떤 살도 더하지 않고 말했다. 서윤기는 가만히 앉아 생각을 하는 듯하더니 그대로 뛰쳐나갔다. 충격을 받을 줄은 알았지만 전혀 예상하지 못한 바였다.

○　◎　●

별은 고개를 처박고 핸드폰 화면에 집중했다. 임 비서가 없어서 망정이지, 아마 이 꼴을 보았다면 핸드폰 속으로 들어갈 작정이냐며 잔소리를 늘어놓았을 것이다. 하지만 사진이라도 보고, 영상이라도 봐야 늘어나는 그리움을 달랠 수 있었다.

어젯밤에는 악몽까지 꾸었다. 귀신이나 괴물 따위가 나온 건 아니었지만 목이 타들어 가는 고통과 함께 웬 황무지를 내내 달렸다. 뭔 놈의 꿈이 그렇게 생생한지. 갈증이 만들어 내는 고통에 당장 죽고 싶다는 생각이 간절할 지경이었다.

오아시스를 찾으며 드넓은 땅을 끝없이 달렸지만 잔인하게도, 물은 단 한 방울도 발견하지 못했다. 피를 마시지 못한 뱀파이어가 이런 기분일까 하는 생각도 잠시, 바다가 보였다. 파도가 부서지는 소리와 함께 새파란 물빛이 안 된다는 걸 알면서도 몸을 움직이게 했다.

미친 사람처럼 달려가 너른 바닷속에 몸을 던졌다. 온몸의 구멍이란 구멍으로 소금기 가득한 물이 들어차는 건 순간이었다. 죽음보다 더한 갈증을 해소할 수만 있다면, 익사의 고통 따위 견딜 자신이 있었다.

하지만 당연하게도 갈증은 해소되지 않았고 온몸은 따끔거리기 시작했다. 그렇게 천천히 바닷물에 잠긴 채 죽었다. 태어나서 꾼 꿈 중에 가장 적나라하고 강렬해 깨어난 직후에도 몇 분간 환상통을 느꼈다.

기억을 되짚는 사이, 또다시 환상 같은 갈증이 일었다. 핸드폰 화면 속에 들어찬 서윤기의 얼굴이 자꾸만 조바심을 만들어 냈다. 새까만 눈동자를 보고 있다 보면 유려한 얼굴선이 눈에 띄고, 부드러운 살결이 떠올라 손끝을 갖다 대면 품에서 느껴지던 살내음이 간절해졌다.

"하……."

벌써 몇 병째인지 모를 생수를 벌컥벌컥 들이켰다.

"이사님, 저 이거 하고 싶어요."

사무실 소파에 앉아 차기작 대본을 고르던 은호가 불쑥 말했다.

"갖고 와."

정은호는 눈치가 좋은 편이었다. 살이 좀 올랐다고 말하면 하루 종일 굶어서라도 핼쑥한 얼굴을 만들어 냈고 시끄럽다고 지적하면 말을 걸기 전까진 한마디도 하지 않았다. 사랑받고 싶어서 안달인 몸짓이었지만 안타깝게도 사랑스럽지는 않았다.

오히려 뻔뻔하게 여겨질 뿐이었다. 데리고 다닌 지 며칠 되지도 않은 것 같은데 제 옆자리를 익숙해하는 모습이나 지긋한 눈빛이나 하나같이 뻔뻔했다. 서윤기 대신 방패막이를 시키겠단 생각이 아니었다면 상종도 하지 않았을 것이다.

다행히 효과는 나쁘지 않았다. 증권가 정보지와 입 가벼운 인사들 사이에 소문이 퍼지기 시작한 것이다. 이선그룹의 김 이사가 서윤기에게 대차게 까인 후 비슷하게 생긴 신인 하나를 데리고 다닌다는 소문이었다.

대체 어디가 어떻게 닮았다는 소리인지는 모르겠지만 다행이었다. 소문이 이렇게 흐르는 한, 제 사생활이 오픈되어도 서윤기는 별 타격을 받지 않을 것이다.

그리고 그때, 절대 나타나지 말아야 할 서윤기가 등장했다.

윤기는 어쩔 줄 몰라 하는 은호를 보다 피식 웃었다.

"나가."

차라리 뻔뻔하게라도 앉아 있을 것이지. 쓸데없이 당황스러워 보이는 얼굴에 기가 찼다. 정말 나쁜 짓이라도 한 것처럼. 막장 드라마에서나 보던 치정 싸움에 휘말린 기분이었다.

"……."

은호는 퍽 여유로워 보이는 윤기를 똑바로 쳐다보지 못하고 고개를 숙였다. 떳떳하지 못한 모습을 들켰다는 것이 수치스러우면서도 저와는 달리 당당해 보이는 서윤기가 어김없이 미웠다.

돈과 명예, 인기와 실력 중 무엇 하나 부족한 것이 없는 그는 김 이사를 원하지 않았다. 아니, 그래 보였다. 영웅처럼 나타나 이런저런 도움을 쏟아 주어도 매번 시큰둥했고, 대화를 나눈다 해도 형식적인 느낌이 다분했다.

그런데 왜, 왜 이제 와서 저런 얼굴을 하고 있을까. 마치 제가 이곳에 있으면 안 되는 것처럼, 대체 왜 저를 비웃고 있는 걸까. 대체 왜 저렇게 화가 난 걸까.

눈살을 찌푸린 것도 아니고, 목소리를 높인 것도 아니었지만 알 수 있었다. 서윤기가 표정 없는 차연우를 연기한 것만 벌써 몇 달이었다. 열렬하게 끓고 있는 분노를 수면 아래로 감춘 차연우가 지금, 그에게서 보인다.

"나가 봐."

침묵을 지키던 김 이사가 말했다.

"……."

정은호는 서운했다. 그리고 서운함을 느끼는 스스로에게 혐오감을 느꼈다. 저에게 무언가를 요구한 적도 없고 웃어 준 적조차 없는 김 이사에게 기대감을 품고 있는 자신이 못 견디게 한심해서 웃음이 나올 지경이었다.

김 이사를 따라다닌 최근 며칠 동안 그녀가 상냥하게 대한 사람은 소수에 지나지 않았다. 1분 이상의 상냥함을 보인 사람으로 따지면 임 비서님이 유일했다.

애초에 무언가를 아끼거나 소중히 하는 성향이 아닌 것 같았다. 아끼는 것 같았던 물건도 화가 나면 휙휙 던지거나 버리기 일쑤였고, 친한 듯 보였던 사람에게도 성난 얼굴을 아무렇지 않게 보여 주었다.

예외라는 게 없었다. 물건이든 사람이든 그녀의 심기가 불편해지면 모두가 위험해졌다. 그럴 땐 임 비서님도 방법이 없는 듯 보였다. 그저 피하는 게 상책이라며 주변을 정리할 뿐이었다.

그런데 서윤기에게는 다른 것 같다. 제멋대로 쳐들어온 그에게 아무 말도 하지 않는 걸 보면.

"……연락드릴게요."

자리에서 일어났다. 열병 같은 열등감이 도졌지만 할 수 있는 건 아무것도 없었다. 진품인 서윤기가 나타난 이상 대용품인 저는 아무런 가치가 없다.

윤기는 은호가 앉아 있던 자리에 그대로 앉았다.

"바쁘다더니—"

테이블 위에 가득한 대본을 뒤적이다 웃음을 터트린다.

"이러느라 바쁜 줄은 몰랐네."

사랑에게 처음 이야기를 들었을 때도 이렇게까지 화가 나진 않았다. 아, 화가 나긴 했다. 그래서 뛰쳐나온 거고.

그렇다고 질투나 오해 따위를 하지는 않았다. 영화 속 주인공이었다면 확인도 하기 전에 상처를 받고 비극을 그리며 땅굴을 팠겠지만 저는 현실의 사람이었다. 돌아가는 상황이 어떤지 알고 있었고 김별과 저의 스캔들이 약점으로 변모할 수 있다는 것 또한 알고 있었다.

그것이 저를 무력하게 만들고 또 불쾌하게 만들었다. 모든 상황을 알고 있으면서 아무런 도움을 줄 수 없다는 것이 무력했고, 저의 존재가 별에게 약점이 될 수 있다는 게 불쾌했다.

"해명해요."

윤기는 싸늘한 목소리로 말했다. 이마를 짚고 있던 별은 한숨을 쉬었다. 내막을 알고 싶은 사람과 내막을 말하고 싶지 않은 사람. 두 사람의 신경전이 팽팽하게 이어졌다.

"……해명할 거 없어."

"있을 텐데."

"해명은 잘못했을 때나 하는 거야."

"그럼 설명해요."

"설명할 것도 없어."

별이 눈살을 찌푸리며 말했다.

"내가 왜 이러는지 너도 알잖아."

세상사에 관심 없는 서윤기라도 연일 터져 나오는 뉴스를 보지 못했을 리 없다.

최근 별은 제 사촌 오빠가 연예계 데뷔라도 하는 줄 알았다. 빈곤한 능력에 비해 제법 반반한 상판을 생각하면 기업가보단 그쪽이 더 나은 진로였다. 관심받고 싶어서 안달 난 성격도 연예인이란 직업에 찰떡이니 진로 전향이 목적이었다면 응원해 줬을 것이다.

하지만 애석하게도 그는 데뷔가 아닌 홍보를 했다. 언론사와 방송국이 합심하고 그를 밀어주는 모양새였다. 저보다는 윤주형이 득세하는 게 그들에게 이득이긴 했다. 저는 그들을 하찮게 여기지만 윤주형은 그들에게 적당히 숙일 줄 알았으니.

그들은 윤주형에게 소탈하고 가정적인 이미지를 만들어 주었다. 쥐꼬리만 한 성과를 거대하게 포장하며 실력 있는 기업가란 인식도 심어 주었다. 능력은 개뿔도 없으면서 청소년들의 1등 멘토가 되는 건 순식간이었다.

차라리 저를 비난했다면 쉬웠을 거다. 이선의 이름으로 데스크를 압박하면 그만이었으니까. 하지만 그들은 윤주형에게 열광할 뿐이었다. 공격의 방향을 예측할 수 없는 비겁하고 치사한, 까다로운 방식의 싸움이었다.

신경을 곤두세웠다. 회사 내부에선 여전히 제가 유일한 후계자 대우를 받았지만 여론은 윤주형을 저의 적수로 인정하는 분위기였다.

"회사 일 힘든 거 알아요."

서윤기가 말했다.

"그래서 연락 없는 거 이해했어요."

덤덤하고 건조한 목소리가 마음을 흔든다.

"나 다칠까 봐 걱정하는 것도 알아요. 그래서 사람 붙인 것도 모른 척했어요."

기본적으로 무심한 사람이라 모를 줄 알았는데, 한번 예민해지기 시작하면 놀라울 정도라는 걸 잊고 있었다. 사실 들켰다면 바로 연락이 올 것이라 생각했다. 보호가 이유라고 해도 사사건건 따라붙는 시선이 좋을 리 없으니.

하지만 그는 알고도 묵과한 모양이다. 제가 제멋대로 정해 놓은 것들을, 제멋대로 침범한 선들을 무심하게.

"근데 이건 이해가 안 돼."

서윤기가 괴로운 듯 머리를 헝클였다.

그는 산처럼 쌓인 대본들이 끔찍했다. 이 테이블 위에 대본들을 올리기 위해 얼마나 많은 약속이 오갔을까. 적나라한 요구와 오만한 승낙, 혹은 오만한 요구와 적나라한 승낙이 부끄러운 줄도 모르고 서로를 탐했을 것이다.

이 바닥에서 비일비재한 일 갖고 역겹다 말하는 게 어쩌면 더 역겨운 일인지도 모른다.

"이런 짓까지 해야 돼요?"

하지만 어떻게 괜찮을 수 있을까. 진창을 걷지 않아도 될 사람이 저 때문에 자처해 걷겠다는데.

"내가 좋아할 줄 알았어요?"

"네가 안 좋아할 줄 알았어."

"······."

"그래서 얘기 안 한 거고."

미련하다. 진창 따위 아무것도 아니라면서 발을 담갔을 모습이 눈에 훤하다.

"얘기를 안 할 게 아니라 이런 짓을 하지 말았어야지."

"어떻게 안 해. 네가 다치는 꼴은 죽어도 보기 싫은데."

"······."

김별은 단호했고 저는 한없이 허탈해졌다. 이런 태도는 예전에도 마주한 적이 있었다. 제 앞에 있는 장애물을 다 물어뜯겠다던, 사자의 목소리도 선명하다. 어쩌면 그때부터 모든 것이 예견된 일이었는지도 모른다. 통제할 수 있는 방법을 물었을 때 통제할 필요 없다고 했으니까. 저를 물어뜯을 바엔, 굶어 죽을 거라 했으니까.

그때 그냥 그렇게 넘어가지 말았어야 했다. 저를 위해서라면 불지옥에라도 뛰어들 누군가가 있다는 게 기뻐서 모른 척했던 것이 실수다. 저 미련한 사자가 소중해질 줄 모르고.

"이제라도 그만해요."

나지막이 말했다.

"내가 더……."

말하다가 격양되는 감정을 참고 호흡을 눌렀다.

"더 조심할게."

애원이었다.

"앞으로 몇 달간, 아니 한 1년간 칩거하라고 해도 그렇게 할게."

경고였고 또 간절한 호소였다. 제가 원하는 건 무엇이든 들어주던 별이었다. 참고인 조사에 동행하기를 원했을 때도, 갓 만든 약과를 요구했을 때도 어려워하는 기색 없이 들어주었으니 이번에도 부디—

"네가 왜."

목소리가 딱딱하다.

"……왜라니."

"네가 왜 그런 희생을 해."

문장을 이루는 모든 단어가 저를 외롭게 했다. 본인은 저를 위해 불명예도 마다하지 않으면서 저에게는 아무것도 하지 말라고 한다. 아무것도.

"하……."

낮게 한숨을 뱉은 별이 무심한 낯으로 돌아갔다.

"금방 끝낼 거니까 기다려."

"뭘 기다려. 당신 너덜너덜해지는 거? 더러운 오명 뒤집어쓴 채 웃음거리 되는 거?"

"애처럼 굴지 마. 고작 이딴 걸로 너덜너덜해지지 않으니까."

별이 신경질적으로 말했다. 그러다 붉게 달아오른 서윤기의 눈가를 보고 다시 누그러진 얼굴을 한다.

"널 지키려는 거야."

달래기 위한 다정한 목소리.

"방패라고 생각해. 방패가 더러워진다고 달라질 거 없어."

"……그딴 거 바란 적 없어."

마음이 일그러지는 만큼 서윤기의 얼굴도 일그러졌다.

별은 홀린 듯 걸음을 옮겼다. 곧 울 것처럼 아슬아슬한 얼굴을 조심조심 감쌌다. 싫은 소리를 하며 밀어낼 줄 알았던 그는 오히려 허리춤을 안아 오며 절절하게 굴었다.

"날 아까워하지 마."

속삭였다.

"……아까워."

고개를 저은 그가 더욱 당겨 안는다.

"난 이미 더러워."

"개소리하지 마."

"이보다 더한 짓도 저지를 수 있단 소리야."

"……."

"이미 저지른 짓도 많단 소리고."

그까짓 추문은 절 더럽힐 수 없다. 그까짓 스캔들이 더럽다 말하는 서윤기는 죽었다가 깨어나도 이해하지 못하겠지만 제 세상에서 더러움이란 이기지 못할 때나 쓰는 말이다.

"정은호만 봐도 알잖아."

정신을 차려야 한다.

"걘 이미 끝났어."

여기서 약해져 봤자 달라지는 것은 없고,

"걔도 네 방패거든."

이미 시작한 일은 끝을 봐야 한다.

말하는 내내 별의 마음은 어느 때보다도 작게 수축했다. 마음 여린 그가 단념할 수 있도록 일부러 모진 소리를 뱉고 있긴 했지만 그가 저에게 실망할까 봐, 실망해서 떠나겠다고 할까 봐 손끝이 덜덜 떨렸다.

"내가 이런 사람인 거, 모르지 않았잖아."

하지만 그에게 좋은 사람으로 남는 것과 그를 지키는 것, 둘 중 하나를 고르라면 저는 당연히 후자다.

"당신은 당신 사랑만 중요하지."

그가 안고 있던 팔을 풀며 말했다.

"당신한테 내 사랑은 아무것도 아니지."

"서윤기……."

"나였으면 부서지는 한이 있더라도 같이 견디는 편을 택했을 거야."

말에서 바람처럼 부서지는 소리가 났다. 그게 꼭 서윤기의 마음에서 나는 소리 같아서 마음이 아팠다.

"……금방 끝낼게."

제가 할 수 있는 최선의 말이었다.

"금방…… 금방 끝낼 수 있어."

그를 이해한다고 해서 제 계획을 수정할 수는 없었다.

"기다려 줘."

제발. 소리 내 말하지 못한 애원을 그가 들어주길 바랐다. 애원하고 싶어도 애원할 수 없음을, 무너지고 싶어도 무너질 수 없음을 그가 알아주길 바랐다.

"어떻게 기다려요."

물기 어린 눈의 그가 이내 마른세수를 했다.

"나 때문에 무슨 짓이든 하겠다는 당신을, 내가 어떻게 기다려."

그는 더 들을 것도 없다는 듯 자리에서 일어났다. 다급하게 따라 일어나 소매를 붙들었지만 잡을 수 있는 말이 저에게 남아 있는지 헤아릴 시간은 없었다. 원망 섞인 눈동자가 저를 빤히 쳐다보았다.

"나를 위해서 하는 모든 일, 그만둘 자신 있으면 연락해요."

"그만둘 생각 없으면."

"……."

"그럴 생각 없으면…… 너 못 봐?"

갈라지는 목소리를 어찌지 못하고 물었다. 그는 연민이 가득한 얼굴로 저를 응시했다.

"못 봐요."

"그런 게 어디 있어. 왜 못 봐. 왜……."

질문은 끝을 맺지 못하고 흩어졌다. 답을 해 줘야 할 상대가 눈앞에서 사라진 뒤였다.

○ ◎ ●

임 비서가 의준에게 도움을 요청했다. 윤기가 자리를 박차고 나간 이후 내내 울기만 하는 별을 더는 보고 있을 수가 없었다.

연락을 받자마자 달려온 의준은 울고 있는 별을 보고 잠시 몸을 굳혔다.

장례식장에서의 별이 떠올랐다. 검은색 상복을 입고 아빠를 부르짖으며 울던 별은 곧 죽을 것처럼 헐떡이고 있었다. 마치 물 밖으로 나온 물고기 같았다. 꼭 지금처럼.

"물이라도 좀 마시면서 울어."

"윤기가…… 흑, 나 이제 안 본다고 하면 어떡해?"

"안 보긴 뭘 안 봐. 쓸데없는 생각 좀 그만해."

"못 본다고 했단 말이야! 내가 다 그만두지 않으면 못 본다고!"

흐어엉, 울음을 터트린 별이 슬픔을 이기지 못하고 허공에 발길질을 했다.

"그렇게 불안하면 다 그만두든가."

"뭐?"

"서윤기랑 팔짱 끼고 비난받고 싶으면 그렇게 하라고."

"그걸 말이라고 해?"

별이 의준을 있는 힘껏 노려보았다.

"네 선택이 옳다는 말을 하는 거야. 서윤기한테 흠집 나는 거 싫잖아. 그러면 떨어져 있는 게 맞는 거야."

"……떨어져 있는 걸로는 서윤기도 별말 안 했어. 스폰서 노릇 하는 거 때문에 빡친 거지."

"그건 좀 빡칠 일이긴 해."

의준이 고개를 끄덕였다. 끝까지 옳은 말만 하는 김의준에 짜증이 치민다.

"아, 진짜!"

의준이 어깨를 으쓱였다.

"서윤기도 머리로는 이해하겠지."

"이해하긴 뭘 이해해. 아까 우리 윤기가 나를 어떤 표정으로 쳐다봤는지 알아? 아주 경멸이, 경멸이……! 작년에 우리 윤기 악역으로 나왔던 영화 알지? 그때 그 표정이랑 똑같았다니까? 우리 윤기는 연기도 메소드로 하나 봐."

"어휴……."

의준이 고개를 저었다. 엉엉 우는 와중에도 기승전 서윤기 칭찬으로 이어지는 별의 화법은 지독한 습관이었다. 맛있는 음식을 먹을 때면 '우리 윤기, 밥은 먹고 일하나.' 중얼거리며 걱정을 하고, 날씨가 좋지 않으면 '우리 윤기, 감기 걸리면 안 되는데.' 같은 소리를 하는 일종의 반사 신경.

물론 나이 서른넷에 대기업 이사 직함까지 달고 있는 사람으로서 대놓고 드러낼 버릇이 아님은 별도 알고 있었다. 어쩔 수 없이 별은 서윤기 이야기로 하루를 꽉 채우고 싶은 마음을 꾹꾹 눌렀다가 한 번에 터트리고는 했는데 슬프게도 그 대상은 언제나 임 비서 아니면 의준이었다.

"서윤기가 나빴네."

"죽을래? 네가 뭔데 우리 윤기보고 나빴네, 뭐네 하고 있어?"

어린애처럼 칭얼거리던 별의 표정이 순식간에 굳어졌다.

"미안."

의준이 금세 백기를 들었다.

"내가 잘못했네."

서윤기가 대역죄를 저질렀다고 해도 김별 앞에서 욕할 순 없다. 목숨을 내놓을 게 아니라면.

○　◎　●

"오늘 일정 브리핑 좀 해 줘. 새벽에 업로드된 거 확인하긴 했는데 조찬 미팅 준비하느라 제대로 못 봤어."

호텔 경영진들과 조찬을 마치고 복귀한 별이 갑갑한 표정을 지으며 슈트 재킷을 벗었다. 임 비서 옆에 서 있던 비서팀의 정 차장이 재빨리 재킷을 받아 냈다. 개인 집무실엔 비서팀의 수장인 임 비서 외에 다른 비서가 드는 걸 좋아하지 않았지만 요즘 일이 급격하게 늘어 어쩔 수 없었다.

　"한 시간 뒤에 미국 지사와 전화 미팅 있습니다. 이틀 전 국내 회의록 포워딩해 두었습니다."

　임 비서가 브리핑을 시작했다.

　"1시에는 회장님과 오찬 있으신데 이선전자 이사들도 참석할 것 같습니다."

　"갑자기? 가볍게 밥이나 먹자더니…….."

　지끈거리는 머리를 짚은 별이 고개를 끄덕였다.

　"나 갈아입을 옷은 있어?"

　젊은 층이 주를 이루는 호텔 경영진들과 달리 이선전자 이사들은 보수적이었다. 사업 방식도 그렇고 패션 센스도 그랬다. 엄마인 윤 회장의 오른팔들이니 제 편이나 다름없었지만 적당히 비위는 맞출 필요가 있었다. 별이 어깨에 닿을 만큼 길게 내려온 귀걸이를 뺐다.

　"네이비 컬러의 슈트와 그레이 컬러의 슈트로 두 벌 준비해 뒀습니다."

　"우중충하기 그지없네."

　쯧, 혀를 찬 별이 그레이로 준비하라 지시했다.

　"네, 이사님."

　대답하는 임 비서 뒤에서 정 차장이 쉴 새 없이 체크 리스트를 만들었다. 책상 위를 구르고 있는 귀걸이를 한쪽 구석으로 밀어 내 정리하는 것은 가히 무의식에 가까운 움직임으로 처리했다.

　"오찬 끝나시면 삼성동으로 이동하셔야 합니다."

　"삼성동? 아, 오늘 뷰티 포럼이지."

　고개를 갸웃하던 별이 포럼 일정을 떠올렸다. 부러 정신없이 살겠다고 애썼더니 오늘이 며칠인지도 모르고 있었다.

　"참석자들 명단 확보했어?"

　"자리 배치도와 같이 보시는 게 편할 것 같아서 정리해 뒀습니다."

태블릿에 자리 배치도를 띄운 임 비서가 별에게 건넸다.

"사람이 너무 많은 거 아니야?"

굵직한 뷰티 브랜드의 총수들뿐만 아니라 여성을 주 고객층으로 하는 기업의 임원들도 꽤 많이 보였다. 기자들은 또 왜 이렇게 많은 건지. 예상했던 수보다 배는 많은 리스트에 절로 피곤해졌다.

"판 키워서 나쁠 거 없죠. 좋게 생각하세요."

"하……."

지친 듯 한숨을 내쉰 별이 고개를 끄덕였다.

"오프닝 세리머니까지만 할 거야. 저녁엔 의준이 만나서 주총 준비해야 돼."

"네, 이사님. 주최 측에 여러 번 얘기해 뒀으니 걱정 안 하셔도 돼요."

"알았어. 나가 봐."

성의 없는 손짓과 함께 국내 회의록을 펼친 별이 미간에 주름을 만들었다. 혼자 있고 싶다는 뜻이 강하게 내포된 몸짓이었지만 임 비서는 정 차장만을 내보낸 채 자리를 지켰다.

"왜, 할 말 있어?"

별이 조금 예민한 어투로 물었다.

"괜찮으세요?"

"뭐가?"

"그냥…… 전부 다요."

임 비서는 점점 작아지는 목소리로 걱정을 표했다. 자신의 말이 별의 심기를 불편하게 할 수 있다는 걸 알면서도 묻지 않을 수가 없었다. 핼쑥해진 낯빛과 아슬아슬한 목소리가 선연했다. 서윤기와의 다툼 아닌 다툼으로부터 겨우 일주일밖에 지나지 않은 시점이었다.

"신경 쓰지 마."

"많이 피곤하시면 수액이라도 맞으세요. 주치의 부르겠습니다."

"됐어. 팔 뻐근해지는 거 싫어."

"……."

임 비서의 속이 타들어 갔다. 어린아이처럼 울던 모습이 바로 어제 일처럼 생생했다. 그동안 봐 왔던 별의 모습 중 가장 아이 같은 모습이었다. 10대 시절의 김별을 다 포함한다고 해도 마찬가지였다.

하지만 달라지는 건 없었다. 서윤기에게 붙여 놓은 경호팀 사람들을 늘리긴 했지만 정은호에 대한 투자를 줄이지도 않았다. 오히려 서윤기가 담당하던 광고 몇 개를 정은호에게 떼어 주기도 했다.

"임 비서 한가해?"

됐다는 말에도 물러나지 않고 버티는 임 비서에 별의 눈이 형형해졌다. 더는 어떤 관여도 하지 말라는 뜻이었다.

"할 일 없으면 각성제나 하나 구해다 줘."

"각성제요?"

"잠 좀 깨려고."

태블릿에 시선을 고정한 별이 말했다. 여기서 더 지시를 거부했다간 별의 부족한 인내심이 어떤 패악을 부릴지 몰랐다. 하지만 임 비서는 차마 고개를 끄덕일 수 없었다.

"어제도 새벽까지 일하셨잖아요."

이미 카페인 섭취량이 위험 수준에 달하고 있었다. 쓴 걸 좋아하는 취향이 아니라 커피라면 질색을 하던 별이었는데 최근 일주일은 과할 정도로 커피를 달고 살고 있었다.

"그러지 마시고 주무세요, 이사님. 내일 오전 일정 비울 테니……."

별이 보고 있던 태블릿을 탁, 소리가 나게 내려놓았다.

"오전 일정을 비워? 누구 마음대로?"

"이사님……."

"자꾸 토 달지 말고 시키는 일이나 잘해. 이석훈 장관이랑 약속 잡았어?"

"……네, 이사님."

임 비서는 더 이상 아무 말도 하지 못했다. 미세하게 떠는 손끝을 감추지도 못한 채 으르렁거리는 별은 필요 이상으로 필사적이었다.

별은 텅 빈 사무실에서 한숨을 쉬었다. 한 일이라고는 제 걱정밖에 없는 임 비서에게 괜한 짜증을 냈더니 자괴감이 몸을 옥죄었다. 피곤한 기색을 드러내는 것만으로도 프로답지 못한데 사사로운 감정까지 신경 쓰게 만들고 있으니 상사로서 최악이었다.

습관처럼 핸드폰을 꺼냈다. 미친 듯이 쏟아지는 일을 해치운 뒤 혼자 남게 되면 병적으로 핸드폰을 만지작거렸다. 하는 일은 별로 없었다. 그냥 서윤기 번호를 띄워 놓고 통화 버튼을 누를까, 말까 하는 자신과의 싸움이 대부분이었다.

"하⋯⋯."

당장이라도 전화해서 아무 말이나 하고 싶었다. 결심이 무너지지 않도록 애쓰는 것에만 급급해 사과도 하지 못한 것이 마음에 걸렸다. 그래도 사과는 했어야 했는데.

하지만 끝내 통화할 용기는 나지 않았다. 더는 못 볼 거라 말하던 그가 이제는 끝을 말할지도 모른다는 생각이 들었다. 매일같이 오던 문자가 끊긴 것도 두려움을 증폭시켰다.

처음엔 서윤기에게 무슨 문제라도 생긴 줄 알고 길길이 날뛰었다. 그에게 붙여 놓은 경호팀이 그의 평화로운 일상을 보고하지 않았다면 제 망상은 끝이 없었을 것이다.

"뭐가 이렇게 멀쩡해⋯⋯."

서윤기의 일상은 말 그대로 평화로웠다. 여유로워진 일상을 즐기듯, 규칙적인 운동을 하고 쇼핑도 간간이 했다. 이틀에 한 번 꼴로 사랑을 만나 놀기도 했고 어제저녁엔 뮤지컬도 본 모양이었다.

"나만 피 마르지. 나만."

원망과 함께 입술이 비쭉 나왔다.

"나쁜 놈."

저는 먹지도 자지도 못하는데 그는 아무렇지도 않아 보인다.

"하는 짓은 얄미운데 생긴 건 왜 이렇게 예쁜 거야."

화면 속 얼굴을 애틋하게 바라보다 커피를 들이켰다. 빈속에 커피를 들이켠다 한들 헛헛해진 마음이 채워지진 않겠지만 잠을 줄여서라도 일에 속도를 내야 한다.

"보고 싶다, 내 새끼."

그가 너무 보고 싶으니까.

○ ◎ ●

평일 아침, 그것도 오전 9시는 피트니스 센터의 하루 중 가장 사람이 없는 시간이었다. 사람들의 시선이 달갑지 않은 윤기는 자연스레 그 시간을 선호했다. 오늘도 평소와 다름없이 운동을 하고 나온 그는,

"왜 내 전화 안 받아요?"

의준과 마주쳤다. 막 씻고 나온 듯 젖은 머리를 하고 있던 그는 허리 아래에 긴 타월을 두르고 있는 채였다. 원체 키도 크고 뼈대가 남다른 사람이란 걸 알았지만 보기 좋게 짜인 근육이 흡사 수영 선수의 몸을 떠올리게 했다.

"저 미행하세요?"

불퉁하게 나간 질문에 의준이 눈꼬리를 휘며 웃었다. 얄미운 보조개가 움푹 들어가 존재감을 드러낸다.

"여기 원래 내가 다니던 곳인 거 잊었어요?"

"……."

무어라 말을 하려다 입을 다문 윤기는 묵묵히 로커를 열었다.

"윤기 씨 나 피해요?"

"안 피하는데요."

"근데 왜 사랑이한테 나 운동하는 시간 물어봤어요?"

"사랑이?"

"아, 말 편하게 하기로 했어요. 어제부터."

로커에 기대선 그가 천진하게 답했다.

"어쨌든, 진짜 나 피하는 거 아니에요?"

"……."

웃고는 있지만 날카롭게 찔러 오는 눈빛에 윤기는 차마 거짓말을 할 수 없었다. 의리 없는 천사랑. 김의준한테 일러바칠 줄은 몰랐다.

"피하는 거 알면 피해 주세요."

제가 운동하는 시간도 천사랑이 알려 준 게 뻔하다. 그게 아니라면 직장인인 그가 이 시간에 여기 있을 이유가 없다. 상황이 한 달 전과 정확히 반대로 뒤집혔다.

"김별이 밉다고 나까지 피하는 게 어디 있어요."

"……."

윤기가 눈썹을 치켜올렸다. 귓가에 이름이 정확하게 꽂혔다. 그 이름이 뭐라고 미친 듯이 날뛰는 속이 짜증스러웠다. 걱정되는 마음과 불안한 마음, 미운 마음과 그리운 마음이 멀미가 날 것처럼 넘실거린다.

"이럴 것 같아서 피하는 거예요. 변호사님이 그 사람 얘기 할까 봐."

"듣는 것도 싫어요?"

의준이 물었다. 적대적인 저의 태도가 꽤 속을 긁을 텐데도 언짢은 기색 하나 없이 차분한 모습이었다.

"제가 들어야 할 말이 있어요?"

윤기도 그처럼 차분하고 싶었지만 목소리엔 가시가 잔뜩 돋쳤다.

"나는 그 사람한테 하고 싶은 말 다 했어요."

"별이는……."

"못 볼 각오 하라고도 했어요. 근데 그날 이후로 나한테 온 연락은 아무것도 없어요. 그게 그 사람 답이에요."

더 듣고 싶지 않았다.

"근데도 내가 더 들을 말이 있어요?"

어쩔 수 없다는 말은 핑계일 뿐이었다. 제가 조금만 위험해져도 멀리 달아나 버리는 사람을 저는 믿을 수 없다. 믿지 않는 사람을 사랑할 방법도, 저에게는 없다.

"좀 봐줘요."

의준이 말했다.

"사랑받는 법을 몰라서 그래. 근데 김별은 반대로 알더라고. 자기는 받을 줄만 알지, 주는 법을 모른다고."

"……."

"진짜 바보 같지 않아요? 걔만큼 사랑에 모든 걸 다 거는 애도 없는데. 지금도 봐요. 윤기 씨 커리어 하나 지키겠다고 자기 인생을 걸잖아."

"변호사님."

"화나는 거 이해해요. 나 같아도 화났을 거야."

의준이 진지한 표정으로 말했다.

"그래도 난 김별 친구니까 편파적으로 부탁할게요."

"……."

"한 번만 용서해 줘요. 윤기 씨가 용서를 안 하니까 김별 그 멍청한 게 스스로 벌주고 있어."

| 15. 언론 플레이 |

"대체 왜 저러실까."

임 비서가 고개를 갸웃거렸다. 별난 상사를 모시는 탓에 온갖 해괴한 상황을 많이 겪었지만 요즘 들어 별은 유달리 기행을 일삼았다. 저번 주까지만 해도 미친 사람처럼 일만 하더니 오늘은 책상 위에 다리를 올린 채 책을 읽고 있다.

심지어 책의 제목은 '미움받을 용기' 다. 굳이 그런 용기를 왜 가져야 하는지 이해할 수 없지만 그런 용기를 세상에서 가장 많이 갖고 있는 사람을 뽑으라면 단연 별이었다. 그런 사람이 뭐 하러 책까지 읽으며 능력 향상에 힘쓰는지 모를 일이다.

게다가 꽤 감명을 받은 듯 펑펑 울고 있었다. 고전 문학도 아니고 경제 서적도 아닌 것을 읽고 있는 것도 이상한데 문장 하나를 읽을 때마다 눈물샘을 터트리고 있으니 거의 코미디다. 심리 상태가 거의 격정 멜로의 주인공이었다. 거기에 코미디를 곁들인.

일단 너무 많이 울었다. 일이 많을 땐 그나마 정신을 쏙 빼놓고 있어서 다행이었지만 조금이라도 틈이 나면 예고도 없이 눈물을 쏟았다. 외부 미팅을 나갔다가 서윤기의 빌딩 광고라도 보는 날이면 아주 통곡을 했다. 또 자주 넋을 놓았고 아무 곳에서나 주저앉을 때도 있었다.

그중 가장 이상한 것은 책상 위를 가득 채운 인형들이었다. 서윤기 대신 애정을 쏟을 대체재라도 찾는 것처럼 아기자기한 장식과 인형들이 책상 위를 차지하기 시작했다. 처음엔 작은 피겨들이 전부였는데 이젠 성인 남성의 주먹보다 큰 솜뭉치들이 이곳저곳에 배치되었다.

그것들이 서윤기의 비공식 MD였다는 건 조금 나중에 안 사실이었다.

"이사님."

"응?"

"그거 제 커피예요."

이젠 막 제 커피도 넘본다.

"아, 미안."

"……네?"

마시려던 커피를 도로 내려놓은 별이 말하자, 임 비서가 눈을 동그랗게 뜨고 되물었다. 생전 처음 듣는 별의 사과가 등골을 오싹하게 만들고 있었다. 표정을 보면 비꼬는 것도 아니었다. 제 상사가 할 줄 아는 사과는 돈을 주거나, 돈을 많이 주거나, 그것도 아니면 '유감이다.' 라는 말을 하는 게 전부였다.

멀쩡한 척 연기하는 것도 일주일이 한계인 모양이다. 서윤기와 그런 일이 있은 지 일주일 하고도 다시 일주일이 지난 지금, 별은 정상이 아니다.

급격하게 아파 오는 머리를 빠르게 회전시켰다. 병원을 가야 하는 건 일단 확실해 보였다. 그렇다면 이제 어느 병원을 가느냐의 문제인데 이선의료원에 연락했다간 이선그룹 전체가 발칵 뒤집힐 것이다.

"임 비서."

"네?"

119를 누르고 있던 핸드폰을 등 뒤로 숨겼다.

"나 궁금한 게 하나 있는데."

"마, 말씀하세요."

"반성문 써 봤어?"

"……."

정말이지 정상이 아니다.

"네가 제정신이야?"

성 대표가 은호에게 윽박질렀다. 김 이사와의 이야기를 듣던 중 서윤기가 사무실까지 찾아왔었단 소리를 들은 탓이었다.

"나가란다고 얌전히 나왔어? 서윤기가 뭔 소리를 할 줄 알고!"

"거기서 제가 뭘 어떻게 해요."

"뭐라도 했어야지!"

기어코 책상을 내려친 그는 탐욕스러운 눈을 번뜩였다. 그에게 김 이사는 양가적인 감정을 일으키는 대상이었다. 서윤기가 제 손아귀를 벗어날 수 있었던 건 순전히 김 이사 때문이었다. 그 예쁜 얼굴이 김 이사를 홀리지 않았다면 여전히 서윤기는 제 밑에서 황금알을 낳고 있었을 것이다.

서윤기와 김 이사의 동맹이 오래가지 않을 거란 건 알고 있었다. 처음엔 원하는 것이 없는 것처럼 굴어도 김 이사 같은 재벌들이 바라는 건 다 거기서 거기였다. 그걸 곧이곧대로 따를 서윤기가 아니었다. 자기 자신에게도 뻣뻣하게 구는 놈이 스폰이라니. 말도 안 된다.

실제로 서윤기에겐 비슷한 제안이 많이 들어왔었다. 이름만 들어도 알 만한 사람들이 그의 뒷배가 되길 희망했고 원하는 건 무엇이든 해 주겠다며 달콤한 소리를 지껄였었다. 그때마다 서윤기는 콧방귀를 뀌며 거절했다. 할 일도 더럽게 없는 모양이라는 소리를 덧붙이며.

그러니 정은호에게 차례가 온 것이다. 서윤기가 거절해서.

그런데 서윤기가 김 이사를 찾았다니. 안 될 말이다.

"네가 지금 상황 파악을 못 하는 것 같은데……."

성 대표가 은호의 이마를 툭, 건드렸다. 연예계 바닥을 구른 세월이 거의 20년에 가까운 그였다. 혜성 같은 신인이라 언론 플레이를 해 봤자 정은호가 가진 가치는 '서윤기를 닮은 아류', 그것이 전부였다.

"네가 서윤기야?"

서윤기와 닮았지만. 그것만으로도 상품 가치가 있지만—

"뭐라도 해."

정은호는 서윤기가 아니다.

"서윤기가 김 이사 붙잡으면 넌 낙동강 오리알 신세가 될 테니까."

○ ◎ ●

은호는 식사에 전혀 집중하지 못했다. 앞에 앉은 별의 눈치를 보느라 손이 자꾸만 저렸다.

만나서 밥이나 한 끼 하자는 연락에 얼마나 떨었는지 모른다. 이대로 모든 걸 멈추겠다고 할까 봐. 서윤기라는 진짜가 나타났으니 너 같은 가짜는 필요 없다고 할까 봐.

하지만 별은 아무 말도 하지 않았다. 저에게 일말의 관심도 없어 보인다는 점에선 태도도 달라진 게 없었다. 딱 하나 달라진 점이라면 아주 많이 바빠 보인다는 것뿐이었다. 손으로는 스테이크를 썰면서 눈으로는 태블릿을 좇고 5분에 한 번씩 전화를 받는 식이었다.

뭐라도 하라던 성 대표의 목소리가 귓가를 울린다.

"이사님."

별이 무심한 표정으로 고개를 들었다.

"저번에 윤기 선배…… 오셨었잖아요."

그래 놓고 서윤기를 언급하자마자 눈매가 매서워진다.

"잘…… 해결하셨어요?"

"……."

말 대신 물끄러미 쳐다보는 시선이 서늘하다. 별은 말이 없는 것을 좋아했다. 처음엔 그녀에게 잘 보이기 위해 좋아할 만한 대화 주제를 찾아보려는 노력을 기울였지만 최근엔 그냥 입을 다무는 편을 택했다.

"저는 그냥 걱정돼서……. 죄송해요."

이번에도 그래야 했던 것 같다. 묻지 말아야 할 것을 물었다는 듯 표정을 굳히고 있는 걸 보니 욕이나 안 먹으면 다행이다.

"네가 그런 걸 왜 걱정해."

비웃듯 흘러나오는 말투가 얼음장처럼 차갑다. 어울리는 변명을 찾으려 노력하다 이내 고개를 숙였다. 답답하게 차오르는 허탈함이 뭐라도 하려던 의지를 꺾어 놓았다.

별과 함께하는 시간이 늘어도 그녀의 심중을 헤아리기란 너무 어려운 일이었다. 아무리 대용품으로 시작한 관계라 해도 즐겁고 싶었다. 저로 인해 그녀도, 그녀로 인해 저도 즐거울 수 있기를 바랐다. 하지만 비집고 들어갈 틈이 없다.

"정은호."

"네……."

"필요한 거 있어?"

"네?"

"부족한 게 있으면 말을 해. 쓸데없이 기분 잡치게 하지 말고."

비수를 꽂는 순간에도 태연한 그녀는 다시 태블릿 화면에 집중했다.

은호는 눈가가 뜨거워지는 걸 억지로 참았다. 별을 만난 뒤로 눈물이 많아졌다. 별이 주는 모욕감이 너무 버거워서 그렇다고 하기엔 무명 배우로 살면서 겪은 모욕이 훨씬 많았다. 그 시절을 떠올리지 않더라도 제게 모욕과 비참함을 선사하는 사람들은 많다.

저의 소속사 사장인 성 대표도 그런 사람 중 하나였다. 서윤기가 김 이사를 찾아왔다는 사실을 털어놓기 전까지만 해도 그는 저를 치켜세우기 바빴다. 별이 투자금 명목으로 보낸 거액이 어지간히 마음에 든 모양이었다.

성 대표를 따라 업계 관계자들을 만날 때도 마찬가지였다. 그냥 '정은호'라고 소개할 땐 최소한의 예의라도 차리던 사람들이 '신인'이라고 말하는 즉시 태도가 바뀌었다. 신인에게는 무슨 짓을 해도 된다는 법이 저도 모르는 사이 만들어진 모양이었다.

어쨌든 그런 건 다 견딜 수 있었다. 얼굴에 분칠을 했으니 마음에도 먹칠을 해야 한다고 생각했다. 하지만 별에게 받는 무심함은 견디기가 어려웠다. 자존심이 짓밟히는 경험을 한두 번 해 본 것도 아닌데 그녀 앞에선 아마추어처럼 무너졌다.

"깨작거리지 말고 먹어."

별이 짜증스럽게 말했다.

"차기작 시작하면 제대로 못 먹을 거 아니야."

"차기작이요?"

"저번에 네가 고른 작품 투자 들어가기로 했어. 영화사에서 곧 연락 갈 거야."

서윤기가 찾아왔던 날 골랐던 대본을 이야기하는 듯했다.

"드라마 방영까지 얼마나 남았지?"

"일주일이요."

"방영 시작하면 기사 풀릴 거야. 찍어 둔 광고도 릴리즈 될 거고."

별에게 이 정도까지 지원을 받는 건 그 자체로 기적이고 기회였다. 정식 데뷔도 하지 않은 신인이 차기작을 고른다는 것부터가 말이 안 되는 일이었다. 이미찍어 놓은 광고도 많았다. 인터뷰 매체도 메이저 언론사부터 시작해 패션 매거진까지 허투루 진행되는 게 없었다.

부족한 게 없었다. 그 어떤 소속사와 방송국에서도 이 정도로 밀어주진 못할 게 분명했다. 그러니 저는 일생일대의 기회를 잡은 것이나 마찬가지다. 그렇다면 분명 행복해야 하는데—

"이사님."

즐겁고 기뻐야 하는데.

"저 요즘 무서워요."

왜 이렇게 불안할까.

"곧 무너질 건물 안에 혼자 있는 기분이에요."

입술이 제멋대로 움직였다. 잘 참고 있던 눈물이 앞을 가렸다.

"원래 그래."

별이 말했다.

"높은 곳으로 갈수록 공기가 희박하거든."

밥맛 떨어진다고 핀잔을 줄 줄 알았는데,

"무서운 게 당연한 거야."

예상치 못한 위로가 날아든다. 막연하게 차올랐던 공포심이 대단하지도 않은 위로에 속절없이 흐려졌다. 무심한 얼굴을 빤히 보았다. 뿌옇게 번진 시야라 잘 보이지도 않건만 그 얼굴이 저를 구원할 거라는 아득한 기대감이 생겼다. 오래 머물지 않는 시선이 태블릿으로 향할 땐 제발 저를 보아 달라고 빌고 싶을 지경이었다.

"이건 또 뭐야."

갑자기 별이 서슬 퍼런 목소리로 말했다.

"마저 먹고 나와."

"자, 잠시만요!"

갑자기 일어나는 별에 마음이 급해 손목을 붙드는 순간, 태블릿이 바닥에 떨어졌다. 그리고 태블릿 화면에 띄워진 기사.

「서윤기, 스트레스성 이명으로 고통 호소」

이게 대체 무슨 말인가 싶어 주춤거리는 사이, 별이 태블릿을 집어 들었다. 무심했던 눈에 불같은 열기가 일렁인다. 그녀를 움직이게 하는 건 언제나 서윤기다.

"기사부터 다 내려."

프라이빗 룸의 문을 거칠게 연 별이 언성을 높였다. 기다리고 있던 임 비서가 재빨리 태블릿과 가방, 재킷을 받아 들었다. 풀어놓았던 머리를 높게 묶어 고정한 별은 곧장 대기하고 있던 차에 올라탔다.

"겁대가리 없는 새끼들."

핸드폰으로 기사를 살피던 별이 살벌하게 읊조렸다. 첫 기사를 확인한 지 불과 5분이 채 지나지 않았는데 기사의 양이 걷잡을 수 없이 불어나고 있었다. 헤드라인 또한 점점 자극적으로 변질되었다. '고통 호소' 정도였던 수식어가 '은퇴 임박' 따위로 빠르게 도달한다.

"기사 낸 언론사랑 기자들 리스트 전부 뽑아 와. 서윤기 병원 기록 흘린 놈들도 전부."

"……."

말을 마치기 무섭게 대답을 해야 할 임 비서가 난감한 표정을 지었다. 왜, 하고 묻는 별에게 그녀는,

"적극적으로 대응하기 어려워요."

현실을 짚어 주었다.

"이사님이 개입하시면 윤 대표 쪽에서도 알 겁니다."

별이 서윤기와 관계없음을 어필한 지 이제 겨우 두 달이었다. 이제야 조금씩 소문이 정리되고 있는 판에 모든 걸 원점으로 돌릴 순 없다.

"느낌이 안 좋아요."

임 비서는 께름칙했던 몇 분 전의 감각을 상기했다. 서윤기의 기사가 우후죽순으로 쏟아지던 그때, 뒤통수가 알싸해질 정도의 충격이 온몸을 강타했다.

이상한 점이 한두 가지가 아니었다. 이런 기사를 내면서 소속사 쪽으로 언질 한번 없었다는 게 특히 이상했다. 연애나 불륜, 마약과 같은 스캔들이었다면 스피드가 생명이니 사실 여부와 상관없이 터트리는 게 맞지만 이번 일은 아니었다.

의료 기록 같은 개인 정보를 본인 동의도 없이 유출했다간 뼈도 못 추리는 세상이었다. 그럴 바엔 거래를 하는 게 낫다. 더 자극적이고 가벼운 가십거리를 요구하거나 돈을 달라는 식으로. 심지어 서윤기 같은 슈퍼스타가 상대라면 나쁘지 않은 거래가 되었을 것이다.

그런 기회를 두고 무작정 터트리기부터 했으니—

"함정일 수도 있어요."

분명 자연스러운 움직임은 아니다.

"그래서, 나보고 가만히 있으라고?"

"참으셔야 돼요."

절대 못 해, 대답한 별이 으르렁거렸다. 아니나 다를까, 이미 눈이 뒤집혀 있었다. 달리는 차 안이 아니었다면 당장이라도 무언가를 부수거나 밟거나 혹은 구겨 버렸을 것이다. 후, 숨을 내쉬며 호흡을 고른 임 비서가 차분히 설득을 시작했다.

"팔을 내어 준다 생각하세요. 팔을 내어 줘야 적의 심장도 벨 수 있는 거라고 하셨잖아요."

"지금…… 서윤기를 체스에 비유하는 거야?"

"전략 싸움을 해야 한단 소리예요."

"……."

자신이 했던 말을 그대로 돌려받은 별은 어이가 없었다. 이래서 말조심을 해야 하는 건데. 나무랄 생각도 들지 않았다. 이 바닥에서 난다 긴다 하는 사람들을 수없이 보았지만 임 비서만큼 믿음직하고 만족스러운 일 처리를 하는 사람은 흔치 않았다. 하지만 이번엔 그녀가 틀렸다.

"홍보팀에 연락 넣어."

쯧, 혀를 찬 별이 말했다.

"정은호 터트릴 거야."

"네?"

"가십은 가십으로 막아야지."

"미치셨어요?"

임 비서가 목소리를 높였다.

"팔 내어 주라며."

그에 비해 별은 무감해 보였다.

서윤기는 사람이 사람 취급 받지 못하는 곳에서 살았다. 타고난 얼굴이 능력이 되고 생명을 갈아 만든 신체 조건이 재능이 되는 세상. 그곳에서 그는 가장 완벽한 상품이었다. 그런 그에게 숨겨진 흠이 있음을 알게 되면 사람들은 어떤 태도를 보일까.

처음엔 동정이 밀려들겠지만 이내 불만 섞인 목소리가 고개를 들 것이고 유난이라는 둥, 노이즈 마케팅이라는 둥 해괴한 소리가 판을 칠 것이다. 조금이라도 눈살을 찌푸리거나 피곤한 기색을 보이면 연관도 없는 귀를 들먹이며 그럴 줄 알았다는 듯 굴겠지.

서윤기는 천천히, 어쩌면 빠르게 무너질 것이다. 그의 추락이 누군가에게는 슬픔을, 누군가에게는 기쁨을 주겠지만 모두가 그것을 즐길 것이다. 관음증 환자처럼. 잔인해 보여도 그들은 그들이 할 일을 하는 것뿐이다. 관객으로서, 관람을.

그러니 막아야 한다. 단 하나의 티끌도 그에게는 치부가 될 테니 그 어떤 상황에서도 서윤기는 완전무결해야 한다.

"최대한 빨리 터트려. 최대한 선정적으로."

그를 체스보드 위에 세우는 일은 죽어도 없을 것이다.

○ ◎ ●

"서윤기!"

사랑이 고래고래 소리를 질렀다. 세상일에 관심이 없는 것도 알겠고, 사람한테 정 주기 싫어하는 것도 알겠는데 아무리 그래도 이건 아니었다.

"미친놈아, 안 일어나?"

세상이 자기 때문에 떠들썩한지도 모르고 태평하게 자고 있는 꼴이라니. 잠귀가 어두운 것도 아니면서 일어나지 않는 윤기에 사랑은 헛웃음을 지었다.

"이렇게 나오겠다 이거지?"

얌전히 누워 있는 윤기 위에 올라탄 사랑이 멱살을 잡았다. 작고 마른 듯 보여도 댄스 가수로 살아온 세월이 적지 않은 사랑은 힘이 꽤 좋은 편이었다. 한번 당길 때마다 윤기의 상체가 나풀나풀 흔들린다.

"아, 진짜……."

어지럼증을 이기지 못한 윤기가 느릿느릿 눈을 떴다. 자는 척을 했다는 건 끝까지 숨기고 싶은 건지 하품을 하며 잠에서 깬 시늉을 한다.

"지랄하고 있네."

"……제발 우리 집에 올 땐 미리 말 좀 해 줄래."

"15년 지기한테 어디가 아픈지 말도 안 하는 새끼한테 내가 왜."

"뭐……."

윤기가 뒷머리를 긁적였다. 변명을 해 볼까 하다가 소용이 없을 것 같아서 그냥 입을 다물었다. 이럴 땐 납작 엎드려서 비는 게 상책이다.

"기사 난 거 알아?"

사랑이 무시무시한 얼굴로 물었다.

"응."

"아픈 거 진짜야?"

"응."

"······얼마나 됐는데."

"좀 됐지."

사랑이 이마를 짚었다.

"똑바로 말 안 해?"

"한 5년 전인가."

"뭐?"

"갤럭시 해체했을 때부터."

최대한 건조하게 설명하기는 했는데 딱히 소용은 없었다. 갤럭시 해체라는 말을 듣자마자 사랑은 곧바로 울 것 같은 표정을 지었다. 아무래도 그 이름이 눈물 버튼이라도 되는 모양이었다. 이해는 되었다. 그는 연기하는 것을 사랑하고 현재의 삶 또한 사랑했지만 늘 무대와 춤과 노래를 그리워했다.

멤버들끼리 싸우지 않았다면, 서로 시기하고 질투하느라 미워하지 않았다면 사랑은 무대를 떠나지 않았을 것이다. 서로가 서로를 붙들고 버텼던 그 시절을, 무대 위에서 세상을 다 가진 것 같았던 그 시절을 사랑은, 기어코 잊지 못했다.

우리들의 마지막이 얼마나 추했는지, 또 얼마나 고통스러웠는지는 그에게 중요하지 않았다. 그는 마지막의 마지막까지 마지막을 막으려 애썼던 사람이다. 우리들의 시작이 얼마나 찬란했는지, 또 얼마나 행복했는지 소리치며 제발 헤어지지 말자고 빌었다.

그래서 데뷔일이나 각자의 생일이 되면 바득바득 시간을 잡아 모였던 것이다. 갤럭시를 부순 우리의 이기심이 사랑의 마음을 어떻게 난도질했는지 알아서.

"치료는."

"응?"

"완치는 할 수 있는 거야?"

눈을 깊게 감았다 뜬 사랑이 물었다.

"그냥 스트레스성이야. 피곤할 때만 가끔씩 그래."

"그러니까 완치 가능하냐고."

"……되겠지. 언젠가는."

끝내 사랑의 눈에서 눈물이 쏟아졌다. 쿵, 쿵, 소리를 내며 일어난 그가 말없이 방을 빠져나갔다. 용수철이 튀어 오르듯 일어난 윤기가 그런 그의 앞을 가로막았다.

"왜 그냥 가."

헤어지자는 연인을 붙잡듯 한껏 애절한 목소리가 나왔다.

"차라리 욕을 해."

"……."

그의 침묵을 이해했다. 또 그의 서운함도 이해했다. 제가 사랑이었어도 화가 났을 것이다. 미리 말해 주는 게 뭐 어려운 일이라고. 별과 만나는 것도, 아픈 것도 뒤늦게 알게 했으니 면목이 없다. 말하지 않으려고 했던 건 아니었다. 하지만 말하기 어려웠던 것은 맞다.

그가 걱정하는 게 싫어서, 그가 속상해 할까 봐, 이런 건 그냥 핑계다. 아플 때 아프단 소리 못 하고, 힘들 때 힘들단 소리 못 하는 건 그냥 제 문제였다. 완벽한 척하면서 사는 게 너무 익숙해서. 하나뿐인 친구한테조차 손 내밀지 못하는 사람이 되어 버렸다.

"그냥 밉다고 해."

사랑의 어깨를 붙들고 말했다. 우스갯소리로 욕하는 건 잘만 하면서 정작 욕해야 할 때는 한마디도 못 하는 그가 답답하다.

"네가 왜 미워."

사랑은 끙, 앓는 소리를 냈다.

"너 안 미워."

하얀 팔등에 푹 젖은 얼굴을 슥슥 닦아 낸다.

"난…… 내가 미워."

"야."

"미안해."

서러움이 복받친 사랑이 애처럼 안겨 들었다.

"나는 너 괜찮은 줄 알았어."

"……."

"네가 힘든 줄…… 하나도 몰랐어."

자기만 힘든 줄 알았다고, 자기만 그 시간이 소중한 줄 알았다고, 사랑은 엉엉 울었다. 생각해 보면 정작 해체가 결정된 당일, 사랑은 울지 않았다. 덤덤한 얼굴로 수고했다는 말만 여러 번 반복할 뿐이었다. 하여튼 착해 가지고.

"친구야."

감동적인 포옹이 10분 정도 이어진 뒤,

"적당히 해야지."

지쳐 버린 윤기가 말했다. 안겨서 우는 것도 적당히 해야지 10분 내내 울음소리가 그치질 않으니 인내심이 바닥을 쳤다. 하도 울어서 붕어눈이 된 사랑이 훌쩍이며 눈을 흘긴다.

"너 대책은 있어?"

"대책?"

"기사 반응 못 봤어?"

"봤어."

사랑이 미간을 찌푸렸다. 걱정하는 반응이 대부분이긴 했지만 앞으로 연기할 수 있는지, 곧 은퇴하는 건 아닌지 추측성 보도와 궁금증이 늘고 있었다. 저에게 개인적으로 온 연락도 맥락이 비슷했다. 그들의 걱정은 서윤기의 건강이 아니라 그의 '유효 기간' 이었다.

"근데 왜 이렇게 태평해?"

연예계의 생리를 모를 리 없는 윤기가 이상할 정도로 평온하니 사랑은 오히려 겁을 먹었다.

"김 이사님한테 연락했어? 의준이 형한테는?"

고개를 저은 윤기가 와, 감탄사를 뱉었다.

"너 변호사님한테 형이라고 해?"

"응, 우리 베프야."

대답한 사랑이 핸드폰을 꺼내 들었다. 대체 왜 아무에게도 연락을 하지 않았는지 모르겠지만 본인이 하지 않으니 저라도 해야겠다는 생각이었다. 김별과 김의준이라는 이름 사이에서 손가락이 방황한다. 둘 다 필요한 것 같긴 한데 한 가지 걸리는 게 있다.

"너 그분이랑 헤어졌어?"

"아니?"

"그럼 화해했어?"

"아니."

한숨을 쉰 사랑이 의준의 번호를 눌렀다. 신호음이 울리려던 찰나, 윤기가 핸드폰을 빼앗아 종료 버튼을 누른다.

"연락할 필요 없어."

"왜 연락할 필요가 없어."

"그 기사 내가 낸 거야."

"……"

"……"

사랑이 분노했다.

"미친 새끼야!"

"오래 버티네."

등받이에 머리를 젖힌 윤기가 중얼거렸다. 습관처럼 귓바퀴를 주무르다 이제는 이 버릇도 고쳐야겠다고 생각했다. 세상 사람들 모두가 제 귀만 쳐다볼 테니.

차라리 후련했다. 대단치도 않은 병을 주홍 글씨라도 되는 것처럼 숨겨 온 시간이 무색할 정도로 아무렇지 않았다.

인터넷에 올라온 악의적인 이야기에도 감흥이 생기지 않았다. 얼굴도 모르는 사람들이 저를 동정하든 비난하든 알 바 아니었다.

처음 이명이 들렸을 땐 세상이 무너지는 줄 알았다. 삐— 하고 들리는 고음 때문에 머리도 곧잘 아팠고 증상이 나타나는 주기도 짧았었다. 이대로 노래는 끝이구나 생각했다. 가수 활동이 끝났음을 까맣게 잊어버린 채. 그러다 해체했다는 걸 떠올리고 나서야 안심했다. 무대 위에서 들을 수 있는 소리는 다 듣고 병이 난 것 같아서.

증상이 호전된 건 연기를 시작하고 난 뒤였다. 그룹 해체 이후 늘어진 생활을 하다가 다시금 바쁘게 살다 보니 그렇게 되었다. 남들은 쉬어야 낫는다던데 저는 쉬면 아픈 사람이었다. 일하는 날에는 절대 나타나지 않던 증상이 쉬는 날만 되면 찾아왔다. 긴장을 놓지 말라고 경고하는 것처럼.

자연히 사람들과 거리를 뒀다. 대화를 하다가 이명이 들릴 수도 있는 일이고, 쓸데없이 친해져서 하소연이라도 하게 될까 봐 그랬다. 들키고 싶지 않았다. 제가 아프다는 걸 알면, 제가 완벽하지 않다는 걸 알면 언제든 제 등에 칼을 꽂을 것 같았다. 약해 보이면 먹잇감이 되는 세상이었다.

별이 제 상태를 알아차렸던 날이 떠오른다. 호텔 테라스에서 무심한 얼굴로 제 귀를 만지던 손. 얼음장처럼 차가웠던 체온이 여직 생생하다. 별은 매우 이상하고 이해하기 어려운 타입의 사람이라 긴장하게 할 때도, 긴장을 놓게 할 때도 많았다. 저는 꽤 자주 긴장을 놓았던 것 같다. 몇 번이나 이명이 들렸고 또 몇 번이나 들켰다. 나아지고 있던 병이 악화된 것은 아닐까 싶을 정도였다.

하지만 달라지는 건 없었다. 제 병을 약점 삼아 휘두르려고 하지 않을까 걱정했지만 우려일 뿐이었다. 별은 제 귀에 관심이 없었다. 병원 좀 가라고 잔소리 비슷한 걸 두어 번 했을 뿐이다. 하지만 알고 있었다. 제가 조금만 대답을 느리게 해도 별의 커다란 눈동자는 또르르 굴러 귀에 닿는다는 걸.

그래서 기사를 터트렸다. 별은 그 누구보다 제 약점을 가리기 위해 애쓰는 사람이니 이번에도 최선을 다할 것이다. 협조할 생각은 없다. 제 병을 부정할 생각도 없고 동정심 유발 같은 건 더더욱 할 생각이 없다.

하이에나들이 우글거리는 들판에 저를 내던질 생각이었다. 가만히 누워 물어뜯기겠단 건 아니고 그냥, 알려 주고 싶었다. 저에겐 사자가 필요하지 않다는 걸.

○ ◎ ●

새벽 4시. 별은 뜬눈으로 아침을 기다렸다. 내일이면 자극적인 스캔들로 귀가 더러워질 테니 마지막 고요를 즐기는 셈이었다. 재벌 3세와 신인 배우. 딱 그렇게만 나열해도 자극적인 헤드라인이 완성될 테다.

세상의 시선은 두렵지 않았지만, 그 기사를 보고 눈살을 찌푸릴 서윤기는 무서웠다. 그렇게 말렸는데 기어코 일을 낸 저에게 뭐라 말할까. 뭐라 말하기는 할까. 그냥 조용히 시선을 거두지 않을까. 머물고 있던 마음과 함께.

싸늘하게 식은 눈동자가 지나치는 상상만 해도 울컥, 울화가 치밀었다. 지키고 싶은 마음이 죄는 아니잖아. 사랑하는 이의 방패가 되는 게 뭐가 나빠.

"……."

원망도 잠시, 무릎을 끌어안았다. 그에게 자비가 있기를 바랐다. 제 무모함과 이기심이 미련하더라도 끝내 용서할 만큼의 자비가, 그에게 있기를.

임 비서에게 전화가 왔다.

"뭐라고?"

서윤기가 응급실로 이송되었다는 소식이었다.

— 급하게 받은 연락이라 저도 자세한 건 몰라요. 지금 차 보낼 테니까 잠시만 기다리세요.

"아니야, 내가 갈게."

— 괜히 그 정신으로 운전하다가 사고 나면 어쩌시려고요.

"……."

— 기다리세요. 10분이면 도착할 거예요.

단호한 목소리가 제대로 들리지 않았다.

별이 VIP 병동 복도를 내달렸다. 서윤기가 어떤 모습으로 있든, 어떤 병으로 입원을 한 것이든 절대 놀라지 않기로 다짐하며 뛰었다.

그리고 병실 문을 열었을 때, 별은 놀랄 수밖에 없었다.

"왜……."

눈앞에 펼쳐진 상황을 믿을 수 없었다. 서윤기가 너무—

"뭐, 뭐야……."

멀쩡했다. 사복 차림에 모자까지 눌러쓰고 침대에 걸터앉은 그는 뚱한 표정을 하고 있었다.

"애같이 굴지 말라더니."

목소리도 멀쩡하고,

"왜 당신이 울어?"

비꼬는 걸 보면 정신도 멀쩡해 보인다.

"너…… 괜찮아?"

떨리는 목소리로 물으니 그는 태연히 고개를 끄덕였다. 오는 동안 상상했던 사고가 총 몇 개였더라. 교통사고부터 시작해서 추락 사고, 감전 사고, 화재 사고까지 별의별 사고를 생각했다. 사람이 다치려면 별의별 방법이 다 있다는 걸 깨달은 시간이었다.

"하……."

거우 힘주고 있던 다리에 힘이 풀렸다. 풀썩, 주저앉으려는 걸 어느 틈에 다가온 그가 단단히 붙들었다.

"조심 좀 해요."

허리에 감기는 팔과 뺨에 닿는 숨이 얼마 만인지. 부드러운 목소리와 분노하지 않은 눈동자는 또 얼마 만인지.

"……"

참고 있던 눈물이 그대로 쏟아졌다. 아아, 앓는 소리가 입술 밖으로 새어 나오더니 이내 엉엉 울음소리가 터졌다.

"센 척은 혼자 다 하더니."

읊조린 윤기가 한숨을 쉬었다.

"너, 내가…… 내가 얼마나, 흑……."

숨이 넘어갈 것처럼 우는 별에 윤기는 눈살을 찌푸렸다. 무너지기를 바라고 한 일이었는데 정작 무너진 모습을 보니 기분이 좋지 않았다. 어느 순간부터 그랬던 것 같다.

"내가 어떻게 버티고 있는데……."

"……."

"너 잘못되면 나 죽는 거 알면서……."

어느 순간부터, 이 맹목이 싫었다.

"왜 나 시험해……."

"……."

"내가 너 사랑하는 거 알면서……."

맹목적인 사랑은 원망해야 하는 순간에도 사랑을 말했다. 곧 죽을 사람처럼 숨을 헐떡이면서.

그대로 얼굴을 감싸 입술을 겹쳤다. 닿는 순간 벌어지는 틈과 그 사이로 호흡을 불어 넣어 주었다. 숨 쉬라고. 내가 여기 있으니 죽음에 대한 공포로부터 제발 벗어나라고.

별은 필사적으로 매달렸다. 들어차는 호흡에 죽어 가던 감각이 하나하나 되살아났다. 그가 다쳤을지도 모른다는 생각은 그가 죽었을지도 모른다는 생각으로 나아가기 쉬웠다. 헤어질 수도 있다는 생각보다 그것이 더 두려운 건 어쩔 수 없는 일이었다.

포근한 체향과 따뜻한 체온을 믿을 수 없었다. 단단한 품과 뜨거운 몸짓이 허락된 제 것이라는 걸 도무지 믿을 수 없었다. 왜 매번 이토록 좋은지. 왜 매번 닿을 때마다 전율하게 되는지 모르겠다. 조금이라도 익숙해지면 이렇게 안달 내지 않아도 될 텐데.

어깨를 밀어 내 그를 보았다. 깊은 바다처럼 까맣고 두려운 눈동자가 저를 담는다. 얼마 전 꿈에서도 그랬다. 저 눈동자만큼이나 까맣고 깊은 바다에 빠졌고, 허우적거렸고, 끝내 그 속에서 죽었다.

"잘못했어."

빌고 싶었다.

"내가 잘못했어."

죽어 가는 제가 살려 달라 빌 수 있는 대상은 오직,

"나 버리지 마, 제발……."

서윤기뿐이다.

"안 버려요."

저의 유일한 절대자. 다시금 붙어오는 입술에 구원이 닿는다. 침잠하던 몸이 두둥실 떠오른다. 이 품에서 맞는 죽음이라면 그것 역시 구원이었다.

"대신—"

입술을 뗀 그가 말했다.

"당신 좀 아껴요."

"……."

"당신이 다치면 내가 아파."

바라지도 않았던 생명이 차오른다.

"응?"

"……응."

작게 고개를 끄덕인 별이 손끝에 힘을 다 빼고 윤기의 얼굴을 감쌌다. 이쪽저쪽 돌려 보며 상한 곳은 없는지 확인하는 눈.

"나 멀쩡해요."

장난기 섞인 목소리로 중얼거린 윤기가 이마에 쪽쪽 입을 맞췄다. 기다렸다는 듯 품 안으로 파고드는 등을 토닥토닥 두드렸다. 제아무리 사자라도 바들바들 떨며 우는 꼴은 마음이 아팠으니 안아 주지 않고는 견딜 수 없었다.

침대 한편에 누운 윤기가 별에게 한쪽 팔을 펼쳐 주었다. 잘 베고 눕는다 싶더니 이내 품 안으로 쏙 들어온다. 서로를 끌어안고 누운 것이 너무 오랜만이라 그 자체로 감격이었다. 별것도 아닌 것들이 별것이 되는 순간의 연속이다.

감격이 가라앉고 나서는 꽤 한참 말을 나눴다. 말하지 않은 것들이 많아 설명하고 해명하는 데 시간이 필요했다. 기사를 낸 사람이 저라는 사실도 말했다. 별은 한참이나 눈을 깜빡이며 말을 잇지 못했다. 대체 왜 그랬냐는 물음에 잠시 생각한 저는 조금 퉁명스럽게 대답했다.

당신한테 알려 주고 싶었다고. 당신이 날 지킬 필요 없다는 거, 보여 주고 싶었다고. 그래서 나를 내던졌다고.

"……안 무서워?"

별은 순한 얼굴로 물었다. 제 얼굴선을 따라 더듬더듬 매만지는 손끝엔 여전히 힘을 싣지 않고 있었다.

"괜찮아요."

"진짜 괜찮아?"

"내가 그렇게 약해 보여요?"

씨익 웃으며 물었다.

"내일 정은호 스캔들 말고 내 스캔들 내요."

"뭐?"

"우리 만난다고 하라고요. 좋은 마음으로 예쁘게."

별이 벌떡 일어나 앉았다. 뭐가 어떻게 된 상황인지 파악하려고 애쓰는 모습이 병실 문을 처음 열었을 때와 다르지 않았다. 그가 별의 손목을 잡아 다시 끌어안고 말을 이었다.

"임 비서님이 전화하셨어요. 당신이 정은호 스캔들 터트리려고 한다고."

"둘이 언제부터 그렇게 친했어?"

"꽤 됐죠. 대역이긴 했어도 내 팬미팅에 온 세월이 있는데."

멍한 얼굴의 별을 빤히 보다 흘러내린 머리카락을 귀 뒤에 꽂아 주었다.

"사람들이 나 아픈 거 갖고 시끄러운 거 싫죠?"

"응."

"나랑 헤어지는 것도 싫고?"

"야."

"그럼 내가 하자는 대로 해요."

별의 눈에는 한낱 꽃 한 송이로 보일지 몰라도 명색이 13년 차 연예인이었다. 가십은 가십으로 덮어야 한다는 그 말, 누구보다 자신이 잘 아는 말이었다.

"사람들은 나 아픈 것보다 내가 연애하는 거에 더 반응할 거예요."

"그래도 우리 스폰이다 뭐다 말 많았는데……."

"나 믿어요. 언론 플레이는 당신보다 내 전공이니까."

처음엔 의심도 받을 거고 욕도 먹겠지만 결국 조용해질 것이다. 아무리 뜨거운 불도 더 이상 태울 것이 없으면 꺼지기 마련이니까.

◦ ◎ ●

다음 날, 두 사람의 데이트 사진이 공개됐다. 메이저 언론사에서 대대적인 보도를 한 건 아니고 그냥 소소하게, 파파라치 컷이 유출된 느낌으로. 물론 임 비서의 철두철미한 감독 아래 진행된 '유출'이었다.

갑론을박이 첨예하게 대립했다. 사진만 공개되고 아무런 입장 표명이 없는 탓에 이게 연애냐, 아니냐 말이 많을 수밖에 없었다. 차라리 아니라고 잡아떼면 그걸 믿는 사람과 믿지 않는 사람으로 나뉠 텐데 그것도 아니니 여러 가지의 가능성만 열어 둔 셈이었다.

더러운 소리 하기 좋아하는 사람들은 두 사람의 침묵을 반겼다. 당당하면 연애라고 밝히면 그만인데 이렇게 조용한 데에는 다 이유가 있지 않겠냐며. 윤 대표 쪽도 마찬가지였다. 어찌나 발 빠르게 움직이는지 회사 내 여론이 들끓었다.

"서윤기 말이 맞네."

"뭐가요?"

골똘한 표정으로 턱을 괸 별에게 임 비서가 물었다.

"사람들 다 우리 사귀냐, 안 사귀냐 소리만 하잖아."

"그게 신기하세요?"

"신기하지. 귀 아프단 소리는 쏙 들어갔잖아."

별이 고개를 저었다. 서윤기의 귀가 아픈지, 안 아픈지 난리를 치던 사람들이 하루아침에 다른 화젯거리로 열을 올리는 걸 보고 있자니 기분이 묘했다. 가십이 가십을 밀어내는 걸 한두 번 본 것도 아니지만 허탈하다. 이렇게 값싼 관심이었는데 그렇게 무서워했던 건가 싶어서.

윤주형 쪽에 선 인사들도 환하게 보였다. 회사의 여론을 움직이게 하는 사람들과 몰래 줄타기를 하고 있던 사람들, 그리고 끝내 윤주형의 사람이 되기로 한 사람들까지 모두 선명하게. 이명에 대한 이야기가 수면 아래로 내려가자 본래 가라앉아 있던 것들이 떠오른 셈이었다.

소문은 진압하지 않을 작정이었다. 영영 그러겠다는 건 아니고 그냥 한 이틀 정도. 루머의 불씨가 모든 것을 태우도록 내버려 둘 필요가 있었다.

"이런 건 대체 언제 찍은 거야?"

별이 PC 화면을 가리키며 물었다. 데이트 사진이랍시고 돌아다니는 사진들의 출처가 궁금했다. 사진 속 서윤기와 저는 다정하고 소박한 연인으로 보였다. 차 안에서 영화를 보는 모습도 그렇고 집 앞에서 손을 흔드는 모습도 말랑말랑하니 귀여웠다.

하지만 제 기억이 맞는다면 저는 단 한 번도 저와 서윤기의 사진을 찍어도 된다 허락한 적이 없었다.

"제가 찍은 거 아니에요."

혹시나 파파라치 취급을 받을까 염려한 임 비서가 선을 그었다.

"임 비서가 아니면 누구야?"

"글쎄요."

"임 비서가 고른 사진들이잖아."

"궁금하세요?"

정신없이 울리는 핸드폰을 무심한 얼굴로 보던 임 비서가 물었다. 눈동자와 입술 언저리에 안쓰러움과 심술기가 살짝 묻어 있다. 묻지 말라는 소리 같기도 하고, 어서 물어보라는 소리 같기도 하고. 물론 언제나 그렇듯 조심성보단 호기심이 큰 법이다.

"궁금해."

"어쩔 수 없네요."

임 비서가 의자를 끌어와 맞은편에 앉았다.

"일단 제일 큰 비중을 차지하는 건 당연히 기자들이에요."

"제일 큰 비중? 하나가 아니야?"

"당연하죠. 일단 기자들 중 대부분은 증권가 정보지나 스포츠 신문 소속이었는데 경제부 기자들도 몇 명 있었어요. 아, 윤 대표님이 붙여 놓은 따까리들도 몇 있었는데……."

"자, 잠깐만."

"네, 이사님."

"윤주형 따까리들은 그렇다 쳐도 기자들은 너무한 거 아니야? 그래 봤자 그냥 남녀가 데이트하는 건데 뭐 하러 사진을 찍어? 내가 무슨 연예인이야?"

임 비서는 마치 철없는 아이를 보듯 인자한 미소를 지었다.

"서윤기 씨가 연예인이잖아요."

"아."

"한 분은 슈퍼스타고, 또 한 분은 재벌 3센데 이런 거 안 찍힐 거라 생각하신 건 아니죠?"

살벌한 표정으로 일갈한 임 비서가 노트북의 전원을 켰다. 이선그룹의 로고가 찍힌 바탕 화면에 '이사님은 연애 중'이라는 폴더 하나가 보인다. 별이 눈살을 찌푸렸다. 삼류 영화에서도 쓰지 않을 법한 작명 센스가 화를 돋운다.

하지만 폴더를 클릭하자마자 나타나는 100장 남짓한 사진은 그 어떤 잔소리도 할 수 없게 만들었다. 나름 잘 숨어 다녔다고 생각했는데 그냥 잘 숨겨진 거였나 보다.

"왜 진작 얘기 안 했어?"

"얘기하면 데이트 안 하셨을 거예요?"

"아니?"

"그러니까요."

기대도 안 했다는 듯 고개를 끄덕이는 임 비서가 왜인지 얄밉다.

"뭐 너무 걱정하실 필요는 없어요. 이사님은 연애하시느라 바쁘셨겠지만 전 일을 되게 열심히 했거든요."

"……."

"기자들 매수하는 것도 별로 어렵지 않았어요. 윤 회장님 쪽에서 철통 방어했거든요."

"엄마가?"

"네. 직접 등판하셔서 언론사랑 방송국에 압력 넣으셨어요. 뭐 사실 압력도 아니죠. 말 몇 마디 하니까 알아서 다 사리더라고요. 밑의 기자들이 보도하려고 했어도 아마 데스크에서 막혔을 거예요."

기대하지도 않았던 엄마의 도움에 별은 감동을 크게 받았다. 언론계는 건드리지 말라고 그렇게 잔소리를 하더니 먼저 방어진을 치고 있었던 모양이다.

"근데 서윤기 씨한테 붙어 있던 아마추어들은 좀 까다로웠어요."

"아마추어?"

"왜, 그 있잖아요. 할리우드 파파라치 따라 하는 사람들이랑 사생 팬인가 뭔가 하는 사람들."

"아."

"걔넨 돈을 바라는 것도 아니고 사회적 위치가 있는 것도 아니라서 좀 성가시더라고요. 그래도 클래식하게 잘 해결했으니까 걱정하지 않으셔도 돼요."

임 비서의 실력이야 의심할 것도 없지만 입꼬리를 말아 올린 얼굴이 왜인지 신이 나 보인다. 불안하게.

"혹시 협박했어?"

"어떻게 아셨어요?"

"협박이 클래식이야?"

"언제 어디서나 통하는 게 클래식이죠. 아무튼 다들 비밀유지계약서 작성했고 적당히 보수도 받았으니까 뒤탈은 없을 거예요."

별이 허탈하다는 듯 웃었다.

"임 비서, 원래 일을 그렇게 해?"

"네."

"……그래. 계속 그렇게 해."

리스크가 큰 선택을 했더라도 그 선택을 한 사람이 임 비서라면 별은 묻지 않고 이해할 준비가 되어 있었다. 불같은 성미의 저를 냉철하게 다독이며 늘 최선의 방법을 찾아내던 사람이니까.

다만 저를 너무 닮아 가는 것 같아 마음이 쓰였다. 제 옆에서 일한 시간이 길어서 그런가. 원래는 공격적인 스타일보다는 안정적인 방식을 지향했던 것 같은데.

"임 비서, 혹시 임 비서의 롤 모델이 나야?"

"제가요?"

"아니야? 방금 나랑 되게 비슷했는데?"

"……욕하시는 거예요?"

정말 진지하게 상처받은 것 같은 표정에 차마 화를 낼 수 없었던 별은 그냥 어깨를 으쓱였다.

"아님 말고."

상처는 별이 받았다.

○ ◎ ●

"나는 아이스티."

"나도."

메뉴판을 든 윤기와 그 어깨에 다정히 머리를 기댄 별은 멀리서 보아도 영락없는 연인이었다.

"난 아이스아메리카노. 속이 영 니글거리네."

그 꼴을 보느라 심기가 불편해진 사랑은 당장이라도 얼음을 씹어 먹고 싶었고,

"저는 그냥 물이요."

은호는 지금이라도 일어나 도망치고 싶었다.

별에게는 다정한 표정을 지어 보이던 윤기가 금세 심드렁한 얼굴을 했다.

"물은 무슨 물이야. 제대로 골라."

거의 아수라 백작이나 다름없는 표정 변화에 은호는 억지로 고개를 끄덕였다. 어젯밤 대뜸 전화를 걸어선 '이대로 배우 인생 망하고 싶은 거냐'고 화를 내던 윤기의 목소리가 선연했다.

"바닐라라떼 마실게요. 아이스로요."

불안감과 패배감으로 얼룩진 속을 식히려면 차갑고 단것이 필요했다.

"누나는."

윤기가 메뉴판을 소리에게 넘기며 물었다.

"나는 키위주스랑 샐러드. 샐러드 먹어도 되지?"

고개를 끄덕인 윤기가 각자의 메뉴를 다시 한번 확인한 뒤 카운터로 향했다. 주문을 받는 직원이 흥분한 기색을 숨기지 못하고 얼굴을 붉게 물들였다. 최근의 이슈가 아니더라도 늘 화제의 중심이 되는 서윤기가 행차한 셈이었으니 당연한 반응이었다.

카페 안 사람들이 술렁였다. 번화가에 위치한 카페라 안 그래도 인기가 많은 곳이었는데 핫한 사람들이 모이니 그 열기가 활화산 저리 가라다.

"아, 아무 말이나 좀 해 봐."

주문한 음료가 세팅되는 즉시, 입을 뗀 건 사랑이었다.

"얼굴 찡그리지 마. 우리 지금 되게 친해 보여야 돼."

아이스티의 반을 한 번에 들이켠 윤기가 말했다. 말투는 무뚝뚝하기 그지없는데 환하게 웃고 있는 얼굴은 소년처럼 해사했다. 친한 사람들과 보내는 시간이 즐겁다는 듯 자연스럽고 편안해 보이는 얼굴이었다.

"내가 너 제정신 아닌 건 알고 있었는데 이렇게까지 제정신 아닌 줄은 몰랐다."

주변 시선을 의식해 밝게 웃은 사랑이 살벌하게 중얼거렸다. 윤기가 슬쩍 고개를 틀며 웃었다. 찬란한 얼굴이 은근하게 드러나자 힐끔힐끔 시선을 보내던 사람들이 저도 모르게 비명을 지르거나 박수를 쳤다.

"근데 우리 왜 친한 척하는 거야?"

사랑이 은호를 향한 적대적 시선을 가리지 못하고 물었다. 윤기가 은호를 턱 끝으로 가리켰다.

"얘랑 나랑 연적 아닌 거 티 내려고."

"뭔 소리야."

"얘랑 나랑 사이 안 좋다고 소문나서 좋을 게 뭐야. 우리 드라마 망하면 네가 책임질 거야?"

윤기가 퉁명스럽게 물었다. 사랑은 이해하지 못하는 표정이었지만 그 드라마의 여주인공인 소리는,

"망하면 안 되지. 그거 찍는다고 고생을 얼마나 했는데."

근엄한 표정으로 동의를 표했다. 그럼에도 여전히 뚱한 표정의 사랑에게 윤기는 한숨을 쉬며 고개를 저었다. 한번 아니라고 생각하면 죽어도 아닌 사람이

라는 걸 알았다. 조금 더 이해할 수 있는 이유를 들어 주어야 한다.

"이 사람 때문이기도 해."

"이사님? 왜?"

"이 사람이 나랑 정은호 있는 자리에 아무렇지 않게 끼어 있어야 사람들이 스폰서가 아니구나— 할 거 아니야."

그제야 사랑은 미친놈, 했다. 윤기는 그것을 대충, 이해했다는 뜻으로 받아들였다.

"아, 이사님."

소리가 별에게 상냥한 목소리를 냈다.

"요즘 바쁘세요?"

"저요? 왜요?"

"저 다음 드라마에서 맡은 역할이 재벌이거든요. 예쁘고 능력 좋고 돈 많은 캐릭턴데…… 이사님이 딱인 것 같아서요. 너무 귀찮게는 안 할게요."

호감 가는 사람에게는 거리낌 없이 들이대는 소리의 성격이 별에게도 발휘된 것이었다.

"아, 됐어."

초를 친 건 윤기였다.

"누나가 언제부터 모방 캐릭터를 설정했다고 그래. 대충 해. 이 사람 바빠."

"누가 너한테 물어봤어? 하여튼 성격 진짜 이상해. 이사님, 대체 얘랑 왜 사귀어요? 이사님 주변에 더 멋있는 남자 많지 않아요? 이사님 완전 아까워."

그 말을 시작으로 얌전을 떨던 윤기와 소리가 평소와 같이 투닥거리기 시작했다. 이사님이 아깝다느니, 누나가 상관할 바 아니라느니, 난리를 치던 와중에 별이 윤기의 손등을 톡톡 두드렸다.

"소리 씨 말 들어."

커다란 눈을 반짝이고 있는 별은 윤기가 아닌 소리를 쳐다보고 있었다.

"보는 눈이 정확하신 것 같아."

소리가 아주 마음에 든 모양이었다.

"이런 분 말씀은 새겨들어야 돼."

별이 그렇게 판단한 이상, 소리는 아주 든든한 아군을 얻은 셈이었다.

여자 둘과 남자 셋으로도 보이고, 배우 넷과 재벌 하나로도 보이는 이 모임은 내막을 모르는 사람들 눈에는 아름답게 비쳤다. 카메라 플래시가 별빛처럼 터지고 인터넷은 빠르게 달궈졌다.

다섯 명의 쇼윈도 우정은 두 시간이 넘게 지속되었다. 바쁜 사람들을 모아 놓은 것치고는 꽤 긴 시간이었다. 어차피 목적은 다섯 명의 친목을 사람들에게 알리는 것이었으니 더한 시간이 필요하지도 않았다. 이미 인터넷은 그들의 이상하고 새로운 조합에 환호성을 내지르고 있었다.

"정은호, 넌 내 차 타."

자리가 마무리될 즘, 매니저에게 연락을 하려는 은호에게 윤기가 말했다.

"왜."

사랑이 윤기와 은호를 번갈아 보았다. 눈빛에 선 날이 무뎌질 줄을 모른다. 모두가 경계심을 풀고 하하 호호 떠드는 동안 유일하게 굳어 있던 사람이 은호였다. 주문한 라떼는 거의 마시지도 못한 채 그는 연신 손끝만 쳐다보고 있었다.

"별말 안 해."

윤기는 어깨를 으쓱이며 말했다.

"같이 갈까?"

"내가 애냐."

사랑은 그가 썩 믿음직하지 않았다. 장난기 섞인 얼굴은 무해함을 증명하기에 나쁘지 않았지만 기가 팍 죽어 있는 정은호는 누가 보아도 죄인 같았다. 그래서 걱정이 되었다. 누군가 서윤기에 대해 착하냐고 묻는다면 그런 편이라고 대답하겠지만 적에게 관대한지 묻는다면 그건 아니라고 대답할 생각이라.

김 이사와 함께 있는 정은호를 본 이후 윤기에게 따로 속사정을 묻지 않았다. 자신의 연애나 아픈 곳도 잘 말하지 않는 그를 몰아붙이고 싶지 않았다.

"걱정하지 마."

윤기가 픽, 웃음을 터트렸다.

윤기는 은호를 조수석에 태운 채 주소를 물었다. 이야기를 할 만한 다른 장소로 이동할 거라 생각한 은호는 긴장해서 잘 나오지 않는 목소리로 더듬더듬 주소를 읊었다. 주소를 확인한 윤기가 의미 없이 웃는다.

"좋은 데 사네."

"……."

화들짝 놀란 은호가 고개를 끄덕였다가 다시 고개를 저으며 방정을 떨었다. 치명상을 입은 기분이었다. 건조하게 뱉어 낸 그 말이 저를 비난하려 한 말이 아니라는 걸 알면서도 스스로가 부끄러워 견딜 수가 없었다.

"쪼잔한 성 대표가 그런 집을 해 줬을 리는 없고……."

"……."

"그 사람이 해 준 거야?"

입안 여린 살을 깨물며 고개를 끄덕이자 그는 알아들었다는 뜻으로 같이 고개를 끄덕였다. 그의 얼굴엔 감정이 묻어 있지 않았다. 분노라든가, 조롱이라든가, 그것도 아니면 동정이라도 있어야 하는데 그에겐 아무것도 보이지 않는다.

그 뒤로 한참이나 말이 없던 그는 집 앞에 도착하고 나서야―

"그만해, 이제."

경고 아닌 경고를 했다.

"그냥 열심히 살아."

"……."

뭐라도 대답을 해 보려고 입술을 뻐끔거리다 차마 올라오지 않는 목소리에 한숨을 쉬었다. 그는 그런 저를 무심히 쳐다보았다. 왜인지 이유는 알 수 없지만 오디션장에서 처음 보았던 그의 눈이 떠올랐다.

무심하고 건조한, 열기도 냉기도 없는 눈. 지나치게 아름다운 외모를 가지고 있으면서도 주변에 아무런 관심도 없어 보였던 그는 순식간에 저를 사로잡았다. 그처럼 되고 싶었다. 모든 걸 가져서 아무런 욕심도 없는 눈을, 저도 갖고 싶었다.

"배짱도 없는 새끼가 뭘 하겠다고."

그가 은호의 손을 휙 채 가더니 말했다. 잘근잘근 씹혀 성한 곳 없는 손끝을 이리저리 살펴보던 그는 나지막한 한숨을 내쉬었다. 엉망이 된 손을 돌려준 그가 카 시트에 몸을 기댄다.

"안 무서웠어?"

"……."

윤기는 얼굴만 돌려 벌벌 떨고 있는 은호를 쳐다보았다. 그리 대단한 말을 한 것도 아닌데 바들바들 떨고 있는 걸 보면 영락없는 어린애였다.

별에게 은호에 대한 이야기를 들었다. 그가 한 선택들과 그가 한 말들. 그 모든 것이 무모하고 어설퍼서 화가 나기보다는, 불쌍했다.

그렁그렁한 눈으로 쳐다보는 은호에 윤기는 눈살을 찌푸렸다.

"그냥 궁금해서 묻는 거야."

"……."

"너도 네가 역겨웠을 것 같아서."

"……."

윤기는 그 마음을 어렴풋이 이해했다. 데뷔를 코앞에 두고 있었을 때 제 마음이 그것과 비슷했다. 아무리 연습해도, 또 아무리 반복해도 마음에 들지 않는 제 모습이 죽고 싶을 만큼 싫었다.

괴로움으로부터 도피하기 위해 저는 잠을 포기했다. 학교에서, 연습실에서 한두 시간씩 쪽잠을 자기는 했지만 등을 대고 숙면을 취하는 건 극히 드문 일이었다. 처음엔 불안한 마음을 달래려 매달린 연습이었지만 나중엔 멈추고 싶어도 멈출 수 없는 지경에 이르렀다.

데뷔하고 난 뒤에는 더욱 날을 세웠다. 초라한 제 모습을 들킬까 봐 연습하는 모습조차 보이고 싶지 않아 했다. 팬들은 물론이고 같은 멤버들에게도 마찬가지였다. 가끔은 제 자신한테조차 그 모습을 보이는 게 싫어 연습실의 불을 다 끄고 연습할 때도 있었다.

타고난 외모에 타고난 재능까지. 매사에 여유 있는 저의 진짜 모습은 그런 것이었다.

"무섭지 않았어?"

다시 한번 물었다. 정은호와 저의 상황은 완전히 다르고 그 상황을 극복하기 위해 선택한 것 역시 완전히 다르지만.

"저는……."

"무서웠잖아, 들킬까 봐."

그 안에 도사리고 있는 자기혐오와 열등감은 같다는 걸 안다.

"……."

은호는 느릿느릿 고개를 끄덕였다. 입술이 하얗게 질리도록 깨물고 버텨 보았지만,

"무서웠어요……."

이내 서러운 듯 터진 눈물은 바닥으로 떨어졌다. 결국 무너진다.

"너무……너무 무서웠어요."

무너지고 말았다. 괜찮다고 생각했던 것들이 사실은 괜찮지 않았다는 걸 인정할 수밖에 없었다. 잘하고 싶었던 마음이 잘하는 사람을 시기하는 것으로 뒤바뀌고, 사랑받고 싶었던 마음이 미움으로 변질되는 동안 저는 끝없이 무서웠다.

"저 어떡해요……."

"……."

"저 어떡해요, 선배님……."

울며 물었다. 가장 넘고 싶었던 사람이었는데 넘기는커녕 그 앞에서 무너지기만 한다. 그것도 가장 초라하게.

윤기는 처참해진 정은호를 보며 결정했다. 또 한 번 그를 봐주기로. 관용의 마음은 아니었고 그냥—

"그 사람이 너 이용한 건 알지?"

"……알아요."

"양심 있으면 원망 같은 거 하지 마."

"……."

"너도 나 이용했잖아."

한 번씩 엿 먹은 것으로 계산했다. 사이좋게.

저를 미끼 삼은 걸 생각하면 뭐라도 하고 싶기 한데 그래서 뭐 하나 싶었다.

그는 이미 지옥이었고 저는 지옥의 집행관이 아니었다. 그에게 할애할 시간이 없다는 소리다. 연애하면서 일하기도 바쁘다.

○ ◎ ●

윤기는 소속사를 통해 열애 사실을 공식적으로 인정했다. 쇼윈도 우정이 인 터넷을 수놓은 지 반나절 정도가 지난 다음이었다. 드라마 제작 과정에서 배우 와 투자자로 만나 최근 관계가 발전했다고 밝힌 소속사는 많은 이야기를 하기엔 아직 조심스러운 부분이 많다고 덧붙였다.

별은 이선그룹의 홍보팀을 통해 입장을 밝혔다. 각자의 영향력을 생각해 조용히 만남을 이어 나가고 싶었지만 근거 없는 소문을 줄이고자 만남을 인정하기로 했다는 게 요지였다.

사람들의 관심이 웬만한 정치 이슈보다 뜨거웠던 것을 생각하면 차분하고 심심한 인정이었다. 하지만 이선그룹의 홍보팀이 움직이기 시작했고 로펌 '윤' 도 전쟁에 임하는 군인들처럼 뒤를 지켰다. 그 말은 즉, 대놓고 인정한 만큼 그 어떤 더러운 소문도 허용하지 않겠다는 뜻이었다.

○ ◎ ●

출근하는 별의 걸음이 빨라졌다. 걸을 때마다 사람들이 축하 인사를 건네거나 뭔가 알 수 없는 눈빛을 보냈다. 끈적거리기도 하고 음흉한 것 같기도 한 그 눈빛이 무얼 뜻하는지 도통 감이 오지 않는다.

"공개 연애 빡세네."

가까스로 사무실 안에 들어온 별은 의자에 깊게 기대앉으며 중얼거렸다. 별의 최측근이라는 이유로 이미 많은 사람들에게 시달린 임 비서는 넋 나간 표정을 짓고 있었다.

"그래도 꽤 잘 참으시네요."

"뭘를?"

"여기까지 오는 동안 한 번도 화 안 내셨잖아요. 심지어 웃기까지 하셔서 즐기시는 줄 알았어요."

솔직히 한 번은 소리를 지르거나 벽을 치거나 할 줄 알았다. 평소의 별은 자신이 먼저 말을 걸기 전까지는 누군가 말을 거는 것도 좋아하지 않았고 자신의 사생활을 남과 공유하는 걸 즐기지도 않았다. 그런 별이 직원들과 사적인 이야기를 하며 웃는 건 상상도 해 보지 못한 일이다.

"나 때문에 윤기 욕먹으면 어떡해."

별이 시무룩한 표정을 지었다.

"……그럼 헤어지기 전까진 계속 이러실 거예요?"

"헤어지긴 누가 헤어진다고 그래?"

"아니……. 알겠어요."

눈에 불을 켜고 으르렁거리는 별에 임 비서는 질문을 바꿨다.

"평생 이러실 거예요?"

설마 하는 마음으로 물었는데 별이 냉큼 고개를 끄덕였다.

"정말요?"

"어쩔 수 없잖아."

복합적인 감정이 밀려들었다. 이럴 줄 알았으면 진작 연애하시라고 할걸, 하는 마음과 제 상사를 길들이는 게 이렇게나 쉬운 일이었나, 하는 허탈함이 마구잡이로 뒤섞인 감정이었다.

"엄마, 나 왜 도와줬어?"

퇴근길에 윤 회장에게 전화를 건 별이 물었다. 이유야 뻔했고 돌아올 말도 뻔했지만 괜히 묻고 싶었다. 비빌 언덕이라는 게 원래 좀 만만한 느낌이 있어야 하는 거라 제 엄마는 후보도 되지 못했다. 늘 엄격하고 칭찬에도 박한 엄마랑 싸우지나 않으면 다행이었다. 그래서 이번 일이 놀라운 것이다.

— 고마우면 고맙다고 말해.

엄마는 귀찮다는 티를 팍팍 내며 말했다. 감동적인 대화가 있을 거라고는 기대도 안 했지만 역시나였다. 그래도 그 한결같음이 싫지 않아서 배시시 웃음이 나왔다. 상냥하고 다정했던 아빠는 완벽한 사람이었지만 일찍이 제 곁을 떠났고, 심술쟁이에 잔소리꾼인 엄마랑은 매번 부딪쳤지만 늘 곁에 있었다. 그것만으로도 가산점을 줄 충분한 스펙이지 않을까.

"엄마 나랑 데이트할래? 내가 맛있는 거 사 줄게."

— 바빠.

"아, 좀."

한결같은 게 좋기는 한데 너무 한결같다. 좀 덜 한결같으면 좋을 것 같은데.

— 주형이 쪽은 어떻게 할 거야.

엄마가 물었다. 안 그래도 의준이와 대략적인 청사진을 그려 놓은 상태였다.

"팔다리만 자르려고."

— 그걸로 되겠어?

"어차피 무능해서 주변 인사들만 잘라도 별짓 못 해."

핸드폰 너머로 엄마의 웃음소리가 들렸다. 몇 번이나 제 자리를 넘보고 있는 그를 뿌리째 뽑아내지 않는 저를 비웃는 것이 분명했다.

"아, 왜 웃어."

— 웃기니까 웃지. 맨날 죽일 것처럼 굴면서 매번 봐주잖아.

제가 생각해도 좀 많이 봐주고 있긴 했다. 도대체 그 인간은 언제쯤 주제 파악을 할까. 성가신 골칫덩이 같으니라고.

"좀 죽여 볼까 하면 불쌍한데 어떡해."

서윤기를 건드리려고 하지만 않았어도 적당히 자리 보존하며 살게 두었을 것이다. 조금 귀찮기는 해도 가끔 그 한심한 꼴 구경하는 게 재미있었으니까.

"이방원도 자기 형은 안 죽였잖아."

— 그래서 네가 이방원이다, 이거야?

"이방원만큼 잘나긴 했지."

— 얼씨구.

"근데 난 숙종이 더 좋아."

한숨 소리가 들렸다. 크게 걱정하는 눈치는 아니었다.

"아무튼 고맙다는 말 하려고 전화했어."

— 해 봐.

"아, 진짜."

— 하려고 전화했다며. 얼른 해 봐.

"고맙습니다, 어머니."

부러 오버를 하며 말했다. 각 잡고 살가운 소리를 하기엔 너무 간지러워서.

— 김별.

"응?"

— 내가 어떻게 이 자리에 있는 줄 알아?

깔깔 웃거나 으스댈 줄 알았던 엄마는 의외로 차분히 물었다.

"어떻게 그 자리에 있는데?"

— 아빠가 내 편이었거든.

"……."

— 그러니까 나도 네 편 드는 거야. 너 이기라고.

엄마식 표현이었다. 고마워할 필요 없고, 사랑한다는.

은호와 짧은 대화를 마친 윤기는 곧장 별의 집으로 갔다. 현관 앞까지 마중을 나온 별은 꽤 불안했는지 초조한 얼굴을 하고 있었다.

"왜 이렇게 빨리 왔어?"

"길게 할 얘기는 아니잖아요."

가만히 쳐다보던 별이 고개를 끄덕인다. 처음 은호에 대한 이야기를 할 때 별은 많은 생략과 편집을 시도했다. 은호가 했던 말이나 행동도, 자신이 한 생각과 결정도 앞뒤를 잘라먹거나 살을 붙이기 일쑤였다. 주변부만 빙빙 도는 화법에 답답함을 느끼긴 했지만 쉬이 말하기 어렵다는 건 알았다. 떳떳하지는 않을 테니.

"뭐가 그렇게 걱정이에요."

"그냥……."

"은호한테 미안해서 그래요?"

혹시나 해서 물었는데 말도 안 된다는 표정을 짓는다.

"내가 걔한테 왜 미안해. 선택은 걔가 한 건데."

냉정하게 식은 눈을 보니 위악을 떠는 건 아니었다.

"근데 왜 그래요."

"……네가 나 나쁜 사람으로 볼까 봐 그러지."

시무룩한 얼굴로 중얼거리는 모습에 웃음이 새어 나온다. 착한 모습을 보여 준 게 뭐 얼마나 된다고 그런 걸 걱정하는지 모르겠다.

"누가 보면 나는 천산 줄 알겠네."

"얼굴이 천사잖아."

별이 뻔뻔한 얼굴로 말했다. 어이가 없어서 웃었더니 그런 저를 빤히 쳐다본다. 기분이 좋아서 웃는 건지, 아닌지 살피는 모습이다. 조금 놀려 줄까 싶어 엄한 표정을 지으려 했지만 반짝이는 눈동자가 귀여워 결국 양팔을 벌렸다. 기다렸다는 듯 안겨 오는 몸이 예쁘다.

"내 얼굴이 그렇게 좋아요?"

"응, 예뻐."

"혹시 나 얼굴 보고 만나요?"

"당연하지. 몰랐어?"

너무 당당하게 나오니까 상처도 안 받는다.

"안 예뻐지면 나 버릴 사람이네."

"네가 안 예뻐질 수가 있어?"

"사람 일은 모르는 거죠. 나이 들어도 이 얼굴이겠어요?"

별이 음— 하고 말을 늘인다. 농담으로 한 소리였는데 진지한 얼굴을 하고 있으니 대답이 궁금해졌다.

"내가 지금 너 일흔 살 된 거 상상해 봤거든?"

"그렇게까지 멀리 갔어요?"

"응, 근데 그때도 예쁠 것 같아."

"근거 없는 확신이네."

"한 70년 공들인 그림 같지 않을까? 지금은 한 29년 공들인 그림 같거든."

말도 안 되는 소리를 대단한 섭리처럼 말하는 재주가 있다. 평소 무슨 책을 읽고, 무슨 영화를 보고 살면 저런 말을 할 수 있는 걸까. 얼마나 달고 강한 것들이기에 쏟아 내는 애정조차 달고 강한 것일까.

"정은호랑 몇 번 만났어요?"

문득 궁금해졌다. 별의 애정이 은호에게 닿은 적 없다는 걸 알면서도 비슷하게나마 흉내 내려 했던 걸 생각하면 기분이 좋지 않았다.

"두 번?"

별이 냉큼 대답했다.

"입에 침이나 좀 바르고 얘기해요."

제가 듣고 본 것만 해도 두 번이었다.

"그럼 세 번?"

"어휴."

한숨을 쉰 윤기가 고개를 저었다.

"한 번만 더 만나기만 해."

"왜? 더 만나면 어쩌려고?"

뭔가 신이 난 듯 보이는 별이 눈을 빛낸다. 가끔 이해할 수 없는 욕망이 별에게 보였다. 저의 화난 모습을 보며 얼굴이 빨개진다거나 예민하게 굴 때마다 귀여워 어쩔 줄을 몰라 한다거나.

"내가 화내는 게 좋아요?"

"아니, 너 질투하는 게 좋아."

나이 들어 대머리가 되어도 섹시하다 할 사람이다.

별이 우울의 끝을 달렸다. 연애를 시작한 후 처음 맞는 서윤기의 생일을 화려하게 장식하고 싶었으나 그가 모든 걸 반대했다. 멀리서 좋아하던 때에도, 숨어서 연애할 때에도 간신히 눌러놓은 욕심을 이제 좀 풀어 보겠다는데 어깃장을 놓는 그가 미워 죽겠다.

"아, 대체 왜 싫다는 거야."

별이 구시렁거리며 눈앞에 있는 디저트를 깨부쉈다. 동글동글하던 마카롱은 형체를 알아볼 수 없는 지경이 되고 조각 케이크 역시 흐트러지자 맞은편에 있던 의준이 포크를 빼앗는다.

"왜라니. 나 같아도 싫겠다."

"왜? 남자들은 그런 거 싫어해?"

"남자여서 싫은 게 아니라 그냥 평범한 사람이면 다 싫어해."

의준이 단호하게 말했다. 별이 준비한 게 무언인지는 이미 윤기에게 들어서 알고 있었다. 웬만하면 억눌린 애정을 마음껏 분출하라고 응원을 해 주고 싶은데 아무리 생각해도 별의 계획은 좀 심했다.

"별아."

"응."

"너 서윤기 만나기 전에 연애해 본 적 없지."

역시나 눈을 날카롭게 뜬다. 제가 알기론 별의 가장 길었던 연애 기간은 한 달이 채 넘지 않았다.

"6개월 이상 만난 적 있어?"

"몰라."

"그걸 왜 몰라."

"아, 유치하잖아. 나 그런 거 세는 사람 아니야."

말은 그렇게 하는데 표정을 보니 답이 딱 나왔다. 아마 서윤기와 만난 지 얼마나 됐냐고 물으면 시간까지 정확하게 대답할 것이다. 하는 수 없이 자세를 고쳐 앉았다. 그냥 두었다가는 어렵게 잡아 놓은 서윤기가 기겁하고 도망갈 것 같다.

별이 끄적거리며 적어 놓은 리스트 중 가장 위의 것을 가리켰다.

"자, 일단 이 비행기."

"그게 왜."

"굳이 비행기 래핑을 할 필요가 있을까?"

"홍보지, 홍보. 전 세계 사람들이 우리 윤기 생일인 거 알면 좋잖아."

"그런 거 안 해도 서윤기 생일인 거 사람들 다 알아."

펜으로 찍찍 그은 의준이 다음 리스트를 짚었다.

"회사 제품 세일. 이건 대체 왜 하는 거야? 마케팅팀이랑 협의는 본 거야?"

"왜는 무슨 왜야. 윤기가 우리 회사 모델이잖아. 회사 차원에서……."

"됐어. 회사 차원으로 축하하고 싶으면 그냥 포장지에 이선그룹 로고 박아. 쓸데없이 돈지랄하지 말고."

별의 입술이 볼록하게 튀어나왔다. 준비한 것들이 조금 과한 편이라는 건 알았지만 그런 게 아니고는 도무지 떠오르는 게 없었다. 선물은 마음을 전하는 거라는데 제 마음이 이미 과하고 거대한 걸 어쩌나.

"서윤기한테 어울리는 걸 줘."

의준은 보다 쉬운 설명을 덧붙였다.

"서윤기 보면 가장 먼저 떠오르는 거 없어?"

"……."

별의 얼굴이 점차 밝아졌다.

"아, 이게 뭐야!"

별이 빽, 하고 소리를 질렀다. 가까운 사람들을 불러 놓고 생일 축하 인사를 받던 윤기가 선물을 풀어 보던 와중이었다. 사람들의 시선이 별에게 쏠린다.

"나랑 똑같잖아!"

아랑곳하지 않고 속상함을 표출한 별은 윤기가 들고 있던 한정판 셔츠를 가리켰다.

"이거 누가 선물한 거야?"

덜컥 겁먹은 사람들이 서로의 눈치를 보았다. 모인 사람들이라고 해 봤자 천사랑과 한소리, 김의준과 김별을 제외하면 갤럭시 멤버들과 임 비서 정도였다.
그중 별과 비슷한 취향을 가진 사람은—

"저요."

사랑이 손을 들었다.

"아, 너는 왜 맨날……!"

불만 가득한 목소리로 짜증을 낸 별이 사랑을 노려보았다. 스카프에 이어 셔
츠까지 벌써 두 번째였다. 백번 양보해서 겹칠 수 있다고는 생각했다. 저의 취향
이 고급진 만큼 그의 취향도 고급질 수 있다. 보는 눈이 높은 건 죄가 아니니까.

하지만 왜 매번 사랑이 수혜를 누리느냐 이 말이다. 같은 스카프를 골랐을 때
도 결국 스카프를 차지한 건 사랑이었고, 이번에도 사랑의 선물이 먼저 공개되었
다.

"양보해."

별이 비장하게 말했다.

"제가요?"

"저번엔 내가 양보했잖아."

"언제요?"

모르겠다는 듯 고개를 기울인 사랑이 뒤늦게 아, 하고 미소를 지었다.

"그건 양보가 아니죠."

"뭐?"

"제가 먼저 홀딩해서 산 건데 그게 왜 양보예요."

또박또박 대꾸한 사랑이 생글생글 웃었다. 어떻게 하면 더 야무지게 놀릴 수
있을까 고민하는 얼굴이었다. 윤기는 둘 사이에서 조용히 귀를 막았다. 소리 지
르는 별과 소리만 안 질렀지 말 많은 사랑이 붙으니 아주 소란스럽기 짝이 없었
다.

어서 빨리 싸움이 끝나길 바라고 있던 그때, 의준과 눈이 마주쳤다. 저와 비
슷한 모양으로 귀를 막고 있던 그는,

"생일 축하해요."

입 모양으로 속삭였다. 곧고 뾰족한 눈에 힘내라는 무언의 응원이 담겨 있었다.

○ ◎ ●

시끄러운 생일 파티를 마치고 집으로 돌아온 윤기와 별은 누가 먼저랄 것도 없이 서로를 꼭 끌어안았다.

"아직도 속상해요?"

"조금."

너른 가슴에 얼굴을 묻은 별이 고개를 끄덕였다.

"다른 사람도 줄 수 있는 거였으면 그거 안 샀어."

"괜찮아요. 예쁜 셔츠 두 개 있으면 좋지 뭐."

"안 좋아. 나만 줄 수 있는 거 주고 싶었단 말이야. 세상에서 제일 좋은 거나 세상에 하나밖에 없는 그런 거……."

늘 가장 좋은 걸 주면서도 별은 매번 제일 좋은 것을 주고 싶다며 아쉬움을 토로했다. 이럴 줄 알았으면 조금 부담스럽더라도 별의 이벤트 몇 개는 받을 걸 그랬나 싶다.

"사랑이한테 받은 셔츠보다 당신한테 받은 걸 더 많이 입을게요."

정수리만 보여 주고 있던 별이 뽕, 하고 얼굴을 들었다.

"진짜?"

"응, 진짜."

"그래!"

작은 것에 기뻐하고 슬픈 것은 빠르게 날려 버리는 강인함이 사랑스럽다.

"아, 나 준비한 거 또 있는데."

"또?"

응, 대답한 별이 난데없이 눈을 손으로 가렸다. 그대로 등 뒤로 자리를 옮긴 별은 천천히 저를 이끌었다. 키 차이 때문에 뒤뚱거리는 게 느껴졌다. 알아서 눈 감고 있을 테니 옆에 와서 걸으라 했지만 안 된다며 고집을 부린다.

"되게 대단한 건 아니야."

등에 붙은 별이 키득거리며 말했다.

"알았어요."

"너무 기대하고 보면 안 돼."

"알았다니까."

"짠."

눈꺼풀 위를 덮고 있던 손이 사라지자 윤기는 천천히 눈을 떴다. 눈앞엔 100호는 족히 넘어 보이는 캔버스가 있었다. 누군가의 옆모습이 물에 젖은 듯 번져 있는 유화였다.

"……."

홀린 듯 앞으로 걸어간 그가 그림과의 사이를 좁혔다. 응시하는 옆모습에서 익숙한 기시감이 든다.

"이거 혹시……."

"응, 네 얼굴이야."

별이 고개를 끄덕였다.

"네가 저번에 그랬잖아. 안 예뻐지면 버릴 것 같다고."

"그건 그냥 농담이었어요……."

"알아. 근데 알려 주고 싶었어. 내 눈에 네가 어떻게 보이는지."

"……."

윤기는 말을 잃었다. 폭포 같은 애정이 또다시 쏟아지는 기분이 들었다. 그림 속 인물이 지나칠 정도로 아름다운 것은 둘째 치고 모든 색채가 다정하고 따뜻하다는 게 몸 둘 바를 모르게 한다.

"왜 하필 옆모습이에요?"

"그냥. 너랑 마주 본 지 얼마 안 됐잖아."

혼잣말처럼 중얼거린 별이 대뜸 그림 앞에 다가가 섰다.

"언젠가 우리가 마주 보지 않게 되는 날이 오면 어떨까, 생각해 봤거든?"

윤기와 사랑을 하면서 생긴 버릇이었다. 가정하고 예측하고 상상하는 것. 죽은 것들을 사랑할 때 하지 않던 짓이다.

"슬플 것 같았는데 아니더라."

언제든 변할 수 있는 상대를 사랑하는 건 두렵고 슬픈 일이라 생각했는데 생각보다 그렇지 않았다.

"좋았어요?"

묻는 그에 응, 하고 대답했다.

"네가 옆을 봐도 난, 널 볼 것 같거든."

"……."

"그거면 충분해."

"……."

맹렬하면서도 어딘가 속상한 고백에 윤기는 마음이 울컥했다. 짝사랑을 하는 사람처럼, 여전히 닿지 않을 사랑을 하는 사람처럼 말하는 건 미운데 영원히 사랑하겠다는 그 숨겨진 확신은 황홀했다. 그림 속 제 옆모습을 다정하게 쳐다보는 별의 얼굴을 끌어 입을 맞췄다.

"사랑해요."

마르지 않을 제 사랑에게 속삭였다.

"오래오래 사랑할게요."

영원히, 라는 말보다는 그 말이 더 좋을 것 같았다.

| Epilogue |

평화로운 나날의 연속이었다. 아니, 그런 것 같았다. 아니, 그런 척했다. 산재하고 있는 문제들은 여전했고 망설이는 순간 문제는 다시 불어나기 마련이었지만 그것들을 일일이 신경 쓰기엔 제 앞에 앉은 이가 유난히 아름다웠다.

"무슨 생각 해요?"

서윤기는 주문한 아이스티를 순식간에 바닥내고 남은 얼음들을 휘저으며 물었다.

"너 예쁘다는 생각."

"지겹지도 않아요?"

"평생 해도 안 지겨울걸."

못 말린다는 듯 고개를 저은 서윤기는 테이블 위에 손을 올려 두고 장난을 치기 시작했다. 길고 가는 손가락을 시종일관 가만두지 못하는 건 그의 버릇 중 하나였다. 어릴 때는 손톱을 물어뜯는 버릇도 있었다는데 데뷔하고 어렵게 고쳤다고 했다.

사실 지금 그의 손톱을 보면 믿을 수 없는 이야기다. 바디가 넓고 긴 손톱은 거친 것이라고는 단 한 번도 만져 본 적 없던 것처럼 매끄럽고 부드러웠다.

"저……."

아까부터 이쪽을 힐끔거리던 카페 종업원이 다가와 입을 열었다. 얼굴을 발그레하게 물들이고 종이와 펜을 쥐고 있는 걸 보니 다음 말은 뻔하다.

"실례가 안 된다면 사인 한 장만 부탁해도 될까요?"

몇 번이고 연습한 듯 한 번에 뱉어 낸 문장이 조심스럽다. 테이블에서 몇 발자국 떨어진 자리에서 대기하고 있던 경호원들이 얼굴을 굳힌 채 다가왔지만 가볍게 고개를 저었다. 위험한 상황이 아닌 한 서윤기에게 접근하는 모든 사람을 내칠 필요는 없다.

서윤기는 저 모르게 돌아가는 상황에는 관심이 없었다. 제가 경호원들과 무언의 대화를 나누든 말든 그저 가늘게 떠는 음성을 내며 옆에 선 여성을 바라볼 뿐이었다. 그것도 굉장히 상냥하게. 그가 만지작거리고 있던 테이블 위 장식을 내려놓고 그럼요, 대답했다. 귀찮은 기색이라곤 조금도 느껴지지 않는 목소리였다.

여자의 입에서 나지막한 신음이 흐른다.

"성함이……?"

"아, 손하정이라고 합니다. 그냥 하정이라고 하셔도 돼요."

"네, 하정 씨."

서윤기는 고개를 끄덕이며 여자와 눈을 맞췄다. 그와 동시에 여자가 얼굴을 숙였다. 그토록 마주하고 싶었을 거면서 막상 마주했을 때는 피할 수밖에 없는 그 마음을 별은 이해했다. 서윤기 역시 그런 반응이 꽤 익숙한 모습이었다.

한평생 반짝이는 얼굴로 살다 보면 자주 맞닥뜨리는 상황인가 보다.

"좋아해 주셔서 감사해요."

"네? 아, 아뇨, 제가 더……."

사인을 마친 그가 종이를 건네자 여자는 거의 실신할 지경으로 숨을 헐떡였다. 뒷걸음질을 치며 떠나는 여자의 모습을 빤히 보던 별이 테이블 위를 톡, 톡, 두드렸다. 여자의 달뜬 모습이 왜인지 낯설지 않았다.

"뭐지 이 기시감은."

자조 섞인 말을 뱉었다. 멀찍이 서서 그를 동경하던 때와는 상황이 많이 변했음에도 불구하고 저는 여전히 그를 마주할 때마다 심장 근처를 부여잡아야만 했다.

조심성 없는 그가 얼굴을 불쑥 들이밀거나 진득한 스킨십을 해 올 때면 딱 죽고 싶은 기분이 드는 게 제 탓은 아니지 않은가. 아무렇지 않은 척 의연을 떨고 싶어도 쉽지 않은 일이었다.

"어디 가둬 둘 수도 없고."

머릿속 생각이 입 밖으로 튀어 나갔다. 그의 미모야 홍익인간 정신으로 널리 알려야 마땅하다는 걸 알면서도 가끔은 어린애 같은 심술이 돋아났다.

"너 빨리 나이 들었으면 좋겠다."

그가 눈썹을 치켜올린다.

"왜요?"

"내 눈에만 예뻐 보이게."

"……."

무슨 말이냐는 듯 미간을 구기던 그가 이내 웃음을 터트렸다.

"말이 되는 소리를 해요."

얄미운 소리를 하면서도 눈부시게 웃는 서윤기에 별은 한숨을 쉬었다. 그 옛날 많은 황제들이 왜 후궁 하나에 홀려 나라를 말아먹었는지 이해가 되었다. 까짓것 나라가 뭐야. 없는 나라도 세워서 바칠 판에.

"짜증 나."

결국 고개를 돌려 버렸다. 이대로 계속 쳐다보면 심술이 난 것도 잊고 실실거릴 것 같았다. 속이 훤히 보이는 제 꼴에 서윤기는 키득거리기 시작한다.

"이사님."

부드러운 목소리.

"별아."

기분이 아주 좋을 때만 불러 주는 이름.

"누나."

라스트 팡.

대놓고 수작을 부리는데도 별은 보기 좋게 넘어가 얼굴을 빨갛게 물들였다.

간혹 제 기분이 안 좋을 때면 서윤기는 느닷없이 '누나'라는 호칭을 쓰며 애교 아닌 애교를 부렸다. 평소에는 애걸복걸을 해도 잘 쓰지 않는 말이었다. 쓰기 싫어하는 기색은 아니었고 그냥 호칭 자체에 별생각이 없는 듯했다.

공식 연인도 된 마당에 '이사님' 소리는 좀 아니지 않으냐고 했을 때도 그는 그게 뭐 어때서 그러냐고 반문했다. 그럼에도 제가 누나 소리 듣는 걸 좋아한다는 건 귀신같이 알고 있는 그다.

"질투하지 마."

은근하게 반말하는 걸 좋아하는 것도,

"내가 누나 거라는 거 세상 사람들 다 알아."

능글거리며 느끼한 소리 하는 걸 좋아하는 것도 전부.

○ ◎ ●

별은 서윤기와 함께 백화점으로 향했다. 지하에 있는 식료품 마트에서 몇 가지 장을 본 후 집으로 갈 예정이었다.

"오늘은 뭐 해 줄 거야?"

"먹고 싶은 거 있어요?"

"간단한 거 먹자. 날도 더운데."

별이 서윤기의 소매를 잡아끌며 말했다. 또 샐러드를 만들 요량인지 초록색 채소들이 가득한 코너에서 머무르는 그의 손길을 끊어 내기 위함이었다.

연애 전이나 지금이나 그의 까탈스러운 후각은 여전했다. 여전히 냄새에 예민했고 밖에서 사 먹는 음식을 달가워하지 않았다. 달라진 게 있다면 그가 요리에 관심을 기울이기 시작했다는 것 정도. 툭하면 굶기 일쑤인 데다 먹어 봤자 과일이나 샐러드를 먹는 그에게 제발 제대로 된 식사를 하라 말한 것이 시발점이었다.

예상외로 그에게는 재능이 있었다. 개코나 다름없는 후각이 요리할 땐 꽤 쓸모가 있는 모양인지 만드는 족족 맛이 좋았다. 스테이크나 파스타는 물론이고 김치찌개나 갈비찜 같은 한식도 뚝딱뚝딱 만들어 내는 걸 보고 있으면 이제껏 왜 셰프 역할을 맡지 않았던 것인지 궁금해질 지경이었다.

"제육덮밥 먹을까요? 고기 좋아하잖아."

"그래. 된장찌개는 내가 끓일게."

"……끓일 줄 알아요?"

서윤기가 못 미더운 표정으로 물었다. 그는 매우 다정한 연인이었지만 저를 반편이 취급할 때가 꽤 많았다.

"어때?"

"음……."

"별로야?"

별의 얼굴이 긴장으로 물들었다. 윤기는 그런 별을 보며 무어라 대답해야 좋을지 고민했다. 끓일 줄 아냐고 물었을 땐 자기가 바본 줄 아냐며 성을 내더니 이게 무슨 맛인지 모르겠다. 된장찌개에서 신맛을 내려면 뭘 어떻게 해야 하는 걸까.

"아, 답답해. 내가 먹어 볼게."

대답이 늦어지자 성질 급한 별이 숟가락을 들었다. 순간 기겁한 윤기가 눈앞에 있는 된장찌개를 멀찍이 밀어 냈다. 그게 무슨 뜻인지 모를 리 없는 별의 얼굴이 시무룩해진다.

"맛없으면 없다고 말을 하지."

"맛없진 않아요. 그냥 좀…… 셔서 그렇지."

"시다고?"

고개를 끄덕였더니 별이 턱을 괸다.

"식초를 너무 많이 넣었나?"

"식초를 썼어요? 찌개에?"

"응, 너 사과 좋아하잖아."

"사과랑 식초가 무슨 상관……. 아, 사과식초?"

"응."

뭐가 문제인지 모르는 별의 표정에 윤기는 난감해졌다. 꾹 다문 입술 사이로 웃음이 새지 않도록 허벅지를 꼬집어야 했다. 꽤 필사적인 사투였다고 생각했는데 별은 금세 사나운 표정을 지으며 제 정강이를 걷어찼다.

"웃어?"

"아, 아파요."

"내가 웃겨? 너 지금 내 된장찌개 비웃은 거지?"

"설마요. 안 웃었어요."

"안 웃기는 개뿔. 지금 네 광대가 얼마나 치솟았는지 알아?"

"그래요?"

그제야 윤기는 눌러놓은 웃음을 마음껏 터트렸다. 사과를 좋아한다고 사과식
초를 쓰다니. 발상이 너무 귀여웠다. 요리 못하는 게 뭐 대수라고 빨개진 얼굴도
귀엽고.

근래 별은 자신만큼이나 요리에 많은 열정을 쏟아붓고 있었다. 입 짧은 저에
게 뭐라도 먹이고 싶어 그런다는 걸 모르지 않았다. 그 마음이야 예쁘고 고맙지
만 별에게는 재능이 없었다. 지금껏 실패한 요리의 수를 헤아리자면 열 손가락
은 한참 부족하다.

"아, 진짜 요리하는 거 너무 싫어."

별이 신경질적으로 중얼거렸다.

"안 하면 되지. 하지 마요. 괜찮아."

"이건 안 하는 게 아니라 못하는 거잖아."

"뭐 어때요."

윤기가 씩씩거리는 별의 손을 끌어 잡았다.

"못할 수도 있지."

"난 원래 뭘 못하는 사람이 아니란 말이야."

별은 억울했다. 건성으로 고개를 끄덕이고 있는 서윤기는 영 믿지 못하는 것
같지만 저는 정말이지 뭘 못하는 사람이 아니었다. 영어와 독일어를 공부할 때
도, 첼로나 체스를 익힐 때도 패배감이나 열등감 따위를 느껴 본 적이 없었다.

그런 저에게 요리는 모욕감을 선사한다.

"난 이사님 요리 못해서 좋아."

"그거 참 위로가 된다."

별이 비웃음과 함께 이죽거렸다. 위로랍시고 건넨 말이겠지만 제 귀에는 말
같지도 않은 소리로 들릴 뿐이었다.

"거짓말 같아요?"

"응, 매우."

단호한 대답에 윤기는 못 말린다는 듯 웃었다.

"진짜예요. 요리라도 못해서 얼마나 다행인데."

"다행이라고?"

"다른 건 당신이 다 해 주잖아요. 요리는 내가 해 줄 수 있어서 좋아."

"……."

생각지도 못한 대답에 얼굴이 홧홧해졌다.

"그러니까 괜히 요리 배운다고 시간 쓰지 마요."

"알고 있었어?"

"요리 학원 다니는 거요? 네."

놀리고 싶은 마음을 꾹 참는 듯한 얼굴에 별은 눈을 감았다. 기본적인 요리는 안 배워도 할 수 있다고 허세 아닌 허세를 부렸었는데 얼마나 우스웠을까. 쪽팔려 죽을 것 같다. 대체 누가 일러바친 걸까.

"이번엔 또 누구야. 임 비서야, 김의준이야."

"둘 다 아닌데."

"천사랑이네."

별은 깊은 한숨과 함께 이마를 짚었다. 제 주변에 널리고 널린 스파이들에 환멸이 난다.

"아무튼 학원 그만둬요."

"왜. 계속 다닐 거야."

괜히 오기가 나서 고집을 부렸다. 사실 첫 수업을 들었을 때부터 그만두고 싶었다. 적성에도 안 맞고 뜨거운 불 앞에 서 있는 게 즐겁지도 않았다. 아등바등 애를 쓰며 만들어 봤자 맛도 없으니 보람이라는 걸 느낄 수도 없었다.

"내가 싫어서 그래요."

"네가 왜 싫어. 고생은 내가 하는데."

말이 퉁명스럽게 나간다.

"그러니까 싫어요. 당신 고생하니까."

서윤기가 턱 아래에 손을 받치고 웃는다. 아이돌 활동을 하던 시절에나 가끔 보던 전설의 꽃받침 포즈다.

"그 시간에 내 얼굴이나 더 봐요. 그게 더 보람차잖아."

차마 아니라는 말이 나오지 않는다.

"……그건 그래."

너무 맞는 말이라.

"그럼 우리 내일도 만날 수 있는 거죠?"

예쁘게 웃는 그에게 홀려 버린 저는 살랑살랑 고개를 끄덕여 주었다.

"축하드려요, 이사님."

"아직 취임식도 안 했는데 축하는 무슨."

무심한 척 말하기는 해도 별의 얼굴에선 미소가 떠나지 않았다.

"취임식이 뭐 대순가요. 오늘 열리는 자선 패션쇼가 취임식이나 마찬가지죠, 뭐."

세팅된 옷을 살피던 임 비서가 말했다. 들뜬 티를 내지 않으려고 노력하는 별보다 훨씬 무감한 표정이었지만 그녀야말로 이날을 기다렸던 사람이다. 잔인하리만치 능력주의자인 그녀는 자신보다 무능한 사람이 제 위에 있는 걸 극도로 혐오했다. 그러니 핏줄 하나 믿고 설치는 윤주형이 마음에 들었을 리 없다.

"이선의류 다음엔 뭐 드실 거예요?"

"글쎄."

별이 장난스러운 미소와 함께 말꼬리를 늘였다.

오늘 열리는 자선 패션쇼는 그저 그런 패션쇼가 아니었다. 별이 윤주형을 밀어내고 이선의류의 새로운 주인이 되었음을 알리는 자리였다. 회사 내부는 물론이고 재계 인사들 사이에선 며칠 전부터 공공연히 알려진 사실이었지만 오늘로서 완전히 공식화될 것이다.

"너무 쉬워서 재미없으시죠?"

"내가 어려운 게임만 좋아하는 것 같아?"

"그런 거 좋아하시잖아요."

"어려운 상대랑 싸워서 이기는 게 짜릿하긴 하지. 근데 쉬운 게임도 좋아해. 이기는 건 다 좋으니까."

주형과의 싸움은 실로 쉬운 게임이었다. 그릇이 간장 종지만도 못한 그가 복지 재단이라는 자금줄을 손에 쥐자 미쳐 날뛴 탓이었다. 자신의 내연녀가 있는 대학에 이유 없는 지원금을 투자하기도 하고, 백화점 직원의 명의로 차명 계좌를 만드는 등 사리사욕을 채웠다.

비록 분명한 이유가 없다고 하더라도 대학에 투자하는 것은 인재 양성이라는 말로 둘러댈 수 있고, 차명 계좌를 만들어 비자금을 만드는 것 역시 비싼 변호사를 선임하면 대충 넘어갈 수 있는 문제였지만 사건은 다른 곳에서 터졌다.

"근데 윤 대표님은 왜 어린이 센터를 해체시킨 거예요?"

"그 새끼가 원래 애들을 싫어해."

별이 고개를 흔들었다. 최근 저의 오라비는 복지 재단에서 가장 오랫동안 후원하고 운영하던 어린이 센터를 해체시켰다.

할아버지가 심혈을 기울여 조성한 곳이었다는 걸 몰랐던 건지, 아니면 알면서도 그랬던 건지. 명청한 윤주형은 할아버지가 머리끝까지 화가 난 걸 경험할 수밖에 없었다. 미련하기 짝이 없다.

"단순히 그게 이유라고요?"

"물론 그게 이유의 전부는 아니겠지. 근데 그게 가장 만만했을 거야. 의료 사업은 수익으로 보나 영향력으로 보나 유지하는 게 좋고, 스포츠 협회 지원은 국가에서 반강제로 권유하는 사업이니 마음대로 할 수 없잖아."

"그 돈으로 대체 뭘 하려고 그랬을까요."

미간을 찌푸린 임 비서가 물었다. 어린이 센터를 해체하는 대신 굳어진 돈의 규모가 결코 작지 않았다. 하지만 일평생 부족함 없이 살아온 데다가 백화점과 패션 사업을 운영하고 있던 윤주형은 돈이 궁한 사람이 아니다.

"윤 대표님 배짱으로는 새 사업을 추진한다거나 그런 건 아니었을 것 같은데—"

"있는 사업도 유지를 못 하는데 뭔 새 사업."

"그러니까요. 그럼 뭐 정치라도 하려고 하셨나?"

별이 깔깔 웃음을 터트렸다. 재벌가 사람이 급하게 현금을 돌리는 데에는 정치 자금이 필요해서라고 생각하는 게 타당한 추론이긴 했지만 윤주형의 깜냥을 생각하면 우스운 이야기였다.

"임 비서, 세상에서 가장 비싼 게 뭔 줄 알아?"

"글쎄요. 정보?"

"땡, 사람이야."

"사람이요?"

"내가 윤주형 사람들 다 모가지 잘랐잖아. 마음 급했겠지. 사람이 필요했을 거야."

최근 별은 그의 주변 인사를 잘라 냈다. 이선뷰티와 호텔에 심어져 있던 스파이들을 잡초 뽑아내듯 정리하고 예술 재단 직원 중 복지 재단에 정보를 넘긴 사람들도 남김없이 숙청했다.

제 인사권이 발휘되지 않는 곳에 있는 사람들은 의준이 맡았다. 본디 변호사란 그 어떤 죄인과도 친구가 될 수 있는 존재였다. 제아무리 치사한 인간이라도 그의 앞에선 자백할 수밖에 없었다는 소리다.

간혹 의준의 혓바닥이 힘을 쓰지 못할 땐 임 비서가 나섰다. 각계각층에서 힘깨나 쓴다는 사람들은 모두 비서가 있었다. 임 비서는 그 모든 사람들을 알고 있었고 비서들은 제 상사에 대해 모르는 게 없었다.

"자기 편 하나 만들겠다고 그런 짓을 하다니. 한심하네요."

임 비서가 조소했다.

"그래도 그 한심한 짓 때문에 오늘날 이선의류가 내 거잖아. 고마워해야지."

"윤 대표님이 한심한 짓 안 했어도 이사님은 이기셨을 거예요."

"나도 알아."

별이 어깨를 으쓱이며 웃었다. 손 하나 대지 않고 이긴 싸움이라 퍽 허무하기는 했지만 이기는 것 자체는 언제나 희열을 안겨 주었다.

"복지 재단은 회장님께서 맡으시는 거죠?"

"응, 나한테 다 주기엔 할아버지도 민망한가 봐."

픽, 하고 웃음을 흘린 별이 며칠 전 할아버지와 나눴던 대화를 떠올렸다.

'면목이 없구나.'

품위 있는 모습으로 패배를 인정한 할아버지는 손녀의 눈을 똑바로 쳐다보지 못했다. 윤주형이 제 적수가 되지 못할 걸 알면서도 그를 제 상대로 둔 것은 할아버지의 명백한 실책이었다. 가만히 뒀으면 중간은 했을 텐데.

'주형이는 오늘부로 파면이다.'

소싯적 별명이 황소였던 할아버지는 하루빨리 문제를 해결하길 바랐다. 땅에 떨어진 이선의 이미지를 쇄신하기 위해선 대대적인 인사 개편이 필요하다는 말이 뒤따랐다.

'주원이가 백화점을 맡고 싶다고 하기는 하는데……'

또 다른 사촌 오빠의 이름이 나왔다. 하지만,

'같은 실수를 하고 싶지 않구나.'

할아버지는 단호했다.

'백화점도 백화점이지만 이선의류는 딸린 식구가 많은 사업이니 심혈을 기울이거라. 여기서 더 추락해선 안 돼.'
'걱정 마, 할아버지.'
'복지 재단은 네 엄마에게 줄 예정이다.'
'왜? 엄마는 재단 일에 관심 없을 텐데?'

'여기서 다 주기엔 이 할애비 자존심이 허락지 않아 그런다.'

호랑이 같은 눈을 바닥으로 내리깐 할아버지가 말했다. 입꼬리가 가파르게 상승했다. 면목이 없다는 말보다 그 시선의 방향이 더 명백한 패배 선언이었다.

'갖고 싶으면 네 엄마에게 물려받거라.'
'그러지 뭐.'
'이 할애비에게 인정받는 것보다 희원이에게 인정받는 게 몇 배는 더 어려울 게다.'
'괜찮아. 나 우리 엄마 딸이잖아.'

그렇게 이선의류와 이선백화점은 저의 차지가 되었다. 일선에서 물러난 과거의 황제라 할지라도 할아버지의 한마디는 이사들과 주주들을 주무르기에 충분했다.

○　◎　●

패션쇼라면 응당 셀럽이 있어야 하고, 파티라면 응당 파트너가 있어야 한다. 그런 의미에서 자선 패션쇼에 서윤기가 참석하는 건 당연하다. 셀럽으로서, 파트너로서, 그리고 별의 연인으로서.

"아, 진짜 과하다."

별이 대기실로 들어선 서윤기를 보고 읊조렸다.

"과해요?"

"엄청."

"얌전하게 입혀 달라고 했는데……."

평소처럼 멋있다거나 예쁘다는 주접을 들을 줄 알았던 윤기는 민망함에 이마를 긁적였다. 별과 나란히 공식 석상에 나서는 건 처음이라 옷을 몇 번이나 갈아입었는지 모른다. 스포트라이트를 받아야 할 사람은 별이라는 걸 알아 화려한 디자인의 옷들은 걸러 달라고 했던 것 같은데 별의 눈에는 과해 보이는 모양이다.

"귀걸이라도 뺄까요?"

거울 속에 비친 모습을 쳐다보며 눈살을 찌푸린 윤기가 말했다.

"그거 뺀다고 네 얼굴이 달라져?"

별이 팔짱을 끼고 툴툴거렸다. 뭐가 그렇게 마음에 안 드는지 한숨까지 내쉰다.

"난 네가 귀걸이를 꼈는지도 몰랐어. 네 얼굴이 하도 반짝거려서."

"아, 뭐야."

그제야 농담이란 걸 알아차린 윤기가 헛웃음을 지었다.

"놀랐잖아요."

"너만 놀랐어? 나도 놀랐어. 문 열고 들어오는데 천산 줄 알았다고."

별은 크나큰 문제에 직면한 사람처럼 심각한 표정을 지었다. 자선 패션쇼라는 게 원래 모델보다는 게스트들이 주목받는 경우가 많지만 오늘은 특히 더 그럴 거라는 예감이 들었다. 눈앞에 천사가 있는데 옷이나 구두 같은 게 뭔 상관이람.

긴장을 놓은 윤기가 편안하게 웃어 보였다.

"그래도 다행이네요."

"뭐가?"

"떨고 있을 줄 알았거든요. 농담하는 거 보니까 멀쩡하네."

여전히 팔짱을 끼고 있는 별에게 다가간 윤기가 흘러내린 머리카락을 귀 뒤로 넘겨 주었다. 손끝이 닿자마자 별의 입술 틈으로 웃음이 샌다.

"떨어? 누가? 내가?"

"어제 전화할 때 목소리 안 좋았잖아요. 걱정했어요."

"내가 이까짓 걸로 떨 것 같아?"

"당신은 뭐 사람 아닌가."

윤기가 별의 뺨을 부드럽게 감싸 올렸다. 어젯밤의 전화는 기억도 나지 않는다는 듯 굴고 있지만 민망해서 으스대는 거라는 걸 알고 있었다.

높아진 위치와 늘어난 책임에 어깨가 짓눌리지 않는다면 그거야말로 이상한 일이다. 제아무리 별이 사자라 해도 가끔은 불안할 정도로 지쳐 보일 때가 있었다.

"변호사님은 언제 와요?"

"의준이? 좀 늦을걸. 내일 중요한 재판 있어서 미팅 있다고 했거든."

별이 거울 앞에서 크게 숨을 들이쉬었다. 너무 격식을 차리지 않는 선에서 골라 입은 슈트가 마음에 들지 않았다. 분명 어제까지만 해도 이게 가장 좋은 착장이라 생각했는데 오늘은 성에 차지 않는다.

"나 어때 보여?"

거울 속 자신을 노려보던 별은 등 돌려 자세를 잡았다. 저의 판단보다는 그의 판단이 더 믿음직했다.

윤기는 부러 눈매를 예리하게 다듬었다. 밑도 끝도 없이 괜찮다는 소리를 들으려고 물은 말이 아니라는 걸 알았다.

"멋있어요."

"그래?"

"강해 보여요."

못 미더운 얼굴로 쳐다보는 별에 윤기는 진득이 눈을 맞췄다. 큰 키에 자세가 곧은 별은 슈트에 최적화된 맵시를 가지고 있었다.

특별히 맞춤 제작 한 슈트의 색깔도 마음에 들었다. 언뜻 보면 평범한 남청색 같았지만 가까이서 보면 검은색의 날실과 파란색의 씨실이 선명하게 보였다. 한 땀 한 땀 장인의 손길로 만든 슈트를 기다리고 있다더니, 말 그대로였다.

"후……."

안심한 듯 숨을 뱉은 별이 이내 입술을 깨물었다. 색조를 올린 뺨이 더 붉어지는 듯싶더니 끙, 앓는 소리까지 낸다.

"토할 것 같아."

힘겹게 내뱉은 속내와 함께 별이 그의 품으로 무너지듯 안겼다.

"……아무렇지 않은 척하더니."

윤기는 그런 별을 단단히 끌어안았다. 맞닿은 몸으로 거세게 뛰는 고동이 느껴졌다. 그리 많지도 않은 나이에 너무 많은 것들을 책임지고 있었다.

"임 비서님한테 연락할까요?"

"아니."

"심장이 너무 빨리 뛰는 것 같은데."

"괜찮아. 너만 있으면 돼."

곧 꺼질 촛불처럼 가느다란 목소리가 애를 태운다.

“속상하게.”

“속상해?”

불쑥 고개를 든 별이 물었다. 속상하다는 말이 뭐 좋은 말이라고 웃는다.

“웃지 마요. 나 진짜 속상해.”

엄한 표정을 짓고 말하는데도 이 멍청한 사자는 웃음을 그칠 줄 모른다.

“네가 나 때문에 속상한 거 좋다.”

“……진짜 이상한 사람이야.”

차마 더 나무라지 못한 윤기가 안겨 있는 몸을 힘껏 당겨 안았다. 가슴팍에 기대어 있던 얼굴이 이리저리 움직이며 파고든다.

“윤기야.”

“왜요.”

“서윤기이…….”

목소리에 물기가 묻고 음절이 죽죽 늘어진다.

“나 여기 있어요.”

작은 등을 연신 토닥이며 답했다. 예쁘게 세팅해 놓은 머리카락을 쓸어 줄 수 없다는 게 이렇게나 아쉬울 일인지 모르겠다.

“밖에…….”

“네.”

“전부 윤주형 쪽 사람만 있겠지?”

“…….”

“여기 원래 윤주형 회사였으니까.”

풀 죽은 아이처럼 웅얼거리는 목소리에 마음이 저릿해졌다.

“그럼 뭐 어때요. 이제 당신 건데. 당신 사람들이에요.”

“내 사람이 되려고 할까?”

답을 듣고자 하는 말은 아닌 것 같았다. 제 대답은 기다리지 않고 그저 더 안 기지 못해 안달이었다. 틈 없이 끌어안은 몸이 답답하지도 않은지.

“싫으면 어쩔 거야.”

속상한 마음을 누른 채 윤기가 말했다.

"싫으면 때려치우라고 해요."

"이야, 서윤기 박력……."

별은 한결 가벼워진 목소리로 장난을 쳤다. 어울리지 않게 무정한 소리를 하는 그가 재미있었다. 가끔 그는 저를 흉내 내는 것처럼 보일 때가 있었다. 강한 모습을 보여 주어야 제게 힘이 될 거라 생각하는 건지 무섭고 독한 소리를 곧잘 한다.

"내가 다 보고 있을게요."

그가 뒤통수를 누르고 귓가에 입술을 붙였다.

"당신한테 순종하지 않는 사람들, 다 보고 알려 줄게."

"응."

"내가 전부 알려 줄 테니까 걱정하지 말고 할 일 해요."

조금은 서늘하게 들리는 말과 달리 달싹이는 입술은 부드럽고,

"좋은 날 잡아서 다 물어뜯어요."

입술이 닿은 귓불은 불에 덴 듯 뜨거워진다.

"아앗."

귓바퀴에 잇자국이 남는다. 그대로 귓불을 빤 입술이 눈꺼풀과 뺨, 콧등을 차례로 내리눌렀다. 쪽, 쪽, 애정을 찍어 누른 그가 마지막에 다다른 곳은 달싹이며 기다리던 입술이었다. 다물린 틈을 열고 혀를 집어넣은 그가 달뜬 숨을 불어넣는다. 긴장으로 메말라 있던 속살이 절절한 애정으로 끈적해진다.

"와우."

낯선 이의 목소리에 딱 붙어 있던 두 사람이 후다닥 떨어졌다. 캐주얼한 검은색 슈트에 금장으로 된 장식으로 멋을 낸 사랑이 삐딱하게 서 있었다.

"일터에선 일만 합시다."

생긴 건 천산데 기합이 들어간 말투는 마초다.

별이 헛기침을 하며 딴청을 피웠다. 방금 전 열렬했던 키스를 언제부터 본 것인지 사랑의 얼굴엔 환멸과 조소가 가득했다.

"노크라도 좀 하든가."

윤기가 사랑을 노려보았다. 제대로 음미하기도 전에 끊긴 키스가 짜증스러웠

다. 사랑은 샐쭉한 표정을 지을 뿐이었다. 제법 서슬 퍼런 시선이었음에도 불구하고 아랑곳하지 않는 얼굴이다.

"됐어. 그만하고 와서 앉아."

어떻게든 분위기를 전환하고 싶던 별은 윤기와 사랑에게 앉으라며 손짓했다.

"……."

살벌하게 으르렁거릴 땐 언제고 어쩔 수 없다는 듯 얌전해지는 윤기를 보며 사랑은 어이없다는 듯 웃었다. 예민하기로는 세상 이를 데가 없던 제 친구가 제대로 된 짝을 만난 것 같았다.

성큼성큼 걸음을 옮긴 사랑이 소파에 앉아 다리를 꼬았다.

"뭐 좀 먹을래? 저기 너 좋아하는 멜론 있어."

대기실 한편에 차려진 케이터링을 가리킨 별이 사랑에게 말했다. 불과 한 달 전까지만 해도 별은 그에게 존대를 했지만 의준과 호형호제하는 꼴을 보고는 마음대로 말을 놓아 버렸다. 사랑은 저를 몰랐어도 저는 사랑을 무려 8년 전부터 알고 있었다. 김의준도 하는 걸 제가 못 한다는 건 말도 안 된다.

"내일 아침부터 촬영이라 안 돼요."

"촬영이랑 먹는 거랑 무슨 상관이야."

"먹으면 바로 부으니까 그렇죠."

"부으면 뭐 어때."

무신경한 별의 반응에 사랑은 몸서리를 쳤다.

"나 돼지 되면 누나가 책임질 거예요?"

별 못지않게 뻔뻔한 타입인 사랑은 별이 말을 놓자마자 이사님이라 부르던 호칭을 바꿨다. 정작 서윤기는 꼬박꼬박 이사님이라고 부르던 터라 별은 두 팔 벌려 환영했다.

"네가 부어 봤자지. 요정 같은 게."

그러다 보니 대화 내용만 들으면 윤기보다 사랑이 더 친근하게 느껴지는 기이한 현상이 발생했다.

"염색했네?"

별이 의아한 표정으로 물었다. 최근 방영 중인 드라마에서 변호사로 열연을

펼치는 중인 사랑은 근래 계속 흑발을 유지하고 있었다. 그런데 오늘은──

"변호사가 이런 색깔로 염색해도 되는 거야?"

알록달록, 아주 아이돌이다.

"오늘만 한 거예요. 그래도 나름 패션숀데 재미없는 꼴로 있기 싫어서."

"그럼 내일 다시 염색해야 돼?"

"그래야죠. 여유 되면 오늘 할 수도 있고."

사랑이 고개를 끄덕였다.

별이 퍽 미안한 표정을 지어 보였다. 최근의 사랑이 얼마나 빡빡한 스케줄 속에 살고 있는지 모르지 않았다. 사전 제작이었던 윤기의 드라마와 달리 사랑의 드라마는 거의 실시간 방영이나 다름이 없었다.

그 사정을 뻔히 알면서도 별은 사랑을 초대했다. 온전히 서윤기를 위한 것이었다. 저에게 쏟아지는 관심만큼이나 그에게 퍼부어질 질 나쁜 호기심이 염려되었다. 공식적으로 연애를 인정했음에도 의심의 눈초리가 다 거두어진 것도 아니었다. 스폰서라느니 노이즈 마케팅이라느니 시답지 않은 소리가 여전히 심심치 않게 들렸다.

그래서 사랑에게 SOS를 청했다. 서윤기의 든든한 버팀목이 되어 달라고. 제 앞에서도 기가 눌리지 않던 사랑이었으니 여리여리한 서윤기의 강력한 아군으로 최적이었다.

아니나 다를까. 사랑은 반나절도 유지하지 못할 머리색까지 만들어 왔다. 서윤기에게 향하는 시선 중 몇 개는 자신이 가져가겠다는 무조건적인 의지가 선연했다. 하여튼 대단한 우정이다.

"두피 안 아파?"

별이 파스텔 톤으로 물든 사랑의 머리카락을 조심스럽게 만지작거렸다. 겉으로 보기엔 완벽해 보이는 머릿결이었지만 손에 닿는 촉감은 개털도 그런 개털이 없었다.

"아파요. 근데 뭐, 익숙해서 괜찮아요. 아이돌로 활동할 땐 밥 먹듯이 하던 게 탈색이라."

아무렇지 않은 표정을 지은 사랑이 말했다. 걱정하는 누나와 괜찮다는 동생.

훈훈한 분위기가 대기실 안을 풍성하게 채웠다.

그런데 대뜸, 서윤기가 별의 손을 움켜쥐었다. 난데없이 손을 잡힌 별과 덩달아 놀란 사랑이 3초간 정적을 유지했다.

"뭘 그렇게 만져요."

"……."

"……."

"그만 만져요."

다시 3초간의 정적.

"미친."

별과,

"미친 새끼."

사랑이 조금 다른 의미의 감탄사를 뱉었다.

"이사님, 들어가겠습니다."

임 비서의 목소리가 아니었으면 그대로 굳어 버렸을지도 모르는 세 사람이다.

"다들 왜 그래요……?"

대기실 안으로 들어온 임 비서가 묘한 분위기의 세 사람을 불안하게 쳐다보았다. 몇 번을 마주해도 도무지 종잡을 수 없는 종류의 세 사람이었다.

"무슨 문제 있는 거 아니죠?"

부디 아니라고 대답하길 바라며 묻는 질문에 별이 씨익 웃는다.

"문제는 무슨. 완벽해."

"……다행이네요."

께름칙하기는 하지만 더 캐물을 시간이 없던 그녀는 입장할 때가 되었음을 알렸다.

별이 미련 없이 자리에서 일어났다. 조금 전까지만 해도 압박감에 심장이 짓눌리는 듯했는데 서윤기와 천사랑 덕분에 가뿐해진 기분을 느낄 수 있었다.

"준비됐어요?"

윤기가 손을 내민 채 묻는다. 그 고운 손가락 사이사이에 제 손가락을 끼워 넣었다. 팔짱을 끼거나 손을 얹는 것 따위는 하지 않을 작정이었다. 서윤기는 제 트로피가 아니고 저 또한 서윤기의 트로피가 아니니까.

"잠깐만."

사랑이 두 사람 앞을 가로막았다. 비딱하게 선 그가 예리한 눈초리로 별과 윤기를 샅샅이 훑는다.

"누나, 그 귀걸이 협찬이에요?"

"내가 연예인이냐. 협찬을 받게."

"그럼 빼요. 별로야. 구려."

그러더니 윤기의 오른쪽 귀에서 귀걸이를 빼낸다. 의상을 무난한 것으로 고른 탓에 조금 화려한 귀걸이를 하고 있던 윤기는 갑자기 휑해진 한쪽 귀를 어색하게 매만졌다.

"오른쪽은 비우고 왼쪽에 이거 껴요."

거의 강제하는 것이나 다름없는 말투에 어이가 없었지만 별은 피식, 웃고는 사랑의 말을 따랐다. 작게 반짝이던 다이아 귀걸이를 임 비서에게 건네고 윤기가 하고 있던 귀걸이를 끼워 넣자 사랑이 다시 한번 태를 살폈다. 그러다 갑자기 찌푸려지는 눈매.

"뭔 자국이 이렇게……."

중얼거리다 그게 무슨 흔적인지 알아차린 사랑은 제 친구를 노려보았다.

"버릇이 아주 개같네."

노골적인 표현에 민망해진 윤기가 시선을 피했다. 한심하다는 듯 혀를 찬 사랑이 어깨를 으쓱이고 두어 걸음 물러났다.

"잘 어울리긴 하네."

하도 화려하게 생긴 탓에 웬만한 여자와는 케미가 없던 서윤기였다. 나중에 어떤 여자를 만날까 늘 궁금했었는데 저만큼이나 화려한 여자를 만났구나 싶었다.

사랑이 화려한 색깔의 머리카락을 넘기며 윤기 옆에 섰다.

"부수러 가자!"

비장한 목소리로 외치는 사랑에 윤기가 폭소했다. 갤럭시 활동을 하던 시절,

무대에 오르기 전 외치던 다짐이었다. 별도 신이 난 얼굴을 했다. 무대 아래에서 그들과 함께했던 적은 없지만 비하인드 영상을 돌려 보며 수백 번도 더 들었던 외침이었다.

"부수러 가자!"

철부지 어린애처럼 따라 외친 별이 만면에 웃음을 띠었다. 혹시나 했던 두려움이 모두 사라진 상태였다.

"하아……."

패션쇼장을 향해 걸어 나가는 세 사람의 뒷모습을 보던 임 비서가 고개를 저었다. 유치한 건 저들인데 쪽팔린 건 왜 나의 몫일까. 정말이지 극한 직업이 따로 없었다.

○　◎　●

세 사람은 무대에서 가장 가까운 앞줄에 나란히 앉았다. 쇼가 시작하기도 전에 분위기가 후끈거렸다. 초대받은 사람들 중 대부분은 이름깨나 날리는 사람들이었지만 서윤기와 김별, 천사랑의 등장은 모두의 이목을 집중시켰다.

조명이 꺼지고 본격적인 쇼가 시작되자 리드미컬한 음악이 흘러나왔다. 오프닝을 맡은 모델이 등장함과 동시에 카메라 플래시가 터진다. 발목 아래로 내려올 만큼 긴 기장의 트렌치코트가 사랑의 눈길을 끌었다.

안 그래도 패션에 관심이 많은 사랑은 눈매를 무섭게 굳혔다. 이번 행사의 수익금은 전부 좋은 일에 쓰겠다고 하니 개처럼 번 돈을 정승처럼 쓸 때가 온 것이다.

그런 사랑의 옆모습을 귀엽다는 듯 쳐다보던 별은 윤기에게 슬쩍 몸을 기댔다. 딱히 놀란 기색도 없이 윤기는 별의 어깨를 감싸 안았다. 둘이 있을 때면 손가락 하나라도 붙여 놓고 있어야 직성이 풀리던 둘이다.

"나 그만 보고 무대 봐요."

그래 놓고 속삭이는 표정은 세상 무심하다. 별은 개의치 않았다. 서윤기는 저의 주접이 부담스러울 때마다 무뚝뚝하게 구는 버릇이 있었다. 그렇게 하면 민망해서라도 멈출 줄 아는 모양이었지만 승부욕만 타오를 뿐이다.

"윤기야."

"네."

"너 지금 눈에 별 박은 것 같아."

새까만 눈동자에 비친 조명이 정말이지 별 같았다.

"좀……."

고집스럽게 무대만 보고 있더니 그가 저를 빤히 응시해 온다. 한심해하는 것 같기도 하고, 어이없어하는 것 같기도 하고. 그럼에도 빛나는 눈동자는 정말이지 별 같아서 마음이 벅차다. 눈동자에 비친 조명이 빛나 봤자 뭐 얼마나 빛나겠나마는.

"윤기야."

"왜요."

"사랑해."

"……."

"사랑한다고."

사랑이 솟구쳐 오른다.

"……."

뺨을 붉힌 윤기가 못 말린다는 듯 웃었다. 런웨이를 비추는 수십 개의 조명이 그의 속눈썹 사이로 부서져 내린다. 깊은 바다처럼 고요하기만 했던 그의 눈이 초승달처럼 휘어지는 순간이었다.

"나도 사랑해요."

"……."

그 찬란한 고백에 별은 고개를 돌렸다. 계속 쳐다보고 있다간 입을 맞출지도 모르겠단 생각이 들었다. 눈동자에 힘을 주고 서윤기에게 향하려는 몸의 본능을 애써 무시했다. 필사적으로 주문을 외우며.

'나는 짐승이 아니다.'

'나는 사람이다.'

행사는 총 3부로 구성되었다. 이선의류의 신진 디자이너들이 꾸린 F/W 패션 쇼가 1부였고 그 의상들로 경매 행사를 벌이는 게 2부였다. 3부에선 별의 취임 사를 시작으로 간단한 칵테일파티가 열릴 예정이었다.

조금 늦을 것이라던 의준은 2부가 시작되기 직전에 나타났다. 옷을 갈아입고 오기엔 시간이 부족했는지 그의 슈트는 다른 게스트들이 입은 것보다 훨씬 단정 하고 평범해 보였다. 시계 외에는 액세서리를 하는 타입도 아니다 보니 시선을 잡아끄는 포인트도 보이지 않았다.

그럼에도 훤칠한 키와 탄탄한 골격은 평범하지 않아 이래저래 주목을 받는 다. 역시 패션의 완성은 얼굴이고 몸이다.

"변호사님!"

의준이 온 것을 가장 먼저 알아챈 윤기가 손을 흔들었다. 약간 예민해져 있던 의준의 얼굴이 부드럽게 바뀐다. 시원한 걸음으로 다가온 그가 후, 숨을 몰아쉬 었다.

"와, 나 2부에도 늦을까 봐 죽는 줄 알았어요."

보조개가 드러나게 웃은 그가 엄살을 피웠다.

"안 그래도 못 오시는 거 아닌가 걱정했어요."

"퇴근 시간이랑 겹쳐서 길이 막히더라고요."

"저녁은 드셨어요?"

"아뇨, 대충 바나나 하나로 때웠어요."

두 사람의 대화가 물 흐르듯 흐르자 주변 사람들의 시선이 묘하게 바빠졌다. 별과 의준의 사이가 끈끈하다는 것은 익히 알려진 바였지만 그 관계성이 서윤기 까지 포함시킬 줄은 누구도 예상하지 못한 바였다.

"왔어?"

조금 떨어진 곳에서 실무진들과 이야기를 나누던 별이 합류했다.

의준은 별을 퍽 자랑스러운 듯 쳐다보았다. 긴장한 기색을 조금도 드러내지 않으려는 듯 느려진 말투와 걸음이 눈에 띄었다. 평소의 별을 잘 아는 몇몇만이 알아차릴 정도의 변화였다.

이선그룹을 이루고 있는 계열사 중 이선의류는 일찍부터 윤주형의 몫으로 정해져 있었다. 무능한 대표였다 할지라도 꽤 오래도록 선점하고 있던 터라 직원들의 충성도도 나쁘지 않은 편이었다.

그래서인지 별은 이선의류의 대표 자리만큼은 내키지 않아 했다. 윤주형의 자리를 남김없이 해치워야 한다는 걸 알면서도 내심 꺼리고 있던 것이다. 굳이 이선의류가 아니더라도 굵직한 계열사는 많았고 그중 별에게 호의적인 곳은 더더욱 많았으니까.

그럼에도 불구하고 별은, 그 모든 부담감을 이겨 내고 당당히 서 있었다. 가장 높은 자리에서 수많은 사람을 거느린 채로.

의준은 뿌듯함과 존경심을 담아 별의 어깨를 두드렸다.

"오늘 멋있네, 김별."

"진짜? 빈말 아니고?"

"내가 빈말하는 거 봤어?"

"아니. 근데 한 번만 더 말해 주라. 나 지금 속으로 엄청 쫄고 있어."

평소라면 놀리고도 남았을 의준이었지만 오늘만큼은 별의 가장 큰 힘이 되어 주기로 마음먹은 그였다.

"멋있어."

"한 번 더."

"네가 여기서 제일 세 보여."

"오케이, 그럼 됐어."

별이 환하게 웃었다.

"근데 사랑이는?"

의준이 묻는 동시에,

"형!"

번개처럼 나타난 사랑이 철썩, 달라붙었다.

안내 방송과 함께 경매사가 등장했다. 간단한 인사말과 함께 경매에 오를 의상 열 벌이 공개되었다. 여유로운 척 눈알을 굴리고 있던 게스트들이 일순간 정적을 이뤘다. 기부 행사에서 탐욕을 부리는 것만큼 체통 없는 짓도 없지만 욕심이라는 건 본디 체통보다 우선인 법이다.

열 벌의 의상은 모두 명품 브랜드와 합작한 콜라보 제품들이었다. 앞으로의 이선의류가 어디까지 영향력을 넓힐 건지, 어떤 브랜드와 협력을 할 건지 한눈에 알아볼 수 있는 지표이기도 했다.

이 순간을 위해 임 비서와 온갖 고생을 한 별은 입가에 미소를 띠었다. 모두의 욕심이 과열되면 과열될수록 그 에너지는 제 발밑에 모일 것이다.

"첫 번째 작품입니다."

경매사가 장내의 소란을 잠재우며 말했다. 의상을 입은 모델이 조명 아래 섰다. 숫자가 적힌 피켓이 소리 없이 들리고 시작가의 두 배나 되는 가격이 경매사의 입으로부터 쏟아졌다.

그렇게 네 벌의 의상이 순식간에 낙찰되고 다섯 번째 의상을 입은 모델이 무대 위에 섰다. 패션쇼의 오프닝을 장식했던 의상이자 사랑의 눈길을 사로잡았던 트렌치코트였다.

"내가 저거 갖고 만다."

사랑이 잇새로 살벌한 목소리를 냈다. 누가 보면 전쟁을 앞둔 군인이라고 해도 믿을 얼굴이었다.

"호가, 시작하겠습니다."

경매사의 외침과 동시에 피켓이 올라갔다. 무서울 정도로 가격이 빠르게 높아졌다. 시작가의 두 배는 물론, 세 배를 넘어가고 있음에도 경매에 참여한 게스트들이 의욕을 꺾지 않았다. 트렌치코트가 가진 우아함과 섹시함이 사랑의 눈에만 보인 게 아닌 모양이었다.

"이거 이렇게 높아져도 되는 거예요?"

눈살을 찌푸린 윤기가 별에게 물었다.

"안 될 게 뭐야. 공개적인 경매고 낙찰가는 다 기부되는데."

"그래도 옷 한 벌에 저 가격은 좀……."

"그냥 옷 한 벌이 아니라 전 세계에 딱 한 벌 있는 옷이잖아."

경매장의 열기가 즐거운 별은 미소를 지으며 말했다.

"원래 몇 개 없다고 하면 값은 더 뛰는 거라니까? 내가 네 첫 번째 응원봉 얼마 주고 샀는지 말 안 했어?"

옷 한 벌을 만들겠다고 투입된 하우스 장인들과 그들이 투자한 시간은 부르는 게 값이었다. 고작해야 옷 한 벌이라고 해도 그 옷이 가진 가치와 의미는 얼마든지 확대될 수 있단 소리다.

하지만 확대되는 정도가 과해졌다. 패션의 가치와 한정판의 의미를 누구보다 잘 아는 사랑도 혀를 내두를 수밖에 없는 가격이었다.

"이건 아니지."

제아무리 탐나는 옷이라지만 사랑에게도 적정선이라는 게 있었다. 그리고 그 적정선은 이미 한참 전에 무너졌다. 아쉽고 속상했지만 피켓을 내려놓을 수밖에 없었다. 미련이 뚝뚝 떨어지는 손길을 보다 못한 윤기가 그의 등을 두드렸다.

"내가 다른 트렌치코트 사 줄게."

서윤기가 할 수 있는 최대의 위로였다.

"저거보다 더 예쁜 거 사 줘."

"당연하지. 두 벌 사 줄게."

목소리는 무뚝뚝한 주제에 대답은 시원시원하게 하는 윤기에 사랑은 웃음을 터트렸다. 그리고 그 순간,

"……1번 게스트?"

1번 피켓이 들렸다. 지금껏 단 한 번도 들리지 않은 별의 피켓이었다. 분명 경매에는 참여하지 않는다고 했었는데…….

윤기와 사랑의 시선이 별에게 꽂히기 무섭게 별은 지금까지 나온 가격의 두 배를 불렀다. 이글거리던 장내가 찬물을 끼얹은 듯 조용해졌다.

"최, 최고가 호가하셨습니다. 다른 분 없으십니까?"

흥분한 기색을 숨기지 못한 경매사가 상기된 목소리로 외쳤다. 하지만 장내는 아까와 같은 열기가 되살아나지 않았다. 이미 오를 대로 오른 가격에서 또 두 배를 부르다니. 이는 다른 사람이 어떤 가격을 부른다 해도 상관없다는 별의 의지였다.

"자, 받아."

경매가 끝나고 낙찰 통보서를 받은 별은 그것을 그대로 사랑에게 넘겼다. 생기발랄하던 사랑의 얼굴이 하얗게 질렸다. 말도 안 되는 금액을 호가하기에 윤기에게 주려고 그러나 보다 생각했는데 저에게 주니 당황이 차올랐다.

"너무 좋아서 미친 거야?"

별이 미간을 구기고 물었다.

"아니, 그게 아니라⋯⋯. 이거 왜⋯⋯. 왜 나한테 주는 거예요?"

"그럼 너 말고 누구한테 줘."

"윤기한테 주려고 낙찰받은 거 아니었어요?"

얼결에 통보서를 손에 쥔 사랑은 조금 떨어진 곳에서 의준과 얘기 중인 윤기를 쳐다보았다. 제아무리 서윤기가 둘도 없는 친구라고 해도, 서윤기의 연인이 어마어마한 재벌이라고 해도 이 정도의 선물을 받아도 되는 건지 알 수 없었다.

"내 돈으로 산 거 아니야."

피식, 웃어 보인 별이 말했다.

"네?"

"김의준이 산 거야."

"형이요?"

사랑이 빠르게 눈을 깜빡였다.

그런 사랑을 재미있다는 듯 쳐다본 별은 경매 도중 날아들었던 메시지들을 떠올렸다.

[저 옷 낙찰 좀 받아 줘. 네 피켓으로.]

김의준답지 않게 조심스러우면서도,

[돈은 상관없어.]

무모할 정도로 대담하고,

[이유는 묻지 마. 소원권 쓸게.]

웃기지도 않게 유치했던 상황의 전말을 알려 줘도 되나.

"형이 왜요?"

"나야 모르지. 네가 김의준한테 직접 물어봐. 내가 아는 건 걔가 이 옷을 너한테 주고 싶었다는 것밖에 없으니까."

딱히 비밀로 하란 소리는 없었으니 말해 줘도 되지 않을까 싶었지만 그래도 당사자들끼리 얘기하는 게 제일 좋겠지, 생각했다.

인내심이 많은 것도, 겁이 많은 것도 아닌 사랑은 곧바로 의준에게 향했다. 의준과 대화를 나누고 있던 윤기에게는,

"너 잠깐만 비켜 봐."

한마디면 되었다.

의준은 올 것이 왔다는 생각을 했다. 관심도 없는 경매 시장에 뛰어든 건 다소 충동적인 행동이었다. 계획에도 없었고 행동하기까지 오래 생각하지도 않았다.

기대하고 있던 장면이 있기는 했다. 경매가 시작하기도 전부터 사랑이 승부욕에 불타 있는 게 보였다. 보자마자 마음에 든 옷이 있었다며 종알거리는 입술이 꽤 볼만했다. 그 대단한 옷이 무엇인지는 모르겠지만 그것을 입고 웃을 사랑의 모습이 기대되었다.

입은 옷 스타일에 따라 웃는 모양도 달리하는 사람이니 이번엔 또 어떤 얼굴을 보여 줄지 궁금했다. 하지만 상황이 쉽지 않았다. 거부들이 참여한 경매라 사랑에게는 불리할 수밖에 없었다.

열정적으로 피켓을 들던 사랑의 얼굴이 점차 시무룩해졌다. 짜증스레 나온 입술은 귀여웠지만 한풀 꺾인 기세는 보기 싫었다. 그래서 그랬다. 내가 사 줘야지, 하는 마음이 깃털처럼 가볍게 잉태된 것이다.

옷 한 벌 사 주는 게 뭐 대수라고. 사랑은 저를 형이라 부르고 저는 사랑을 '사랑' 이라 부르는데.

"누나한테 받았어요. 형이 저한테 주는 거라던데, 맞아요?"

사랑이 낙찰 통보서를 들이밀며 물었다.

"갖고 싶다며. 선물이야."

의준은 아무렇지 않은 표정으로 고개를 끄덕였다. 속으로는 시끄러운 생각이 뒤엉키고 있었지만 판사 앞에 선 듯 평정을 유지했다. 눌러놓은 감정이 자꾸 나오려는지 마음 한편이 간지럽다.

"선물이 너무 과한 거 아니에요?"

"별거 아니야."

"별거 아닌 게 아닌 걸 아는 데 어떻게 그래요."

의준은 그 말이 꽤 거슬렸다. 사랑의 성격상 쿨하게 받아 줄 줄 알았는데 생각보다 부담스러워하는 기색이 강하게 느껴졌다.

"그럼 별거라고 생각해. 드라마 방영 기념이라든가, 다이어트 성공 기념이라든가."

샴페인을 한 번에 털어 마신 의준이 말했다. 무미건조한 말만 늘어놓았음에도 샴페인이 구른 혀끝은 달기만 하다. 술이 아니라 사탕을 굴린 느낌. 샴페인 잔의 다리를 만지작거리다 지나가는 웨이터에게 돌려주고는 뒷머리를 긁적였다.

텅 비어 버린 손.

사랑은 어색해 보이는 의준의 손을 빤히 쳐다보았다. 덩치만큼이나 손도 커서 고운 느낌은 아니었다. 마디도 굵고. 다만 길쭉하게 뻗은 손가락과 바짝 깎인 손톱은 조금 엉뚱한 생각을 하게 할 때가 있었다.

저런 손은 촉감이 어떨까, 하는 그런 거.

의준이 가진 분위기가 워낙 단단해서 그런지도 모른다. 그에게는 곁에 있기만 해도 안정감이 느껴지는 힘이 있었다. 낮은 목소리는 농담을 할 때조차 진중하게 들렸고 날카롭게 생긴 눈매나 도드라진 눈썹 뼈는 테스토스테론 그 자체였다. 190cm에 가까운 신장이나 온몸에 들어찬 근육도 마찬가지였다.

제 취향이 마초냐고 묻는다면 당연히 아니다. 근대를 주름잡던 남성성은 촌스러운 가치가 된 지 오래니까.

물론 그는 촌스럽지도 않고 마초도 아니다. 먼저 문을 열어 주거나 의자를 빼

줄 때면 고전 소설 속 주인공 같다는 생각이 들기는 했지만 고루하지 않았다. 클래식하다고 생각했을 뿐.

강인하지만 공격적이지는 않고, 상식적이지만 평범하지 않은 사람. 물욕이라곤 없는 것 같은데 피겨라면 환장을 하고, 연애에는 관심도 없어 보이는데 결혼도 해 봤고 이혼도 해 본 사람.

그 모든 의외성이, 섹시한 사람.

"근데 왜 형이 직접 안 했어요?"

"어?"

"형한테는 별거 아니라면서요. 근데 왜 누나한테 시켰어요?"

"……."

의준이 가볍게 미소를 띠었다.

"괜한 소리 도는 거 싫어서."

여유롭게 웃는 얼굴 위로 여러 감정이 스쳤다.

"옷 한 벌 산다고 말이 돌아요?"

"돌지. 그것도 아주 많이."

"……."

"별이야 네 친구의 애인이니까 그럴 수 있다 치겠지만, 내 이름으로 낙찰받은 옷을 네가 입고 다니면 사람들이 뭐라고 하겠어."

이런 것까지 설명해야 하냐는 듯, 딱딱하게 말을 마친 그는 고개를 돌려 시선을 피했다. 예민하게 구겨진 미간과 갈피를 못 잡는 눈. 조급해 보이기도 하고, 답답해 보이기도 하고. 아니, 속상해 보인다.

사랑은 느긋하게 팔짱을 끼었다.

"남들이 뭐라고 하든 무슨 상관이에요."

돌아가 있던 얼굴이 도로 돌아온다. 수려한 눈썹이 은근하게 일그러지고 보조개를 띠고 있던 얼굴은 판판하게 굳는다.

"형, 나 좋아해요?"

어깨를 으쓱이며 물었다.

"그냥 궁금해서 묻는 거예요."

"……."

"나 좋아해요?"

"……."

"맞네. 나 좋아하는 거."

취임사가 시작된다는 방송이 장내를 울렸지만 두 사람에게만큼은 잘 들리지 않았다.

○ ◎ ●

3부에 걸친 행사가 모두 끝이 났다. 별의 취임사는 모두의 예상을 깨고 심플한 형태로 마무리되었다. 서슬 퍼런 목소리로 행사 분위기를 망치고 싶지 않기도 했고 윤주형 하나 밀어낸 걸 대단한 성취라도 되는 양 과시하고 싶지도 않았다.

"이사님, 축하드립니다."

이선의류의 주요 이사진 중 한 명인 최 상무가 말을 걸었다.

"다들 이사님에 대한 기대가 많습니다."

"그래요?"

"명실공히 이선그룹의 후계자시니까요. 이사님이 대표로 취임하셨으니 우리 이선의류도 이선그룹의 중심부로 진출하지 않겠습니까."

별이 부드럽게 미소를 지었다. 언뜻 들으면 제 위상을 치켜올리는 듯했지만 '명실공히 후계자' 라는 말은 낙하산이나 다를 바 없다는 비아냥이었다. 최 상무가 주형의 사람이라는 건 알고 있었지만 오늘 같은 날 바로 어깃장을 놓을 줄은 몰랐다.

"제가 노력해야죠. 그동안 최 상무님도 마음고생이 상당하셨을 텐데 이제는 좀 내려놓으실 수 있겠어요."

"마음고생이라니, 그게 무슨……?"

"이선의류에 몸 바쳐 일하신 지 20년도 더 됐는데 아직 이렇다 할 성과가 없잖아요."

최 상무가 얼굴을 붉혔다. 돌려 말하는 법 없이 찌르고 들어오는 정공법에 여유를 부리던 모습이 사라졌다. 그 우스운 꼴을 천천히 음미하며 굴욕감을 선사하던 별은 적당한 때에 다시 입을 열었다.

"고일 대로 고인 윗물부터 갈아 치워야 한다는 말이 있기는 하지만……. 말이야 워낙 많은 바닥이니까."

"하하, 그렇죠……."

"유능하신 상무님께서 무슨 죄가 있겠습니까. 다, 저희 집안의 실책이죠."

"아, 아닙니다. 실책이라뇨."

그가 기어 들어가는 목소리로 중얼거렸다.

"그동안 너무 무심했던 건 사실이잖아요. 할아버지께서도, 저희 어머니께서도 많이 반성하고 계세요."

"아……."

"앞으로는 그룹 차원에서 이선의류를 관리하고 이끌 겁니다. 지금까지의 과오를 반복하지 않으려면…… 어쩔 수 없는 선택이죠."

말을 부러 늘인 별은 하얗게 질려 가는 최 상무의 얼굴을 재미있다는 듯 쳐다보았다. 할아버지를 명예 회장이라 부르지 않고 엄마를 윤 회장이라 지칭하지 않은 것은 의도적인 과시였다. 제가 그들의 핏줄이라는 걸 알고, '명실공히 후계자'라는 걸 알면 알아서 엎드리라는.

그룹 차원에서 관리하겠다는 말도 마찬가지였다. 독립적인 경영을 존중한답시고 내버려 두었더니 비리의 온상지가 되어 버린 이선의류였다. 그러니 이제부터는 혹독한 감시와 숨 막히는 제약이 따를 것이다.

"저라면 적응을 택할 겁니다."

별이 자애로운 얼굴로 말했다.

"적자생존이라는 말도 있잖아요."

최 상무의 얼굴이 붉으락푸르락 뒤집어졌다. 상무 이사로서 이선에 이바지한 세월이 적지 않은 그였다. 경영에는 별 관심 없는 윤주형을 꼭두각시처럼 세워 놓고 실세 노릇을 하던 그는 윤주형이 고꾸라지는 순간에도 살아남으며 아득바득 자리를 지켜 냈다.

하지만 앞으로는 어려울 것 같다는 생각이 든다.

"아직 멀었어요?"

멀찍이 떨어져 있던 윤기가 타이밍 좋게 끼어들었다. 기선 제압이고 뭐고 위압적인 기운으로부터 도망치고 싶던 최 상무는 이때다 싶어 허리를 숙였다. 숙였던 허리를 도로 세우려는 순간, 별이 어깨를 눌렀다.

"변한 상황에 적응하세요."

권유를 모방한 명령이자,

"발버둥 쳐 봤자 힘들어지는 건 상무님이니까요."

부드러운 협박이었다.

뒤늦게 몸을 일으킨 최 상무는 별의 손이 닿았던 어깨를 주물렀다. 가벼운 접촉이었음에도 불구하고 두드려 맞은 것처럼 뻐근한 기분이 들었다.

윤기와 별은 숙제 검사를 하듯 임 비서 앞에 나란히 섰다. 기어코 파티장을 떠나도 좋다는 허락이 떨어지고 나서야 둘은 주차장으로 달려 나갈 수 있었다.

차에 오르기 전, 윤기가 별을 끌어안았다.

"고생했어요."

"너도 고생했어."

별이 배시시 웃으며 대답했다.

"난 안 했어요."

"나 없어서 심심했잖아. 그것도 고생이지."

그간의 일을 헤아리는 척 미간을 찌푸린 윤기가 냉큼 고개를 끄덕였다.

"그건 좀 고생이긴 했어요."

"미안, 보상할게."

"자신 있어요?"

"왜 이래. 나 김별이야."

우스운 허세에 웃음이 나오다가도 윤기는 못마땅한 표정을 지을 수밖에 없었다. 유치하기 짝이 없는 김별의 수준을 생각하면 보상이라고 해 봤자 최고급 딸기케이크나 보드게임 선택권이 최대일 게 뻔했다.

제가 원하는 건 그런 게 아닌데. 눈 밑에 그늘을 달고 있는 주제에 보상을 얼마나 하겠다고.

"며칠은 그냥 푹 쉬어요."

"왜?"

"잠도 못 자고 일했잖아요. 컨디션 회복부터 해야지."

"됐어. 그럴 시간 없어. 며칠 지나면 또 바빠질 텐데 어떻게 쉬어. 안 쉬어. 못 쉬어."

"또 바빠져요?"

윤기의 얼굴이 어두워졌다. 풍선같이 부풀어 있던 마음이 바람 소리를 내며 가라앉는 기분이 들었다.

"내 사촌이 윤주형 하나는 아니잖아."

"그 사촌들 내가 다 없앨까요?"

"어떻게? 미인계로?"

별이 삐져나오는 웃음을 참으며 물었다. 하루 종일 붙어서 사랑한다 속삭일 땐 귀찮아 죽겠다는 표정으로 귀를 막으면서 이제 와 세상 애절한 얼굴로 응석을 부리니 지구를 부수고 싶었다.

"시무룩한 표정 하지 마."

별이 윤기의 앞머리를 휘휘 넘겨 주며 말했다.

"아무리 바빠도 너랑 놀 시간은 있어."

이마에 닿는 손끝이 간지러운 듯 미간을 찌푸린 그가 별의 손을 턱, 하고 잡았다. 그래 놓고 그 손에 본인의 얼굴을 비빗거린다. 그 모습이 참을 수 없이 사랑스러워 그대로 목덜미를 당겼다.

"너 술 안 마셨지?"

조금 빨개진 얼굴의 서윤기가 고개를 끄덕인다.

"네가 운전해. 나 급하니까."

꽤 오래 금욕한 탓일까. 두 사람은 엘리베이터에서부터 불이 붙었다. 달뜬 숨이 치열하게 맞붙은 입술 사이를 오갔다. 땀이 밴 손가락은 수없이 눌러 본 비밀번호조차 제대로 누르지 못하고 튼튼한 두 다리는 몇 걸음 제대로 걷지도 못하니 사랑은 눈만 멀게 하는 게 아니다.

"열받게 하네, 진짜……."

중얼거린 윤기가 다시 한번 키패드에 손을 올렸다. 몇 번의 시도 끝에 띠리릭 — 열리는 소리가 어찌나 반갑던지.

현관의 센서 등이 깜빡였다. 조금만 더 나아가면 거실이 있는데. 거기엔 푹신한 소파도 있고 하다못해 카펫도 있는데 두 사람은 좀처럼 나아가질 못했다.

"하아……."

입술을 빨아올리던 윤기가 새하얀 목덜미에 얼굴을 파묻고 숨을 들이쉬었다. 샴페인 냄새와 낯선 이들의 향수 냄새가 이리저리 섞여 있었다.

"당신 냄새 맡고 싶어."

"응?"

"당신 냄새."

궁금하지도 않은 이들의 흔적일랑 모조리 걷어 내고 저를 미치게 하는 살내음이 맡고 싶었다. 까탈스러운 저를 위해 향이란 향은 전부 걷어 낸 내 연인의 살냄새.

"너 진짜 고양이야?"

별이 까르르 웃었다. 귀엽다는 생각이 들었다. 살을 맞붙일 때마다 이곳저곳에 코를 박고 킁킁거리는 서윤기가 사랑스러웠다. 제 냄새를 맡고 싶다는 말이 꼭 제 사랑을 달라는 애원 같아서 듣기 좋다.

정작 서윤기는 미간을 찡그린 채 고개를 갸웃거렸다.

"고양이가 냄새 맡는 걸 좋아하나?"

"그렇다고 네가 강아지과는 아니잖아."

"아닐 건 또 뭐야."

그가 어깨를 으쓱였다.

윤기는 쇄골 근처에 잇자국을 냈다. 고개를 떼어 빨갛게 번지는 흔적을 쳐다보았다. 상처 입을 일 없이 살아온 제 연인은 아주 작은 자극에도 멍울이 났다.

저만 낼 수 있는 자국이고 저만 줄 수 있는 상처라 생각하면 손끝이 저릴 정도로 만족스러웠다.

쇄골에서 목으로 입술을 옮긴 그가 꽤 아프게 흔적을 남긴다.

"아앗."

아파, 하고 칭얼거린 별이 어깨를 밀어 냈지만 바위처럼 밀리지 않는다.

"아프다니까아……."

"많이 아파요?"

물기 어린 소리를 내고 나서야 퍽 다정해진 물음.

"하지 말까요?"

"……."

"응?"

"……아니, 괜찮아."

말을 뱉고 나니 스스로가 우스워 창피한 마음이 들었다. 최근 며칠간 공식적인 자리도 많고 만날 사람도 한둘이 아니어서 그에게 자국 내지 말라는 말을 자주 했었다. 물어뜯길 좋아하는 그는 무척이나 아쉬워했지만 가장 아쉬운 건 저였다.

가능하다면 서윤기를 녹여 온몸에 바르고 싶은 저다. 그런 제가 그의 흔적이 싫을 리가.

"정말 괜찮아요?"

"응. 그냥……."

"그냥."

"조금만 살살 해."

어설프게 자존심을 세웠다.

"살살, 어떻게 물어요?"

짓궂게 웃은 그가 묻는다. 그래 놓고 자연스레 허리를 끌어안는 팔. 와중에도 깨물고, 씹고, 빠는 걸 보면 애초에 제 말을 들은 생각은 없는 모양이다.

"침대로 가자."

목을 끌어안고 재촉했다.

"응?"

아프게 해도 좋고, 급하게 해도 좋으니 차가운 현관을 지나, 불 꺼진 거실을 지나, 푹신한 침대가 있는 곳으로 가고 싶었다.

"음……."

"여기가 좋아?"

"아뇨."

퉁명스럽게 대꾸한 그가 몸을 안아 들었다. 예고도 없이 붕 뜬 몸에 놀라기도 잠시, 그가 침대를 지나치고 있음을 깨달았다.

"여기서 하자고?"

조명을 켜자 욕실의 모습이 한눈에 들어온다. 미세하게 울리는 목소리.

"여기서 씻자고."

나지막이 대답한 그가 턱을 쥐고 입술을 벌렸다. 밀려 들어온 혀가 입안을 휘 젓는다. 슈트 재킷을 벗겨 내고 블라우스의 단추를 풀어내던 손길이 점진적으로 거칠어졌다. 맞붙은 몸 사이에 실오라기 하나 두고 싶지 않았다.

"내가, 내가 할게."

별이 늘어진 손으로 윤기를 밀어냈다. 입을 맞춘 채, 또 눈도 감은 채 날뛰는 손끝이 섬세하기란 쉽지 않은 일이었다.

"……."

말을 잃은 그의 눈이 펄펄 끓는다. 열띤 눈이 좋으면서도 별은 묘한 기분에 사로잡혔다. 그의 눈에 자리한 갈증이 이해되지 않았다. 제 목줄을 건네주고 영혼과 육체까지 남김없이 바쳤는데, 왜.

가끔은 그의 마음이 블랙홀 같다는 생각을 했다. 이 정도면 꽉 차고도 남겠지 싶을 만큼 퍼부어도 그는 부족한 듯 굴 때가 많았다. 이렇게 조금 밀어냈다고 단 번에 언짢은 표정을 짓는 것만 봐도—

"……."

부러 시선을 고정하고 단추를 풀었다. 하지만 몇 초 지나지 않아 또 입술이 맞붙는다. 이제 정말 몇 개만 더 풀면 되는데. 허리를 바짝 당긴 그의 손이 블라 우스를 엉망으로 구겼다. 이미 틈 없이 몸을 기울이고 있으면서 더 가까이 붙으려는 그에 숨이 가빠진다.

"잠깐만. 윤기야, 좀⋯⋯!"

결국 목을 젖히고 나서야 쫓아오는 혀를 피할 수 있었다. 일렁이던 눈이 일순간 시무룩하게 처진다.

"급하다면서요."

퍽 순진한 어투로 읊조린 그가 책망했다. 죄책감을 불러일으키기 딱 좋은 얼굴. 순식간에 쓰레기가 된 기분이다.

"너 이 얼굴 반칙이라고 했어, 안 했어."

"난 뭐 이렇게 태어나고 싶어서 태어났나."

"와⋯⋯."

"이렇게 태어난 걸 어쩌라고요. 내 얼굴 싫어요?"

뻔뻔하게 묻는 얼굴에 자존심도 없이 고개를 저었다. 그럴 줄 알았다는 듯 씨익 웃은 그가 어깨에 이를 박아 넣었다.

욕실은 이색적인 요소가 많은 곳이었다. 커다란 거울과 소리를 반사하는 타일, 향긋한 비누 냄새와 마음껏 쓸 수 있는 물까지. 자극적이지 않은 게 없었다.

거울 속 서윤기의 등이 보인다. 평소라면 보지 못할 것도 볼 수 있을 것 같다는 생각에 급하게 셔츠를 벗겨 냈다. 드러나는 등 근육. 움직일 때마다 근육의 수축과 이완이 선명하게 보였다. 베르니니가 살아 있었다면 당장에 서윤기를 모델로 삼았을 텐데.

"⋯⋯."

불현듯 빨갛게 익은 그의 귓등이 보였다. 기이할 정도로 탐스러운 모양새였다. 저도 모르게,

"아—"

깨물어 버릴 만큼.

"지금⋯⋯ 나 문 거예요?"

뒤집힌 눈을 보고 나서야 후회했지만 때는 이미 늦은 뒤였다.

귀를 깨문 대가를 별은 톡톡히 치러 냈다. 욕실 벽에서 한 번, 샤워 부스에서 한 번, 욕실을 나오자마자 다시 한번. 그 이후로는 숫자를 세지 않았다. 흔들리기에도 바빴고 사실상 침대 위에서부턴 정신을 거의 놓고 있었다.

저는 그렇게 녹진해지는데,

"으응······!"

그는 힘이 빠지기는커녕 갈수록 더 거세졌다. 입술 사이로 새된 소리가 마구 튀어나왔다. 쉬이, 달래는 소리와 뺨을 어루만지는 손길이 부드럽다.

"천천히······. 윤기야, 그만······."

그럼에도 허리 아래로는 다정하지 못한 그에 원망이 밀려들었다. 이대로 더 했다가는 복상사로 죽을 게 분명하다.

"힘들어요?"

숨도 차지 않는 것 같은 그는 태연하게 물었다. 커다란 손바닥이 뺨을 지나 목을 훑고 가슴과 허리, 허벅지를 느릿하게 주무른다. 이따금 입술이 내려앉기도 하고 푹 젖은 혓바닥이 닿아 오기도 했다.

"하지 마······."

너덜너덜해진 몸뚱이가 아니었다면 욕을 뱉었을지도 모른다. 장난기 밴 웃음소리가 쏟아졌다. 목에 붙어 오는 입술.

"딱 한 번만 더 할게요."

"안 돼······."

"왜 안 돼."

"나 죽어······."

"안 죽어요."

허벅지 안쪽을 잡아 누른 그가 말했다. 안 된다고, 진짜 죽는다고 말하려는데 그는 자비가 없었다. 부딪히는 살결이 땀에 젖어 노골적인 소리를 만들어 냈다. 뺨에 닿아 오는 손바닥. 원망이 가득한 순간에도 익숙한 손길이 좋아 고개를 기울였다. 훌쩍이는 주제에 자존심도 없지.

"후······."

달뜬 숨을 뱉은 그가 속도를 높였다. 머릿속이 하얗게 점멸했다가 다시 까맣게 무너지기를 수없이 반복했다.

"아아, 아!"

온몸의 감각이 과도하게 예민해졌다. 가파르게 상승하는 쾌감과 살갗 위를 뒤덮는 소름에 다리가 덜덜 떨렸다.

아쉬운 듯 몇 번 더 움직인 그가 상체를 기울였다.

"사랑해요."

속삭이는 목소리가 달다. 대답해 주고 싶은데 목이 말을 듣지 않는다.

"……응."

간신히 대답한 그 한마디가 저의 최선이었다.

"이러고 싶어서……."

"……."

"죽는 줄 알았어요."

떨리는 몸을 결박하듯 끌어안은 그가 말했다. 헐떡이며 올려다본 그가 흐릿하다.

"괜찮아요?"

미안해 죽겠는 얼굴을 한 윤기가 물었다. 동이 틀 즘, 기절하듯 잠든 별은 오후 2시가 돼서야 깨어났다.

"죽을 것 같아."

별이 쉿소리를 내며 간신히 답하자 윤기는 냉큼 냉수를 대령했다. 입술 앞까지 컵을 밀어 주는 것도 모자라 친히 컵을 기울여 먹여 주기까지 한다. 마신 뒤 입가를 적신 물도 손등으로 두드려 닦아 낸다.

여느 때였으면 퍽 다정하다 칭찬할 법도 한데, 별은 도끼눈을 하며 그를 노려보았다. 차마 눈을 마주치지 못한 그가 입술을 달싹였다.

"내가 어제 미쳤었나 봐요."

"나도 그렇게 생각해."

"너무 좋아서……. 미안해요."

"두 번 좋았다가는 나 단명하겠어."

말이 불퉁하게 나갔다. 그렇게 애원할 때는 듣지도 않더니 이제 와 걱정하는 그가 어이없었다. 그리고 문득 궁금해지는 한 가지.

"너 혹시 귀가 성감대야?"

"네?"

"아니, 어제 내가 귀 깨문 것 때문에 그런가 해서. 혈기 왕성한 건 원래도 알고 있었는데 어젠 좀……."

문장을 완성하지 못한 별이 고개를 흔들었다. 순진하게 눈을 깜빡이던 그가 픽, 웃는다.

"그런 거 없어요."

"성감대 없는 사람이 어디 있어."

"아, 하나 있다."

있다면서 대답을 하지 않을 작정인지 그는 입을 꾹 다물었다. 능글거리는 얼굴. 불쑥 간격을 좁힌다. 입술과 입술 사이 아주 작은 틈만 남기고 움직임이 급격히 느려졌다. 진득해지는 눈빛과 뜨거워지는 숨결이 날카로웠던 신경을 무자비하게 짓뭉갠다.

입안 여린 살을 헤집어 놓다가 아랫입술을 깨문 그가 뺨 위에도 쪽, 쪽, 입을 맞췄다.

"……."

별이 빠르게 눈을 깜빡였다. 쏟아지는 애정에 정신이 없었다. 새벽 내내 애정이란 애정은 다 받았던 것 같은데. 저 역시 줄 수 있는 마음을 다 주었던 것 같은데. 깨어나니 또 받을 것투성이고 줄 것투성이다.

그 와중에 웃고 있는 그는 좀 얄밉다. 조금만 차오르는 느낌이 들어도 멈칫하는 저와 달리 그는 여유롭기 그지없다.

"이거 진짜 좋아요."

손가락으로 볼을 톡톡 두드린 그는 소년처럼 수줍게 웃었다.

"뭐가?"

"당신 얼굴 빨개지는 거요."

모르겠단 표정으로 쳐다보니 또 좋아 죽겠단 얼굴로 한참을 웃는다.

"당신이 이럴 때마다…… 마음대로 하고 싶어져요."

수줍은 소년이 사랑에 빠진 남자가 되어 고백한다. 그가 와락 허리를 끌어안았다.

"단명하지 마요."

목덜미에 입을 맞추던 그가 중얼거렸다.

"내가 열심히 절제할 테니까 오래오래 살아요."

"……."

"나랑 행복하게."

"넌 진짜……."

벅차는 마음을 어쩌지 못한 별이 솜사탕 같은 제 연인을 마주 안았다.

"윤기야."

"네."

"사랑해."

"……나도요."

솜사탕 같은 새끼. 솜사탕처럼 달고 예쁜 내 새끼.

○ ◎ ●

"기다리는 연락이라도 있어?"

윤기는 벌써 몇 번째인지 모를 질문을 했다. 다른 사람이었다면 신경 쓰이는 일이 있나 보다 하고 넘겼을 테지만 상대가 사랑이라 호기심이 일었다.

평소 사랑은 사람을 앞에 두고 딴짓하는 걸 극도로 싫어하는 데다가 핸드폰을 만지작거리는 사람은 예절 교육부터 다시 받아야 한다고 주장하는 사람이었다.

그런 사랑이 몇 초에 한 번씩 핸드폰을 확인하는 것도 모자라 탁— 소리 나게 엎어 두며 한숨을 푹푹 쉰다.

"그런 거 없어."

퉁명스럽게 대답한 사랑이 또 몇 초 지나지 않아 엎어 둔 핸드폰을 뒤집었다.

"야, 그럴 바엔 그냥 연락을 해."

"그런 거 아니라니까."

짜증이 난 얼굴로 입술을 짓이기던 사랑이 또 한 번 한숨을 내쉬었다. 인정하고 싶지 않지만 의준이 신경 쓰였다. 좋아하냐는 물음에 굳어졌던 얼굴이, 가라앉던 눈동자가 이상할 정도로 선명하게 떠올랐다.

좋아하는 사람 앞에서 그토록 무서운 표정을 지을 수 있는 사람은 아마 김의준 하나일 것이다. 내가 뭐 잡아먹겠다고 한 것도 아닌데.

"너 뭐 좋아하는 사람 생겼어?"

"자꾸 개소리할래?"

"계속 핸드폰만 쳐다보니까 그렇지."

혀를 찬 윤기가 자리에서 일어났다.

"나 집 구경 좀 한다?"

윤기는 눈치 없는 척 물었다. 사랑의 상태가 영 이상하다는 건 알고 있었지만 말하지 않는 걸 굳이 추궁할 생각은 없었다. 실제로 그의 집이 흥미를 끌기도 했다. 얼마 전 이사한 사랑의 집에 처음 방문한 날이었다.

저와 달리 사랑은 꾸미는 것에 관심이 많아 일관적인 것보다는 변화무쌍한 것을 좋아했다. 집 앞 경관이 질린다는 이유로 이사를 할 때도 있었고, 그만큼 인테리어도 시시각각 바꾸었다.

"돌아다녀도 되지?"

딱히 허락이 필요하지 않은 질문을 한 윤기가 익숙하지 않은 집 안을 마음껏 돌아다녔다. 복도를 따라 걷는 동안 닫혀 있는 몇 개의 방을 지났다. 그중 양쪽으로 열리는 문 하나가 보였다. 예상이 맞는다면 드레스 룸일 것이다.

틈만 나면 인테리어를 바꾸면서도 드레스 룸의 문은 늘 양문형을 고수하는 사랑이었다. 윤기가 달칵— 문을 열자,

"안 돼!"

득달같은 사랑의 외침이 들렸다. 운동 신경이 좋은 사랑은 달리기를 했다 하

면 늘 1등을 하던 사람이었다. 그런 그가 순식간에 달려오더니 새빨개진 얼굴로 문 앞을 가로막는다.

"미쳤나?"

그 꼴이 퍽 미친놈 같아 말이 곱게 나가지 않는다.

"안 돼."

"뭐가?"

"들어가면 안 된다고!"

윤기가 눈을 가늘게 떴다. '내 것이 네 것이고 네 것도 내 것이다.'라는 말을 입에 달고 사는 사랑이 무언가를 숨기려고 한다는 게 이상했다. 저야 걱정 끼치기 싫다는 이유로 이런저런 비밀 만들기를 몇 번 했었지만 사랑은 그런 사람이 아니었다.

"안에 시체라도 있어?"

"응, 있어."

사랑이 급하게 고개를 끄덕였다. 눈동자에 안광을 드리우면서까지 말하는 게 안쓰럽긴 했지만,

"괜찮아. 같이 묻으면 되지."

서윤기는 물러날 생각이 없었다. 그까짓 농담으로는 한번 달아오른 호기심이 꺾이지 않았다. 사랑이 고개를 흔들며 양팔을 벌렸다. 그런 행동이 호기심을 더 자극한다는 걸 모르고 멍청하게.

"허······."

조소 비슷한 웃음을 흘린 윤기가 사랑을 응시했다. 눈싸움인지 기 싸움인지 모를 신경전으로 몇 분이 흐르다 사랑의 눈꺼풀이 아주 잠깐 흔들렸을 때, 윤기가 팔을 뻗었다. 문의 경첩이 벌어지고 패자의 장렬한 절규가 집 안을 채웠다.

"에이, 뭐야."

그에 비해 승기를 잡은 윤기는 시큰둥한 반응을 보였다. 하도 예민하게 굴기에 정말 시체라도 있는 줄 알았는데—

"이거 때문에 못 들어오게 한 거야?"

시체 대신 드레스 룸을 차지하고 있는 것은 옷 한 벌이었다. 옷장에 들어가지

도 못하고 바깥에 나와 있는 트렌치코트는 그에게도 낯익은 것이었다. 떠들썩했던 경매 당시, 별이 낙찰받아 사랑에게 준 것이니.

"하……."

사랑이 머리를 감싸 쥐고 주저앉았다.

"천사랑, 너 설마……."

윤기가 고개를 비딱하게 기울인 채 사랑을 쳐다보았다. 고개를 들어 슬쩍 눈치를 본 사랑은 그 시선에 주눅이 들었다. 붉게 물들었다가 파랗게 질리는 안색. 윤기의 의심이 확신으로 바뀌는 순간이었다.

"너 나 팔아먹었지."

"어?"

"김사자한테 내 사진 주겠다고 한 거 아니야?"

"사진? 무슨 사진……?"

말을 이해하지 못한 사랑이 고개를 갸웃거리자 윤기가 눈살을 찌푸렸다.

"요즘 우리 사자가 나 어릴 때 얼굴에 빠졌거든. 어제도 옛날 사진 없냐고 난리를 쳤는데……. 그거 아니야?"

이상하다는 듯 머리를 긁적이던 윤기가 다시 또 눈을 반짝였다.

"혹시 활동할 때 입었던 의상 준다고 했어? 너 갤럭시 때 의상 다 갖고 있잖아."

"하……."

"아, 빨리 말해. 뭐 준다고 했어? '은하수' 때 입었던 거? 아님, 마지막 콘서트 때 입었던 거?"

환멸이 난 사랑이 억지로 미소를 지었다.

"미친 새끼야, 연애를 해도 곱게 해야지."

"뭐 이 자식아?"

"아, 됐어."

한시름 놓은 사랑이 고개를 저었다. 저의 멍청하고도 순진한 친구 서윤기는 트렌치코트에 얽힌 사연을 모르는 듯했다. 보면 안 된다고 방방 날뛴 것에 비하면 허무한 결말이긴 했지만 다행이었다.

"과거 사진도 아니고, 활동할 때 입었던 의상도 아니면 뭐야?"

윤기가 짐짓 심각한 얼굴을 했다. 정말이지 요즘의 별은 제 어린 시절에 집착 아닌 집착을 하고 있는 중이었다. 데뷔 이후의 모습은 다 알고 있지만 데뷔 전의 모습은 아무것도 모른다면서. 며칠 전에는 어린 시절의 글씨체가 궁금하다며 일기장을 보여 달라고도 했었다.

그런 의미에서 사랑은 별이 탐낼 만한 것들을 많이 갖고 있는 사람이었다. 저와 열다섯 살 때부터 친구인 데다 기록하는 걸 좋아해 어린 시절의 사진이나 동영상, 편지 같은 걸 고이 간직하고 있었으니까.

물론 직접 물어보면 되는 일이긴 했다. 이미 물어보기도 했다. 사랑에게 그 옷을 왜 선물했냐고. 무엇을 물어도 시원하게 답하던 별이 그때만큼은 비밀이라며 입을 닫았다. 저 모르는 비밀이 있는 게 썩 내키지는 않았지만 더 캐묻지는 않았다.

그런데 오늘 사랑을 보니 뭔가 있는 게 확실하다.

○ ◎ ●

집요하게 구는 윤기를 간신히 쫓아낸 사랑이 핸드폰을 들었다. 도무지 기다릴 수가 없었다. 물론 처음에는 기다리려고 했다. 먼저 연락이 올 때까지. 마음을 들킨 게 혼란스럽기도 하고 당황스럽기도 할 테니 시간이 필요할 거라 생각했다.

……사실 아니다. 제가 기다리려고 한 이유는 그를 배려하기 위해서가 아니다.

처음 그가 저를 좋아한다는 걸 알았을 때 들었던 생각은, 기쁨이었다. 조금 더 정확하게 설명하자면 뿌듯함. 그가 하도 단단하고 멋있는 사람이라 그런 사람이 저를 좋아한다는 게 기뻤다. 그래서인지 궁금했다. 그가 저를 얼마나 좋아하고, 또 어떻게 좋아하는지.

안달 난 그가 보고 싶었다는 소리다. 그런데 의준은 예상과 달리 연락 한 통 없었다. 핸드폰을 쥐고 연락을 기다리는 건 오히려 저였다. 그게 제 자존심을 긁었다.

그래서 이렇게 통화를 시도하는 것이다. 뭐라도 확인하고 싶어서.

그런데 생각보다 신호음이 길어지자 안 받으면 어떡하지 하는 걱정이 들었다. 하지만 걱정이 무색하게도 평온한 목소리가 들려왔다.

— 어, 사랑아.

아무 일도 없었던 것처럼.

"형, 바빠요?"

— 나야 늘 바쁘지.

거기에 또 열이 올라 말이 막 나가는 바람에 사고를 쳤다.

"그래서 연락 안 했어요?"

애새끼 같은 소리를 해 버린 것이다.

— 기다렸어?

저와 달리 상냥하고 어른스러운 그는 차분히 물었다.

"……."

입술을 꾹 깨문 채, 아무 말도 하지 못했다.

— 사랑아.

문득 제 이름이 '사랑'이라는 게 거슬린다. 많이 사랑하고 또 많이 사랑받으라고 부모님께서 지어 주신 이름인데 이 순간에는 쓸데없는 망상을 불러일으키는 이름이었다. 그의 '사랑'이 제가 되는 망상. 상상. 환상.

— 듣고 있어?

"……형."

— 너 무슨 일 있어?

"나 지금 로펌으로 가도 돼요?"

얼굴을 봐야겠다는 생각이 들었다. 얼굴 보고 이야기하면 좀 쉬울 것 같다는 생각이 들었다.

저에게 옷을 선물하던 그날처럼 그의 얼굴이 붉어지길 바랐다. 어디에 두어야 할지 몰라 방황하던 손끝도 보고 싶었다.

그 모습을 보면 좀 진정이 되지 않을까. 이 억울하고 짜증스러운 감정이 조금은 풀리지 않을까.

— 음……

낮고 부드러운 목소리가 쉬이 답을 주지 않는다.

— 어려울 것 같은데.

"왜요?"

이유를 물을 거라고 생각하진 않았는지 그는 또 한 번 음, 하고 망설였다.

— 내가 요즘 좀 바빠.

그러다 나온 답은 조금 허무했다.

"내일은요?"

— 내일도.

"잠깐도 안 돼요?"

— 응, 미안.

그렇게 짧은 통화가 끝났다. 핸드폰 화면 위로 의준의 이름이 떠올랐다가 사라진다. 사랑은 차마 그 사실을 믿을 수 없어 가만히 눈을 깜빡였다.

이게 말이 되는 건가. 이럴 수가 있는 건가. 날 좋아하는데, 날 좋아하는 게 분명한데 어떻게 이럴 수 있지?

"금세 빤가……?"

사랑은 의준의 마음이 어느 정도의 무게를 갖고 있을지 가늠했다. 제 화려한 면만 보고 호기심을 가졌을 수도 있다. 그보다 더 가벼운 감정일 수도 있고 조금 무겁더라도 드러내고 싶지 않은 감정일 수도 있다.

자연히 새로운 궁금증이 인다. 유연한 듯 보여도 빈틈이 없던 그가 스쳐 가는 마음을 들킬 정도로 허술한 사람이었나? 드러내고 싶지 않은 감정을 자신도 모르게 들킬 정도로 명청한 사람이었나? 제 판단이 맞는다면 의준은 전자도, 후자도 아니다.

"아, 답답해."

소파에서 벌떡 일어난 사랑이 드레스 룸으로 향했다. 어떻게 두어야 할지 몰라 걸어 두기만 한 트렌치코트가 보인다. 이제껏 자신이 소화하지 못한 옷은 없었다.

아무리 실험적인 옷이라 해도 제가 입으면 부드러운 무드가 조성되었고, 아무리 평범한 옷이라 해도 제가 입으면 화려함이 생겨나기 마련이었다.

사랑은 무언가 결심한 얼굴을 했다. 검은색 티에 블랙 진, 일명 저승사자 룩이라 불리는 착장 위에 트렌치코트를 걸치니 무심하게 멋 부린 느낌이 난다.

세상에 단 하나뿐인 트렌치코트라고 한들 다를 게 뭔가 싶다.

○ ◎ ●

사랑이 높다란 건물 앞에서 하늘을 올려 보았다. 여름의 열렬함이 꺾인 계절이었지만 선글라스 너머의 태양은 아직 끝이 아니라는 듯 작열하고 있었다.

"김의준 변호사님 만나러 오신 거 맞으시죠?"

데스크 직원이 사랑을 보더니 알은체를 했다. 드라마를 준비하며 매주 출근 도장을 찍기도 했고 의준과 가까워지면서 이유 없이 놀러 온 적도 많았으니 그럴 만했다.

사랑은 그녀의 친절에 보답하듯 선글라스를 벗었다.

"이거 드세요."

오는 길에 사 온 커피와 도넛도 밀어 주면서.

"아니, 뭘 이런 걸 사 오셨어요!"

데스크를 지키던 세 명의 직원이 돌고래 소리와 비슷한 고음을 냈다. 처음 로펌을 방문했을 때만 해도 얼굴만 붉힐 뿐, 차분했던 것 같은데 마주치는 날이 늘어나자 그녀들은 꽤 솔직해졌다.

"요즘 나오시는 드라마 너무 잘 보고 있어요."

사적인 이야기를 전하기도 하고,

"저도요! 근데 사랑 씨는 화면보다 실물이 훨씬 더 잘생긴 것 같아요."

사심도 꺼내 놓을 만큼.

"저희 부모님도 사랑 씨 팬이에요. 사랑 씨가 너무 예쁘고 착하게 생겼대요."

"아이, 너무 듣기 좋은 말만 하는 거 아니에요?"

"진짜예요! 본방 사수는 저보다 저희 부모님이 더 열심히 하신다고요! 금요일에는 약속도 안 잡으신다니까요?"

"우와, 우리 부모님도 그렇게 안 하시는데. 감사하다고 꼭 전해 주세요."

"그럴게요! 사랑 씨가 감사하다고 했다 하면 아마 가문의 영광이라고 하실 거예요."

호들갑을 떨며 좋아하는 모습에 사랑 역시 함박웃음을 지었다.

"아, 현주 씨."

사랑이 그녀의 명찰을 티 나게 확인하고는 말했다.

"한 비서님한테 따로 콜 안 넣어 주셔도 돼요."

"어, 왜요?"

의아한 표정의 현주 씨를 지그시 보던 사랑이 시간을 확인하는 척 손목을 들여다보았다.

"회의 중일 거라고 했거든요. 조용히 들어가고 싶은데…… 괜찮죠?"

현주 씨를 포함한 세 명의 직원이 서로의 눈치를 살폈다. 아무리 가까운 지인이어도, 또 아무리 안면이 있는 고객이라도 선약이 되어 있는지 확인하지 않으면 들여보내지 않는 게 원칙이었다.

문제는 상대가 사랑이라는 거였다. 신원이 확실하고 신분상 문제를 일으키지 않을 확률이 높은 사람이자— 매우 사랑스러운 사람.

"어려울까요?"

그런 사람이 눈을 깜빡이며 묻는데 어느 누가 부정적인 소리를 할까.

"아, 아니에요. 괜찮아요. A동 8층, 아시죠?"

"그럼요. 감사합니다."

사랑이 예쁘게 웃으며 걸음을 옮겼다. 선약도 안 했고 의준이 회의 중인지 외근 중인지 아는 것도 없었지만 일단은 첫 번째 관문을 통과했으니 마음이 한결 가벼웠다.

익숙하게 8층으로 오른 사랑은 또 익숙하게 복도를 걸어 의준의 사무실을 찾았다. 똑똑, 노크를 하자 '네.' 하고 대답하는 한 비서님의 목소리가 들렸다.

"어……?"

문을 열고 나온 그녀가 어리둥절한 표정을 지었다. 흔들리는 동공과 달싹이는 입술만 보면 꼭 귀신을 보고 있는 듯 보였다.

"죄송해요, 사랑 씨. 데스크에서 무슨 착오가 있었나 봐요. 제가 미리 콜을 못 받아서……. 찾아오는 데 불편하진 않으셨어요?"

실수로 콜을 받지 못한 거라 생각하는 모양이었다. 사랑이 해사하게 웃었다.

"괜찮아요. 한두 번 오는 것도 아닌데요, 뭐."

그제야 딱딱하게 굳어 있던 그녀의 얼굴이 조금 풀어진다.

"아, 근데 어쩌죠……?"

"왜요?"

"변호사님 30분 전에 회의 들어가셨거든요. 끝나려면 두 시간은 족히 더 걸릴 텐데……."

"아아."

"아무래도 변호사님이 약속을 잊으셨나 봐요."

말하면서도 한 비서는 조금 이질적인 불편함을 느꼈다. 철두철미한 제 상사가 약속을 잊다니. 이제껏 그랬던 적이 있었나. 태풍 같은 스케줄을 견디는 한이 있더라도 이런 적은 없었던 것 같은데.

"사랑 씨 오셨다고 연락 넣을게요."

"그럴 필요 없어요. 회의 중이라면서요. 안에서 기다려도 되죠?"

"아, 네. 다과 준비해 드릴게요."

두 번째 관문을 넘은 사랑이 승리의 미소를 지었다.

"저번에 먹었던 마들렌도 있어요?"

"녹차마들렌 말하시는 거죠? 그걸로 드릴까요?"

"네. 그거 주세요."

이래서 익숙한 게 무서운 거다.

"지금 몇 시죠?"

"오후 3시 17분입니다."

회의가 끝날 즘, 미팅 룸 밖에서 대기하고 있던 한 비서가 의준에게 시간을 일러 주었다. 1분 1초도 허투루 쓰는 걸 싫어하는 의준이라 시간을 알려 줄 때도 1분 단위로 보고했다. 예상보다 길어진 미팅에 신경이 날카로워진 그는 앞으로의 일정을 물었다. 줄일 수 있는 시간은 줄여야 했다.

"4시에는 송현그룹 공판 관련해서 브리핑 있고, 6시에 장 이사님과 청담동에서 저녁 약속 있습니다."

"브리핑 전에 조사원들 좀 보고 싶은데."

"조사원분들 지금 6층 603호에서 회의 중입니다."

"거기로 가죠."

의준이 뻣뻣해진 목 근육을 풀며 말했다. 성큼성큼 걷는 걸음이 몇 번 이어지자 그와 한 비서의 사이가 순식간에 벌어졌다.

덕분에 한 비서는 거의 달리듯 그의 뒤를 쫓았다. 하루하루가 바쁜 그는 늘 걸음이 빨랐고 자연스레 그녀는 그를 쫓아 뛰는 게 일상이 되었다. 뒤에서 그를 쫓다 보면 종종 그의 구두가 눈에 들어올 때가 있는데 오늘도 그랬다.

터무니없는 생각이긴 하지만 그녀는 그의 구두가 바닥과 입 맞추고 있다는 생각을 했다. 누구라도 그런 생각을 할 것이다. 장인이 조각한 듯 매끈한 맵시가 돋보이는 그의 구두가 정확한 리듬으로 대리석을 짓밟는 걸 보고 있다면 말이다.

"변호사님, 같이 가요."

점차 벌어지는 간격을 좁히지 못한 한 비서가 의준을 불렀다. 돌아보는 그의 얼굴이 말할 수 없이 훈훈해 그녀는 저도 모르게 미소를 지었다.

그녀는 상사인 의준을 흠모했다. 남자로서, 이성으로서 그렇다는 게 아니라 한 사람으로서, 법조계의 일원으로서 그를 존경했다.

그는 기본적으로 모두에게 친절한 사람이었다. 업무상 실수를 하더라도 목소리를 높이는 법이 없었다. 물론, 일을 망칠 의도가 없었고 잘못을 완벽하게 인정하며 수습하기 위해 최선을 다한다면, 이라는 전제가 깔려야 했지만— 어쨌든.

"아, 미안해요."

자신이 또 너무 빨리 걸었다는 걸 깨달은 의준은 담백하게 사과했다.

"오늘 일이 많아서 그런지 마음이 급하네요."

"변호사님 바쁘신 거 제가 제일 잘 알죠."

한 비서는 가볍게 고개를 끄덕였다.

"사랑 씨 일정은 제가 정리하겠습니다."

"네?"

"천사랑 씨요. 세 시간 전부터 사무실에서 기다리고 계시거든요. 아무래도 오늘은……."

"그걸 왜 지금 말해요?"

버럭, 화를 낸 의준이 겨우 느리게 만든 걸음을 다시 재촉했다. 제아무리 빠르게 걷는 한이 있더라도 조급해 보이는 짓은 하지 않던 그가 엘리베이터의 오름 버튼을 서너 번 연타하는 모습은 꽤 희소한 것이었다.

"나 먼저 올라갈게요."

버튼에 불이 들어왔음에도 기다리기가 마땅치 않았던 그는 비상구 계단을 냅다 뛰어올랐다.

의준은 살면서 이렇게까지 다급했던 적이 있었나 싶었다. 매일 같은 시간에 일어나 매일 같은 시간에 잠드는 그는 매일 정확한 계획을 세우며 살았다. 그의 절친한 친구인 별은 충동적으로 움직일 때가 종종 아니, 많았지만 그에게는 그런 여유라는 게 존재하지 않았다.

정확히는 확신이 없다고 하는 게 맞았다. 계획하지 않은 일을 저질러도 괜찮다는 확신이 없었다. 매번 확인해야 했다. 모든 것이 완벽해야만 했으므로 질리도록 확인하고 또 확인해야 안심할 수 있었다.

그러다 보니 매사에 엄격하고 팍팍해졌다. 하기 싫어도 해야 하는 건 했고, 하고 싶어도 하지 말아야 하는 건 하지 않는 식이었다. 그렇게 자신의 시간을, 하루를, 삶을 통제하며 살았다. 정확한 시간과 정확한 약속, 그리고 정확한 규칙 속에서.

다행히 통제에 재능이 있었다. 상황을 유리하게 조정한다거나 사람의 심리를 흔들거나 하는 모든 것들이 그에게는 어렵지 않았다. 자연스레 그는 불규칙한 것들을 싫어했다. 통제할 수 없고 예측할 수 없는 것들이 그에게는 아름답지도,

흥미롭지도 않았다.

"하아……."

3층에서부터 8층까지 순식간에 오른 의준은 가빠진 호흡을 토하듯 뱉었다. 운동에 투자하는 시간이 얼만데 겨우 이 정도로 이렇게 가빠지는 건지 모르겠다. 애초에 계단 때문에 호흡이 빨라진 건지도 확실치 않았다.

간신히 호흡을 정리한 의준이 사무실로 향했다. 거칠 것이 없던 걸음은 문 앞에서 멈추었다. 딱 한 걸음만 내디디면 되는데 쉽지 않았다. 그런데 웬걸.

"형."

등 뒤에서 사랑의 목소리가 들렸다.

"뭐야."

"놀랐어요?"

"왜 뒤에서 나와."

"손 씻으러 잠깐 나왔다가……. 근데 뭔 미팅을 이렇게 오래 해요? 내가 얼마나 기다린 줄 알아요?"

툴툴거리는 사랑에 어이가 없어진 의준은 짙은 한숨을 쉬었다.

"너 내가 바쁘다고 말 안 했어?"

불편하고 불쾌했다. 분명 시간이 없다고, 분명 바쁘다고 얘기를 했던 것 같은데 귓등으로도 듣지를 않은 건지.

"했지."

뻔뻔한 얼굴로 사랑이 어깨를 으쓱였다.

"근데 내가 오늘밖에 시간이 없는데 어떡해."

"뭐?"

"내가 시간이 없다고요. 나 요새 촬영 많은 거 알잖아요."

"아니, 그러니까 왜……."

치미는 화를 어쩌지 못하고 분출하던 의준이 말을 멈추었다. 농담이나 몇 마디 던지는 줄 알았던 사랑이 서운하다는 표정을 짓고 있었다. 억울한 강아지처럼 눈썹을 축 처지게 만들더니 입술도 쏟아질 것처럼 내밀고 있다. 생긴 게 소녀같기는 해도 호방한 성격의 사랑은 그런 식의 얼굴을 보여 준 적이 없었다.

불쾌하고 불편한 기분 위로 죄책감과 연민이 빠르게 쌓였다. 죄를 짓지도 않았는데 죄책감을 느끼고, 안타까울 상황이 아닌데 연민을 느끼다니 이상한 일이었다.

"너 진짜 무슨 일 있어?"

상체를 숙이고 눈을 마주치려고 하자 사랑이 고개를 돌렸다. 어긋나는 시선이 꼭 저를 할퀴는 것 같아 의준은 굳어 버리고 말았다.

"들어가서 얘기해."

이대로 같이 있는 공간까지 어긋날까 무서웠다.

의준은 사랑을 데리고 사무실 안으로 들었다. 착실한 한 비서가 또 다가니 뭐니 방해할 것을 염려해 들어오지 말라는 도어 사인을 걸어 두기까지 했다.

"왜 왔는데."

소파에 사랑을 앉히고 물었다.

"말하기 싫어?"

"……."

달래는 목소리를 내어도, 미간을 찌푸리며 겁을 주어도 사랑은 입을 꾹 다문 채 말을 하지 않았다.

"하……."

답답해진 의준이 넥타이를 조금 느슨하게 매만졌다. 무턱대고 찾아온 것은 본인이면서 저에게 모든 걸 떠넘기고 있는 걸 보니 무얼 하고 싶은 건지 대충 예상이 되었다. 그가 듣고 싶은 말도, 하고 싶은 말도, 또 그다음 수순도.

너무 잘 알아서 피하고 싶었다. 그가 듣고 싶은 말은 제가 하면 안 되는 말이었고, 그가 하고 싶은 말은 제가 듣고 싶지 않은 말이었다. 무엇보다, 그다음 할 일이 하고 싶지 않았다. 하지만 고집스럽게 저를 쳐다보는 사랑을 보고 있자니 물러날 것 같지 않다는 생각이 든다.

"사랑아."

맞은편에 앉아 사랑을 불렀다.

"확인하고 싶어?"

"……."

사랑의 눈동자가 넌지시 짙어진다. 방금 전까지만 해도 서운한 표정이더니 이제는 제 눈치를 살살 보는 눈이다. 하여튼 약아 가지고.

"확인은 했어요."

쭈뺏쭈뺏 내뱉는 소리.

"근데 형 목소리로 듣고 싶어요."

"……."

의준은 애해 빠진 소리를 하고 있는 사랑이 짜증스러웠다. 사랑스럽게 생긴 주제에 눈매는 날카롭게 찢어져 마주하고 있으면 농락당하는 기분이 들기 일쑤였다.

"들어서 뭐 하게."

"뭐 안 해요. 그냥 듣고만 있을 거예요."

"그렇게 한가해?"

의준이 귀찮은 기색을 숨기지 않고 물었다. 날카로운 펜촉으로 섬세하게 그려 낸 것 같은 눈동자가 도르륵 구르는 꼴을 보고 있자니 배알이 꼴렸다.

뭣 하나 예상대로 움직이는 법이 없다. 제가 누군가에게 적대감을 드러낼 일도 많지 않지만 간혹 그런 일이 생기면 상대방의 반응은 비슷했다. 기겁을 하고 도망가거나 속 시꺼먼 새끼라고 욕을 하거나.

그런데 천사랑은, 제가 짜증을 내고 인상을 구기고 목소리도 높였건만—

"바빠 뒈질 것 같은데요."

전혀 타격을 받지 않은 듯 보인다. 위풍당당한 뱁새 같다. 병아리 같기도 하고.

"들으면 얌전히 갈 거야?"

"저는 아까부터 계속 얌전했어요."

"알았어. 들으면 조용히 집에 갈 거야?"

괜한 입씨름으로 시간을 낭비하고 싶지 않았던 의준은 인내심을 발휘해 질문을 고쳤다.

"형이 가라고 하면 갈게요."

"……."

"가지 말라고 하면 안 가고."

"가라고 할 거야."

"알겠어요."

산뜻하게 대답하는 사랑을 의준은 물끄러미 쳐다보았다. 어서 말해 보라는 듯, 턱을 괸 모양새가 퍽 오만해 보였다. 제가 말하지 못할 거라고 생각하는 건지, 아니면 제가 우스운 꼴을 할 것이라 생각하는 건지.

"좋아해."

기대하는 게 그런 거라면,

"내가 널, 좋아하고 있어."

아쉽게 되었다.

"……."

"……."

의준의 눈썹이 비딱하게 치솟았다.

"이제 가."

듣고 싶어 하는 말은 해 줄 수 있으나,

"들었으니까 가라고."

그가 하고 싶은 말은 듣지 않을 작정이었다. 그런 말 듣지 않아도 제 감정은 알아서 정리할 테니 그다음 수순도 저 혼자 하게 내버려 두길 바랐다.

○ ◎ ●

사랑은 침대에 누워 천장을 바라보았다. 드라마 촬영이 없는 하루를 참 소중하고 빈약하게 사용하는 중이었다. 머릿속에선 같은 장면이 반복되었다.

'좋아해.'

라고 말하는 김의준.

'내가 널, 좋아하고 있어.'

라고 고백하는 김의준.

그 차갑고 잘생긴 얼굴이 끊임없이, 정말이지 끊임없이 반복되었다. 마음이 울렁거렸다. 처음 무대 위에 섰던 기분과 비슷했다. 기분 좋은 설렘과는 거리가 멀었던 그 끔찍한 기억. 모든 걸 망쳐 버릴 것 같았던, 제 손으로 다 망가트릴 것 같았던 기억.

단순히 고백에 대한 여파는 아니었다. 좋아한다는 말, 그리고 사랑한다는 말 같은 건 귀에 딱지가 앉도록 들으며 살았다. 네가 나의 전부라는 말도 들어 보았고, 너를 위해선 죽을 수도 있다는 말도 들어 보았다.

갖고 있는 마음의 무게가 달라서일까. 그렇게 생각도 해 보았지만 아니라는 결론을 내렸다. 김의준의 마음을 저울에 달아 본 적도 없고 크기를 가늠해 본 적도 없으니 다른 이들과 달리 의준이 특별하다고 말하기도 어려웠다.

"개새끼."

가는 팔목을 들어 눈을 덮었다.

"쓰레기 같아."

스스로에게 하는 말이었다.

사랑은 주변을 행복하게 하는 사람이었다. 이름처럼 사랑이 흘러넘쳤다. 좋아하는 게 많아서 맥시멀리스트라고도 불렸다. 좋아하는 건 곁에 두고 아껴 주어야만 직성이 풀리는 탓이었다. 그러다 보니 색깔 예쁜 비누도 모으고 추리 소설도 모으고 이것저것 모으며 산 것이다.

호불호도 강한 편이었다. 좋아하는 건 넘치게 좋아했고 싫어하는 건 끔찍이 싫어했다. 자연스레 표현도 거침없었다. 말로 하는 표현도, 행동으로 하는 표현도 아끼지 않았다.

누가 가르쳐 준 게 아니었다. 그냥 그렇게 태어난 사람이었다. 상냥하고 다정한 성격을 갖고 있으면서도 쉬워 보이지 않는 건 그 때문이었다. 좋은 표현뿐만 아니라 싫은 표현도 다채롭고 풍성하게 해서.

필연적으로 남자들보단 여자들과 친밀했다. 조금 더 표현을 정리하자면, 그는 미성숙한 사람과 어울리지 못했다. 좋아하는 상대를 괴롭히다 끝내 울려 버리고 마는 유치함과 비겁함을 이해할 수 없었다.

아무리 많은 사랑을 많이 받아도 모든 사랑을 소중히 하는 사람이었다. 단 한 번도 당연하게 생각한 적이 없었다. 한평생 인기가 많았음에도 불구하고 그랬다. 그래서 그 다정한 천사랑은 늘 주변 사람들의 영원한 첫사랑이었다.

그런 그가 의준에게만큼은 이상하리만치 잔인한 행동을 했다. 마음 한구석에 사람 하나를 집어넣고 사는 게 얼마나 고역인지 알면서 확인을 했다. 굳이 캐물었고 또 굳이 확신했고 또 굳이 찾아가 인정하라 종용했다.

사랑은, 그 잔인함에 대한 벌을 받고 있는 중이었다. 왜 그랬을까. 왜 그토록 잔인했을까. 사랑은 스스로를 이해할 수 없었다.

그가 너무 단단해 보여서, 그의 사랑도 단단해 보였나. 제 알량한 호기심 따위에는 다치지 않을 거라 믿었나.

그렇다면 그는 왜 그런 표정을 지었을까. 사랑을 고백하면서, 왜 사랑을 끝내 버린 사람의 얼굴을 했을까.

사랑을 토하고 있었나. 남김없이 토해서 종국에는 아무것도 남지 않게 하려고 했었나.

"……."

사랑은, 그 얼굴이 영원히 잊히지 않을 것 같다는 예감이 들었다.

○　◎　●

의준은 그냥 하루를 살았다. 사랑을 내보내고 잠시, 아주 잠시 눈을 감고 있기는 했지만 그뿐이었다. 정해진 일정을 따랐다. 4시에는 브리핑을 했고 6시에는 저녁 약속에 나갔다. 8시가 되어서는 다시 회사에 돌아왔고 밀린 업무를 마저 마무리했다.

숨을 돌릴 즘이 되었을 땐 11시가 넘어가고 있었다. 핸드폰을 확인했다. 일과 관련한 메시지는 어두운 밤이 되어서도 멈추질 않았다. 사랑의 메시지만 없었을 뿐이다.

"하……"

멍한 표정을 짓고 있던 얼굴이 아른거렸다. 그렇게까지 차갑게 굴 필요는 없었다. 잘 타이르기만 했어도 알아들었을 텐데 괜히 겁먹고 애먼 곳에 화를 냈다.

처음 사랑이 좋아하냐고 물었을 때도 겁을 먹었었다. 세상이 변했다고는 하지만 여전히 세상은 같은 성별을 좋아하는 사람들에게 적대적인 곳이었다. 그도 그럴까 무서웠다. 그래서, 그에게도 적대적인 시선을 받을까 봐 말 한마디를 제대로 못 했다.

그러다 며칠이 지나고 사랑에게 연락이 왔을 땐 조금 놀랐다. 제 연락을 기다리고 있었던 것처럼 알 수 없는 원망을 쏟아 내기에 더더욱 그랬다.

사랑은 저를 만나고 싶어 하는 눈치였다. 저는 그러고 싶지 않았다. 사랑스러운 목소리로 사랑스러운 미소를 지으며 거절의 말을 전하는 그를 마주할 자신이 없었다.

기어코 찾아온 사랑이 원망스러운 것도 그 때문이었다. 굳이 선을 긋지 않아도, 굳이 거절하지 않아도 알아서 접을 마음이었다. 하지만 저란 인간은 상황 파악도, 주제 파악도, 심지어 포기도 빠른 편이라 사랑을 이해하기까지 오랜 시간이 걸리지 않았다.

이 찝찝한 관계를 하루빨리 정리하고 싶겠지, 그렇게 생각했다.

그래서 잠자코 기다리는데 사랑은 말을 하지 않았다. 그저 듣고 싶어 했다. 제가 가지 말라고 하면 가지 않겠다는 소리도 했다. 그게 영 마음에 들지 않았다.

"겁도 없이."

마치 우리에게 어떤 나은 미래가 있을지도 모른다는 듯, 그 얄팍한 가능성을 시사하는 얼굴이 짜증스러웠다.

남자가 좋다고 덤비면 기겁을 하고 피해야지, 멍청하게.

그래서 선을 그었다. 사랑이 그었어야 했던 선과 사랑이 해야만 했던 거절을 제가 대신했다. 눈으로도 하고, 표정으로도 하고, 또 마음으로도 했다.

네가 나를 허락해서는 안 된다고. 내 마음을, 결코 허락해선 안 된다고. 온 마음을 다해.

그때 사랑의 표정이 어땠는지는 잘 모르겠다. 멍한 얼굴 속에 숨겨진 감정을 헤아리기엔 토해 내고 있는 제 감정이 너무 버거웠다.

핸드폰이 울렸다. 득달같이 받았지만,

— 어디야?

상대는 별이었다.

"회사."

— 아직도 퇴근 못 했어?

"일이 좀 남아서. 무슨 일 있어?"

핸드폰 너머 별의 한숨이 들렸다.

— 너 그 말 좀 안 하면 안 돼?

"무슨 말?"

— 무슨 일 있냐는 말. 전화할 때마다 하잖아. 네가 무슨 걱정요정이야?

그랬나, 속으로 생각하던 의준이 구겨진 미간을 꾹꾹 눌렀다. 사랑과 전화를 할 때도, 사무실 앞 복도에서 이야기를 나눌 때도 무슨 일 있냐고 물었던 것 같다. 예상되는 바가 있음에도 불구하고 예기치 못한 일이 생겼을까 봐 그랬다.

"심심해?"

툴툴거리며 묻자 별의 까칠한 잔소리가 날아들었다. 그러다 갑자기 떠올랐다는 듯 목소리를 높인다.

— 아, 오늘 우리 천사 봤어?

"천사?"

— 사랑이 말이야.

"……."

— 오늘 쉬는 날이었나 봐. 인증 샷 엄청 올라왔더라고.

의준이 늘어져 있던 자세를 곧추세우며 미간을 찌푸렸다. 쉬는 날이면 홀로 돌아다니길 좋아하는 사랑은 여러 위험에 노출되어 있었다.

— 근데 그 옷 입었더라?

별이 파파라치 컷 하나를 전송하며 말했다.

"무슨 옷?"

무심한 목소리와 달리 재빠른 손가락이 수신된 사진을 클릭했다. 핸드폰 화면을 사랑의 전신이 가득 채웠다. 제가 사 준 옷이 보인다.

"하……."

의준은 답답한 듯 얼굴을 쓸어내렸다.

보란 듯 입고 있었는데 왜 몰랐지.

스스로의 무신경함을 탓하고 있던 중, 의준은 절망스러운 사실 하나를 깨달았다. 사랑과 함께 있는 동안 자신의 시선이 그의 눈에서 벗어난 적 없다는 걸.

의준은 사진 속 사랑을 유심히 쳐다보았다. 찰나에 지나지 않은 순간이었지만 사진은 시간을 박제하는 힘이 있었다.

직접 만질 수 없다는 아쉬움과 별개로 의준은 두 손가락을 화면 위에 올려놓았다. 손가락 사이를 벌리는 만큼 사진은 확대되고 사진 속 사랑은 가까이 다가왔다.

업무 중일 때를 제외하고는 아날로그 방식을 선호하는 의준이었지만 그 순간만큼은 인류와 과학의 발전을 찬양했다.

아무리 보아도 묘한 얼굴이었다. 처음 보았을 때의 묘함과 놀라움은 사라지고 이제는 꽤 친근하다고 할 법한 사이였지만 사랑의 외모는 여상하지 않다. 확실히 전형적인 미인은 아니었다. 미남은 더더욱 아니고.

이를테면 서윤기는 누가 보아도 아름답고 고혹적인 사람이었다. 취향의 차이를 존중하여 '내 스타일 아니야.'라고 말할 순 있겠지만 그 앞에는 언제나 '아름답기는 하지만―'이라는 전제를 선행해야 했다.

하지만 사랑은 호불호를 많이 타는 얼굴이었다. 쌍꺼풀이 없는 눈은 웃으면 눈동자가 보이지 않을 만큼 작아졌고 콧대 역시 짧고 작아서 앳된 느낌이 강했다. 티끌 하나 없이 하얀 피부와 홍조가 잘 생기는 뺨도 순수한 인상이 강했고, 웬만한 여자 연예인과 비교해도 작은 두상은 어린애 같았다.

물론 어려 보이는 것 또한 매력이라면 매력이었지만 그게 그의 전부는 아니었다. 오히려 그의 가장 단편적인 모습 중 하나일 뿐이었고 단점일 때도 많았다.

그는 많은 배우들이 그렇듯 표정에 따라 분위기를 달리하는 재주가 있었다. 입은 옷에 따라 바뀌기도 하고, 착용한 액세서리나 뿌린 향수에 따라 바뀌기도 했다. 가끔은 그게 너무 지나쳐 따라가기가 버거울 정도였다.

밑으로 내려간 눈매는 대부분 순해 보였지만 아주 가끔 매서워 보일 때가 있었고 병아리 부리 같은 입술은 귀여웠다가 위험했다가 아주 제멋대로였다.

"하……."

의준이 한숨을 쉬었다. 이리저리 찢기고 흩어진 머릿속을 정리할 수 없었다. 강박적으로 핸드폰을 들어 새로 들어온 메시지가 없는지 확인했다.

— 기뻐해야지. 한숨 쉴 게 아니라.

긴 정적을 기다려 주던 별이 지적했다.

"기뻐할 게 뭐 있어."

— 왜. 너 사랑이 좋아하잖아.

"……."

— 아니야?

의준은 불현듯 밀려드는 허탈감에 잠식되었다. 한평생 느껴 본 적 없던 원망도 조금 일었다. '평범한' 사람들은 좋아한다는 말이 이렇게 쉬운가, 하는.

다음 날, 사랑은 다시 촬영장으로 향했다. 늘 그렇듯 손에는 커피 한 잔과 대본이 들려 있었다. 어제 하루 잘 쉬었냐고 묻는 스태프들에게는 억지로 웃으며 그렇다 대답했다. 밤새 뒤척이느라 조금도 못 쉬었다고 답하기엔 스태프들 역시 잠 한숨 못 잔 티가 역력했다.

"사랑아, 윤기 씨가 간식차 보냈다."

매니저가 상기된 목소리로 말했다. 대본을 보던 사랑이 고개를 갸우뚱거렸다.

"그런 말 없었는데……?"

서로의 일터에 간단한 간식이나 밥차를 보내며 응원하는 게 예삿일은 아니었지만 보통은 미리 언질을 주었다. 촬영 장소나 순서가 바뀔 때도 잦고 현장에 있는 스태프들의 수도 시시각각 변하는 탓이었다.

사랑이 윤기에게 전화를 걸었다. 그의 드라마도 한창 방영 중이긴 했지만 저와 달리 사전 제작이라 그는 백수나 다름이 없었다. 예전엔 쉬는 걸 불안해하는 사람이었는데 연애하고 나서는 제법 쉴 줄 아는 사람이 된 그였다.

— 오냐.

"간식차 보냈어?"

— 아, 어. 잘 도착했어?

"말이라도 미리 해 주지."

— 바쁜데 뭐 하러. 매니저 형한테 연락해서 한 거야.

사랑이 배시시 웃었다. 무뚝뚝할 때가 대부분이긴 해도 이렇게 가끔 다정함과 세심함을 들이밀 줄 아는 그였다.

"타이밍 좋네."

— 배고팠어?

"아니, 나 오늘 기분 안 좋았거든."

— 왜, 촬영 때문에?

"아니, 내가 너무 짜증 나서."

한숨을 쉰 사랑이 대기실 안에 있는 수많은 스태프들을 쳐다보았다. 당장이라도 털어놓고 싶은 마음이 한가득인데 보는 눈도, 듣는 귀도 너무 많다.

"이따가 촬영 끝나고 볼래?"

서윤기라면, 이 알 수 없는 기분의 정체를 일깨워 줄지도 모른다. 모른 척하는 걸 좋아하긴 하지만 눈치도 좋고 똑똑한 인간이니 저보다는 낫지 않을까.

— 어…….

그런데 그가 대답을 망설였다.

"데이트 있어?"

— 어.

"오늘만 좀 빼면 안 돼? 내가 누나한테 얘기할게."

— 안 돼.

"아, 왜애."

말을 길게 늘이며 짜증을 냈다. 저 역시 웬만하면 친구의 연애사를 방해하고 싶진 않았다. 하지만 너무 답답한걸.

— 안 돼. 나 지금 공항이야.

하지만 제 친구는,

— 사자랑 놀러 가.

연애 중이다.

메이크업을 마친 사랑이 카메라 앞에 섰다. 대사도 다 외웠고 장면에 대한 해석도 어느 정도 마친 상태였지만 어딘가 영 마음에 들지 않았다.

"사랑이 오늘 되게 예민해 보이네."

상대 배우인 은수가 말했다.

"고백 신이라 긴장했어?"

"긴장은 아니고. 좀 어려워서요."

미간을 구긴 사랑을 보며 은수가 의아한 표정을 지었다.

"어렵다고?"

은수는 그가 엄살을 부린다고 생각했다. 아이돌 출신인 데다 연기를 정식으로 배워 본 적 없는 그였지만 이번 작품에선 놀라울 정도로 훌륭한 연기력을 선보이고 있었다. 이전에 출연했던 작품에서도 못하는 건 아니었지만 이번 작품에서의 첫사랑은 특히나 성장한 느낌이었다.

한번은 비결이 뭐냐고 묻기도 했었다. 우스갯소리기는 했지만 내심 궁금했었다. 그와 같은 그룹의 멤버였던 서윤기 역시 연기파 배우라 불리고 있으니 두 사람이 공유하는 비법이 있는 게 아닌가 싶었다.

좋은 스승님을 두었다든가, 마법의 물약 같은 걸 마신다든가. 그때 뭐라고 했더라.

'스승님은 없고 모델은 있지.'

라고 했었나.

그는 역할과 어울리는 롤 모델을 찾아 철저히 모방한다고 했다. 이번에 맡은 역할도 롤 모델이 있냐고 묻자 그는 한쪽 입꼬리를 끌어 올리며 말했다. 서글서글하고 무시무시한 롤 모델이 있다고. 그래 놓고 누구인지는 말해 주지 않았다.

"이건 롤 모델한테 안 물어봤어?"

"못 물어봤어요."

어쩐지 사랑의 표정이 어두워졌다.

"근데 봤어요."

"……."

"그 사람이 어떻게 고백하는지."

"그럼 그렇게 하면 되겠네. 그 사람이랑 똑같이."

안 그래도 그럴 참이었다고 대답한 사랑은 홀린 듯 대본을 펼쳐 들었다. '좋아해요.' 라는 대사 옆에 '바라는 것 없이, 담백하게.' 라는 지문이 적혀 있었다. 언제 적어 놓았는지 모르게 제가 달아 놓은 각주도 보인다.

「다 포기한 듯.」

알 수 없는 기분의 정체는 그곳에 있었다.

○　◎　●

의준은 벌써 세 번이나 두통약을 삼켰다. 늘 날을 세우고 사는 탓에 편두통은 그의 벗이나 다름이 없었다. 심할 땐 눈앞의 활자도 잘 보이지 않을 정도로 머리가 찌근거렸다. 그 정도로 아픈 날은 1년에 하루 정도였지만 하필이면 오늘이 그날인 듯했다.

결국 안경을 벗고 관자놀이를 누른 그가 한 비서를 호출했다.

"저녁에 미팅 잡힌 거 없죠?"

"네, 없습니다. 공판 관련 브리핑은 대표님께서 전화로 받으신다고……."

"그럼 나 먼저 퇴근할게요."

한 비서의 말이 다 끝나기도 전에 의준이 말했다. 제발 퇴근하라고 애원해도 사무실을 떠나지 않던 그가 먼저 퇴근하겠다는 소리를 하니 한 비서는 놀란 표정을 지었다. 하지만 그것도 잠시, 얼른 고개를 끄덕여 주었다.

"알겠습니다. 보고 자료는 그때그때 포워딩해 놓을 테니 걱정하지 마세요."

"조금이라도 이슈 생기면 바로 전화 줘요. 집에 가도 깨어 있을 거니까."

"그러지 말고 푹 주무세요. 변호사님이 몇 시간 주무신다고 지구 멸망 안 해요."

"알죠."

의준이 힘없이 웃었다.

"병원 가서 수액이라도 맞으시는 게 어떠세요?"

"이 시간에 연 병원 없어요. 응급실 갈 정도도 아니고."

"변호사님도 은근 미련한 거 아시죠?"

못 말린다는 듯 고개를 저은 한 비서가 서랍에서 진통제를 꺼내 의준에게 건넸다. 응급실은커녕 근처 당직 병원에도 가지 않을 그였다. 머쓱한 표정으로 약을 받아 든 의준이 몇 가지 파일을 따로 건넸다.

"뉴욕 지사에서 연락 오면 정변이랑 이변한테 넘겨요. 말해 놨으니까 대충은 처리해 줄 거예요."

"알겠습니다. 걱정 말고 가 보세요."

네엡, 하고 대답한 의준이 사무실을 벗어났다. 복도를 걷고 엘리베이터를 타고 또 로비를 지나 주차장에 도착한 그는 차에 올라타고 나서야 편안하게 미간을 찌푸렸다.

"머리 깨지겠네, 진짜……."

집에 도착한 의준은 급격히 상태가 안 좋아졌다. 머리만 지끈거리는 줄 알았는데 온몸이 으슬으슬 떨리더니 이내 열이 나기 시작했다. 사실 집에 오는 동안 몇 번이나 고비가 있었다. 이러다 정신이 나가는 거 아닐까, 하는. 교통사고가 나지 않은 게 기적이었다.

"잘하는 짓이다, 김의준."

의준은 스스로를 비웃으며 중얼거렸다. 컨디션 관리도 업무 능력 중 하나라 생각하는 그는 중요한 공판을 앞두고 아픈 자신이 어이가 없었다.

찬물에 샤워를 하고 조금이라도 일을 해 보려고 애썼지만 집중력이 오르지 않았다. 평소라면 자료집 두세 개는 너끈히 볼 시간에 한 개도 제대로 보지 못할 지경이었다.

뜨거운 물에 가루약을 탄 의준은 깊은 고민에 빠졌다. 침대 안으로 들어가 조금이라도 눈을 붙일 것인가, 아니면 서재에 박혀 한 글자라도 더 읽을 것인가.

"잠은 무슨."

밀려 있는 일을 생각하며 마음을 다진 의준이 고개를 흔들었다. 혀끝에 닿는 약물이 시큼하다.

골골거리며 일하기를 세 시간 남짓. 느닷없이 초인종 소리가 들렸다. 처음엔 약 기운으로 인한 환청 같아 가만히 있었지만 점점 요란해지는 소리에 몸을 일으킬 수밖에 없었다. 개인적인 공간에 타인이 침범하는 걸 좋아하지는 않는 그로서는 익숙하지 않은 상황이었다.

"누구야, 대체……."

무거운 걸음을 옮기며 올 만한 사람들을 추려내 보았지만 딱히 떠오르는 사람은 없었다. 제 부모님은 주소를 알고 있기만 할 뿐, 한 번도 찾아온 적이 없었다. 같은 회사에서 근무하며 지겹도록 얼굴을 마주하는 터라 딱히 애틋한 관계도 아니었다.

그렇다면 남은 이는 별과 한 비서가 전부다. 하지만 별은 서윤기와 하와이에 놀러 간 상태였다. 그럼 가장 유력한 용의자는 한 비서란 소린데…….

"형."

왜 사랑이 있을까.

"너, 왜, 여기……."

말이 두서없이 나갔다.

"형한테 할 말이 있어서 로펌에 갔는데……."

"……"

"한 비서님이 형 아파서 일찍 퇴근했다고 그래서……."

"……"

"별이 누나한테도 전화했는데, 윤기랑 하와이 간 거 알고 있었는데, 누나가

형 주소 알려 줘서…….”

저보다도 두서가 없는 사랑은 빨개진 얼굴과 푹 젖은 눈으로 횡설수설 말을 이었다. 멀쩡한 엘리베이터를 두고 17층까지 뛰어 올라오기라도 한 걸까. 아니면 추운 걸까. 그것도 아니면, 울기라도 한 걸까.

“형한테도 전화했는데…….”

“그랬어?”

사랑이 서러운 얼굴로 고개를 끄덕였다.

“미안.”

의준은 퍽 안타까운 마음이 들어 사과했다. 약을 너무 많이 먹은 모양이다. 몽롱해진 정신이 마음속에 세워 둔 날을 무디게 만들고 있었다.

“안 들렸나 봐. 내가 지금 좀…….”

“마, 많이 아파요?”

사랑이 냉큼 손을 뻗어 이마를 덮었다. 열이 나긴 나는 모양인지 늘 따뜻했던 것 같은 사랑의 체온이 시원하게 느껴졌다. 뜨거운 온도에 놀란 사랑이 발을 동동거렸다.

“우리 병원 가요.”

“…….”

의준이 눈살을 찌푸렸다. 고작 ‘우리’라는 말에 마음이 울렁거렸다.

김의준은 지는 게임은 하지 않는다. 승률 싸움에서는 숫자가 높은 쪽에 서고, 힘을 겨룰 땐 무게가 높은 쪽에 선다.

돈과 명예, 사랑과 우정 중 사랑을 포기하기로 결정했을 때 역시 마찬가지였다. 돈과 명예는 안락한 삶을 위해 필수적인 요소였고 우정은 사랑보다 유효 기간이 길었다. 여러모로 사랑을 포기하는 편이 기회비용을 줄이는 데 가장 좋은 선택이었다.

그래서 미련 없이 놓았다. 사랑이 제일 만만해서.

“사랑아.”

근데,

“들어와.”

이 사랑을 포기하기는 왜 이리 아쉬운 건지.

"병원은……."

"가기 싫어."

의준이 한 발자국 물러나며 들어올 틈을 만들어 주었다. 조금 멈칫하던 사랑이 이내 안으로 걸음을 당겼다. 모든 것을 통제하며 살아온 의준이 통제 불가능한 대상을 제 영역으로 끌어들인 첫날이었다.

○　◎　●

그 시각, 하와이.

"누구예요?"

"천사."

"사랑이?"

"응."

별이 뿌듯한 감정을 숨기지 못하고 웃었다.

심술이 난 윤기가 별의 어깨를 잘근잘근 씹었다. 여행지에 있는 동안만큼은 그 누구의 연락도 받지 않기로 약속해 놓고 사랑과는 벌써 몇 번이나 전화를 하고 메시지를 주고받는 듯 보였다. 대체 무슨 꿍꿍이들인지.

"아아, 아파."

"아프라고 한 거예요."

어깨에 난 자국을 집요하게 쳐다보던 서윤기가 목덜미에도 입을 맞췄다. 간지러운 듯 별이 몸을 뒤틀었다.

"넌 뭐 이런 것도 질투해?"

"당신이 할 소리는 아니거든요."

윤기가 목덜미에 얼굴이 부비며 말했다. 뒤척이며 편한 자세를 만든 별이 연인의 뒤통수를 끌어안았다.

두 사람은 하와이에 도착한 지 이틀이 지났음에도 불구하고 호텔을 나오지 않았다. 하와이에 도착하면 하루 종일 바깥에서 시간을 보낼 것처럼 이야기했지만 막상 도착하니 그렇지도 않았다.

한국에선 평범하게 데이트한다고 해도 조심할 게 많았다. 서윤기를 못 알아보는 사람도 없거니와 조금만 행동을 크게 하면 일간지에 실리거나 살이 붙어 소문이 나기 마련이었으니 신경을 곤두세울 수밖에 없었다.

그런 의미에서 하와이는 일탈의 장소였다. 하와이에서도 서윤기를 알아보는 사람이 더러 있었지만 아무래도 한국보다는 나을 테니.

하지만 둘은 금세 깨달았다. 손잡고 산책을 하는 것도 좋지만 끌어안고 있는 게 더 좋고, 쇼핑을 하는 것도 좋지만 옷을 벗는 게 더 좋다는 걸.

"사랑이가 뭐래요?"

"의준이 집 주소 알려 달래."

"변호사님 집을요? 왜요?"

"의준이가 아파서."

윤기가 미심쩍은 얼굴을 했다. 두 가지 정보 사이에 가려진 맥락이 보일 듯 보이지 않았다.

"병간호라도 하겠대요?"

"그런가 보지."

별이 모른 척 너스레를 떨자 윤기는 더더욱 심각한 얼굴을 했다.

"자꾸 얼렁뚱땅 넘어갈 거예요?"

트렌치코트 경매 때부터 줄곧 저만 모르는 무언가가 있는 기분이었다. 구태여 묻지 않은 건 두 사람의 침묵이 흔하지 않은 것이라 그랬다. 별이나 사랑이나 음흉한 구석이라고는 조금도 없는 사람들이었다. 그런 사람들이 입을 다물 때는 다 이유가 있을 거라 생각했다.

그래도,

"나중에 얘기해 줄게."

이렇게 소외감을 느끼게 하는 건 아니지.

"나 서운하다고요."

윤기가 별의 귓바퀴를 잘근잘근 씹었다. 아프지는 않고 간지럽기만 한 세기에 별은 푸스스 웃음을 터트렸다. 이갈이를 하는 게 분명하다 생각하면서.

단단한 가슴팍을 밀어 낸 별이 심통 난 얼굴을 다정하게 어루만졌다. 제 손바닥에 얼굴을 기대는 몸짓이 꼭 고양이 같다. 눈치가 좋을 땐 무서울 정도로 예리한 것 같은데 가까운 사람들 마음은 모르는 모양이었다.

"너 사랑이 연애하는 거 본 적 있어?"

"연애요? 음…… 없는 것 같은데."

"한 번도 없어?"

"제가 알기론 없어요."

윤기는 무거워진 눈꺼풀을 내리고 연인의 손바닥에 입을 맞췄다.

"의외네. 인기 많을 것 같은데."

"인기는 많죠. 근데 받아 준 적 없어요. 사랑이 눈이 높아서."

"아—"

별이 이해한다는 듯 고개를 끄덕였다.

"이상형이 뭔데?"

"그냥……."

윤기가 눈살을 찌푸렸다.

"완벽한 사람이요."

"……."

무언가를 헤아리듯 눈알을 굴리던 별이 박수 쳤다. 재밌어 죽겠다는 얼굴이었다.

의준은 사랑의 뒤꽁무니를 쫓아다녔다. 간호를 하겠답시고 움직이고 있기는 한데 모든 동작이 어설펐다. 수건을 적셔 이마 위에 올려 줄 땐 베개가 젖었고, 물을 건네줄 땐 너무 뜨거운 물을 주어 혀가 데었다.

"일에 미쳤어요?"

와중에 잔소리는 좀 야무졌다.

"이 정도로 아프면 병원을 가든가 잠을 자든가 해야지. 일을 왜 해."

"그래서 지금 안 하잖아."

"나 안 왔으면 했을 거잖아요."

허리춤에 손을 올리고 화내는 꼴이 우습긴 했지만 싫지는 않았다. 이마 위에 몇 번이나 손을 올려 주는 것도 좋고, 물을 마실 때면 잔을 비울 때까지 쳐다봐 주는 것도 좋았다. 혼자서는 아무것도 못 하는 어린애가 된 기분이었다.

"사랑아, 나 거기 있는 초콜릿 좀."

그래서 할 수 있는 것도 도와 달라 칭얼거렸다. 책임감과 자부심을 뭉쳐 만든 것 같은 사랑의 얼굴이 귀여워서.

"형, 밥은 먹었어요?"

약 기운 때문에 느려진 의준과 달리 빠릿빠릿한 사랑은 낯선 공간을 제집처럼 활보했다. 냉장고를 열어 안에 있는 식재료를 살펴보기도 하고,

"옷이나 좀 갈아입고 있어요. 집에서 셔츠는 왜 입고 있는 거야?"

옷장을 열어 편한 옷을 꺼내 주기도 하면서.

그 모습이 귀여웠던 의준은 불편함도 잊고 그가 시키는 대로 했다. 얄랑하게 그어 놓은 선을 제멋대로 넘어와 이리저리 침범하고 있는 그를 내버려 두고 싶었다.

"서재 들어갈 생각 말아요. 노트북 부술 거야."

"알았어."

"옷 아직도 안 갈아입었어요?"

"지금 갈아입을 거야."

그리고 제법, 즐거웠다. 아무도 넘지 말라고 만들어 놓은 벽을 쿵쾅쿵쾅 부수고 있는 소리가.

"아, 하나 더."

사랑이 손바닥을 펼쳐 보이며 말했다.

"핸드폰 줘요."

"핸드폰?"

"마음 같아선 꺼 버리고 싶은데 그랬다간 형 기절할 것 같으니까 갖고만 있을게요."

곤란한 표정을 짓자 사랑이 그럴 줄 알았다는 듯 한숨을 쉬었다.

"회사에서 전화 오면 줄게요. 3초에 한 번씩 메일 확인하는 게 짜증 나서 그래요."

"……알았어."

"일단 좀 자요."

"너는?"

의준이 물었다. 머리가 깨질 것 같음에도 불구하고 자고 싶다는 생각이 들지 않았다. 사부작거리며 움직이는 꼴을 더 보고 싶기도 했고 자고 일어나면 사라질 사랑이 아쉽기도 했다.

자고 일어나면 또 선이 그어질 텐데. 아픈 게 낫고 나면 또 선이 그어질 텐데. 그럴 바엔 자고 싶지 않다. 그럴 바엔 내내 아프고 싶다.

그 속을 읽기라도 한 건지, 사랑이 눈살을 찌푸렸다. 제 아쉬움이 그를 불편하게 했다 생각한 의준은 무어라 말을 해 보려다 입을 다물었다.

"그런 표정 짓지 마."

한참 만에 목소리를 낸 그가 말했다.

"곧 정리할 거야."

안 그래도 처진 사랑의 눈꼬리가 아래로 떨어졌다.

"오늘만 봐줘."

그래서 지레 겁먹고 덧붙였다.

"나 아프잖아."

스스로가 한심했지만 어쩔 수 없었다.

"형은 정말……."

사랑은 말을 끝맺지 못했다. 할 수 있는 말도, 하고 싶은 말도 알지 못하니 내뱉을 수 있는 말이 없었다. 확실한 건 의준의 말이 마음에 들지 않는다는 것과 지금 이 상황이 매우 답답하다는 것뿐.

"형."

"……."

"꼭 정리해야 돼요?"

바보같이 물었다.

"당연하지."

의준은 망설이지 않고 대답했다. 한평생 사랑을 포기한 덕에 연애라고는 흉내도 내 본 적이 없지만 그는 눈앞에 있는 사람의 마음을 잘 알고 있었다. 어쩌면 사랑 본인보다 사랑의 마음을 잘 알고 있었다.

그 여리고 순한 마음이, 아무런 편견도 망설임도 없는 마음이 저를 향해 걸어오고 있음을 모르지 않았다.

하지만 사랑은 아직 모르는 눈치였고 알게 된다 해도 달라지는 건 없으리라 다짐했다. 잃을 게 많은 선택은 하지 않을 것이다. 원치 않은 소유라 해도 소유하고 있는 게 많은 이상, 책임질 것도 많은 법이었다.

특히나 사랑은 너무나 공개된 사람이지 않은가.

의준은 풀 죽은 얼굴을 하고 있는 사랑의 턱을 들어 올렸다. 젖은 눈꼬리가 애처로웠지만 닦아 주진 않았다.

"나는 아주 어릴 때 사랑을 버렸어."

"……왜요."

"사랑보다 중요한 게 많아서."

"……."

"이번에도 버릴 거야."

"……."

"그러니까 시간을 좀 줘. 내가 정리할게. 좋은 형으로 돌아갈게. 할 수 있지?"

기껏해야 침묵할 줄 알았던 사랑이 거세게 고개를 저었다. 어린애한테 '너 못 하지?' 하고 물으면 안 되는 것도 '할 수 있어!' 대답하듯 그의 얼굴엔 오기가 서렸다.

사랑은 의준을 원망스레 노려보았다. 자신은 의준처럼 똑똑한 사람도, 말을 잘하는 사람도 아니었다. 제 마음을 정의할 수도, 상대를 설득할 수도 없었다.

다만, 그는 승부사라—

"내가 형을 사랑하지 않을게."

"……."

"절대 사랑하지 않을 테니까 형은 계속 나 사랑해."

도망치는 법을 모른다.

"계속 사랑하라고. 내가 형을 사랑하지 않으면 되잖아."

"천사랑."

"우리가 사랑하는 게 아니니까 괜찮은 거잖아."

의준은 반박할 말을 찾지 못했다. 절대 사랑하지 않겠다는 말이 애달프면서도 계속 사랑하라는 말이 소중했다. 생애 첫 허락이었다. 제 사랑은 환영받지 못할 사랑이라 결론 내렸던 어린 날이, 스스로 포기했던 사랑이 괜찮다 말하고 있었다.

"사랑을 해."

사랑의 현신이 된 사랑이 말했다.

"내가 형의 사랑이 될게."

당신의 사랑이 되겠노라고.

사랑이 넘치는 사랑은 만인의 연인이라 불리길 즐겼고, 또 만인의 첫사랑으로 군림했지만 그 모든 명예로부터 내려오기를 희망했다. 단 한 명의 사랑이 되겠노라, 사랑을 포기한 자의 유일한 사랑이 되겠노라 다짐하는 순간이었다.

하와이에서 돌아온 윤기와 별은 평창동으로 끌려갔다. 공개 연애를 하게 되었을 때도 뒷목을 잡고 쓰러지기 직전이었던 윤 회장의 뚜껑이 기어코 열린 탓이었다.

"우리 엄마가 뭐 던지려고 하면 무조건 내 뒤로 와야 돼. 알았지?"

"알았다니까요. 대체 몇 번을 얘기하는 거야."

"걱정돼서 그러지. 우리 엄마 운동 신경 좋단 말이야. 던지는 족족 명중이라고."

별은 자신과 달리 태평해 보이는 서윤기가 불안해 죽을 것 같았다. 제 엄마의 흉포함을 몇 번이나 일러 주었는데도 예뻐 죽겠는 낯짝은 긴장이라는 걸 하지 않았다. 심지어 피식피식 웃는 게 즐거워 보이기까지 했다.

"넌 이게 재밌어?"

"재밌진 않고 기대돼요."

"대체 뭐가? 혹시 드라마 속 재벌의 교양 같은 걸 기대하는 건 아니지? 그쪽
보다는 막장 드라마 속 재벌의 횡포 같은 걸 생각하는 게 더 나을 텐데?"

별이 묶고 있던 머리를 풀며 말했다. 혹시나 머리채를 잡힐 수도 있으니 미리
미리 준비하는 게 좋았다.

이럴 줄 알았으면 의준이라도 데리고 올 걸 그랬다. 살면서 제가 한 일 중 의
준과의 결혼이 최대 효도였다고 주장하는 저의 엄마는 의준의 앞에선 나름 체면
을 차렸다. 하지만 조금 생각해 보니 영 아닌 것 같은 느낌이 든다.

"그건 좀 아니긴 하지."

"뭐가요?"

"아니, 의준이 부를까 했는데 좀 이상한 것 같아서."

"많이 이상하죠."

윤기가 해사하게 웃었다. 아무리 정략혼이었다고 해도 그렇지, 전남편과 현
애인을 한자리에 두려는 별은 참 웃기는 사람이었다.

"변호사님이 어머님 만났을 땐 어땠어요?"

문득 궁금해진 윤기가 물었다.

"뭐 대단한 건 없었어. 우리가 태어나기 전부터 어른들끼리 친했거든."

"아."

"어릴 땐 의준이가 우리 엄마를 이모라고 불렀었어. 나도 그랬고. 결혼하고
나서도 어머니란 말이 안 붙어서 실수 많이 했지."

별이 머릿속을 스치는 온갖 에피소드에 웃음을 터트렸다. 의준과 무사히 이
혼하면 다시는 이 집에 남자를 들이지 않을 거라 다짐했는데 어쩌다 이렇게 되
었는지 모르겠다.

그날 저녁, 정재계의 인사들 사이에서 이선가家에 새 사람이 든다는 소문이
돌았다. 당연하게도 사람들은 '새 사람'이 누구인지 궁금해했다. 별의 사촌들은
모두 기혼이었으니 새 사람이라면 분명 별의 상대라 생각했기 때문이었다.

새 사람 후보 중 가장 강력한 이는 아무래도 서윤기였다. 공개 연애 중이기도 했고 얼마 전에는 두 사람이 함께 공항에서 출국하는 장면이 사진으로 남기도 했다. 하지만 이선그룹의 주인이 될 별이 연애결혼을 할 것인지에 대한 의문은 여전히 남아 있었다.

자연히 전남편인 의준도 주목받았다. 이혼하고도 좋은 관계를 유지하고 있던 두 사람이었으니 재결합하지 않을 거란 보장도 없었다.

정리하자면 이선가家의 새 사람 후보는 세 명이었다. 연인인 서윤기, 친구로 남은 김의준, 그리고 또 한 사람. 호사가들은 그가 정치판에 있는 사람일 거라 추측했다. 별에게는 돈과 사랑, 그리고 우정이 있으니 필요한 것은 명예일 거라 단정하며.

○　◎　●

실제의 이선가家에서는—
"처음 뵙겠습니다."
살벌한 테스트가 진행되었고,
"서윤기라고 합니다."
서윤기는 윤희원을 사로잡았다.

윤희원이 본래 세웠던 계획과는 판이하게 다른 결과였다.
그녀는 최근 며칠이 살면서 제 아버지를 가장 많이 이해하게 된 나날이었다. 지금은 이 세상에 없는 제 남편과 처음 결혼하겠다고 했던 날, 아버지는 눈에 불을 켜고 화를 냈다.

'기생오라비 같은 네놈이 내 딸의 혜안을 가렸구나!'

추상같은 목소리가 여전히 선명하게 떠오른다.
그때는 아버지를 이해할 수 없었지만 지금은 누구보다 이해했다. 서윤기는 제 딸의 유일한 약점이었다.

목숨을 바쳐 사랑했던 제 남편을 닮은 딸이다. 저를 닮아 미울 때도 결국엔 그를 닮아 사랑스러운 제 딸이었다. 그런 제 딸에게 약점을 만들고 싶지 않은 건 과연 욕심일까.

만나지 말라는 소리까지는 하지 않을 작정이었다. 사랑이 주는 기쁨을 제 딸도 느끼길 바랐다. 다만 그가 제 딸의 전부가 되지는 않길 바랐다. 그러다 그를 잃기라도 하는 날엔, 제 딸은 지옥을 견뎌야만 할 것이다. 제가 그랬던 것처럼.

그래서 팔짱을 낀 채 기다렸다. 사용인들을 일렬로 세워 놓고 그 중심에 고압적으로 섰다. 그가 이 집안에 끼어들지 않기를, 이 집안에 들어설 생각 따위 하지 않기를, 적당히 사랑하고 또 적당히 마음을 차지하며 이별할 때조차 적당하기를.

하지만 첫눈에 알아보았다.

"처음 뵙겠습니다. 서윤기라고 합니다."

천사 같은 미소를 지은 그가 제 딸의 전부임을.

웃고 있는 얼굴이 따뜻했다. 치근거리며 말을 늘어놓는 타입은 아니었지만 눈빛으로, 목소리로, 걸음 하나로도 다정함을 드러내는 사람이었다.

이를테면 서윤기는 별이 신발을 벗을 때까지 제 신발을 벗지 않았다. 늘 별보다 한 발자국 뒤에서 별의 길을 내다보았다. 발이 아프지는 않은지, 앞에 놓인 길은 말끔한지 살피듯.

성격 급한 별을 챙기는 것도 익숙해 보였다. 쿵쿵 소리를 내며 걷고 있으면 손을 끌어와 걸음을 맞추었고, 목소리를 높이면 상체를 기울여 듣고 있음을 알려 주었다. 빈틈없이 챙기면서도 귀찮아하거나 못마땅해하는 기색이 없었다.

대담한 구석도 있었다. 하와이로 여행 간 것에 대해 별을 꾸짖었더니 '너무 혼내지 마세요.' 하는 게 아닌가. 그때 제 딸의 표정이 꽤 볼만했다. 든든한 아군을 얻은 사람처럼 으스대는 꼴이 어찌나 우스운지.

생각 외로 마음에 들었다. 아니, 아주 마음에 들었다. 마지막 테스트만 잘 통과하면 상처 하나 없이 돌려보낼 수도 있을 것 같았다.

"차린 건 없지만 많이 먹어요."

사용인들이 열과 성을 다해 만든 식탁 앞으로 그를 이끌었다. 제 의도를 알아차린 별은 금세 얼굴을 굳혔지만 서윤기는 별다른 내색 없이 자리에 앉았다.

식탁 위에는 서윤기가 좋아하지 않는 음식들이 한가득 차려져 있었다. 유명한 연예인이라 그런지 그의 취향은 검색 한 번으로도 하나부터 열까지 알아낼 수 있었다. 후각에 예민하다는 것도, 가리는 음식이 많은 것도.

"엄마."

별이 화를 꾹꾹 누른 채 말했다. 옆에 앉은 서윤기는 그 와중에도 표정이 일정했다. 기분이 상한 것 같지도 않고, 그렇다고 즐거운 얼굴도 아니고. 식탁 위 즐비한 음식을 조금 무심하게 쳐다볼 뿐이었다. 그러더니,

"어머니, 혹시 과일 같은 것도 있나요?"

했다.

"과일?"

"여기 있는 음식은 제가 먹지 못하는 것들이라서요."

어려운 말을 어렵지 않게 하는 것도 모자라,

"미리 말씀드리지 못한 제 탓이니 마음 쓰지 않으셔도 됩니다."

저를 은근하게 죄인으로 몰았다.

"참고로 저는 사과 좋아합니다."

강단이 있었다.

제 남편은 서윤기와 마찬가지로 아름다웠지만 지극히 심약했다. 가족끼리 살점을 뜯어내며 싸우는 꼴을 보기 힘겨워했고 말 한마디, 행동 하나가 술수가 되고 약점이 되는 걸 견디지 못했다.

그가 마음의 병을 얻어 세상을 떠났을 땐 더 강하지 못했던 스스로를 자책했다. 제가 더 강했다면. 그래서 그를 더 잘 지킬 수 있었다면 그가 더 오래 제 곁에, 그리고 제 딸 곁에 남지 않았을까.

"미안해요."

처음으로 미소를 짓고 말했다. 제 딸의 앞을 지킬 순 없더라도 제 딸과 함께 걸을 수 있는 사람이라면 합격이었다.

"사과는 내가 깎아 줄게요."

그가 마음에 들었다.

○　◎　●

또 한 번의 부루마불이 시작되었다. 참가자는 네 명. 김별과 서윤기, 김의준과 천사랑이 그 주인공이었다. 네 사람의 조합은 종종 있었던 일이지만 장소가 의준의 집이라는 걸 생각하면 일상적인 장면은 아니었다.

특하나 미리 약속하고 만난 게 아니라는 걸 생각하면 더더욱.

별은 여느 때와 마찬가지로 윤기와 함께 있었고 느닷없이 김의준과 놀고 싶었다. 보드게임은 둘보단 셋이 하는 게 재미있으니까. 그래서 무작정 의준의 집으로 향했다. 말하지 않고 가도 되는 거냐며 윤기가 눈살을 찌푸렸지만 별은 괜찮다며 호언장담했다.

그렇게 간 곳에 사랑이 있었다. 아주 편한 옷을 입고, 아주 말간 얼굴을 한 채. 막 씻고 나온 사람처럼.

"네가 왜 여기 있어?"

"어?"

"네가 왜 여기 있냐고."

상황 파악이 되지 않은 윤기가 몇 번이나 같은 질문을 던졌음에도 사랑은 제대로 된 답을 하지 않았다.

"누나, 이건 뭐예요?"

그저 부루마불이라고 빤히 적혀 있는 상자를 만지작거릴 뿐이었다.

"윤기 씨, 딸기 먹을래요?"

의준이 물었고,

"윤기야, 뭘 그렇게 서 있어. 판 깔아야지."

별이 채근했다.

어리둥절하는 사이 판은 깔렸고 게임이 시작되었다. 근데 보통 이런 게임은 개인전 아닌가. 왜 팀을 먹는 거지.

"아, 형."

사랑과 한편이 된 의준은 내내 구박을 받았다. 주사위를 잘못 굴리면 잘못 굴리는 대로, 무인도에 가면 무인도에 가는 대로 시종일관 샌드백이었다. 사실 사랑이야 조금만 친해지면 호방한 성깔을 드러내는 사람이니 이상할 것도 없었지만 의준은 정말 이상했다.

"사랑아, 이 땅 살까?"

누구보다 결단력이 좋은 사람이 일일이 의사를 묻는다든가,

"형, 미안해요."

"괜찮아. 잃어도 돼."

사랑이 실책하더라도 너그러운 태도를 보였다. 서글서글하지만 '무시무시한' 사람이 맞나 싶었다.

"아, 이건 누나가 잘못했지!"

"말도 안 되는 소리 좀 하지 마. 이건 네가 천사라고 해도 봐줄 수 없어."

승부욕 강한 사랑과 별이 으르렁거리며 실랑이를 했다. 둘은 만나기만 하면 투닥거리기 일쑤라 놀랍지도 않았다.

"야, 서윤기. 네가 생각해도 이건 누나 잘못이지?"

씩씩거리던 사랑이 물었다.

"웃기고 있네. 김의준한테 물어보자. 얘 변호사잖아. 김의준, 대답해. 이거 누구 잘못이야. 어?"

별도 지지 않고 외쳤다. 이런 상황에서는 누구의 편도 들지 않는 게 맞았다. 그래서 입을 꾹 다문 채 버티고 있는데 의준이 눈에 들어왔다. 억울해 죽겠다는 사랑을, 예뻐 죽겠다는 듯 쳐다보고 있었다. 그러다 마주친 눈. 사랑에 빠진 남자의 눈이었다.

"혀엉."

사랑이 말끝을 늘이며 의준에게 매달렸다. 익숙한 듯 사랑과 눈을 맞춘 의준이 가볍게 뺨을 꼬집었다. 꼬집힌 뺨을 기점으로 화르륵 타오르는 사랑의 얼굴. 그것 역시 사랑에 빠진 사람의 얼굴이었다.

"어……."

그제야 모든 것이 이해되었다. 별이 선물한 옷을 입지도 못하고 모셔 놓았던 사랑과 핸드폰을 들여다보던 초조한 얼굴, 우울했던 말씨와 부쩍 초점을 잃었던

눈동자까지.

별과 사랑 사이에 비밀이 있다는 건 알고 있었지만 의준도 끼어 있을 줄은 짐작도 못 했다. 그러다 문득 생각했다. 애초에 비밀이기는 했을까?

"왜 말 안 했어요."

둘만의 세상에 빠져 있는 사랑과 의준을 그대로 둔 채 별에게 속삭였다. 별이 어깨를 으쓱였다.

"말 안 해도 보이잖아."

틀린 말은 아니었다.

"아, 그리고―"

별이 귓가에 바짝 붙어 목소리를 낮췄다.

"사랑이는 사랑이 아니래."

"네?"

"나도 잘은 몰라. 그냥 그러기로 했대."

"그게 뭐예요."

"뭐……. 입덕 부정기 아닐까?"

장난스러운 표정을 지은 별이 말했다. 무슨 뜻인지는 모르겠지만 별이 행복한 듯 웃고 있는 걸 보니 절로 기분이 좋아졌다. 저를 사랑하듯 의준을 아끼는 별이었다.

저 역시 별을 사랑하듯 사랑을 아꼈다. 그 옆에 있는 남자가 김의준이라면 저도 좋다. 그 누구보다 믿을 수 있는 사람이니.

말하지 않아도 보이고, 보이지 않아도 존재하는 것들이었다. 우리에겐 스스로 이룬 부와 명예가 있었고, 함께해서 얻은 사랑과 우정이 있었다.

― *Fin*

김별의 영혼이 되어 준 김다다 씨,
런던의 날씨는 잘 즐기고 계십니까?